PATRICK REDMOND
Der Musterknabe

PATRICK REDMOND

Der Musterknabe

Roman

Aus dem Englischen
von Birgit Moosmüller

C. Bertelsmann

Die Originalausgabe erschien 2003 unter dem Titel
»Apple of my Eye« bei Simon & Schuster UK Ltd., London.

Umwelthinweis:
Dieses Buch und der Schutzumschlag wurden
auf chlorfrei gebleichtem Papier gedruckt.
Die Einschrumpffolie (zum Schutz vor Verschmutzung) ist
aus umweltschonender und recyclingfähiger PE-Folie.

1. Auflage
Copyright © Patrick Redmond, 2003
Copyright © für die deutschsprachige Ausgabe 2005
by C. Bertelsmann Verlag, München
in der Verlagsgruppe Random House GmbH
Satz: Uhl + Massopust, Aalen
Druck und Bindung: GGP Media GmbH, Pößneck
Printed in Germany
ISBN 3-570-00707-3
www.bertelsmann-verlag.de

Für Mike

PROLOG
Hepton, Greater London, 1945

Ein Spätnachmittag im Juni. In der stickigen, grau gestrichenen Praxis bereitete sich der Arzt mit einem Räuspern auf ein Gespräch vor, das er mittlerweile auswendig konnte.

»Es besteht kein Zweifel. Sie sind schwanger. Im fünften Monat, würde ich sagen.«

Das Mädchen gab keine Antwort. Bestimmt hatte sie schon damit gerechnet.

»Also kein Hungern mehr. Sie müssen darauf achten, dass Sie bei Kräften bleiben. Schließlich essen Sie jetzt für zwei.«

Noch immer keine Antwort. Er lehnte sich zurück und betrachtete sie. Sie war ein hübsches Ding: rotblondes Haar, feine Gesichtszüge, blassblaue Augen. Kein Ehering. Nervös rieb sie sich über die Unterlippe. Mit ihrer weißen Bluse und dem knielangen Rock wirkte sie wie ein Kind. Was sie im Grunde ja auch noch war. Aus ihrer Krankenakte wusste er, dass sie Anna Sidney hieß und in drei Monaten siebzehn Jahre alt wurde. Das war aber nicht das Einzige, was er in dieser Akte über sie gelesen hatte.

»Handelt es sich bei dem Vater um einen Soldaten?«

Sie nickte.

»Ist er noch hier?«

»Nein.«

»Wissen Sie, wo er sich aufhält?«

Sie antwortete nicht sofort, rieb sich erneut über die Lippe. »Nein.«

Er schüttelte den Kopf. Das alles war für ihn nicht neu: Naives, nach Liebe hungerndes Mädchen trifft geilen, Süßholz raspelnden Soldaten und lässt sich von ihm ihre Jungfräulichkeit und noch so einiges mehr rauben. Jemand hatte mal zu ihm gesagt, eine Frau lerne den Mann zu begehren, den sie liebe, während ein Mann lerne, die Frau zu lieben, die er begehre. Leider taten sich manche Männer mit dem Lernen ziemlich schwer.

Aber so war das Leben nun mal. Er war alt und müde und konnte nichts daran ändern.

Er griff nach dem Füller. »Sie brauchen mehr Vitamine. Ich werde Ihnen etwas verschreiben.« Sein Ton klang schroff und geschäftsmäßig. »Und Sie müssen…«

»Er wird zurückkommen«, unterbrach sie ihn mit leiser, heiserer Stimme. »Ich weiß, dass er zurückkommen wird.«

»Nein, das wird er nicht. Sie kommen nie zurück. Nicht im wirklichen Leben. Nur im Film.« Er schrieb weiter, ohne den Kopf zu heben. Ihm war daran gelegen, möglichst schnell nach Hause zu kommen. Er sehnte sich schon nach seinem Abendessen und seinem Bett. Draußen auf der Straße sang ein Mann lauthals vor sich hin. Der Krieg war erst seit einem Monat zu Ende, die Menschen noch von einem Gefühl der Euphorie durchdrungen. Nach sechs langen Jahren endlich Frieden.

Die Feder seines Füllers kratzte über das Papier. Ein Tropfen Tinte landete auf dem Schreibtisch. Als er sich nach einem Blatt Löschpapier umblickte, bemerkte er, dass sie weinte. Er musste daran denken, was er in ihrer Akte gelesen hatte.

Und plötzlich schämte er sich.

Er legte seinen Stift weg. Sie wischte sich gerade mit den Fingern über die Augen. In seiner Schreibtischschublade lag ein sauberes Taschentuch. »Hier«, sagte er in sanftem Ton. »Nehmen Sie das.«

»Danke. Es tut mir Leid.«

»Es braucht Ihnen nicht Leid zu tun. Verzeihen Sie, wenn meine Worte ein wenig hart klangen. Das war nicht meine Absicht. Eigentlich sollte auch im wirklichen Leben alles so sein wie im Film, aber leider ist das meist nicht der Fall.«

»Er hat zu mir gesagt, dass er mich liebt. Dass er mich nachkommen lassen wird. Dass wir heiraten werden.«

Natürlich. Das sagten sie alle. Aber vielleicht hatte er es ja ernst gemeint.

»Gehen Sie gerne ins Kino, Anna?«

»Ja.«

»Wer ist Ihr Idol? Clark Gable? Errol Flynn?«

»Ronald Colman.«

»Meine Frau und ich mögen seine Filme auch sehr gern. Er spielt immer so edle Charaktere. Gütige, ehrenwerte Männer. Von denen gibt es leider zu wenige auf der Welt.«

»Er sieht aus wie mein Vater.«

Wieder musste er an ihre Akte denken. Den harten Weg, den sie hinter sich hatte, und den noch härteren, der vor ihr lag. Es gab nicht viel Tröstliches, was er ihr sagen konnte, aber er hatte trotzdem das Bedürfnis, es zumindest zu versuchen.

»Anna, die Leute werden Ihnen weismachen wollen, dass Sie Grund haben, sich zu schämen. Hören Sie nicht auf sie. In Ihrem Körper wächst neues Leben heran, und das ist etwas Wunderbares. Meine Frau und ich haben uns nichts sehnlicher gewünscht als ein eigenes Kind, aber dieses Glück war uns leider nie vergönnt. Genau das ist es nämlich, Anna: ein Glück. Das dürfen Sie nie vergessen, egal, was die Leute sagen.«

Sie blickte hoch. Ihre Tränen versiegten langsam. »Ich werde es nicht vergessen«, antwortete sie, und plötzlich war ihre Stimme voller Würde, »weil er es nämlich ernst gemeint hat. Er liebt mich, und nun, da der Krieg vorbei ist, werden wir zusammen sein.«

»Ich hoffe es.«

»Ich weiß es.«

Nach dem Abendessen sagte Anna es Stan und Vera.

Sie saßen zu dritt am Küchentisch des Hauses in der Baxter Road. Durch das geöffnete Fenster sah man auf das winzige Stück Grün hinaus, das Vera beharrlich ihren Garten nannte. Die hereinströmende Luft trug einen Hauch von all den Mahlzeiten mit sich, die in der Nachbarschaft gerade gekocht oder gegessen wurden, und konnte den Geruch nach altem Pommesfett, der wie ein Nebel im Haus hing, nicht ganz vertreiben.

»Ich hab's ja gewusst!«, verkündete Vera. »Ich hab schon zu Stan gesagt, dass irgendwas im Busch ist.«

Stan nickte. Er war ein Cousin von Annas Vater, ein großer, dürrer, leicht asthmatischer Mann mit schlaffem Kinn und dem Ansatz einer Stirnglatze. Er arbeitete zwei Straßen weiter in einer Dosenfabrik.

»Es tut mir Leid, Stan«, flüsterte Anna.

Er seufzte. »Tja, ich schätze, so was kann passieren.« Sein Gesichtsausdruck wirkte mitfühlend. Obwohl er ein schwacher Mann war, bemühte er sich, ein guter zu sein.

Aber auf seine Reaktion kam es nicht an.

»In meinem Haus nicht!« Veras verkniffener Mund verhieß nichts Gutes. Sie war wie ihr Mann hoch gewachsen, aber doppelt so breit wie er. »Wie konntest du uns das nur antun, nach allem, was wir für dich getan haben?«

Anna starrte auf die Tischdecke. Aus dem Wohnzimmer, wo der vierjährige Thomas und der zweijährige Peter gerade ein Rennen mit ihren Spielzeugautos veranstalteten, drang aufgeregtes Kreischen herüber.

»Du bist mit leeren Händen gekommen. Wir haben dich aufgenommen, dir ein Zuhause und eine Familie gegeben, und jetzt dankst du es uns, indem du dich benimmst wie eine Hure.«

»So war es nicht.«

»Wie ist es dann passiert? War es eine unbefleckte Empfängnis?«

»Wir lieben uns.« Sie spürte, wie die Emotionen in ihr hochstiegen, kämpfte aber dagegen an, weil sie keine Schwäche zeigen wollte. Nicht jetzt.

»Wo ist denn dann dein edler Ritter?«

»Ich weiß es nicht.«

Verächtliches Schnauben. »Du weißt überhaupt nichts über ihn!«

Aber das stimmte nicht. Sie wusste, dass er Edward hieß, fünfundzwanzig Jahre alt und knapp über eins achtzig groß war. Dass er nach klassischen Maßstäben nicht übermäßig gut aussah, aber schöne graugrüne Augen hatte und mit seinem Lächeln eine Million Schmetterlinge in ihrem Bauch freisetzen konnte. Dass er am Hals ein kleines Muttermal besaß, das er seine kleine Englandkarte nannte. Dass er ganz leicht lispelte. Dass er klug, witzig und gütig war und dass sie einander liebten.

»Du Närrin! Jedes Kleinkind hat mehr Verstand als du!«

»Geh nicht zu hart mit ihr ins Gericht«, mischte sich Stan plötzlich ein. »Sie hat es nicht leicht gehabt.«

»Wir haben es alle nicht leicht gehabt, Stan Finnegan, aber deswegen spreizen wir nicht gleich die Beine, wenn uns irgendein Soldat anlächelt. Wir haben für dieses Mädchen alles getan, und das ist nun der Dank. Wir haben ihr ein Zuhause gegeben…«

Und so ging es endlos weiter. Voller Wut und Verachtung erinnerte Vera sie immer wieder daran, was sie ihnen alles zu verdanken hatte. Anna saß schweigend da und fühlte sich genauso leer und verängstigt wie damals vor drei Jahren, als sie bei einer Freundin übernachtet hatte und bei ihrer Rückkehr feststellen musste, dass eine deutsche Bombe ihr Zuhause zerstört und das Leben ihrer Eltern und ihres jüngeren Bruders ausgelöscht hatte.

Stan und Vera hatten sie aufgenommen, ihr ein Dach über dem Kopf gegeben, aber so richtig zu Hause hatte sie sich dort nie gefühlt. Die beiden waren nicht ihre Familie, sie war bei ihnen immer eine Außenseiterin geblieben, geduldet, aber nicht wirklich willkommen. Und manchmal, wenn sie nachts in ihrem winzigen, zur Rückseite des Hauses hinausgehenden Zimmer lag, fühlte sie sich so allein, dass sie wünschte, die Bombe hätte auch sie getötet.

»Du darfst das Baby auf keinen Fall behalten. Das kannst du gleich vergessen. Du gibst es zur Adoption frei und fertig. Das Letzte, was wir jetzt brauchen, ist ein weiterer hungriger Mund. Und schon gar nicht den irgendeines Soldatenbastards.«

Anna spürte, wie sich in ihrem Hals ein Kloß bildete, aber sie schluckte ihn hinunter, fest entschlossen, stark zu bleiben und Vera nicht gewinnen zu lassen, an einem letzten Rest von Stolz festzuhalten. Während sie die Augen schloss, versuchte sie die Stimme in ihrem Kopf zu hören, die einmal so laut wie Donner gewesen war, nun aber mit jedem Tag leiser wurde.

Er liebt mich. Er wird mich von hier fortbringen, und wir werden für immer glücklich sein.

Er liebt mich, und er wird kommen und mich retten. Ich weiß, dass er kommen wird. Er muss einfach kommen…

Oktober. Schwester Jane Smith sah sich auf der Entbindungsstation um. Es war gerade Besuchszeit und um jedes Bett scharten sich unterschiedliche Kombinationen von stolzen Eltern, glücklichen Ehemännern und neugierigen Kindern, alle auf das schreiende Bündel konzentriert, das die erschöpfte Mutter in den Armen hielt.

Um jedes Bett, bloß nicht um das des hübschen rotblonden Mädchens.

Das Gitterbettchen am Fußende ihres Bettes war leer. Das Baby hatte am Vortag das Licht der Welt erblickt. Es war eine schwere Geburt gewesen. Ein Junge. Sieben Pfund und zweihundertfünfundfünfzig Gramm schwer und in jeder Hinsicht vollkommen. Ein Kind, auf das jede Mutter stolz wäre. Das von seinen Adoptiveltern geliebt werden würde, sobald sie es in Händen hielten.

Der Kleine war in einem separaten Raum untergebracht. Am nächsten Tag sollten die Adoptionspapiere unterzeichnet werden. Dann war es endgültig. Unterzeichnet, versiegelt und ausgehändigt. Auf dass diejenigen, die das Gesetz vereint hat, durch keine leibliche Mutter mehr getrennt werden mögen.

Den Tisch neben dem Bett zierten weder Blumen noch Karten, genauso, wie die Linke des Mädchens kein Ehering zierte. Es waren bis jetzt auch keine Besucher gekommen. Keine Anrufe. Keinerlei Anzeichen dafür, dass es irgendjemanden gab, dem sie am Herzen lag.

Das Mädchen starrte ins Leere. Ihre Haut wirkte fahl, ihre Miene wie betäubt. An der Wand hinter ihrem Kopf hingen noch verblasste Papierfähnchen, ein Überrest der Feierlichkeiten anlässlich des Kriegsendes. In dieser Atmosphäre der Freude und Begeisterung wirkte sie völlig fehl am Platz. Eine kleine, gebrochene Kreatur, ganz allein.

Jane wusste, dass es sie nichts anging. Die Entscheidungen waren bereits gefallen, die Dinge in Gang gesetzt. Sie hatte kein Recht, sich einzumischen.

Aber sie war selbst Mutter. Eine, die ihren Mann vier Jahre zuvor auf einem französischen Schlachtfeld verloren hatte, und mit ihm ihren Lebenswillen. Bis zu jenem Tag drei Monate später, als ihre neugeborene Tochter ihn ihr zurückgegeben hatte.

Und das verlieh ihr jedes Recht.

Fünf Minuten später kehrte sie in den stickigen Raum zurück, der erfüllt war von Lachen und dem Geruch nach Babywindeln und warmer Milch, und näherte sich Annas Bett, auf dem Arm einen weinenden Säugling. Sieben Pfund und zweihundertfünfundfünfzig Gramm schwer. In jeder Hinsicht vollkommen.

»Anna.«

Keine Antwort. Der Blick der jungen Frau blieb auf die gegenüberliegende Wand gerichtet.

»Schauen Sie, Anna. Bitte.«

Noch immer keine Antwort. Vorsichtig platzierte Jane das Baby zwischen den schlaff daliegenden Armen und winkelte anschließend mit sanftem Druck Annas Ellbogen an, um eine provisorische Wiege für den Kleinen zu schaffen. Dann trat sie zurück und wartete.

Der Junge wand sich unbehaglich, ihm war anzusehen, dass er sich nicht wohl fühlte. Das Gesicht der Mutter blieb teilnahmslos.

Dann beruhigte sich das Baby plötzlich und hielt ganz still.

»Er kennt Sie, Anna. Er weiß, wer Sie sind.«

Langsam senkte sie den Blick. Das Baby begann gurgelnde Laute von sich zu geben und reckte einen Arm hoch.

»Er sagt hallo. Er möchte, dass Sie ihn mögen.«

Weitere Gurgelgeräusche. Das kleine Gesicht verzog sich zu einem Lächeln. Die Ärzte hätten es als eine reflexhafte Grimasse abgetan und damit vielleicht sogar Recht gehabt, aber jede frischgebackene Mutter auf dieser Welt wusste es besser.

»Er ist ein richtiger Prachtjunge, Anna, in jeder Hinsicht vollkommen. Und er braucht Sie. Sie beide brauchen sich gegenseitig.«

Annas Blick blieb auf das Baby gerichtet. Das Gefühl von Taubheit ließ nach, und an seine Stelle trat Staunen, begleitet von den ersten Anzeichen eines Lächelns.

»Aber wenn Sie ihn zur Adoption freigeben möchten, ist das natürlich Ihre Entscheidung. Niemand kann Sie davon abhalten. Und nun geben Sie ihn mir wieder. Ich bringe ihn zurück.«

Sie rechnete mit Widerspruch, doch der blieb aus. Allerdings kam auch keine Zustimmung.

»Wollen Sie das, Anna? Dass ich ihn wegbringe? Und Sie ihn nie wiedersehen?«

Anna schwieg einen Moment, der eine Ewigkeit zu dauern schien.

Dann flüsterte sie leise: »Nein.«

Noch immer lächelnd, legte sie einen Finger um den ausgestreckten Arm.

»Er gehört Ihnen, Anna. Niemand kann ihn Ihnen wegnehmen. Nicht, wenn Sie es nicht zulassen. Kämpfen Sie um ihn, er ist es wert.«

Dann schlich sie leise davon, zurück in die Betriebsamkeit der Entbindungsstation, um Mutter und Sohn Gelegenheit zu geben, einander in Ruhe kennen zu lernen.

Mitternacht. Auf der Station war es jetzt ruhiger. Ein Baby schrie, eine erschöpfte Mutter schnarchte. Ansonsten herrschte Stille.

Anna Sidney betrachtete ihren neugeborenen Sohn.

Er schlief. Ein paar Stunden zuvor hatte sie ihn zum ersten Mal gestillt. Trotz ihrer Bedenken war es besser gegangen, als sie zu hoffen gewagt hatte. Als hätte er ihre Nervosität gespürt und versucht, es ihr möglichst leicht zu machen.

Seine Stirn war von Falten durchzogen. Schwester Smith hatte ihr erklärt, dass alle Neugeborenen während der ersten paar Tage aussähen wie alte Männer. Danach glätte sich die Haut, und sie würden schön.

Aber er war schon jetzt schön.

Während sie die Linien mit dem Finger nachfuhr, musste sie an ein ähnliches Muster auf der Stirn ihres Vaters denken. Er hatte Ronald geheißen, wie ihr Idol Ronald Colman. Sie hatte diesen Namen immer geliebt.

Das Baby bewegte sich und öffnete halb die Augen. Seine Mundwinkel verzogen sich zu einem müden Lächeln.

»Hallo, mein Liebling. Mein Engel.«

Hallo, Ronnie.

Sie wiegte ihn in ihren Armen und begann dabei zu singen:

14

You are my sunshine, my only sunshine.
You make me happy when skies are grey.
You'll never know, dear, how much I love you.
Please don't take my sunshine away.

Die Augen des Kleinen fielen wieder zu, er glitt zurück in den Schlaf. Ein faltiger Buddha, versunken in eine Welt der Träume.

Sie fragte sich, ob sein Vater ihn je zu Gesicht bekommen würde. Es war nun fünf Monate her, dass in Europa der Frieden verkündet worden war, und sie hatte noch immer nichts von ihm gehört. Vielleicht war er tot. Oder er hatte sie einfach vergessen. Vielleicht waren seine Liebesschwüre so hohl gewesen wie eine Trommel.

Aber es spielte keine Rolle. Jetzt nicht mehr.

Wie wirst du später wohl mal aussehen, kleiner Ronnie? Wie dein Vater? Wie meine Eltern oder mein Bruder John? Die einzigen Menschen, die ich im Leben je geliebt habe.

Sie hatte sie alle verloren, aber als sie nun auf ihr Kind hinunterblickte, war ihr, als hätte sie sie wiedergefunden.

Niemand konnte ihn ihr wegnehmen. Sie würde jeden töten, der es versuchte. Vera würde vor Wut rasen, sie womöglich sogar des Hauses verweisen, aber sie würde sich nichts gefallen lassen, sich wehren. Und sie würde gewinnen. Sie spürte in sich plötzlich eine ungeahnte Kraft. Sie musste für Ronnie sorgen, und sie würde notfalls sogar für ihn sterben.

In der Nähe bewegte sich etwas. Die Frau vier Betten weiter war aufgestanden und sah nach ihrer Tochter Clara. Clara war immer schlechter Laune und hatte ein Gesicht wie eine Bulldogge. Wenn sie nicht gerade gestillt wurde, schrie sie oder übergab sich. Clara war kein schönes Baby. Sie war nicht vollkommen.

Clara war nicht Ronnie.

Er bewegte sich im Schlaf, wachte aber nicht auf. Wohlbehütet lag er in ihren Armen. Sie beide gehörten für immer zusammen.

Schlaf gut, mein Liebling. Mein Engel. Mein kleiner Sonnenstrahl. Mein kleiner Ronnie.

Kleiner Ronald Sidney.

Kleiner Ronnie Sunshine.

ERSTER TEIL

Hepton, 1950

Ein geruhsamer Samstag im Mai. In dem Laden an der Ecke der Moreton Street saß Mabel Cooper hinter der Theke und las einen Zeitschriftenartikel über Elizabeth Taylor, die vor kurzem geheiratet hatte. Nicky Hilton sah sehr gut aus, und die Verfasserin des Artikels war sicher, dass Elizabeth mit ihm die Liebe fürs Leben gefunden hatte. Mabel war derselben Meinung.

Das Geräusch von Schritten ließ sie aufblicken. Beim Anblick der hübschen jungen Frau mit dem kleinen Jungen an der Hand verwandelte sich ihr aufgesetztes Lächeln in ein echtes.

»Hallo, Anna.«

»Hallo, Mrs. Cooper. Wie geht es Ihnen?«

»Gut, und wenn ich Sie beide sehe, gleich noch besser.«

»Hat sich Ihre Schwester wieder erholt?«

»Ja. Lieb, dass Sie fragen. Und wie geht es dir heute, Ronnie?«

Ronnie schien einen Moment zu überlegen. »Es geht mir heute sehr gut, Mrs. Cooper«, antwortete er dann langsam und bedächtig, als würde er über jedes einzelne Wort nachdenken, ehe er es aussprach. Obwohl er noch keine fünf Jahre alt war, hatte er eine altmodische, würdevolle Art, die Mabel ganz bezaubernd fand. Er war seiner Mutter wie aus dem Gesicht geschnitten. Lediglich die Augenfarbe war anders. Sie hatte blaue Augen, er graugrüne.

Mabel verschränkte mit gespielter Entrüstung die Arme. »Ronnie, wie sollst du mich nennen?«

Auf seinem ernsten Gesicht breitete sich ein Lächeln aus. »Tante Mabel.«

»Genau.« Mabel lächelte nun ebenfalls. »Und was darf es heute sein, Anna?«

Wie jeden Samstag wechselten Anna und Ronnie erst mal einen verschwörerischen Blick. Mabel griff unter die Ladentheke und zog einen kleinen Notizblock und einen brandneuen Bleistift heraus. Ronnies Lächeln verwandelte sich in ein Strahlen.

»Den letzten Block hat er schon wieder ganz voll gezeichnet«, erklärte Anna stolz. »Seite für Seite, lauter unterschiedliche Bilder, und jedes davon wundervoll.«

»Nächstes Mal musst du mir ein paar mitbringen, damit ich sie mir ansehen kann. Machst du das, Ronnie?«

»Ja, Tante Mabel.«

Von hinten tauchte Mabels Mann Bill auf, eingehüllt in den aromatischen Geruch seines Pfeifentabaks. Er hatte wohl gerade ein kleines Nickerchen gemacht, denn er wirkte ein wenig verknittert.

»Hallo, Anna, hallo, Ronnie.«

»Hallo, Mr. Cooper.«

»Ronnie, wie sollst du zu mir sagen?«

»Onkel Bill.«

Bill reichte Ronnie einen Schokoriegel. Annas Blick wurde sorgenvoll. »Ich habe keine Lebensmittelmarken.«

»Das bleibt unser kleines Geheimnis.« Bill zwinkerte Ronnie verschwörerisch zu, und der kleine Junge zwinkerte zurück.

»Du kommst nächstes Jahr in die Schule, nicht wahr, Ronnie? Freust du dich schon darauf?«

»Ja, Tante Mabel.«

»Wirst du fleißig lernen, damit deine Mutter stolz auf dich sein kann?«

»Ja, Onkel Bill.«

»Braver Junge.«

Anna bezahlte den Notizblock und den Stift. »Danke für die Schokolade. Sie sind beide so lieb.«

»Ist uns ein Vergnügen«, antwortete Mabel. »Passen Sie auf sich auf, meine Liebe. Und du pass auf deine Mutter auf, Ronnie.«

»Das werde ich, Tante Mabel. Auf Wiedersehen, Onkel Bill.«

»Auf Wiedersehen, Ronnie.«

»Das arme Mädchen«, meinte Bill, als Anna und Ronnie draußen waren. »Sie hat es bestimmt nicht leicht.«

»Unter einem Dach mit dieser schrecklichen Vera!« Mabel schüttelte den Kopf. »Ich bin bloß froh, dass der Vater kein Neger war. Stell dir vor, Ronnie wäre so dunkelhäutig wie das Baby von Elsie Baxters Freundin. Erst gestern hat Elsie mir erzählt …«

»Du tratschst zu viel mit Elsie Baxter.«

»Was bleibt mir anderes übrig? Mit ihr macht es einfach mehr Spaß als mit dir, Mr. Misch-dich-nicht-in-die-Angelegenheiten-anderer-Leute.« Mabels Miene wurde nachdenklich. »Ich glaube allerdings nicht, dass Anna mit irgendjemandem tauschen möchte. Sie liebt diesen Jungen abgöttisch.«

»Er ist ja auch ein braver Junge. Bestimmt wird sie eines Tages sehr stolz auf ihn sein.«

Freitagabend. Anna verließ mit den anderen Sekretärinnen den Schreibpool von Hodgsons Dosenfabrik. Der Hof war voller rauchender, lachender Männer in bester Wochenendlaune. Ein paar stießen bewundernde Pfiffe aus, als sich die attraktiveren unter den Sekretärinnen näherten. Judy Bates, eine lebhafte achtzehnjährige Blondine, warf ihnen ein Küsschen zu, woraufhin Ellen Hayes, eine ältere Sekretärin, missbilligend den Kopf schüttelte. Ellen hielt Judy für die Sorte Mädchen, die sich früher oder später in Schwierigkeiten bringen würde. Sie hatte bei einer Tasse Tee mal etwas Derartiges zu Anna gesagt. Dann war ihr plötzlich bewusst geworden, mit wem sie sprach, und sie hatte hastig das Thema gewechselt.

Neben Anna ging Kate Brennan, ein fröhliches Mädchen in ihrem Alter. Als sie den Hof überquerten, wurde Kate von Mickey Lee begrüßt, einem der Maschinisten. Kate drückte zum Abschied Annas Arm. »Ein schönes Wochenende. Gib Ronnie einen Kuss von mir.«

»Mach ich. Dir auch ein schönes Wochenende.«

Eilig ging Kate zu Mickey hinüber. Ihrer schlanken Figur war nicht anzusehen, dass sie fünf Jahre zuvor ein Baby zur Welt gebracht hatte. Genau wie Anna hatte sie sich von einem Soldaten schwängern lassen. Das kleine Mädchen war zur Adoption freigegeben worden, und Kate verlor inzwischen kein Wort mehr über sie, als hätte es sie nie gegeben. Manchmal aber, wenn ihr Blick auf das kleine Foto von Ronnie fiel, das Anna auf ihrem Schreibtisch stehen hatte, trat ein bekümmerter Ausdruck in Kates Augen. Das dauerte immer nur einen kurzen Moment, dann lächelte sie wieder und machte irgendeine scherzhafte Bemerkung.

Als sie sich dem Tor näherten, entdeckte Anna Harry Hopkins, einen kleinen, ernsten Mann um die Dreißig. Drei Jahre zuvor hatte Harry begonnen, ihr den Hof zu machen, und nach sechs Monaten hatte er sie gefragt, ob sie seine Frau werden wolle. Obwohl sie nicht in ihn verliebt gewesen war, hatte sie ihn sympathisch gefunden und war bereit gewesen, eine gemeinsame Zukunft mit ihm aufzubauen – bis zu dem Moment, als er in sanftem Ton bemerkt hatte, es sei noch nicht zu spät, Ronnie adoptieren zu lassen...

Als sie aneinander vorbeigingen, trafen sich ihre Blicke. Beide lächelten und sahen dann ganz schnell wieder weg.

Am Tor wurde Anna von Stan erwartet, dem anzusehen war, dass er sich im Anzug wesentlich weniger wohl fühlte als in den Overalls, die er früher getragen hatte. Er war befördert worden und saß inzwischen den ganzen Tag hinter dem Schreibtisch. Anna wusste, dass er lieber wieder ein einfacher Fabrikarbeiter gewesen wäre, aber nichts auf der Welt hätte Vera dazu bewegen können, auf ihren neuen Status als Manager-Gattin zu verzichten.

Gemeinsam verließen sie das Fabrikgelände und gingen die Straße zur Hesketh Junction hinauf. Rechts zweigten die Baxter Road und die anderen schmalen Straßen ab, in denen sich lauter kleine Häuser mit Außentoiletten wie die Ölsardinen aneinander drängten. Bis letztes Jahr wäre das ihre Richtung gewesen. Inzwischen aber bogen sie nach links ab und steuerten auf die Moreton Street und die wohlhabendere Gegend zu, die von der aufstrebenden Mittelklasse der Stadt bewohnt wurde.

Stan berichtete von den Ereignissen des Tages, wobei er sich Mühe gab, möglichst amüsant zu erzählen. Er besaß keinerlei komödiantisches Talent, aber um ihm eine Freude zu machen, lachte sie trotzdem. Als sie fünf Jahre zuvor beschlossen hatte, Ronnie zu behalten, war Stan derjenige gewesen, der ihre Partei ergriffen und sich trotz Veras Drängen geweigert hatte, sie hinauszuwerfen. Zum ersten Mal hatte sie erlebt, dass er seiner Frau die Stirn bot.

Sie bogen in die Moreton Street ein, eine unscheinbare Straße mit Doppelhäusern aus den dreißiger Jahren. Ihre Haushälfte stand auf der rechten Seite und ging auf die Bahnlinie hinaus, die von London nach East Anglia führte. An der Ecke der Straße lag ein kleiner Park, in dem ein paar Jungs Fußball spielten. Der neunjährige Thomas stand neben einem provisorischen Tor und sprach mit Johnny Scott, dessen älterer Bruder Jimmy bereits wegen Diebstahls im Gefängnis gewesen war. Vera hielt die Scotts für schlechten Umgang und hatte Thomas jeden Kontakt mit Johnny verboten, aber Anna war keine Petze, und Stan hatte die beiden nicht bemerkt.

Ein halbes Dutzend kleinerer Jungs spielte auf der Straße Fußball. Der siebenjährige Peter schoss ein Tor und wurde von seinen Mannschaftskollegen beglückwünscht. Mabel Cooper stand vor ihrem Laden und sprach mit Emily Hopkins. Als Mabel Anna entdeckte, winkte sie ihr fröhlich zu. Emily verzog keine Miene. Sie war Harrys Schwester und von Anfang an gegen seine Verbindung mit Anna gewesen.

Während sie weiterging, musste Anna an Kate und Mickey denken, die sich an diesem Abend einen Robert-Mitchum-Film ansehen und auf dem Heimweg irgendwo Fisch und Pommes essen würden. Sie selbst würde den Abend damit verbringen, für alle zu kochen und anschließend noch sämtliche anderen Aufgaben zu erledigen, die Vera ihr zugedacht hatte.

Aber so war es nun mal. Sie hatte sich entschieden und konnte nun nichts mehr daran ändern.

Ein Schrei riss sie aus ihren Gedanken. Ronnie kam so schnell die Straße entlanggelaufen, dass seine Füße kaum den Boden zu berühren schienen. Die Shorts, die er von Peter geerbt hatte, war ihm immer noch zu groß. Seine Socken schlackerten um die Knöchel. Als er seine Mutter erreichte, schlang er die Arme um sie und begann ihr sofort von seinem Tag zu erzählen. Die Worte brachen in einem Schwall aus ihm heraus, sodass sie anfangs kaum etwas verstand. Stan betrachtete die beiden lächelnd.

Während Anna auf ihren Sohn hinunterblickte, erfüllte sie eine unbändige Liebe zu ihm.

Ronnie wusste, dass er am Samstag mit dem Baden an der Reihe war. Jedem Mitglied des Haushalts war ein bestimmter Abend zugewiesen: Tante Vera badete am Montag, Onkel Stan am Dienstag, Thomas am Mittwoch, Peter am Donnerstag, Anna am Freitag und Ronnie am Samstag. Sonntags blieb das Bad leer, denn auch wenn das Haus in der Moreton Street größer war als das in der Baxton Road und Onkel Stan jetzt mehr verdiente, hielt Tante Vera trotzdem nichts davon, Geld für heißes Wasser zu verschwenden, wenn es nicht absolut nötig war.

An der Innenseite der Badewanne gab es einen roten Strich. Mehr Wasser durfte nicht eingelassen werden. Ronnie hätte die Wanne so gerne mal bis zum Rand gefüllt, aber wie bei allem anderen in der Moreton Street 41 war Tante Veras Wort auch hier Gesetz.

Seine Mutter kniete neben der Wanne und schüttete vorsichtig die erlaubte Menge Shampoo in den Deckel der Flasche. Nur einen halben Deckel pro Kopf, so lautete ein weiteres von Veras Gesetzen. »Schließ die Augen, Liebling«, sagte Anna, ehe sie das Shampoo in Ronnies Haar massierte. Als sie fertig war, legte er den Kopf zurück, damit sie den Schaum ausspülen konnte.

»Hatte Ophelia auch schmutziges Haar?«, fragte er, nachdem er sich wieder aufgesetzt hatte.

»Ophelia?«

»In dem Bilderbuch.« Er meinte das Buch über berühmte Maler, das sie in der Bücherei für ihn ausgeliehen hatte. Ein Mann namens Millais hatte ein Mädchen namens Ophelia gemalt, das im Wasser lag, das Haar wie einen Heiligenschein um sich ausgebreitet. Dieses Bild hatte ihm am besten gefallen.

»Wahrscheinlich schon, wenn auch nicht ganz so schmutziges wie du.«

Er stieg aus der Wanne. »Na, wer ist jetzt ein richtig sauberer Junge?«, fragte sie, während sie ihn abtrocknete.

»Ich«, antwortete er. Ihre Hände waren zart und sanft.

Nachdem er sich mit der vorgeschriebenen Menge Zahnpasta die Zähne geputzt hatte, führte sie ihn in das Zimmer zurück, das sie sich teilten. Unten hörte man Thomas und Peter streiten. Tante Vera rief, sie sollten endlich ruhig sein, sie wolle sich im Radio ihre Big-Band-Sendung anhören.

Das Zimmer von Anna und Ronnie war das kleinste im Haus, wenn auch größer als das, das sie sich in der Baxter Road geteilt hatten. Annas Bett stand neben der Tür, und Ronnie schlief auf einer Campingliege neben dem Fenster, das auf den Garten hinter dem Haus und den Damm der Eisenbahnlinie hinausging. Ronnie kniete neben seinem Bett nieder und sagte das Gebet auf, das seine Mutter ihn gelehrt hatte.

»Lieber Gott, segne Mum und Tante Vera, Onkel Stan, Thomas und Peter. Segne auch Granny Mary, Grandpa Ronald und Onkel John im Himmel. Und segne meinen Dad, damit ihm nichts passiert, egal, wo er ist. Vielen Dank für diesen schönen Tag, lieber Gott. Amen.«

Er kletterte ins Bett. Anna schüttelte sein Kissen auf. »Erzähl mir von unserem Haus«, bat er sie.

»Eines Tages, wenn ich genug Geld gespart habe, werde ich ein schönes Haus für uns kaufen. Dann wirst du ein großes Zimmer haben, bei dem du die Wände ganz mit deinen Bildern voll malen kannst. Unser Garten wird so groß sein, dass ein Mann einen ganzen Tag brauchen wird, um das Gras zu mähen. Und du bekommst einen Hund und …«

Er betrachtete ihr Gesicht. Obwohl sie lächelte, blickten ihre Augen traurig. Sie arbeitete in derselben Fabrik wie Onkel Stan. Sie war Sekretärin, aber keine besonders gute. Er hatte gehört, wie Onkel Stan das zu Tante Vera sagte. Mrs. Tanner, die den Schreibpool leitete, schrie seine Mutter manchmal an. Tante Vera sagte, dass seine Mutter faul war, aber das stimmte nicht. Sie tat ihr Bestes, und eines Tages würde er hingehen und Mrs. Tanner anschreien. Mal sehen, wie ihr das gefallen würde.

»Wenn ich größer bin«, erklärte er, »dann helfe ich dir bei deiner Arbeit.«

Sie streichelte seine Wange. »Das ist lieb von dir.«

»Und dann, wenn wir unser Haus haben, kann mein Dad kommen und bei uns wohnen.«

Für einen Moment verschwand das Lächeln aus ihrem Gesicht. »Vielleicht. Aber wenn nicht, werden wir trotzdem glücklich sein, nicht wahr?«

»Ja.«

»Was wollen wir morgen machen? In den Park gehen und schaukeln?«

»Ich werde ein neues Bild für dich zeichnen.«

»Das nehme ich in die Arbeit mit und hänge es an die Wand, und wenn mich die Leute fragen, von wem es ist, dann sage ich, von meinem Sohn Ronald Sidney, der eines Tages ein berühmter Künstler sein wird, sodass alle Menschen auf der Welt seinen Namen kennen werden.«

Sie beugte sich zu ihm hinunter und nahm ihn in den Arm. Ihre Haut roch nach Seife und Blumen. Er erwiderte ihre Umarmung, so fest er konnte. Peter hatte ihm mal den Arm verdreht, um ihn auf diese Weise zu der Äußerung zu zwingen, er wünschte, Tante Vera wäre seine Mutter. Am Ende hatte er es gesagt, dabei aber die Finger überkreuzt. Er würde seine Mutter nicht für hundert Tante Veras eintauschen.

Nachdem sie gegangen war, zog er die Vorhänge zurück und starrte in den Sommerabend hinaus. Es war noch hell, und im Garten nebenan saß Mr. Jackson und las Zeitung. Tante Vera sagte, dass Mr. Jackson ein Spieler sei, der Geld auf Pferde setze. Tante Vera bezeichnete das als ein Laster.

Bald würde es so dunkel sein, dass man den Mond am Himmel sehen konnte. Zurzeit war er nur eine schmale Sichel, aber es würde nicht lange dauern, dann würde er so dick und rund werden wie die Äpfel, die Mrs. Cooper in ihrem Laden verkaufte. Seine Mutter hatte ihm eine Menge über Monde und Sternbilder erklärt. Tante Vera hielt Monde und Sternbilder wahrscheinlich auch für ein Laster.

Ein Zug ratterte vorbei und blies Rauchwolken in die Luft. Er kam aus Richtung London und war voll besetzt. Eine Frau, die ihn am Fenster entdeckte, winkte ihm zu. Er winkte zurück.

Eines Tages würden er und seine Mutter in diesem Zug sitzen. Sein Vater würde kommen und sie in ein schönes Haus bringen, das ihnen ganz allein gehörte, und sie würden Tante Vera und ihre Gesetze und Regeln ganz weit hinter sich lassen.

April 1951

»Bastard«, flüsterte Peter.

Ronnie schüttelte den Kopf. Sie saßen unter dem Küchentisch und spielten mit Peters Spielzeugsoldaten. Ronnie fand Soldaten langweilig, aber da keiner von Peters Freunden Zeit hatte, war er genötigt worden, ihre Stelle einzunehmen.

»Es stimmt«, fuhr Peter fort. »Das wissen alle.«

Ronnie hatte keine genaue Vorstellung davon, was ein Bastard war, aber er wusste, dass es etwas Schlimmes sein musste. Noch dazu etwas Schlimmes, das seine Mutter betraf, auch das wusste er, und deswegen reckte er das Kinn vor und sagte: »Es stimmt nicht.«

Peter grinste. Er hatte die kräftige Statur und die Übellaunigkeit seiner Mutter geerbt. »Wo ist denn dann dein Vater?«

»Er hat mit seinem Flugzeug im Krieg gekämpft, aber er wird bald kommen.« Ronnie war sicher, dass das stimmte. Seine Mutter hatte ihm gesagt, dass sein Vater vielleicht im Himmel sei, aber das glaubte er nicht. In der Sonntagsschule hatte er gelernt, dass Gott gütig und großzügig war. Granny Mary, Grandpa Ronald und Onkel John waren schon im Himmel, und Ronnie war davon überzeugt, dass ein gütiger und großzügiger Gott nicht so herzlos sein konnte.

»Der Krieg ist seit Jahren zu Ende, du Dummkopf.« Peter begann leise vor sich hinzusingen: »Dummer Bastard Ronnie! Dummer Bastard Ronnie!«

Es war fünf Uhr. Onkel Stan und seine Mutter waren noch in der Arbeit. Thomas machte oben seine Hausaufgaben, und Tante Vera unterhielt sich im Wohnzimmer mit ihrer Freundin Mrs. Brown. Als sie noch in der Baxter Road wohnten, hatten sie auf dem Wohnzimmerboden spielen dürfen, weil dort bloß ein alter Teppich lag. Der neue Raum aber war mit einem Teppichboden ausgelegt, und Tante Vera hatte Angst vor Abdrücken und Flecken.

»Kleiner dummer Heulsusen-Bastard«, fuhr Peter fort, während er Ronnie gegen den Arm boxte. Es machte Peter Spaß, Ronnie zum Weinen zu bringen. Vor einem Jahr war das noch ganz leicht gewesen, aber mittlerweile war Ronnie fünfeinhalb und lernte langsam, sich zur Wehr zu setzen.

27

»Wie viel ist sieben mal vier?«

Peter starrte ihn ratlos an. Ronnie lächelte. Seine Mutter brachte ihm gerade das Einmaleins bei. Eigentlich waren sie schon beim Sechser-Einmaleins angekommen, aber das behielt er vorerst noch für sich.

»Mathe ist was für Mädchen«, meinte Peter, der die Schule hasste und dessen Zeugnisse Onkel Stan seufzen und Tante Vera kreischen ließen.

»Achtundzwanzig. Ich bin jünger als du und weiß es trotzdem. Also, wer ist hier der Dumme?« Ronnie begann Peters Gesang nachzuäffen. »Dummer hässlicher Peter! Dummer hässlicher Peter!«

Peter boxte Ronnie noch fester. »Wenigstens bin ich kein Bastard«, zischte er, ehe er unter dem Tisch hervorkroch und in den Garten hinauslief, wobei er versehentlich auf ein paar von seinen Soldaten trat.

Ronnie blieb, wo er war. Während er sich den Arm rieb, hörte er Tante Vera im Wohnzimmer über irgendeine Bemerkung von Mrs. Brown lachen. Die Soldaten lagen auf dem Boden verstreut. Sie wurden in einer Blechdose aufbewahrt. Da Tante Vera es nicht erlaubte, dass sie Spielsachen einfach herumliegen ließen, begann er, sie aufzuräumen.

Peters Lieblingssoldat war ein napoleonischer Grenadier. Peter hatte Glück gehabt, dass er im Eifer des Gefechts nicht zu Bruch gegangen war. Aber das wusste Peter ja nicht, und deswegen brach Ronnie ihn mit einer raschen Bewegung entzwei, ehe er den Deckel auf die Dose klappte.

Tante Veras Hobby war Lesen. »Ich liebe Dickens und diese wundervollen Brontë-Schwestern«, verkündete sie ihren neuen Freundinnen in der Moreton Street. Vielleicht stimmte das ja, aber seine Mutter hatte ihm erzählt, dass Tante Vera viel lieber die billigen Schundromane mit den glänzenden Umschlägen las, die Onkel Stan ihr von Boots mitbrachte und die sie in einer Küchenschublade versteckte, wenn ihre neuen Freundinnen zu Besuch kamen.

Tante Veras wirkliches Hobby aber war Schreien. Wenn sie schlechte Laune hatte, was ziemlich häufig vorkam, war ihr jedes

Familienmitglied als Opfer recht, aber da Ronnie mit Tante Vera allein bleiben musste, wenn die anderen in der Arbeit oder in der Schule waren, bekam er am meisten ab.

Es war nicht leicht, mit Tante Vera allein zu sein. Von all den Regeln, nach denen er leben musste, war die wichtigste, dass er Tante Vera nicht auf die Nerven gehen durfte, wenn er sich in ihrer Obhut befand. Sie erwartete von ihm, dass er sich in seinem Zimmer oder im Garten still beschäftigte. Mittags stellte sie ihm ein Sandwich und ein Glas Milch auf den Küchentisch. Beim Essen und Trinken durfte er ebenfalls keinen Lärm machen, und bevor er wieder zu seinen einsamen Spielen zurückkehrte, musste er seinen Teller und sein Glas im Spülbecken abwaschen.

Wenn Tante Vera Besuch bekam, hatte Ronnie strenge Anweisung, in seinem Zimmer zu bleiben, aber an diesem speziellen Nachmittag trieb ihn der Durst nach unten. Um in die Küche zu gelangen, musste er durchs Wohnzimmer, wo Tante Vera mit Mrs. Brown auf dem Sofa saß und Tee trank. Sie trug eine kurzärmelige Bluse, sodass ihre fleischigen, mit Sommersprossen übersäten Arme zu sehen waren. »Was ist, Ronnie?«, fragte sie ihn, wobei sie eine übertrieben freundliche Miene aufsetzte und so bedächtig sprach, wie sie es immer tat, wenn eine ihrer neuen Freundinnen zu Besuch war.

»Könnte ich bitte ein Glas Wasser haben?«

»Aber natürlich.« Tante Vera deutete in Richtung Küche.

Mrs. Brown stellte ihre Teetasse ab. »Wie geht es dir, Ronnie?«

»Sehr gut, Mrs. Brown, vielen Dank.«

Sie hielt ihm ihre Wange hin. Er berührte sie nur ganz leicht mit den Lippen, wobei er die Luft anhielt, um ihr süßliches Parfüm nicht riechen zu müssen. Sie war älter als Tante Vera und versteckte ihre Falten hinter einer dicken Schicht Make-up. Ihr Mann war stellvertretender Bankdirektor, und sie wohnte auf der anderen Seite der Straße, wo die Häuser größer und die störenden Züge nicht mehr ganz so laut zu hören waren. Tante Vera bildete sich viel darauf ein, die Frau eines stellvertretenden Bankdirektors zur Freundin zu haben.

Während er sein Glas füllte, hörte er, wie die beiden über ihn sprachen.

»Er hat gute Manieren«, stellte Mrs. Brown fest.

»Darauf bestehe ich. Schließlich sind es die Manieren, die einen Menschen ausmachen.«

»Und hübsch ist er auch. Da schlägt er ganz nach seiner Mutter.«

»Hauptsache, er schlägt nicht nach ihr, was Intelligenz und Moral betrifft.«

Er kippte sein Wasser hinunter. Mrs. Brown rauchte eine Zigarette. Tante Vera mochte den Zigarettengeruch nicht, und Onkel Sam musste sogar bei Regen im Garten rauchen. Aber Onkel Sam war nicht die Frau eines stellvertretenden Bankdirektors.

»Sie hat Glück, so verständnisvolle Verwandte wie Sie und Stan zu haben. Als die Tochter meines Cousins von einem Soldaten schwanger wurde, hat er sie aus dem Haus geworfen.«

»Stan wollte dasselbe tun, aber ich habe ihn nicht gelassen. Schließlich gehört sie zur Familie.«

»Sie sind eine herzensgute Frau, Vera Finnegan.«

»Ich versuche es zumindest.«

»Vielleicht wird sie eines Tages doch noch heiraten.«

»Das glaube ich nicht. Es gibt nicht viele Männer, die den Bastard eines anderen aufziehen wollen.«

Ronnie spülte sein Glas aus und stellte es zurück in den Schrank. Mrs. Brown erklärte, sie müsse jetzt leider aufbrechen. Tante Vera antwortete, dass sie noch ein Kapitel lesen werde. Sie erwähnte dabei auch die Autorin des Buches, eine gewisse Jane Austen.

Nachdem er in sein Zimmer zurückgekehrt war, trat er an den Nachttisch seiner Mutter, zog die Schublade heraus und griff nach dem Foto, das sie dort aufbewahrte. Eine winzige Schwarzweißaufnahme von einem Mann in Pilotenuniform. Der Mann hatte ein energisches Kinn, ein sympathisches Gesicht und ein Muttermal am Hals. Sein Vater.

Seine Mutter nannte ihn ihren Sonnenschein. Ihren kleinen Ronnie Sunshine, der sie glücklich machte, auch wenn der Himmel grau war. Er wollte, dass sie immer glücklich war, wusste aber, dass sie manchmal trotz ihres Lächelns traurig war. Er wünschte, sein Vater wäre hier, um ihm dabei zu helfen, sie glücklich zu machen. Er konnte es nicht ertragen, wenn sie unglücklich war.

Die Haustür fiel ins Schloss. Mrs. Brown war gegangen, und Tante Vera zitierte ihn nach unten. Nun klang ihre Stimme barsch und wütend.

Bevor er ihrer Aufforderung nachkam, starrte er noch einen Moment aus dem Fenster. Über der Eisenbahnlinie leuchtete der Himmel in einem schönen Blau. Vor seinem geistigen Auge sah er seinen Vater in einem schimmernden Flugzeug sitzen, voll mit Bomben, die er direkt über Tante Veras Kopf abwerfen würde.

September. In einem überfüllten Klassenzimmer betrachtete Miss Sims die Reihen der Fünfjährigen und genoss das Spiel, das sie zu Beginn jedes Schuljahrs spielte.

In nicht allzu ferner Zukunft würden diese Kinder eine Prüfung ablegen, die darüber entschied, ob sie ihren Schulabschluss am Gymnasium oder an der Haupt- oder Realschule machen würden. Ersteres bot einem gescheiten Kind die Chance auf ein Universitätsstudium und aufregende neue Horizonte. Die beiden anderen Möglichkeiten lieferten den weniger akademisch Begabten die Grundlage für eine Berufsausbildung auf einem etwas bescheideneren Niveau. Obwohl Miss Sims noch kaum etwas über die Talente der einzelnen Schüler wusste, betrachtete sie gern ihre Gesichter und versuchte vorherzusagen, welchen Weg sie jeweils einschlagen würden.

Über die hübsche Catherine Meadows in der ersten Reihe brauchte sie gar nicht nachzudenken. Catherines Vater war Börsenmakler und konnte es sich leisten, seine Tochter auf eine Privatschule zu schicken.

In der letzten Reihe flüsterte Alan Deakins gerade mit seinem Nachbarn. Aus seinen Augen blitzte der Schalk. Ein intelligentes, aber lausbubenhaftes Gesicht. Der Unruhestifter der Klasse, der aller Wahrscheinlichkeit nach das Potenzial fürs Gymnasium besaß, aber nicht den nötigen Fleiß dafür aufbringen würde.

In der dritten Reihe unterdrückte Margaret Fisher ein Gähnen. Ein rundes, ausdrucksloses Gesicht, das keinerlei Interesse für die neue Umgebung erkennen ließ. Zweifellos eine Kandidatin für die Hauptschule.

Aus der zweiten Reihe starrte Ronald Sidney mit ernster Miene nach vorn. Ein hübscher Junge mit schönen, weit auseinander stehenden Augen. Ein angenehmer Kontrast zu seinen wenig sympathischen Finnegan-Cousins, die sie als Schüler gehabt hatte. Peter war wie Alan ein Störenfried gewesen, und Thomas, der dieses Jahr die Prüfung machen würde, passte genau in das Margaret-Schema, wie sich mit ziemlicher Sicherheit an seinen Noten würde ablesen lassen.

Ronald reagierte auf ihren Blick mit einem Lächeln, das sein ganzes Gesicht strahlen ließ. Seine Augen leuchteten, als fände er die Aussicht, etwas zu lernen, ungeheuer aufregend.

O ja, definitiv ein zukünftiger Gymnasiast.

Es wird mir eine Freude sein, dich zu unterrichten, dachte sie, während sie sein Lächeln erwiderte.

Sie stellte ihnen eine Rechenaufgabe. Die meisten in der Klasse starrten sie ratlos an, aber ein paar Hände schossen in die Luft. Eine davon gehörte Ronald Sidney.

Jeden Freitag zahlte Anna einen Teil ihres Lohns auf ein Sparkonto ein. Es war nur eine sehr kleine Summe. Der Großteil ihres Geldes ging an Vera, als Beitrag zu ihrer Unterbringung und Verköstigung, und was dann noch übrig blieb, reichte gerade mal aus, um das fürs Leben Notwendige zu kaufen und Ronnie hin und wieder eine kleine Freude zu bereiten.

Das Mädchen hinter dem Schalter starrte auf das Sparbuch hinunter. »Sidney«, sagte sie und deutete auf den Namen darin. »Sind Sie Ronnies Mutter?«

»Ja.«

»Meine Tante ist seine Klassenlehrerin. Miss Sims. Sie erzählt die ganze Zeit von ihm. Dass er so gescheit ist.«

»Danke.« Anna lächelte. »Ronnie redet auch ständig von Ihrer Tante.«

Was nicht wirklich stimmte. Ronnie sprach selten über seine Lehrerin oder die anderen Kinder in seiner Klasse. Dabei ging er gern in die Schule. Die Menschen, die er dort traf, schienen jedoch wenig Eindruck bei ihm zu hinterlassen.

Er lernte so schnell, sein Wissen wuchs mit jedem Tag. Nur ganz selten brauchte er beim Lesen ihre Hilfe, und im Kopfrechnen war er manchmal schon besser als sie. Da sie selbst nicht gerade mit großer Intelligenz gesegnet war, fand sie es wundervoll, ein so gescheites Kind zu haben.

Das Mädchen gab ihr das Sparbuch zurück. Anna warf einen Blick auf den neuen Kontostand, der immer noch lächerlich niedrig war. Es reichte nicht mal für einen Reisewecker, geschweige denn für ein großes Haus. Vielleicht würde es nie reichen.

Aber so durfte sie nicht denken. Nicht mal einen Moment.

Sie trat auf die High Street hinaus. Das triste Zentrum einer tristen Stadt. Am Himmel hingen schwere dunkle Wolken. Alles um sie herum war grau, ein seelenloser Außenbezirk des sich ständig weiter ausbreitenden London.

Sie wollte weg von hier, weg von Vera und deren Verachtung und all den anderen, die sie verurteilten, auch wenn das vielleicht gar nicht deren Absicht war. An irgendeinen grünen, schönen Ort, wo sie mit Ronnie neu anfangen konnte. Wo Ronnie alles haben würde, was sie ihm versprochen hatte.

Eines Tages würde sie es möglich machen. Aber wie?

Dezember. Ronnies erstes Zeugnis.

»... eine Freude zu unterrichten! Ein überdurchschnittlich begabter Junge, der noch dazu hart arbeitet und gute Manieren hat. Wirklich ein vollkommener kleiner Gentleman, auf den seine Familie stolz sein kann.«

Weihnachten. Ronnie saß mit seiner Familie im Wohnzimmer. In der Ecke stand ein kleiner Weihnachtsbaum, dekoriert mit dem Weihnachtsschmuck, den Tante Vera den Rest des Jahres in einer Schachtel im Speicher aufbewahrte. Tante Vera hatte den Baum allein geschmückt, obwohl Ronnie ihr seine Hilfe angeboten hatte, die sie jedoch mit der Begründung ablehnte, er mache bloß etwas kaputt.

Es war früher Nachmittag, und sie hatten gerade das von Ronnies Mutter zubereitete und aus gefülltem Truthahn mit Bratkartoffeln,

Erbsen und Karotten bestehende Mittagessen beendet. Im Vorjahr hatten sie sich noch mit Rindfleisch begnügen müssen, und voller Stolz hatte Tante Vera ihren neuen Freundinnen erzählt, dass es bei ihnen Truthahn gebe.

Ronnie hockte neben dem Sessel seiner Mutter auf dem Boden und betrachtete seine Geschenke: einen Malkasten und zwei kleine Pinsel. »Freust du dich?«, fragte sie ängstlich. Statt einer Antwort strahlte er sie nur an.

»Wehe, er kleckst damit herum!«, mäkelte Tante Vera, die neben dem Kamin auf dem Sofa saß. Von Tante Vera und Onkel Stan hatte Ronnie einen Schal bekommen.

»Das wird er nicht.«

»Das möchte ich ihm auch geraten haben!« Tante Veras Stimme klang streitlustig. Seit sie am Vormittag aus der Kirche zurückgekehrt waren, hatten Onkel Stan und sie schon eine Menge Bier getrunken. Onkel Stan schnarchte neben ihr auf dem Sofa. Thomas lag vor dem Kamin, vertieft in sein neues Comicheft, während Peter draußen mit seinen neuen Rollschuhen kämpfte.

Ronnie griff hinter das Bücherregal und zog den Umschlag heraus, den er dort versteckt hatte. Eine Karte, die er in der Schule gemacht hatte. Die Vorderseite zierte das Bild eines in den Farben des Regenbogens ausgemalten schönen Hauses, und innen stand: »Frohe Weihnachten, Mum. Alles Liebe von Ronnie Sunshine.« Alle Schüler seiner Klasse hatten Karten für ihre Mütter angefertigt. Miss Sims hatte zu ihm gesagt, dass seine die beste sei, und er hatte geantwortet, das liege daran, dass er die beste Mutter habe.

Nun war es an Anna zu lächeln. »Das ist das schönste Geschenk, das ich je bekommen habe.«

Er deutete auf die Vorderseite der Karte. »Das ist das Haus, das du für uns kaufen wirst.«

»Was für ein Haus?«, fragte Tante Vera.

»Mum wird ein großes Haus für uns kaufen.«

»Und wie will sie das machen?«

»Indem sie ganz viel Geld spart. Und wenn sie es gekauft hat, wird mein Dad kommen und bei uns wohnen.«

Tante Vera nahm einen Schluck Bier und stellte das Glas dann neben dem teuren Parfüm ab, das Onkel Stan ihr geschenkt hatte. Es war dasselbe, das Mrs. Brown benutzte. Die Form der Flasche kam Ronnie irgendwie bekannt vor, aber ihm fiel nicht ein, woran sie ihn erinnerte.

»Du bist doch ein kluger Junge, Ronnie. Zumindest steht das in deinem Zeugnis, nicht wahr?«

»Ja, Tante Vera.«

»Dann habe ich jetzt eine Lektion für dich: Deine Mutter ist eine Idiotin, die euch nie im Leben irgendwas kaufen wird. Tu dir selbst einen Gefallen, und merk dir das gut.«

»Meine Mum ist keine Idiotin.«

»Dann lass uns doch einen Brief an deinen Dad schreiben. Na, Anna, wie lautet denn seine Adresse?«

»Hör auf, Vera…«, begann Ronnies Mutter.

»Oder was? Was willst du tun? Gehen? Nur zu, warum nicht? Mal sehen, wie lange du und Ronnie ohne uns überlebt.«

»Meine Mum ist keine Idiotin!«

Tante Vera begann zu lachen. Seine Mutter legte ihm eine Hand auf die Schulter. »Tante Vera zieht dich bloß auf.«

Ein Stück Kohle fiel aus dem Kamin und weckte Onkel Stan. Thomas blickte von seinem Comicheft auf. »Du schnarchst wie ein Schwein, Dad.« Onkel Stan zuckte mit den Schultern, drehte sich um und schlief weiter. Tante Vera nahm einen weiteren Schluck Bier. Während er sie beobachtete, fiel Ronnie ein, dass ihn das Parfüm an eine Zaubertrankflasche erinnerte, die er in einem Schulbuch gesehen hatte. Eine böse Hexe hatte den Zaubertrank einer schönen Frau gegeben, die glaubte, dadurch für immer jung zu bleiben. Stattdessen war der Trank in ihrem Magen zu Feuer geworden und hatte sie zu Asche verbrannt.

Er stellte sich vor, dass Tante Vera aus Versehen einen Schluck aus der Parfümflasche nehmen würde. Nur einen winzigen Schluck. Dann würde sie sich mit einem Schrei an den Hals fassen.

Tante Vera lachte immer noch. Er begann ebenfalls zu lachen. Seine Mutter starrte ihn verwirrt an. »Still, Ronnie!«, ermahnte sie ihn.

Er musste sich auf die Lippe beißen, um das Lachen zu unterdrücken.

Januar 1952

Anna saß auf Ronnies Bett und ließ sich von ihm eine Geschichte über eine Prinzessin vorlesen, die einen Zauberring besaß und dadurch sieben Wünsche frei hatte. Das Buch stammte aus der Bücherei, und Anna hatte anfangs Bedenken gehabt, dass es noch zu schwierig für Ronnie sein könnte, aber er kam mühelos damit zurecht. Am Vorabend hatte ihn die Geschichte völlig in ihren Bann gezogen, aber im Moment schien er nicht bei der Sache zu sein.

»Was ist los, Ronnie?«

»Wann kommt Dad?«

Sie spürte ein dumpfes Ziehen in der Herzgegend, den Rest eines Schmerzes, der einmal unerträglich gewesen war. »Liebling, ich habe dir doch gesagt, dass er vielleicht gar nicht kommt. Du solltest nicht damit rechnen.«

»Ich möchte aber, dass er kommt.«

»Das weiß ich, Liebling, aber womöglich ist er schon im Himmel. Wir haben keine Ahnung, wo er ist.«

Trotzig schob Ronnie sein Kinn vor. »Er ist nicht im Himmel. Er wird kommen und mir helfen.«

»Dir helfen?«

»Wir werden uns zusammen um dich kümmern.«

Draußen hörte man den Regen prasseln. Es war ein stürmischer Winterabend, aber trotz der Kälte im Zimmer empfand sie seine Worte wie einen warmen Windhauch. Sie nahm seine Hand und presste sie an ihre Wange. »Du brauchst keine Hilfe, Ronnie. Du kannst das auch allein ganz wunderbar. Und nun lass uns die Geschichte zu Ende lesen. Jemima hat nur noch einen einzigen Wunsch übrig. Was würdest du dir wünschen, wenn du an ihrer Stelle wärst?«

»Dass Tante Vera bald in den Himmel kommt.«

Sie ließ seine Hand los. »Ronnie, wie kannst du nur so etwas Böses sagen!«

36

Während draußen der Regen gegen die Scheibe prasselte, starrte er auf die Buchseite hinunter.

»So etwas darfst du nicht sagen. Nie wieder. Ich weiß, dass Tante Vera manchmal wütend wird, aber das ist nun mal ihre Art. Sie und Onkel Stan waren sehr gut zu uns. Sie haben uns ein Zuhause gegeben.«

Ronnie schwieg. Sein gestreifter Schlafanzug war ihm viel zu groß. Ein Erbstück von Peter, wie so viele seiner Sachen. Draußen ratterte ein Zug vorbei. Obwohl das Fenster geschlossen war, erfüllte der Lärm den Raum.

»Ronnie?«

Er blickte auf. »Wir werden bald unser eigenes Haus haben. Du wirst uns eines kaufen. Dann spielt es keine Rolle mehr, ob Tante Vera im Himmel ist oder nicht.«

Irritiert schüttelte sie den Kopf. »Ronnie, es ist nicht richtig, so zu reden. Du machst mich damit sehr traurig.«

Wieder schwieg er. Sein Blick erschien ihr plötzlich wie der eines Fremden.

Dann begann er zu lächeln. Sein typisches Ronnie-Sunshine-Lächeln, mit dem er es immer schaffte, sie aufzuheitern, selbst wenn sie noch so düsterer Stimmung war.

»Es tut mir Leid, Mum. Ich hab dich lieb.« Mit diesen Worten wandte er sich wieder seinem Buch zu.

Mittagspause. Auf dem Hof, der im Schatten des düsteren viktorianischen Schulhauses lag, wimmelte es von Leben. Buben jagten hinter Fußbällen oder hintereinander her, Mädchen schwangen Springseile, spielten Himmel und Hölle oder beschäftigten sich mit ihren Puppen.

Catherine Meadows, des Seilhüpfens müde, beobachtete Ronnie Sidney, der allein in einer Ecke saß.

Er zeichnete. Wie immer. Laut Miss Sims war er sehr begabt. Miss Sims mochte Ronnie. Wenn Miss Sims nicht da war, verspottete Alan Deakins Ronnie und Archie Clark als Streber, was meist damit endete, dass Archie weinte und alle anderen lachten. Doch Ronnie zuckte nur mit den Achseln und ließ sich bei dem, was er gerade tat, nicht stören. Irgendwann wurde es Alan dann langweilig, und er fing an, jemand anderen aufzuziehen.

Sie ging zu Ronnie. »Was zeichnest du denn da?«

Ronnie gab keine Antwort. Als sie sich vorbeugte, um einen Blick darauf zu werfen, presste er das Blatt an seine Brust.

»Zeichnest du mich?«

»Nein.«

Catherine seufzte. Ihre Freundinnen Phyllis und Jean fanden, dass Alan der bestaussehendste Junge in der Klasse war, aber Catherines Favorit war Ronnie. Manchmal versuchte sie mit ihm ins Gespräch zu kommen, aber er wirkte nie sonderlich interessiert. Catherine fand das seltsam, denn schließlich war sie hübsch und ihr Vater ein wichtiger Mann, weshalb alle anderen Kinder mit ihr befreundet sein wollten.

Sie blieb abwartend stehen, aber Ronnie beachtete sie nicht. Da Catherine es nicht gewohnt war, ignoriert zu werden, streckte sie ihm nach einer Weile die Zunge heraus und kehrte zu ihren Freundinnen zurück. Zehn Minuten später ertönte die Glocke. Ronnie stand auf. Nachdem er seine Zeichnung noch einen Moment nachdenklich betrachtete hatte, zerknüllte er das Blatt, warf es in die Mülltonne und folgte den anderen Kindern nach drinnen.

Catherine ging zu der Tonne und fischte das zerknüllte Blatt wieder heraus, aber statt des erhofften Bildes von sich selbst hielt sie zwei separate Zeichnungen in der Hand, die beide eine dicke, wütend dreinblickende Frau in einem Garten hinter einer Eisenbahnlinie darstellten. Das erste Bild zeigte die Frau, wie sie einen kleinen Jungen anschrie, ohne dabei den Jagdbomber über ihrem Kopf zu bemerken. Auf dem zweiten Bild hatte eine Bombe die Frau in Stücke gerissen, und der kleine Junge winkte dem Piloten, während er mit der anderen Hand den abgetrennten Kopf der Frau an den Haaren kreisen ließ.

Enttäuscht warf Catherine das Blatt zurück in die Tonne.

Sommer. »*... ein hervorragendes Jahr. Einem Jungen mit Ronnies Begabung und Fleiß sind keine Grenzen gesetzt. Er wird Großes leisten.*«

November. Ronnie saß mit Peter am Küchentisch. Obwohl die Tür zum Wohnzimmer geschlossen war, konnte man Tante Veras Stimme deutlich hören.

»Stan musste ein gutes Wort für dich einlegen! Er hätte seinen Job verlieren können, und warum? Weil du zu blöd bist, um deinen eigenen richtig zu machen!«

Schweigen. Ronnie wünschte sich so sehr, seine Mutter würde sich wehren, doch sie sagte nichts.

»Aber blöd ist ja dein zweiter Vorname, stimmt's?«

Ronnie versuchte zu verstehen, was passiert war. Anscheinend hatte seine Mutter in der Arbeit irgendeinen Fehler gemacht und dabei fast ihren Job verloren.

»Sieh dir Ronnie an. Jeder Mensch mit ein bisschen Verstand hätte ihn zur Adoption freigegeben. Ihm einen anständigen Start ins Leben ermöglicht. Das könntest du immer noch, aber du tust es nicht, weil du zu blöd bist!«

In Ronnie machte sich ein Gefühl von Kälte breit. Neben ihm begann Peter zu kichern. Thomas war nicht da, er übernachtete bei einem Freund aus seiner neuen Schule.

Endlich sagte seine Mutter etwas. »Lass Ronnie aus dem Spiel.«

»Warum? Es stimmt doch. Es reicht dir nicht, dein eigenes Leben zu ruinieren, du musst dasselbe auch noch mit seinem tun!«

Peter versetzte Ronnie unter dem Tisch einen Tritt. »Dich würde sowieso niemand adoptieren. Sie würden dich in ein Waisenhaus stecken, zusammen mit den ganzen anderen Bastarden.«

»Nun ist es aber genug, Vera«, mischte Onkel Stan sich ein.

»Warum? So denken alle hier in der Gegend. Und wieso ergreifst du eigentlich schon wieder Partei für sie? Ich möchte ein einziges Mal erleben, dass du zu mir hältst!«

Peter stupste Ronnie mit dem Finger an. »Du kommst ins Waisenhaus, Bastard.«

Der Streit ging weiter. Dann waren plötzlich Schritte zu hören. Ronnies Mutter lief nach oben. Tante Vera erschien mit rotem, wütendem Gesicht in der Küche. »Wie es aussieht, bleibt das Abendessen heute an mir hängen. Ihr beide könnt euch nützlich machen. Peter, schäl die Kartoffeln. Ronnie, du deckst den Tisch. Und was haben die Rollschuhe da auf dem Boden zu suchen? Raus damit, aber schnell!«

Peter sprang auf. Ronnie folgte seinem Beispiel, steuerte jedoch auf die Küchentür zu, wo ein besorgt dreinblickender Onkel Stan stand.

»Wo willst du hin?«, fragte Tante Vera.

»Zu meiner Mum.«

»Mach, was ich dir gesagt habe. Deck den Tisch.«

»Ich möchte zu meiner Mum.«

»Lass ihn gehen, Vera.« Ein weiterer schwacher Einmischungsversuch von Onkel Stan.

Tante Vera verschränkte die Arme. »Deck den Tisch, Ronnie.«

Ronnie schüttelte den Kopf.

»Los jetzt!«

Einen Moment lang bot er ihr die Stirn. Seine Hände waren zu Fäusten geballt. Im Hintergrund begann Peter wieder zu kichern.

Dann entspannten sich Ronnies Hände, und er lächelte. Es wirkte wie eine sanfte Geste der Unterwerfung.

»Ja, Tante Vera. Entschuldige, Tante Vera.«

Brav machte er sich an die Arbeit.

Anna saß auf ihrem Bett und starrte auf den silbernen Ring, den sie am Finger trug.

Sie hatte ihn zum dreizehnten Geburtstag von ihren Eltern bekommen. Es war der letzte Geburtstag gewesen, den sie mit ihnen gefeiert hatte, ehe jener fatale Bombenangriff sie auslöschte. Sie besaß sonst nichts, was sie an ihre Lieben erinnert hätte, keine Fotos und auch keine anderen Gegenstände. Alles, was für sie einen emotionalen Wert gehabt hatte, war durch die Bombe zerstört worden.

Alles bis auf ihre Erinnerungen. Erinnerungen an die Stimme ihres Vaters, das Lächeln ihrer Mutter, die Art, wie ihr Bruder gelacht hatte, wenn er ihr einen Witz erzählte oder sie wegen ihrer Schwärmerei für einen Filmstar aufzog. Schwache Echos aus einer Zeit, als sie noch keine Angst vor der Zukunft gehabt hatte. Als sie noch wusste, was es hieß, sich sicher und geborgen zu fühlen.

40

Sie musste hier weg. Mit Ronnie irgendwo anders hinziehen. Aber wohin? Und wovon sollten sie leben? Sie war weder mit Intelligenz noch mit irgendeiner besonderen Begabung gesegnet. Sie würde nicht in der Lage sein, genug zu verdienen, um sie beide zu ernähren. Nicht ohne die Hilfe von Stan und Vera.

Sie hörte Schritte. Sekunden später stand Ronnie in der Tür und starrte sie ängstlich an. Er hatte ein Stück Marmeladenbrot in der Hand. Während sie ihn ansah, wurde ihr plötzlich klar, dass Vera Recht hatte. Sie hätte ihn zur Adoption freigeben und ihm auf diese Weise einen anständigen Start ins Leben ermöglichen sollen. Sie hätte ihn nicht bei sich behalten dürfen, bloß weil sie zu schwach war, um allein zu sein.

Plötzlich empfand sie einen überwältigenden Abscheu vor sich selbst und brach in Tränen aus.

Er lief zu ihr, schlang die Arme um ihren Hals. »Nicht weinen, Mum. Bitte.«

»Oh, Ronnie …«

Sie hielten einander eine Weile schweigend im Arm. Anna wiegte sich vor und zurück, während Ronnie auf ihren Knien saß, sodass ein Außenstehender wahrscheinlich den Eindruck gehabt hätte, als wäre sie diejenige, die Trost spendete.

Langsam versiegten ihre Tränen. Sie wischte sich über die Augen. »Du darfst mein albernes Geheule nicht ernst nehmen.«

Er berührte ihren Ring. »Du hast an Granny Mary gedacht, stimmt's?«

»Ja.«

»Sie fehlt dir. Und Grandpa Ronald und Onkel John. Du wünschst dir, sie wären hier.«

Sie nickte.

»Ich möchte nicht adoptiert werden, Mum. Lass mich nicht adoptieren.«

»Niemals.«

»Versprochen?«

»Versprochen.«

»Großes Ehrenwort?«

»Ganz großes Ehrenwort.«

Er legte den Kopf an ihre Brust. Sie streichelte sein Haar. »Es tut mir Leid, Ronnie.«

»Was?«

»Dass du nur mich hast.«

»Mein Dad wird bald kommen, und dann werde ich euch beide haben.«

»Er wird nicht kommen, Ronnie.«

»Doch, das wird er, und dann …«

Sie nahm sein Gesicht in beide Hände und sah ihn an. »Ronnie, du musst mir jetzt gut zuhören. Dein Vater wird nicht kommen. Niemals. Ich würde alles dafür geben, dir etwas anderes sagen zu können, aber es ist nun mal so. Wir haben nur einander.«

Sein Blick verdüsterte sich. Er wirkte auf einmal viel älter, als wäre er wirklich schon der kleine Mann, der er so verzweifelt zu sein versuchte. Ein Gefühl von Scham stieg in ihr auf. Sie wünschte, sie hätte ihm erlaubt, seinen Traum noch eine Weile weiterzuträumen.

»Mach dir keine Sorgen, Mum«, tröstete er sie schließlich. »Wir schaffen das schon. Ich werde mich um dich kümmern, das verspreche ich dir.«

Dann begann er zu singen. »*You are my sunshine, my only sunshine. You make me happy when skies are grey.*« Er sang hoch und ziemlich falsch. Eine Welle der Liebe durchflutete sie mit einer solchen Heftigkeit, dass sie glaubte, ihr Herz müsste gleich zerspringen.

»Soll ich dir ein Geheimnis verraten, Ronnie? Immer wenn ich ein bisschen traurig bin, sage ich mir, dass ich der glücklichste Mensch auf der Welt bin, weil ich den besten Sohn habe, den es nur geben kann. Hübsch, gescheit und brav. Und eines Tages werde ich dafür sorgen, dass du genauso stolz auf mich sein kannst wie ich auf dich.«

Das Stück Brot lag neben ihnen auf dem Bett. Er griff danach und hielt es ihr hin. Obwohl sie keinen Hunger hatte, tat sie ihm den Gefallen und biss hinein.

Dienstagabend. Anna ging die Moreton Street entlang. Es war halb acht. Sie hatte Überstunden gemacht. Ein Versuch, das Desaster der vergangenen Woche wieder gutzumachen.

Neben ihr ging Stan. Er war mit ein paar Freunden aus der Fabrik auf ein Bier gewesen. Seinem unsicheren Gang nach zu schließen hatte er sich allerdings weit mehr als nur eines genehmigt. Obwohl Vera auch des Öfteren zu tief ins Glas schaute, konnte sie ziemlich unangenehm werden, wenn Stan betrunken nach Hause kam. Anna überlegte, ob sie ihn dazu auffordern sollte, im Café in der High Street eine Tasse Kaffee zu trinken, entschied sich dann aber dagegen. Vera wartete mit dem Abendessen, und wenn sie zu spät kamen, würden sie die nächsten Tage nichts zu lachen haben.

Es war dunkel, und außer ihnen befand sich kaum noch jemand auf der Straße. Nur Veras Freundin Mrs. Brown kam ihnen Arm in Arm mit ihrem Gatten, dem stellvertretenden Bankdirektor, entgegen, angetan mit falschen Perlen und auf hohen Absätzen einherstolzierend, die unter ihrer massigen Gestalt gleich abzubrechen drohten. Vielleicht gingen sie zum Abendessen in das neue Restaurant in der High Street. Die Browns aßen oft auswärts. Vera lag Stan ständig damit in den Ohren, dass er sie doch auch mal zum Essen ausführen solle, aber Stan sagte immer, das koste zu viel.

Im Vorbeigehen tauschten sie ein paar höfliche Floskeln aus. Als Mrs. Brown Stans betrunkenen Zustand bemerkte, lächelte sie halb amüsiert, halb verächtlich. Anna spürte, wie Mr. Brown sie von oben bis unten musterte. Im Dezember vergangenen Jahres hatte er sie bei der Weihnachtsparty von Stan und Vera in der Küche abgefangen und sie gefragt, ob sie nicht mal Lust hätte, mit ihm eine Spritztour in seinem neuen Wagen zu machen; sie sei doch ein Mädchen, das offensichtlich gern ein bisschen Spaß habe. Sie hatte abgelehnt, und er war nie wieder darauf zu sprechen gekommen. Doch bei seinem Anblick hatte sie immer noch das Bedürfnis, sich auf der Stelle gründlich zu waschen.

Sie setzten sich wieder in Bewegung und steuerten auf Nummer 41 zu. Thomas saß in seinem Zimmer am Fenster und kämpfte mit seinen Hausaufgaben. Als er sie kommen sah, winkte er ihnen zu. Anna winkte zurück, während Stan nach seinem Schlüssel suchte und aufschloss. Anna ging als Erste hinein.

Und hörte den Schrei.

Er kam aus der Küche, hoch und schrill, eine Mischung aus Angst und schrecklichem Schmerz.

Sie rannte los, gefolgt von Stan. Vera lag auf dem Boden, neben ihr die Fritteuse. Siedendes Fett lief über den Boden. In der Luft hing der unangenehme Geruch nach verbranntem Fleisch.

Stan, der vom Alkohol noch immer ziemlich benebelt war, wirkte vor Schreck wie gelähmt, sodass Anna die Sache in die Hand nahm. »Lauf zu den Jacksons rüber, sie haben ein Telefon. Wir brauchen einen Krankenwagen. Schnell!« Während er sich wortlos umdrehte und losrannte, beugte sich Anna zu Vera hinunter und zog sie aus der Gefahrenzone.

Thomas erschien in der Tür, gefolgt von Peter und Ronnie. »Nicht reinkommen!«, rief Anna ihnen zu. Vera, die jetzt leise vor sich hinwimmerte, begann zu zittern. Die Schocksymptome setzten ein. »Bringt mir eine Decke. Schnell!«

Während sie wartete, gab sie beruhigende Laute von sich, vermied es dabei aber, sich die beschädigte Haut an Veras Unterarm genauer anzusehen. Stattdessen blieb ihr Blick an Peters Rollschuh hängen, der teilweise von der Fritteuse verdeckt wurde, als versuchte er seine Schuld zu verheimlichen.

Anna saß auf Veras Bett und wechselte ihren Verband.

Sie zog ein wenig fester als beabsichtigt. Vera zuckte zusammen. »Vorsichtig!«

»Entschuldige.«

»Wenigstens bist du nicht so schlimm wie die blöde Krankenschwester. Ich habe sie gefragt, ob sie ihre Ausbildung in Belsen gemacht hat.« Vera lachte über ihren eigenen Witz, was an der fahlen Blässe ihres Gesichts aber wenig änderte. Die Schmerzmittel schienen nicht zu wirken. Stan hatte Anna erzählt, dass sie nachts vor Schmerzen aufwachte.

Peter erschien in der Tür. »Geht es dir gut, Mum?«, fragte er ängstlich.

»Ja.« Veras Ton war schroff.

»Wirklich?«

»Das habe ich doch gerade gesagt, oder nicht? Lass uns jetzt wieder allein.«

Peter tat, wie ihm geheißen. Anna machte schweigend weiter.

»So, fertig«, sagte sie schließlich. »Tut mir Leid, wenn ich grob zu dir war.«

»Du hast es ja nicht absichtlich gemacht. Außerdem, immer noch besser du als Stan.« Wieder lachte sie. »Wenn er es machen würde, könnte mich jetzt die ganze Straße schreien hören. Dieser Mann ist wirklich zu gar nichts zu gebrauchen.«

»Peter hat es auch nicht absichtlich getan.«

Veras Mund nahm einen harten Zug an. »Ich sage ihm ständig, dass er seine Sachen wegräumen soll. Wenn er mir zugehört hätte …«

»Aber er war so aufgeregt, und …«

»Das hilft mir jetzt auch nichts mehr.«

»Ich weiß, aber …«

»Als ich zur Schule ging, gab es in meiner Klasse ein Mädchen mit Brandnarben. Sie befanden sich auf der Seite ihres Kopfes, sodass ihr Haar an dieser Stelle nicht richtig wuchs. Wir nannten sie Vogelscheuche. Oft weinte sie und behauptete, eines Tages würden die Narben verblassen und die Haare nachwachsen, und sie würde schöner sein als wir alle zusammen. Das arme kleine Kalb.«

Während der neun Jahre, die sie nun schon zusammenlebten, hatte Anna in Veras Augen die unterschiedlichsten Gefühlsregungen beobachtet, aber noch nie zuvor Angst. Diese völlig neue Erfahrung weckte in ihr eine ebenfalls neue Emotion: Mitleid.

»Es wird verblassen, Vera. Hab ein bisschen Geduld.«

»Eigentlich hatte ich ja noch Glück, weil es nur am Arm ist. Stell dir vor, es hätte mein Gesicht erwischt, wie bei der Vogelscheuche.«

Beide Frauen schwiegen einen Moment. Draußen auf der Straße gingen zwei junge Männer lachend vorüber.

»Ich werde ihm verzeihen«, erklärte Vera schließlich. »Was bleibt mir anderes übrig? Er wird mir nicht ewig gehören. Wie hat es meine Mutter immer ausgedrückt? Ein Sohn ist nur so lange ein Sohn, bis er heiratet. Eines Tages wird ihn mir irgendein Mädchen wegnehmen, genau wie eine andere mir Thomas wegnehmen wird, und dann habe ich nur noch Stan, Gott steh mir bei.«

»Ronnie wird mich nie verlassen.«

»Meinst du?«

Anna stellte sich Ronnie als Erwachsenen vor. Gut aussehend und klug. Talentiert und charmant. Einen solchen Mann würden zahllose Mädchen lieben. Dann würde er seine Mutter nicht mehr brauchen.

Plötzlich war sie wieder dreizehn, stand ein weiteres Mal vor den Scherben ihres Zuhauses. Sie spürte den Staub in ihrem Mund und empfand ein schreckliches Gefühl von Leere.

Die beiden Frauen starrten einander an. In diesem Moment geteilter Angst waren ihre alten Animositäten für ein Weile vergessen.

»Vielleicht hast du Recht. Ronnie ist ein guter Junge.« Eine Spur von Bitterkeit hatte sich in Veras Stimme geschlichen. »Eins steht fest. Du wirst mehr Grund haben, stolz auf ihn zu sein, als ich bei meinen beiden.«

»Ich glaube, ich sollte mich jetzt um das Abendessen kümmern. Die anderen werden bestimmt schon hungrig sein.«

Vera nickte. Anna machte sich auf den Weg nach unten.

Manchmal, wenn Anna Ronnie eine besondere Freude machen wollte, ging sie mit ihm ins Amalfi-Café an der High Street.

Das Café gehörte der Familie Luca, die aus Neapel nach England ausgewandert war. Mrs. Luca machte wundervolle Kuchen, die in einer großen Vitrine auf der Theke ausgestellt waren, aber trotz Annas Drängen, doch mal wagemutig zu sein, nahm Ronnie immer dieselbe Sorte Marmeladentörtchen und dazu eine Flasche Limonade.

Sie saßen an einem Tisch am Fenster. Ronnie aß zuerst den Teig und sparte sich die Marmelade bis zum Schluss auf. »Wäre es nicht besser, beides zusammen zu essen?«, meinte Anna. Er machte sich nicht die Mühe, ihr darauf eine Antwort zu geben. Sie erinnerte sich, dass ihr Bruder und sie von ihren Eltern einst denselben Rat bekommen und ihn genauso ignoriert hatten.

»Königin Elizabeth wird bald gekrönt, oder?«, fragte er, als er den Mund gerade mal nicht voll hatte.

Sie nickte. Die Zeitungen hatten über Vorbereitungen für die Krönung berichtet, die im folgenden Jahr stattfinden sollte.

»Wird sie nach der Krönung ›jungfräuliche Königin‹ heißen?« Anna dachte an Prinz Charles und Prinzessin Anne. »Das glaube ich nicht, mein Liebling.«

»Warum nicht?«

Sie spürte, wie sie rot wurde. »Iss dein Törtchen auf«, sagte sie. Ein Mann am Nebentisch hatte ihr Gespräch belauscht und lächelte amüsiert.

Das Café war voll besetzt. An einem Tisch ganz in ihrer Nähe verschlang ein Mädchen in Ronnies Alter einen großen Eisbecher. Sie war in Begleitung eines gut gekleideten Paars, bei dem es sich wahrscheinlich um ihre Eltern handelte. Das Mädchen winkte Ronnie zu. »Kennst du sie?«, erkundigte sich Anna.

»Das ist Catherine Meadows.«

»Geht sie in deine Klasse?«

»Ja.«

»Ist sie eine Freundin von dir?«

»Kann man sagen.«

»Bist du mit ihr genauso gut befreundet wie mit Archie?«

Ronnie zuckte nur mit den Achseln und widmete sich dann weiter seinem Törtchen. Seine neue Klassenlehrerin hatte ihr gesagt, Ronnie sei bei seinen Klassenkameraden recht beliebt, habe aber noch keine engen Freundschaften geschlossen. Einmal war er von Archie Clark zum Tee eingeladen worden, hatte aber keine besondere Lust gehabt, die Einladung zu erwidern. In gewisser Hinsicht war das ein Segen. Vera beschwerte sich ständig über die Freunde von Peter und Thomas. Sie zu fragen, ob Ronnie seinerseits auch noch ein paar bewirten dürfe, wäre gewesen, als würde man einen Stier mit einem roten Tuch reizen.

Während sie an ihrem Tee nippte, musste sie an Peter denken. Stan hatte ihm eine Tracht Prügel verpasst, und Vera war eine

Weile sehr kühl zu ihm gewesen, was sich jedoch allmählich wieder legte.

Trotzdem hätte das Ganze viel schlimmer enden können. Eine Narbe am Arm war immer noch besser als ein vernarbtes Gesicht. Sie schauderte. Ronnie runzelte die Stirn. »Was ist?«

»Ich musste gerade an Tante Vera denken.«

»Sie tut dir Leid, nicht?«

Sie nickte. Draußen ging gerade ihre Freundin Kate vorbei, Arm in Arm mit Mickey Lee. Kate und Mickey würden in zwei Wochen heiraten. Beide winkten ihr zu.

»Warum?«

Einen Moment lang fiel ihr gar nicht auf, was er da gesagt hatte. Als es ihr bewusst wurde, stellte sie ihre Tasse ab.

»Warum? Ronnie, was für eine Frage!«

Er starrte sie mit ernster Miene an.

»Tut sie dir denn nicht Leid?«, fragte Anna.

Er gab ihr keine Antwort. Ohne mit der Wimper zu zucken, durchbohrte er sie mit seinem Blick, als würde er nach etwas suchen.

»Ronnie?«

»Sie ist grässlich zu dir. Sie hat dich zum Weinen gebracht.«

»Nein, das stimmt nicht. Ich hatte bloß einen schlechten Tag, das habe ich dir doch erklärt.«

»Sie wollte, dass du mich zur Adoption freigibst.«

»Sie war nur wütend. Sie hat es nicht so gemeint.«

»Doch, das hat sie.«

Wieder musste sie an Peter denken. Nach dem Unfall hatte er steif und fest behauptet, er *habe* seine Rollschuhe aufgeräumt. Jemand anderer müsse sie dort liegen gelassen haben. Vielleicht Thomas. Oder Ronnie.

Aber das war lächerlich. Ronnie interessierte sich überhaupt nicht fürs Rollschuhlaufen. Außerdem hätte er sie nie an einer so gefährlichen Stelle liegen lassen.

Es sei denn, er hätte es absichtlich getan.

In ihrem Kopf regte sich etwas. Erinnerungsfetzen, die in einem dunklen Winkel ihres Gedächtnisses begraben lagen. Ein Gespräch zwischen Ronnie und ihr, das sie bei der Lektüre eines Märchens geführt hatten.

»Jemima hat nur noch einen einzigen Wunsch übrig. Was würdest du dir wünschen, wenn du an ihrer Stelle wärst?«

»Dass Tante Vera bald in den Himmel kommt.«

Ein Bild stahl sich vor ihr geistiges Auge. Ronnie, wie er in der Küchentür stand und Tante Vera beobachtete. Auf den richtigen Moment wartete, wenn sie ihm den Rücken zukehrte ...

Sie schob das Bild beiseite, als wäre es mit einem Virus verseucht, und errichtete im Geist einen Schutzwall, der verhindern sollte, dass es je wieder in ihr Bewusstsein drang. Wie konnte sie so etwas über ihr eigenes Kind denken? Ihren Liebling. Ihren kleinen Ronnie Sunshine.

Den einzigen Menschen auf der Welt, den sie liebhaben durfte.

Jemand rief Ronnies Namen. Catherine Meadows war am Gehen und winkte Ronnie zum Abschied noch mal zu. Diesmal winkte er zurück. Catherine lächelte. Sie war ein hübsches Mädchen, das wahrscheinlich zu einer noch hübscheren Frau heranwachsen würde. Womöglich würde ihr eines Tages eine solche Frau ihren Ronnie wegnehmen.

»Du machst nur Spaß oder, Ronnie? In Wirklichkeit tut dir Tante Vera doch auch Leid?« Ihr Ton klang eher feststellend als fragend.

Er blinzelte. Einen Moment lang wirkte sein Blick betrübt. Wahrscheinlich schämte er sich.

»Ja, Mum.«

Es klang, als würde er es ehrlich meinen. Selbstverständlich meinte er es ehrlich, da war sie sich ganz sicher.

Er nahm einen Schluck von seiner Limo. Die Kohlensäure stieg ihm in die Nase, und er musste husten. Alle sahen zu ihnen herüber.

»Hey, Ronnie, sollen die Leute glauben, ich hätte dich vergiftet?«, rief Mr. Luca hinter der Ladentheke. Anna wischte ihm mit einem Taschentuch den Mund ab, und sie mussten beide lachen.

Mitternacht. In der Moreton Street 41 war alles still – bis auf Ronnie, der im ersten Stock den Gang entlangschlich und vor der letzten Tür auf der linken Seite stehen blieb.

Die Tür war geschlossen. Er drehte den Knauf und schob sie einen Fuß breit auf. Weiter durfte er sie nicht öffnen, weil sie sonst zu knarren begann, das hatte er am Nachmittag ausprobiert, als alle anderen unten waren. Aber es reichte, um hineinzugelangen.

In der Mitte des Raums stand ein Doppelbett. Onkel Stan schlief auf der rechten Seite, Tante Vera auf der linken. Obwohl im Zimmer keine Lampe brannte, fiel durch die dünnen Vorhänge genug Licht herein.

Ronnie achtete darauf, nicht auf die knarrende Bodendiele in der Nähe des Fensters zu treten, während er durch den kalten Raum auf Tante Vera zuschlich. Er trug nur seinen Schlafanzug, keinen Bademantel. Wenn sie aufwachten, würde er so tun, als schlafwandelte er. Thomas hatte in Ronnies Alter zum Schlafwandeln geneigt. Ronnie hatte gehört, wie Tante Vera Mrs. Brown davon erzählte.

Tante Vera lag mit offenem Mund auf dem Rücken und gab beim Atmen ein dumpfes Schnarren von sich, gegen das Onkel Stans Schnarchen wie Donner klang. Ihr rechter Arm lag über ihrer Brust, aber das war nicht der Arm, für den Ronnie sich interessierte.

Vorsichtig zog er die Bettdecke zurück, um einen Blick auf den linken Arm werfen zu können, der ausgestreckt neben dem Körper lag. Er war mittlerweile nicht mehr verbunden. Trotz des schwachen Lichts konnte er die verbrannte Stelle sehen. Er streckte die Hand aus, hätte sie am liebsten berührt, ließ es dann aber bleiben, um Tante Vera ja nicht zu wecken. Es reichte schon aus, die narbige Haut zu sehen, zu wissen, dass sie existierte.

Viele Kinder in seiner Klasse hatten Rollschuhe. Sally Smiths Oma war über einen gestolpert und hatte sich den Knöchel gebrochen. Als Sally in der Schule davon erzählte, hatte in seinem Kopf plötzlich ein Gedanke Gestalt angenommen, der dort wohl schon eine Weile schlummerte. Ein gebrochener Knöchel wäre schön gewesen, aber ein vernarbter Arm war noch besser.

Seine Mutter sagte immer, Tante Vera meine es nicht wirklich böse, sondern sei im Grunde ein netter Mensch, aber das glaubte er nicht. Tante Vera hielt seine Mutter für dumm, und es machte ihr Spaß, sie zum Weinen zu bringen. Tante Vera wollte, dass seine

Mutter ihn zur Adoption freigab und zu fremden Leuten schickte, sodass sie sich nie wieder sehen würden.

Aber er würde seine Mutter nie verlassen. Was sie auch sagte, eines Tages würde sein Vater *doch* kommen und sich um sie beide kümmern, doch bis dahin war das seine Aufgabe. Und Tante Vera sollte besser nicht versuchen, ihn wegzuschicken, denn wenn sie das tat, dann …

Auf jeden Fall sollte sie es besser nicht versuchen. Das war alles.

Nachdem er in sein Zimmer zurückgekehrt war, blickte er auf seine Mutter hinunter. Sie lag auf der Seite und atmete ruhig. Ronnie fand, dass sie aussah wie eine Prinzessin aus einem Märchenbuch. Er befeuchtete einen Finger und strich eine abstehende Strähne ihres Haars glatt.

Er würde nicht zulassen, dass ihr jemand wehtat. Sie war seine Mutter, und er liebte sie. Und sie liebte ihn, weil er ihr kleiner Ronnie Sunshine war, der sie glücklich machte, wenn der Himmel grau war. Sie sagte oft zu ihm, dass er der beste Junge der Welt sei und sie sich glücklich schätze, weil er so hübsch und gescheit und brav sei.

Aber er war nicht immer brav. Manchmal tat er schlimme Dinge und war stolz darauf. Er wollte, dass sie deswegen auch stolz auf ihn war und ihn lobte, aber schon bei der geringsten Andeutung in diese Richtung war sie geschockt, weil ihr kleiner Ronnie Sunshine niemals etwas Schlimmes tat. Ihr kleiner Ronnie Sunshine hatte nicht einmal schlimme Gedanken.

Wenn sie wüsste, was er manchmal dachte und tat, wäre sie wohl nicht mehr stolz auf ihn, würde ihn womöglich nicht mehr lieben. Sie lächelte im Schlaf. Ihr Gesicht wirkte weich und lieb. Er stellte sich vor, wie ihre Züge hart werden würden. Wie sie ihn aus kalten Augen betrachten würde. »Geh weg, Ronald. Du bist böse, und ich hasse dich. Du bist nicht mehr mein kleiner Ronnie Sunshine.«

Dann würde er keinen Menschen mehr haben, der ihn liebte, und wäre ganz allein.

Die Vorstellung erschreckte ihn so sehr, dass er in Tränen ausbrach.

In ihrem Traum war Weihnachten. Sie war neun Jahre alt und öffnete gerade ihren Strumpf. Ihr Vater rauchte Pfeife, und ihre Mutter sagte zu ihm, dass er genau aussehe wie Ronald Colman, während die Familienkatze laut miaute, als wollte sie sich über den Rauchgeruch beschweren. Ihr Bruder John hatte eine Harmonika bekommen und versuchte »Hark the Herald Angels Sing« zu spielen, während sie alle lachten und dazu sangen…

Als sie aufwachte, glaubte sie einen Moment lang, das Lachen immer noch zu hören, aber dann wurde ihr bewusst, dass es sich in Wirklichkeit um ein Weinen handelte. Ronnie stand neben ihrem Bett, zitternd vor Kälte, und schluchzte herzerweichend.

Sie schloss ihn in die Arme und bedeckte seine nassen Wangen mit Küssen. »Ist schon gut, Ronnie, Mummy ist ja bei dir.« Sanft wiegte sie ihn hin und her, tröstete ihn mit beruhigenden Lauten, während draußen ein Zug vorbeidonnerte und den Raum mit Licht und Lärm füllte.

»Was ist mit dir, mein Schatz? Hat dich ein schlimmer Traum erschreckt?«

Er nickte.

»Was hast du denn geträumt?«

Er öffnete den Mund, machte ihn aber gleich wieder zu und schüttelte den Kopf.

»Du musst es mir nicht erzählen, Liebling. Hauptsache, es ist vorbei. Ich bin bei dir, dir kann nichts passieren.« Während sie ihm übers Haar strich, starrte er sie aus großen, angsterfüllten Augen an. Sie musste daran denken, was ihr im Café durch den Kopf geschossen war. Inzwischen schämte sie sich dafür. Er war doch noch ein richtiges Baby und würde nie jemandem absichtlich wehtun.

»Möchtest du bei mir schlafen? Ich werde aufpassen, dass dir die Ungeheuer aus deinem Traum nichts mehr tun, das verspreche ich dir.«

Während er neben sie kroch und die Arme um sie schlang, zog sie die Bettdecke hoch. Dann streichelte sie weiter sein Haar und begann ein Schlaflied zu summen.

Montagabend, zwei Wochen später. Ronnie saß zu Füßen seiner Mutter auf dem Boden und las. Tante Vera und Onkel Stan hatten sich auf dem Sofa vor dem Kamin niedergelassen. Im Radio lief eine Sendung mit klassischer Musik. »Nun hören Sie eine Sinfonie von Haydn«, verkündete der Sprecher gerade mit samtweicher Stimme. Tante Vera nickte beifällig. Haydn war einer der Lieblingskomponisten von Mrs. Brown. Onkel Stan, der lieber Jazz gehört hätte, bemühte sich, ebenfalls ein wenig Begeisterung in seinen Blick zu legen.

Tante Vera trug einen dicken Pullover. Früher hatte sie immer die Ärmel hochgeschoben, selbst wenn es noch so kalt war. Inzwischen tat sie das nicht mehr. Während sie der Musik lauschte, strichen ihre Finger immer wieder über die Wolle, die die verbrannte Hautpartie bedeckte.

Sie bemerkte Ronnies Blick.

»Tut es noch weh?«, fragte er.

»Ein bisschen.«

»Das tut mir Leid.«

Seine Mutter, die gerade damit beschäftigt war, eines seiner Hemden zu flicken, streichelte ihm übers Haar. Er blickte mit bekümmerter Miene zu ihr auf. So, wie sie es von ihrem kleinen Ronnie Sunshine erwartete.

»Braver Junge«, flüsterte sie.

Er versuchte sich wieder auf sein Buch zu konzentrieren, aber Tante Veras Handbewegungen lenkten ihn immer wieder ab. Sein Blick wurde davon angezogen wie die Motten vom Licht.

Frühling 1953

In der Langley Avenue reihten sich lauter elegante Häuser aus grauem Stein aneinander, die alle aus der Zeit um die Jahrhundertwende stammten. Die Bewohner der Straße rühmten sich gern damit, dass es sich um die beste Adresse der Stadt handelte, was bei einem so tristen Ort wie Hepton nicht viel hieß.

Vierzig Jahre waren vergangen, seit June und Albert Sanderson mit ihren beiden kleinen Söhnen in diese Straße gezogen waren.

Damals war Albert ein ehrgeiziger junger Anwalt gewesen. Inzwischen waren seine Söhne auch Anwälte und hatten ihre eigenen Familien, während Albert, dem es gesundheitlich nicht besonders gut ging, seine Tage mit Briefmarkensammeln und der Lektüre von Krimis verbrachte. Sein Ehrgeiz beschränkte sich mittlerweile darauf, möglichst früh den Täter zu erraten.

Bis vor sieben Monaten hatte die alte Doris Clark als Putzfrau für sie gearbeitet und war jeden Samstag wie eine gute Fee durch ihr voll gestopftes Haus gefegt. Als Doris schließlich in den Ruhestand gegangen war, hatte ihnen eine Bekannte, Sarah Brown, als Ersatz eine junge Frau namens Anna vorgeschlagen, die einen unehelichen Sohn zu ernähren hatte und deswegen nach einer Möglichkeit suchte, zusätzlich Geld zu verdienen.

An diesem Samstag saß June gerade in ihrer Küche und schrieb einen Brief an ihre Cousine Barbara. Anna saß neben ihr und polierte das Tafelsilber.

Als June mit ihrem Brief fertig war, erhob sie sich und streckte ihre arthritischen Finger. »Zeit für eine Tasse Tee«, verkündete sie.

»Ich mache welchen«, sagte Anna.

»Nicht nötig, bleiben Sie sitzen. Ich stehe schon.« June füllte den Wasserkessel und stellte ihn auf den Herd. Aus dem Wohnzimmer drang die Stimme von Ivor Novello, harmonisch unterlegt von Alberts Schnarchgeräuschen. Anna fuhr fort, das Besteck zu polieren. Sie leistete gute Arbeit. Und sie war ein lieber Mensch. Immer bereit, zwei älteren Leutchen zuzuhören, die ihre Söhne vermissten und nur einander und das Radio als Gesellschaft hatten. June war froh, sie gefunden zu haben.

»Wie geht es Stan?«, fragte sie. »Ist er immer noch so erkältet?«

»Nein, es geht ihm schon viel besser. Lieb, dass Sie fragen.«

»Und Vera? Wie geht es ihr?«

»Auch gut.« Annas Blick blieb auf das Besteck gerichtet. Obwohl sie selten über ihr Leben in der Moreton Street sprach, spürte June, dass sie es dort nicht leicht hatte. Durch Sarah Brown wusste sie, dass Vera ein schrecklicher Snob war und es nicht gerne sah, dass eine ihrer Verwandten nebenbei als Putzfrau arbeitete.

Das Wasser kochte. June goß drei Tassen Tee ein, füllte ein Glas mit Zitronenlimonade und belud einen Teller mit Keksen. »Kommen Sie mit hinüber, meine Liebe«, sagte sie zu Anna. »Sie haben sich eine Pause verdient.«

Als sie das Wohnzimmer betrat, räusperte sie sich. Albert öffnete die Augen. »Ich habe nicht geschlafen«, versicherte er hastig. »Oder, Ronnie?«

Ronnie schüttelte den Kopf. Er saß an einem kleinen Tisch neben dem Fenster über einen Zeichenblock gebeugt. Anna brachte ihn oft mit, wofür sie sich immer des Langen und Breiten entschuldigte. Dabei war der Junge wirklich ein Musterkind. Junes Nachbarin Penelope Walsh hatte erklärt, sie würde niemals eine Putzfrau mit einem ledigen Kind beschäftigen, aber June weigerte sich, jemanden für etwas zu verdammen, das nichts anderes war als normale menschliche Schwäche.

Sie reichte Ronnie den Saft und hielt ihm den Teller mit den Keksen hin, wobei sie ihn drängte, gleich zwei zu nehmen. »Vielen Dank, Mrs. Sanderson«, sagte er. Der Junge hatte vorbildliche Manieren, seine Mutter konnte wirklich stolz auf ihn sein. Einen Moment lang betrachtete sie die Schiffe, die er gezeichnet hatte. Für einen knapp Achtjährigen machte er das erstaunlich gut.

»Eine sehr schöne Zeichnung, Ronnie«, lobte sie ihn.

»Die ist für Sie.«

»Was für ein wundervolles Geschenk. Sieh mal, Albert, ist das nicht großartig?«

Albert nickte. »Sie haben wirklich einen begabten Jungen«, sagte er zu Anna, deren Gesicht vor Freude aufleuchtete, sodass sie selbst wieder wie ein Kind aussah.

Ronnie setzte sich neben seine Mutter, die liebevoll den Arm um ihn legte. Albert erzählte ihnen von dem Fernsehapparat, den sie kaufen wollten, damit sie sich die Krönung der Königin ansehen konnten. Ronnie erklärte, die Eltern eines Klassenkameraden namens Archie Clark hätten sich gerade so ein Gerät angeschafft, hätten aber noch keine Ahnung, wie es funktioniere.

Anna lächelte Ronnie an. Aus ihrem Blick sprach ungetrübte, kindliche Liebe. Einmal hatte sie June anvertraut, dass sie Ronnie versprochen habe, eines Tages ein großes Haus auf dem Land für sie beide zu erwerben. Wie sie das mit ihren mageren Einkünften bewerkstelligen wollte, war allerdings fraglich.

June wünschte, sie könnte ihr irgendwie helfen, sah aber keine Möglichkeit.

Sommer. »... *immer höflich und aufmerksam. Ronnie lernt seinen Stoff gut.«*

7. Oktober 1953. Der Abend, an dem Thomas nicht nach Hause kam.

Anfangs machte sich keiner große Sorgen. Als sie sich zum Abendessen niederließen, herrschte bei Tante Vera noch der Zorn vor. »Was für eine Verschwendung! Das ganze gute Essen! Der kann sich auf was gefasst machen!«

Bis sie mit dem Essen fertig waren, war ihre Stimmung bereits umgeschlagen und an die Stelle des Zorns war Angst getreten. Derartiges Verhalten war völlig untypisch für Thomas. »Bestimmt ist er wieder bei diesem Taugenichts Johnny Scott. Peter, lauf schnell zu ihm rüber und hol ihn.« Peter tat, wie ihm geheißen, kam aber mit der Nachricht zurück, dass bei den Scotts niemand wisse, wo Thomas sein könne.

Die Zeit verging. Andere Freunde wurden aufgesucht, aber alle gaben die gleiche Auskunft. Tante Vera wurde immer besorgter. Onkel Stan versuchte sie zu beruhigen: »Bestimmt kommt er bald. Außerdem ist er ja kein Baby mehr.« Ohne Erfolg. »Er ist doch erst zwölf! Da sollte er so spät nicht mehr unterwegs sein. Nicht ohne uns zu informieren. Mein Gott, wo steckt er bloß?«

Als Anna vorschlug, die Polizei anzurufen, wurde Tante Vera panisch. »Du glaubst, ihm ist etwas Schlimmes zugestoßen, nicht wahr? Nicht wahr?!« Anna verneinte. Sie erklärte, das sei eine reine Vorsichtsmaßnahme. Ronnie und Peter verfolgten das Ganze mit großen Augen. In der Aufregung dachte niemand daran, dass für die beiden längst Schlafenszeit war.

Den Rest des Abends ging es drunter und drüber. Immer mehr Leute kamen ins Haus: Mrs. Brown und ihr Mann. Die Jacksons von nebenan. Ehemalige Nachbarn aus der Baxter Road, die sie seit ihrem Umzug kaum noch gesehen hatten. Die Luft war von besorgten Stimmen erfüllt, und Tante Vera klang zunehmend schrill. Die Uhr über dem Kamin tickte unerbittlich vor sich hin. Zehn Uhr. Elf. Mitternacht.

Die Polizei traf ein. Die Beamten stellten Fragen, machten sich Notizen. Einer von ihnen riet Tante Vera, sich ein bisschen hinzulegen, woraufhin sie ihn anschrie und als Idioten bezeichnete. »Wie soll ich schlafen, wenn mein Kind vermisst ist?« Dabei rieb sie sich ständig mit der Hand über den linken Arm. Es schien ihr völlig egal zu sein, dass der Ärmel ihrer Bluse hochgerutscht war und alle ihre verbrannte Haut sahen.

Irgendwann leerte sich das Haus wieder, und die fünf Bewohner blieben allein zurück. Stan und Tante Vera saßen Hand in Hand vor dem Kamin und ermahnten einander mit angsterfüllter Stimme, tapfer zu sein. Peter kauerte zu ihren Füßen, während Ronnie auf den Knien seiner Mutter saß. »Ihr solltet längst im Bett sein«, flüsterte sie, aber er schüttelte den Kopf, und sie ließ ihn gewähren.

Schließlich schlief er ein und träumte, dass die Polizeibeamten zurückkehrten und verkündeten, Thomas sei unversehrt gefunden worden, woraufhin sie ein mit Thomas' Sonntagssachen bekleidetes Skelett hereinführten. Als er aufwachte, war es fast Morgen. Nur Tante Vera war noch wach und rieb geistesabwesend ihren lädierten Arm, während ihr die Tränen über die Wangen liefen.

Nachdem er sie eine Weile beobachtet hatte, sagte er: »Nicht weinen.«

»Ich kann nicht anders. Es ist unerträglich. Das Schlimmste, was passieren konnte.«

»Schlimmer als das mit deinem Arm?«

»Viel schlimmer.«

Er lehnte sich vor. »Warum?«

»Weil das andere mir selbst passiert ist. Ich war diejenige, die leiden musste. Jetzt muss vielleicht Thomas leiden.« Sie begann zu schluchzen. »Womöglich ist er schon tot, und ich kann gar nichts tun. Das ist der schlimmste Schmerz überhaupt. Wenn einem Menschen, den man liebt, etwas Schreckliches zustößt. Das tut viel weher als das mit dem Arm.«

»Aber ...«

Sie wischte sich über die Wangen. »Schlaf weiter, Ronnie. Ich mag nicht mehr reden.«

Gehorsam wie immer, schloss er die Augen.

9. Oktober. Unter Aufsicht von Mrs. Jennings beteten die Schüler der dritten Klasse dafür, dass Thomas Finnegan, der fünf Jahre zuvor selbst in diesem Klassenzimmer gesessen hatte, wohlbehalten nach Hause zurückkehren möge.

Es gab noch immer keine Neuigkeiten über seinen Verbleib. Obwohl Thomas nicht gerade einer ihrer Lieblingsschüler gewesen war, wurde Mrs. Jennings bei dem Gedanken, ihm könnte etwas geschehen sein, angst und bange, und sie betete ihrerseits ebenfalls, dass sich das Ganze als Dummejungenstreich entpuppen würde und nicht etwas viel Schlimmeres dahintersteckte.

Ein leises Kichern unterbrach sie in ihren Gedanken. Alan Deakins, der Störenfried der Klasse, erheiterte seine Freunde Robert Bates und Stuart Hooper, indem er wilde Grimassen schnitt. Mrs. Jennings bedachte alle drei mit einem strafenden Blick, woraufhin sie ganz schnell die Augen schlossen. Nun hatten nur noch zwei Schüler der Klasse die Augen geöffnet.

Die hübsche Catherine Meadows in der ersten Reihe drehte sich immer wieder besorgt nach Ronnie Sidney um. Catherine war auf eine kindliche Weise in Ronnie verliebt und nahm offensichtlich regen Anteil an seinem Kummer.

Ronnie selbst, der neben dem kleinen Archie Clark in der zweiten Reihe saß, starrte mit gerunzelter Stirn vor sich hin. Die Gedanken, die in seinem Kopf herumschwirrten, schienen ihm schwer zu schaffen zu machen. Mrs. Jennings mochte Ronnie. Er war ein braver Junge: höflich, fleißig und gescheit. Außerdem besaß er Phantasie. Genug Phantasie, um sich wegen des Wohlergehens seines Cousins Thomas Sorgen zu machen.

Sie suchte seinen Blick, um ihm mitfühlend zuzulächeln, aber er war so sehr mit seinen eigenen Gedanken beschäftigt, dass er es gar nicht bemerkte.

10. Oktober. Thomas kam nach Hause.

Er war mit Harry Fisher unterwegs gewesen, einem älteren Jungen, der eine andere Schule der Gegend besuchte und regelmäßig blau machte. Harrys Mutter lebte nicht mehr, und sein Vater, ein notorischer Trinker, war für eine Woche verreist und hatte sich darauf verlassen, dass Harry schon für sich selbst sorgen würde. Harry aber hatte andere Vorstellungen gehabt. Nachdem er sich von den Ersparnissen seines Vaters etwas abgezweigt hatte, wollte er sich mit dem Geld ein paar schöne Tage im West End machen und brauchte dazu die Gesellschaft eines Kumpels. Seine Wahl war auf Thomas gefallen, der leicht zu beeindrucken und zu lenken war.

Die Polizeibeamten reagierten äußerst wütend. »Das war ausgesprochen dumm von dir, junger Mann. Du hast unsere kostbare Zeit verschwendet und alle in Angst und Schrecken versetzt.« Vera war außer sich. »Ich weiß nicht, ob ich dich küssen oder umbringen soll!« Am Ende enschied sie sich für Ersteres und verwöhnte Thomas mit Kuchen und Limonade. Peter verkündete entrüstet, wenn das so sei, dann werde er ebenfalls weglaufen, wofür er von Stan eine Ohrfeige erhielt.

Anna, die fast so erleichtert war wie Vera, drückte Ronnie an sich. »Du darfst mir niemals einen solchen Schrecken einjagen, Ronnie. Die Vorstellung, dir würde etwas Schlimmes passieren – das könnte ich nicht ertragen.«

Er drückte sie seinerseits an sich. »Ich werde so etwas nie tun, Mum. Das verspreche ich dir.«

Dezember. Zwei Tage vor Beginn der Weihnachtsferien. Soeben hatte Mrs. Jennings ihrer Klasse die letzten Sätze einer Geschichte vorgelesen, in der es um einen Mann namens Horatio ging, der von jemandem niedergeschlagen, ausgeraubt und dann einfach liegen gelassen worden war. Nach Jahren des Suchens hatte Horatio den Schuldigen aufgespürt und in einem Duell getötet. Ihre Kollegin Miss Sims hatte wegen der düsteren Thematik Bedenken geäußert, aber Mrs. Jennings wusste aus Erfahrung, dass selbst die Kinder mit den unschuldigsten Gesichtern gerne blutrünstige Geschichten hörten.

»Hat euch das gefallen?«, fragte sie.

Als Antwort bekam sie ein einstimmiges Ja und heftiges Kopfnicken. Alan Deakins merkte außerdem an, Horatio hätte den Räuber in kochendes Öl werfen sollen, woraufhin Catherine Meadows ihn rügte, er solle nicht so schreckliches Zeug sagen.

»Für Horatio war nur wichtig, dass er überhaupt Rache nehmen konnte, Alan. Und das hat er getan.« Mrs. Jennings klappte ihr Buch zu. »So, und jetzt...«

»Nein, das hat er nicht«, fiel ihr Ronnie Sidney ins Wort.

»Doch, Ronnie. Er hat Sir Neville getötet.«

»Pff!«, machte Alan Deakins. Ein paar Kinder lachten.

Ronnie schüttelte den Kopf. »Sir Neville war verheiratet. Er liebte seine Frau. Horatio hätte lieber sie umbringen sollen. Das hätte Sir Neville viel mehr wehgetan und wäre eine bessere Rache gewesen.«

Mrs. Jennings starrte ihn bestürzt an. »Nun ja, ich weiß nicht, Ronnie...«

»Doch, ganz bestimmt.«

Alan prustete verächtlich. Wieder fingen ein paar Schüler zu kichern an. Catherine zischte ihn an, er solle endlich Ruhe geben.

»Tja, vielleicht hast du Recht, Ronnie«, meinte Mrs. Jennings. »So, und nun möchte ich, dass ihr den Rest der Stunde alle ein Bild von Sir Nevilles Schloss zeichnet.«

Fünf Minuten später saßen alle Schüler über ein Blatt Papier gebeugt, auch Ronnie Sidney. Mrs. Jennings betrachtete ihn nachdenklich. Seine Bemerkungen hatten sie ein wenig erschreckt, aber wahrscheinlich gab es dafür eine einfache Erklärung. Sie wusste, dass er mit seiner Mutter viel las. Vielleicht hatten sie sich bereits an Shakespeares Tragödien herangewagt. Obwohl Ronnie noch zu jung war, um wirklich etwas damit anfangen zu können, hatte er bestimmt das eine oder andere verstanden. Er war schließlich ein gescheiter Junge, der sich mit dem Lernen leicht tat.

Sie begann darüber nachzudenken, was sie zum Abendessen kochen sollte.

Sepember 1954
»Anna«, sagte June Sanderson. »Es gibt da etwas, worüber wir reden müssen.«

»Habe ich etwas falsch gemacht?«

»Nein, ganz und gar nicht. Ich habe Ihnen einen Vorschlag zu unterbreiten.«

Die beiden Frauen saßen in Junes Küche. Albert war oben im ersten Stock und zeigte Ronnie die Neuerwerbungen in seiner Briefmarkensammlung.

»Ich habe eine Cousine. Barbara Pembroke. Ich glaube, ich habe sie schon mal erwähnt.«

»Die verwitwete Dame, die nach Oxfordshire gezogen ist?«

»Genau. In einen Ort namens Kendleton. Sie besitzt dort ein Haus am Fluß.«

Anna nickte.

»Ich habe Barbara in einem Brief von Ihnen erzählt. Wie sehr Albert und ich Sie schätzen. Barbara ist eine alte Dame, der es gesundheitlich nicht besonders gut geht. Sie hat ein schwaches Herz und nicht mehr lange zu leben.«

Wieder nickte Anna, diesmal mit leicht fragendem Blick.

»Und sie ist einsam. Sie hat keine Verwandten, die irgendwo in der Nähe leben. Ihr einziger Sohn lebt in Amerika, und sie hätte gern eine Art Gesellschafterin. Eine Frau, die bei ihr im Haus wohnt. Nur damit sie nicht mehr so allein ist. Es wäre ein bisschen Hausarbeit zu machen, aber nicht viel. Sie ist eine wohlhabende Dame, die über eine Köchin und eine Putzfrau verfügt. Einen Gärtner gibt es auch. Es kommt sogar regelmäßig eine Krankenschwester. Ihr geht es wirklich nur um ein wenig Gesellschaft.«

»Und da haben Sie an mich gedacht?«

»Sie würde gut bezahlen, Anna. Sehr gut sogar, wenn sie dafür die richtige Person findet. Sie ist eine nette Frau. Vielleicht ein bisschen eigen in ihrer Art, aber gütig. Und…«, June suchte zögernd nach den richtigen Worten, »…und großzügig. Eine Frau, die eine gute Gesellschafterin in ihrem Testament berücksichtigen würde.«

»Verstehe.«

»Ich weiß, dass Sie von hier weg möchten. Dass Sie davon träumen, sich anderswo ein neues Leben und ein eigenes Zuhause aufzubauen. Vielleicht haben Sie nun die Chance dazu.«

Anna stellte das Tablett ab, das sie gerade poliert hatte. »Glauben Sie denn, sie würde mich wollen?«

»Natürlich müssten Sie beide sich erst mal kennen lernen, aber ich bin sicher, dass Sie ihr gefallen werden. Wie gesagt, ich habe ihr bereits alles über Sie erzählt. Ein Loblied auf Sie gesungen.«

June musste lachen. »Womit ich mir letztendlich ins eigene Fleisch schneide, denn eigentlich möchte ich Sie ja auf keinen Fall verlieren.«

Annas Blick wurde nachdenklich. »Kurz vor dem Krieg, als ich noch ein Kind war, haben meine Eltern mit meinem Bruder und mir mal einen Bootsausflug gemacht. Wir sind durch die Londoner Kanäle aufs Land hinausgefahren. Das Wetter war herrlich, und wir halfen mit, die Schleusentore zu betätigen. Wir kamen damals auch durch Oxfordshire. Es war eine sehr schöne Gegend.«

»Das ist es immer noch. The Chilterns. The Goring Gap. Oxford selbst. Die dortige Universität ist die beste im ganzen Land.«

»Noch besser als Cambridge?«

June tat entrüstet. »Tausendmal besser.« Dann lächelte sie. »Mein Bruder und Albert haben dort studiert. Die beiden freundeten sich an, und auf diese Weise lernten mein Mann und ich uns kennen. Es könnte also sein, dass ich da nicht ganz objektiv bin.«

Anna lächelte nun ebenfalls. »Ja, das glaube ich auch.«

»Es ist eine völlig andere Welt als hier.«

Annas Augen begannen zu leuchten. »Die Art von Welt, die ich mir für Ronnie wünsche. Grün und schön. Wie sind die Schulen in Kendleton?«

June spürte, wie ihr Magen sich ein wenig verkrampfte. »Die Sache hat einen Haken, Anna. Barbara braucht Ruhe, und ihr Arzt hat ihr dringend davon abgeraten, sich ein Kind ins Haus zu holen. Ronnie müsste bei Stan und Vera bleiben.«

Das Lächeln verschwand genauso schnell aus Annas Gesicht, wie es gekommen war. »Dann wird sie sich jemand anderen suchen müssen.«

»Aber …«

»Nein.«

»Anna, denken Sie …«

»Nein! Auf keinen Fall. Ronnie ist alles, was ich habe. Ich könnte
ihn nie verlassen. Niemals!« Errötend senkte Anna die Stimme.
»Bitte entschuldigen Sie. Ich wollte nicht unhöflich sein. Sie waren
immer so freundlich zu uns, und ich bin Ihnen auch sehr dankbar,
aber das ist völlig unmöglich.«

Anna griff wieder nach dem Tablett und setzte ihre Arbeit fort.
June hörte Albert oben über irgendeine Bemerkung von Ronnie
lachen. Ihr Blick fiel auf die Zeichnung des Londoner Tower an der
Wand gegenüber. Ein weiterer von Ronnies Malversuchen. Für
einen knapp neunjährigen Jungen außergewöhnlich gut.

»Es wäre ja nicht für immer, Anna. Ein paar Jahre, vielleicht sogar weniger. Sie könnten ihn hier doch immer wieder besuchen.
Kendleton ist nicht so weit weg. Albert und ich würden ein Auge
auf Ronnie haben. Er könnte jederzeit bei uns vorbeischauen. Sie
wissen, wie gern wir ihn haben. Bitte verwerfen Sie die Idee nicht
einfach so. Versprechen Sie mir, dass Sie darüber nachdenken werden.«

Anna schwieg. Oben war erneut Lachen zu hören.

»Was ist los, Mum?«

»Nichts, Ronnie.«

»Du hast doch irgendwas.«

Sie saßen an einem Fenster des Amalfi-Cafés. Ronnie hatte inzwischen die Marmeladentörtchen satt und bevorzugte jetzt Scho-
koladeneclairs. Das Café war voll, das Stimmengewirr übertönte
fast den Alma-Cogan-Song, der auf der neu installierten Jukebox
lief.

Sie erzählte ihm von dem Gespräch mit June Sanderson. »Wirst
du es machen?«, fragte er, als sie geendet hatte.

»Nein. Ich habe Mrs. Sanderson gesagt, dass ihre Cousine sich
jemand anderen suchen muss.«

Er nickte.

»Was sie nun sicher auch tun wird.«

»Eine so Nette wie dich wird sie nicht finden.«

»Danke für das Kompliment, Ronnie.« Anna nahm einen Schluck
Tee. An einem der Nachbartische unterhielt sich Emily Hopkins,
die Schwester ihres ehemaligen Verehrers Harry, mit einer jüngeren Frau namens Peggy. Beide sahen immer wieder zu ihnen herüber, sodass sich Anna nicht besonders wohl fühlte. Harry und
Peggy hatten im Vorjahr geheiratet und erwarteten zu Weihnachten ihr erstes Kind. Peggy hatte stumpfes Haar und einen schmalen, verkniffenen Mund. Annas Freundin Kate fand, dass Harry
ein Narr war und Peggy weder Annas gutes Aussehen noch ihr liebes Wesen besaß. Dafür hatte sie aber auch kein uneheliches Kind.

Ronnie starrte Anna mit einem seltsamen Blick an. Nun war es
an ihr, besorgt nachzufragen, was denn los sei, aber er gab ihr keine
Antwort.

»Ronnie?«

Er schluckte. »Du solltest es machen.«

Anna stellte ihre Tasse ab. »Du möchtest, dass ich weggehe?«

»Nein. Aber ...« Er musste den Satz nicht zu Ende sprechen, sie
wusste, was er dachte. Dasselbe wie sie.

»Ich möchte dich nicht allein zurücklassen, Ronnie.«

»Ich werde schon zurechtkommen, ich bin ja kein Baby mehr.«

An seiner Operlippe klebte Sahne. Anna wischte sie weg. »Nein,
das bist du nicht«, sagte sie leise. »Du bist mein großer, gescheiter,
erwachsener Junge.«

Emily und Peggy starrten immer noch zu ihnen herüber. Ronnie, sonst so brav, zog eine Grimasse in ihre Richtung, woraufhin
beide schnell den Blick abwandten. Anna musste ein Lachen unterdrücken. »Das war ungezogen«, erklärte sie. »Ich bin sehr böse
auf dich.«

Wieder zog er ein Gesicht, diesmal aber ein nettes. Sie musste
daran denken, was sie durch eine Heirat mit Harry alles gewonnen
hätte. Einen anständigen, fleißigen Mann. Ein eigenes Zuhause.
Ehrbarkeit. Vielleicht weitere Kinder. Nur auf Ronnie hätte sie
dann für immer verzichten müssen.

Sie griff nach seiner Hand und drückte sie. Er lächelte sie an.

»Ich hab dich sehr lieb, Ronnie Sunshine. Mehr als alles andere
auf der Welt.«

»Ich hab dich auch lieb, Mum. Ich möchte nicht, dass du weggehst. Aber wenn du doch gehst, werde ich schon zurechtkommen.«

»Iss dein Eclair auf. Wir sprechen ein anderes Mal darüber.«

Er biss ein Stück ab und tat, als würde es ihm schmecken, aber als sie das Café verließen, lag auf seinem Teller noch die Hälfte des Gebäcks.

Oktober. Während ihr Mann zu einer Quizsendung schnarchte, die gerade in ihrem neuen Fernseher lief, betrachtete Mrs. Fletcher die Ergebnisse eines kleinen Zeichenwettbewerbs, den sie in der vierten Klasse veranstaltet hatte. Das Thema lautete: »Eine wichtige Person in meinem Leben.« Der Gewinner würde fünf Shilling bekommen, und sein Bild würde eine Woche lang am schwarzen Brett der Schule hängen.

Die meisten Kinder hatten sich für ein Porträt ihrer Mutter entschieden. Der ungezogene Alan Deakins hatte Marilyn Monroe gezeichnet, die in Mrs. Jennings Augen eine Schlampe war, aber Alans Mutter sah ihrer Meinung nach auch aus wie eine Schlampe, sodass es im Grunde recht gut passte. Stuart Hooper, dem als Klassenschlechtestem an ihrem Wohlwollen gelegen war, hatte ein Bild von ihr gezeichnet. Leider war es nicht so schmeichelhaft ausgefallen, wie es wohl seine Absicht gewesen war, und erinnerte eher an die Fratze eines Wasserspeiers. Ein paar andere hatten ihre Väter porträtiert. Die patriotisch gesinnte Catherine Meadows hatte die Königin gezeichnet, Archie Clark seine Katze.

Eine Arbeit aber ließ alle anderen verblassen: Ronnie Sidneys Bild von seinem Cousin Thomas.

Es war eine sehr ungewöhnliche Zeichnung, auf der Thomas selbst gar nicht zu sehen war, sondern ein Friedhof. In der Mitte ragte ein Grabstein auf, der von einem steinernen Engel mit ausgebreiteten Flügeln und andächtig gefalteten Händen bewacht wurde. Die Inschrift auf dem Grabstein lautete: »*Thomas Stanley Finnegan. Geboren am 12. November 1940. Gestorben am 7. Oktober 1953.*«

Mrs. Fletchers Gedanken wanderten zurück zum letzten Oktober, als Thomas vermisst gewesen war. Ihre Kollegin Mrs. Jennings hatte ihr erzählt, dass die ganze Klasse für Thomas' sichere Rückkehr gebetet habe und wie besorgt Ronnie gewesen sei. Offenbar hatte er befürchtet, Thomas könnte tot sein. Zum Glück war die Sache gut ausgegangen.

Aber es hätte auch ganz anders kommen können – wie in Ronnies Zeichnung dargestellt.

Es war ein interessantes Bild, das von Intelligenz zeugte. Sehr phantasievoll, genau wie Ronnie selbst, zugleich aber auch höchst beunruhigend. Leider eignete es sich nicht, um an ein schwarzes Brett gepinnt zu werden. Mrs. Fletcher befürchtete, die Erstklässler könnten Albträume davon bekommen.

Sie beschloss, den Preis einem anderen Kind zu geben. Ronnie würde noch genügend Wettbewerbe gewinnen.

Januar 1955

Ronnie stand am Bahnhof Paddington Station auf einem Bahnsteig und sprach durch ein offenes Zugfenster mit seiner Mutter. Onkel Stan und Peter, die ihr beim Tragen ihres Gepäcks geholfen hatten, warteten ein Stück entfernt.

»Ich werde dir jeden Tag schreiben«, sagte sie. »Wenn du es nicht aushältst, komme ich zurück. Ich muss dort nicht bleiben.«

»Mach dir keine Sorgen, Mum.« Er schenkte ihr sein schönstes Ronnie-Sunshine-Lächeln. »Ich komme schon klar.«

Der Schaffner blies in seine Pfeife. Es war Zeit. Sie lehnte sich zum Fenster hinaus und umarmte ihn, so gut es ging, während sich hinter ihr andere Reisende vorbeischoben und nach einem Platz suchten.

Der Zug setzte sich in Bewegung und stieß dabei weiße Dampfwolken aus. Anna blieb am Fenster stehen und winkte. Ronnie erwiderte ihr Winken. Fast wäre er hinter ihr hergelaufen und hätte sie angefleht, bei ihm zu bleiben.

Schließlich ging er zu den anderen zurück.

»Na, das hätten wir geschafft, Ronnie«, sagte Onkel Stan betont munter.

Ronnie nickte.

»Lass uns irgendwo einen Teller Pommes essen. Ich bin sicher, dieses eine Mal wird deine Tante nichts dagegen haben.«

»Danke, Onkel Stan.«

»Ich muss mir nur noch schnell eine Schachtel Zigaretten besorgen. Ihr beide wartet so lange hier.«

»Willst du denn gar nicht weinen?«, fragte Peter, als sie allein waren.

»Nein.«

»Doch, ich sehe es dir an. Nun leg schon los, du Heulsusenbastard. Fang an, nach deiner Mummy zu weinen.«

Ronnie schüttelte den Kopf.

»Du darfst bloß bei uns bleiben, weil Dad zu Mum gesagt hat, dass es einen schlechten Eindruck macht, wenn wir dich nicht behalten. Sonst müsstest du jetzt zu all den anderen Bastarden ins Waisenhaus.«

Ronnie hatte plötzlich einen Kloß im Hals. Die Tränen, gegen die er schon den ganzen Tag ankämpfte, ließen sich kaum mehr zurückhalten. Peter, der das spürte, bekam vor Schadenfreude glänzende Augen. Während Ronnie in diese Augen starrte, musste er daran denken, wie Tante Vera auf dem Küchenboden gelegen hatte. Er stellte sich statt ihrer Peter vor: laut schreiend, weil ihm das kochende Pommesfett das Gesicht wegfraß.

Langsam blubberte in seinem Hals ein Lachen hoch und löste den Kloß wieder auf.

Das Lächeln verschwand aus Peters Gesicht. Verwirrt starrte er Ronnie an. »Nun wein doch endlich!«

»Und wenn ich es nicht tue? Lässt du dann wieder einen von deinen Rollschuhen liegen, damit ich darüber falle?«

Peter lief rot an. »Du Mistkerl!«, stieß er hervor. Dann ging er seinem Vater entgegen.

Ronnie drehte sich um, weil er einen letzten Blick auf den Zug, in dem seine Mutter saß, erhaschen wollte, aber der Bahnsteig lag bereits verlassen da. Sie war weg.

4. Februar 1955

Liebe Mum,

danke für deinen Brief. Er ist heute Morgen gekommen, und ich habe ihn gleich beim Frühstück gelesen. Tante Vera passte das gar nicht, aber das war mir egal. Ich habe ihn in die Schule mitgenommen und dort noch dreimal gelesen. Heute Abend im Bett werde ich ihn noch mal lesen!

Mir geht es gut. Thomas ist erkältet und hat Onkel Stan angesteckt, mich aber nicht. Mrs. Fletcher hat mir ein Buch mit dem Titel König Salomons Minen *zum Lesen gegeben. Es ist sehr gut. Wir hatten eine Matheprobe, und ich und Archie waren die beiden Besten. Gestern Abend waren Mr. und Mrs. Brown zum Essen da, und Tante Vera hat einen Fischeintopf aus einem Rezeptbuch gekocht. Sie hat den ganzen Tag dazu gebraucht, aber hinterher hörte ich, wie Mrs. Brown zu Mr. Brown sagte, sie habe in ihrem ganzen Leben noch nie so etwas Schreckliches gegessen.*

Gestern habe ich Mr. und Mrs. Sanderson besucht. Ich soll dich herzlich von ihnen grüßen, und von Tante Mabel und Onkel Bill auch. Mr. Sanderson hat mir ein paar amerikanische Briefmarken geschenkt und ein Album, in das ich sie reintun kann. Es hat eine Menge Seiten für die verschiedenen Länder. Archies Onkel lebt in Australien, und er wird mir auch Briefmarken geben.

Catherine Meadows hat sich heute in der Schule neben mich gesetzt und gesagt, dass sie sich um mich kümmern wird, während du in Oxfordshire bist. Aber ich habe ihr geantwortet, dass ich niemanden brauche, der sich um mich kümmert. Es ist meine Aufgabe, mich um dich zu kümmern.

Ganz, ganz liebe Grüße
von
Ronnie Sunshine

Mabel Cooper stand in ihrem Laden an der Ecke und hörte zu, wie Emily Hopkins vom neugeborenen Sohn ihres Bruders Harry schwärmte, dem kleinen John. »Ein so schönes Baby! Und gescheit ist er auch. Gestern hat er…« Mabel nickte höflich, fragte sich insgeheim aber, ob Emily überhaupt vorhatte, etwas zu kaufen.

Ronnie Sidney betrat den Laden. Er trug seine Schuluniform und hatte einen weißen Umschlag in der Hand.

»Hallo, Ronnie. Was für eine nette Überraschung.«

»Wie geht es Ihnen, Tante Mabel?«

»Bei deinem Anblick gleich noch viel besser.«

Er trat an die Ladentheke. Emily bekam einen verkniffenen Zug um den Mund. Sie musterte Ronnie von oben bis unten, als versuchte sie irgendeinen Makel an ihm zu entdecken. »Wie geht es deiner Mutter?«, fragte sie kurz angebunden.

»Gut, vielen Dank.«

»Tja, ich muss wieder los. Nächstes Mal bringe ich Ihnen ein Foto von John mit, Mabel.«

»Und eine Einkaufsliste«, murmelte Mabel, während Emily den Laden verließ. Dann lächelte sie Ronnie an. »Ist das ein Brief an deine Mutter?«

»Ja.« Er hielt ihr einen Shilling hin. »Könnte ich bitte eine Briefmarke dafür haben?«

Sie gab ihm eine. »Hast du ihr liebe Grüße von uns ausgerichtet?«

Er nickte.

»Und wie geht es dir, Ronnie?«, fragte sie, während er die Briefmarke auf den Umschlag klebte.

»Gut«, antwortete er, ohne den Kopf zu heben.

»Wirklich?«

Nun blickte er doch auf und brachte sogar ein Lächeln zustande. »Ja, wirklich.«

Sie reichte ihm einen Schokoriegel. Den größten, den sie hatte. »Hier, für dich.«

»Danke, Tante Mabel.«

»Komm bald mal zum Tee vorbei. Und bring ein paar von deinen Bildern mit. Wir würden so gern wieder welche sehen.«

»Das mache ich. Auf Wiedersehen, Tante Mabel, und grüßen Sie Onkel Bill von mir.«

Sie sah ihm nach. Seine Uniform war ihm zu groß, er hatte sie bestimmt von Thomas oder Peter geerbt, aber mit der Zeit würde er schon hineinwachsen. Draußen auf der Straße spielten ein paar Jungen Fußball. Obwohl es bereits zu dämmern begann, nutzten sie noch die letzten paar Minuten Tageslicht. Einer von ihnen rief zu Ronnie hinüber, ob er mitspielen wolle, aber er schüttelte den Kopf und eilte weiter.

Vor Jahren hatte sie im Radio mal einen Psychiater darüber reden hören, dass kreative Menschen oft die Einsamkeit brauchten, um die Musik in ihrem Inneren richtig hören zu können. Ronnie war ein ziemlicher Einzelgänger und künstlerisch sehr begabt. Ihr Mann Bill prophezeite, dass Ronnie eines Tages berühmt sein würde. Vielleicht hatte er Recht. Vielleicht würden die Leute sie in zwanzig Jahren nach *dem* Ronnie Sidney fragen, und sie würde ihnen antworten: »Er war immer in sich gekehrt. Ein Einzelgänger. Aber das brauchte er. Er konnte seine Energie nicht mit Banalitäten verschwenden – nicht, wenn er die Musik in seinem Inneren hören wollte.«

Der kleine Ronnie Sidney. Ein großer Mann der Zukunft? Sie hoffte es, aber letztendlich würde sich das erst mit der Zeit zeigen.

Eine weitere Kundin betrat den Laden.

Das Haus in der Moreton Street Nummer 41 war dunkel. Ronnie saß im Bademantel auf dem Fensterbrett seines Schlafzimmers und zeichnete im Mondlicht ein Bild für seine Mutter.

Es war eine Kopie seines Lieblingsbildes: die ertrinkende Ophelia mit Blumen im Haar. Leider war es nicht so perfekt wie das Original und Ronnie nicht so gut wie Millais. Noch nicht. Eines Tages aber würde er ein berühmter Künstler sein, und alle Menschen würden seinen Namen kennen. Das wünschte sich seine Mutter für ihn, und er wünschte es sich für sie.

Ihr Bett war inzwischen abgezogen. Onkel Stan hatte gesagt, er könne darin schlafen, wenn er wolle. Obwohl es eine angenehme Abwechslung zu seiner Campingliege gewesen wäre, für die er allmählich zu groß wurde, hatte er das Angebot abgelehnt. Es war das Bett seiner Mutter, und er wollte nicht, dass jemand anderer darin schlief, nicht einmal er selbst.

Ronnie hielt einen Moment inne und starrte zum Vollmond hinauf, der hoch oben am kalten Nachthimmel stand. Wie schon so oft, stellte er sich vor, er könnte dort oben das Flugzeug seines Vaters vorüberfliegen sehen. Trotz der Ermahnungen seiner Mutter hatte er die Hoffnung nie aufgegeben. Eines Tages *würde* sein Vater kommen, und dann wären sie drei endlich zusammen. Er und seine Mutter würden Teil einer richtigen Familie sein und nicht mehr nur die lästigen Anhängsel einer fremden. Eines Tages würde es so weit sein, das wusste er genau. Draußen ratterte ein Zug vorbei, sodass der Raum plötzlich von Licht und Lärm erfüllt war. In seiner Phantasiewelt ging Ronnie gerade auf ein schönes Haus an einem Fluss zu, wo seine Eltern auf ihn warteten, während gleichzeitig der Zug entgleiste, die Böschung hinunterraste, in das Haus krachte, das Ronnie hinter sich zurückgelassen hatte, und das Leben der dort Schlafenden auslöschte.

Die Zeichnung war fertig. Gut, aber nicht gut genug. Nachdem er sie zerrissen hatte, begann er von neuem, und diesmal konzentrierte er seine ganze Energie auf das Blatt Papier, blendete sämtliche Hintergrundgeräusche aus, um die Musik in seinem Inneren besser hören zu können: ein Durcheinander von kleinen Melodien, die sich irgendwann zu Konzerten und Sinfonien vereinen würden. Wohin diese Melodien ihn letztendlich führten, würde sich erst mit der Zeit erweisen.

Der kleine Ronnie Sunshine, eine Tasche voller Korn.
Der kleine Ronnie Sunshine, Stock und Hut steht ihm gut.
Der kleine Ronnie Sunshine, ein zukünftiger Mozart.
Der kleine Ronnie Sunshine …

ZWEITER TEIL

Oxfordshire, 1952
Osborne Row. Eine ruhige Straße auf der Westseite von Kendleton. Im Reihenhaus Nummer 37 lebte Susan Ramsey mit ihren Eltern und einer Million Fotos.

Jedes freie Fleckchen war mit gerahmten Bildern bedeckt: verblassten Aufnahmen von ihren Großeltern, an die sie sich gar nicht richtig erinnern konnte, Fotos von ihrem Vater als keckem Schuljungen oder in der Uniform, die er während des Krieges getragen hatte; Urlaubsfotos von ihrer Mutter, als sie noch ein kleines Mädchen war, und Hochzeitsbilder von ihren Eltern vor dem Kirchenportal. Die meisten Aufnahmen aber zeigten Susan selbst. Jedes ihrer sechs Lebensjahre war liebevoll dokumentiert und präsentiert, damit alle daran Anteil haben konnten.

Manchmal, wenn sie Gäste erwarteten, entfernte ihr Vater alle ihre Fotos aus der Diele und dem Wohnzimmer, während ihre Mutter nur kopfschüttelnd lächelte. Wenn dann die Gäste eintrafen, versteckte sich Susan oben an der Treppe, wo sie sich eines ihrer Bücher ansah und wartete, bis sie nach unten gerufen wurde.

Sobald sie den Raum betrat und neugierig die fremden Gesichter betrachtete, verstummte das Gespräch der Erwachsenen.

Dann ging es los. Es war jedes Mal dasselbe. Sie sprachen über Schauspielerinnen, die außer Susan alle zu kennen schienen: Vivien Leigh, Gene Tierney, Jean Simmons, Ava Gardner. Diese Namen wurden häufig genannt, aber einer fiel immer: Elizabeth Taylor. Susan wusste über Elizabeth Taylor nur, dass sie mal einen schönen Collie namens Lassie besessen hatte, ihn dann aber einem Jungen namens Roddy McDowall geschenkt hatte. Das bedeutete, dass Elizabeth Taylor dumm sein musste, denn wenn Susan stolze Besitzerin eines Hundes gewesen wäre, hätte sie ihn niemandem geschenkt. Sie wünschte sich nichts sehnlicher als einen Hund.

Oder doch, es gab etwas, das sie sich noch mehr wünschte.

Wenn Susan dann neben ihrer Mutter auf dem Sofa saß, Biskuitkuchen aß und den Gästen erzählte, was sie gerade in der Schule lernte und dass ihre Klassenkameradin und beste Freundin Charlotte Harris in derselben Straße wohnte wie sie, nickten die Gäste lächelnd, während ihre Mutter ihr übers Haar strich. Ihr Vater aber schnitt unbemerkt von den anderen Grimassen, bis Susan irgendwann in Lachen ausbrach und Kuchenkrümel durch die Gegend prustete, woraufhin ihr Vater schnell wieder ein ernstes Gesicht machte und bemerkte, wie schnell manche Gifte doch wirkten, sodass sie noch mehr lachen musste.

Wieder nach oben entlassen, setzte sie sich bei solchen Gelegenheiten manchmal vor den Kommodenspiegel ihrer Mutter und betrachtete das Gesicht, das andere Menschen derart in Aufregung versetzte. Es war herzförmig und von dichtem dunklem Haar eingerahmt. Ihr Vater sagte immer, sie habe blauschwarzes Haar. Ihre Haut war blass, der Mund rot und voll, die Nase schmal und elegant, die Augen mit den dunklen Wimpern so blau, dass sie fast schon lila wirkten. Violett, wie ihre Mutter meinte. Ein Gesicht, für das die Männer eines Tages sterben würden, bemerkten andere.

Vorerst aber war es einfach nur ihr Gesicht. Meist wurde es ihr schnell langweilig, sich zu betrachten, und sie kehrte in ihr eigenes Zimmer zurück, zu der Tagesdecke mit dem Muster aus Monden und Sternen, den Regalen voller Bücher und Spielsachen und der Muschel, die ihr Vater während eines Urlaubs in Cornwall für sie gekauft hatte und die sie nur an ihr Ohr halten musste, wenn sie das Rauschen des Meeres hören wollte.

In der Mitte des Raums stand eine hölzerne Kinderwiege, die ihr Großvater väterlicherseits gebaut hatte. Darin lag warm zugedeckt eine Porzellanpuppe, ein Geschenk ihrer Großmutter väterlicherseits. Beide Großeltern waren gestorben, bevor sie zwei Jahre alt war. Obwohl sie sich nicht an sie erinnern konnte, fehlten sie ihr, weil ihr Vater viel über sie sprach und sie auf diese Weise in ihrem Kopf lebendig hielt.

Oft kniete sie neben der Wiege, brachte sie sanft zum Schwingen, sang die Lieder, die sie in der Schule gelernt hatte, und fühlte sich dann plötzlich traurig, weil sie sich mehr als alles andere auf der Welt einen Bruder oder eine Schwester wünschte, eine lebendige Puppe, die sie lieben und beschützen konnte, so wie ihre Eltern sie selbst liebten und beschützten.

Ein solches Baby würde es nie geben, hatte ihr Vater erklärt. »Warum sollten wir noch ein zweites wollen?«, hatte er hinzugefügt. »Wir haben doch schon das vollkommene Kind.« Obwohl er es mit einem Lächeln gesagt hatte, war sein Blick traurig gewesen, und ihr war klar geworden, dass es da ein seltsames Erwachsenengeheimnis geben musste, das sie noch nicht verstand.

Trotzdem verspürte sie weiter diese Sehnsucht, und immer wenn sie für die Puppe sang, starrte sie in ihre aufgemalten Augen und wünschte sich dabei ganz fest, sie möge zum Leben erwachen und ihre Träume wahr machen.

Wie die meisten Kleinstädte hatte auch Kendleton seine besonders exklusiven Adressen. Die renommierteste war The Avenue: ein Sammelbegriff für die vornehmen Häuser südöstlich des Stadtzentrums, deren große Gärten alle auf die Themse hinausgingen. Susans Eltern waren mit niemandem befreundet, der in der Avenue wohnte, aber eine von Susans Klassenkameradinnen, Alice Wetherby, lebte dort, und Susan und ihre Freundin Charlotte waren mal zu einer Party bei ihr eingeladen gewesen. Alices älterer Bruder Edward hatte Charlotte während dieser Party zum Weinen gebracht, indem er ihre Brille in den Fluß warf, woraufhin Susan ihn seinerseits zum Weinen brachte, indem sie ihm auf den Mund boxte. Sie war sofort mit Schimpf und Schande nach Hause geschickt worden, und damit hatten ihre Verbindungen zur Kendletoner Elite ein jähes Ende gefunden.

Aber sie hatte noch andere Beziehungen. Die zweitbeste Adresse war der Queen Anne Square, ein quadratischer Platz im Schatten der Kendleton Church, umschlossen von schönen Ziegelhäusern. In einem davon lebten Susans Taufpatin Tante Emma und ihr Mann Onkel George. Die beiden hatten erst im Sommer zuvor geheiratet, und Susan war ihre Brautjungfer gewesen. Sie hatte sich diese Ehre mit einem Mädchen namens Helen geteilt, die einen Wutanfall bekam, weil sie mit ihrem Kleid nicht zufrieden war, und sich auf halbem Weg zum Altar höchst spektakulär übergab.

Das Herz von Kendleton war der Market Court, ein großer ovaler Platz im Zentrum der Stadt, von dem die Straßen wie die Fäden eines Spinnennetzes abgingen. Die wohlhabenderen Bürger der Stadt lebten auf der Ostseite, wo die Häuser größer und die Straßen breiter waren, und so mancher Bewohner der Westseite träumte davon, »den Court zu überqueren«.

Am Market Court gab es zahlreiche Geschäfte, darunter Ramsey's Studio, das Susans Vater gehörte. Er war Fotograf und hatte sich auf Porträtaufnahmen spezialisiert. Zwei Jahre zuvor hatte ein Lokalblatt im Rahmen eines Wettbewerbs die »Kleine Miss Star« gesucht, und Susans Vater hatte ein Porträt von ihr eingereicht. Sie hatte gewonnen und als Preis zehn Shilling und ein Märchenbuch erhalten. Außerdem war ihr Foto in der Zeitung abgedruckt worden, mit dem Kommentar: »Die kleine Susan Ramsey strahlt wie ein Star«. Ihr Vater hatte den Artikel eingerahmt und in seinem Laden aufgehängt, damit jeder ihn sehen konnte.

Und von da an nannte er sie immer seine kleine Susie Star.

Juli. Bis zu dem Tag, als es passierte, hatte Susan keine Ahnung, dass ihre Mutter krank war. Es gab keine erkennbaren Anzeichen. Zwar hatte ihre Mutter über Müdigkeit geklagt, aber das war nicht ungewöhnlich, sie schlief oft schlecht. Und falls sie stiller war als sonst, fiel das auch nicht weiter auf, weil Susans Vater schon immer der temperamentvollere von beiden gewesen war.

Es geschah an einem Mittwoch, einem heißen, schwülen Nachmittag zwei Tage vor Beginn der Ferien. Während Susan und Charlotte mit wippenden Schulranzen neben Charlottes Mutter hermarschierten, die diesmal mit dem Abholen an der Reihe war, schmiedeten sie Pläne für den Sommer. Charlottes Cousins aus Norfolk würden kommen, und Susan meinte, sie sollten in den Wäldern westlich der Stadt einen Verschlag bauen. Ihr Vater hatte das als Junge auch getan und versprochen, ihnen einen guten Platz zu zeigen.

Sie erreichten Haus Nummer 22, in dem Charlotte wohnte. Charlottes Mutter fragte Susan, ob sie noch zum Spielen bleiben wolle, aber Susan antwortete, sie habe versprochen, gleich heimzukommen. Nachdem sie sich verabschiedet hatte, rannte sie weiter zu Nummer 37 und klopfte.

Die Tür blieb verschlossen. Sie zählte bis zwanzig und klopfte dann noch einmal. Keine Reaktion. Sie spähte durch den Briefschlitz. »Mum, ich bin's. Lass mich rein!« Im Hintergrund lief das Radio, also musste ihre Mutter zu Hause sein. Warum machte sie nicht auf?

Ratlos blickte sie sich um. Hinter ihr ging gerade Mrs. Bruce aus Nummer 45 vorbei, beladen mit ihrem Einkaufskorb und im Clinch mit ihrem Hund Warner, der in die andere Richtung zog. Sie winkte Susan zu. Während Susan zurückwinkte, überlegte sie, ob sie Charlottes Mutter holen sollte.

In dem Moment ging die Tür auf, wenn auch nur einen Spalt. Dahinter hörte sie Schritte, die sich entfernten. Sie klangen überhaupt nicht wie die Schritte ihrer Mutter, sondern langsam und schwerfällig, wie die einer alten Frau.

Ein erster Anflug von Angst ließ sie einen Moment zögern, ehe sie die Tür aufschob. Im Wohnzimmer hörte sie ein Geräusch. Sie ging hinüber.

Ihre Mutter saß barfuß und im Morgenmantel auf dem Sofa und zupfte nervös an einer Locke ihres Haars herum. Vor ihr auf dem Couchtisch standen eine Teekanne und zwei Tassen sowie ein großer Teller mit Sandwiches. Daneben lag ein Apfel mit einer brennenden Kerze in der Mitte.

»Mum?«

Sie bekam keine Antwort. Im Radio lief ein Hörspiel, in dem es um Seeleute ging.

Als Susan sich in Bewegung setzte, wandte sich ihre Mutter zu ihr um. Einen Moment lang wirkte ihr Blick völlig leer, als hätte sie ihre Tochter noch nie zuvor gesehen. Dann blitzte in ihren Augen doch so etwas wie Erkennen auf, aber nur ganz schwach, wie eine flackernde Glühbirne.

»Setz dich und iss.« Ihre Stimme klang ganz anders als sonst, ausdruckslos und leer. Noch immer zupfte sie an ihrem Haar herum.

Susans Blick wanderte zum Tisch. Die Sandwiches waren nicht

belegt, auf dem Teller türmten sich nur ordentlich zugeschnittene Stücke trockenen Brotes, deren Ränder sich in der Wärme des Raums bereits aufzubiegen begannen. Von der Kerze lief Wachs auf den Apfel und weiter auf den Tisch.

Susan bekam es immer mehr mit der Angst zu tun. Sie verstand das nicht. Was war passiert? Warum benahm sich ihre Mutter so seltsam?

Ihre Mutter deutete auf den Apfel. »Du hast einen Wunsch frei.«

»Mum?«

»Du hast einen Wunsch frei. Wünsch dir was Schönes. Wünsch dir...«

Sie verstummte. Ihr Haar war mittlerweile schon völlig zerzaust. Das Radio lief unbeachtet weiter. Draußen fuhren ein paar Jungen lachend und wild klingelnd mit ihren Rädern vorüber.

»Mum, ich verstehe nicht...«

Ihre Mutter begann zu weinen. Es klang wie das leise Wimmern eines verwundeten Tiers. Susan nahm sie so fest in den Arm, wie sie nur konnte, und begann ebenfalls zu weinen.

In der Diele klingelte das Telefon. Sie rannte hinaus, um den Hörer abzunehmen, und hörte die Stimme ihres Vaters. »Dad, mit Mum stimmt etwas nicht. Komm nach Hause, Dad, bitte, komm schnell nach Hause...«

Der Rest des Tages rauschte irgendwie an ihr vorbei. Ihr Vater schickte sie zum Spielen auf ihr Zimmer. Dann erschien Tante Emma und nahm sie mit zum Queen Anne Square. »Nur für heute Nacht«, sagte sie. »Mach dir keine Sorgen wegen Mum, das kommt schon wieder in Ordnung.«

Am Ende blieb sie fast den ganzen Sommer bei Tante Emma. Ihr Vater besuchte sie jeden Abend, ihre Mutter nie.

Tante Emma und Onkel George waren sehr nett. Tante Emma, eine hübsche junge Frau, machte mit ihr Picknicks am Fluss und Ausflüge nach Oxford, wo sie ihr neue Sachen zum Anziehen und Spielen kaufte und sich einmal sogar *Peter Pan* mit ihr ansah. Onkel George, ein gemütlicher Typ und eher schon mittleren Alters, war von Beruf Architekt und zeigte Susan, wie man Städte zeichnete. Oft erzählte er ihr dabei von New York, wo er drei Jahre gelebt hatte. Seiner Meinung nach war es die aufregendste Stadt der Welt.

Tante Emma und Onkel George hatten einen Freund namens Mr. Bishop, der Anwalt war und ebenfalls am Queen Anne Square wohnte. Wenn er zu Besuch kam, sagte er jedes Mal zu Susan, sie solle ihn doch Onkel Andrew nennen. Er fand auch, dass sie aussah wie Elizabeth Taylor. Einmal nahm er sie und Tante Emma in seinem Sportwagen mit. Sie machten einen Ausflug aufs Land und fuhren mit offenem Verdeck, sodass ihnen der Wind ins Gesicht blies.

Wenn sie nach ihrer Mutter fragte, bekam sie zur Antwort, sie solle sich keine Sorgen machen. »Mum ist in Urlaub, aber sie kommt bald wieder nach Hause. Bestimmt wird sie dann ganz genau wissen wollen, was du inzwischen alles erlebt hast.« Diese Erklärung klang immer eine Spur zu fröhlich und verriet ihr, dass sie angelogen wurde.

Manchmal, wenn sie nicht schlafen konnte, schlich sie sich nach unten und belauschte die Erwachsenen. Aus deren Gesprächen erfuhr sie, dass ihre Mutter einen so genannten Zusammenbruch gehabt hatte und sich deshalb in einem besonderen Krankenhaus aufhielt und dass alle sich ihretwegen große Sorgen machten.

Sie erzählte ihnen nie, was sie gehört hatte, weil sie wusste, dass sie es vor ihr geheim halten wollten. Vor ihr und allen anderen.

Aber natürlich erfuhren die Leute davon.

Ein heißer Montag im September. Der erste Schultag nach den Ferien. Susans Lehrerin machte mit ihrer Klasse einen Ausflug.

Sie liefen am Fluss entlang nach Westen, wo ein Fußweg stadtauswärts in Richtung Kendleton Lock führte. Zum Schutz gegen die Sonne trugen die Jungen Kappen und die Mädchen Hüte. Während sie paarweise dahinmarschierten, hielt ihre Lehrerin einen Vortrag über die sie umgebende Fauna, aber niemand hörte ihr zu, alle waren viel zu sehr damit beschäftigt, den Leuten auf den bunt bemalten Kähnen zuzuwinken, die darauf warteten, durch die Schleuse gelassen zu werden und ihren Weg den Fluss hinunter fortsetzen zu können.

Die Stimmung wurde immer ausgelassener. Als sie gerade durch eine Wiese voller gelangweilt dreinblickender Kühe wanderten, begann der Junge, der ganz vorne ging, die Kappen seiner Freunde in den Fluss zu werfen, was zur Folge hatte, dass die gesamte Klasse abrupt zum Stillstand kam. Während Mrs. Young den Übeltäter schalt, versuchte ein gutmütiger Bootsführer die schnell sinkenden Kappen mit einem Angelhaken zu retten.

Susan und Charlotte, die ziemlich weit hinten standen, diskutierten darüber, welcher der Kähne am schönsten sei. Susan favorisierte einen mit dem Namen Merlin, was weniger an den Ritterburgen lag, die seine Seite zierten, sondern mehr an dem flachsfarbenen Hund, der sich an Deck sonnte. Charlotte wollte Susan gerade ihr Lieblingsboot zeigen, als Alice Wetherby verkündete, Brillenschlangen seien hässlich.

Charlotte verstummte. Sie war die Einzige in der Klasse, die eine Brille tragen musste, und hatte damit ein großes Problem. Charlottes Mutter und Susan versicherten ihr ständig, dass sie ihr gut stehe, aber sie glaubte ihnen nicht.

»Brillenschlangen sind hässlich«, wiederholte Alice, diesmal lauter.

»Ich bin nicht hässlich«, widersprach Charlotte.

Alice grinste zufrieden, weil es ihr gelungen war, eine Reaktion zu provozieren. Sie war ein hübsches Mädchen mit langen blonden Haaren. »Doch, das bist du. Du bist der hässlichste Mensch auf der Welt.«

»Bin ich nicht.«

Alice stupste Charlotte mit dem Finger an. »Brillenschlange, Brillenschlange!« Die Mädchen aus Alices Clique stimmten in den Gesang mit ein. Sie umringten Charlotte und begannen alle, sie zu stupsen. Es machte ihnen Spaß, andere zu schikanieren. Im Schuljahr davor hatten sie ein Mädchen namens Janet Evans auf dem Kieker gehabt und versucht, den Rest der Klasse dazu zu bringen, nicht mehr mit ihr zu reden. Das Ganze hatte Janet sehr zugesetzt.

Charlotte war bereits den Tränen nahe. Sie hatte Angst vor Alice. Susan nicht. Sie schob sich in den Kreis und schubste Alice weg. »Lass sie in Ruhe. Du bist selbst hässlich!«

82

»Halt den Mund!«

Susan fing nun ihrerseits an, Alice mit dem Finger zu stupsen. »Und wenn nicht?«

»Hör auf!«

»Und wenn nicht?«

»Hör auf, sonst kommst du zu deiner Mutter in die Klapsmühle!«

Susan hielt mitten in der Bewegung inne. »Was?«

»Deine Mutter ist in der Klapsmühle! Im Irrenhaus!«

»Ist sie nicht.«

»Doch. Sie ist verrückt geworden.«

»Sie ist in Urlaub.«

»Sie ist im Irrenhaus. Das weiß doch jeder.«

»Ist sie nicht!«

Alices Augen begannen zu leuchten. »Deine Mutter ist im Irrenhaus! Deine Mutter ist im Irrenhaus!« Wieder stimmte ihre Clique mit ein, während drüben auf dem Fluss der flachsfarbene Hund ins Wasser sprang, um die Enten zu jagen, die neben dem Boot schwammen. »Samson!«, brüllte sein Besitzer. »Komm sofort zurück!«

»Deine Mutter ist im Irrenhaus!«, sang Alice weiter. Sie begann vor Susan herumzutanzen und dabei verrückte Grimassen zu schneiden. »Im Irrenhaus, im Irrenhaus!«

Susan packte Alice an den Haaren und zog sie auf die Wiese mit den Kühen. »Lass los!«, schrie Alice. »Lass sie in Ruhe!«, riefen Alices Freundinnen. »Susan Ramsey! Hör sofort mit diesem Unsinn auf!«, schimpfte Mrs. Young. Susan ignorierte sie alle. Sie zerrte Alice weiter, bis sie den richtigen Platz gefunden hatte, dann versetzte sie ihr einen kräftigen Stoß. Alice fiel nach vorn und landete mit dem Bauch in einem Kuhfladen – sehr zur Überraschung einer in der Nähe weidenden Kuh.

»Kühe fressen gern Kinder, die voll Kacke sind«, verkündete Susan. »Kommt her, Kühe! Mittagessen!«

Alice rappelte sich auf und rannte laut schreiend über die Wiese. Die erschrockene Kuhherde teilte sich vor ihr wie das Rote Meer vor Moses. »Alice Wetherby, komm zurück!«, rief Mrs. Young und nahm die Verfolgung auf, so schnell ihre massige Gestalt es zuließ, wobei sie selbst ein bisschen aussah wie eine dahintrampelnde Kuh. Susan begann zu lachen, und andere stimmten mit ein. In der Zwischenzeit hatte Samson das Flussufer erreicht, schüttelte sich ausgiebig und spritzte alle nass.

»Sie hat schlimme Sachen über Mum gesagt.«

»Was für Sachen?«

»Ganz schlimme Sachen.«

Es war sechs Uhr. Sie saß auf dem Schoß ihres Vaters. Nun, da das neue Schuljahr begonnen hatte, wohnte sie wieder zu Hause bei ihm.

»Was für Sachen, Susie?«

»Dass Mum verrückt geworden ist. Dass sie im Irrenhaus ist.«

»Sie ist in Urlaub.«

»Das habe ich Alice auch gesagt.«

»Braves Mädchen«, lobte er sie lächelnd. Seine Augen waren grau, sein Haar hellbraun. Susan hatte die blauen Augen und das dunkle Haar ihrer Mutter geerbt. Sie wollte ihn nicht aufregen, aber sie musste es wissen.

»Was ist ein Zusammenbruch?«

Das Lächeln verschwand aus seinem Gesicht.

»Sie ist tatsächlich im Irrenhaus, stimmt's?«

»Susie…«

»Stimmt's?«

»Hör zu…«

»Ist es meine Schuld?«

»Oh, Susie.« Er zog sie an sich und küsste sie auf den Scheitel. »Nein, mein Liebling, es ist nicht deine Schuld. Es hat mit dir überhaupt nichts zu tun.«

Sie schmiegte den Kopf an seine Brust. Ihr Blick fiel auf seinen Siegelring, der einmal ihrem Großvater gehört hatte. Sie drehte ihn hin und her und beobachtete einen Moment, wie er das Licht reflektierte. »Was ist ein Zusammenbruch, Dad?«

»Nichts Schlimmes, Susie. Das musst du mir glauben, egal, was die anderen sagen. Es bedeutet bloß, dass Mum… dass Mum…«

»Was?«

Er schwieg. Sein Blick wirkte nachdenklich. Sie wartete gespannt.

»Bei deinem Streit mit Alice ... hattest du da Angst?«

»Nein. Ich habe keine Angst vor ihr.«

»Aber Charlotte hatte Angst, oder?«

»Ja.«

»Du magst Charlotte trotzdem noch, oder? Du denkst nicht schlecht über sie, nur weil sie Angst hatte.«

»Nein. Sie ist meine beste Freundin.«

»Wenn jemand einen Zusammenbruch hat, Susie, dann bedeutet das, dass der oder die Betreffende plötzlich große Angst bekommt. Vor allem und jedem. Genau das ist Mum passiert. Deswegen ist sie weggegangen – um zu lernen, sich wieder stark und tapfer zu fühlen. Wenn sie das geschafft hat, kommt sie zurück.«

Er lächelte sie erneut an, weil er hoffte, sie auf diese Weise beruhigen zu können, aber sie erwiderte sein Lächeln nicht.

»Was, wenn sie wieder Angst bekommt?«

»Das wird sie nicht.«

»Aber was, wenn doch?«

»Sie wird nicht wieder Angst bekommen, das verspreche ich dir.«

»Aber was, wenn doch? Wird sie dann wieder einen Zusammenbruch haben? Ich möchte nicht, dass sie uns noch mal allein lässt. Sie soll nie wieder von uns weggehen.«

»Das wird sie nicht, Susie. Und weißt du, warum?«

»Warum?«

»Weil wir es nicht zulassen. Wir werden dafür sorgen, dass sie nie wieder Angst bekommt. Wir werden sie beschützen. So wie du Charlotte beschützt hast.«

Sie nickte. Ja, das würden sie. Sie würden alles tun, was nötig war, um sie zu beschützen.

Nach dem Abendessen spazierten sie denselben Weg am Fluss entlang, den Susan tagsüber schon mit ihrer Klasse gegangen war. Mittlerweile jagte ein kräftiger Wind dicke Wolkenbänke vor sich her.

Susan und ihr Vater setzten sich ans Flussufer, ließen die Füße im Wasser baumeln und warfen den Enten Brotreste zu, während nicht weit von ihnen entfernt die letzten Boote die Schleuse passierten. Ihr Vater begann Geschichten über sie zu spinnen. Er behauptete, es handle sich um Piratenschiffe, die auszögen, um in den Gewässern Südamerikas nach Schätzen zu suchen. Eins davon machte neben ihnen fest. Ein alter Mann saß Pfeife rauchend im Heck und lauschte lächelnd den Geschichten, während seine Frau in der Kombüse das Abendessen zubereitete. Die beiden hatten einen kleinen schwarzen Hund dabei, der am Ufer auf und ab lief.

»Du bist der beste Geschichtenerzähler der Welt«, erklärte Susan, nachdem ihr Vater geendet hatte.

»Nein, das war dein Großvater. Als ich in deinem Alter war, kam er oft mit mir hierher. Deine Großmutter gab uns immer Sandwiches mit, und während wir sie verspeisten, erzählte er mir dieselben Geschichten wie ich jetzt dir. Bloß dass er sie viel besser erzählen konnte. Deine Großmutter meinte immer, er solle sie veröffentlichen lassen, aber davon wollte er nichts wissen. Er sagte, sie seien nur für mich. Und jetzt sind sie für dich.«

Der Hund ließ sich neben ihnen nieder. »Da hast du wohl einen neuen Freund gewonnen«, meinte der alte Mann augenzwinkernd zu Susan. »Er heißt Bosun.« Seine Frau erschien mit zwei großen Teetassen und ein paar Hundekeksen.

Inzwischen war es schon ziemlich spät geworden, und der Himmel begann zu verblassen. Ein Schwan landete auf dem Wasser. Um ihn herum breiteten sich kleine kreisförmige Wellen aus. Das alte Paar ging hinunter in die Kombüse, um zu essen, aber Bosun blieb am Ufer zurück, den Kopf auf Susans Schoß gebettet. Während das kalte Wasser ihre Zehen umspülte, flocht sie eine Blumenkette, die sie ihm um den Hals hängen wollte.

»Ich wünschte, du hättest meinen Vater noch kennen lernen können, Susan. Er wäre so stolz auf dich gewesen.«

»Warum?«

»Weil du so stark bist.«

»Stimmt. Ich bin stärker als Alice.«

Er berührte ihre Brust. »Ich meine stark da drinnen. In deinem

Herzen. Da bist du viel stärker als deine Mutter oder ich. Dein Großvater war auch so. Er war ein stiller Mann, zurückhaltend und in sich gekehrt, nicht so ein lärmender kleiner Fratz wie du, aber er hatte auch diese innere Stärke. Das ist etwas, das nur wenige Menschen besitzen. Man fühlte sich in seiner Gegenwart immer sicher, weil man wusste, dass er einen nie im Stich lassen würde, egal, worum man ihn bat.«

Der Wind blies ihr das Haar ins Gesicht. Er strich es zurück. »Du verstehst nicht, was ich meine, oder?«

»Nein.«

»Eines Tages wirst du es verstehen.« Er wandte sich um und ließ den Blick über die Wiese hinter ihnen schweifen. Die Kühe machten sich gerade für die Nacht bereit, ein paar hatten sich schon hingelegt. »Ist das die Wiese, wo du Alice in den Kuhfladen gestoßen hast?«

»Ja.«

Er setzte für einen Moment eine strenge Miene auf, dann breitete sich auf seinem Gesicht jenes Lächeln aus, das sie so gut an ihm kannte. »Ich liebe dich, Susie Star. Du darfst nie anders werden. Bleib immer so, wie du jetzt bist.«

Dann streckte er plötzlich den rechten Fuß aus und fing an, sie mit Wasser zu bespritzen. Sie tat es ihm nach, sodass sie bald beide klatschnass waren. Bosun lief bellend um sie herum und erschreckte die armen Kühe fast genauso, wie Alice es Stunden zuvor getan hatte.

Am nächsten Tag, kurz vor Mittag. Die Schüler von Susans Klasse saßen an ihren Doppelpulten über Europakarten gebeugt, in die sie die Namen der Hauptstädte eintragen sollten.

»Ich lasse euch mal eine Minute allein«, informierte sie Mrs. Young. »Arbeitet still weiter, bis ich zurückkomme.«

Eine Weile wurde ihre Anweisung befolgt, dann sagte Alice Wetherby plötzlich: »Ich bin froh, dass meine Mutter nicht in der Klapsmühle ist.«

»Und ich bin froh, dass ich nicht hässlich bin«, fügte ein Mädchen aus ihrer Clique hinzu.

Susan deutete zum Fenster hinüber und tat erschrocken. »Lauf, Alice! Die Kühe kommen!«

Alle lachten. Ein paar Jungen stießen Muhlaute aus. Charlotte bedankte sich bei Susan mit ihrem speziellen Beste-Freundinnen-Lächeln. Susan erwiderte das Lächeln. Dann wandte sie sich wieder ihrer Landkarte zu.

An einem Freitag im November kam ihre Mutter nach Hause.

Susan war schon die ganze Woche nicht in der Lage gewesen, sich auf irgendetwas zu konzentrieren. Ihr Kopf war zu voll von den Dingen, die sie ihrer Mutter sagen wollte. Aber als sie dann das Haus betrat und sie da stehen sah, verschwanden alle Worte aus ihrem Kopf. Sie begann zu weinen und konnte gar nicht mehr aufhören.

Am Sonntag waren sie bei Tante Emma zum Tee eingeladen. Tante Emma hatte Scones gebacken, und während Susan eines nach dem anderen verspeiste, erzählte sie ihrer Mutter von den Städten, die sie mit Onkel George gezeichnet hatte, und von den Picknicks mit Tante Emma. Ihre Mutter versuchte den beiden zu danken, aber sie wollten nichts davon hören. »Es war uns ein Vergnügen«, erklärte Onkel George. »Ich hatte bei unseren Ausflügen genauso viel Spaß wie Susie«, pflichtete Tante Emma ihm bei. »Wir haben jede Menge tolle Plätze gefunden, nicht wahr, Susie? Und ihnen besondere Namen gegeben. Du musst sie deiner Mutter unbedingt irgendwann zeigen.«

»Nächsten Sommer«, meinte Susans Mutter, »können wir alle gemeinsam Picknickausflüge machen.«

Susan nickte. »Ja, zum Piratenlager. Das ist mein Lieblingsplatz.«

Ihr Vater blickte ein wenig skeptisch drein, ebenso Onkel George, aber Tante Emma lächelte. »Natürlich, das machen wir.« Sie hielt Susan ein weiteres Scone hin. »Greif zu. Ich habe sie extra für dich gebacken.«

Susan sah wieder zu ihrem Vater und Onkel George. Beide nickten aufmunternd. »Lass es dir schmecken, Susie«, sagte Onkel George. »Wenn du mal eine erfolgreiche Architektin werden willst, musst du unbedingt deine Scones aufessen. Meine Eltern haben mir nur Scones zum Essen gegeben, und schau mich heute an.«

Sie mussten alle lachen, und Susan tat, wie ihr geheißen.

Dezember. Susan stand an der Hand ihrer Mutter am Market Court und hörte dem Kendletoner Kirchenchor zu, der sich um das Normannenkreuz in der Mitte des Platzes versammelt hatte und Weihnachtslieder sang.

Es war Spätnachmittag und bereits dunkel. Der Chor benutzte als Beleuchtung altmodische Laternen. Der Boden war mit einer dünnen Frostschicht überzogen, und der Atem der Singenden, die gerade »Once in Royal David's City« anstimmten, bildete vor ihnen kleine weiße Dampfwolken, die wie Geister in der Luft zu tanzen schienen. Rundherum hatte sich bereits eine ansehnliche Menschenmenge versammelt. Viele der Leute trugen Einkaufskörbe voller Geschenke. Der Bus aus Oxford traf ein, und die meisten der Fahrgäste kamen ebenfalls auf den Platz, um zuzuhören.

Der Chorleiter sagte, eines der Kinder solle das nächste Weihnachtslied aussuchen. »Hark the Herald Angels Sing«, rief Susan, weil sie wusste, dass das das Lieblingslied ihrer Mutter war. Der Chor begann zu singen. »Danke, Susie«, flüsterte ihre Mutter und drückte ihre Hand.

Ihr Vater gesellte sich zu ihnen. Er hatte von der Kälte ganz rote Wangen. »Nicht schon wieder dieses schreckliche Trauerlied«, meinte er und fing an, ziemlich falsch mitzusummen, woraufhin ihn ihre Mutter lachend aufforderte, sofort aufzuhören.

Nachdem der Chor sein letztes Lied zum Besten gegeben hatte, begann sich die Menge zu zerstreuen. Susan und ihre Eltern blieben noch einen Moment stehen und blickten zum kalten, dunklen Winterhimmel empor. Ihr Vater erzählte ihr, dass er und ihre Mutter, nachdem sie sich kennen gelernt hatten, mit einem gestohlenen Ruderboot auf den Fluss hinausgefahren seien und sich die ganze Nacht lang die Sterne angesehen hätten. Ihre Mutter fügte hinzu, der Besitzer des Bootes habe sie bei der Polizei angezeigt, und ihre Eltern hätten ihnen beiden jeden weiteren Umgang miteinander verboten.

»Du hast dich allerdings nicht daran gehalten«, meinte Susans Vater.

Ihre Mutter schüttelte den Kopf. »Du auch nicht.«

Die beiden küssten sich. Wieder musste ihre Mutter lachen. Sie sah sehr schön und glücklich aus, ganz und gar nicht angsterfüllt.

Als sie schließlich aufbrachen, entdeckte Susan in der sich auflösenden Menge Alice Wetherby. Sie stand neben einem älteren Paar, das Susan noch nie gesehen hatte. Wahrscheinlich irgendwelche Verwandte, die gerade auf Besuch waren. Alice zupfte die Frau am Mantel und deutete auf Susans Mutter. Die Frau starrte zu ihnen herüber, sah jedoch schnell wieder weg, weil Susan ihr die Zunge herausstreckte. Alice konterte mit einer hässlichen Grimasse, aber als Susan mit den Lippen ein stummes »Muh« formte, wandte auch sie mit finsterer Miene den Blick ab.

Susans Mutter, die noch über die Weihnachtslieder sprach, bemerkte von alledem nichts. Ihr Vater, der zu den Worten seiner Frau zustimmend nickte, bekam es aus den Augenwinkeln mit. Während sie weitergingen, nickten er und Susan sich verschwörerisch zu.

April 1953

Susans Mutter verbrachte den Samstagnachmittag in Lyndham, einem nahe gelegenen Dorf, wo sie eine alte Tante besuchte. Susan und ihr Vater gingen ins Kino.

Da es in Kendleton kein Kino gab, waren sie nach Oxford gefahren. Sie wollten sich *Singing in the Rain* ansehen. Susan kannte den Film bereits, ihre Eltern hatten sie am Wochenende zuvor ins Kino ausgeführt, und sie war so begeistert gewesen, dass sie gebettelt hatte, ihn ein zweites Mal sehen zu dürfen.

Sie saßen nebeneinander im Kino und warteten darauf, dass das Licht ausgehen und der Film beginnen würde. Nur einige wenige Plätze waren frei geblieben, einer davon neben Susan. »Da hätte Smudge sitzen können«, sagte sie zu ihrem Vater.

»Du bist ja ganz besessen von dieser Katze!«

Smudge war ein gelblich-brauner Tiger mit einem schwarzen

Fleck um die Nase. Susan hatte ihn im Januar von Tante Emma zu ihrem siebten Geburtstag geschenkt bekommen. Ihr Vater hatte ein Foto von ihr gemacht, wie sie mit Smudge auf den Knien zwischen Tante Emma und Onkel George auf dem Sofa saß. Alle drei trugen Partyhüte und grinsten in die Kamera.

An dem Tag hatte Susan die beiden zum letzten Mal gesehen. Zwei Tage später waren sie nach Australien aufgebrochen, wo Onkel George bei einem wichtigen neuen Projekt gebraucht wurde. Tante Emma hatte ihr versichert, dass es nicht für ewig sei. Ehe sie sich versehe, würden sie zurückkommen. Inzwischen hatten sie Susan drei Briefe und ein Foto von einem Känguru geschickt, das sie mit in die Schule nahm, um es ihren Freundinnen zu zeigen. Mrs. Young hatte ihnen Australien auf der Karte gezeigt. »Es liegt auf der anderen Seite der Welt«, hatte sie der Klasse erklärt, und Susan war plötzlich davon überzeugt, dass sie Tante Emma und Onkel George trotz aller Versprechungen nie wieder sehen würde.

Dieses Gefühl kehrte nun schlagartig zurück, als hätte ihr eine unsichtbare Faust einen Hieb verpasst. Sie ließ den Kopf sinken und starrte auf ihre Hände. Am Handgelenk trug sie ein kleines Armband, ebenfalls ein Geschenk von Tante Emma. Sie hatte es ihr im Sommer zuvor gekauft, als ihre Mutter in der Klinik war.

»Was ist, Susie?«

»Ich hasse es, wenn jemand weggeht.«

»Aber sie kommen doch zurück. Du musst nur ein bisschen Geduld haben.« Ihr Vater wölbte die Hand um ihr Kinn und schob ihre Mundwinkel sanft nach oben. Es kitzelte, und sie war gleich wieder besserer Laune. Liebevoll streichelte er ihr übers Haar. Dann erzählte er ihr, dass er als Junge in diesem Kino genau solche Stummfilme gesehen habe, wie sie am Anfang von *Singing in the Rain* gedreht wurden.

»Die hätten mir nicht gefallen«, erklärte sie.

»O doch, bestimmt. Sie wurden von einem Orchester musikalisch untermalt, und das Publikum schrie und jubelte vor Begeisterung. Damals gab es wunderbare Stars. Buster Keaton fand ich am besten, aber Charlie Chaplin und Douglas Fairbanks waren auch großartig. Dein Großvater hat immer gesagt, keiner der modernen Stars könne ihnen das Wasser reichen.«

»Nicht mal Elizabeth Taylor?«

Er kniff sie in die Nase. »Na ja, die vielleicht schon.«

Das Licht ging aus. Susan fand es schön, neben ihm in der Dunkelheit zu sitzen und darauf zu warten, von den aufregenden Ereignissen auf der Leinwand mitgerissen zu werden.

Der Film war wundervoll, fast noch besser als beim ersten Mal. Als Donald O'Connor »Make 'em Laugh« sang und versehentlich durch eine Wand sprang, mussten sie so sehr lachen, dass sich die Frau hinter ihnen zu beschweren begann. In der Pause besorgte ihr Vater bei einem Mädchen mit einem Tablett Eis für sie beide. Während sie es aßen, winkte Susan einem Jungen aus ihrer Klasse zu, der nicht weit von ihnen entfernt saß.

Als sie hinterher am Market Court aus dem Bus stiegen, regnete es.

»Wie wär's mit einem Stück Kuchen?«, fragte ihr Vater.

Susan dachte an das Abendessen, das zu Hause auf sie wartete. »Da wird Mum aber nicht begeistert sein.«

»Wir brauchen es ihr ja nicht zu erzählen.« Er nahm sie an der Hand und begann »Singing in the Rain« zu summen. Sie tat es ihm nach, und sie tanzten zusammen durch den Regen. Die vorbeieilenden Leute lächelten amüsiert.

Ein paar Minuten später saßen sie in Hobson's Tea Shop. Während Susan sich von dem Rollwagen, der von einer uniformierten Bedienung geschoben wurde, eine Puddingschnitte aussuchte, nippte ihr Vater an seinem Kaffee.

»Hat dir der Nachmittag gefallen, Susie?«

»Ja. *Singing in the Rain* ist der beste Film, den ich je gesehen habe!« Sie biss ein Stück von ihrem Kuchen ab. Während sie sich die köstliche Mischung aus süßer Puddingcreme und lockerem Teig schmecken ließ, bemerkte sie an einem der Nebentische ein Paar mittleren Alters, das die ganze Zeit zu ihnen herüberstarrte. Sie hörte die Frau das Wort »bildschön« flüstern.

Ihr Vater lächelte, weil er es ebenfalls gehört hatte. »Vielleicht gehst du ja eines Tages zum Film. Dann wirst du in Hollywood leben, und deine Mutter und ich können dich im Kino bewundern und allen erzählen, dass die große Schauspielerin dort auf der Leinwand unsere kleine Susie Star ist und wir unendlich stolz auf sie sind.«

Sie widmete sich weiter ihrem Kuchen, während er lächelnd neben ihr saß und sie betrachtete. Ein freundlicher Mann mit zerzaustem Haar, funkelnden Augen und einem Lächeln, das einen ganzen Raum erhellen konnte. So wie jetzt.

Dann verschwand es plötzlich aus seinem Gesicht.

Sie legte ihre Gabel weg. »Dad?«

Seine Augen weiteten sich, als wäre er über etwas erschrocken.

»Dad?«

Er fasste sich mit einer Hand an die Brust. Sein Gesicht wurde kreidebleich. »O mein Gott…«

»Dad!«

Er kippte seitwärts vom Stuhl, bekam mit der anderen Hand aber noch die Tischdecke zu fassen. Im Fallen riss er sie mit allem, was auf dem Tisch stand, zu Boden.

Sekunden später kauerte der Mann vom Nachbartisch bereits neben ihm. Susan folgte seinem Beispiel, aber die Frau, die sie vorhin bildschön genannt hatte, zog sie weg. »Keine Angst, Liebes«, sagte sie in beruhigendem Ton. »Mein Mann ist Arzt, er weiß, was zu tun ist.«

Der Besitzer des Cafés kam zu ihnen gerannt. »Er hat einen Herzinfarkt«, erklärte der Mann. »Rufen Sie einen Krankenwagen. Schnell!«

Susan versuchte sich von der Frau loszureißen. Andere Leute schoben sich zwischen sie und ihren Vater, sodass sie ihn nicht mehr sehen konnte. Sie redete sich ein, dass sie keine Angst zu haben brauchte. Dass das nur einer seiner üblichen Streiche war. Bestimmt würde er gleich vor ihr stehen und sie aufziehen, weil sie sich wie ein Kleinkind ins Bockshorn hatte jagen lassen.

Aber als sich die Menge schließlich teilte, lag er immer noch dort. Inzwischen konnte sie sein Gesicht nicht mehr sehen. Der Besitzer des Cafés hatte es mit einem Tuch zugedeckt.

93

Die nächsten Tage erschienen ihr, als hätte die ganze Welt ihre Stimme verloren. Die Leute sprachen im Flüsterton und setzten alle eine sorgenvolle, gekünstelt wirkende Miene auf, sodass Susan in ihrem betäubten Zustand allmählich glaubte, in einem jener Stummfilme gefangen zu sein, die ihr Vater so geliebt hatte.

Sein Begräbnis kam ihr vor wie ein Traum. Es handelte sich um eine lange, zermürbende Zeremonie, die nicht dazu beitrug, das Geschehene irgendwie realer wirken zu lassen. Susan saß neben ihrer Mutter in der vordersten Bank der Kendleton Church und hörte zu, wie der Pfarrer erklärte, ihr Vater werde niemals wirklich tot sein, solange er in ihren Herzen weiterlebte. Sie versuchte, seine Worte zu verstehen, aber ihr Kopf fühlte sich an, als würde er jeden Moment mit allen darin herumschwirrenden Gedanken zerplatzen. Ihr Vater *war* tot, und das bedeutete, dass er von ihnen gegangen war und nie zurückkommen würde. Aber wenn er wirklich nie zurückkommen würde, dann würde sie ihn niemals wieder sehen, und das konnte nicht sein. Aber wenn er doch wiederkam, dann wäre er ja nicht tot und …

Als ihr das alles zu viel wurde, schloss sie einfach die Augen und flüchtete sich in die Dunkelheit, wo sie ein wenig Trost fand, indem sie sich die Wärme seines Lächelns ins Gedächtnis rief. Als sie jedoch die Augen wieder aufschlug, befand sie sich immer noch in der Kirche, und der Pfarrer sprach immer noch über ihren Vater, während ihre Mutter leise vor sich hinweinte.

Ihre Klassenlehrerin Mrs. Young lobte sie als sehr tapferes Mädchen und ließ sie in Ruhe, wenn sie im Unterricht nicht aufpasste. Die anderen Kinder schenkten ihr eine riesige, mit Feldblumen geschmückte Karte. Alle waren nett zu ihr, auch wenn ein paar sie anstarrten, als wäre der Tod ihres Vaters eine ansteckende Krankheit, die sie alle befallen könnte.

Sie hoffte vergeblich, dass Tante Emma und Onkel George kommen würden. Ihre Mutter erklärte, Australien sei zu weit entfernt. Andere hingegen kamen: ein endloser Strom von Besuchern, alle begierig darauf, die immer gleichen Plattitüden von sich zu geben und sich an der Tragödie zu ergötzen. »Was für ein Schock«, sagten sie zu Susans Mutter. »Wir konnten es gar nicht glauben, als wir

94

es hörten. Der Ärmste war doch erst zweiunddreißig. Immer sterben gerade die Guten so jung, nicht wahr? Aber das Leben muss trotzdem weitergehen.«

Alle taten recht besorgt wegen Susan und lobten sie, weil sie »schon so ein großes Mädchen« sei. »Du darfst den Kopf jetzt nicht hängen lassen, Liebes«, ermahnte sie eine Nachbarin, die sie kaum kannte. »Du musst deiner Mutter zuliebe tapfer sein.« Susan nickte und versprach, es zu versuchen.

In Wirklichkeit aber hätte ihre Mutter solche Aufmunterungen viel nötiger gehabt.

Ein Spätnachmittag im Juni. Sie saßen zusammen im Wohnzimmer, während Smudge zu ihren Füßen mit einem zusammengeknüllten Blatt Papier spielte. Aus dem Haus nebenan, wo anlässlich der Krönung eine Party stattfand, drang Gesang zu ihnen herüber. Ihre Mutter hatte sie ermuntert, mit den Nachbarn zu feiern, aber Susan hatte keine Lust gehabt.

»Wir werden schon klarkommen, Mum.«

»Wie sollen wir das denn schaffen, wenn wir kein Geld haben?« Ihre Mutter drückte ihre Zigarette aus und zündete sich sofort eine neue an. Sie hatte nie sehr viel geraucht, aber in den letzten Wochen war ihr Tabakkonsum stark angestiegen. Während sie rauchte, spielte sie nervös an ihrem Ehering herum.

»Mum…«

»Deine Großmutter hat immer gesagt, dass ich eine Närrin war, ihn zu heiraten. Einen Mann ohne jeden Sinn fürs Praktische, der nur vor sich hin träumte und immer irgendwo in den Wolken schwebte. Und sie hatte Recht.«

»Nein, hatte sie nicht.«

Noch immer drehte ihre Mutter an dem Ring herum. »Ist das vielleicht in Ordnung? Uns mit so wenig Geld allein zu lassen, dass es kaum zum Überleben reicht? Was für ein Mann tut das seiner Familie an? Nur ein schwacher, selbstsüchtiger Mann. Genau das war er nämlich.«

»Nein, das war er nicht! Sag so etwas nicht! Sag nicht so schlimme Sachen über ihn!«

Das Gesicht ihrer Mutter lag im Schatten. Einen Moment lang wirkten ihre Augen so leer wie am Tag ihres Zusammenbruchs. Wahrscheinlich lag es nur am Lichteinfall, aber es reichte, um Susan in Angst und Schrecken zu versetzen. Nebenan lachten die Leute, während jemand die Nationalhymne sang. Als ihr Vater noch lebte, war ihr Haus ebenfalls von Lachen erfüllt gewesen, aber nun hatte er sie verlassen und die ganze Freude mitgenommen.

»Hab keine Angst, Mum. Bitte, hab keine Angst.«

Ihre Mutter gab keine Antwort. Susan starrte sie an. »Susan hat das Aussehen ihrer Mutter, aber das Wesen ihres Vaters geerbt.« Das sagten die Leute über sie. Vielleicht hatten sie Recht. Sie wusste nur, dass sie beide liebte und es nicht verkraften würde, nach dem Vater nun auch noch ihre Mutter zu verlieren.

»Mum?«

»Tut mir Leid, Susie. Ich hab's nicht so gemeint. Dein Vater war ein guter Mann. Er fehlt mir bloß, das ist alles.«

Susan hatte plötzlich einen Kloß im Hals. Sie versuchte, ihn hinunterzuschlucken. Wenn sie jetzt weinte, bedeutete das, dass sie nicht tapfer war. Aber sie musste tapfer sein. Für sie beide.

»Wir schaffen das schon, Mum. Ich werde mich um dich kümmern und nicht zulassen, dass du wieder Angst bekommst.«

Sie umarmten sich. Ihre Mutter begann zu weinen. Trotz aller guten Vorsätze folgte Susan ihrem Beispiel, während nebenan die Nationalhymne in einem Chor von Jubelrufen endete.

Ein Samstagnachmittag im August. Susan kam von Charlotte zurück. Während sie darauf wartete, dass ihre Mutter sie hereinließ, sah sie zu, wie Mrs. Bruce aus Nummer 45 ihr übliches Kräftemessen mit Warner veranstaltete.

Ihre Mutter öffnete die Tür. »Mr. Bishop ist hier, Susie.«

»Wer?«

»Mr. Bishop. Der Freund von Tante Emma und Onkel George.«

Sie ging ins Wohnzimmer, wo Mr. Bishop oder Onkel Andrew, wie sie ihn kannte, neben dem Fenster in einem Sessel saß und Smudge streichelte, der sich auf seinen Knien niedergelassen hatte. Er begrüßte sie mit einem herzlichen Lächeln. »Hallo, Susie.«

»Hallo.« Auf dem Couchtisch thronte ein riesiges Puppenhaus. »Wem gehört das?«

»Dir.«

»Mr. Bishop hat es mitgebracht«, erklärte ihre Mutter. »Ist das nicht ein wunderbares Geschenk?«

»Danke, Onkel Andrew.«

»Mr. Bishop«, korrigierte ihre Mutter sie.

»Onkel Andrew ist schon in Ordnung. Wir sind alte Freunde, nicht wahr, Susie?«

Smudge sprang von Onkel Andrews Knien und lief auf sie zu. Sie nahm ihn hoch und setzte sich aufs Sofa. »Onkel Andrew hat mich und Tante Emma in seinem Auto mitgenommen«, informierte sie ihre Mutter.

Das Puppenhaus bestand aus drei Stockwerken mit insgesamt neun Zimmern. »Es hat mal meiner Großmutter gehört«, erklärte Onkel Andrew, »und ist schon hundert Jahre alt.«

»Das ist sehr großzügig von Ihnen«, sagte Susans Mutter. »Findest du nicht auch, Susie?«

Sie nickte. Onkel Andrew schien sich zu freuen. Er hatte ein rundes Gesicht, dunkles Haar und graue Augen, die sie ein wenig an ihren Vater erinnerten. Sein Lächeln konnte nicht wie das ihres Vaters einen ganzen Raum erhellen, aber es war trotzdem nett.

Ihre Mutter schnitt ein Stück Kuchen für sie ab. »Was gibt es in der Welt draußen Neues?«, fragte Onkel Andrew. Susan erzählte ihm von Mrs. Bruce und Warner. Ihre Mutter schüttelte den Kopf. »Das ist wirklich Wahnsinn. Sie ist über sechzig und gerade mal einsfünfzig groß und hat diesen riesigen Schäferhund! Ständig läuft er ihr davon und stellt etwas an.«

»Einmal«, berichtete Susan, »hat er am Market Court Mrs. Wetherby angesprungen, und sie hat alle ihre Einkaufstüten fallen lassen. Das war richtig lustig.«

Ihre Mutter runzelte die Stirn. »Das war nicht lustig, Susan.«

»Doch. Mrs. Wetherby ist schrecklich.«

»Susie!«

»Stimmt doch. Sie wollte Warner erschießen lassen. Dabei hat er nur gespielt.«

»Ist das die Mrs. Wetherby, die in der Avenue wohnt?«, erkundigte sich Onkel Andrew.

»Ja. Ihre Tochter Alice geht in meine Klasse. Sie ist auch schrecklich.«

»Susan Ramsey!«

Onkel Andrew fing zu lachen an, und Susans Mutter tat es ihm gleich. Susan wandte sich ihrem Kuchen zu und inspizierte nebenbei das Puppenhaus. In jedem Raum entdeckte sie winzige Puppen, die alle viktorianische Kleidung trugen. Sie saßen auf Miniatursesseln oder reinigten Miniaturkamine. Susan hatte nie viel für Puppen übrig gehabt, abgesehen von der, die sie von ihrer Großmutter bekommen hatte, aber da Onkel Andrew sie so gespannt beobachtete, begann sie ihm zuliebe mit seinem Geschenk zu spielen, während Smudge sich zufrieden schnurrend auf ihrem Schoß räkelte.

Nach einer Weile erklärte Onkel Andrew, dass er nun aufbrechen müsse, weil er in Oxford zu einem Abendessen erwartet werde. »Mit ein paar von meinen Anwaltskollegen«, fügte er erklärend hinzu.

»Das wird bestimmt nett«, meinte Susans Mutter.

»Leider ganz und gar nicht. Drei Stunden Diskussion über die neuesten Entwicklungen im Bereich der Abwasserverordnungen. Nichts, was das Herz mit Freude erfüllt.«

Sie mussten lachen. Er erhob sich. »Danke für das Geschenk«, sagte Susan.

»Hätten die beiden Damen vielleicht Lust, nächstes Wochenende einen kleinen Ausflug mit mir zu machen?«

Susans Mutter zögerte einen Moment. »Das ist ein sehr nettes Angebot. Ich weiß nicht so recht…«

»Komm schon, Mum. Das wird bestimmt lustig.«

»Nun ja, vielleicht. Wenn das Wetter schön ist.«

Es war schön. Sie fuhren ein Stück aufs Land hinaus. Susan saß hinten, ihre Mutter vorne neben Onkel Andrew. Er hatte das Verdeck heruntergelassen, sodass ihr Haar im Wind wehte und ihre Wangen von der frischen Luft prickelten.

Später gingen sie in den Wäldern westlich der Stadt spazieren. Susan lief voraus und suchte nach ihrer Lieblingseiche, während ihre Mutter und Onkel Andrew in gemächlicherem Tempo folgten. Als sie den Baum gefunden hatte, war ihr erster Impuls, wie üblich hinaufzuklettern. Sie blinzelte einen Moment in die Sonne, die durch seine Äste fiel, und spürte dabei aufgeregte Vorfreude.

Dann hielt sie inne.

Ihr Vater hatte diesen Wald geliebt. Gemeinsam hatten sie hier viele Nachmittage damit zugebracht, nach neuen Kletterbäumen zu suchen. Diese Eiche hatte er Golden Hind getauft, weil ihre Äste wie die Takelage eines riesigen Schiffs aussahen. Susan war so hoch hinaufgeklettert, wie sie nur konnte, und hatte dann so getan, als säße sie oben im Ausguck, während er mit einem imaginären Teleskop unten stand. Zusammen waren sie auf Forschungsreise gegangen.

Nun aber handelte es sich nur noch um einen Baum, und von dem ganzen Zauber war nichts mehr übrig. Ihr Vater hatte ihn mitgenommen, und nichts davon würde je zurückkehren.

Mit den Tränen kämpfend stand sie am Fuß der Eiche, fest entschlossen, tapfer zu sein.

Onkel Andrew und ihre Mutter kamen näher. Sein Blick war mitfühlend, als könnte er ihre Gefühle verstehen. »Nur zu, Susie«, sagte er. »Ich würde sehr gern sehen, wie du hinaufkletterst.«

Einen Moment lang zögerte sie, aber ihre Mutter lächelte ihr aufmunternd zu. Sie wirkte entspannt und fröhlich, und das machte Susan ebenfalls froh.

Sie griff nach dem untersten Ast und zog sich nach oben.

»Was für ein schöner Nachmittag«, sagte ihre Mutter an diesem Abend.

»Können wir nächstes Wochenende wieder so einen Ausflug machen? Onkel Andrew hat gesagt, dass er das möchte.«

»Ich glaube nicht, mein Schatz. Onkel Andrew ist ein sehr beschäftigter Mann. Wir dürfen nicht zu viel von seiner Zeit in Anspruch nehmen.«

Aber in den nächsten Wochen nahmen sie immer mehr davon in Anspruch.

Es folgten weitere Ausflüge aufs Land und Spaziergänge im Wald, außerdem ein Abendessen in einem schicken Hotel in Oxford, wo Susan einen Schluck Wein trinken durfte und die verschiedenen Messer und Gabeln bewunderte, die um ihren Teller angeordnet waren. An einem Sonntag lud er sie mittags zu sich nach Hause ein und kochte für sie. »Ich hätte euch warnen sollen. Ich bin ein miserabler Koch«, witzelte er, während er den Rinderbraten in Scheiben schnitt. Er machte dauernd Witze, die zwar nicht so lustig waren wie die ihres Vaters, sie aber trotzdem zum Lächeln brachten. Sein Haus war mit lauter alten Möbeln eingerichtet, an den Wänden hingen Gemälde, und alles war sehr sauber und ordentlich. Zum großen Entsetzen ihrer Mutter verschüttete Susan ein Getränk über den Teppich, aber Onkel Andrew meinte bloß, ihm selbst passiere das auch ständig, das mache überhaupt nichts.

Sie bekam weitere Geschenke von ihm: ein Buch über berühmte Entdecker, einen neuen Korb für Smudge, ein Fahrrad mit einem roten Sattel und einer silbern blitzenden Klingel. Ihre Mutter äußerte Bedenken, dass er sie verziehe, aber Onkel Andrew antwortete, nach dem Verlust ihres Vaters habe sie es verdient, ein wenig verwöhnt zu werde, woraufhin ihm ihre Mutter mit einem Kopfnicken Recht gab.

An einem Samstag gingen sie ins Kino, um sich einen Disney-Film anzusehen. Als Vorfilm lief eine Dokumentation über die Geschichte der Kinokomödie. Es wurden Ausschnitte aus Filmen mit Buster Keaton und Charlie Chaplin gezeigt, die Susan tatsächlich so wundervoll fand, wie ihr Vater gesagt hatte. Während der Pause ging ihre Mutter kurz hinaus, um für sie drei Eis zu kaufen, als kleines Dankeschön für Onkel Andrew, der die Karten bezahlt hatte.

»Du denkst gerade an ihn, nicht wahr?«, fragte er, als sie allein waren.

Sie nickte.

»Es tut noch sehr weh, oder?«

»Ja.«

»Der Schmerz wird nachlassen, Susie. Du glaubst mir das jetzt wahrscheinlich nicht, aber es stimmt.«

Sie sah zu ihm auf. Er bedachte sie mit einem Lächeln, das sie erwiderte.

»Deine Mutter ist sehr stolz auf dich. Sie findet, dass du das tapferste Mädchen der Welt bist.«

»Sie ist auch tapfer.«

»Du hast sie sehr lieb, nicht wahr?«

»Es gibt niemanden, den ich so lieb habe wie sie.«

»Obwohl sie dich schon einmal allein gelassen hat.«

»Ja. Damals hatte sie Angst.«

»Angst?«

»Angst vor allem und jedem. Das hat mir Dad gesagt. Aber dann wurde sie wieder tapfer und kam zurück.«

»Denkst du manchmal daran, was passieren würde, wenn sie wieder Angst bekäme?«

Susan musste an den leeren Ausdruck in den Augen ihrer Mutter denken. Ein Gefühl von Eiseskälte überkam sie. »Ich werde nicht zulassen, dass es noch mal passiert.«

Eine Locke ihres Haars war ihr ins Gesicht gefallen. Er strich sie zurück. »Das ist aber eine große Verantwortung für einen so jungen Menschen wie dich.«

»Ich bin kein Baby mehr.«

»Das weiß ich. Trotzdem ist es eine schwere Aufgabe. Vielleicht kann ich dir helfen.«

»Wie?«

»Indem ich dein Freund bin. Jemand, mit dem du sprechen kannst, wenn du selbst Angst bekommst. Jetzt, wo dein Vater nicht mehr da ist. Du hast doch sicher auch mal Angst, oder?«

Sie schwieg.

»Das ist nichts, wofür man sich schämen muss«, fuhr er fort. »Sogar das tapferste Mädchen der Welt darf mal Angst bekommen.«

Am liebsten hätte sie es abgestritten, aber er sah sie so mitfühlend und verständnisvoll an, genau wie ihr Vater es immer getan hatte.

»Manchmal habe ich Angst, Mum könnte mich verlassen und niemals zurückkommen.«

»Ist es das, wovor du am meisten auf der Welt Angst hast?«

»Ja.«

Er nahm ihre Hand und drückte sie sanft. »Danke für dein Vertrauen, Susie. Ich werde es niemandem verraten. Du kannst dich auf mich verlassen, ich bin dein Freund. Das weißt du doch, oder?«

Sie nickte.

»Gut.«

Spontan gab sie ihm einen Kuss auf die Wange. Er wurde ein klein wenig rot. Wieder drückte er ihre Hand. Eine Frau in der Reihe hinter ihnen lächelte sie an, und Susan erwiderte das Lächeln, froh, einen Freund wie Onkel Andrew zu haben.

Ein regnerischer Novembertag. Susans Klasse verbrachte die Pause im Klassenzimmer.

Susan saß neben Charlotte auf einem Pult und unterhielt sich mit Lizzie Flynn und Arthur Hammond. Lizzie war klein, dunkelhaarig und sehr lebhaft. Sie wohnte mit ihren Eltern über dem winzigen Pub, das ihr Vater betrieb. Arthur war blond, ziemlich schüchtern und ebenfalls noch recht klein. Er lebte in einem der vornehmen Häuser in der Avenue.

»Ich wünschte, ich müsste nicht da hin«, erklärte Arthur. Er würde Kendleton zum Schuljahresende verlassen und auf ein Internat in Yorkshire wechseln, das vor ihm schon drei Generationen seiner Familie besucht hatten. Sein älterer Bruder Henry ging bereits dort zur Schule.

»Ich auch«, antwortete Lizzie.

»Wenn du hier bleiben würdest«, meinte Susan, »dann könntest du nach Heathcote gehen. Meine Mum sagt, das ist eine wirklich gute Schule.« Heathcote Academy war eine am Stadtrand gelegene private Tagesschule, die Jungen und Mädchen ab elf Jahren aufnahm. Die meisten Kendletoner Eltern hätten ihre Kinder gern dorthin geschickt, aber die hohen Schulgebühren stellten für viele eine unüberwindliche Hürde dar.

Arthur schüttelte den Kopf. »Mein Vater sagt, ich muss nach Yorkshire.«

»Dann ist dein Vater ganz schön blöd«, erklärte Lizzie unverblümt.

»Henry sagt, neue Jungs werden dort erst mal verprügelt und mit dem Kopf in die Kloschüssel gesteckt.«

»Der will dir doch bloß Angst machen«, meinte Lizzie. »Henry ist auch blöd.«

Susan nickte. »Wer mit Edward Wetherby befreundet ist, kann nur blöd sein.«

Lizzie lachte. Draußen trommelte der Regen ans Fenster. Alice Wetherby, die in der Nähe saß, sah zu ihnen herüber. »Was redet ihr da?«, wollte sie wissen.

»Kümmere dich um deine eigenen Angelegenheiten«, gab Susan zurück.

»Ja. Lauf und setz dich in einen Kuhfladen«, fügte Lizzie hinzu.

Alle lachten, mit Ausnahme von Charlotte, die stiller war als sonst. »Was ist denn heute mit dir los?«, erkundigte sich Susan.

»Meine Mum sagt, deine Mum wird Mr. Bishop heiraten.«

»Nein. Er ist nur ein Freund von uns.«

»Trotzdem glaubt meine Mum das, und sie sagt, wenn es so weit ist, wirst du mit deiner Mum an den Queen Anne Square ziehen.«

»Meine Mum wird Mr. Bishop nicht heiraten.«

»Aber meine Mum sagt …«

»Es ist mir egal, was deine Mum sagt.«

Alice kam mit einem Mädchen namens Kate zu ihnen herüber. Kate war im Moment die Einzige aus Alices Clique, die nicht krank war, alle anderen lagen mit einem Grippevirus im Bett. »Du bekommst eine Verrückte als Nachbarin«, wandte sich Alice an Kate, die auch am Queen Anne Square wohnte.

»Wahrscheinlich wird sie die ganze Nachbarschaft umbringen«, antwortete Kate.

»Nein, Kate«, widersprach Susan mit honigsüßer Stimme. »Nur dich.«

Darüber musste sogar Charlotte lachen. Lizzie begann »Old

MacDonald had a farm« zu summen. Alice, die sich ohne ihre übliche Verstärkung unwohl fühlte, verzog nur spöttisch das Gesicht und trat den Rückzug an.

»Ich hoffe, deine Mutter heiratet ihn wirklich nicht«, sagte Charlotte, »denn wenn du an den Queen Anne Square ziehst, gehörst du zur anderen Seite des Court, und wir können keine besten Freundinnen mehr sein.«

»Doch, das könnt ihr«, widersprach Arthur. »Lizzie ist doch auch meine beste Freundin, obwohl sie auf der anderen Seite des Court wohnt.«

»Aber nicht mehr lange«, gab Lizzie zu bedenken, »wenn du in dieses blöde Yorkshire musst.«

»Ich wünschte, ich müsste nicht da hin.«

»Ich auch.«

»Wenn du hier bleiben würdest«, meinte Susan, »dann könntest du nach Heathcote gehen …«

Womit sie wieder am Ausgangspunkt ihres Gesprächs angelangt waren.

Am selben Abend. Susan lag bereits im Bett, ihre Mutter saß auf der Bettkante. Smudge, der eigentlich in einem Korb auf dem Boden schlafen sollte, räkelte sich schnurrend auf dem Kissen.

»Wirst du Onkel Andrew heiraten?«

»Wie kommst du denn darauf?«

»Weil das in der Schule jemand behauptet hat.«

»Und was hast du darauf geantwortet?«

»Dass es nicht stimmt. Dass Onkel Andrew nur unser Freund ist.«

Vergeblich wartete sie darauf, dass ihre Mutter ihr beipflichten würde.

»Wirst du ihn heiraten?«

»Er hat mich zumindest gefragt.«

»Oh.«

Einen Moment lang herrschte Schweigen.

»Was würdest du davon halten, wenn ich es täte, Susie?«

Susan gab ihr keine Antwort. Sie hatte Schwierigkeiten, ihre Gefühle in Worte zu fassen. Sie mochte Onkel Andrew. Er war nett und großzügig, und er war ihr Freund.

Aber er war nicht ihr Dad.

»Du magst Onkel Andrew doch, oder?«

»Ja.«

»Ich mag ihn auch.«

»Genauso, wie du Dad gemocht hast?«

»Nein. Nicht so wie deinen Dad. Er war etwas ganz Besonderes, und niemand könnte jemals seine Stelle einnehmen.«

Susan nickte. Ihr Vater war wirklich etwas ganz Besonderes gewesen, der allerbesonderste Mann auf der ganzen Welt.

»Aber Onkel Andrew ist auch ein besonderer Mensch, Susie.« Sie zögerte einen Moment, ehe sie weitersprach. »Auf seine eigene Art. In seiner Gegenwart fühle ich mich … ich weiß auch nicht …«

Tapfer?

Vielleicht. Aber sie sprach den Satz nicht zu Ende.

»Wenn du ihn heiraten würdest, müssten wir dann in seinem Haus wohnen?«

»Ja.«

Sie dachte an die alten Möbel und Gemälde. Die Tische und Kommoden, auf denen nichts herumstand. Alles war dort so sauber und ordentlich. Ihr Vater war unordentlich gewesen, und sie hatte diese Eigenschaft von ihm geerbt. Eine Tatsache, die ihre Mutter in den Wahnsinn trieb. Aber als sie auf Onkel Andrews Teppich ein Getränk verschüttet hatte, war er überhaupt nicht ärgerlich geworden.

»Müsste ich ihn dann Dad nennen?«

»Nein, es sei denn, du würdest das wollen.«

»Nein. Er ist mein Freund, aber nicht mein Dad. Wirst du ihn heiraten, Mum?«

»Ich weiß nicht, Susie.«

Sie umarmten sich kurz, dann verließ ihre Mutter den Raum. Im Gehen machte sie das Licht aus. Susan blieb in der Dunkelheit zurück und wartete darauf, dass ihre Augen sich daran gewöhnen und die vertrauten Formen wahrnehmen würden. Die Kommode und den Schrank. Die Regalfächer mit ihren Büchern und Spielsachen. Die Kinderwiege, die ihr Großvater für sie gezimmert hatte. Alles in diesem Raum war ihr so vertraut wie ihr eigenes Gesicht. Es war das erste und einzige Zimmer, das sie je gehabt hatte.

Sie stand auf, hob Smudge auf ihre Schulter und ging zu ihrem Regal hinüber. Ohne auf die Krallen zu achten, die sich in ihre Haut bohrten, griff sie nach der großen Muschel und presste sie ans Ohr. Sofort war ihr Kopf von lautem Meeresrauschen erfüllt, das sie in Sekundenschnelle an einen Strand in Cornwall versetzte, einen wunderschönen, kilometerlangen weißen Sandstrand, wo sie und ihr Vater eine riesige Sandburg gebaut und die Wälle mit Muscheln und Steinen verziert hatten. Anschließend hatten sie zugesehen, wie die Flut das Wasser langsam ansteigen ließ, bis sie nasse Füße bekamen und die Wellen ihr Werk zerstörten.

Ein Tag voller Zauber. Jeder Tag, den sie mit ihm verbracht hatte, war so gewesen. Das hatte nur ihr Dad gekonnt. Der einzige Dad, den sie je wollte und der ihr so sehr fehlte, dass sie manchmal vor Schmerz am liebsten laut aufgeschrien hätte.

Aber Schreien würde ihn nicht zurückbringen. Nichts würde ihn zurückbringen.

Sie stand in der Dunkelheit, die Muschel an ihr Ohr gepresst, und weinte.

Februar 1954

Sie heirateten auf dem Standesamt, zwei Wochen nach Susans achtem Geburtstag. Außer Susan waren nur zwei Gäste dabei, eine altjüngferliche Tante ihrer Mutter, die Ellen hieß, und Mr. Perry, ein Arbeitskollege von Onkel Andrew. Nach der Trauungszeremonie gingen sie zum Mittagessen in ein nahe gelegenes Hotel, wo im Foyer ein Streichquartett spielte. Onkel Andrew bestellte Champagner und bestand darauf, dass auch Susan ein Glas bekam. Susan sah ihre Mutter fragend an, aber der erwartete Einspruch blieb aus. Ihre Mutter nickte nur und erwiderte Susans Blick mit einem Lächeln, bei dem ihre Augen nicht so recht mitzulächeln schienen.

Tante Ellen, schon über achtzig und nicht gerade für ihr Taktgefühl berühmt, trank in schneller Folge zwei Gläser von dem Champagner. »Deine Mutter wirkt sehr still«, raunte sie Susan in einer Lautstärke zu, die selbst Tote aufgeweckt hätte. »Nun ja, es ist nur zu verständlich, dass sie gemischte Gefühle hat, das arme Ding. Verglichen mit deinem Vater ist dieser Kerl ein richtiger Langweiler, aber wenigstens hat er Geld.« Onkel Andrew und Susans Mutter taten, als hätten sie es nicht gehört, aber Mr. Perry verschluckte sich an seinem Getränk und musste sich von einem Kellner auf den Rücken klopfen lassen.

Nach dem Essen wollte Tante Ellen zur Toilette, um sich ein wenig frisch zu machen. Susans Mutter begleitete sie, und Mr. Perry verabschiedete sich, weil er zurück in die Kanzlei musste, sodass Susan mit Onkel Andrew am Tisch zurückblieb. Der hatte auch schon ziemlich viel Champagner intus und versuchte gut gelaunt, den Cellisten nachzuahmen, der mit seinem Bogen die Saiten seines Instruments bearbeitete wie ein Holzhacker mit der Axt einen Baum. Als Susan vor Vergnügen losprustete, musste er ebenfalls lachen.

»Deine Mutter sieht heute sehr schön aus, nicht wahr?«, meinte er.

»Ja.«

»Du aber auch. Eine schönere Brautjungfer gibt es in ganz Oxfordshire nicht.«

»Ich war keine Brautjungfer.«

»Aber so was Ähnliches.« Er streichelte ihr über die Wange. »Ich bin sehr stolz auf dich. Nicht im Traum hätte ich zu hoffen gewagt, mal eine so schöne kleine Tochter zu haben wie dich.«

»Ich bin nicht deine Tochter«, widersprach sie.

»Du hast Recht. Aber ich bin dein Freund. Ein ganz besonderer Freund, dem du vertraust. Du hast doch Vertrauen zu mir, oder, Susie?«

Sie nickte.

Wieder streichelte er ihr über die Wange. Seine Hand fühlte sich warm und trocken an. Dann kitzelte er sie mit einem Finger im Nacken, was sie zum Kichern brachte. Der Blick, mit dem er sie dabei anlächelte, war genauso sanft und herzlich wie der ihres

Vaters. Er war nicht ihr Vater, aber ein Freund. Einer, dem sie vertraute.

Ihre Mutter kam mit Tante Ellen zurück. Susan winkte ihnen schon von weitem zu, und Onkel Andrew zog schnell die Hand zurück.

Während ihre Mutter und Onkel Andrew ihre Hochzeitsreise nach Paris machten, blieb Susan bei Charlotte und ihrer Familie.

Es waren fröhliche Tage. Susan radelte mit Smudge im Korb und Charlotte im Schlepptau die Straße auf und ab. Abends half sie mit, Charlottes kleinen Bruder Ben zu baden und ihm Gutenachtgeschichten vorzulesen. Sie schauten im Schuhladen von Charlottes Vater vorbei und versuchten, auf fünfzehn Zentimeter hohen Absätzen zu balancieren. Am schönsten aber fand sie es, abends noch ganz lange mit Charlotte wach zu liegen. Sie erzählten sich gegenseitig gruselige Geistergeschichten und schmiedeten Pläne, was sie tun würden, wenn sie erwachsen waren.

Nur eines trübte ihre Freude: an Hausnummer 37 vorbeizugehen und neue Vorhänge an den Fenstern zu sehen. Dort wohnte nun die Familie Walters, die aus Lincolnshire nach Kendleton gezogen war; und in dem Laden, der einmal Ramsey's Studio geheißen hatte, gab es neuerdings Kleidung zu kaufen. Sie wusste, dass sich das alles nicht vermeiden ließ, aber es tat trotzdem weh.

»Du bleibst meine beste Freundin, nicht?«, fragte Charlotte an ihrem letzten gemeinsamen Abend. »Auch wenn du auf die andere Seite des Court wechselst.«

»Natürlich. Wir werden immer beste Freundinnen sein.«

»Versprich es mir.«

»Wenn ich lüge, soll Gott mich tot umfallen lassen.«

»Ich wünschte, er würde Alice Wetherby tot umfallen lassen.«

»Ich wünschte, er würde sie in eine Kuh verwandeln. Bestimmt ist es gar nicht so leicht, hochnäsig dreinzublicken, wenn man den ganzen Tag auf der Wiese steht und Kuhfladen kackt.«

Sie mussten beide so laut lachen, dass Charlottes Mutter von unten heraufrief, sie sollten endlich Ruhe geben.

108

Onkel Andrews Haus bestand aus drei Stockwerken. Onkel Andrew und ihre Mutter schliefen im ersten Stock. Sie hatten getrennte Schlafzimmer. »Ich schnarche wie ein Nebelhorn«, erklärte Onkel Andrew. »Deine arme Mutter würde überhaupt nicht zum Schlafen kommen, wenn sie sich mit mir ein Zimmer teilen müsste.« Susan, die wusste, dass ihre Mutter oft schlecht schlief, fand diese Regelung recht gut.

Ihr eigenes Schlafzimmer lag im obersten Stockwerk, wo sich auch Onkel Andrews Arbeitszimmer befand. Die beiden Räume waren durch ein Bad miteinander verbunden. Susans neues Zimmer war größer als ihr altes und mit schlichten, praktischen Möbeln eingerichtet. Durchs Fenster sah man die Kendleton Church. Das Bett war auch größer. »Ein großes Bett für ein großes Mädchen«, erklärte Onkel Andrew. Ihre Spielsachen und Bücher befanden sich noch in Kisten. Ihre Mutter half ihr beim Auspacken. »Du musst dein Zimmer immer schön aufräumen, Susie. Onkel Andrew mag keine Unordnung.« Sie versprach, es zu versuchen.

Das Abendessen nahmen sie im Speisezimmer ein. Ihre Mutter hatte Rindereintopf gemacht, eine Leibspeise ihres Vaters, die auch Onkel Andrew gerne aß. Der Tisch war mit teurem Porzellan gedeckt und mit Kerzen geschmückt. Onkel Andrew bestand darauf, dass Susan ebenfalls einen kleinen Schluck Wein bekam. »Ich habe heute Grund zum Feiern. Man bekommt schließlich nicht jeden Tag eine neue Familie.« Trotz der Kerzen wirkte der Raum düster und streng. Onkel Andrew hielt nichts davon, Fotos aufzuhängen. Die aus der Osborne Row lagen in Schachteln – mit einer einzigen Ausnahme. Susan hatte darauf bestanden, eine Aufnahme von ihrem Vater neben ihr Bett zu stellen.

Während sie aßen, erzählte ihr Onkel Andrew von Paris. »Es gibt dort wundervolle Cafés, wo Künstler Zeichnungen von den Gästen machen. Einer von ihnen hat deine Mutter gezeichnet und hinterher zu mir gesagt, ich hätte die schönste Frau der Welt.« Susan antwortete, der Künstler habe Recht gehabt, während ihre Mutter Onkel Andrew ein schnelles Küsschen auf die Wange drückte. Er lächelte, erwiderte die Geste aber nicht.

»Gefällt dir dein Zimmer?«, fragte ihre Mutter, während sie Susan zudeckte.

»Ich wünschte, Smudge wäre hier. Er wird sich unten in der Küche bestimmt fürchten.«

»Sicher lässt Onkel Andrew ihn bald zu dir herauf. Vergiss nicht, dass er noch nie ein Tier im Haus hatte. Und jetzt kuschle dich in dein Bett und träum süß.«

Das Fenster befand sich hinter ihrem Bett. Durch einen Spalt zwischen den Vorhängen schien der Vollmond herein und tauchte den Raum in ein bleiches Licht. Alles wirkte seltsam und kalt. Sie konnte sich nicht vorstellen, auch nur eine einzige Nacht hier zu verbringen. Aber dies war nun ihr Zuhause, und mit der Zeit würde sie sich schon daran gewöhnen.

Das Foto ihres Vaters stand auf dem Nachttisch. Sie drückte es an ihre Brust, schloss die Augen und versuchte zu schlafen.

So fing ihr Leben am Queen Anne Square an.

In den folgenden Wochen begann sich ein gewisser Tagesrhythmus einzustellen.

Jeden Morgen wurde Susan von ihrer Mutter geweckt. Wenn sie mit dem Anziehen fertig war, frühstückten sie gemeinsam in der Küche. Onkel Andrew, der in Oxford arbeitete, verließ für gewöhnlich das Haus, bevor sie aufstand, aber manchmal gönnte er sich den Luxus, später anzufangen, sodass sie das Frühstück zu dritt einnehmen konnten.

Ihr Schulweg war anders als früher. Sie musste den Market Court überqueren und konnte nicht mehr im Vorbeigehen bei Charlotte klopfen, wie sie es sonst getan hatte. Meistens begleitete ihre Mutter sie, aber da sie mit ihren acht Jahren schon ein großes Mädchen war, ging sie immer häufiger allein. Manchmal wartete Charlotte am Normannenkreuz auf sie, sodass sie den Rest des Weges gemeinsam zurücklegen konnten. Dann marschierten sie Hand in Hand dahin und stießen dabei ständig mit ihren Schulranzen aneinander, genau wie in der guten alten Zeit.

War ihr Schultag vorüber, ging es ans Hausaufgabenmachen. Onkel Andrew achtete pedantisch darauf, dass sie jeden Tag eine

110

volle Stunde, und zwar zwischen fünf und sechs, über ihren Büchern saß. Danach hätte sie so gern noch mit Charlotte gespielt, aber dafür blieb nie genug Zeit, weil bei ihnen immer pünktlich um halb sieben im Speisezimmer zu Abend gegessen wurde. Auch darauf bestand Onkel Andrew. Charlottes Familie aß oft vor dem Fernseher, aber Onkel Andrew war der Meinung, dass das Fernsehen die Kunst der Konversation zerstöre, und wollte ein solches Gerät nicht im Haus haben.

Nicht dass bei ihnen tatsächlich viel Konversation stattgefunden hätte. Den Großteil des Gesprächs bestritt Onkel Andrew selbst, indem er des Langen und Breiten erzählte, was er tagsüber erlebt hatte. In dieser Hinsicht war ihr Vater nicht anders gewesen. Allerdings war er nicht so leicht in Rage geraten, zumindest konnte sie sich nicht daran erinnern. Wenn Onkel Andrew einen zornigen Ton anschlug, wurde ihr immer ein wenig mulmig zumute, aber dann entschärfte er die Situation meist durch einen Scherz, sodass sie lachen musste und sich wieder entspannte.

Gelegentlich kamen Gäste zum Essen, Klienten von Onkel Andrew, denen er sie stolz vorstellte und die dann immer großes Aufhebens um sie machten. Genauso war es früher gewesen, wenn ihre Eltern in der Osborne Row Gäste gehabt hatten. Allerdings hatte ihr Vater sie nicht ganz so überschwänglich gepriesen wie Onkel Andrew. »Ist sie nicht wunderschön?«, fragte er jedes Mal. »Das schönste Kind, das Sie je gesehen haben?«

Die Gäste gaben ihm Recht. »Das liegt daran, dass sie nach ihrer Mutter kommt«, fügte ein Mann mit schläfrigen Blick hinzu, woraufhin Susans Mutter errötend den Kopf schüttelte. Onkel Andrew meinte, sie solle nicht so bescheiden sein. »Du bist wirklich sehr schön, mein Liebling. Der Maler in Paris hat gesagt, ich hätte die schönste Frau der Welt. Ich werde seine Zeichnung rahmen lassen und in meinem Büro aufhängen.« Davon sprach er schon seit ihrer Hochzeitsreise, fand aber nie die Zeit, seinen Plan in die Tat umzusetzen.

Zweimal war Charlotte zum Spielen gekommen. Beim zweiten Mal hatte sie Lizzie Flynn mitgebracht, die im Eifer des Gefechts eine Vase zerbrochen hatte. Onkel Andrew war sehr wütend ge-

worden und hatte sie angeschrien, aber als Charlotte daraufhin in
Tränen ausgebrochen war, hatte er sich bei ihnen entschuldigt und
sie alle drei auf einen Milkshake eingeladen. »Er hat es nicht so gemeint«, erklärte ihre Mutter hinterher. »Er hatte einen anstrengen-
den Tag und ist es nicht gewohnt, mehrere Kinder im Haus zu
haben. Vielleicht solltest du einfach eine Weile warten, bis du sie
wieder einlädst.«

Gegen acht, nachdem Susan ihr abendliches Bad genommen
hatte, wurde sie von ihrer Mutter ins Bett gebracht. Smudge schlief
weiterhin in der Küche. Ihre Mutter versprach ihr immer wieder,
Onkel Andrew zu bitten, den Kater doch bei Susan im Zimmer
nächtigen zu lassen, aber sie schien nie den richtigen Moment dafür zu finden.

Manchmal wurde Susan spätabends durch das Geräusch von
Schritten geweckt. Dann kam Onkel Andrew noch herauf, um in
seinem Büro zu arbeiten. Von ihrem Bett aus konnte sie durch
einen Spalt unter ihrer Tür das Licht auf dem Gang sehen und
wusste, dass er in der Nähe war.

Eines Abends ging er an seinem Arbeitszimmer vorbei und blieb
vor ihrer Tür stehen. Sie rief einen Gruß hinaus, bekam aber keine
Antwort. Die Schritte entfernten sich, und sie schlief wieder ein.
Am nächsten Morgen konnte sie sich nur noch ganz vage daran erinnern, fast als hätte sie es geträumt.

Im Mai wurde Tante Ellen krank.

Es war nichts Ernstes, nur eine Darmgrippe, aber Susans Mutter beschloss, sie übers Wochenende zu besuchen. Eigentlich
wollte sie Susan mitnehmen, aber Onkel Andrew redete es ihr aus.
»Sie würde sich dort bloß langweilen«, meinte er. »Außerdem
werde ich mich ohne dich einsam fühlen. Susie kann mir Gesellschaft leisten.«

Der Samstag war ein warmer, sonniger Tag. Vormittags fuhren
sie mit dem Wagen aufs Land hinaus und machten einen Spaziergang durch den Wald, wo überall Glockenblumen blühten. Onkel
Andrew half ihr, einen schönen Strauß zu pflücken. Dann gingen
sie zu der Eiche, die ihr Vater Golden Hind getauft hatte, und

Susan kletterte hinauf, während Onkel Andrew unten stehen blieb und so tat, als befände er sich auf den Planken eines Schiffs. Gemeinsam spielten sie das Entdeckerspiel, das Susans Vater erfunden hatte. Wenn sie an ihn dachte, tat es immer noch weh, aber nicht mehr ganz so schlimm wie früher. Der Schmerz ließ langsam nach, genau wie Onkel Andrew gesagt hatte.

Mittags machten sie an einem Pub Halt. Sie entschieden sich für einen Tisch im Freien, aßen eine Kleinigkeit und tranken dazu mit Strohhalmen Coca-Cola aus der Flasche. Nachmittags schauten sie sich im Kino einen Elizabeth-Taylor-Film an. »Du bist genauso schön wie sie«, flüsterte Onkel Andrew, während sie nebeneinander in der Dunkelheit saßen. »Eines Tages werde ich dich da vorn auf der Leinwand bewundern können.«

»Das hat mein Dad auch immer gesagt«, flüsterte sie zurück.

»Natürlich. Er war sehr stolz auf dich, Susie. Genau wie ich.«

Abends kochte er für sie Fisch mit Pommes, ihre Lieblingsspeise. Nach dem Essen setzten sie sich zusammen ins Wohnzimmer, und er las ihr eine Geschichte über Schmuggler vor, wobei er für die verschiedenen Personen verschiedene Tonlagen benutzte, genau wie ihr Vater es getan hätte. Seine sanfte Stimme machte sie schläfrig. Ein Blick auf die Wanduhr sagte ihr, dass für sie längst Schlafenszeit war. Sie rechnete damit, dass er sie gleich nach oben schicken würde, aber er las einfach weiter. Wenn er innehielt, dann nur, um sich aus der Flasche auf dem Tisch einen weiteren Brandy einzuschenken. Als sie immer häufiger gähnte, legte er einen Arm um sie, zog sie an sich und fuhr ihr mit den Fingern durchs Haar. Er gab ihr ein Gefühl von Wärme und Geborgenheit, genau wie früher ihr Vater. Zufrieden legte sie den Kopf an seine Brust, schloss die Augen und glitt in den Schlaf hinüber.

Als sie aufwachte, streichelte er ihr immer noch übers Haar.

Sie lag in ihrem Bett und war bis zum Hals zugedeckt. Er saß auf der Bettkante und betrachtete sie.

»Es ist an der Zeit«, sagte er.

Der Raum lag im Halbdunkel. Die einzige Lichtquelle war

ihre Nachttischlampe. Nachdem ihre müden Augen sich auf die schummrige Beleuchtung eingestellt hatten, sah sie, dass er seinen Bademantel trug. Darunter schauten seine nackten Beine hervor. Wie spät war es? Ging er auch schon ins Bett?

Er fuhr ihr noch einmal mit der Hand durchs Haar, zupfte einen Moment an ihren Locken herum und begann dann, ihre Wange zu streicheln. »Du bist so schön. Das schönste Mädchen, das ich je gesehen habe.« Seine Finger fühlten sich feucht an, und ihr war plötzlich unbehaglich zumute. Als sie sich unter ihrer Bettdecke ein wenig drehte, spürte sie, dass sie nackt war. Wieso hatte sie ihren Schlafanzug nicht an? Wusste er denn nicht, dass ihre Mutter ihn immer unter das Kissen legte?

Obwohl er lächelte, hatte sein Blick etwas Seltsames. Seine Augen schienen mehr zu leuchten als sonst, sie wirkten irgendwie klarer, als hätte sie sie bisher immer nur durch einen Schleier gesehen.

Und sie machten ihr Angst.

»Meine Mum soll kommen.«

Er schüttelte den Kopf.

»Meine Mum soll kommen!«

»Nicht heute Nacht. Heute Nacht gehört uns ganz allein. Ich liebe dich, Susie. Liebst du mich auch?«

»Nein. Ich habe meinen Dad lieb gehabt. Du bist nicht mein Dad.«

»Du kannst mich trotzdem lieben. Du hast so viel Liebe zu geben. Das habe ich gleich gespürt, schon beim ersten Mal, als ich dich sah. Es war unglaublich. Als hätte Gott dich nur für mich geschaffen.«

Seine Hand wanderte zu ihrem Hals hinunter, streichelte über ihre Haut. Dann hob er mit einem Finger die Bettdecke an. Instinktiv fuhren ihre Hände nach oben, um sie festzuhalten. »Du brauchst keine Angst zu haben«, sagte er. »Wir wissen doch beide, dass das unsere Bestimmung ist.« Seine Stimme klang sanft, aber zugleich angespannt, als würde sich unter einer Schicht Samt harter Stahl verbergen.

Als er sich vorbeugte, stieg ihr der Geruch von Schweiß und

Alkohol in die Nase. Aber sie roch noch etwas anderes, das sie nicht kannte, etwas Feuchtes, Beißendes, das ihr den Atem raubte. Oben aus seinem Bademantel lugten schwarze Brusthaare hervor.

»Nicht«, flüsterte sie.

»Ich werde dir nicht wehtun. Ich möchte dich nur berühren.«

»Bitte nicht.«

»Schhh. Halt still.« Er schob sich über sie, bis sein Körper die Lampe verdeckte und den Rest des Lichts schluckte.

Als es vorbei war, blieb er auf dem Bett sitzen. Diesmal wandte er ihr den Rücken zu und starrte zur gegenüberliegenden Wand. Nach einer Weile begann er zu sprechen.

»Ich bin kein schlechter Mensch.«

Sie gab ihm keine Antwort.

»Ich bin kein schlechter Mensch. Ich kann nur Dinge in dir erkennen, die andere nicht sehen. Alle glauben, dass ein so schönes Mädchen wie du auch ein guter Mensch sein muss, aber das stimmt nicht. Du bist böse. So böse wie die Königin in *Schneewittchen*.«

Sie schluckte. Ihr Hals war so trocken, dass sie sich nach einem Glas Wasser sehnte. Sie wollte, dass er endlich ging.

»Du hast mich so weit gebracht. Du wolltest es so.«

Sie fand ihre Stimme wieder. »Nein…«

Er drehte sich zu ihr um. Sein Augen wirkten nicht mehr so seltsam wie vorher, sondern wieder warm und sanft. Sie hatte gelernt, diesen Augen zu vertrauen. Als er erneut zu sprechen begann, klang auch seine Stimme wieder warm und sanft.

»Doch, Susie. Du bist böse. In dir verbirgt sich eine besondere Art von Verdorbenheit, die nur ganz wenige Kinder besitzen. Ich kann sie in allem erkennen, was du tust. Und wenn herauskäme, was heute Nacht passiert ist, würden die anderen es auch erkennen. Wenn deine Mutter davon erfahren würde…«

Er hielt inne. Seufzend schüttelte er den Kopf.

»Würde sie davon erfahren, dann würde sie wieder Angst bekommen. Die Folge wäre ein weiterer Zusammenbruch. Nur wäre es diesmal viel schlimmer als beim letzten Mal. Sie würde sich nie wieder erholen. Sie würde dich verlassen, du würdest sie nie wieder sehen, und es wäre ganz allein deine Schuld. Deswegen muss das unser Geheimnis bleiben, Susie. Kein Mensch darf je etwas davon erfahren, weil es sonst auch deine Mutter erfährt. Du weißt doch, wie man ein Geheimnis bewahrt, oder?«

Sie nickte.

»Ich auch. Für mich spielt es keine Rolle, dass du so böse und verdorben bist. Ich liebe dich trotzdem, Susie. Ich werde dich lehren, ein guter Mensch zu sein. Es wird eine Weile dauern, aber ich werde es schaffen. Du musst mir nur vertrauen.«

Einen Moment lang starrten sie einander schweigend an. Susan versuchte sich ein Leben ohne ihre Mutter vorzustellen, aber es gelang ihr nicht. Allein schon die Vorstellung war mehr, als sie ertragen konnte. Als wären alle Albträume, die sie je gehabt hatte, zu einem einzigen zusammengeflossen.

Sie begann zu weinen. Sanft wischte er ihr die Tränen aus dem Gesicht.

»Ich möchte nicht, dass Mum mich verlässt.«

»Das wird sie nicht tun. Nicht wenn wir unser Geheimnis gut hüten. Ich werde keinem Menschen davon erzählen. Du kannst dich auf mich verlassen, Susie. Kann ich mich auch auf dich verlassen?«

»Ja.«

Er küsste sie auf die Stirn. Seine Lippen fühlten sich kühl und trocken an. »Ich habe Durst«, flüsterte sie.

»Ich hole dir ein Glas Wasser.«

Er stand auf und wandte sich zum Gehen. An der Tür drehte er sich noch einmal um.

»Ich liebe dich, Susie. Mehr als jeden anderen Menschen auf der Welt. Du bist mein Augapfel, mein Ein und Alles.«

Mit diesen Worten verließ er den Raum.

Am nächsten Tag um halb zwölf. Sie saßen bei einem späten Frühstück im Speisezimmer. Es gab Speck, Eier, Tomaten und Toast, lauter Sachen, die sie normalerweise gerne mochte. Obwohl sie keinen Appetit hatte, zwang sie sich zum Essen. Sonntags frühstückten sie immer im Speisezimmer, damit er beim Zeitungslesen hin und wieder einen Blick auf die Welt draußen werfen konnte.

Das große Erkerfenster ging auf den Platz hinaus, in dessen Mitte sich ein kleiner Park befand. Im Moment saß dort ein älteres Paar auf einer Bank, und Mrs. Hastings aus Nummer 22 schubste ihren Sohn Paul auf einer Schaukel an. Außerdem waren ein paar Fußgänger unterwegs, die wahrscheinlich gerade aus der Kirche kamen oder einfach die Sonne genossen.

Ihr Teller war fast leer. Sie kaute auf einem letzten Stück Toast herum, das sich in ihrem Mund wie Kreide anfühlte. Auf der Titelseite seiner Zeitung prangte ein Foto der Queen. Susan versuchte die Schlagzeile zu lesen, aber ihr Gehirn weigerte sich, die Worte zu erfassen. Die Glockenblumen, die sie gestern gepflückt hatte, standen in einer Vase auf dem Tisch. Sie waren als Überraschung für ihre Mutter gedacht, die am frühen Nachmittag zurückkommen würde und bestimmt wissen wollte, was sie in ihrer Abwesenheit gemacht hatten.

Er klappte seine Zeitung zu. »Fertig?«

»Ja.«

»Gut«, meinte er lächelnd. Er lächelte schon den ganzen Vormittag zufrieden und fröhlich vor sich hin, ohne ein Wort über die letzte Nacht zu verlieren. Gemäß seinem Versprechen, das Ganze für sich zu behalten, redete er nicht einmal mit ihr darüber.

»Was sollen wir denn heute machen?«, fragte er stattdessen.

»Ich weiß nicht.«

»Vielleicht einen Spaziergang am Fluss? Es wäre doch jammerschade, an einem so schönen Tag im Haus herumzusitzen.« In dem Moment klingelte es an der Tür. »Wer kann das sein?«

Während er hinausging, um nachzusehen, beobachtete sie, wie Mrs. Hastings ihren Sohn Paul auf der Schaukel immer höher schwingen ließ. Paul hatte blondes Haar und blaue Augen. Ihre Mutter fand ihn sehr hübsch.

Sie fragte sich, ob Paul wohl auch böse und verdorben war.

In der Diele waren Schritte zu vernehmen. Er kam zurück ins Speisezimmer, gefolgt von Mrs. Christie aus Nummer 5 und ihrer Tocher Kate, die zu Alice Wetherbys Clique gehörte. Beide waren sonntäglich gekleidet. Kate musste mit ihrer Mutter jeden Sonntag zur Kirche gehen, manchmal sogar zweimal. Kate schimpfte in der Schule immer darüber.

»Sie haben uns bei einem späten Frühstück ertappt«, sagte Onkel Andrew zu Mrs. Christie. »Wir sind heute sehr faul, stimmt's, Susie?«

Sie nickte. Kate starrte sie mit finsterer Miene an. Sie hatte gelocktes dunkles Haar und grobe Gesichtszüge. Alice, die sogar zu Mitgliedern ihrer Clique ziemlich grausam sein konnte, nannte sie »Golliwog«.

Mrs. Christie sprach über ein Fest, das die Kirche im Sommer veranstalten wollte, um Geld für wohltätige Zwecke zu sammeln. Onkel Andrew erklärte, dass er gern bereit sei, sich daran zu beteiligen, worauf Mrs. Christie hocherfreut antwortete: »Bestimmt werden die Kinder dabei eine Menge Spaß haben. Kates Freundinnen werden alle mitmachen. Bridget und Janet und Alice Wetherby. Es wäre doch nett, wenn Susan auch Lust hätte.« Onkel Andrew pflichtete ihr bei.

Kate, die sich neben ihrer Mutter sicher fühlte, sah zu Susan hinüber und schnitt eine Grimasse. Normalerweise hätte Susan sofort reagiert, aber diesmal ließ sie es bleiben.

War Kate auch böse? Waren Bridget, Janet und Alice genauso verdorben wie sie selbst?

Oder bin ich die Einzige?

Mrs. Christie deutete auf die Glockenblumen. »Was für ein schöner Strauß.« Onkel Andrew erklärte, dass Susan sie gepflückt habe. »Als Geschenk für ihre Mutter. Es sind ihre Lieblingsblumen.« Mrs. Christie strahlte Susan an. »Was für eine nette Idee. Deine Mutter hat Glück, eine so liebe Tochter zu haben.«

»Nein, hat sie nicht!« Sie biss sich auf die Zunge, aber es war zu spät, die Worte waren ihr bereits entwischt.

Onkel Andrew runzelte die Stirn, ebenso Mrs. Christie. »Aber warum denn nicht, Liebes?«

Weil ich böse bin. Böse und verdorben.

Alle starrten sie an. Unfähig, ihre Blicke zu ertragen, rannte sie aus dem Raum.

Über der Wasseroberfläche des Flusses tanzten Libellen. Sie reflektierten das Sonnenlicht und irritierten damit die Schwäne, die nahe der Schleuse an den dort wartenden Kähnen vorüberglitten. Eines der Boote schob sich vor ein anderes. Die beiden Besitzer wechselten ein paar Worte.

Susan kauerte am Fuß eines Baums, wo niemand sie sehen konnte. Sie hatte das Bedürfnis, allein zu sein und endlich die Gedanken zu ordnen, die wie wütende Bienen in ihrem Kopf umherschwirrten.

Sie war böse und verdorben. Jedenfalls hatte Onkel Andrew das gesagt. Er war erwachsen und außerdem ihr Freund, dem sie vertraute. Wenn er das sagte, musste es stimmen.

Aber sie wusste nicht, warum.

Wäre ihr Vater nicht gestorben, dann würde sie immer noch in der Osborne Row wohnen. Ihre Mutter hätte Onkel Andrew nicht geheiratet, und die letzte Nacht hätte nie stattgefunden.

Oder doch?

Plötzlich war sie wieder in ihrem Bett, und Onkel Andrews Gesicht kam immer näher. Bloß dass es diesmal nicht Onkel Andrew war, sondern ihr Vater.

Wenn ihr Vater gewusst hätte, dass sie böse und verdorben war, hätte er ihr dann verzeihen können? Hätte er sie trotzdem weiter geliebt, wie Onkel Andrew es tat?

Sie hätte es so gern geglaubt, aber vor ihrem geistigen Auge nahm sein Gesicht einen kalten Ausdruck an. »Du bist verdorben, Susan, böse und verdorben, und ich hasse dich. Du bist nicht mehr meine kleine Susie Star.«

Die Stimmen in ihrem Kopf wurden immer lauter, schwollen zu einem tosenden Orkan an, der sie auseinander zu reißen drohte. Schluchzend vergrub sie den Kopf zwischen den Knien. Während sie so dasaß, kletterte eine Spinne an ihrem Bein hoch und begann, in den Falten ihres Kleides ein Netz zu spinnen.

Nach einer Weile fühlte Susan sich so erschöpft, dass sie nicht mal mehr weinen konnte, und hob den Kopf. Inzwischen war es merklich kühler geworden. Ein kräftiger Ostwind trieb dicke Wolken vor sich her und brachte die Boote auf dem Fluss zum

Schaukeln. Zwischen den Ästen der Bäume hindurch fand er auch den Weg zu ihr und blies ihr ein paar Strähnen ihres Haars ins Gesicht. Sie strich sie zurück.

Und in dem Moment spürte sie plötzlich wieder ihren Vater neben sich. Es war der Tag, an dem sie mit Alice Wetherby gestritten hatte und sie zusammen am Flussufer saßen.

Ich wünschte, du hättest meinen Vater noch kennen lernen können, Susie. Er wäre so stolz auf dich gewesen.

Warum?

Weil du so stark bist. Dein Großvater war auch so. Man fühlte sich in seiner Gegenwart immer sicher, weil man wusste, dass er einen nie im Stich lassen würde, egal, worum man ihn bat.

Stark.

Sie sprang auf, als wäre das Wort ein Seil, an dem sie sich hochziehen konnte.

Stark.

Stark zu sein war nicht böse. Stark zu sein war gut.

Oder nicht?

Zumindest war es ein Anfang.

Ihr Vater hatte gesagt, dass sie gemeinsam ihre Mutter beschützen würden. Dass sie nicht zulassen würden, dass sie jemals wieder Angst bekam. Jetzt aber war er nicht mehr da, und sie musste sich allein darum kümmern.

Und das würde sie auch, egal, was sie dafür tun oder mit welchen Geheimnissen sie leben musste. Er hatte sie darum gebeten, und sie würde ihn nicht im Stich lassen. Sie war stark. Sie würde beweisen, dass sie gut war.

Das Getöse in ihrem Kopf verstummte, und sie fühlte sich völlig leer. Alles war aus ihr herausgeströmt, mit Ausnahme eines einzigen Gedankens.

Ich bin stark, und ich werde das durchstehen.

Sie wischte sich über die Augen. Es würde keine Tränen mehr geben. Tränen waren etwas für Schwächlinge, und sie musste stark sein. Für ihren Vater. Für ihre Mutter. Und für sich selbst.

Entschlossen machte sie sich auf den Heimweg.

Die Haustür war offen, und ihre Mutter stand mit Onkel Andrew in der Tür.

»Susie, wo bist du gewesen?«

»Am Fluss.«

»Du hättest nicht so lange wegbleiben dürfen. Wir haben uns Sorgen gemacht. Das war ungezogen.«

Verdorben.

»Es tut mir Leid, Mum.«

»Schon gut. Jetzt bist du ja da. Hattest du Spaß, während ich weg war?«

Onkel Andrew beobachtete sie mit angespannter Miene. Befürchtete er, dass sie ihr Geheimnis verraten würde? Sie setzte das fröhlichste Lächeln auf, das sie zustande brachte.

»Ich habe Blumen für dich gepflückt, Mum. Glockenblumen. Onkel Andrew hat mir dabei geholfen. Wir haben sie in eine Vase gestellt. Willst du sie sehen?«

Ihre Mutter lächelte nun ebenfalls. »Ja, natürlich.«

Sie führte ihre Mutter ins Speisezimmer. Onkel Andrew folgte ihnen.

Juni. Es war fast Mitternacht. Sie lag in ihrem Bett und starrte auf den Türrahmen. Würde sie gleich den Lichtstreifen sehen, die Schritte näher kommen hören? War es heute Nacht wieder so weit?

Er hatte sie inzwischen viermal besucht. Oder waren es fünfmal gewesen? Die Wochen vergingen so schnell, sie wusste es nicht mehr genau.

Wenn es vorbei war, fragte sie ihn immer, warum sie so böse und verdorben sei, und ob sie die Einzige sei. Was sie tun müsse, um gut zu werden. »Ich möchte nicht böse sein«, erklärte sie ihm. »Bitte, hilf mir, gut zu werden.« Seine Antworten verwirrten sie, aber wenn sie ihm sagte, dass sie ihn nicht verstanden habe, erwiderte er nur lächelnd, mit der Zeit werde sie ihn schon verstehen.

Das Licht ging an. Er kam. Ihr Herz begann zu rasen. Obwohl sie wusste, dass er ihr Freund war und ihr helfen wollte, erfüllte sie die Aussicht auf seinen Besuch mit Angst.

Sie griff unter die Bettdecke und holte die Muschel hervor, die sie dort versteckt hatte. Während die Schritte näher kamen, presste sie sie ans Ohr und lauschte dem Rauschen des Meeres. Das Geräusch erinnerte sie an den Tag, den sie mit ihrem Vater am Fluss verbracht hatte. Es erinnerte sie daran, dass sie stark war.

Sie würde das durchstehen.

Juli. Ein wolkenloser Dienstagmorgen um Viertel vor neun. Edith Bruce stand mit einem Einkaufskorb am Arm auf dem Market Court und kämpfte mal wieder mit ihrem Hund. Warner wollte unbedingt hinter einem hochnäsig dreinblickenden Pudel herjagen, der von einer ebenso hochnäsig dreinblickenden Dame spazieren geführt wurde. Sobald der Pudel außer Sichtweite war, drehte er sich mit einem Gesichtsausdruck, der an ein dämliches Grinsen erinnerte, zu ihr um und sprang an ihr hoch. Bei dem Versuch, ihr das Gesicht abzulecken, warf er sie wie immer fast um.

»O Warner, was soll ich bloß mit dir machen?«

Sie kannte die Antwort. Das Vernünftigste wäre gewesen, ihn jemandem zu geben, der ihm gewachsen war, am besten einem Profiringer, aber das brachte sie nicht übers Herz. Ihr Mann war bereits gestorben, und ihre Familie bestand nur noch aus Warner. Obwohl er sie oft in den Wahnsinn trieb, war er ihr Ein und Alles. Ohne ihn hätte sie sich schrecklich einsam gefühlt.

Immer mehr Leute strömten auf den Court: Frauen mit Einkaufskörben, die darauf warteten, dass die Läden öffneten. Kleine Kinder mit Schulranzen, die von ihren Eltern zur Schule begleitet wurden. Die meisten Kinder schienen recht guter Laune zu sein. Bestimmt freuten sie sich schon auf die Sommerferien, die in wenigen Tagen beginnen würden. Die kleine Susan Ramsey, ihre ehemalige Nachbarin, wurde von ihrem Stiefvater Andrew Bishop begleitet. Edith winkte ihr zu und ließ dabei prompt Warners Leine fallen. Warner stürmte los, einem erschrocken dreinblickenden Mops hinterher. Zum Glück hielt Mr. Bishop ihn auf und brachte ihn zu ihr zurück.

»Sie haben da ja ein recht lebhaftes Tier«, bemerkte er.

»Das kann man wohl sagen. Vielen Dank. Hallo, Susie.«

Susan streichelte Warners Kopf. »Hallo, Mrs. Bruce.«

»Freust du dich schon auf die Ferien?«

»Ja.«

»Wir werden uns einen schönen Sommer machen, nicht wahr, Susie?«, warf Mr. Bishop ein.

Susan nickte, sagte aber nichts. Normalerweise war sie eine richtige Plaudertasche, aber an diesem Tag offenbar nicht.

»Ich fange heute später an«, erklärte Mr. Bishop. »Deswegen kann ich meiner Frau mal was abnehmen, indem ich Susie zur Schule bringe.«

»Wie geht es deiner Mutter, Susie?«

»Gut, danke.«

»Richte ihr liebe Grüße aus, ja?«

Wieder nickte Susan. Sie sah müde aus, als hätte sie schlecht geschlafen. Wahrscheinlich die Vorfreude auf die Ferien. Warner fing an, ihr das Gesicht abzulecken, was Mr. Bishop amüsiert zur Kenntnis nahm. »Er scheint dich zu mögen, Susie.«

»Typisch Mann«, scherzte Edith. »An einem hübschen Gesicht kommen sie einfach nicht vorbei.«

»Hübsch?« Mr. Bishop tat entrüstet.

»Schön.«

»Ja, nicht wahr? Das schönste Mädchen auf der Welt. Das ist meine Susie.« Er warf einen Blick auf seine Uhr. »Wir müssen weiter. Auf Wiedersehen, Warner. Ärgere dein Frauchen nicht.«

Die beiden setzten sich in Bewegung. Edith sah ihnen nach. Rechts von ihr lag der Kleiderladen, der einmal John Ramseys Fotostudio gewesen war. Der arme John. Ein herzensguter Mann mit einem wachen Geist und einem Lächeln, das eine ganze Kathedrale erstrahlen lassen konnte. Ein Mann, den sie sehr gern gehabt hatte und immer noch vermisste.

Bestimmt vermisste ihn seine Tochter noch viel mehr.

Aber die Zeiten änderten sich. Susan hatte jetzt einen neuen Vater, der nach allem, was man so hörte, auch recht nett war. Ein neues Zuhause, ein neues Leben. Reichte das aus, um den Schmerz zu lindern?

Sie hoffte es.

»Auf Wiedersehen, Susie!«

Susan drehte sich um. Für den Bruchteil einer Sekunde wirkte ihr Blick betrübt, fast ängstlich.

Aber die Sonne blendete, und wahrscheinlich hatte sie sich getäuscht.

Dann kam das Lächeln, so strahlend und herzerwärmend wie das ihres Vaters, gefolgt von einem ebenso herzlichen Winken.

Die kleine Susie Star, so rosig und hübsch.

Die kleine Susie Star, süß und adrett und immer nett.

Die kleine Susie Star, die ihre Verdorbenheit hinter einem Lächeln versteckt.

Die kleine Susie Star…

DRITTER TEIL

Hepton, 23. Juni 1959

Liebe Mum,

vielen Dank für deinen Brief. Entschuldige, dass ich so spät ant-
worte, aber jetzt sind die Prüfungen endlich vorbei. Heute haben
wir drei Ergebnisse bekommen: Ich bin Bester in Mathe (88 %),
Drittbester in Englisch (80 %) und Viertbester in Französisch
(76 %). Nach der Stunde hat Mr. Cadman mir gesagt, dass ich den
Mathe-Preis kriege. Mit ein bisschen Glück schaffe ich auch den in
Geschichte, und der in Kunst ist mir schon sicher. Archie ist es auch
gut gegangen, aber ich glaube nicht, dass er irgendwelche Preise be-
kommt. Ein Junge namens Neville Jepps ist aus der Lateinprüfung
rausgeflogen, weil er abgeschrieben hat. Mr. Bertrand unterbrach
die Prüfung und hielt einen Vortrag darüber, dass Gymnasiasten
nicht abschreiben, was ein absoluter Witz war, weil die halbe Klasse
Spickzettel versteckt hatte!

Hier ist alles in Ordnung. Peter hört inzwischen lieber Eddie
Cochrane als Little Richard, ist aber immer noch der Meinung, dass
der Tag, an dem Elvis zur Armee ging, der schlimmste seines
Lebens war. Gestern habe ich ihm erzählt, Elvis sei von einem
entkommenen Nazi erschossen worden. Er war völlig am Ende!
Thomas hat eine neue Freundin namens Sandra, die in einem
Schuhgeschäft in der High Street arbeitet und schrecklich langwei-
lig ist. Am Wochenende war sie zum Tee da und hat so lange über
die verschiedenen Arten von Schuhabsätzen geredet, dass Onkel
Stan eingeschlafen ist! Tante Vera macht zurzeit einen Fernkurs in
englischer Literatur, denselben wie Mrs. Brown. Letzte Woche hat
sie Mrs. Brown ihren ersten Essay gezeigt. Ich weiß nicht, was Mrs.
Brown gesagt hat, aber als sie weg war, hat Tante Vera ihn in die
Mülltonne geworfen! Onkel Stan konnte ein paar Tage nicht zur
Arbeit, weil er so schlimme Rückenschmerzen hatte, aber jetzt
fühlt er sich wieder besser.

Tante Mabel hat gesagt, ich könnte ihr und Onkel Bill während des Sommers im Laden helfen und auf diese Weise ein bisschen Geld verdienen. Zum Rasenmähen bei den Sandersons bin ich noch nicht gekommen, weil es dauernd geregnet hat, aber sobald das Wetter besser ist, mache ich es. Das wär's für heute. Du fehlst mir, aber sonst ist alles in Ordnung, du brauchst dir meinetwegen also keine Sorgen zu machen.
Ganz liebe Grüße,
Ronnie Sunshine

PS: Der Vater eines meiner Klassenkameraden behauptet, dass Mr. Brown eine Affäre mit seiner Sekretärin hat. Diese Information ist streng geheim!

Kendleton, 28. Juni 1959

Liebster Ronnie,
vielen Dank für deinen Brief. Ich habe mich RIESIG über deine Prüfungsergebnisse gefreut und erzähle jedem, der es hören will, von meinem begabten Sohn. Die arme Frau auf dem Postamt kann mich inzwischen bestimmt schon nicht mehr sehen! Mrs. Pembroke war sehr beeindruckt. Einer der beiliegenden Zehn-Shilling-Scheine ist von ihr, der andere natürlich von mir.
Es tut mir Leid, dass ihr so schlechtes Wetter habt, und hoffe, dass es besser wird, wenn die Ferien beginnen. Bei uns ist es sonnig und warm, und ich habe schon ein paar schöne Waldspaziergänge gemacht. Leider sind die Glockenblumen längst verblüht, aber es gibt hier noch viele andere Feldblumen, sodass die ganze Landschaft bunt und fröhlich wirkt. Ich wünschte, du könntest es sehen, aber eines Tages wirst du das bestimmt.
Heute Nachmittag war Mrs. Hammond von nebenan zu Besuch, und wir haben im Garten Tee getrunken. Auf dem Fluss wimmelt es nur so von Booten. Laut Mr. Logan, der für die Schleuse zuständig ist, hat dort noch nie so viel Betrieb geherrscht wie diesen Sommer. Während wir den Booten zusahen, erzählte Mrs. Ham-

mond von ihren zwei Söhnen, Henry und Arthur, die in Yorkshire aufs Internat gehen. Ich glaube, ich habe die beiden schon mal erwähnt – Arthur ist nur einen Monat jünger als du. Sie haben auch gerade Prüfungen geschrieben und wohl recht gut abgeschnitten, wenn auch bei weitem nicht so gut wie jemand anderer, dessen Namen ich hier nicht nennen möchte! Ich glaube nicht, dass Mrs. Hammond über meine Anwesenheit sehr begeistert war – sie ist ein noch größerer Snob als Mrs. Brown –, aber Mrs. Pembroke ist sehr lieb und besteht darauf, dass ich bei allem mit von der Partie bin. Ich hoffe, dass zu Hause wirklich alles in Ordnung ist. Du weißt, dass du es mir schreiben kannst, wenn es anders wäre. Ich mache mir immer Sorgen um dich, mein Liebling, auch wenn du schreibst, dass ich es nicht soll. Es vergeht keine Stunde, in der ich nicht an dich denke und mich frage, was du wohl gerade machst. Wie gerne wäre ich jetzt bei dir!

Ich zähle schon die Tage bis zu meinem nächsten Besuch.

In Liebe,

Mum

PS: Mir ist völlig unbegreiflich, wie eine Frau den Wunsch haben kann, mit Mr. Brown eine Affäre anzufangen. Diese Information ist ebenfalls streng geheim!!!

Juli. Inzwischen war der Sommer auch in Hepton angekommen, und die Hitze lag wie eine Decke über der Moreton Street. Ronnie saß am Fenster des Zimmers, das er zusammen mit Peter bewohnte, und machte Hausaufgaben.

Ein schwieriges Unterfangen, weil Peter auf seinem Bett lag und zu einer Eddie-Cochrane-Platte sang. Sie teilten sich das Zimmer, seit Thomas vor drei Jahren ein eigenes verlangt hatte, und Peter tat nichts lieber, als Ronnie bei der Arbeit zu stören.

Das Fenster stand offen. Draußen auf der Straße spielten ein paar kleine Jungen Kricket. Als Tor benutzten sie eine alte Kiste. »Ich bin Freddie Trueman!«, schrie der Werfer und zielte mit dem Ball auf den Kopf des Schlagmanns, der sich rasch duckte, um dem

Geschoss auszuweichen. Eine Frau rief ihnen wütend zu, sie sollten nicht so laut sein.

Es war Viertel vor sechs. Stan und Thomas kamen gerade von der Arbeit nach Hause. Thomas war inzwischen fast achtzehn und genauso groß, dünn und asthmatisch wie sein Vater. Seit er die Schule beendet hatte, arbeitete er in der Fabrik. Die beiden blieben stehen, um mit einem Nachbarn zu plaudern. Stan paffte die Zigarette, die er im Haus nicht rauchen durfte.

Ronnie wandte sich wieder dem Essay über die Vereinigung Italiens zu, an dem er gerade arbeitete. Auf seinem Schreibtisch lagen mehrere aufgeschlagene Geschichtsbücher. Der Preis im Fach Geschichte war noch nicht vergeben, und er hatte nicht vor, an der letzten Hürde zu scheitern.

Die Platte war zu Ende. Peter ließ sie ein weiteres Mal laufen und ging dann zum Schrank, um sich in dem auf der Innenseite der Tür angebrachten Spiegel zu betrachten. Mit seinen sechzehn Jahren war er bereits so groß wie sein Vater und so kräftig gebaut wie seine Mutter. Sein dunkles Haar, das er vorn zu einer üppigen Tolle gekämmt trug, glänzte vor Pomade. Während er nach einer Hantel griff, um seinen Bizeps zu stählen, bewunderte er seinen muskulösen Oberkörper. Er trug über seiner Sporthose nur ein ärmelloses weißes Unterhemd. Seine Hälfte des Zimmers war an den Wänden mit Bildern von Sängern und Bodybuildern gepflastert. Ronnie hatte auf seiner Seite ein paar von seinen Zeichnungen aufgehängt. In den ersten Monaten ihrer Wohngemeinschaft hatte Peter sich einen Spaß daraus gemacht, sie zu beschädigen, und erst als Ronnie »versehentlich« Peters Lieblingsplatte zerbrach, kam es zwischen ihnen zum Waffenstillstand.

Eddie Cochrane sang gerade vom Summertime Blues. Damit sprach er Ronnie, der sich vergeblich zu konzentrieren versuchte, aus dem Herzen. Entnervt legte er seine Arbeit zur Seite und begann den letzten Brief seiner Mutter ein weiteres Mal zu lesen. Peter sah zu ihm hinüber. »Na, was schreibt Mummy denn?«

»Geht dich nichts an.«

»Ist sie stolz auf ihren kleinen Ronnie?«

»Ich gebe ihr wenigstens Grund, stolz auf mich zu sein.«

Peter, der bald wie sein Vater und sein Bruder in der Fabrik arbeiten würde, setzte eine spöttische Miene auf. »Du meinst deine paar blöden Schulpreise? Die bringen dich in der wirklichen Welt auch nicht weiter.«

»Sie werden mir jedenfalls mehr nützen als dir deine dicken Muskeln und dein fettiges Haar.«

»Ich werde es im Leben viel weiter bringen als du.«

»Klar. Bald bist du der neue Charles Atlas. Dafür reicht dein Hirn bestimmt aus.«

»Wenigstens bin ich nicht schwul. Nur Schwule mögen Kunst.«

Ronnie las weiter. Als Peter merkte, dass auf seine letzte Bemerkung keine Reaktion kam, wandte er sich wieder seinem Bizeps zu.

Es vergingen ein paar Minuten. Ronnie starrte aus dem Fenster. Thomas verabschiedete sich gerade von dem Nachbarn, während Stan seine Zigarette zu Ende rauchte.

»Hältst du nach deinem Dad Ausschau, Ronnie? Da kannst du lange warten. Der weiß doch nicht mal, dass du existierst.«

Ronnies Blick blieb auf die Straße gerichtet. Das Kricketspiel wurde gerade unterbrochen, weil die Spieler einander des Schummelns beschuldigten.

»Und selbst wenn er es wüsste, würde er nicht kommen. Wer möchte schon einen schwulen Bastard als Sohn?«

»Er wäre auf mich bestimmt stolzer als auf dich.«

»Immerhin weiß ich, wo mein Vater ist *und* dass er mich haben wollte. Zwei Sachen, die du niemals wissen wirst.«

Die Haustür ging auf. Stan rief einen Gruß. »Hallo, Dad«, antwortete Peter mit Betonung auf dem zweiten Wort. »Du kannst so viele Preise gewinnen, wie du willst, kleiner Ronnie, du bleibst trotzdem der schwule Bastard einer dummen Schlampe und eines Soldaten, der zu besoffen war, um sich an ihren Namen zu erinnern.« Mit diesen Worten verließ er den Raum.

Ronnie blieb an seinem Schreibtisch sitzen. Links von ihm stand ein kleines Foto seiner Mutter. Er nahm es aus dem Rahmen, um einen Blick auf die noch kleinere Aufnahme von seinem Vater zu werfen, die sich dahinter verbarg. Seine Eltern. Eine dumme Schlampe und ein besoffener Soldat. Peter hatte Vera und Stan.

131

Eine Mutter, die nicht hundert Kilometer entfernt arbeitete, und einen Vater, der von Anfang an für ihn da gewesen war.

Trotzdem wusste er, für welches Paar er sich entschieden hätte, wenn er die Wahl gehabt hätte.

Nachdem er beide Fotos geküsst hatte, setzte er seine Arbeit fort.

An diesem Abend saßen sie zu fünft beim Abendessen: Den Platz von Thomas, der mit Sandra unterwegs war, nahm Peters Freundin Jane ein, eine vollbusige Fünfzehnjährige mit rotem Haar und einer Vorliebe für enge Oberteile.

Vera servierte ihnen Würstchen und Pommes. Peter beschwerte sich, weil es bloß zwei Würstchen pro Person gab, worauf Vera ihm antwortete, sie hätten schließlich keinen Goldesel.

»Wenn es dir gerade in den Kram passt, schaust du auch nicht so aufs Geld. Als letzte Woche die Browns da waren, hast du ihnen Steak vorgesetzt.«

»Sie waren unsere Gäste.«

»Jane ist auch unser Gast.«

Vera runzelte die Stirn. Ihr grobes Gesicht wies mittlerweile ein dickes Doppelkinn auf. »*Dein* Gast, Peter, und wenn du erst mal zum Familienhaushalt beiträgst, kannst du sie gerne mit Steak bewirten.«

»Und bis dahin esse ich seine Pommes«, verkündete Jane, während sie ein paar davon mit ihrer Gabel aufspießte. Vera, die Jane nicht mochte, blickte noch eine Spur finsterer drein.

»Ich werde schon bald meinen Beitrag leisten, ganz im Gegensatz zu jemand anderem, dessen Namen ich jetzt nicht nennen möchte.«

»Meine Mutter gibt euch Geld für mich«, widersprach Ronnie. »Und wenn ich dann im Laden helfe, kann ich selbst auch etwas beitragen.«

»Was zahlen die Coopers dir denn?«, fragte Vera.

Er sagte es ihr. Sofort verlangte sie den Löwenanteil für ihren Haushalt. »Das ist ein bisschen viel, Vera«, meinte Stan. »Lass ihm noch was zum Ausgeben.«

»Das ist absolut gerechtfertigt. Weißt du, was es uns kostet, ihn über die Ferien durchzufüttern?«

»Ist schon in Ordnung«, erklärte Ronnie, dem die Coopers mehr bezahlen würden, als er gesagt hatte.

»Wie geht es deiner Mutter?«, fragte Stan. »Ich habe gesehen, dass heute ein Brief für dich kam.«

»Gut, danke.«

»Das kann ich mir vorstellen«, bemerkte Vera. »Bei dem gemütlichen Job.«

Ronnie schluckte das verkohlte Stück Wurst hinunter, das er gerade im Mund hatte. Vera neigte grundsätzlich dazu, alles zu verkochen oder zu verkokeln. »Es ist kein gemütlicher Job«, widersprach er. »Sie muss hart arbeiten.«

Peter nickte. »Ja, ein Dienstmädchen hat es bestimmt nicht leicht.«

»Sie ist kein Dienstmädchen, sondern Gesellschafterin.«

Vera schnaubte verächtlich. »Das ist kein richtiger Beruf.«

»Doch. Und sie macht ihre Sache gut. Mrs. Pembroke hält große Stücke auf sie.«

»Nun ja, was sollte deine Mutter auch anderes sagen.«

»Das hat gar nicht sie selbst gesagt, sondern Mrs. Sanderson, und die muss es als Mrs. Pembrokes Cousine schließlich wissen.«

»Spiel hier nicht den Schlauberger, Ronald Sidney.«

»Das tue ich gar nicht, Tante Vera. Ich sage doch bloß …«

Er hielt abrupt inne, weil seine Stimme plötzlich eine Oktave nach oben geschossen war. »Der kleine Ronnie ist im Stimmbruch«, höhnte Peter.

»Schade, dass es keinen Gehirnbruch gibt, sonst könnte aus dir vielleicht auch noch was werden«, konterte Ronnie, der sich die Bemerkung einfach nicht verkneifen konnte.

Veras Miene verfinsterte sich. Zum Glück musste Jane lachen und lenkte den mütterlichen Zorn damit auf sich. »Wir lachen in diesem Haus nicht über derartige Beleidigungen, mein Fräulein!«

»Solltet ihr aber. Das war lustig.«

»Auf wessen Seite bist du eigentlich?«, fragte Peter.

Jane klatschte ihm ein Kartoffelstück auf die Nase. Vera, die immer noch finster dreinblickte, begann Stan von ihrem neuesten Essay-Thema vorzujammern. Während Ronnie ruhig weiteraß, wandte sich Jane an Peter, der mit einem dämlichen Gesichtsausdruck neben ihr saß, und flüsterte ihm etwas ins Ohr. Peter prahlte seinen Freunden gegenüber immer damit, dass Jane Wachs in seinen Händen sei, aber Ronnie wusste, dass das Gegenteil der Fall war. Vera wusste es auch. Während sie auf Stan einredete, warf sie Jane wütende Blicke zu. Obwohl es ein warmer Abend war, hatte sie die Ärmel ihrer Bluse nicht hochgekrempelt, sodass man die beschädigte Haut an ihrem linken Arm nicht sehen konnte.

»Hast du eine Freundin, Ronnie?«, fragte Jane.

»Nein.«

»Der kleine Ronnie mag keine Mädchen«, informierte Peter sie.

»Aber ich wette, sie mögen ihn. Er sieht ziemlich gut aus.«

Peter spannte seinen Bizeps an. »Nicht so gut wie ich.«

Jane leckte Peter über die Wange, und er leckte zurück. Veras Mund war plötzlich nur noch ein schmaler Strich. »Ich dulde an diesem Tisch kein derartiges Benehmen!«

»Wir machen doch gar nichts, Mrs. Finnegan«, gab Jane unbeeindruckt zurück. Sie wandte sich wieder an Ronnie. »Du siehst deiner Mum ähnlich, oder?«

»Ja.«

»Dann muss sie sehr hübsch sein. Hat sie einen Freund?«

»Nein.«

»Glaubst du, sie würde es dir sagen, wenn sie einen hätte?«

»Sie braucht keinen Freund. Sie hat ja mich.«

Jane lächelte. »Das ist aber süß.«

»Was ist los, kleiner Ronnie?«, fragte Peter. »Hast du Angst, Mummy könnte jemanden mehr liebhaben als dich?«

»Nun reicht es aber, Peter«, mischte Stan sich ein.

»Ja, sei nicht so grässlich«, fügte Jane hinzu. »Sonst fange ich nämlich an, dich zu hassen.« Sie packte Peter an den Haaren, zog sein Gesicht zu sich heran und biss ihn in die Lippe.

»Nun reicht es aber wirklich!«, fauchte Vera. »Was würden die Browns jetzt denken, wenn sie hier wären?«

»Wo bleiben unsere Steaks?«, fragte Jane.

Vera flippte völlig aus. Ronnie folgte Stans Beispiel und aß schweigend seinen Teller leer.

Nach dem Essen nahm Peter ihr gemeinsames Zimmer in Beschlag, um Jane seine Platten vorzuspielen, während Vera sich im Wohnzimmer bei Stan über sie beschwerte. Ronnie beschloss, einen Spaziergang zu machen.

In dem kleinen Park an der Ecke spielten ein paar Jungen Fußball und posierten dabei für die Mädchen, die nicht weit entfernt in Grüppchen beieinander standen und kichernd Klatschgeschichten austauschten. Alan Deakins, der Störenfried aus seiner Grundschulzeit, unterhielt eines der Grüppchen mit seinen Späßen. Ronnie erkannte Catherine Meadows, die ebenfalls mit ihm zur Schule gegangen war. Sie rief ihm zu, er solle sich doch zu ihnen gesellen. Er antwortete mit einem Winken, ging jedoch weiter.

Am hinteren Ende des Parks verlief die Eisenbahnlinie. Ronnie stieg auf den Damm und begann mit einem Stock in der trockenen Erde herumzuscharren. Ein vorüberratternder Zug erfüllte die Luft mit Rauch und Lärm. Früher hatte er immer am Fenster seines Zimmers gestanden und beim Anblick eines jeden Zugs den Tag herbeigesehnt, an dem sein Vater kommen und ihn und seine Mutter weit weg bringen würde. Nun *war* seine Mutter weit weg, während sein Vater nur ein alter Schnappschuss blieb, ein Traum, der mit jedem Jahr mehr verblasste, bis eines Tages gar nichts mehr davon übrig sein würde.

Aber noch war es nicht so weit. Noch waren seine Träume das Einzige, was das Leben für ihn erträglich machte.

Catherine Meadows kam auf ihn zu. Seit zwei Jahren besuchte sie ein Internat in Berkshire und kehrte nur in den Ferien nach Hepton zurück.

»Hallo, Ronnie, bei mir haben gestern schon die Ferien begonnen. Ihr habt noch ein paar Tage, oder?«

»Ja.«

Sie setzte sich neben ihn auf den Boden. Sie hatte blondes Haar und hellblaue Augen. »Besuchst du die Sandersons noch ab und zu?«, fragte sie.

»Ja.«

»Du kannst mich auch mal besuchen, wenn du magst. Wir wohnen in Nummer fünfundzwanzig. Ich werde eine Woche bei meinen Großeltern in Devon verbringen, aber ansonsten bin ich den ganzen Sommer hier. Warst du schon mal in Devon? Da ist es todlangweilig.«

»So langweilig wie hier kann es da gar nicht sein.«

Er stocherte weiter mit seinem Stock in der Erde herum. Nebenan im Park gerieten sich gerade zwei der Fußballer in die Haare. Die anderen trennten sie, und das Spiel ging weiter.

»Alan ist immer noch so ein Angeber«, bemerkte Catherine. »Angeblich hat er in Southend mit einem Mädchen geschlafen. Ich glaube ihm kein Wort. Wahrscheinlich hätte er total Angst, wenn eine wirklich was von ihm wollte.«

»Kann sein.«

»Hättest du Angst, Ronnie?«

»Ich weiß nicht.«

»Ich wette, du hättest keine.«

Ein weiterer Zug ratterte vorbei, sodass Ronnie nicht mehr verstehen konnte, was Catherine sagte. Sie redete trotzdem weiter und gestikulierte dabei mit den Händen wie eine Schauspielerin in einem Stummfilm. Das sah so lustig aus, dass Ronnie lächeln musste.

»Wie geht es deiner Mum?«, fragte sie, als der Zug vorüber war.

»Gut.«

»Bestimmt hast du große Sehnsucht nach ihr. Wenn ich im Internat bin, sehne ich mich auch nach meinen Eltern, aber sobald ich zurück bin, treiben sie mich in den Wahnsinn.«

»Du hast wenigstens eine Familie.«

Sie starrten sich an. Vor seinem geistigen Auge sah er seine Mutter in Oxfordshire mit einem Mann am Fluss sitzen, den sie mochte. Einem Mann, der ihr eines Tages vielleicht mehr bedeuten würde als ihr eigener Sohn.

Aber das würde nie passieren. Es konnte einfach nicht passieren. *Oder doch?*

»Findest du mich hübsch?«

Er nickte. Alle Mädchen, die aussahen wie seine Mutter, waren
hübsch.

»Würdest du mich gern küssen?«

»Nein.«

»Eines Tages wirst du es wollen. Auf Wiedersehen, Ronnie.«

»Auf Wiedersehen.«

Sie kehrte zu ihrer Gruppe zurück. Er blieb allein auf dem Bahn-
damm, wo er weiter in der Erde herumstocherte, bis die Sonne am
Horizont verschwand.

Ein regnerischer Nachmittag im August. Anna schenkte Mrs.
Pembroke und ihren Gästen Tee ein.

Von all den vornehmen Häusern in der Avenue war Riverdale
das prächtigste, ein viktorianisches Herrenhaus aus rotem Stein
mit eichenvertäfelten Räumen, einem großen Treppenhaus und
einem Dutzend Schornsteinen. Die Einrichtung, größtenteils
ebenfalls noch viktorianisch, wirkte überladen, aber dennoch gemütlich und alles andere als steif.

Auf dem Sofa vor dem Erkerfenster, das auf den Garten und den
Fluss hinausging, saß an diesem Nachmittag Mrs. Wetherby mit
ihren beiden Kindern, Alice und Edward. Die Gastgeberin hatte
sich an ihrem üblichen Platz am Kamin niedergelassen. Anna saß
neben ihr auf einem Hocker, bereit, den Gästen bei Bedarf sofort
etwas zu essen oder zu trinken zu bringen.

Die große, grobknochige Mrs. Wetherby, eine Kettenraucherin,
klagte über die französischen Hotels, während Mrs. Pembroke
gemütlich ihren Tee trank. Eingehüllt in eine warme Decke, wirkte
sie so klein und zart wie ein Vögelchen. »Und wie geht es in der
Schule?«, wandte sie sich an die Kinder.

»Edward war dieses Jahr Captain seiner Kricketmannschaft«,
antwortete Mrs. Wetherby stolz, »und Alice hat den Englischpreis
ihrer Jahrgangsstufe gewonnen, außerdem wurden in der Schul-
zeitung zwei Gedichte von ihr abgedruckt.«

Edward nickte. Mit seinen fünfzehn Jahren hatte er bereits
große Ähnlichkeit mit seiner Mutter, deren Zigaretten er voller
Neid beäugte. Anna hatte ihn und seine Freunde schon ein paar-

mal am Market Court rauchen sehen, die Kragen aufgestellt und krampfhaft bemüht, auszusehen wie James Dean. Alice lächelte. Sie war zwei Jahre jünger als ihr Bruder, ein außergewöhnlich hübsches, makellos gekleidetes Mädchen mit langem blondem Haar, einem Puppengesicht und durchdringendem Blick. Sie und Edward besuchten Heathcote, die teure Tagesschule am Stadtrand.

Mrs. Pembroke beglückwünschte sie zu ihren Leistungen. Mrs. Wetherby betrachtete die beiden selbstgefällig. »Ich habe wirklich Glück, so begabte Kinder zu haben.«

»Annas Sohn Ronnie ist auch sehr begabt. Er hat dieses Jahr vier Preise gewonnen.«

Mrs. Wetherby machte große Augen und nickte wortlos. Alice aber fragte neugierig: »Ronnie ist in meinem Alter, nicht wahr, Mrs. Sidney? Welche Preise hat er denn gewonnen?«

»Mathe, Geschichte und Kunst. Und den Jahrgangspreis.«

»Den bekommt der Junge, der in seinem Jahrgang insgesamt die besten Prüfungsergebnisse hat«, fügte Mrs. Pembroke hinzu.

»Das sind aber nur drei Preise«, erklärte Edward. »Kunst zählt nicht.«

Anna starrte ihn verblüfft an. »Doch, natürlich.«

»Möglich, dass das an *seiner* Schule so ist. Meine Schule vergibt keine Preise für nichtakademische Fächer.«

»Sollte sie aber vielleicht«, warf Mrs. Pembroke ein.

Edward zuckte mit den Achseln. Anna, die ihre Verärgerung nicht zeigte, bot noch einmal allen von dem Biskuitkuchen an.

»Und wie geht es Charles?«, wollte Mrs. Wetherby wissen. »Mrs. Pembrokes Sohn ist Geschichtsprofessor an einer amerikanischen Universität«, erklärte sie ihren Kindern. Alice bekundete Interesse, während Edward weiter sehnsüchtig auf die Zigaretten starrte.

»Aber nicht mehr lange«, informierte Mrs. Pembroke sie. »Er kehrt nach England zurück und wird eine Weile hier bei uns wohnen.«

»Wie schön. Er muss unbedingt mal zum Abendessen kommen, wenn er da ist.«

Anna verbarg ihre Überraschung. In den viereinhalb Jahren, die sie nun schon in Kendleton lebte, hatte Charles Pembroke seine Mutter kein einziges Mal besucht. Falls Mrs. Pembroke darüber traurig war, ließ sie es sich nicht anmerken, obwohl sie bei den seltenen Gelegenheiten, wenn sein Name zur Sprache kam, meist sehr schnell das Thema wechselte. Wie beispielsweise jetzt.

»Ich fürchte, ich werde allmählich ein wenig müde. Das Herz, wissen Sie.«

»Dann brechen wir wohl besser auf«, sagte Mrs. Wetherby, die den Wink sofort verstanden hatte.

Anna begleitete sie zur Tür. Im Gehen zündete Mrs. Wetherby sich noch einmal eine Zigarette an. »Kann ich auch eine haben?«, fragte Edward.

»Vergiss es. Dafür bist du noch zu jung.«

»Das glaubst aber auch nur du, Mum«, meinte Alice viel sagend. Bruder und Schwester funkelten sich böse an. Während sie die Auffahrt hinuntergingen, rutschte Edward auf einem nassen Stein aus und wäre beinahe gestürzt. Anna musste sich beherrschen, nicht vor Schadenfreude laut aufzulachen, während sie die Tür hinter ihnen schloss.

Mrs. Pembroke, die immer noch in ihre Decke gehüllt dasaß, sah sie mit einem müden Lächeln an. »Früher hat uns dieses schreckliche Frauenzimmer nicht so oft mit ihrem Besuch beehrt.«

»Sie hätten ihr nicht sagen sollen, dass Sie mit einem Grafen verwandt sind.«

»Nur ganz entfernt.«

»Trotzdem sind Sie verwandt.« Anna lächelte nun auch. »Soll ich Sie nach oben bringen?«

»Nein, Liebes. Ich bleibe hier.«

»Danke, dass Sie Ronnie so gelobt haben.«

»Es war mir ein Vergnügen. Auf diese Weise konnte ich unserem Gast wenigstens einen kleinen Dämpfer verpassen.«

»Möchten Sie, dass ich Ihnen was vorlese?«

»Im Moment nicht, danke. Lassen Sie uns einfach ein wenig ausruhen.«

Anna nahm wieder Platz, und sie beobachtete, wie der Himmel

draußen langsam heller wurde, was für den Abend schöneres Wetter verhieß.

»Ich wusste gar nicht, dass Charles kommt«, bemerkte Anna schließlich.

»Das habe ich doch sicher schon mal erwähnt. Wahrscheinlich haben Sie es vergessen.«

»Ja, vermutlich.«

»Ich glaube, ich werde ein bisschen schlafen.«

Mrs. Pembroke schloss die Augen. Nachdem Anna sich vergewissert hatte, dass sie warm zugedeckt war, verließ sie leise den Raum.

An schönen Sommerabenden genoss sie es, am Fluss spazieren zu gehen. An diesem Abend waren weniger Leute unterwegs als sonst. Die Frau, die die Bücherei führte, begrüßte sie mit einem fröhlichen »Guten Abend, Mrs. Sidney«. Während Anna den Gruß mit einem Lächeln erwiderte, strich sie mit einem Finger über den silbernen Ring an ihrer linken Hand. Bei den Leuten in der Stadt galt sie als Witwe, deren Mann im Krieg gefallen war, eine kleine Lüge, die Mrs. Pembroke vorgeschlagen hatte, um sie vor dem Tratsch zu bewahren, unter dem sie in Hepton so gelitten hatte.

Ben Logan, der Schleusenwärter, öffnete gerade die Tore, um die letzten Boote des Tages durchzulassen. Bei Annas Anblick hellte sich seine Miene auf. »Hallo, Anna. Wie geht es Ihnen?«

»Seit es zu regnen aufgehört hat, gleich viel besser.« Sie blieb stehen und sah zu, wie er die Boote in die Schleuse lotste. Ihr »Verehrer«, wie Peggy, die Köchin, ihn immer nannte. Sie meinte das nur scherzhaft, denn Ben war siebzig, kahlköpfig und zahnlos. Trotzdem war er ein Freund, mit dem Anna sich gern unterhielt, wenn sie Zeit hatte.

Ben half gerade einer Frau, ein Tau an einem Poller festzumachen. Obwohl die Schleuse voll war, versuchte sich ein weiteres Boot hineinzuschieben. »Ich glaube nicht, dass genug Platz ist«, rief Anna dem Mann am Steuer zu.

Er funkelte sie böse an. »Ich wüsste nicht, was Sie das angeht.«

140

Bens Miene verfinsterte sich. »Seien Sie höflich zu der Dame, sonst kommen Sie nicht durch meine Schleuse!«

»Ich lasse Sie jetzt lieber arbeiten, Ben, und schaue morgen wieder vorbei.«

»Ja, tun Sie das, Anna.«

Sie ging weiter. Auf einem der Boote, die bereits für die Nacht festgemacht hatten, lümmelten zwei Jungen im Teenageralter und erzählten sich Witze. Als eine wütende Männerstimme aus der Kombüse zu ihnen hinaufrief, sie sollten sich gefälligst nützlich machen, ignorierten sie es. Anna ließ sich am Ufer nieder. Sofort schwammen ein paar hungrige Enten auf sie zu, aber sie schüttelte bedauernd den Kopf. Auf der anderen Seite des Flusses holte ein Fischer seinen Fang ein, während immer wieder Schwalben herabstießen, um die Mücken zu fangen, die in der abendlichen Brise über der Wasseroberfläche tanzten.

Anna fragte sich, was Ronnie wohl gerade tat. Ob er sie genauso vermisste wie sie ihn? Einen Moment lang hoffte sie, dass dem so war, dann schalt sie sich wegen dieses egoistischen Wunsches.

Ob er sich schon für Mädchen interessierte? Eines Tages würde er sich verlieben, das war unvermeidlich. Dann wäre er zwar immer noch ihr Sohn, aber nicht mehr ihr Ronnie Sunshine. Sein Herz würde einer anderen gehören, und solange die Betreffende ihn glücklich machte, sollte es ihr, Anna, recht sein – hoffte sie.

Sie fragte sich, was für eine Art Mädchen er sich wohl aussuchen würde. Vielleicht eine wie Alice Wetherby, die so attraktiv und intelligent war, dass sie keine Konkurrenz zu fürchten brauchte, weil kein anderes Mädchen aus Kendleton sie in den Schatten stellen konnte.

Abgesehen von einer einzigen Ausnahme: dem Mädchen, das gerade barfuß, mit einer gelblich braunen Katze auf der Schulter, des Weges kam.

Schnellen Schrittes ging sie durch das hohe Gras. Sie trug ein Baumwollkleid, das ihre zarten Schultern, ihre langen, geschmeidigen Gliedmaßen und ihre sich entwickelnden Formen betonte. Ihre Arme und Beine waren von der Sonne gebräunt, ihre Haare eine wilde, ebenholzfarbene Mähne, die sie gerade zurückstrich, sodass ihr bildschönes Gesicht zu sehen war. Die beiden Jungen auf dem Boot verstummten, als sie vorüberging. Einer schien ihr etwas zurufen zu wollen, überlegte es sich dann aber anders. Sie strahlte etwas aus, das keine Worte zuließ, auch wenn sie ihre Blicke wie ein Magnet anzog.

Nachdem sie die beiden Jungen und Anna hinter sich gelassen hatte, setzte sie sich ein Stück weiter flussabwärts ans Ufer und begann, die herbeischwimmenden Enten mit Brotresten zu füttern. Während sie die Füße im Wasser baumeln ließ, rieb sich die Katze an ihrem Rücken.

Im Lauf der Jahre hatte Anna sie viele Male dort sitzen sehen, meist völlig in Gedanken versunken. Obwohl sie oft versucht gewesen war, ihr einen Gruß zuzurufen, hatte sie es sich immer verkniffen. Das Mädchen wollte ganz offensichtlich allein sein, und sie respektierte diesen Wunsch.

»Das ist Susie Ramsey«, hatte Ben sie aufgeklärt.»Sie wohnt mit ihrer Mum und ihrem Stiefvater am Queen Anne Square. Ihr leiblicher Vater starb an einem Herzinfarkt, als sie sieben war. Das arme Ding musste mitansehen, wie er vor ihren Augen tot umfiel. Ein guter Mann, dieser John Ramsey. Er ist mit Susie ganz oft hier unten am Fluss gewesen.«

Der aufkommende Wind trieb Wolken über den Himmel. Während Susan zu ihnen hinaufstarrte, bewegte sie die Lippen. Wahrscheinlich sprach sie mit sich selbst. Oder mit ihrem Vater. Die Katze sprang auf ihren Schoß und schmiegte sich an sie, als wollte sie Trost suchen. Susan schlang die Arme um das Tier, zog es noch näher an sich heran und vergrub das Gesicht in der Wärme seines Fells.

Anna stand auf und machte sich auf den Heimweg. Die beiden Jungen saßen immer noch an Deck. Der eine diskutierte gerade mit dem Mann in der Kombüse, der andere starrte weiter zu Susan hinüber.

Oktober. Anna, die für ihren bevorstehenden Besuch in Hepton bereits gepackt hatte, ging zu ihrer Arbeitgeberin, um sich von ihr zu verabschieden.

Mrs. Pembroke saß im Bett und sah alte Fotos durch. »Mein Taxi wird in ein paar Minuten hier sein«, informierte Anna sie.

»Setzen Sie sich zu mir, bis es kommt. Sie wirken aufgeregt.«

»Ja, das bin ich auch.«

»Natürlich. Sie werden Ronnie sehen. Ich wünschte, er könnte uns hier besuchen, aber Sie wissen ja, wie eigensinnig mein Arzt in puncto Lärm ist.«

»Das macht nichts. Nächste Woche wird Charles kommen.« Annas Blick fiel auf eines der Fotos, die auf dem Bett lagen. Es zeigte zwei Jungen, etwa zehn und dreizehn Jahre alt, die nebeneinander auf einer Hollywoodschaukel saßen. Sie deutete auf den älteren. »Ist er das?«

»Ja. Es wurde 1924 aufgenommen. Am neunundzwanzigsten September, um genau zu sein. An James' zehntem Geburtstag.«

Mrs. Pembroke hatte zwei Söhne gehabt, James und Charles. James war im Krieg gefallen. Er war oft Gesprächsthema, und Mrs. Pembroke hatte ein Bild von ihm auf ihrem Nachttisch stehen. Dieser verblasste Schnappschuss aber war das Erste, was Anna von Charles zu sehen bekam.

»Er sieht nett aus«, bemerkte sie.

»Damals war er ja noch ein Junge. Hier ist er mit einundzwanzig.«

Anna betrachtete die Aufnahme. Es zeigte einen großen, ernst wirkenden jungen Mann mit dunklem Haar, freundlichen Augen und einem energischen Kinn. Insgesamt ein sehr ansprechendes Gesicht.

Anna hätte gern mehr über ihn erfahren, um seine Beziehung zu seiner Mutter besser verstehen zu können. Trotzdem hatte sie sich nie getraut, Mrs. Pembroke danach zu fragen. Wahrscheinlich hätte ihr Mrs. Sanderson etwas darüber berichten können, aber es war ihr immer unloyal erschienen, eine Verwandte ihrer Arbeitgeberin auszuhorchen. Und da Mrs. Pembroke erst fünf Jahre zuvor nach Oxfordshire gezogen war, gab es in Kendleton niemanden, der ihre Familiengeschichte kannte.

»Er sieht nicht mehr so aus«, fuhr Mrs. Pembroke fort. »Der Krieg hat einen schrecklichen Tribut von ihm gefordert.« Ihr Blick

143

wanderte zu dem Foto auf ihrem Nachttisch. »Von meiner ganzen Familie.«

»Ja, von meiner auch«, bemerkte Anna leise.

Mrs. Pembroke berührte ihre Hand. »Verzeihen Sie. Das war sehr gedankenlos von mir.«

»Nein, überhaupt nicht.«

Draußen vor dem Haus hupte das Taxi. »Hier. Kaufen Sie Ronnie davon was Schönes.« Mit diesen Worten drückte Mrs. Pembroke ihr einen Geldschein in die Hand.

»Vielen Dank.«

»Keine Ursache. Ein gescheiter Junge wie Ronnie hat das verdient. Wenn ich tot bin, werden Sie ihm kaufen können, was immer Sie wollen.«

Anna wandte verlegen den Blick ab. »Sie sollten nicht solche Sachen sagen.«

»Warum nicht? Es stimmt doch. Oder wollen Sie behaupten, dass Sie mich vermissen würden?«

»Natürlich.«

Mrs. Pembroke lächelte. »Ja, das glaube ich Ihnen sogar. Sie sind ein liebes Mädchen, Anna. Sie haben Sonne in mein Leben gebracht, und dafür bin ich Ihnen dankbar. Und nun lassen Sie sich noch mal fest drücken, und dann ab mit Ihnen.«

Gehorsam wie immer, tat Anna, wie ihr geheißen.

Sonntagabend. Anna saß auf Ronnies Bett und sah ihm zu, wie er Mr. Brown nachmachte. Die Hände in die Hüften gestemmt, watschelte er mit einem dicken Kissen im Pyjama durchs Zimmer und schmetterte einen improvisierten Popsong:

»*Peggy Sue, Peggy Sue.*
Du betest täglich, dass ich sage: nur noch du,
denn ich sehe aus wie Elvis
und tanz wie er auch noch dazu-uu-uu.

Diesmal brauchte sie ihr Lachen nicht zu unterdrücken, die anderen waren alle im Pub.

»Wir sollten uns nicht über ihn lustig machen«, sagte sie, »aber er ist wirklich ein schrecklicher Mann.«

»Als sie letztes Mal zum Abendessen eingeladen waren, hat er Jane die ganze Zeit anzügliche Blicke zugeworfen.«

»Und wie hat Mrs. Brown darauf reagiert?«

»Sie sah aus, als müsste sie sich gleich übergeben, aber das lag am Essen. Es war wirklich grauenhaft, selbst nach Tante Veras Maßstäben.«

Wieder musste Anna lachen. Ronnie legte sich auf sein Bett.

»Das ist ja wie in den guten alten Zeiten«, meinte sie.

»Abgesehen davon, dass du auf dem Sofa übernachten musst. Du solltest in meinem Bett schlafen, das sage ich Tante Vera schon die ganze Zeit, aber sie findet, es wäre nicht richtig, wenn du dir das Zimmer mit Peter teilen würdest.«

»Da hat sie Recht. Außerdem macht es mir nichts aus, solange ich genug von dir zu sehen bekomme.« Sie strich ihm das Haar aus der Stirn. »Du solltest es so tragen. Damit man mehr von deinem hübschen Gesicht sieht.«

Er senkte verlegen den Blick. »Mum…«

»Stimmt doch. Du siehst sehr gut aus. Ich wette, die Mädchen finden das auch.«

»Jane schon. Sie sagt immer, dass ich Billy Fury ähnlich sehe, aber das tut sie nur, um Peter zu ärgern.«

»Du siehst besser aus als Billy Fury. Wer noch?«

»Catherine Meadows. Ich habe einen Brief von ihr bekommen.«

»Was schreibt sie denn?«

»Hier sind meine Matheaufgaben. Schick mir die Lösungen bis spätestens Donnerstag.«

»Du hast also noch keine besondere Herzdame?«

»Nur dich.«

»Mein kleiner Mann«, sagte sie liebevoll.

»Ich bin schon größer als du.«

»Ja, mindestens einen ganzen Zentimeter.«

»Eineinhalb, um genau zu sein.«

»Und eine tiefe Stimme hast du auch schon. Bald wird dir ein Bart wachsen.« Sie kitzelte ihn am Kinn. Als er versuchte, ihrer

Hand auszuweichen, ging der oberste Knopf seines Schlafanzugs auf, und sie entdeckte an seinem Schlüsselbein einen großen blauen Fleck. »Wie ist denn das passiert?«

»Ach, nicht der Rede wert.«

»So sieht es aber nicht aus.«

»Ist wirklich nicht schlimm.« Er versuchte, den Knopf wieder zuzumachen.

Sie schob seine Hand weg. »War das Peter?«

»Es ist doch bloß ein blauer Fleck.«

»Habt ihr euch gestritten?«

»Nicht der Rede wert.«

»Hat er mich schlecht gemacht? So war es, stimmt's? Oh, Ronnie! Ich hab dir doch gesagt, dass du ihn einfach ignorieren sollst, wenn er das tut. Er will dich nur provozieren.«

»Ich weiß.«

»Dann reagiere einfach nicht. Wenn du darauf eingehst, bist du genauso blöd wie er. Es ist mir völlig egal, was er über mich denkt, und dir sollte es auch egal sein.«

Wut flackerte in seinen Augen auf. »Es ist mir aber nicht egal!« Er starrte auf die Bettdecke.

Sie berührte ihn am Arm. Diesmal schob er ihre Hand weg.

»Ronnie?«

Er gab keine Antwort.

»Es tut mir Leid. Ich wollte nicht undankbar klingen. Es macht mich stolz, dass du mich verteidigt hast. Ich möchte bloß nicht, dass man dir wehtut.«

Er hielt den Kopf immer noch gesenkt. Sie versuchte, seine Mundwinkel noch oben zu ziehen, seinen finsteren Ausdruck in ein Lächeln zu verwandeln. Er sträubte sich einen Moment, dann drückte er ihr einen sanften Kuss auf die Fingerspitzen.

»Mum?«

»Was, mein Schatz?«

»Glaubst du, mein Vater wäre stolz auf mich?«

Die Frage traf sie völlig unvorbereitet.

»Ich weiß, dass er nie kommen wird, aber ich denke trotzdem über ihn nach.«

146

»Natürlich wäre er stolz auf dich, jeder Vater wäre das. Mit deiner Begabung stehen dir im Leben alle Möglichkeiten offen. Ein solches Potenzial besitzen nur ganz wenige Menschen. Dein Vater besaß es nicht und ich erst recht nicht, aber du hast es, und deswegen brauchst du von niemandem Anerkennung, am allerwenigsten von ihm.«

Er hob den Kopf, und in dem Moment sah er wieder aus wie der kleine Junge, mit dem sie viele Jahre zuvor in dem winzigen Schlafzimmer auf der Rückseite des Hauses Buchstaben und Zahlen geübt hatte, während draußen die Züge vorbeiratterten.

»Ich brauche die deine.«

»Die hast du. Immer.«

Unten wurde es laut. Die anderen waren zurück. Vera, deren Stimme von zu viel Alkohol schrill klang, rief Anna, sie solle runterkommen und Kaffee kochen.

»Lass sie warten«, sagte Ronnie.

»Besser nicht. Um des lieben Friedens willen.«

»Du reist doch morgen früh ab.«

»Zum Frühstück bin ich noch da.«

»Es kommt mir vor, als wärst du gerade erst angekommen.«

»Bis Weihnachten ist es nicht mehr lang.«

»Ich liebe dich, Mum.«

»Ich liebe dich auch, Ronnie.«

»Ronnie Sunshine«, korrigierte er sie.

»Bist du dafür nicht schon zu groß?«

»Ich werde immer dein Ronnie Sunshine sein.«

»Ich weiß.«

Sie umarmten sich, während Vera weiter nach Anna rief, als wäre sie ihre Bedienstete.

Montagnachmittag. Anna betrat Riverdale durch eine Seitentür. Die Küche war leer. Die Köchin war um diese Zeit zu Hause und würde erst am Spätnachmittag wiederkommen. Bestimmt machte Mrs. Pembroke gerade ihr Nachmittagsnickerchen und hatte Muriel, die Putzfrau, damit beauftragt, ab und zu nach ihr zu sehen, bis Anna diese Aufgabe wieder selbst übernehmen konnte.

Aber erst brauchte sie noch einen Moment Ruhe.

Während sie sich an den Küchentisch setzte, dachte sie über Ronnie nach. Obwohl er sich nie beklagte, bestand kein Zweifel daran, dass er unglücklich war. Sie hätte ihn so gern von Vera und Hepton weggeholt. Nach Mrs. Pembrokes Tod würde sie das dafür nötige Geld haben, aber den Tod einer Frau herbeizusehnen, die immer so freundlich zu ihr gewesen war, gab ihr das Gefühl, wie ein Aasgeier über einem noch leeren Grab zu kreisen.

Sie war so in ihre Gedanken versunken, dass sie die Schritte auf dem Gang nicht hörte. Als plötzlich die Tür aufging, blickte sie überrascht hoch.

Und sah das Monster.

Mit einem Schrei sprang sie auf und wich vom Tisch zurück.

Dann wurde ihr klar, dass es sich nur um einen Mann handelte.

Er war im Türrahmen stehen geblieben. Ein großer, kräftig gebauter Mann Ende vierzig. Die linke Seite seines Gesichts sah ganz normal aus. Sein dunkles Haar war bereits von Silberfäden durchzogen. Die rechte Seite bestand aus verbrannter Haut.

»Es tut mir Leid«, sagte er rasch. »Ich wusste nicht, dass jemand hier ist.«

Sie holte tief Luft. Ihr Herz hämmerte wie wild. Der Mann wandte den Kopf, sodass sie nur noch die linke Gesichtshälfte sehen konnte.

»Ich bin Charles Pembroke. Sie müssen Anna sein.«

»Ja.«

»Mir war nicht klar, dass Sie zurück sind. Ich habe kein Taxi gehört.«

»Ich bin das letzte Stück zu Fuß gegangen. Meine Tasche war nicht schwer, und ich wollte ein bisschen frische Luft schnappen. Ich dachte, Sie würden erst am Mittwoch eintreffen.«

»Da trifft mein Gepäck ein. Ich bin schon gestern Abend angekommen.«

Einen Moment lang schwiegen sie. Annas Gesicht fühlte sich heiß an. Dass sie auf seinen Anblick so heftig reagiert hatte, war ihr ausgesprochen peinlich. Bestimmt hatte er nun einen sehr schlechten Eindruck von ihr.

Er ging zum Spülbecken und schenkte sich ein Glas Wasser ein, achtete dabei aber darauf, dass sie seine rechte Gesichtshälfte nicht zu sehen bekam. Am liebsten hätte sie ihm gesagt, dass er das nicht müsse. Dass es im düsteren Licht der Diele schlimmer ausgesehen habe, als es in Wirklichkeit sei. Aber wahrscheinlich hätte sie ihn damit nur noch mehr beleidigt, als sie es ohnehin schon getan hatte.

»Es tut mir sehr Leid, Mr. Pembroke.«

»Vergessen Sie es. Wie ich höre, haben Sie Ihren Sohn besucht. Wie geht es ihm?«

»Sehr gut. Aber ich glaube, ich muss jetzt zu Ihrer Mutter. Sie braucht mich bestimmt.«

Mit diesen Worten ließ sie ihn am Spülbecken stehen und verließ eilig den Raum.

Später aß sie mit ihm und Mrs. Pembroke zu Abend. Mutter und Sohn hatten einander offenbar nicht viel zu sagen; sie sprachen lediglich über ein paar gemeinsame Bekannte, das allerdings mit ausgesuchter Höflichkeit. Ansonsten drehte sich das Gespräch hauptsächlich um Anna. Ihr fiel auf, dass Mrs. Pembroke ungewöhnlich viel Zeit darauf verwandte, sich nach Ronnie zu erkundigen. Auch Charles Pembroke warf hin und wieder eine Frage ein. Er war ein guter Zuhörer und wirkte ehrlich interessiert. Wie schon am Nachmittag, versuchte er die ganze Zeit, seine rechte Gesichtshälfte abgewandt zu halten. Das und die insgesamt etwas angespannte Atmosphäre führten dazu, dass Anna sich äußerst unwohl fühlte und sich am Ende des Abends wünschte, er wäre in Amerika geblieben.

Im Lauf der Wochen aber gewöhnte sie sich langsam an seine Gegenwart. Einen Teil seiner Zeit verbrachte er in Oxford, wo er an einem der Colleges Geschichte lehrte. Ansonsten saß er meist in seinem Arbeitszimmer im Erdgeschoss und schrieb an einem Buch über russische Geschichte. Anna hätte gern mehr darüber erfahren, um Ronnie davon zu erzählen, aber sie wagte es nicht zu fragen, weil sie Angst hatte, bei der Gelegenheit ihre eigene Unwissenheit preiszugeben.

An einem Nachmittag kurz vor Weihnachten betrat sie sein Zimmer, um ihn zu fragen, ob sie Briefe zur Post mitnehmen solle. Er stand gerade am Fenster und blickte auf den Fluss hinaus. Rasch stellte er sich so hin, dass sie seine rechte Gesichtshälfte nicht sehen musste.

»Das ist nicht nötig«, erklärte sie.

»Es ist kein schöner Anblick.«

»Sie wurden verletzt, als Sie versuchten, bei einem Luftangriff das Leben eines Kameraden zu retten. Das hat mir Ihre Mutter erzählt.«

»Und das macht es schöner?«

»Nicht schöner, aber …«

Er wandte sich zu ihr um, sodass sein ganzes Gesicht zu sehen war. »Aber?«

»Es zeigt, dass Sie Mut besitzen.«

»Ist das denn etwas so Seltenes?«

»Meiner Erfahrung nach schon.«

»Aber Sie selbst besitzen doch auch Mut. Viel mehr als ich.«

»Wie kommen Sie darauf?«

»Weil Sie Ronnie behalten haben.«

Sie senkte den Kopf. »Woher wissen Sie das?«

»Meine Mutter hat es mir gesagt.«

»Ich habe ihn nicht aus Mut behalten.«

»Warum dann?«

»Als ich ihn zum ersten Mal im Arm hielt, wurde mir klar, dass ich ihn nicht hergeben konnte.«

»Und haben Sie jemals das Gefühl gehabt, die falsche Entscheidung getroffen zu haben?«

»Nein. Nie.«

»Ich auch nicht.«

Als sie den Blick hob, sah sie ihn das erste Mal richtig lächeln.

»Danke, Mr. Pembroke«, sagte sie, ebenfalls lächelnd.

»Danke, Anna.«

Silvester. Stan und Vera gaben ein Fest. Es war fast Mitternacht. Ronnie stand hinter einer provisorischen Bar und schenkte Drinks

150

aus. Thomas und Sandra hatten soeben ihre Verlobung bekannt gegeben, und alle stießen darauf an. »Sandra ist ein Mädchen ganz nach meinem Geschmack«, erklärte Vera, hocherfreut darüber, dass Thomas sich eine Frau ausgesucht hatte, die sich von ihr einschüchtern ließ. Stan, der ausnahmsweise im Haus rauchen durfte, nickte zustimmend. Neben ihnen stand Mrs. Brown und nippte mit hochnäsiger Miene an ihrem Sherry, während ihr Zigarre paffender Mann alles, was einen Rock trug, mit anzüglichen Blicken musterte. Peter und Jane waren nirgendwo zu sehen. Ronnie hatte den Verdacht, dass sie oben waren und auf eine etwas intimere Weise feierten.

Seine Mutter kam mit einem Tablett Sandwiches aus der Küche. Sie sah in ihrem blauen Kleid sehr hübsch aus. Sofort setzte sich Mr. Brown in Bewegung, um sie zum dritten Mal an diesem Abend in den Hintern zu kneifen, aber diesmal war Ronnie vorbereitet. Er stürmte quer durch den Raum und stoppte Mr. Browns freche Hand mit einem Glas kochend heißem Punsch.

»Du Vollidiot!«, brüllte Mr. Brown, aber da gerade alle anderen das frisch verlobte Paar hochleben ließen, ging sein Schrei völlig unter.

»Es tut mir schrecklich Leid.«

»Das will ich auch hoffen. So was Dämliches …«

»Ich wollte Ihrer Frau nur ein Glas Punsch bringen.«

Sofort wurde Mr. Browns Ton umgänglicher. »Ach so. Na dann. So was kann schon mal passieren.«

»Danke«, sagte seine Mutter, nachdem Mr. Brown sich verzogen hatte.

»Ich hab genug von dieser Party. Inzwischen haben doch bestimmt alle genug zu essen und zu trinken. Lass uns ein wenig nach draußen gehen.«

Wie zwei Verschwörer schlichen sie auf die verlassene Straße hinaus. Obwohl es so kalt war, dass ihr Atem vor ihnen weiße Wölkchen bildete, setzten sie sich in dem kleinen Park an der Ecke auf eine Bank und blickten zu den Sternen hinauf.

»Weißt du noch, wie ich dir die verschiedenen Sternbilder gezeigt habe?«, fragte Anna.

»Ja, aber du hast mir falsche Namen genannt.« Ronnie deutete zum Großen Bären hinauf: »Das da heißt in Wirklichkeit Brownus Geilus Lustmolchus. Und das da drüben nennt sich Verata Hexata Maxima.«

Sie musste lachen. Er grinste zufrieden. Niemand konnte sie so zum Lachen bringen wie er.

»Sieh mal, eine Sternschnuppe!«, rief Anna. »Schnell, wünsch dir was!«

Er schloss die Augen und tat, wie ihm geheißen.

»Was hast du dir gewünscht?«

»Das ist mein Geheimnis.«

»Mir kannst du es doch sagen.«

Dass mein Vater bald kommt.

»Ronnie?«

Dass ich eine Zigarre in Mr. Browns Auge ausdrücken darf. Dass Peter von einem Zug überfahren wird. Dass Tante Vera Krebs bekommt und ich zusehen kann, wie sie bei lebendigem Leib aufgefressen wird. Dass ich von diesem gottverdammten Ort wegkomme, bevor es mich zerreißt.

»Ich darf es dir nicht sagen, weil es sonst nämlich nicht in Erfüllung geht.«

Sie wirkte enttäuscht. Ronnie Sunshine hatte keine Geheimnisse vor seiner Mutter. Alles, was Ronnie Sunshine dachte oder tat, teilte er mit seiner Mutter.

Ich wünschte, ich könnte dir alles sagen. Das wünsche ich mir am allermeisten.

»Ich wünschte, ich hätten diesen Sommer noch mehr Preise gewonnen. Ich liebe es, Preise zu gewinnen. Nicht für mich, sondern für dich.«

Der enttäuschte Ausdruck verschwand, und ein Lächeln breitete sich auf ihrem Gesicht aus. Es ließ sie sehr schön aussehen. Seine Mutter. Der einzige Mensch auf der Welt, der ihm je etwas bedeutet hatte.

»Hast du einen Freund, Mum?«

»Warum willst du das wissen?«

»Jane hat mich mal danach gefragt.«

»Und was hast du ihr geantwortet?«

»Dass du keinen brauchst.«

»Stimmt. Der einzige Mensch, den ich brauche, bist du.«

Nun war er mit dem Lächeln an der Reihe, und gleichzeitig formulierte er einen weiteren stummen Wunsch: Dass sie nie jemand anderen brauchen würde als ihn. Er wollte sie mit niemand anderem teilen.

Außer mit seinem Vater.

Jubelrufe hallten die Straße entlang, gefolgt von einer wild gekrächzten Version von »Auld Lang Syne«. »Ein glückliches neues Jahrzehnt, Ronnie«, sagte Anna. »Ich bin sicher, dass für dich nun wundervolle Jahre kommen werden.«

Ronnie war da nicht so sicher. Während er seine Mutter fest in den Arm nahm, fragte er sich, was die Zukunft wohl bringen würde.

März 1960

Nachdem Mrs. Pembroke sich hingelegt hatte, um ihr Nachmittagsschläfchen zu halten, besuchte Anna Charles Pembroke in seinem Arbeitszimmer, wo er gerade dabei war, mit einem Finger auf eine Schreibmaschine einzuhämmern. »Eigentlich sollte eine Frau vom College das für mich abtippen«, erklärte er ihr, »aber sie kann meine Handschrift nicht lesen.«

»Vielleicht könnte ich es.«

»Das bezweifle ich. In Amerika hat mal eine Sekretärin zu mir gesagt, ich hätte die schlimmste Klaue, die ihr je untergekommen sei. Wie waren noch mal ihre Worte?« Er versuchte, ihren amerikanischen Akzent nachzuahmen. »Sie mögen ja verdammt viele kluge Bücher gelesen haben, Charlie Pembroke, aber wie man einen Stift benutzt, wissen Sie nicht.«

Sie lachte. Er zielte auf den nächsten Buchstaben, traf jedoch daneben. »Mist!«

Ein paar von seinen Aufzeichnungen lagen vor ihr auf dem Tisch. »Das hier kann ich lesen.«

»Beweisen Sie es. Lesen Sie es mir laut vor.«

Sie las ein paar Zeilen über Katharina die Große. »Sie war Deutsche, stimmt's? Das weiß ich von Ronnie.«

»Er hat Recht, und Sie sind wirklich phänomenal. Aber Ihre Zeit gehört meiner Mutter.«

»Nun, nicht am Nachmittag. Da schläft sie ja meist, und abends, nachdem sie zu Bett gegangen ist, habe ich frei. Es würde mich freuen, wenn ich da etwas Sinnvolles tun könnte.«

»In diesem Fall nehme ich Ihr Angebot gern an.«

April. Mrs. Pembroke saß in ihrem Bett und hörte zu, während Anna ihr Ronnies neuestes Zeugnis vorlas. »In Englisch war er noch nie Klassenbester«, warf sie ein.

»Vor zwei Jahren hat er die beste Prüfung geschrieben, war aber insgesamt nicht der Beste, obwohl er schon mal Zweitbester war und...« Anna hielt kopfschüttelnd inne. »Entschuldigen Sie. So genau wollten Sie es bestimmt nicht wissen.«

»Sie brauchen sich nicht zu entschuldigen. Ich habe Sie schließlich gebeten, mir das Zeugnis vorzulesen.«

»Und wenn Sie mich nicht gebeten hätten, hätte ich es trotzdem getan.«

»Sie sind stolz auf Ihren Sohn. Das ist doch schön. Ronnie kann sich glücklich schätzen, eine Mutter zu haben, die ihn so sehr liebt wie Sie.«

»Ich bin diejenige, die sich glücklich schätzen kann. Ronnie macht mir mehr Freude, als ich je zu träumen gewagt hätte. Meine Liebe ist das Einzige, was ich ihm zurückgeben kann. Und das ist nicht viel.«

»Es ist mehr, als Sie glauben. Viel mehr.« Mrs. Pembroke wirkte plötzlich bekümmert. »Manchmal denke ich, es sollte per Gesetz verboten werden, dass man seine ganze Liebe nur einem einzigen Menschen schenkt. Aber wer kann dem Herzen Gesetze aufzwingen?«

»Ich würde dem meinen jedenfalls kein solches Gesetz aufzwingen. Nicht, wenn es um Ronnie geht.«

»So habe ich auch mal gedacht. Als ich jung war und noch nicht wusste, was ich heute weiß.«

154

Einen Moment lang schwiegen sie. Anna, die sich mit einem Mal unbehaglich fühlte, griff nach Ronnies Zeugnis. »Vielleicht sollte ich Sie jetzt lieber allein lassen.«

»Nein, bleiben Sie. Ich bin eine dumme alte Frau und rede Unsinn. Achten Sie gar nicht darauf.«

»Sie sind nicht dumm.«

»Es ist lieb von Ihnen, dass Sie das sagen. Deswegen mag ich Sie ja auch so gern. Auch Charles hält große Stücke auf Sie. Er hat eine gute Menschenkenntnis, und er ist ein guter Freund. Ein viel besserer, als sein Bruder jemals war. Daran sollten Sie denken, wenn ich nicht mehr bin. Falls für Sie mal eine Zeit kommen sollte, in der Sie einen Freund brauchen, dann werden Sie kaum einen besseren finden als ihn.«

Erneut huschte dieser bekümmerte Ausdruck über ihr Gesicht, doch er verschwand sofort wieder, und an seine Stelle trat ein gütiges Lächeln. »Aber jetzt zurück zu dem Zeugnis. Mit welchem Maler vergleicht der Kunstlehrer Ronnie denn diesmal? Hoffentlich nicht mit Picasso. Wenn mich jemand auf diese kubistische Art malen würde, wäre ich tödlich beleidigt!«

Lachend las Anna weiter.

Juni. Charles' Pembrokes Arbeitszimmer war inzwischen mit einem zweiten Schreibtisch ausgestattet. Charles selbst saß an dem größeren, der in der Mitte des Raums stand und ganz mit Büchern und Papieren bedeckt war, Anna an dem kleineren am Fenster, auf dem nur eine Schreibmaschine und eine Vase mit Glockenblumen standen.

Anna, die den letzten Schwung Anmerkungen bereits abgetippt hatte, las gerade einen Brief von Ronnie. Er steckte voller Neuigkeiten aus der Schule und Anekdoten über Vera und die Familie, geschrieben in einem leichten, fröhlichen Stil. Dann versuchte er, sie davon zu überzeugen, dass es ihm gut ging. Sie war ihm dankbar dafür, aber gleichzeitig frustriert, weil sie nichts tun konnte, um seine Situation zu verbessern.

Noch nicht.

Charles arbeitete an weiteren Anmerkungen, die sie anschließend abtippen sollte. »Mit Ronnie alles in Ordnung?«

»Ja.« Sie hielt die Fassade aufrecht. »Die Planung für Thomas'
Hochzeit ist schon in vollem Gange.«

Er erzählte ihr, dass während einer Hochzeitsfeier, die er in
Amerika besucht habe, bei der Cousine des Bräutigams die We-
hen eingesetzt hätten, als das Brautpaar gerade auf dem Weg zum
Altar war. Anna musste lachen. Sie mochte seine Geschichten.
Während er sprach, stiegen Wolken von Pfeifenrauch in die Luft.
Er hatte ihr angeboten, nicht zu rauchen, wenn sie sich im Zim-
mer befand, aber sie mochte diesen Geruch. Er erinnerte sie an
ihren Vater.

»Wie war das Abendessen bei den Wetherbys?«, fragte sie ihn.

»Ich hätte es mehr genießen können, wenn Mrs. Wetherby nicht
ständig darauf angespielt hätte, wie wunderbar es wäre, wenn ich
ihrem Sohn Edward Privatunterricht erteilen würde. Wobei ›angespielt‹ vielleicht der falsche Ausdruck ist. Die Frau setzt ihre Worte
genauso zartfühlend ein wie ein Zahnarzt seinen Bohrer.«

Anna musste schon wieder lachen. »Werden Sie ihn unterrichten?«

»Ich glaube nicht. Der junge Mann macht auf mich einen ziemlich rüpelhaften Eindruck. Ich bezweifle, dass er ein sehr williger
Schüler wäre.«

Sie dachte daran, wie höhnisch Edward sich über Ronnies Leistungen geäußert hatte, und empfand ein wenig Schadenfreude.

»Andererseits bin ich auch nicht gerade ein vorbildlicher Lehrer. Während einer Vorlesung über die Auslandspolitik von Peter
dem Großen bin ich mal im Stehen eingeschlafen, und als ich wieder aufwachte, stellte ich zu meinem Entsetzen fest, dass ich gerade
dabei war, meinen Studenten zu erklären, wieso Laurel und Hardy
lustiger seien als die Marx Brothers.«

Sie schnappte nach Luft. »Was haben Sie gemacht?«

»Meinen verblüfften Studenten erklärt, dass sie in ihrer Ge-
schichtsprüfung nicht mit Fragen zur Kinokomödie der dreißiger
Jahre rechnen müssten. Dann bin ich in die Cafeteria gegangen und
habe einen starken Kaffee getrunken. Ich sollte vielleicht betonen,
dass das ein einmaliger Ausrutscher war. Am Tag davor war ein
alter Freund vorbeigekommen, und wir hatten uns die ganze

156

Nacht unterhalten. Ob Sie es glauben oder nicht, aber ich nehme meine Lehrtätigkeit sehr ernst.«

Sie glaubte es ihm. Manchmal stellte sie ihm Fragen über seine Arbeit, und er nahm sich immer die Zeit, sie ausführlich zu beantworten, ohne ihr dabei das Gefühl zu geben, unwissend zu sein oder seine Zeit zu vergeuden. Er besaß die Fähigkeit, Sachverhalte klar und voller Enthusiasmus zu erklären, und hatte noch dazu eine sehr wohlklingende Stimme. Seine Studenten in Oxford konnten sich glücklich schätzen, ihn als Lehrer zu haben. Vielleicht würde Ronnie irgendwann zu ihnen gehören. Sie hoffte es. Der Tag, an dem Ronnie es schaffte, an einer Universität wie Oxford Aufnahme zu finden, würde der stolzeste ihres Lebens sein.

Er legte seinen Stift weg und reichte ihr einen weiteren Stoß Anmerkungen. »Die bräuchte ich eigentlich schon morgen. Wäre das möglich?«

Es war durchaus möglich, aber nur, wenn sie den ganzen Abend arbeitete. Draußen lockte ein lauer Spätnachmittag, und sie hatte gehofft, nach dem Essen einen Spaziergang machen zu können.

Andererseits wollte sie ihm natürlich helfen. »Selbstverständlich.«

»Ich weiß wirklich nicht, was ich ohne Sie machen würde.«

Sie lächelte. Es tat gut, geschätzt zu werden.

»Vielleicht darf ich Sie dafür mal zum Abendessen ausführen. Sozusagen als kleines Dankeschön.«

»Das ist nicht nötig.«

»Ich würde es aber gern. Schließlich lassen Sie sich von mir nichts bezahlen.«

»Das wäre auch nicht richtig. Ihre Mutter bezahlt bereits für meine Zeit.«

»Dann erlauben Sie mir, Ihnen meine Dankbarkeit mit einem Essen zu zeigen. Ich verspreche Ihnen, nicht einzuschlafen und auch nicht über Stan und Ollie zu reden.«

Schon wieder musste sie lachen.

»Darf ich Ihre Heiterkeit als Zusage auffassen?«

»Ja.«

Mittwochabend, eine Woche später. Hawtrey Court war ein elisabethanisches Herrenhaus am Rand von Oxford. Einst ein Privathaus, beherbergte es nun ein Luxushotel mit einem der besten Restaurants in der Gegend.

Sie saßen an einem Wandtisch. Charles sah zu, wie Anna sich ein Stück Gänsebraten schmecken ließ. »Zufrieden?«, fragte er.

»Köstlich. Ein richtiger Genuss.«

Alle Tische des Restaurants waren besetzt, auf jedem brannte in der Mitte eine Kerze. Über das gedämpfte Stimmengewirr hinweg war ein Chopin-Prélude zu hören, das ein Pianist in einer Ecke des Raums zum Besten gab. »Ich hoffe, dieses Lokal schneidet gegenüber dem Amalfi nicht allzu schlecht ab.«

Sie hatte ihm von dem italienischen Café in Hepton erzählt, in das sie mit Ronnie immer ging. »Nein, nicht allzu schlecht«, meinte sie lächelnd.

»Und welche Sorte Sahnetorte mag Ronnie am liebsten?«

»Hauptsache, eine mit Schokolade. Als er noch klein war, durfte es allerdings nur ein Marmeladentörtchen sein. Er hat erst den Teig gegessen, dann die Marmelade, und dafür eine Ewigkeit gebraucht. Ich habe mir eine Tasse Tee nach der anderen bestellt, weil ich Angst hatte, dass sie uns sonst rauswerfen!«

»Mein Bruder Jimmy war genauso. Er hat seine Sahneschnitten immer Schicht für Schicht gegessen und unsere Eltern damit in den Wahnsinn getrieben.«

»Bestimmt fehlt er Ihnen.«

»Ja. Aber seiner Mutter fehlt er noch viel mehr.«

»Es muss ein großer Trost für sie gewesen sein, Sie noch zu haben.«

»Glauben Sie wirklich?«

Seine Frage schien sie zu irritieren. Er nickte ihr aufmunternd zu, weil er nicht wollte, dass sie sich unwohl fühlte. »Ich weiß es nicht«, antwortete sie ehrlich. »Zumindest würde ich es gerne glauben.«

»Das Ganze bereitet Ihnen Kopfzerbrechen, nicht wahr? Meine Beziehung zu ihr.«

»Ja.«

»Sie ist nur meine Stiefmutter. Mein Vater hat sie geheiratet, als ich noch sehr klein war, und Jimmy war ihr gemeinsamer Sohn. Meine richtige Mutter ist bei meiner Geburt gestorben.«

»Das tut mir sehr Leid.«

»Das braucht es nicht. Es ist schwierig, jemanden zu vermissen, den man gar nicht gekannt hat. Und Barbara ist eine gute Frau, die einen besseren Mann als meinen Vater verdient gehabt hätte.«

»Sie spricht nur ganz selten von ihm. Wie war er?«

»Auf den ersten Blick charmant, aber in Wirklichkeit schwach und egozentrisch. Er hat meine richtige Mutter vergöttert und ist über ihren Tod nie hinweggekommen. Da er mit einem Baby überfordert war, nahmen mich meine Großeltern mütterlicherseits auf. Mit dem Alleinsein war er ebenfalls überfordert, und deswegen hat er bald darauf Barbara geheiratet. Sie war jünger als er und sehr verliebt, aber er wollte nur jemanden, der sich um ihn und das Haus kümmerte, während er weiter um meine Mutter trauerte. Diese Erkenntnis muss Barbara schwer getroffen haben, und als dann Jimmy zur Welt kam, überschüttete sie ihn mit all der Liebe, die mein Vater nicht haben wollte.

Als ich zehn war, starben meine Großeltern, und ich kehrte zu meinem Vater zurück. Das machte alles nur noch schlimmer, denn ich sah mittlerweile meiner Mutter sehr ähnlich, weshalb mein Vater mich auf eine Art liebte, wie er Jimmy nie geliebt hatte. Natürlich führte das dazu, dass Barbara eine Abneigung gegen mich entwickelte und Jimmy umso mehr Zuneigung entgegenbrachte.

Tragischerweise wuchs Jimmy zu einer noch extremeren Ausgabe unseres Vaters heran, einem äußerst bezaubernden jungen Mann ohne jedes Verantwortungsgefühl. Er war erst neunzehn, als Vater starb, und hat sein Erbe innerhalb weniger Jahre durchgebracht. Barbara gab ihm ständig Geld. Sie versuchte ihn dazu zu bewegen, einen Beruf zu ergreifen, aber dazu fehlte ihm die Disziplin. Die Tatsache, dass ich beruflichen Erfolg hatte und ihm finanziell oft aus der Klemme half, ließ ihren Groll auf mich nur noch wachsen. Als der Krieg zu Ende war, verlegte ich meinen Wohnsitz nach Amerika, und damit brach unser Kontakt oder das, was davon übrig war, im Grunde völlig ab.«

»Bedauern Sie das?«, fragte sie.

»Ja.«

»Ich glaube, sie bedauert es auch und ist sehr froh, dass Sie wieder da sind. Da bin ich mir ganz sicher.« Sie lächelte. »Danke, dass Sie es mir verraten haben. Ich werde es natürlich für mich behalten.«

»Einen Toast auf unsere Geheimnisse.«

Als sie miteinander anstießen, sah er in ihre hellblauen Augen, die immer ein wenig traurig wirkten. Selbst an diesem Abend, den sie so zu genießen schien, konnte er in ihrem Blick noch eine Spur dieser Traurigkeit erkennen. Sie verschwand nur, wenn sie von ihrem Sohn sprach.

Ihre Hand streifte die seine. Sie war weich und warm, und er verspürte plötzlich das Bedürfnis, sie zu streicheln. Irritiert über diesen Impuls, leerte er sein Weinglas mit einem Zug. Sofort kam eine Kellnerin an den Tisch, um ihm nachzuschenken. Er saß mit der rechten Gesichtshälfte zur Wand, aber als sie ihn fragte, ob ihm das Essen geschmeckt habe, wandte er sich ihr zu. Vor Schreck verschüttete sie ein wenig von dem Wein über die Tischdecke.

»Es tut mir schrecklich Leid«, entschuldigte sie sich mit hochrotem Gesicht. »Ich lasse Ihnen sofort eine frische Tischdecke bringen.«

»Das macht doch nichts. So ein kleines Missgeschick passiert jedem mal.«

Sie eilte davon. »Die Ärmste«, sagte er. »Wahrscheinlich befürchtet sie jetzt, dass sie sich um ihr Trinkgeld gebracht hat.« Er lachte, weil er hoffte, dass Anna seinem Beispiel folgen würde, was aber nicht geschah. Stattdessen senkte sie den Kopf und starrte auf das fleckige Tischtuch.

»Was ist los?«, fragte er.

»Es macht schon etwas, ihre Reaktion, genau wie meine am Anfang. Das ist einfach nicht richtig.«

»Aber ganz normal. Ein derart vernarbtes Gesicht ist ein ungewohnter Anblick. Darauf reagieren die Menschen nun mal so.«

Als sie den Kopf wieder hob, konnte er im flackernden Kerzenlicht den Ausdruck ihrer Augen nicht genau erkennen.

»Wie schaffen Sie es nur, damit umzugehen?«

»Was bleibt mir anderes übrig?«

»Vera hat auch eine Narbe. Das habe ich Ihnen noch gar nicht erzählt. Sie hat sich kochendes Pommesfett über den Arm gegossen. Seitdem trägt sie nur noch langärmelige Sachen.«

»Ich war verlobt, als es passierte. Das habe ich Ihnen auch noch nicht erzählt. Ihr Name war Eleanor. Sie hat mich immer im Krankenhaus besucht, aber eines Tages kam ein Brief von ihr, in dem sie mir erklärte, dass sie mich doch nicht heiraten könne. Danach lag ich wochenlang in einem abgedunkelten Raum und wollte nicht, dass mich je wieder ein Mensch ansähe. Aber ich wusste, dass das nicht ewig so gehen konnte. Dass ich mich der Welt stellen und hoffen musste, die Menschen würden lernen, hinter die Narben zu schauen. Was die meisten nach dem ersten Schock auch tatsächlich tun.«

Sie sah ihn mitfühlend an. »Eleanor muss Sie schrecklich verletzt haben.«

»Genau wie Ronnies Vater Sie.«

»Empfinden Sie deswegen noch Hass auf sie?«

Er schüttelte den Kopf. »Und Sie?«

»Wie könnte ich? Wo er mir doch Ronnie geschenkt hat.«

»Hat Ronnie schon immer so gern gezeichnet?«

»Seit er einen Stift halten kann. Mit zwei Jahren konnte er schon …«

Und so erzählte sie ihm mehr von ihrem geliebten Sohn, während im Hintergrund andere Gäste ihre eigenen Gespräche führten und der Pianist weiter vor sich hin spielte. Annas Augen leuchteten. Für eine Weile war jede Spur von Traurigkeit aus ihnen verschwunden. Charles war darüber sehr froh.

Und zum ersten Mal eifersüchtig.

In der großen Aula der Rigby Hill Grammar School ging Archie Clark seine Jahresabschlussprüfung in Französisch noch einmal durch. Die Pulte waren in Einzelreihen angeordnet. Rechts von ihm seufzte Terry Hope immer wieder so laut beim Schreiben, dass davon selbst ein Toter aufgewacht wäre. Zu seiner Linken saß Ronnie Sidney, der bereits fertig war und gedankenverloren ins Leere starrte.

»Stifte weg!«, rief der sie beaufsichtigende Lehrer. »Alle Blätter nach vorn einsammeln!«

»Ronnie!«, zischte Archie. »Wie ist es dir gegangen?«

Als Antwort bekam er bloß ein Achselzucken.

»Ich glaube, ich habe die dritte Übersetzung vermasselt.«

»Es gab eine *dritte* Übersetzung?«, quiekte Terry erschrocken.

»Ja, auf der Rückseite. Hast du das denn nicht gesehen?«

Terry stöhnte auf.

»Ich würde mir deswegen keine grauen Haare wachsen lassen«, meinte Archie. »Ich bekomme bestimmt auch keine Punkte darauf, im Gegensatz zu unserem Genie da drüben.« Er deutete auf Ronnie und war plötzlich ein bisschen traurig. An der Hepton Primary School hatten Ronnie und er immer am besten abgeschnitten. Sie waren die Einzigen in ihrer Klasse gewesen, die es ans Gymnasium geschafft hatten, aber nun war er selbst ziemlich am Kämpfen, während Ronnie immer noch glänzte.

Terry verließ geknickt den Saal. »Wir sollten uns beeilen«, sagte Archie. »Der Bus geht in fünf Minuten.«

Ronnie starrte weiter ins Leere.

»Komm, sonst verpassen wir ihn noch.«

Keine Reaktion.

»Der nächste geht erst in einer Stunde.«

»Dann hau doch ab und sieh zu, dass du ihn kriegst.«

»Warum bist du so schlechter Laune? Du solltest dich freuen. Die Prüfungen sind vorbei, und bald haben wir Sommerferien.«

»Ja, und die werden ganz wunderbar, stimmt's? Ich sitze mal wieder sechs Wochen lang hier in Hepton fest, kann im Laden an der Ecke arbeiten und mir abends Tante Veras Gekeife darüber anhören, wie verzogen und faul ich bin, verglichen mit den Gebrüdern Grimmig, und wenn ich ganz viel Glück habe, darf ich mir auch noch ein paar Tage lang mit ansehen, wie meine Mutter von ihr herumkommandiert und wie der letzte Dreck behandelt wird. Ich kann es kaum erwarten.«

Archie empfand plötzlich Schuldgefühle. »Tut mir Leid. Das war wirklich eine blöde Bemerkung von mir.«

Ronnie seufzte. »Vergiss es. Sieh zu, dass du den Bus erwischst.

Und mach dir keine Sorgen wegen der Übersetzung. Du hast sie bestimmt gut hingekriegt.«

Die Aula leerte sich. Die meisten der Jungen, die in Grüppchen den Saal verließen, unterhielten sich über die bevorstehenden Ferien. Während Archie seine Sachen zusammenpackte, wünschte er, Ronnie könnte sich auch auf etwas freuen.

Dann hatte er einen Geistesblitz.

»Möchtest du mit nach Waltringham? Das ist in Suffolk. Wir machen da im August Urlaub, und Mum hat gesagt, ich darf einen Freund mitnehmen.«

Das stimmte nicht so ganz. Waltringham war für seine Antiquitätenläden berühmt, und Mr. und Mrs. Clark hatten letzten Sommer in jedem Einzelnen davon herumgestöbert, im Schlepptau einen widerstrebenden Archie. Als er sich beklagte, hatte seine Mutter geantwortet, wenn er einen Freund als Begleitung hätte, würde sie gern auf seine Gesellschaft verzichten, aber da dem nicht so sei, könne er auf keinen Fall allein in einer fremden Stadt herumlaufen.

Aber wenn Ronnie dabei wäre …

Ronnies Miene hellte sich auf. »Bist du sicher, dass deine Eltern nichts dagegen haben?«

Archie versuchte sich selbst damit zu beruhigen, dass es schon in Ordnung sein würde. Seine Eltern mochten Ronnie. Beide nannten ihn immer »diesen bezaubernden jungen Mann«.

»Ja, ganz sicher.«

Ronnie warf einen Blick auf seine Uhr. »Jetzt ist der Bus bestimmt schon weg. Ich lade dich auf einen Milchshake ein. Mum hat mir Geld geschickt, und ich muss es unbedingt ausgeben, bevor Vera die Hunnin wieder Tribut verlangt.«

Archie lachte. Zusammen verließen sie die Aula.

Juli. »*Ein hervorragendes Jahr, gekrönt von ausgezeichneten Prüfungsergebnissen. Wenn Ronnie uns am Ende seiner Schulzeit verlässt, dann bestimmt, um ein Studium in Oxford oder Cambridge zu beginnen.*«

August. Anna saß an ihrem Schreibtisch und tippte den neuesten Schwung Anmerkungen. Das Fenster stand offen. Ein leichter Wind bewegte den dunklen Pfeifenrauch, den Charles Pembroke in die Luft blies. Draußen schien die Sonne. Auf dem Fluss glitt ein Kahn vorbei, auf dessen Deck drei braun gebrannte, nur mit einer Badehose bekleidete Kinder saßen.

Diesmal war die Handschrift kaum zu lesen. Einen Satz konnte sie beim besten Willen nicht entziffern. Sie wandte sich Charles zu, um ihn um Aufklärung zu bitten, und ertappte ihn dabei, wie er sie anstarrte.

Die Pfeife zwischen den Lippen, hatte er sich auf seinem Schreibtischstuhl leicht nach vorn gelehnt, die Ellbogen auf die Tischplatte gestützt und den Kopf in die Hände gelegt. Während von seiner Pfeife Rauch zur Zimmerdecke aufstieg, umspielte ein leises Lächeln seine Lippen.

»Mr. Pembroke?«

Keine Reaktion. Ohne mit der Wimper zu zucken, starrte er sie weiter an.

»Mr. Pembroke?«

Er zuckte erschrocken zusammen. Das Lächeln verschwand aus seinem Gesicht, und an seine Stelle trat ein Ausdruck von Verlegenheit. »Bitte, entschuldigen Sie. Habe ich Sie angestarrt? Wenn ich über eine Idee nachdenke, mache ich das manchmal.« Er lachte kurz auf. »Meine Sekretärin in Amerika hat mich deswegen immer gescholten.«

»Ich kann diesen Satz nicht lesen.«

Sie zeigte ihm die Seite. Während er ihr den entsprechenden Abschnitt laut vorlas, kratzte er verbrauchten Tabak aus seiner Pfeife. »Gibt es sonst noch Stellen, die Sie nicht entziffern können?«

»Nein.«

Sie kehrte an ihren Schreibtisch zurück, um ihre Arbeit wieder aufzunehmen.

Waltringham war als schöne Küstenstadt ein beliebtes Ferienziel. Ronnie und die Clarks wohnten im Sunnydale Hotel, einem kleinen Gästehaus. Es lag zwar in einer Nebenstraße, aber dennoch

164

ausgesprochen zentral: Sowohl der Stadtkern als auch der Strand waren zu Fuß in fünf Minuten zu erreichen.

Sie trafen dort an einem schwülheißen Nachmittag ein. Nachdem sie ihre Sachen ausgepackt hatten, schlug Mr. Clark einen Spaziergang vor, um Ronnie Gelegenheit zu geben, seine neue Umgebung kennen zu lernen.

Das Stadtzentrum, das aus dem achtzehnten Jahrhundert stammte, war ein Labyrinth aus schmalen Gassen, die alle in einen kleinen Platz mit einem Brunnen mündeten. »Jeder vierte Laden verkauft hier Antiquitäten«, bemerkte Mrs. Clark. »Ist das nicht bemerkenswert?« Ronnie pflichtete ihr bei, während Archie hinter dem Rücken seiner Mutter Grimassen schnitt.

Von einer Ecke des Platzes gelangte man zu einer Grünfläche, die von großen Häusern mit Meerblick umgeben war.

»Das hier nennt sich The Terrace«, erklärte Mr. Clark. »Hier leben die reichsten Leute von Waltringham.« Er lächelte wehmütig. »Die Glücklichen.« Ronnie musste an die Avenue in Kendleton denken und spürte mit einem Mal ebenfalls so etwas wie Wehmut.

Sie beendeten ihre Expedition, indem sie sich auf einer Bank mit Strandblick niederließen und Fisch mit Pommes aßen. Obwohl es schon Abend wurde, tummelten sich immer noch Leute im Wasser. Andere genossen auf ihren Handtüchern liegend die letzten Sonnenstrahlen. Archie aß auffallend langsam und klagte über Kopfschmerzen. Seine Mutter fühlte besorgt seine Stirn. Ronnie starrte auf die bis zum Horizont reichende Wasserfläche und den weiten, wolkenlosen Himmel und empfand plötzlich ein überwältigendes Gefühl der Euphorie, weil er den grauen Straßen von Hepton zumindest vorübergehend entkommen war.

»Warst du überhaupt schon mal am Meer, Ronnie?«, fragte Mr. Clark.

»Ja, einmal, aber nur für einen Tag. Als ich klein war, ist meine Mum mal mit mir nach Southend gefahren.«

»Und wie schneidet Waltringham im Vergleich dazu ab?«

»Das lässt sich nicht vergleichen. Hier ist es wirklich sehr schön. Danke, dass Sie mich mitgenommen haben.«

»Ist uns ein Vergnügen. Du musst deiner Mutter unbedingt ein paar Zeichnungen von hier mitbringen.«

»Das werde ich.«

Mr. Clark wandte sich seiner Frau zu, die immer noch um Archie herumscharwenzelte. Ronnie saß schweigend daneben und lauschte dem Rauschen des Meeres. Er beobachtete, wie die Möwen auf das Wasser herabstießen, atmete die salzige Luft ein und gab sich ganz der neuen Umgebung hin.

In der Nacht begann sich Archie zu übergeben. Am nächsten Morgen brach er immer noch. Der herbeigerufene Arzt diagnostizierte einen besonders gemeinen Magen-Darm-Virus und verordnete mehrere Medikamente sowie eine Woche Bettruhe. Die aufgeregte Mrs. Clark, die einen Besuch des Sensenmannes befürchtete, wich nicht mehr von Archies Seite und forderte ihren Mann auf, dafür zu sorgen, dass er und Ronnie ihr nicht im Weg standen.

»Das alles tut mit sehr Leid«, erklärte Mr. Clark, während sie in einem Café zu Mittag aßen.

»Mir tut es nur Leid, dass Archie dadurch der Urlaub verdorben wird.«

»Deswegen müssen wir alles dafür tun, dass wenigstens du schöne Ferien hast. Wozu hättest du denn Lust?«

»Schwimmen gehen und die Gegend erkunden. Unsere Wirtin hat mir von ein paar schönen Wanderrouten erzählt.«

Einen Moment lang wirkte Mr. Clark enttäuscht. »So was macht dir mehr Spaß, als in Antiquitätenläden herumzustöbern, hm?«

»Wenn Sie sich lieber Antiquitäten ansehen, kann ich gerne allein was unternehmen.«

»Auf keinen Fall. Was wäre ich denn für ein Gastgeber!«

»Es macht mir überhaupt nichts aus, allein loszuziehen. Das ist das Mindeste, was ich tun kann, nachdem Sie und Mrs. Clark so nett waren, mich mitzunehmen.«

»Aber nur, wenn es dir wirklich nichts ausmacht.«

Ronnie schenkte ihm sein bezauberndstes Lächeln. »Keine Sorge, Mr. Clark. Ich komme schon zurecht.«

Der Nachmittag war sehr heiß. Er setzte sich an die Uferpromenade und zeichnete das Meer. Es war das erste Mal, dass er es nicht aus dem Gedächtnis aufs Papier bannen musste.

Ein älteres Paar blieb stehen, um sein Werk zu bewundern. »Ich würde alles dafür geben, eine solche Begabung zu besitzen«, sagte die Frau, woraufhin er ihr das Bild spontan schenkte. Sie ließ es ihn signieren, damit sie bei ihren Freundinnen damit angeben konnte, wenn er sich einen Namen gemacht hatte.

Am nächsten Tag war es wieder sehr heiß. Vormittags erkundete er Rushbrook Down, eine ausgedehnte, von dichtem Wald umgebene Grünfläche, die ein beliebtes Ziel für Picknickausflüge war. Mittags traf er sich mit Mr. Clark, um das Neueste über Archies Gesundheitszustand zu erfahren und Mitgefühl zum Ausdruck zu bringen, das er gar nicht wirklich empfand. Es gab an diesem aufregenden neuen Ort so vieles zu sehen und zu tun, dass ihn Archie, der die Abenteuerlust einer Haselmaus besaß, bloß gebremst hätte.

Nachmittags ging er an den Strand und schwamm in das kalte Meer hinaus. Als er nicht mehr konnte, ruhte er sich aus, indem er im Wasser auf der Stelle trat. Sein ganzer Körper prickelte von der Anstrengung, und während er sich von der Kraft der Wellen und der Strömung hin und her wiegen ließ, empfand er eine seltsame Erleichterung darüber, dass seine Mutter nicht dabei war, weil sie ihn vor lauter Angst, er könnte ertrinken, bestimmt längst ans Ufer zurückgerufen hätte.

Später setzte er sich mit seinem Zeichenblock an den Strand und beobachtete, wie Eltern mit ihren kleinen Kindern spielten und ältere Paare in Strandkörben verärgert die Stirn runzelten, weil ein paar Teenager, die ein Stück weiter auf ihren Handtüchern lagen, laut Rock'n'Roll-Musik aus ihrem Transistorradio hörten. Ein Vater baute mit seinem Sohn eine riesige Sandburg. Ronnie begann das einfache Bauwerk zu zeichnen, schmückte es auf dem Papier aber mit Befestigungswällen, Türmen, Drachenstatuen, einer Zugbrücke und einem Burggraben aus. Ganz schnell wurde daraus seine eigene Version von Camelot, wo der Mann und der Junge als mittelalterliche Ritter lebten.

Nicht weit von ihm entfernt saßen drei etwa sechzehnjährige,

Badeanzüge tragende Mädchen und verfolgten den Ringkampf zweier etwas älterer Jungen, die sich bemühten, männlich zu wirken, ohne gleichzeitig ihre sorgfältig gestylten Frisuren zu ruinieren.

Eines der Mädchen bemerkte, dass er zeichnete. Sie kam zu ihm, um ihm zuzusehen. »Ich heiße Sally«, stellte sie sich vor, nachdem sie neben ihm im Sand Platz genommen hatte. »Und wie heißt du?« Er sagte es ihr. Sie hatte braunes Haar, große Brüste und einen sinnlichen Mund. »Darf ich dich zeichnen?«, fragte er.

Sie nickte. Ihr Blick wirkte offen und selbstbewusst. »Klar.« Ihre Freundinnen gesellten sich zu ihnen. Eine von ihnen sagte, er sehe aus wie Billy Fury. Die andere pflichtete ihr bei.

Am Ende zeichnete er sie alle drei, während sie ihm Fragen stellten und von einer Strandparty erzählten, die am nächsten Abend stattfinden sollte. Sally starrte ihn die ganze Zeit an. »Du musst unbedingt kommen«, sagte sie. Als er in ihre warmen Augen sah, spürte er ihr Verlangen und schlagartig auch sein eigenes.

»Ich werd's versuchen«, antwortete er.

Ihre Freundinnen kicherten, während die beiden älteren Jungen im Hintergrund irgendetwas murmelten und die einsetzende Flut sich daran machte, die Sandburg zu zerstören.

Am nächsten Morgen öffnete der Himmel seine Schleusen. Ein Sommergewitter war aufgezogen. Ronnie vertrieb sich die Zeit bis der Regen aufhörte und die Sonne wieder zum Vorschein kam, mit einem Ladenbummel.

Am Marktplatz betrat er einen Herrenausstatter, ein großes Geschäft. Mehrere Verkäufer eilten geschäftig im Laden umher und bedienten die Kunden. Ronnie stellte sich neben einen Krawattenständer und sah zum Fenster hinaus. Der Regen schien schon etwas nachzulassen.

»Kann ich Ihnen helfen?« Ein Verkäufer mittleren Alters war neben ihn getreten.

»Ich brauche eine neue Krawatte.«

»Für eine besondere Gelegenheit?«

»Die Hochzeit meines Cousins.« Wieder sah er aus dem Fenster. Der Regen ließ tatsächlich nach. Im Hintergrund beschwerte sich ein ziemlich korpulenter Mann darüber, dass die Schneider heutzutage viel engere Hosen nähen würden als früher, während seine ebenfalls nicht gerade schlanke Frau die Augen verdrehte.

»Haben Sie schon eine entdeckt, die Ihnen gefällt?«

Er deutete auf eine.

»Vielleicht möchten Sie sie mal anprobieren? Da drüben ist ein großer Spiegel.«

Mittlerweile regnete es fast gar nicht mehr. Er beschloss zu gehen. Bestimmt gab es auch noch andere Läden, wo man Krawatten kaufen konnte.

In dem Moment sah er die beiden Jungen vom Strand.

Sie standen mit verschränkten Armen und gelangweiltem Blick neben dem Brunnen.

Einer von ihnen entdeckte ihn durch das Fenster und stieß den anderen an. Ihre Mienen verfinsterten sich.

»Ja, ich probiere sie mal an.«

»Der Spiegel ist dort drüben in der Nische.«

Er wandte sich in die betreffende Richtung – und hörte in seinem Kopf eine Stimme.

Raus hier. Nichts wie raus. Verlass diesen Ort und komm nie wieder zurück.

Aber er konnte nicht. Noch nicht.

Außerdem, was hatte er zu befürchten? Was konnte ihm hier schon passieren?

Wenige Augenblicke später stand er vor dem Spiegel und starrte auf seine Schuhe, die vom Regen noch ganz feucht waren, genau wie sein Haar. Ein Tropfen Wasser fiel von seiner Stirn auf den Boden. Er sah ihn fallen.

Hinter ihm waren Schritte zu hören. Schnelle, zielstrebige Schritte. Eine Hand legte sich auf seine Schulter.

Er hob den Kopf und blickte in den Spiegel.

Mr. Clark sah auf die Uhr. Er saß in einem Café und wartete auf Ronnie. Sie hatten vereinbart, sich um eins zum Mittagessen zu treffen, und nun war es schon Viertel nach.

Einen Moment lang fragte er sich besorgt, ob Ronnie wohl in Schwierigkeiten steckte, verwarf diesen Gedanken aber gleich wieder. Ronnie war ein vernünftiger Junge, der nie etwas Unbesonnenes tat. Er hatte bloß die Zeit übersehen, das war alles.

Er winkte einer Kellnerin, um zu bestellen.

Von diesem Tag an lehnte Ronnie jedes Mal höflich, aber bestimmt ab, wenn Archies Vater vorschlug, sich mittags zu treffen. »Das ist sehr freundlich, Mr. Clark, aber ich möchte nicht, dass Sie meinetwegen Ihr Tagesprogramm unterbrechen.« Den Rest des Urlaubs sah er Ronnie nur noch beim Frühstück und abends.

Von einer einzigen Ausnahme abgesehen. Als er an einem strahlend schönen Nachmittag drei Tage nach dem Unwetter an The Terrace vorüberkam, entdeckte er Ronnie mit seinem Zeichenblock auf den Knien auf der Grünfläche gedankenverloren vor sich hinstarrend.

Er ging weiter, ohne Ronnie anzusprechen, weil er ihn nicht in seiner Konzentration stören wollte.

Der kleine Ronnie Sunshine, vierzehn und rastlos.

Der kleine Ronnie Sunshine, bereit, die Kindertage hinter sich zu lassen.

Der kleine Ronnie Sunshine, allein in einer neuen Stadt, der Musik in seinem Inneren lauschend.

Während jener langen Sommertage nahmen die wirren Tonfolgen endlich Gestalt an.

Das erste Meisterwerk war zu hören.

Oktober. Charles Pembroke fuhr Anna zum Bahnhof. Es regnete heftig, die Scheibenwischer liefen auf Hochtouren. Während der Fahrt erzählte Anna ihm eine Geschichte, die ihr Freund von der Schleuse ihr berichtet hatte. Es ging dabei um ein Boot, das sich nachts aus seiner Vertäuung gelöst hatte und zwei Kilometer den Fluss hinuntergetrieben war. Wie immer, wenn sie zu Ronnie fuhr, klang ihre Stimme sehr aufgeregt.

Im Wagen war es warm. Nachdem er sein Fenster einen Spalt geöffnet hatte, spürte er den Luftzug und Regentropfen auf seiner Wange. »Stört es Sie?«, fragte er, obwohl er genau wusste, dass sie nichts dagegen haben würde. Nicht, wenn sie zu Ronnie fuhr.

Anna trug ein einfaches, leicht altmodisch wirkendes blaues Kleid. Sie gab wenig Geld für Kleidung aus, sparte es lieber für Ronnie, aber das machte nichts, sie hätte einen Kartoffelsack anhaben können und trotzdem noch hübsch ausgesehen.

Sie war am Ende ihrer Geschichte angelangt. »Ich wette, Sie sind froh, wenn Sie mein Geplapper nicht mehr hören.«

»Ja, ich werde den seltenen Luxus eines ruhigen Arbeitszimmers in vollen Zügen genießen.« Er lächelte, um ihr zu zeigen, dass er nur scherzte. In Wirklichkeit würde es ihm ohne sie richtig leer vorkommen.

Sie erreichten den Bahnhof. Es goss noch immer in Strömen, und sie hatte keinen Schirm. Er reichte ihr seine Zeitung. »Hier, nehmen Sie die.«

»Sie haben doch das Kreuzworträtsel noch gar nicht gelöst.«

»Das hat ohne Sie sowieso keinen Sinn mehr. An wem soll ich denn jetzt meine Wut auslassen, wenn ich beim letzten Wort hängen bleibe?«

Sie lachte. Ihr Gesicht war ungeschminkt, sie trug nicht einmal Lippenstift. Ronnie mochte das nicht. Er hatte zu ihr gesagt, sie brauche kein Make-up, um hübsch zu sein.

Hätte er ihr das doch auch sagen können!

Stattdessen wünschte er ihr eine gute Reise und schöne Ferien.

Während sie über den Bahnhofsvorplatz eilte, brauste ein junger Mann auf einem Motorrad vorbei und bespritzte sie von oben bis unten mit Wasser, hielt es jedoch nicht für nötig anzuhalten und sich bei ihr zu entschuldigen. Charles wäre am liebsten aus dem Wagen gesprungen und hätte den Fahrer von seiner Maschine gezerrt und niedergeschlagen.

Anna aber bekam von der ganzen Sache überhaupt nichts mit, zu groß war ihre Vorfreude auf das Wiedersehen mit Ronnie.

Erst als sie den Eingang erreichte, drehte sie sich noch einmal um – eine schlanke, hübsche Frau in einem billigen blauen Kleid, die eine klatschnasse Zeitung über ihren Kopf hielt. Eine Frau, die die

Härten des Lebens voll zu spüren bekommen hatte, deswegen aber nicht verbittert war. Eine Frau, die nicht viel Bildung besaß, dafür aber so viel Wärme, dass es für einen ganzen Palast reichte und erst recht für ein mit Büchern gefülltes Arbeitszimmer.

Während er ihr ein letztes Mal zuwinkte, spürte er ein schmerzhaftes Ziehen in der Brust.

Ich liebe diese Frau. Ich liebe sie mehr als jeden anderen Menschen, den ich in meinem Leben je geliebt habe.

Sie winkte zurück, dann war sie verschwunden.

Samstagmittag. Anna saß mit Ronnie, Vera, Stan, Peter und Jane am Küchentisch. Es gab von Anna zubereiteten Hühnereintopf. Wenn sie zu Besuch war, verbrachte sie die meiste Zeit mit Kochen und Putzen und all den anderen Pflichten, die Vera ihr sonst noch aufbürdete.

Vera meckerte gerade über ihre neuen Nachbarn. Statt Mr. Jackson, der weggezogen war, wohnten nebenan nun Mr. und Mrs. Smith. Obwohl Vera Mr. Jackson nicht gemocht hatte, hatte sie nie so heftig über ihn geschimpft, wie sie es jetzt über die Smiths tat. Allerdings war Mr. Jackson auch kein Schwarzer gewesen.

»Das mindert die Wohnqualität der Gegend.«

»Das finde ich nicht, Liebes«, meinte Stan in beschwichtigendem Ton.

»O doch. Solche Leute mindern immer die Wohnqualität, Mrs. Brown ist auch dieser Meinung.«

»Sie wäre bestimmt anderer Meinung, wenn Sammy Davis junior nebenan einziehen würde«, erklärte Peter. »In diesem Fall würde sie sich darum reißen, ihn als Erste begrüßen zu dürfen.«

Vera runzelte die Stirn. »Was weißt du schon darüber.«

Peter begann »Old Man River« zu pfeifen und stupste dabei Jane an. Offensichtlich wollte er, dass sie mit einstimmte, aber sie lächelte nur. Anna wusste, dass Jane eigentlich nichts lieber tat, als Vera aufzuziehen, doch an diesem Tag schien sie mit ihren Gedanken anderswo zu sein.

Genau wie Ronnie. Er saß neben ihr und kaute schweigend vor sich hin.

172

»Schmeckt dir der Eintopf?«, fragte sie ihn lächelnd.

Er nickte und erwiderte ihr Lächeln, aber seine Augen blieben ernst. »Sehr gut, Mum. Danke.«

Sie versuchte sich einzureden, dass er nur gelangweilt war. Doch bei ihrem letzten Besuch anlässlich der Hochzeit von Thomas Ende August war er ihr auch schon so merkwürdig still vorgekommen. Das war kurz nach seinem Urlaub in Waltringham gewesen.

Vera schimpfte noch immer. Dabei wurde ihr Ton zunehmend schriller, während ein müde klingender Stan sie vergeblich zu beruhigen versuchte. Anna kannte diese Situation zur Genüge. Ronnie ebenso. Wieder suchte sie seinen Blick, zwinkerte ihm verschwörerisch zu, aber diesmal reagierte er nicht.

Das Essen zog sich hin. Sowohl Ronnie als auch Jane stocherten lustlos in ihrem Essen herum, während Peter und Stan sich eine zweite Portion nahmen. Vera fasste trotz ihrer Seelenqualen ebenfalls noch mal nach. »Ich habe ja nichts gegen die Smiths persönlich«, erklärte sie, als sie den Mund gerade mal nicht voll hatte, »sie gehören bloß nicht hierher.«

»Wohin gehören Sie denn dann, Tante Vera?«, fragte Ronnie unvermittelt.

»Dahin, wo sie hergekommen sind.«

»Und wo genau ist das?«

»Nun ja, den genauen Ort kenne ich nicht.«

»Aber irgendwo in Afrika.«

»Ja.«

»Kingston, um genau zu sein.«

Vera, nun wieder heftig kauend, nickte.

»Kingston ist die Hauptstadt von Jamaika. Jamaika gehört zu den Westindischen Inseln. Und die wiederum sind noch weiter von Afrika entfernt als Hepton.«

Stan zog den Kopf ein. Anna spürte, wie sich ihr ganzer Körper verkrampfte.

Vera schluckte. »Versuchst du mal wieder, den Schlauberger zu spielen, Ronnie?«

»Nein, Tante Vera. Ich dachte nur, du möchtest vielleicht mehr über die Smiths erfahren. Schließlich sind sie deine Verwandten.«

»Meine was?«

»Deine Verwandten.«

»Ich bin nicht mit Farbigen verwandt!«

»Doch, bist du, zumindest entfernt. Deine Vorfahren kamen aus Afrika, genau wie die ihren. Womöglich haben sie sogar in benachbarten Lehmhütten gehaust.«

»Meine Vorfahren stammen aus Lancashire!«

»Ist das in der Nähe von Kingston?«, fragte Jane in honigsüßem Ton. Peter musste so lachen, dass er sein Essen über den ganzen Tisch prustete.

»Alles Leben begann in Afrika, Tante Vera. Es überrascht mich, dass du das nicht weißt, denn wenn man dich so reden hört, möchte man ja meinen, dass es nichts gibt, was du nicht weißt.«

»Das reicht jetzt, Ronnie«, fuhr Anna ihm rasch in die Parade. Er wandte sich zu ihr um. »Warum?«

»Ronnie...«

»Du meinst, um des lieben Friedens willen? Dann nehme ich alles zurück. Kingston liegt in Afrika, und alles Leben begann im Garten Eden, außer vielleicht das von dreckigen Niggern wie den Smiths. Tante Vera sagt, dass das so ist, und wer sind wir, ihre Worte anzuzweifeln?«

»Ronnie!«

»Am besten, wir beruhigen uns jetzt alle...«, begann Stan.

Vera hatte inzwischen einen hochroten Kopf. »Ich glaube, ein gewisser junger Herr, dessen Namen ich jetzt nicht nennen möchte, hat völlig vergessen, was er und seine Mutter Stan und mir zu verdanken haben. Er vergisst, dass er ohne unsere Großzügigkeit kein Zuhause gehabt hätte und seine Mutter jetzt diesen Job nicht machen könnte, sodass sie beide in irgendeinem Heim für ledige Mütter und Bastarde leben müssten. Ich finde, ein gewisser junger Herr täte sehr gut daran, das nicht zu vergessen.«

Stan rief erneut dazu auf, Ruhe zu bewahren, während Peter höhnisch vor sich hingrinste.

Ronnies Blick blieb auf Anna gerichtet. Seine Augen wirkten eiskalt. Wie die eines Fremden. Stumm flehte sie ihn an aufzuhören.

Nicht, Ronnie. Bitte, bitte, hör auf.

Als er sich wieder an Vera wandte, ließ er plötzlich die Schultern hängen und senkte den Kopf. Seine gesamte Körperhaltung war eine einzige Geste der Unterwerfung. Als er zu sprechen begann, klang auch seine Stimme unterwürfig.

»Du hast Recht, Tante Vera, ich habe mal wieder den Schlaumeier gespielt. Ich weiß, wie viel Mum und ich dir und Onkel Stan zu verdanken haben, und ich bin euch dafür sehr dankbar.«

»Verschwinde«, antwortete Tante Vera. »Und komm mir heute Abend nicht mehr unter die Augen.«

»Na, wer ist jetzt ein dummer kleiner Bastard?«, höhnte Peter.

»Das reicht, Pete«, sagte Stan.

»Ja, halt den Mund, Pete«, fauchte Jane plötzlich. »Halt einfach den Mund!«

Anna griff unter dem Tisch nach Ronnies Hand. Er schob sie weg, stand auf und verließ den Raum.

Ein paar Stunden später. Anna saß mit Ronnie im Amalfi-Café.

»Du darfst das nicht machen.«

Er gab ihr keine Antwort. Auf seinen Stuhl gelümmelt, beobachtete er, wie der Dampf aus seiner Teetasse aufstieg.

»Ronnie?«

»Was machen?« Sein Ton klang gereizt.

»Vera bloßstellen.«

»Warum nicht? Bist du neidisch?«

»Neidisch?«

»Man muss ein bisschen was im Kopf haben, um einen anderen Menschen bloßstellen zu können, selbst wenn es sich nur um Tante Vera handelt. Du hast das nie geschafft. Ich konnte es schon mit sieben.«

Seine grausamen Worte, die so gar nicht zu ihm passten, empfand sie wie einen Schlag ins Gesicht. »Ronnie, das war sehr ungezogen von dir. Wie kannst du so was nur sagen?«

»Und was ist mit den Sachen, die du sagst?«

»Was für Sachen?«

»›Es wird nicht lange dauern.‹ Das hast du zu mir gesagt, als du weggegangen bist. Damals war ich neun. In einer Woche werde ich fünfzehn, und ich bin immer noch hier. Wie lange muss ich noch warten?«

»Nicht mehr lange.«

»Was heißt das? Zehn Jahre? Zwanzig Jahre?«

»Ich weiß, dass es nicht leicht für dich ist…«

»Nein, das weißt du nicht. Du sitzt ja nicht hier fest. Ich bin derjenige, der sich die ganze Zeit anhören muss, wie Tante Vera und Peter über dich lästern. Und über mich. Bekomm ja keinen Höhenflug, Ronnie. Vergiss nicht, wer du bist. *Was* du bist. Und ich muss dasitzen und lächeln und sagen, ja, Tante Vera, natürlich, Tante Vera, du hast ja so verdammt Recht, Tante Vera!«

Er begann mit den Fingern Muster in den Dampf über seiner Tasse zu zeichnen. Sie sah ihm einen Moment wortlos zu, erschrocken über diesen unerwarteten Ausbruch von Wut und Hass.

»Wir werden bald zusammen sein, Ronnie, das verspreche ich dir.«

»Das sind doch bloß Worte. Sie bedeuten nichts.«

»Doch, das tun sie.«

»Ist es das, was mein Vater zu dir gesagt hat?«

»Was meinst du damit?«

Er begann zu lachen. »Ich liebe dich, Anna. Ich finde, du bist etwas ganz Besonderes. Ich verspreche dir, dass ich immer für dich da sein werde. Und du warst dumm genug, ihm zu glauben. Du hast dich von ihm schwängern lassen, und hinterher konnte er es kaum erwarten, sich aus dem Staub zu machen.«

In ihrem Hals bildete sich ein Kloß. Sie konnte das nicht ertragen. Nicht von ihm.

»Du solltest dich schämen«, flüsterte sie.

Er widmete sich weiter dem Wasserdampf. »Es spielt sowieso keine Rolle mehr. Ich brauche ihn nicht, und bald werde ich dich auch nicht mehr brauchen. In ein paar Jahren habe ich eine abgeschlossene Berufsausbildung. Dann kann ich mir einen Job suchen und diese Stadt auch ohne deine Hilfe verlassen.«

Sie starrte auf ihre zitternden Hände. Seine verbale Attacke hatte sie völlig unvorbereitet getroffen. Nie hätte sie erwartet, dass ausgerechnet er so etwas zu ihr sagen würde. Geschockt begann sie zu weinen, während er mit den Fingern auf der Tischplatte herumtrommelte. Die Melodie, die er spielte, hörte nur er selbst.

Dann hielt er plötzlich inne.

Sie sah auf. Er starrte sie an. Die ganze Wut war aus seinem Blick verschwunden, und an ihre Stelle war Bestürzung getreten.

»Mum…«

»Ich hab was im Auge.«

»Es tut mir Leid. Ich hab das alles nicht so gemeint. Ich war nur wütend auf Tante Vera und hab's an dir ausgelassen. Dazu hatte ich kein Recht.«

»Doch, das hattest du. Ich bin diejenige, auf die du wütend sein solltest. Ich weiß sehr wohl, was du aushalten musst. Ich sehe es jedes Mal, wenn ich hier bin. Du hast etwas Besseres verdient. Etwas Besseres als…«

»Dich?«

Er streckte die Hand aus und wischte sanft ihre Tränen weg. »Glaubst du das wirklich?«

»Manchmal.«

»So darfst du nicht denken. Niemals. Peter ist wirklich oft unerträglich, aber im Grunde habe ich Mitleid mit ihm, weil Tante Vera seine Mutter ist. Du bist tausendmal mehr wert als sie. Niemand auf der Welt ist so viel wert wie du.«

Bei seinen Worten wurde ihr richtig warm ums Herz. »Meinst du das ernst?«

»Das weißt du doch.«

Einen Moment lang sahen sie einander wortlos an, dann nahm sie seine Hand und presste sie an ihre Wange.

»Was ist mit dir, Ronnie? Was bereitet dir Kummer?«

»Wieso fragst du das?«

»Weil dir irgendetwas zu schaffen macht. Das ist mir schon bei meinem letzten Besuch aufgefallen.«

»Es geht mir gut, Mum.«

»Wenn etwas nicht in Ordnung ist, möchte ich es wissen.«

»Keine Sorge, Mum, da gibt es nichts.«

»Du kannst mir alles sagen.«

»Das tue ich doch. Ich könnte vor dir nie irgendwelche Geheimnisse haben.«

Dann lächelte er. Sein wundervolles Ronnie-Sunshine-Lächeln. Wenn er so strahlte, sah er richtig schön aus. Ihr Sohn. Ihr Liebling. Ihr Lebensinhalt.

An einem der Nachbartische saßen zwei Mädchen im Teenageralter. Eine von ihnen starrte die ganze Zeit zu ihnen herüber. Vielleicht fand sie ihn auch so schön.

O Gott, lass uns bald zusammen sein. Solange er noch jung ist. Solange er noch mir gehört.

Charles stand in Annas Schlafzimmer und betrachtete die Bilder auf ihrer Kommode.

Das Ganze erinnerte ihn an einen Schrein. Jedes freie Fleckchen war mit Fotos von Ronnie bedeckt. Ronnie als winziges Baby, das auf einem Bett lag und sich neugierig umblickte. Als pausbäckiges Kleinkind, das in einem billigen Studio für den Fotografen grinste. Als kleiner Junge, der mit einer Badehose bekleidet hinter einer Sandburg stand. Als ernster Teenager, der den Kopf in ein Buch vergrub. Neben den Privatbildern gab es acht Schulaufnahmen, je eine für jedes erfolgreich vollendete Schuljahr.

Die Ähnlichkeit mit Anna war verblüffend. Die gleiche helle Hautfarbe, die gleichen Gesichtszüge, das gleiche Lächeln. Die beiden glichen eher Zwillingen als Mutter und Sohn.

Bis auf die Augen. Ihre waren weich, warm und ängstlich, sie ließen einen direkt in ihre Seele blicken. Seine sahen aus wie gefärbtes Glas, schön, aber undurchdringlich. Sie waren keine Fenster zur Seele, sondern Barrieren, die keinen Aufschluss darüber gaben, was in ihm vorging.

Charles griff nach dem neuesten Schulfoto und betrachtete das Gesicht, das darauf zu sehen war. Ein hübsches, intelligentes und sympathisches Gesicht, das trotzdem irgendwie verschlossen wirkte. Das Gesicht, das Anna am allermeisten liebte. Ronnie, ihr Prachtexemplar von einem Sohn.

Vielleicht hatte sie Recht. Vielleicht war Ronnie wirklich ein Prachtexemplar und seine eigenen Zweifel nur aus der Eifersucht eines Mannes geboren, der sich danach sehnte, einen ebenso großen Teil ihres Herzens zu erobern.

Aber Liebe konnte grausam sein. Sie konnte Dinge beschönigen und über vieles hinwegtäuschen. Wie ein Zauberspiegel, der alle Fehler verschwinden ließ und demjenigen, der davor saß, nur das Bild zeigte, das er sehen wollte.

Als er das Foto an seinen Platz zurückstellte, fiel sein Blick für einen Moment auf sein eigenes Spiegelbild. Ein entstelltes Gesicht, das kein Spiegel auf der Welt jemals wieder schön machen konnte. Keine Liebe war so mächtig, dass sie diesen Zauber zuwege brachte.

»Ich beneide dich«, flüsterte er dem Jungen auf dem Foto zu, der seinen Blick erwiderte, ohne dabei etwas von sich preiszugeben.

Ein kalter Novemberabend. Ronnie saß in seinem Zimmer und zeichnete. Vom Fenster aus konnte er die Eisenbahnlinie sehen. Er war wieder in dem Raum gelandet, den er sich einst mit seiner Mutter geteilt hatte. Nun, da Thomas ausgezogen war, beanspruchte Peter ein Zimmer für sich allein.

Ronnie arbeitete in raschem Tempo an einer Skizze weiter, die er ein paar Stunden zuvor begonnen hatte, einem Bild, das seit Waltringham in seiner Erinnerung herumgeisterte, das er aber nie auf Papier zu bannen gewagt hatte. Als es fertig war, kauerte er sich neben sein Bett und tastete nach der losen Bodendiele, die er als kleines Kind entdeckt hatte. Vera und Peter schnüffelten oft in seinen Sachen herum. Manche Dinge aber waren privat und nicht für die Augen anderer bestimmt: Dinge, die nur ihn etwas angingen.

Nachdem er die Zeichnung versteckt hatte, verließ er sein Zimmer. Unten waren Schüsse zu hören. Vera und Stan sahen sich *Danger Man* an. Ronnie mochte die Sendung, aber Vera war beim Abendessen schlechter Laune gewesen und würde ihm bloß wieder irgendwelche Vorhaltungen machen, wenn er sich im Wohnzimmer blicken ließ. Besser, er ging gar nicht erst hinunter.

Aus Peters Zimmer drang Musik, der nasale Gesang von Adam Faith. Jane, die sich bei Peter aufhielt, mochte Adam Faith. Ronnie fragte sich, was die beiden wohl gerade trieben. Da ihm langweilig war und er Zerstreuung suchte, schlich er zu ihrer Tür. Sie hatten sie nicht richtig geschlossen. Er rechnete damit, unterdrücktes Lachen zu hören oder schwachen Protest, gefolgt von lustvollem Stöhnen. Doch dem war nicht so. Die beiden klangen eher sorgenvoll. Im Flüsterton schmiedeten sie Pläne, die nur sie beide etwas angingen.

Samstagnachmittag. Mabel Cooper stand hinter der Theke ihres Tante-Emma-Ladens und sah zu, wie Ronnie die Glasgefäße mit den Süßigkeiten auffüllte. Er arbeitete mittlerweile nicht nur in den Schulferien bei ihr, sondern auch jeden Samstagnachmittag. Ein Segen für sie und Bill, die beide nicht mehr die Jüngsten waren.

»Ich weiß, dass das deine Lieblingssorte ist«, meinte sie lächelnd, während er mit den Karamellbonbons hantierte. »Nimm dir ruhig ein paar.«

Grinsend schob er sich eines in den Mund. Sie musste an den ernsten kleinen Jungen denken, dem seine Mutter immer Zeichenblöcke gekauft hatte, und empfand fast so etwas wie Stolz, weil er sich zu einem so prächtigen jungen Mann entwickelte. Er würde nicht als einfacher Fabrikarbeiter enden, der davon träumte, als neueste Pop-Entdeckung Ruhm zu erlangen. Ronnie hatte andere Zukunftsaussichten. Er war klug, diszipliniert und vernünftig und sah noch dazu gut aus. Die Mädchen im Teenageralter blieben länger als sonst im Laden, wenn Ronnie da war. Meist steckten sie dann vor dem Zeitschriftenständer die Köpfe zusammen und flüsterten kichernd miteinander.

»Aber nur ein paar! Wenn du sie alle aufisst, verdiene ich ja nichts mehr.«

Grinsend arbeitete er weiter.

»Und du sagst, Jane geht es nicht gut? Es tut mir Leid, das zu hören.«

»Es ist nichts Ernstes«, antwortete er. »Nur so ein hartnäckiges Virus. Sie hat Probleme, es wieder loszuwerden.«

»Was denn für ein Virus?«

»Sie muss sich oft übergeben.«

»Oje, das arme Ding.«

»Das Seltsame ist allerdings, dass ihr immer nur morgens schlecht ist.« Ronnie füllte die letzten Bonbons ein. »So, fertig.«

Mabel starrte ihn an. In ihrem Gehirn surrte es.

»Geht es Ihnen nicht gut, Tante Mabel?«

»Doch. Könntest du noch die Konservendosen auszeichnen? Sie sind draußen im Vorratsschrank.«

»Natürlich.« Er machte sich gleich auf den Weg.

Mabel schwor sich, nicht zu tratschen. Bill schalt sie deswegen immer, nannte sie das größte Plappermaul der Stadt.

Die Ladenglocke ertönte. Eine Kundin betrat den Laden, Mrs. Thorpe aus Nummer 13. »Hallo, Mabel. Was gibt's Neues?«

Mittwochabend. Ronnie saß auf der Treppe und lauschte dem Streit, der unten im Wohnzimmer im Gange war.

»Hattest du eigentlich vor, es mir irgendwann zu erzählen?«, brüllte ein Mann mit tiefer Stimme. Janes Vater.

»Natürlich.« Jane war in Tränen aufgelöst.

»Lüg mich nicht an, Mädchen!«

»Tu ich doch gar nicht!«

»Hören Sie auf, sie anzuschreien!«, mischte sich Peter ein, der dazu seinen ganzen Mut zusammennehmen musste.

»Sag du mir nicht, was ich tun soll! Es ist schließlich deine Schuld, dass sie jetzt in diesem Schlamassel steckt!«

»Wir sollten alle nicht so schreien«, mahnte Stan, wie immer ohne Erfolg. »Denkt an die Nachbarn.«

»Die Nachbarn!«, rief Vera mit schriller Stimme. »Dafür ist es jetzt ein bisschen spät. Die ganze verdammte Straße weiß Bescheid!«

»Aber woher?«, meldete sich Peter wieder zu Wort. »Wir haben es niemandem erzählt.«

»Das spielt jetzt keine Rolle mehr. Tatsache ist, dass sie es wissen. Und deswegen ist es zu spät, um etwas zu unternehmen. Kein Mensch glaubt uns jetzt noch, wenn wir sagen, dass es eine Fehlgeburt war. Kein Mensch!«

181

»Habe ich Sie gerade richtig verstanden?«, fragte Janes Vater erschrocken.

»Natürlich, was denn sonst?«, gab Vera entnervt zurück.

»Meine Tochter ist Katholikin. Es kommt nicht in Frage, dass sie ihr eigenes Kind ermordet!«

»Dad!« Jane schluchzte noch immer.

»Sie könnte das Baby doch zur Adoption freigeben.« Endlich mal ein vernünftiger Vorschlag von Stan.

»Ja, warum nicht?« Peter griff begierig nach jedem Strohhalm.

»Damit meiner Tochter den Rest ihres Lebens das Stigma anhaftet, ein uneheliches Kind zur Welt gebracht zu haben? Nur über meine Leiche! Die beiden heiraten, und zwar schnellstmöglich.«

Später, als Jane und ihr Vater gegangen waren und Vera und Stan ihren Kummer im Pub ertränkten, schlich Ronnie in Peters Zimmer.

Peter stand an der Wand und starrte auf den Boden. »Verschwinde.«

»Geht es dir nicht gut?«

»Blöde Frage. Was denkst du denn?«

»Wann soll es denn so weit sein?«

»Das Kind kommt Ende Mai, es muss also vorher über die Bühne gehen.«

»Eine Zeremonie wird auch nichts daran ändern. So eine Mussheirat ist nicht dasselbe wie eine richtige Hochzeit. Für die meisten Leute hier in der Gegend wird es trotzdem ein uneheliches Kind sein, und du weißt ja, was das bedeutet.«

Peter sah auf. »Was denn?«

»Dass ich bald nicht mehr der einzige dumme kleine Bastard in der Familie sein werde.« Er begann zu lachen.

»Halt den Mund!«

Ronnie, der nicht aufhören konnte, schüttelte den Kopf.

Peter verpasste ihm einen Kinnhaken. »Halt den Mund! Halt den Mund!«

Aber Ronnie konnte nicht. Selbst als er bereits am Boden lag

und Peters Schläge auffing, lachte er weiter, als würde es ihn gleich
zerreißen.

Dezember. »*Ein hervorragendes Halbjahr, was die schulischen
Leistungen betrifft. In puncto Verhalten gab Ronnie diesmal allerdings Anlass zu kleineren Beanstandungen. Seine Lehrer berichten,
er sei zwar stets höflich, wirke jedoch oft ein wenig zerstreut. Seine
eigenen Gedanken scheinen ihn mehr zu beschäftigen als der
Unterricht. Das ist bei Jungen seines Alters nicht ungewöhnlich und
daher kein unmittelbarer Grund zur Sorge. Dennoch hoffe ich,
dass sich das bald wieder geben wird. Ein Junge mit Ronnies außer-
gewöhnlichem Potenzial sollte keine Gewohnheiten entwickeln,
die seinen zukünftigen Fortschritten hinderlich sein könnten.*«

Februar 1961
Charles saß am Bett seiner Stiefmutter, das sie inzwischen nicht
mehr verließ. In den letzten Wochen hatte sich ihre Welt auf ihr
Schlafzimmer reduziert.

Er las ihr aus einem edel gebundenen Buch Gedichte von Keats
vor. Keats war ihr Lieblingsdichter. Auf die erste Seite hatte sein
Bruder Jimmy mit schwungvoller Schrift geschrieben: »Meiner geliebten Mutter zum Geburtstag. In Liebe, Jimmy.« Die Widmung
war vom 17. Mai 1939 datiert. Nur wenige Monate später hatte der
Krieg begonnen, der ihn ihr für immer wegnehmen sollte.

»Welches möchtest du als Nächstes hören?«, fragte er.

»Ode an den Herbst.«

Er lächelte. Der Herbst war seit jeher ihre liebste Jahreszeit. Die
Zeit des Nebels und der reifen Früchte. Außerdem war Jimmy im
Herbst zur Welt gekommen.

Genau wie Ronnie. Anna hatte ebenfalls eine Vorliebe für den
Herbst.

»Den nächsten werde ich nicht mehr erleben. Das weiß ich von
meinem Arzt. Höchste Zeit, mich zu versöhnen.«

»Ich wüsste nicht, mit wem du dich versöhnen müsstest.«

»Nein?« Sie sah ihn mit bekümmerter, fast ängstlicher Miene an, eine kleine, zerbrechlich wirkende Frau, deren Haut an hauchdünnes Reispapier erinnerte. Er wusste, dass dieses Gespräch unvermeidlich war, auch wenn er ihr am liebsten gesagt hätte, dass dafür keine Notwendigkeit bestehe. Aber es war wohl doch nötig, zumindest für sie.

»Ich sehe dich immer noch vor mir. Wie du warst, als du zu uns kamst. Ein zehnjähriger Junge, der gerade die einzigen Bezugspersonen in seinem Leben verloren hatte. Der allein in einen Zug gesetzt worden war, um schließlich in einem fremden Haus zu landen, bei Verwandten, die ihm ebenfalls völlig fremd waren. Wenn ich jetzt daran denke, ist mir klar, wie verängstigt du gewesen sein musstest und wie sehr du dich danach sehntest, von uns akzeptiert zu werden. Damals aber war mir das nicht klar. Ich habe in dir nur eine potenzielle Gefahr für Jimmy gesehen.«

»Du hattest dafür sicher deine Gründe.«

»Macht es das besser?«

»Ich habe es jedenfalls verstanden.«

»Das mag jetzt so sein, aber damals bestimmt nicht. Wie hättest du es auch verstehen sollen? Du warst doch noch ein Kind.« Sie hatte feuchte Augen. »Was du alles getan hast, um meine Zuneigung zu gewinnen! Wie du es versucht hast, immer und immer wieder!«

»Genau wie Jimmy bei Vater.«

»Du hättest mich hassen können. Ich hätte es verdient gehabt. Stattdessen hast du mich mit mehr Wertschätzung behandelt, als Jimmy es je für nötig hielt.« Sie deutete auf das Buch. »Ich weiß, dass du das gekauft hast, damit Jimmy es mir schenken konnte. Du selbst hast mir einen Schal in einer Farbe geschenkt, von der du wusstest, dass ich sie nicht mag. Auf diese Weise wolltest du verhindern, dass dein Geschenk das seine in den Schatten stellt.«

»Geschenke sind doch nur Gesten. Wichtig ist das Gefühl, das dahintersteckt. Was man für jemanden empfindet.«

»Und was hat Jimmy für mich empfunden? Was hat er in mir gesehen? Letztendlich doch nur eine niemals endende Geldquelle. Das ist die traurige Wahrheit. Und trotzdem habe ich ihn geliebt.

Ich konnte nichts dagegen tun. Als er starb, wünschte ich, es hätte statt seiner dich getroffen. Das habe ich dir damals ja auch gesagt ...«

Sie begann zu schluchzen. Er griff nach ihrer Hand, die durch ihre Arthritis fast wie eine Klaue wirkte, und drückte sie, so vorsichtig er konnte.

»Als Eleanor dich verließ, hat mich das mit Freude erfüllt. Ich bin eigens ins Krankenhaus gefahren, um dir das zu sagen.«

»Du warst damals voller Schmerz und nicht du selbst.«

»Und was ist mit deinem Schmerz? Du wirst mich damals abgrundtief gehasst haben.«

»Möglich. Aber zugleich habe ich dich irgendwie verstanden, das musst du mir glauben. Liebe kann etwas Schreckliches sein und mehr Schmerz verursachen als jede körperliche Wunde. Nachdem Eleanor gegangen war, wollte ich nie wieder einen Menschen lieben.«

»Aber nun tust du es doch.«

Er schwieg.

»Glaubst du, ich hätte das nicht gemerkt?«

»Sie wird meine Gefühle nie erwidern. Für sie bin ich nur ein Freund. Ich akzeptiere das.«

»Vielleicht musst du das gar nicht. Wenn ich nicht mehr bin ...«

»Was meinst du damit?«

»Nichts. Gar nichts.«

Einen Moment lang schwiegen sie. Mittlerweile waren ihre Tränen versiegt. Sie hatte gesagt, was sie auf dem Herzen gehabt hatte. Er hoffte, dass sie nun Frieden mit sich selbst schließen konnte.

»Aber Charlie, eins muss dir klar sein. Der Junge wird immer an erster Stelle stehen. Wie sehr sie dich eines Tages auch lieben mag, ihn wird sie immer mehr lieben als dich. Fünfzehn Jahre lang war er ihr Lebensinhalt, genau wie dein Bruder es für mich war. Wenn man einen Menschen derart liebt, kommt nichts dagegen an, auch wenn man sich vielleicht wünscht, es wäre anders.«

»Hast du dir das denn jemals gewünscht?«

»O ja. Jetzt aber wünsche ich mir nur noch, ihn noch einmal sehen zu können. Nur ein einziges Mal, bevor ich sterbe. Ich sehne mich danach, ihn lächeln zu sehen. Und ihm zu sagen... ihm zu sagen...«

Sie begann wieder zu weinen. »Nicht«, sagte er.

»Würdest du mich in den Arm nehmen?«

Er beugte sich über sie. Plötzlich schüttelte sie den Kopf.

»Es macht mir nichts aus«, flüsterte er. »Tu ruhig so, als wäre ich Jimmy.«

Sie schlang die Arme um seinen Hals und drückte ihn mit der ganzen Kraft an sich, die noch in ihrem schwachen Körper steckte.

Im März schlief Mrs. Pembroke friedlich ein. Ihre Beerdigung fand in der Kendleton Church statt. Nur die wenigen Menschen wohnten ihr bei, die sie in dieser Stadt gekannt hatten. Anna hoffte, die Sandersons würden aus Hepton anreisen, aber beide waren zu kränklich, um die Fahrt zu wagen. Sie saß mit Charles in der vordersten Bank und weinte still vor sich hin, während der Pfarrer seine Predigt hielt. Seit es passiert war, hatte sie viel geweint. Obwohl sie glücklich darüber war, dass Ronnie und sie nun zusammen sein konnten, hatte sie einen Menschen verloren, der ihr weit mehr Güte und Zuneigung entgegengebracht hatte als die Ersatzfamilie, bei der sie so viele Jahre lebte.

Zwei Tage später wurden sie von Mrs. Pembrokes Anwalt Andrew Bishop aufgesucht, einem großen, untersetzten Mann mit einem runden Gesicht und grauen Augen, der in den vorangegangenen Monaten ein regelmäßiger Gast in ihrem Haus gewesen war. Er nahm an Charles' Schreibtisch Platz, um das Testament der Verstorbenen zu verlesen.

»Bitte entschuldigen Sie, dass ich Sie habe warten lassen«, wandte er sich an Anna.

»Das haben Sie nicht.«

»Wie geht es Ihrem Sohn? Ronnie, nicht wahr?«

»Ja. Es geht ihm gut, danke. Und Ihrer Stieftochter Susan?«

»Auch gut.«

»Ich sehe sie oft am Fluss spazieren gehen. Sie ist ein sehr schönes Mädchen, aber das wissen Sie ja selbst.«

»Bitte sagen Sie das nur nicht zu Susan. Ihre Mutter und ich wol-

186

len nicht, dass sie hochmütig wird.« Er lachte verlegen, als würde er sich plötzlich unwohl fühlen. »Und nun zum Testament. Es handelt sich um ein sehr einfaches Dokument. Der Großteil des Vermögens geht an Mrs. Pembrokes Sohn Charles. Sie hat allerdings auch mehrere andere Personen großzügig bedacht. Zum einen die Sandersons, die Sie ja kennen, wenn ich richtig informiert bin. Außerdem die Köchin, die Putzfrau und den Gärtner.«

»Und mich.«

Er rieb sich die Nase. »Das ist der springende Punkt.«

»Wie meinen Sie das?«

Er räusperte sich. »Anna Sidney, meiner treuen Gesellschafterin und Freundin, hinterlasse ich nichts, weil ich der festen Überzeugung bin, dass andere für sie sorgen werden.«

Einen Moment lang war Anna so entsetzt, dass es ihr die Sprache verschlug.

»Mir ist bewusst, dass Sie das sehr befremden muss. Ich glaube …«

Sie fand ihre Stimme wieder. »Das kann nicht sein.«

»Ich fürchte, doch.«

»Nein! Das ist völlig unmöglich! Sie hätte mir das niemals antun können!«

Er sagte wieder etwas, aber sie hörte ihn nicht mehr. Das Tosen in ihrem Kopf übertönte alle anderen Geräusche. Sie beugte sich über den Schreibtisch und entriss ihm das Dokument, weil sie sich sagte, dass er sich verlesen haben musste.

Aber dem war nicht so. Da stand es, schwarz auf weiß. Ein einziger Satz, der all ihre Hoffnungen und Träume zerstörte.

Eine halbe Stunde später. Anna eilte den Fluss entlang. Es regnete. Ein scharfer Wind blies über das Wasser. Obwohl sie keinen Mantel trug, fühlte sie die Kälte nicht. Sie war noch viel zu geschockt über den Verrat ihrer Arbeitgeberin, um etwas zu spüren.

Schließlich flüchtete sie sich unter einen Baum. Gegen seine raue Rinde gelehnt, die Arme um den Körper geschlungen, versuchte sie zu begreifen, wie es dazu hatte kommen können, und was sie und Ronnie nun tun sollten.

Sie würde noch einmal ganz von vorn anfangen müssen. Aber wie? Die letzten sechs Jahre ihres Lebens hatte sie vergeudet, auf leere Versprechungen gebaut, und nun fühlte sie sich ausgelaugt und müde. So müde, dass sie nicht einmal mehr weinen konnte.

»Anna.«

Charles stand mit einem großen Schirm und ihrem Mantel vor ihr. »Hier, ziehen Sie den an. Sonst erkälten Sie sich noch.«

»Wie konnte sie mir das nur antun? Ich verstehe das nicht.«

Er blickte verlegen zu Boden. »Ich schon, glaube ich. Sie wollte mir damit wohl helfen. Ein unsinniger Versuch, vergangenes Unrecht wieder gutzumachen.«

»Wie meinen Sie das?«

»Haben Sie es noch nicht erraten?«

»Was erraten?«

»Dass ich Sie liebe.«

Er sah sie an. Sein Blick wirkte ängstlich. Verletzlich. Wie der eines Kindes.

»Ich liebe Sie, Anna. Ich liebe alles an Ihnen. Ihr Lächeln. Ihre Stimme, die Art, wie Sie über meine schrecklichen Witze lachen. Wie Sie an Ihrem linken Ohr herumzupfen, wenn Sie nervös sind. Wie sich Ihr Gesicht aufhellt, wenn Sie über Ronnie sprechen. Wie Sie es schaffen, ihn in jedes Gespräch einzuflechten. Ich liebe sogar die Art, wie Sie bei unseren Spaziergängen hier am Fluss jeden Vogel und jede Pflanze beschreiben und über die Form jeder noch so schlichten kleinen Wolke in Verzückung geraten, als hätten Sie noch nie zuvor eine gesehen. In meinem ganzen Leben habe ich noch nie einen Menschen so geliebt wie Sie, und wenn ich Sie meine Frau nennen dürfte, wäre ich der glücklichste Mann auf Erden.«

Anna hatte das Gefühl, als würde der Boden unter ihren Füßen nachgeben. Sie presste sich fest gegen den Baum, während der Wind an ihrem Rock zerrte.

»Und Sie halten das für den richtigen Weg?«

»Glauben Sie denn, ich wollte das? Wenn ich gewusst hätte, was sie plante, hätte ich sie davon abgehalten. Das müssen Sie mir glauben.«

Sie starrten sich an. Anna wusste nicht mehr, was sie denken sollte. Er war ihr Freund, und sie hätte ihm so gern vertraut. Aber sie hatte auch seiner Mutter vertraut.

»Was bleibt mir für eine Wahl?«

»Sie haben zwei Möglichkeiten.«

»Sie zu heiraten oder nach Hepton zurückzugehen. Das ist für mich keine Alternative.«

Er schüttelte den Kopf. »Das habe ich auch nicht gemeint.«

»Was dann?«

»Die erste Möglichkeit ist in der Tat, mich zu heiraten. Wir könnten hier zusammen leben. Ronnie würde zu uns kommen, und ich würde mein Bestes tun, um ihm ein guter Vater zu sein. Ich weiß, dass Sie mich nicht lieben, aber vielleicht würde sich das mit der Zeit ändern. Manchmal kann aus Freundschaft Liebe werden.«

»Und die andere Möglichkeit?«

»Ich gebe Ihnen alles, was mir meine Mutter hinterlassen hat.«

Zum zweiten Mal an diesem Tag war sie sprachlos.

»Das können Sie nicht.«

»Ich habe selbst genug Geld, ich brauche das ihre nicht.«

»Aber was würden Sie dann machen?«

»Vielleicht nach Amerika zurückgehen. Mein altes College würde mich bestimmt wieder nehmen.« Er lächelte. »Vorausgesetzt, ich würde einen Kurs in Schönschrift belegen und versprechen, während meiner Vorlesungen nicht mehr einzuschlafen.«

Sie brach in Tränen aus.

»Anna …«

»Ich möchte nicht, dass Sie weggehen.«

»Warum nicht?«

»Weil …«

»Weil?«

»Weil Sie mein Freund sind.« Sie wischte sich über die Augen. »Ein richtiger Freund. Jemand, der mich nicht verurteilt hat und mir auch nie das Gefühl gibt, ich müsste mich schämen. Solche Menschen hat es in meinem Leben nicht viele gegeben.«

»Ich werde immer Ihr Freund sein. Das ist Ihnen doch hoffentlich klar, oder? Ich weiß, dass Sie mich nicht heiraten werden. Sie

189

sind jung und hübsch und haben etwas Besseres verdient als einen so alten, hässlichen Mann wie mich. Das akzeptiere ich. Aber Sie müssen Ihrerseits akzeptieren, dass ich Sie immer liebe und Ihr Freund sein werde. Wo ich mich auch aufhalte, ich werde immer an Sie denken, und wenn Sie mich jemals brauchen, werde ich für Sie da sein.«

Sie blickte auf den Fluss hinaus. Ein Schwan bewegte sich gerade flügelschlagend über die Wasseroberfläche, um sich wenige Augenblicke später majestätisch in die Lüfte zu erheben.

Er hielt ihr den Mantel hin. Diesmal griff sie danach. »Lassen Sie uns zurückgehen«, sagte er.

»Ich möchte noch ein bisschen allein sein. Über alles nachdenken. Das verstehen Sie doch, oder?«

»Ja.«

»Danke.«

Während sie ihren Weg am Fluss entlang fortsetzte, sah sie zum grauen Himmel empor, dem davonfliegenden Schwan hinterher.

April. Auf der Hepton High Street herrschte viel Betrieb. Die fünfzehnjährige Catherine Meadows, die ihre Internatsferien zu Hause verbrachte, betrachtete in einem Schaufenster ihr Spiegelbild und lächelte bei dem Gedanken, dass niemand ihr etwas ansah.

Sie war schlank und zierlich, ein hübsches Mädchen mit großen blauen Augen und weichen, zarten Gesichtszügen. An diesem Tag trug sie eine Bluse, eine Strickjacke und einen knielangen Rock und hatte ihr blondes Haar mit einem Band zurückgebunden. Sie wirkte wie ein Mädchen, das in der Schule fleißig lernte, nette Freunde hatte und keine Zeit mit Jungen verschwendete, die nicht zu ihr passten. Ein Mädchen, das ihren Eltern niemals Sorgen machen würde.

Ein Mädchen, das bestimmt nie an Sex dachte.

Aber genau das tat sie. Ununterbrochen. Sie hatte ihre Unschuld im Sommer zuvor an einen Jungen verloren, den sie im Urlaub kennen gelernt hatte. Er hatte Gedichte für sie geschrieben und ihr gesagt, dass er sie liebe. Sie aber hatte seine Liebe nicht gewollt, nur die körperliche Erfahrung, und nach dem Akt war sie gegangen, ohne sich noch einmal umzublicken.

Seitdem hatte es zwei andere gegeben, beide verheiratet. Der eine war ein Freund ihres Vaters, den sie schon seit ihrer Kindheit kannte, der andere ein Handwerker an ihrer Schule, mit dem sie sich am Sonntagnachmittag in einem Schuppen außerhalb des Schulgeländes traf. Sie hatte beide mit Bedacht ausgewählt: ältere Männer, die genug Erfahrung besaßen, um den Akt für sie lustvoll zu gestalten, andererseits aber zu viel riskierten, um damit zu prahlen, dass sie eine Affäre mit einer Minderjährigen hatten. Noch dazu mit einer, die nach außen hin eine so perfekte Fassade der Unschuld aufrechterhielt. Jungen in ihrem Alter interessierten sie nicht. Sie waren noch zu linkisch, um ein Mädchen wirklich zu befriedigen, und neigten gleichzeitig zum Angeben, was das Ganze unkalkulierbar machte. Sie würde mit keinem von ihnen ihre Zeit verschwenden.

Außer mit einem.

Ronnie Sidney saß allein im Amalfi-Café und las einen Brief. Sie ging hinein, holte sich eine Tasse Tee und gesellte sich zu ihm. Am Nachbartisch unterhielten sich ein paar Jungen, die alle Lederjacken trugen und Unmengen von Pomade im Haar hatten, über ihr Vorhaben, gemeinsam eine Popgruppe zu gründen. Einer von ihnen zwinkerte ihr zu. Als sie sich abwandte, lachte er. Offensichtlich hielt er sie für eine prüde Jungfrau. Innerlich musste sie ebenfalls lachen.

Ronnie trug einen grauen Pullover. Sein Haar war ordentlich gekämmt. Er war ein gut aussehender, respektabel wirkender Junge, gegen den nicht einmal ihre Eltern und ihre Großmutter etwas einzuwenden gehabt hätten. Die drei schimpften ständig über die Jugend von heute: über ihre laute Musik, ihre extravagante Kleidung und ihr meist sehr flegelhaftes Benehmen. Ronnie aber hätten sie bestimmt als löbliche Ausnahme betrachtet. Genau wie sie selbst.

Als sie sich setzte, schaute er auf. Der Blick seiner graugrünen Augen wirkte alles andere als einladend. Sofort spürte sie wieder die Schmetterlinge in ihrem Bauch. Sie war schon als kleines Mädchen von ihm fasziniert gewesen. Wenn ihre Lehrerin ihn wegen seines vorbildlichen Fleißes und guten Benehmens lobte, hatte sie aufmerksam zugehört und gleichzeitig die gefährliche Spannung unter seinem perfekten Äußeren gespürt. Er war ihr immer wie eine schöne, mit Säure gefüllte Praline erschienen.

»Was willst du?«, fragte er.

»Das ist aber kein besonders netter Empfang.« Sie deutete auf den Brief. »Ist der von deiner Mutter?«

»Ja.«

»Was schreibt sie?«

»Dass sie mich nächste Woche besuchen kommt.«

»Du klingst nicht gerade begeistert. Willst du sie denn nicht sehen?«

»Sie bringt einen Mann mit.«

»Oh.«

Er wandte sich wieder seinem Brief zu. Die Jungen am Nebentisch diskutierten gerade darüber, wer an der Reihe war, Geld in die Jukebox zu werfen.

Catherine ließ Ronnie nicht aus den Augen.

»Das musste ja irgendwann passieren, Ronnie. Sie ist noch jung, und ein Sohn kann einer Frau nur bis zu einem gewissen Grad Trost spenden.«

Er blickte erneut auf, diesmal mit wütender Miene. »Was weißt du schon darüber?«

»Mehr, als du glaubst.«

»Du weißt gar nichts.«

Sie lächelte. »Ich weiß über dich Bescheid. Den braven, lieben, gescheiten Ronnie Sidney. Dafür halten dich die Leute doch. Aber du hast noch andere Seiten.«

»Meine Mutter ist nicht dieser Meinung.«

»Sie versteht dich eben nicht.«

»Aber du?«

Sie nickte. »Du und ich, wir sind aus demselben Holz geschnitzt. Meine Eltern halten mich auch für ein Musterexemplar von einer Tochter, aber sie kennen mich nicht richtig. Wenn sie wüssten, wer ich wirklich bin, würden sie mich sofort verstoßen.«

»Wer bist du denn wirklich?«

Er hatte eine Hand auf dem Tisch liegen. Sie legte die ihre darauf. Für jeden Beobachter eine harmlose Geste, wie zwischen Schwester und Bruder. Dass sie dabei mit dem Daumen seine Handfläche liebkoste, konnte ja niemand sehen.

»Komm mit mir nach Hause, dann verrate ich dir alle meine Geheimnisse.«

Er gab ihr keine Antwort, starrte sie nur an.

»Ich glaube, dass du etwas ganz Besonderes bist, Ronnie. Das habe ich immer schon gespürt. Komm mit mir nach Hause. Lass mich dir zeigen, wer ich wirklich bin.«

Einen Moment lang reagierte er nicht. Sie streichelte weiter seine Handfläche.

»Ja, gerne«, sagte er dann.

Sie standen auf. Der Junge, der ihr vorhin zugezwinkert hatte, musterte sie nun mit höhnischer Miene. »Na, müsst ihr jetzt Hausaufgaben machen?«

»Biologie«, antwortete sie und zog Ronnie hinaus.

Fünfzehn Minuten später saßen sie im Wohnzimmer von Catherines Eltern nebeneinander auf dem Sofa.

Die Einrichtung wirkte weich und feminin, der ganze Raum war in Pastelltönen gehalten, und überall stand hübscher Nippes herum. In einer großen Glasvitrine reihten sich Sammlerstücke viktorianischen Porzellans aneinander, über viele Jahre hinweg mühevoll zusammengetragen. In den Ferien saß Catherine abends meist auf eben diesem Wohnzimmersofa und sah fern oder hörte zu, wie ihre Eltern sich gegenseitig zu ihrer gelungenen Tochter gratulierten, während sie ihnen am liebsten Dinge an den Kopf geworfen hätte, die ihnen das selbstzufriedene Lächeln sofort hätte gefrieren lassen.

»Ich hasse diesen Raum«, sagte sie zu Ronnie. »Er ist genau wie meine Mutter: hübsch, süß und nett. Und genauso sieht sie auch mich, obwohl ich überhaupt nicht so bin. Ich bin wie du.« Sie streichelte über sein Kinn, das noch glatt und bartlos war. »Wir sehen sogar gleich aus. Du könntest mein Zwillingsbruder sein. Würde dir das gefallen?«

193

»Ich weiß nicht. Vielleicht.«

»Mir nicht. Dann könnten wir das hier nämlich nicht tun.« Sie lehnte sich vor, nahm sein Gesicht in beide Hände und küsste ihn auf die Lippen. Er reagierte ein wenig linkisch, seine Zunge war zu schnell, sein Mund zu hart. Catherine ging durch den Kopf, dass sie womöglich das erste Mädchen war, das er in seinem Leben küsste. Sie fand den Gedanken aufregend. Ihre Finger glitten über seine Brust und seinen Bauch nach unten. Als sie die Hand auf seinen erigierten Penis legte und ihn sanft drückte, hörte sie ihn leise stöhnen. Einen Moment lang tat sie, als wollte sie ihn in die Lippe beißen, verlegte sich dann aber darauf, an seinem Ohrläppchen zu knabbern.

»Ich verstehe dich, Ronnie«, flüsterte sie. »Ich weiß, wie du bist und was du brauchst.«

»Wie bin ich denn?«, flüsterte er zurück.

»Du bist verdorben. Das macht dich so besonders. Deswegen gefällst du mir so.«

»Warum bin ich verdorben?«

Sie war zu sehr mit seinem Hals beschäftigt, um ihm darauf zu antworten.

Er lehnte sich zurück. »Warum bin ich verdorben?«

»Du bist es einfach. Genau wie ich.«

Sie kam langsam näher, begierig darauf, ihn erneut zu küssen.

Er wahrte Abstand. »Und warum bist du verdorben?«

»Wir können doch hinterher reden, Ronnie. Nun, komm schon.«

»Sag mir, warum.«

Sie blies im spielerisch ins Gesicht, aber er blieb auf Distanz.

»Sag mir, warum. Weil ich nicht der Erste sein werde, mit dem du Sex gehabt hast? Ist das das einzige Geheimnis, das du mir verraten willst?«

»Ist das denn nicht genug?«

»Nein.«

»Doch, ist es schon.« Sie begann zu kichern. »Wenn meine Eltern wüssten, was wir hier gerade treiben ...«

»So schlimm ist das doch gar nicht. Da könnte ich dir ganz

andere Sachen erzählen. Im Vergleich dazu ist das hier … gar nicht der Rede wert.«

Ihre Finger glitten wieder in seinen Schoß. »Das stimmt nicht. Du willst mich auch, stimmt's?«

»Ich will, dass du mich verstehst.«

»Das tu ich doch.« Wieder versuchte sie ihn an sich zu ziehen. Er schob sie zurück und sah ihr ins Gesicht. Sein Blick wirkte so starr und durchdringend, dass sie einen Moment lang das Gefühl hatte, er könnte in ihren Kopf hineinsehen.

»Nein, das tust du nicht.«

»Ronnie …«

Er stand auf. »Tut mir Leid. Ich hätte nicht mitkommen sollen.«

»Du kannst doch jetzt nicht gehen!«

»Klar, kann ich.«

»Ronnie!«

Er drehte sich um und ging.

»Schwuchtel! Tunte! Warmer Bruder! Das wirst du noch bereuen, Ronnie Sidney. Ich werde allen erzählen, was für eine kleine Schwuchtel du bist!«

Keine Reaktion, nur das Geräusch von Schritten. Dann hörte sie, wie die Haustür geöffnet und wieder geschlossen wurde.

Enttäuscht, verwirrt und zutiefst verletzt, brach sie in Tränen aus.

Sonntagmittag. Anna saß mit Charles und Ronnie im Restaurant des Cumberland Hotel.

Das Cumberland war in Lytton. In Hepton gab es keine guten Restaurants. Während die Kellner und Kellnerinnen zwischen den Tischen hin und her eilten, nippte Anna an ihrem Wein und hörte zu, wie ihre beiden Begleiter sich unterhielten.

Es lief recht gut. Charles gab sich große Mühe, er fragte Ronnie nach der Schule und seinen liebsten Epochen im Fach Geschichte. Gelegentlich versuchte er, Anna in die Unterhaltung mit einzubeziehen, aber ihr war es lieber, als stille Beobachterin danebenzusitzen.

»Wie ist dein Rinderbraten?«, fragte er sie.

»Sehr gut, Charles.« Sie musste gegen den Drang ankämpfen,

ihn Mr. Pembroke zu nennen. Es war für sie immer noch ein seltsames Gefühl, ihn mit dem Vornamen anzusprechen.

Ronnie gab sich ebenfalls große Mühe, zumindest Charles gegenüber. Zu ihr war er freundlich, aber ein wenig kühl. Mit seiner Schuluniform sah er schon richtig erwachsen aus. Sie betrachtete ihn mit einer Mischung aus Stolz und Angst.

Inzwischen waren sie mit dem Hauptgang fertig. Eine Kellnerin näherte sich mit einem Dessertwägelchen. Charles erhob sich. »Ich gehe kurz raus, ein Pfeifchen rauchen. Dann habt ihr beide Gelegenheit, euch ein wenig unter vier Augen zu unterhalten.«

Die mütterlich wirkende Kellnerin strahlte Ronnie an. »Und was darf ich dir bringen?«

»Nichts.«

»Ein Junge wie du, der noch im Wachstum ist, braucht doch eine Nachspeise. Der Schokoladenkuchen ist sehr gut. Wie wär's mit …«

»Ich habe gesagt, dass ich nichts möchte. Sind Sie taub?«

Die Kellnerin lief rot an. Anna war das Ganze peinlich. »Ronnie, du entschuldigst dich auf der Stelle.«

»Tut mir Leid«, sagte er mürrisch.

»Mir tut es auch sehr Leid«, fügte Anna in liebenswürdigerem Ton hinzu.

Nachdem die Kellnerin samt ihrem Wagen wieder abgezogen war, ließ Ronnie sich auf seinem Stuhl zurücksinken und starrte auf den Pfefferstreuer, der in der Mitte des Tisches stand. »Was ist denn plötzlich in dich gefahren?«, fragte Anna.

»Du möchtest mir etwas sagen, stimmt's?«

»Wie meinst du das?«

»Dass du ihn heiraten willst. Das hast du doch vor, oder?«

»Ja.«

Er griff nach einem Serviettenring, rollte ihn auf der Tischdecke hin und her.

»Wie denkst du darüber?«

»Oh, ich bin sehr stolz. Ihre beide gebt ein richtig schönes Paar ab.«

»Ronnie!«

196

»Und was passiert mit mir?«

»Du beendest dein Schuljahr hier in Hepton. Dann kommst du zu uns nach Kendleton.« Sie lächelte ihn aufmunternd an. »Es wird dir dort gefallen, Ronnie. Es ist ein schöner Ort. Das Haus ist ebenfalls sehr schön. Es liegt direkt am Fluss, und der Garten ist so groß, dass ein Mann wirklich einen ganzen Tag braucht, um das Gras zu mähen. Es ist genau wie das Haus, das ich dir versprochen habe, als du noch klein warst.«

»Aber du hast mir damals nicht versprochen, dass wir es mit jemandem teilen müssen.«

»Es wird unser Zuhause sein.«

»Und seines.«

Sie schwiegen einen Moment. An einem der Nachbartische lachte ein Mann laut über seinen eigenen Witz.

»Ich würde gern wissen, ob du ihn …«, begann er.

»Nein«, fiel sie ihm schnell ins Wort. »Ich liebe ihn nicht. Aber er ist ein guter Mann, Ronnie. Er ist mir ein echter Freund gewesen und wird es auch dir sein. Und wer weiß, vielleicht wird aus meinen Gefühlen für ihn eines Tages doch noch Liebe. Eines aber musst du mir glauben: Ich werde ihn nie so sehr lieben wie dich.«

Er blickte auf. »Versprichst du mir das?«

»Hältst du das wirklich für nötig?«

»Ich weiß nicht.«

Sie legte ihre Hand auf die seine.

»Als ich dreizehn war, spielte Gott mir übel mit. Er nahm mir alles, was meinem Leben Sinn gegeben hatte, und zerstörte es damit. Drei Jahre lang wünschte ich, er hätte mich auch zerstört. Jede Nacht, die ich in meinem Hinterzimmer in der Baxter Road wach lag, wünschte ich mir, ich wäre tot, weil ich dann wieder mit meiner Familie vereint gewesen wäre.«

Er schluckte. Seine Hand war immer noch mit dem Serviettenring beschäftigt.

»Aber dann bekam ich dich. Meinen Sohn. Meinen Ronnie Sunshine, der mich von all meinem Schmerz erlöste. Du bist das Beste und Wundervollste, was mir je passiert ist, und selbst wenn ich Charles mehr lieben würde, als je eine Frau ihren Mann geliebt hat, empfände ich für ihn trotzdem nicht einen Bruchteil der Liebe, die ich für dich empfinde. Wenn ich dich ansehe, ist mir manchmal, als müsste mein Herz vor Stolz zerspringen. Du bist mein Ein und Alles. Mein blitzgescheiter, wunderschöner, absolut vollkommener Sohn.«

Seine Hand erstarrte, und plötzlich begann er zu weinen. Der Anblick verursachte ihr körperlichen Schmerz.

»Aber ich bin nicht vollkommen. Ich wäre es gern, aber ich bin es nicht. Und wenn du wüsstest... wenn du wüsstest...«

»Wenn ich was wüsste?«

Er schüttelte den Kopf. Sie rückte ihren Stuhl näher heran, zog Ronnie an sich und redete sanft auf ihn ein, als wäre er ein Baby. Seine Tränen durchnässten ihre Bluse. Die Leute am Nachbartisch, denen das Ganze offensichtlich peinlich war, sahen immer wieder zu ihnen herüber. Anna ignorierte ihre Blicke. Sie spielten keine Rolle. Der einzige Mensch, der zählte, war Ronnie.

»Was hast du eben gemeint, mein Schatz? Du kannst mir doch alles sagen. Was auch immer du tust, es wird an meinen Gefühlen für dich nichts ändern. Das weißt du doch, oder?«

Er wischte sich über die Augen.

»Oder, Ronnie?«

»Ja, das weiß ich.«

Sie strich ihm übers Haar. »Dann sag es mir.«

Er sah auf und brachte ein Lächeln zustande, die Andeutung eines Ronnie-Sunshine-Lächelns.

»Ich war eifersüchtig auf Charles. Ich habe hier gesessen und mir gewünscht, er wäre im Krieg nicht nur verletzt, sondern getötet worden, weil er dich dann nicht heiraten und mir wegnehmen könnte.«

»Er nimmt mich dir nicht weg. Ich werde immer dir gehören, Ronnie, und niemandem sonst.«

»Ich liebe dich, Mum. Ich möchte, dass du glücklich bist. Wenn Charles dich glücklich macht, dann bin ich es auch.«

»Du machst mich glücklich. Niemand wird mich jemals so glücklich machen wie du.«

Sie streichelte ihm die Wange. Er küsste ihre Hand. Die Leute am Nachbartisch starrten sie immer noch an. Ein Mann murmelte etwas von Menschen, die ihre Gefühle öffentlich zur Schau stellten. Einem spontanen Impuls folgend, schnaubte Anna verächtlich zu ihm hinüber. Bestürzt wandte die ganze Gruppe den Blick ab. Als Ronnie zu lachen begann, stimmte sie mit ein. Sie umarmten einander, ohne sich darum zu kümmern, was die anderen dachten.

Charles stand in der Tür des Restaurants und beobachtete die beiden. Anna hatte die Arme um Ronnie geschlungen. Der Kopf des Jungen ruhte an ihrer Brust. Die beiden schienen zusammenzupassen wie zwei Puzzleteile.

Die Leute sprachen immer von der Bindung zwischen Vater und Tochter, aber das war mit der zwischen Mutter und Sohn gar nicht zu vergleichen. Eine Mutter nährte ihren Sohn in ihrem Schoß und später dann an ihrer Brust. Dadurch gab sie sich ihm auf eine Weise hin, wie sie es bei keinem anderen Mann jemals tun würde – nicht einmal ihrem Ehemann. Und wenn der Sohn dann das Mannesalter erreichte, stellte er fest, dass keine Frau sich ihm jemals so hingeben konnte, wie seine Mutter es getan hatte. Das Band zwischen Mutter und Sohn war sehr widersprüchlicher Natur: unschuldig und doch sexuell geprägt. Nährend, aber zugleich lähmend. Es schuf eine Liebe, die so mächtig war, dass niemand, nicht einmal Gott, dieses Band je ganz zerreißen konnte.

Und wenn es keine anderen Familienmitglieder gab, die diese stark konzentrierte Liebe ein wenig verwässerten…

Der Junge wird immer an erster Stelle kommen. Wie sehr sie dich eines Tages auch lieben mag, ihn wird sie immer mehr lieben als dich.

Eine Frau starrte auf seine vernarbte Gesichtshälfte. Als er sich ihr zuwandte, wurde ihr Gesichtsausdruck verlegen. Gerne hätte er ihr gesagt, dass es ihm nichts ausmache. Dass er es verstehe.

Auch wenn es wehtat.

Er ging zurück zu den beiden; zu der Frau, die er mehr als jeden anderen Menschen liebte, und dem Jungen mit dem verschlossenen Blick, der in ihrem Herzen immer den ersten Platz einnehmen würde. »Ist alles in Ordnung?«, fragte er zögernd.

»Ja, alles bestens«, antwortete Anna.

Ronnie hob sein Weinglas. »Einen Toast auf die Zukunft.«

Charles folgte seinem Beispiel. »Auf unser Glück.«

»Auf das Glück meiner Mutter.«

Als sie miteinander anstießen, lächelten ihn beide an, Mutter und Sohn, aber Ronnies Blick gab dabei nichts von seinen wahren Gefühlen preis. Während Charles ihr Lächeln erwiderte, versuchte er sich einzureden, dass ihnen allen eine glückliche Zukunft bevorstand.

Juli. »*Wieder ist Ronnie ein mehr als würdiger Gewinner des Jahrespreises. Seine Leistungen in den Prüfungen waren überragend, sogar gemessen an seinen eigenen hohen Maßstäben.*

Was mir allerdings nach wie vor Sorgen bereitet, sind die Berichte über seine Ruhelosigkeit im Unterricht, die sich in den letzten Monaten eher noch gehäuft haben. Das mag zum Teil an den Aufregungen liegen, die sein bevorstehender Umzug mit sich bringt, aber nun, da er sich in der letzten Phase seiner Schulausbildung befindet, sollte dieser Entwicklung unbedingt Einhalt geboten werden.

Ronnies Lehrer und ich wünschen ihm jeden erdenklichen Erfolg für die Zukunft …«

Am Morgen von Ronnies Abreise war Vera nicht sie selbst. Ein seltsamer Wahn hatte sie überkommen. Er manifestierte sich darin, dass sie von vier bestimmten Worten wie besessen war: Oxford, Professor, Autor und reich. Sie konnte einfach nicht aufhören, diese Worte zu benutzen, jeder Satz, den sie von sich gab, enthielt mindestens eins davon. »Ich frage mich schon die ganze Zeit«, sagte sie zu den Browns, »ob eine Professorenstelle an einer amerikanischen Eliteuniversität genauso prestigeträchtig ist wie eine Professur in Oxford. Was meint ihr?« Mr. Brown antwortete, das könne er nicht sagen, und Mrs. Brown blickte nur säuerlich drein, als wäre ihr übel.

An diesem Tag hielten sich viele Leute im Haus auf. Vera und Stan. Die Browns. Thomas und Sandra. Peter, Jane und ihr kleiner

Sohn. Mabel und Bill Cooper aus dem Tante-Emma-Laden. Sogar Archie Clark. Alle waren gekommen, um sich von Ronnie zu verabschieden, ehe er Hepton für immer verließ.

Er saß auf dem Sofa, und Tante Vera scharwenzelte um ihn herum. Das tat sie seit der Hochzeit von Anna und Charles ununterbrochen. »Bist du sicher, dass du keinen Hunger mehr hast?«

»Ja, danke, Tante Vera.«

»Wenn du magst, kann ich dir gerne noch etwas machen.«

»Ich könnte was vertragen«, meinte Peter. Er wirkte erschöpft, genau wie Jane. Die beiden bewohnten nun gemeinsam mit ihrem Sohn das Zimmer, das Peter sich früher mit Ronnie geteilt hatte. Das Baby weinte oft die ganze Nacht, während seine frisch verheirateten Eltern sich anschrien. Schon jetzt zeichnete sich ab, welch lange Jahre des Elends vor ihnen lagen.

Stan unterhielt sich mit Thomas und Bill Cooper über Fußball. »Sprich lieber über Kricket«, sagte Vera. »Reiche Leute spielen gerne Kricket.« Sie wandte sich an die Browns. »Habe ich schon erwähnt, dass Charles mit einem Grafen verwandt ist?« Mr. Brown nickte, während Mrs. Brown genervt an ihrer Zigarette zog.

»Er selbst ist gar nicht mit ihm verwandt, Tante Vera. Seine Stiefmutter war es.«

»Das läuft doch auf dasselbe hinaus.« Vera seufzte beglückt. »Wer hätte gedacht, dass eine Cousine von mir mal in die Aristokratie einheiraten würde?« Ronnies Mutter, jahrelang nur eine verhasste Verwandte von Stan, war plötzlich zu Veras Lieblingscousine geworden.

Draußen hielt ein Bentley. Ronnies Mutter und Stiefvater waren eingetroffen. Sofort stürzte Vera hinaus, um die beiden ins Haus zu geleiten. Dabei machte sie um Charles ein Getue, als wäre er ein Mitglied des Königshauses. Anna trug ein neues Kostüm, das sehr schick und teuer aussah, ganz anders als die Sachen, die sie sonst anhatte. Sie wirkte damit älter. Strenger. Einen Moment lang kam sie Ronnie gar nicht wie seine Mutter vor.

Als sie ihn dann aber auf dem Sofa entdeckte und zu strahlen begann wie ein Kind an Weihnachten, war alles wieder gut. Sie war immer noch seine Mutter. Sie gehörte immer noch ihm.

»Hallo, Ronnie.«

»Hallo, Mum.«

Sie setzte sich zu ihm, und sie tranken alle gemeinsam Tee. Vera drängte ihnen dazu teure Kekse und Kuchen auf, nicht das billige Zeug, das es in den Läden am Ort zu kaufen gab, nein, sie war eigens zu Harrods gefahren. Charles lauschte geduldig Veras schwärmerischen Ergüssen, während Mr. Brown sich erkundigte, ob sie eine gute Fahrt gehabt hätten, und der arme, unter dem Pantoffel stehende Stan über Kricket redete, als würde sein Leben davon abhängen. Aus einer Ecke des Raums starrten Peter und Jane auf Charles' lädiertes Gesicht. Jane flüsterte etwas, und Peter begann zu kichern. Als er Ronnies Blick auffing, bedachte er ihn mit seinem üblichen höhnischen Grinsen. Früher hätte er noch lautlos das Wort »Bastard« hinzugefügt, aber das verkniff er sich inzwischen.

Ronnies Mutter erklärte, dass sie nun aufbrechen müssten. Alle umringten ihn, um ihm Glück zu wünschen. Auf Veras heftiges Drängen hin, gab ihm sogar Peter die Hand.

Auch Mr. Brown verabschiedete sich per Handschlag. »Alles Gute, junger Mann, und lass dir von mir noch einen Rat mit auf den Weg geben: Man darf ruhig über die Stränge schlagen, man darf sich nur nicht dabei erwischen lassen.« Seine Frau und die neuerdings so kultivierte Vera verzogen das Gesicht, aber Mr. Brown lachte nur. Seine feiste Hand fühlte sich weich und feucht an. Die Hand, die es einst gewagt hatte, Ronnies Mutter zu begrapschen. Ronnie lachte auch. Er dachte an den anonymen Brief, den Archie in einer Woche aufgeben würde, adressiert an Mrs. Brown. Nach der Lektüre dieses ausführlichen Berichts über die Eskapaden ihres Mannes würde sie ihm außer seiner Hand wahrscheinlich auch noch ein anderes wichtiges Körperteil abschneiden.

Vera wollte unbedingt, dass Ronnie ein paar Kekse als Reiseproviant mitnahm. »Ich packe sie dir rasch ein, mein Lieber.« Sie wandte sich mit einem strahlenden Lächeln an Charles. »Unser Ronnie isst nämlich für sein Leben gern Kekse, stimmt's, Ronnie?«

»Ich komme mit und helfe dir, Tante Vera.«

Sie standen in der Küche neben dem Esstisch, an dem Ronnie sich unzählige Male hatte anhören müssen, wie der Name seiner Mutter durch den Dreck gezogen wurde. Tante Vera lächelte nervös. »Tja, Ronnie, nun ist es wohl so weit.«

»Ich schätze auch.« Während er ihr Lächeln erwiderte, dachte er an die fünfzehn langen Jahre, die sie gemeinsam verbracht hatten. Aber nun war es vorbei.

»Na, willst du deine Tante zum Abschied nicht umarmen?«

Er tat, wie ihm geheißen. Sie roch nach billigem Parfüm, Körperpuder und Bier. Er hasste ihren Geruch. Er hasste einfach alles an ihr.

Den Mund dicht an ihr Ohr gepresst, begann er zu flüstern.

»Du glaubst, die Browns sind deine Freunde, aber das sind sie nicht. In Wirklichkeit verachten sie dich. Alle in der Straße verachten dich. Sie sind immer in den Laden gekommen und haben sich über dich lustig gemacht, so wie du dich über meine Mutter lustig gemacht hast. Du bildest dir ein, etwas Besseres zu sein als sie, dabei ist sie tausendmal so viel wert wie du. Das war schon immer so und wird auch immer so bleiben. Deswegen auf Nimmerwiedersehen, Tante Vera. Glaub bloß nicht, dass du mich je wieder zu Gesicht bekommst, es sei denn, du stirbst eines Tages besonders qualvoll, denn ich schwöre dir, für diesen Anblick würde ich sogar durchs Feuer der Hölle gehen.«

Er küsste sie auf die Wange und streichelte gleichzeitig ihren vernarbten Arm. Dann drehte er sich lächelnd um und ging zurück ins Wohnzimmer.

Eine Stunde später saß er im Wagen, unterwegs nach Oxfordshire.

Sie hatten London bereits hinter sich gelassen, und die Umgebung wurde immer ländlicher. Es war ein schöner Tag, sie hatten die Fenster geöffnet, und Anna, die mit wehendem Haar vorne neben Charles saß, strahlte vor Glück und kommentierte voller Begeisterung alles, was ihr unter die Augen kam.

»Rede ich zu viel?«, fragte sie, als sie Charles' amüsiertes Lächeln bemerkte.

»Nein, überhaupt nicht«, antwortete er. »Bis zum heutigen Tag hatte ich keine Ahnung, wie eine Kuh aussieht, aber jetzt weiß ich es, und meine Welt wird nie wieder so sein wie früher.«

Sie musste lachen. Laut und herzlich. Ronnie hatte sie noch nie zuvor so lachen gehört.

Außer wenn sie mit ihm zusammen war.

Er stimmte genauso laut mit ein, überspielte damit aber nur die Eifersucht, die sich wie Natterngezücht in ihm zu regen begann, während der Wagen ihn immer weiter von seinem alten Leben forttrug, dem neuen entgegen.

VIERTER TEIL

Kendleton, 1959
Ein heißer Tag im Juni. Mae Moss putzte gerade bei Mr. und Mrs. Bishop.

Sie arbeitete gern dort. Im Gegensatz zu den Hastings, die nebenan wohnten und bei denen es immer aussah, als wären sie gerade überfallen worden, waren die Bishops eine ordentliche Familie. »Einen Platz für jedes Ding, und jedes Ding an seinen Platz«, lautete Mr. Bishops Motto, dem Mae nur von ganzem Herzen zustimmen konnte.

Im Wohnzimmer brauchte sie nur ein wenig abzustauben, mehr war dort nicht nötig. Es handelte sich um einen schön eingerichteten Raum mit alten Möbeln und Ölgemälden, aber ohne Fernseher. »Mein Mann ist der Meinung, dass das Fernsehen die Kunst der Konversation zerstört«, hatte Mrs. Bishop ihr erklärt. »Heutzutage verbringen viele junge Leute ihr halbes Leben vor dem Fernsehapparat, und das möchten wir Susan ersparen.« Mae selbst sah gerne fern und verpasste niemals eine Folge von *Emergency Ward Ten*, aber wenn sie an das schreckliche *Juke Box Jury* dachte, von dem ihre Enkel so begeistert waren, musste sie zugeben, dass Mr. Bishop nicht ganz Unrecht hatte.

Nachdem sie im Erdgeschoss fertig war, nahm sie sich den ersten Stock vor. Zuerst Mr. Bishops Schlafzimmer, dann das seiner Frau. Von all den Paaren, für die Mae putzte, waren sie das einzige mit getrennten Schlafzimmern. Ihre Freundin Dora Cox, die über alles und jeden Bescheid wusste, vermutete, dass es an Mrs. Bishop lag. »Die Ärmste hatte mal einen Nervenzusammenbruch, und so etwas ist meist auf Probleme im Bereich Schlafzimmer zurückzuführen.« Mae, deren Ehemann mit seinem Schnarchen Tote aufwecken konnte, beneidete Mrs. Bishop um einen so verständnisvollen Gatten.

Zuletzt kam das oberste Stockwerk an die Reihe. Das Arbeitszimmer von Mr. Bishop war voller Akten und Papiere, alle sorgfältig geordnet. Er war ein erfolgreicher Anwalt. Zu seinen Klienten zählten viele von den wohlhabenden Familien in der Avenue, unter anderem die alte Mrs. Pembroke, der das schöne Herrenhaus Riverdale gehörte und die angeblich so reich war wie Krösus. Mae sagte immer wieder zu ihren Enkeln, sie sollten hart arbeiten, damit sie erfolgreiche Anwälte werden und am Queen Anne Square leben konnten, aber meist verdrehten sie bloß die Augen und diskutierten weiter darüber, ob Cliff Richard genauso gut war wie Elvis.

Ganz zum Schluss kam Susans Zimmer an die Reihe. Es lag am Ende des Korridors und ging auf die Kendleton Church hinaus. Mae wurde immer ein bisschen traurig, wenn sie es betrat. Auf dem Nachttisch stand ein gerahmtes Foto von Susans Vater, John Ramsey. Zehn Jahre zuvor hatte Mae zusammen mit ihrer Zwillingsschwester Maggie einen Nachmittag in seinem Studio verbracht. Sie hatten sich vor Lachen gebogen, weil er beim Fotografieren ständig Witze machte. Nun war Maggie tot, und Mae waren als Erinnerung nur die Fotos geblieben, genau wie Susan.

In ihrem Zimmer herrschte dieselbe penible Ordnung wie in allen anderen. Die Bücher standen sauber aufgereiht in einem Regal; ihre Schultexte lagen sorgfältig gestapelt auf dem Schreibtisch in der Ecke. Alles andere war in Schränken und Schubladen verstaut, abgesehen von dem viktorianischen Puppenhaus neben dem Schrank und einer großen Muschel unter dem Bett. Kein Vergleich mit dem Zimmer von Maggies Enkeltochter Lizzie Flynn, einem heillosen Durcheinander aus schmutziger Kleidung, ramponierten Schallplatten und Postern von Alain Delon. Lizzies Vater war im Vorjahr gestorben, und das Mädchen zeigte zunehmend Anzeichen von Aufsässigkeit. Mae war froh, dass Maggie das nicht mehr miterleben musste, und wünschte, Lizzie könnte auch eine Vaterfigur finden, die ihr so viel Halt geben würde wie Mr. Bishop Susan.

Nachdem sie mit ihrer Arbeit fertig war, packte sie ihre Sachen zusammen und schickte sich an, nach Hause zu gehen.

August. In seiner Praxis am Market Court sah sich Dr. Henry Norris mit der unangenehmen Aufgabe konfrontiert, dem rundgesichtigen Mann, der vor ihm saß, eine unangenehme Nachricht beizubringen.

»Susan hat Gonorrhö, Mr. Bishop.«

Sein Gegenüber holte leise Luft. »Das habe ich schon befürchtet.«

»Tatsächlich? Susan ist doch erst dreizehn.«

»Ich weiß, aber …« Er seufzte. »Sie müssen entschuldigen. Es fällt mir schwer, darüber zu sprechen. Während unseres letzten Urlaubs hat Susan auf einer Party einen älteren Jungen kennen gelernt. Er hat sie betrunken gemacht und dann …«, er zögerte einen Moment, »… ihren Zustand ausgenutzt. Hinterher hat sich das arme Ding zu sehr geschämt, um es uns zu erzählen. Wahrscheinlich hätte sie es ein Leben lang für sich behalten, wenn sie nicht vor kurzem festgestellt hätte, dass sie … nun ja, dass es ihr nicht gut geht.«

»Was ist mit dem Jungen? Er hat sich an einer Minderjährigen vergangen. Haben Sie ihn angezeigt?«

»Das hätte nichts gebracht. Susan kann sich nicht an seinen Namen erinnern, und wie er ausgesehen hat, weiß sie auch nicht mehr so genau. Er hat vermutlich auch dort Urlaub gemacht und könnte inzwischen weiß Gott wo sein.« Er schüttelte den Kopf. »Nein, das würde wirklich nichts bringen.«

»Wie denkt Susans Mutter darüber?«

»Sie weiß nichts davon. Wie Sie in Susans Akte bestimmt gelesen haben, hatte ihre Mutter vor sieben Jahren einen schlimmen Nervenzusammenbruch. Sie ist emotional nicht sehr belastbar und muss vor Aufregungen bewahrt werden.« Wieder seufzte er. »Ich habe hin und her überlegt, ob ich es ihr erzählen soll, aber Susan hat mir das Versprechen abgenommen, es nicht zu tun. Sie macht sich große Sorgen um ihre Mutter und möchte sie nicht beunruhigen oder aufregen.«

»Der Hausarzt Ihrer Frau ist William Wheatley. Meinen Unterlagen zufolge war er bis vor einem Jahr auch der von Susan. Gibt es einen bestimmten Grund dafür, dass sie seitdem zweimal den Arzt gewechselt hat?«

»Meine Frau schätzt Dr. Wheatley sehr, aber ich fand ihn immer … nun ja, ein wenig verschroben.« Er sagte das mit einem verschwörerischen Lächeln. »Susan ging es genauso. Ein Freund hat uns Dr. Jarvis empfohlen, aber leider fand Susan ihn nicht so sympathisch.«

»Und deswegen haben Sie sich gedacht, Sie versuchen es mal mit mir.«

Wieder lächelte sein Gegenüber. »Eine sehr gute Wahl, wie ich inzwischen finde.«

»Haben Sie selbst auch einen Hausarzt?«

»Ja, in Oxford. Da ich dort arbeite, bietet sich das an.«

»Dann geht bei Ihnen also jedes Familienmitglied zu einem anderen Arzt. Sehr ungewöhnlich.«

»Das hat sich einfach so ergeben.«

Henry nickte. Eine durchaus plausible Erklärung. Die ganze Geschichte klang sehr einleuchtend.

Ihn störte nur die Art, wie sie erzählt wurde. Der vertrauliche Ton, die verlegenen Pausen und Seufzer. Irgendwie kam ihm das Ganze einstudiert vor, als würde er einem Schauspieler zuhören, der seinen Text sehr gründlich geprobt hatte.

Er betrachtete sein Gegenüber. Die ernsten Augen, die traurige Miene, die ineinander verschränkten Hände. Das alles deutete auf echte Besorgnis hin, nicht auf Schuldgefühle.

Abgesehen von den kleinen Schweißperlen auf der Stirn.

»So, Dr. Norris, vielleicht könnten wir jetzt besprechen, wie…«

»Ich würde vorher gerne noch mit Susan allein sprechen.«

Mr. Bishop riss die Augen auf wie eine erschrockene Eule. »Warum?«

»Ist das ein Problem?«

»Nein«, antwortete er, obwohl sein Adamsapfel dabei leicht zitterte.

Henry blieb an seinem Schreibtisch sitzen. Im Wartezimmer wurde einen Moment geflüstert, dann erschien Susan Ramsey in der Tür. Ein großes, schlankes Mädchen mit dunklem Haar und einem außergewöhnlich schönen Gesicht. Trotz seiner Besorgnis war er einen Moment lang einfach nur glücklich über ihren Anblick. In einer wohlhabenden Stadt wie Kendleton gab es viele hübsche Frauen, aber wahre Schönheit war auch dort selten.

»Sie wollten mit mir sprechen, Dr. Norris?«

Lächelnd deutete er auf den Stuhl, auf dem eben noch ihr Stiefvater gesessen hatte. »Bitte, nimm Platz.«

Sie durchquerte auf schlaksigen Beinen den Raum. Ihre eckigen, etwas linkischen Bewegungen waren typisch für ein Mädchen ihres Alters, das sich erst an die Veränderungen ihres Körpers gewöhnen musste, aber zugleich waren sie voller Erotik, sinnlich und einladend, ein Zeichen für zu früh erlangte Reife.

Er hoffte, dass es ihm gelingen würde, ihr Vertrauen zu gewinnen. Susan erwiderte sein Lächeln, aber ihre ausdrucksvollen Augen waren voller Argwohn. Wie Orchideen, gespickt mit Rasierklingen.

»Dein Stiefvater hat mir erzählt, was dir passiert ist. Mit diesem Jungen.«

Sie nickte.

»Wie war sein Name?«

»Daran kann ich mich nicht erinnern.«

»Wie hat er ausgesehen?«

»Nett.«

»Einfach nur nett?«

»Ja.«

»Es hat gar keinen Jungen gegeben, stimmt's, Susan?«

»Ich weiß nicht, was Sie meinen.«

Aber sie wusste es sehr wohl, das merkte er an der Art, wie sie plötzlich die Lippen zusammenpresste und nervös mit einer Locke zu spielen begann. Im Gegensatz zu ihrem Stiefvater war sie keine gute Lügnerin.

Die Leute sagten immer zu ihm, dass er Glück habe, an einem so schönen Ort wie Kendleton zu leben, aber die menschliche Natur war überall gleich. Selbst in der größten Idylle existierten dunkle, hässliche Geheimnisse, die allen Menschen, die damit in Berührung kamen, das Leben vergällen konnten.

Er beugte sich vor und bemühte sich um einen möglichst sanften Ton: »Susan, was mit dir passiert, ist nicht richtig. Und es ist ganz bestimmt nicht deine Schuld. Du bist nicht dafür verantwortlich, auch wenn vielleicht jemand versucht hat, dir das einzureden. Wenn deine Mutter wüsste …«

»Sie dürfen es meiner Mutter nicht sagen!«

»Susan…«

»Sie dürfen es ihr nicht sagen. Niemals!«

Aus ihrem Blick sprach jetzt so viel Angst, dass er sich schämte. Als wäre er für das verantwortlich, was sie durchmachen musste. Dabei wollte er ihr nur helfen.

»Meine Schwester hat vor kurzem erfahren, dass sie Krebs hat«, fuhr er fort. »Anfangs wollte sie es mir gar nicht sagen, weil sie mich nicht beunruhigen wollte, aber dann hat sie es mir doch erzählt, und ich bin froh darüber, weil ich sie liebe und den Wunsch habe, ihr zu helfen. Genau wie deine Mutter sicher den Wunsch hätte, dir zu helfen.«

Sie senkte den Kopf und starrte auf ihre Schuhe hinunter, mit denen sie nervös über den Boden scharrte. Er wartete geduldig. Noch immer hoffte er, dass sie sich ihm anvertrauen würde.

Als sie den Kopf wieder hob, war von ihrer Angst nichts mehr zu spüren. Stattdessen wirkte sie nun völlig gefasst, was für ein so junges Mädchen sehr ungewöhnlich war. Wie so vieles an ihr.

»Jetzt weiß ich es wieder. Der Junge hieß Nigel. Er sah aus wie James Dean, hatte aber schrecklichen Mundgeruch. Das ist mir gleich aufgefallen, als er das erste Mal versuchte, mich zu küssen. Ich habe ihm gesagt, dass er aufhören soll, aber er war stärker als ich. Am nächsten Tag habe ich nach ihm gesucht, weil ich ihm sagen wollte, dass das, was er getan hatte, falsch war, aber ich konnte ihn nicht finden, und von den anderen Leuten, die auf der Party waren, wusste niemand etwas über ihn.«

Henry hätte ihr gern noch weitere Fragen gestellt, aber der eiserne Ton ihrer Stimme sagte ihm, dass es nichts bringen würde.

Zwei Jahre zuvor hatte in seiner Praxis schon mal ein Mädchen in Susans Alter gesessen, dessen Vater ihm eine ähnliche Geschichte aufgetischt hatte. Auch mit ihr hatte er unter vier Augen gesprochen und sie vergeblich dazu zu bewegen versucht, sich ihm anzuvertrauen. Sie war bei ihrer Geschichte geblieben, auch wenn ihre Stimme kaum mehr als ein Flüstern gewesen war. Ein trauriges, süßes Mädchen, aus dessen Blick er Scham, Selbsthass und völlige Resignation gelesen hatte. Ein Mädchen, das sich selbst aufgegeben hatte, noch ehe es die Chance hatte, richtig zu leben.

Auch in Susans Augen sah er die Scham und den Selbsthass. Aber nicht die Resignation. Ihr Lebenswille war angeknackst, aber nicht gebrochen.

»Es tut mir Leid, wenn ich dich aufgeregt habe, Susan. Ich möchte nur, dass du weißt, dass ich dein Freund bin. Jemand, mit dem du reden kannst, falls du jemals das Bedürfnis haben solltest.«

»Das werde ich nicht haben.«

»Vielleicht könntest du jetzt deinen Stiefvater bitten, wieder hereinzukommen?«

An der Tür hielt sie einen Moment inne und drehte sich dann noch einmal zu ihm um.

»Das mit Ihrer Schwester tut mir Leid, Dr. Norris. Ich hoffe, es geht ihr bald wieder besser.«

»Danke, Susan, das ist sehr lieb von dir.«

Eine halbe Stunde später war Susan mit ihrem Stiefvater auf dem Weg nach Hause. Er hielt ihre Hand, wie er es oft tat, wenn sie zusammen unterwegs waren. Es war ein schöner, warmer Spätnachmittag. Als sie den Market Court überquerten, blieben ein paar Leute stehen, um ihnen nachzusehen. Vielleicht erschien ihnen sein Verhalten seltsam, vielleicht fanden sie es aber auch süß. Susan wusste es nicht. Manchmal hatte sie das Gefühl, dass sie gar nichts mehr wusste – außer, was es hieß, Angst zu haben.

Sie war ihre ständige Begleiterin: die schreckliche, nagende Angst, jemand könnte ihr Geheimnis entdecken und sie vor der ganzen Welt bloßstellen, sodass ihre Verdorbenheit für alle sichtbar würde.

Er sprach mit ihr, aber sie hörte ihm nicht zu. In ihrem Kopf war sie wieder sechs Jahre alt und kehrte aus der Schule zu einer Mutter zurück, die plötzlich eine Fremde geworden war und sie für so lange Zeit verließ, dass es ihr vorkam, als würde sie nie zurückkehren. Diese Erfahrung war eine schreckliche Generalprobe für den Verlust ihres Vaters im darauf folgenden Jahr gewesen.

»Er weiß Bescheid.«

»Unsinn.«

»Doch, er weiß es. Was, wenn er es Mum erzählt?«

Sie bogen gerade auf den Queen Anne Square ein. Eine Nachbarin rief ihnen von der anderen Straßenseite einen Gruß zu. Bemüht, sich nichts anmerken zu lassen, erwiderten sie ihn beide in munterem Ton.

»Er wird es niemandem sagen, Susie. Das darf er nicht.«

»Aber er weiß es trotzdem.«

»Vergiss ihn.«

»Er hat gesagt, dass es nicht meine Schuld ist. Dass ich nicht dafür verantwortlich bin. Dass…«

»Er lügt.« Er drückte ihre Hand noch fester. »Leute wie er lügen immer. Sie behaupten, dein Freund zu sein, und dann stellen Sie dir mit ihren Lügen eine Falle. Ich bin dein Freund, Susie, der Einzige, der dich all die Jahre beschützt und dafür gesorgt hat, dass dein Geheimis sicher ist und deine Mutter nichts davon erfährt. Wir wissen ja beide, was passieren würde, wenn sie es erführe.«

Sie überquerten die Nordseite des Platzes. In dem Haus an der Ecke, Nummer 16, hatte früher ihre Patentante Emma gewohnt. Sie hatte Susie ebenfalls verlassen und war mit Onkel George nach Australien gegangen. So weit weg, dass Susie Angst bekommen hatte, sie niemals wiederzusehen. Wie sich herausstellte eine durchaus begründete Angst, denn Tante Emma war nach der Geburt ihrer Tochter Jennifer an unerwarteten Komplikationen gestorben, sodass Onkel George als Witwer zurückgekehrt war und nun allein mit Jennifer in dem Haus lebte.

Sie selbst wohnten in Nummer 19. Als sie vor der Tür angekommen waren, blieben sie einen Moment stehen und sahen sich an.

»Deine Mutter braucht mich, Susie. Du weißt, wie verletzlich sie ist und wie leicht sie Angst bekommt. Ich bewahre sie vor allen Aufregungen. Solange wir beide zusammenhalten, braucht sie nie wieder Angst zu haben.« Er lächelte sie an. Sein Blick wirkte dabei herzlich und beruhigend. »Und wir werden zusammenhalten, nicht wahr?«

»Ja.«

Während er sich anschickte, die Tür aufzuschließen, wandte sie sich zu Nummer 16 um. Die vierjährige Jennifer, ein sehr zartes und hübsches kleines Mädchen, saß am Fenster und spielte mit einer Puppe. Als sie Susan entdeckte, begann sie zu strahlen und wie wild zu winken. Susan, die sich ihre Angst auf keinen Fall anmerken lassen wollte, setzte ein ebenso strahlendes Lächeln auf und winkte zurück.

September. Der erste Tag des neuen Schuljahrs.

Die Heathcote Academy, am Stadtrand von Kendleton gelegen, bestand eigentlich aus zwei Schulen, die einander über eine ländliche Straße hinweg zugewandt waren.

Die im achtzehnten Jahrhundert gegründete Knabenschule rühmte sich damit, zahlreiche Politiker und Offiziere hervorgebracht zu haben. Zu ihren ehemaligen Schülern zählte außerdem ein Viscount, der seine gesamte Familie ermordet und sich anschließend aufs europäische Festland geflüchtet hatte, wo er an der Syphilis gestorben war. Doch darüber schwieg sich der Prospekt aus. Die Schulgebäude waren prächtig, das Gelände weitläufig, die Sportanlagen die besten weit und breit.

Im Vergleich dazu hatte die ein Jahrhundert später gegründete Mädchenschule immer schlecht abgeschnitten. Ihre Gebäude waren bescheidener, das Gelände kleiner, die Anlagen weniger beeindruckend. Auch hinsichtlich der akademischen Ergebnisse war sie der Knabenschule stets unterlegen gewesen, aber seit ein paar Jahren stellte sie ihren Nachbarn zunehmend in den Schatten, was zu wachsender Rivalität zwischen den beiden Lehrkörpern führte. Mittlerweile wurden in beiden Institutionen begabte Schülerinnen und Schüler für ein Oxbridge-Studium gedrillt, als wären sie Vollblutpferde, die es fürs Grand-National-Turnier vorzubereiten galt.

Charlotte Harris saß im Erdgeschoss in einem Klassenzimmer und stellte eine Liste der Bücher zusammen, die sie in den Ferien angeblich gelesen hatte. Miss Troughton, die Englischlehrerin, verlangte von ihren Schülern zu Beginn jedes Schuljahrs eine solche Liste, um sicherzustellen, dass sie während der Ferien ihren Horizont erweiterten, statt vor »diesem Teufelsgerät« zu verblöden, wie sie den Fernseher nannte. Da Charlotte aber genau das getan hatte, musste sie sich nun etwas einfallen lassen. Ihre Liste beinhaltete unter anderem *Silas Marner* und *Middlemarch*, zwei Romane, deren Inhalt eine hilfsbereite Bibliothekarin am Vortag für sie zusammengefasst hatte.

Im Klassenzimmer war es ruhig, aber nicht wirklich still. Geflüster erfüllte die Luft wie das Summen von Bienen, während die extrem schwerhörige Miss Troughton Aufsätze korrigierte, ohne etwas davon mitzubekommen. Kate Christie und Alice Wetherby beobachteten Pauline Grant, deren Großmutter Russin war, weshalb Pauline zu Beginn des vorigen Schuljahrs großes Lob dafür eingeheimst hatte, dass sie Anna Karenina in der Originalsprache gelesen hatte. Alice, die sich als Englisch-Star ihrer Klasse betrachtete, hatte ihr das sehr krumm genommen und ihre Mitschülerinnen aufgefordert, so zu tun, als hätte Pauline starken Körpergeruch, und sich zu weigern, sich neben sie zu setzen. Nach ein paar Wochen war Paulines Haut vom vielen Waschen ganz wund gewesen. Charlotte, die nicht den Mut besessen hatte, für sie einzutreten, hoffte sehr, dass Pauline nicht wieder denselben Fehler machen würde.

Draußen ging eine Aufsichtsschülerin mit einer Gruppe neuer Schülerinnen vorbei, die hinter ihr hertrotteten wie Küken hinter einer Henne. Alle Mädchen trugen Schuluniform, einen blauen Blazer über einem dunklen Rock, und hatten ihren Schulranzen geschultert. Bei einer sah der Blazer schon ziemlich schäbig aus, als hätte sie ihn aus zweiter Hand gekauft. Wahrscheinlich handelte es sich um eine Schülerin, die ein Stipendium bekam. Plebs, wie Alice und ihre Clique solche Mädchen nannten. Alice vertrat die Meinung, dass Heathcote keine Mädchen aufnehmen sollte, deren Eltern sich die Schulgebühren nicht leisten konnten. Charlotte, die ihre Anwesenheit an der Schule nur der Großzügigkeit einer reichen Tante zu verdanken hatte und selbst eine Uniform aus zweiter Hand anhatte, tat jedes Mal, als fühlte sie sich nicht angesprochen, wenn Alice mal wieder spitze Bemerkungen zu diesem Thema fallen ließ.

Miss Troughton begann die Listen einzusammeln. »Ein bisschen dürftig«, sagte sie zu Pauline.

»Es tut mir Leid, Miss Troughton.« Pauline sprach in bescheidenem Tonfall, aber mit lauter Stimme. Man musste fast schreien, damit Miss Troughton einen verstand. Die Lehrkraft im benachbarten Klassenzimmer beschwerte sich ständig darüber.

»Bestimmt hast du zu viel Zeit vor diesem Höllengerät verbracht.«

»Ja, Miss Troughton.«

Nachdem Miss Troughton weitergegangen war, wechselten Pauline und Alice einen Blick. Paulines Miene wirkte unterwürfig, die von Alice triumphierend. Es erfüllte Charlotte mit Wut, das mit ansehen zu müssen, aber gleichzeitig empfand sie dabei ein Gefühl von Ohnmacht.

Obwohl ihre Eltern ihr immer wieder sagten, wie glücklich sie sich schätzen könne, in Heathcote zur Schule gehen zu dürfen, dachte sie oft voller Wehmut an ihre Grundschulzeit und die Freunde zurück, die sie dort gehabt hatte: die lebhafte Lizzie Flynn, den schüchternen Arthur Hammond und die beste Freundin der Welt, Susan Ramsey. Inzwischen besuchten Arthur und Lizzie andere Schulen, und Susan saß zwar keine drei Meter von ihr entfernt am Fenster, hätte aber genauso gut tausend Kilometer weg sein können.

Charlotte hätte so gern verstanden, was zwischen ihnen schief gelaufen war. Wieso Susan sich ihr gegenüber so anders verhielt als früher. Damals waren sie unzertrennlich gewesen, hatten dauernd miteinander gelacht und gescherzt und sich alles erzählt. Inzwischen redeten sie kaum noch miteinander, und wenn sie es doch einmal taten, wirkte Susans Blick misstrauisch und verschlossen, sodass Charlotte das Gefühl hatte, sie überhaupt nicht mehr zu kennen.

Für sie wäre es leichter gewesen, wenn Susan sich neue Freunde gesucht hätte, denen sie, Charlotte, die Schuld an ihrer Entfremdung hätte geben können. Aber dem war nicht so. Susan hatte keine Freunde, sie war eine richtige Einzelgängerin geworden. Und Charlotte wusste nicht, warum.

Aber wenigstens konnte sie von ihren Erinnerungen zehren. Sie sah noch genau vor sich, wie Susan Alice in einen Kuhfladen geschubst hatte. Wie sie ihr, Charlotte, beigebracht hatte, mit zwei Fingern zu pfeifen. Wie sie zusammen auf dem Volksfest gewesen waren und sich vor Aufregung kreischend in der Schiffsschaukel gegenübergesessen hatten, während sie immer höher in den Himmel hinaufschwangen. Wenn sie sich verletzt oder verwirrt fühlte, kramte sie oft diese Erinnerungen hervor und erfreute sich an ihnen wie an kostbaren Edelsteinen.

Miss Troughton war noch immer damit beschäftigt, die Listen einzusammeln. Die von Charlotte wurde mit einem Nicken entgegengenommen, die von Alice mit großem Lob. Schließlich erreichte sie die Reihe am Fenster. Marian Knowles musste sich sagen lassen, dass der Name Dickens kein »h« enthielt, und Rachel Stark erfuhr, dass sie für Enid Blyton viel zu alt war. Susans Liste rief ein verblüfftes Stirnrunzeln hervor.

»Das Blatt ist ja leer. Hast du denn gar nichts gelesen?«

»Nein, Miss Troughton.«

»Was hast du denn den ganzen Sommer lang gemacht?«

»Die Verrückte mit dem Löffel gefüttert«, flüsterte Kate so laut, dass es außer Miss Troughton alle hören konnten. Ein leises Kichern war im Raum zu vernehmen.

Susans Rücken versteifte sich. »Stimmt«, antwortete sie rasch.

»Aber in deinem Alter solltest du jetzt doch allmählich lernen, den Löffel selbst zu halten, Kate.«

Wieder lachte die Klasse, diesmal lauter. Miss Troughton trat ans nächste Pult. Kate lief hochrot an, während Susan sich mit gelangweilter Miene umdrehte und zum Fenster hinaussah. Sie wirkte isoliert, aber gleichzeitig distanziert, als hätte sie gar nicht den Wunsch dazuzugehören.

Trotzdem wurde Charlotte bei ihrem Anblick warm ums Herz, weil sie in dem Moment spürte, dass ihre alte Freundin, die ihr so fehlte, doch noch irgendwo existierte.

Ein Freitagabend im Oktober. Susan aß mit ihrer Mutter und ihrem Stiefvater zu Abend. Der Tisch war mit ihrem besten Porzellan, edlen Weingläsern und Kerzen gedeckt, als würden sie Gäste erwarten. Onkel Andrew beging den Freitagabend gern feierlich. »Das Ende der Arbeitswoche«, sagte er immer. »Und eine schöne Gelegenheit, Zeit mit meiner Familie zu verbringen.«

Es gab Bœuf Bourguignon, eine seiner Lieblingsspeisen. Während sie aßen, erzählte er ihnen von seinem Tag. Einer seiner Partner überlegte, ob er verfrüht in Pension gehen sollte, ein anderer vertrat gerade einen ortsansässigen Politiker, dem zum Vorwurf gemacht wurde, Bestechungsgelder angenommen zu haben. Die alte Mrs. Pembroke hatte ihn in ihr Haus gebeten, damit er die übliche, halbjährliche Prüfung ihrer Finanzen vornahm.

»Was ziemlich lästig ist. Ich bin froh, wenn ihr Sohn endlich kommt und sie zu mir in die Kanzlei fahren kann.«

»Ist er nicht in Amerika?«, fragte Susans Mutter.

»Er kehrt nach England zurück. Ich habe dir kürzlich davon erzählt. Weißt du das denn nicht mehr?«

»Nein.«

Onkel Andrew lächelte sie nachsichtig an. »Wie kann man nur so vergesslich sein. Du hast wirklich ein Gedächtnis wie ein Sieb, Liebling.« Er beugte sich über den Tisch und tätschelte ihre Hand. Susan konnte sich auch nicht daran erinnern, aber vielleicht hatte er es ihrer Mutter erzählt, als sie nicht dabei war.

»Ich bezweifle stark«, fuhr Onkel Andrew fort, »dass er über diese geldgierige Gesellschafterin begeistert sein wird. Schließlich ist sie hinter seinem Erbe her.«

»Bist du sicher? Ich habe sie schon ein paarmal in der Stadt getroffen, und sie scheint sehr nett zu sein.«

»Du bist viel zu gutgläubig. Wahrscheinlich würdest du selbst in Jack the Ripper noch etwas Gutes sehen. Du kannst wirklich von Glück sagen, dass ich auf dich aufpasse.«

Susans Mutter senkte den Blick. »Ich weiß nicht, was ich ohne dich täte.«

»Hoffen wir, dass du nie in diese Situation kommen wirst.« Onkel Andrew tätschelte erneut ihre Hand, wechselte dabei aber einen raschen Blick mit Susan, die gerade einen Schluck von ihrem

Wein nahm. Sie spürte ein dumpfes Ziehen im Bauch. Ihre Periode kündigte sich an.

Onkel Andrew beschrieb weiter seinen Arbeitstag. Susans Mutter hörte ihm aufmerksam zu, ohne selbst viel zu reden. Während Susan die beiden beobachtete, musste sie an die Mahlzeiten mit ihrem Vater denken. An die Geschichten, die er erzählt hatte, und an die lustige Art, wie er Leute nachahmen konnte, ohne damit zu verletzen. Ihrer Mutter waren vor Lachen oft die Tränen übers Gesicht gelaufen. Wenn sie jetzt die zurückhaltende, beherrschte Frau betrachtete, die neben ihr saß, konnte sie sich kaum noch vorstellen, dass sie jemals so fröhlich gewesen war.

Als sie mit dem Hauptgang fertig waren, holte ihre Mutter das Trifle, das sie als Dessert zubereitet hatte. Ebenfalls eine von Onkel Andrews Leibspeisen. Es gab bei ihnen nur Leibspeisen von ihm zu essen. Während sie ihm seine Portion reichte, berichtete sie ihm von einem Hörspiel, das später im Radio kommen würde. »Eine Spionagegeschichte, also ganz nach deinem Geschmack. Ich habe mir gedacht, wir könnten uns das nachher zusammen anhören.«

Er schüttelte den Kopf. »Du siehst müde aus, Liebling. Bestimmt tut es dir gut, wenn du mal früher ins Bett gehst. Außerdem habe ich mir aus der Kanzlei Arbeit mitgebracht. Ich werde mich damit in mein Arbeitszimmer zurückziehen.« Wieder sah er Susan an. Sie starrte auf ihren Teller hinunter. Plötzlich hatte sie überhaupt keinen Appetit mehr auf die Nachspeise. Sie spürte, wie das Ziehen in ihrem Bauch stärker wurde. Bald würde das Blut kommen. Er mochte das Blut nicht.

Aber es würde nicht bald genug kommen.

Ihre Mutter beobachtete sie. »Du isst ja gar nicht, Susie. Schmeckt es dir nicht?«

»Doch, sehr gut sogar.« Sie schob sich einen großen Löffel voll in den Mund. Der süße Geschmack verursachte ihr ein Gefühl von Übelkeit. Am liebsten hätte sie sich auf der Stelle übergeben. Stattdessen schluckte sie alles hinunter und lächelte.

November. »Bist du meine Mummy?«, fragte Jennifer.

Susan schüttelte den Kopf. Sie befand sich im Badezimmer von

Onkel Georges Haus. Jennifer saß in der Wanne und beobachtete, wie ein Spielzeugboot schaukelnd zwischen Inseln aus Schaumblasen hindurchfuhr. Aus dem Erdgeschoss drang Musik von Beethoven. Außerdem war das Geräusch einer Schreibmaschine zu hören. Onkel George bereitete gerade einen Bericht über ein neues Bauprojekt vor.

»Wo ist sie?«

»Im Himmel, Jenjen, bei meinem Daddy, und bestimmt sehen uns die beiden jetzt zu und hoffen, dass wir nicht zulassen werden, dass das große Monster das Boot auffrisst. Pass auf!« Sie schob eine Gummiente durchs Wasser und gab dabei knurrende Geräusche von sich, während Jennifer den Angreifer kreischend abwehrte.

»Na, bist du inzwischen sauber?«

»Ja.«

»Dann raus mit dir!« Sie hielt ihr das Handtuch hin, und Jennifer sprang hinein. Susan begann ihr das Haar zu frottieren. Es war blond, hatte aber einen leichten Rotstich. Tante Emma hatte wunderschönes goldblondes Haar gehabt. Sie hoffte, dass das von Jennifer später auch so werden würde.

»Außerdem, wie kann ich deine Mummy sein, wenn ich doch deine große Schwester bin?«

Jennifer runzelte die Stirn. »Mrs. Phelps sagt, du kannst nicht meine Schwester sein, weil du nicht hier wohnst.«

»Möchtest du, dass ich deine Schwester bin?«

»Ja.«

»Dann bin ich es auch, und wenn Mrs. Phelps etwas anderes sagt, bekommt sie von mir eins auf den Hintern.«

Das Stirnrunzeln wurde von einem hellen Lachen abgelöst. Susan half Jennifer beim Zähneputzen und trug sie anschließend in ihr Zimmer, das in Rosa und Gelb gehalten war. Die Tagesdecke über ihrem Bett war mit Monden und Sternen bedruckt, genau wie früher die von Susan. Kater Smudge lag schnurrend auf dem Kopfkissen. Susan hatte ihn auf Anraten ihrer Mutter Jennifer geschenkt. Onkel Andrew war nie besonders glücklich darüber gewesen, ein Tier im Haus zu haben. Es hatte wehgetan, aber Jennifer liebte Smudge, und Susan konnte ihn wenigstens sehen, sooft sie wollte.

Sie ging Jennifer beim Anziehen ihres Schlafanzugs zur Hand.

»Möchtest du, dass Daddy dich ins Bett bringt?«

»Nein. Du sollst das machen.«

Susan fühlte sich geehrt. Sie war die einzige Person außer Onkel George, die das durfte. Während sie Jennifers Abendgebet lauschte, musste sie daran denken, wie sie selbst in diesem Alter um einen Bruder oder eine Schwester gebetet hatte. Obwohl ihre Eltern ihrem Wunsch nie nachgekommen waren, hatte er sich nun in Gestalt von Jennifer doch noch erfüllt. Dieses mutterlose kleine Mädchen war ihr ebenso wichtig, wie es ein eigenes Geschwisterchen gewesen wäre.

Jennifer kletterte ins Bett. Susan strich die Bettdecke glatt. »Soll ich dir was vorsingen?«

»Ja.«

Sie begann mit leiser, beruhigender Stimme »Speed Bonnie Boat« zu singen. Jennifer hatte einen Arm um Smudge geschlungen und den anderen auf der Bettdecke ausgestreckt. Sanft legte Susan ihre Hand auf die des kleinen Mädchens und spürte, wie eine Welle fürsorglicher Liebe sie durchströmte. In dem ganzen verwirrenden Chaos ihres Lebens war Jennifer das einzig Vollkommene. Sie gab ihr das Gefühl, dass trotz all der Verdorbenheit, die in ihr war, vielleicht auch noch ein Funke Gutes steckte.

Sie sang, bis Jennifer eingeschlafen war. Nachdem sie ihr noch einen Gutenachtkuss auf die Wange gedrückt hatte, schlich sie auf Zehenspitzen aus dem Raum, ließ aber die Tür einen Spalt offen, damit das Licht auf dem Gang und die Musik und die Schreibmaschinengeräusche, die von unten heraufdrangen, sie beruhigten, falls sie aufwachte.

Dezember. Zwei Tage nach der Beerdigung seiner Schwester saß Henry Norris mit einem Freund in einem Kendletoner Pub. Beide Männer hatten ein Bier vor sich stehen und schwiegen einvernehmlich.

»Danke«, sagte Henry nach einer Weile.

»Wofür?«

»Dafür, dass du dich nicht genötigt fühlst, mir zu sagen, wie Leid es dir tut. Ich höre seit Tagen nichts anderes. Als wäre das, was Agnes passiert ist, irgendwie ungerecht.«

»Die Leute sind einfach traurig, Henry. Sie war sehr beliebt.«

»Ich weiß, und ihr Tod war ja wirklich sehr traurig. Aber nicht ungerecht. Sie war sechzig. Sie hatte ein längeres Leben als viele andere, und wahrscheinlich auch ein glücklicheres. Ein viel glücklicheres.« Er seufzte. »Vor ein paar Monaten kam ein Mann mit seiner Tochter zu mir in die Praxis. Sie war noch ein Kind, hatte aber schon Tripper. Er erzählte mir eine Geschichte über einen Jungen auf einer Party, aber mir war ziemlich schnell klar, dass er selbst sie damit angesteckt hatte. Sie erzählte mir dieselbe Geschichte wie er und sah mich dabei argwöhnisch an, als wäre ich derjenige, der ihr wehtat. Was für ein armes Ding. Voller Angst und Misstrauen. Welches Leben wird sie einmal führen?«

»Vielleicht ein recht glückliches. Das kann man nie wissen. Möglicherweise verändert sich etwas, und ihre Situation wird besser.«

»Ich hoffe es. So ein schönes Mädchen. Sie sah aus wie ein Filmstar.« Henry lachte leise. »Was man von Agnes nicht behaupten konnte. Aber das war ihr egal. Wie gesagt, sie hatte ein glückliches Leben ...«

März 1960
Alice Wetherby hasste Susan Ramsey.

Es gab sonst eigentlich niemanden, den sie wirklich hasste. Wenn ihre Eltern ihr etwas verwehrten, behauptete sie zwar, sie zu hassen, meinte es aber nicht so. Außerdem passierte das sowieso nur ganz selten. In der Hinsicht hatte sie Glück.

Aber sie hatte ja in den meisten Dingen Glück. Ihre Mutter sagte ihr das immer wieder, und wenn sie sich nicht gerade über ihre Belehrungen ärgerte, war ihr durchaus klar, dass es stimmte. Ihre Familie gehörte zu den wohlhabendsten der Stadt, und sie wohnte in einem der schönsten Häuser. Sie war so gescheit, dass sie in der

Schule glänzen konnte, und ihre selbstbewusste, extrovertierte Art hatte schon immer dafür gesorgt, dass sie von einer ganzen Schar sie bewundernder Freundinnen umgeben war. »So ist sie, unsere Alice«, sagte ihr Vater stolz. »Ein Licht, um das die Motten flattern. Edward ist genauso.« Obwohl Alice die angebliche Leuchtkraft ihres Bruders vehement in Frage stellte, hegte sie keinerlei Zweifel, was ihre eigene Attraktivität betraf.

Sie war in der Tat außergewöhnlich hübsch. Schon sehr früh hatte sie begriffen, welche Macht ihr das verlieh. Und je älter sie wurde, desto größer wurde auch diese Macht.

Sie stand gerade mit Kate Christie vor dem Schultor. Jungen und Mädchen, zu Fuß oder auf Fahrrädern, aber allesamt in der gleichen blau-schwarzen Uniform, kamen aus beiden Richtungen die von Bäumen gesäumte Straße entlang. Vor dem gegenüberliegenden Tor versammelte sich eine Gruppe Jungen. Ein paar von ihnen hatten betont lässig die Hände in die Hosentaschen geschoben, andere vollführten auf ihren Fahrrädern Kunststücke. Beides zielte darauf ab, Mädchen wie Alice zu beeindrucken, die sich ihr eigenes Interesse nicht anmerken ließen, sondern nach außen hin recht unbeteiligt taten.

Sie beobachtete Martin Phillips dabei, wie er auf dem Hinterrad fuhr. Martin war sechzehn, gut aussehend und ein Freund ihres Bruders. Als er ihren Blick bemerkte, winkte er ihr zu und begann dann, freihändig im Kreis zu fahren. Alice warf ein triumphierendes Lächeln zu Sophie Jones hinüber, die aber tat, als würde sie es nicht sehen. Sophie war über beide Ohren in Martin verliebt.

Fiona Giles, eine Aufsichtsschülerin mit einem Pferdegesicht, ging an ihnen vorbei. Kate stieß ein wieherndes Geräusch aus, und Alice musste sich beherrschen, nicht laut herauszuplatzen. Martin grinste zu ihnen herüber. Sein Mund wirkte rot und voll. Alice fragte sich, wie es wohl wäre, ihn zu küssen. Sie hatte noch nie einen Jungen richtig geküsst, von anderen Intimitäten ganz zu schweigen. Als ihre Mutter ihr mit geröteten Wangen erklärt hatte, wie Sex funktionierte, war sie entsetzt gewesen. Eine ältere Cousine hatte gemeint, dass sie mit der Zeit schon Gefallen daran finden würde. Doch seitdem waren zwei Jahre vergangen, und ihr wurde bei der Vorstellung immer noch übel.

Aber das machte nichts. Ganz im Gegenteil, es war sogar ein Segen. »Ein guter Ruf ist Gold wert«, ermahnte ihre Mutter sie. »Du darfst nie etwas tun, was deinem Ruf schaden könnte, denn ist er erst einmal ruiniert, lässt sich das nie wieder gutmachen.«

»Die Jungen sind alle gleich«, erklärte ihre Cousine. »Sie wollen, was sie nicht haben können. Lass sie in dem Glauben, dass sie es eines Tages bekommen werden, und sie sind Wachs in deinen Händen. Mach ihnen Komplimente, und flirte mit ihnen. Händchenhalten ist auch erlaubt und hin und wieder sogar ein Küsschen auf die Wange. Aber mehr nicht. Bei mir funktioniert diese Taktik, und bei dir wird es auch so sein.«

Genauso war es. Immer mehr Jungen bemühten sich um ihre Aufmerksamkeit und wetteiferten darum, sie zum Lächeln zu bringen. Sie machte sich mit ihren Freundinnen über sie lustig und genoss ihre Macht, aber ein Teil von ihr sehnte sich danach, einen einzelnen Jungen zu ihrem Sklaven zu machen, auch wenn sie noch kein Verlangen nach körperlicher Intimität verspürte.

Die Mädchen, die durch das Schultor schlenderten, unterhielten sich über die Fernsehsendungen vom Vorabend, die Popstars, für die sie gerade am meisten schwärmten, oder die Hausaufgaben, die sie nicht gemacht hatten. Die unscheinbare Charlotte Harris eilte an ihnen vorüber. »Buh!«, rief Alice, woraufhin Charlotte erschrocken zusammenzuckte und Kate in Lachen ausbrach, während Martin sich weiter wie ein eitler Pfau vor ihnen produzierte. Alice wusste, dass seine Show nur ihr galt. Als sie wieder zu ihm hinübersah, erhob er sich gerade lässig aus seinem Sattel.

Plötzlich hielt er abrupt inne. Eine andere hatte seine Aufmerksamkeit erregt.

Susan Ramsey kam schnellen Schrittes näher. Ihre Bewegungen wirkten eckig, aber trotzdem merkwürdig anmutig. Die triste Uniform, die andere Mädchen wie schwarze Käfer wirken ließ, sah an ihr aus, als wäre sie speziell für sie geschneidert worden. Obwohl ihr Haar zerzaust und ihr Gesicht müde wirkte, besaß sie auch in dem kalten Morgenlicht noch eine starke Ausstrahlung.

Martin versuchte, ihre Aufmerksamkeit zu erregen, indem er sie mit dem Rad umkreiste, während andere Jungen strammstanden, als wollten sie ihr salutieren. Susan, die mit sorgenvoller Miene vor sich hin starrte, ignorierte sie alle.

»Hast du's schon mal mit einem Kamm probiert?«, fragte Kate in sarkastischem Ton.

»Hast du's schon mal mit Denken probiert, bevor du redest?«, konterte Susan, ohne stehen zu bleiben.

Die Schulglocke rief zur morgendlichen Versammlung. Ehe Alice sich in Bewegung setzte, blickte sie sich nach Martin um, der immer noch auf seinem Rad saß. Sie winkte ihm zu, aber er starrte durch sie hindurch, als wäre sie unsichtbar. Ihr eigenes Licht war von einem anderen, weitaus heller strahlenden ausgelöscht worden.

Susan ging immer noch sehr schnell und war schon ein ganzes Stück weiter vorne. Während Alice in langsamerem Tempo folgte, wuchs der Hass in ihr wie ein Geschwür an. Sie konnte nichts dagegen tun. Noch nicht. Aber ihre Zeit würde kommen. Sie brauchte nur auf die richtige Gelegenheit zu warten.

Und wenn es so weit war, würde sie zuschlagen.

Mai. Es war fast Mitternacht. Susan lag im Bett und starrte auf den Spalt unter ihrer Zimmertür, durch den vom Gang ein wenig Licht hereinfiel.

Ihr Stiefvater befand sich in seinem Arbeitszimmer. Sie hörte seinen Schreibtischsessel knarren. Nachdem sie so viele Nächte angstvoll gelauscht hatte, ob irgendwelche Geräusche zu hören waren, konnte sie jedes einzelne genau zuordnen. Das Ächzen der Metallfedern, wenn er sich zurücklehnte und streckte. Das Geräusch des Bezugs, wenn er sich bequemer hinsetzte. Zuletzt das Seufzen des Kissens, wenn er aufstand.

Noch vor nicht allzu langer Zeit hätte ihr Herz bei diesen Geräuschen vor Angst zu rasen begonnen, aber das war nun vorbei.

Sein letzter Besuch lag drei Monate zurück. Es war eine stürmische Februarnacht gewesen, kurz nach ihrem vierzehnten Geburtstag. Er hatte auf dem Bett gesessen, während sie nackt neben ihm lag und spürte, wie seine feuchte Hand ihren Hals liebkoste, dann zu ihren Brüsten glitt und von dort wie eine fette, fünfbeinige Spinne über ihren Bauch zu dem weichen Flaum zwischen ihren Beinen hinunterwanderte, während sie dem Wind und dem Regen lauschte und sich dabei vorstellte, sie wäre unten am Fluss oder mit Jennifer beim Spielen, egal, wo, Hauptsache nicht in diesem Raum. Schließlich hatte er laut geseufzt und sie mit ausdruckslosen, kalten Augen betrachtet. In den vorangegangenen Monaten hatte sie gespürt, dass seine Lust auf sie allmählich nachließ. Nun war auch der letzte Hauch Wärme dahin.

Er stand auf. »Deck dich zu. Lieg nicht so entblößt da. Das ist nicht richtig.«

»Du hast doch gesagt, dass ich mich ausziehen soll.«

»Nur weil du mich dazu bringst. Es ist deine Schuld, nicht meine.«

Während sie sich wie befohlen zugedeckt hatte, war sein Blick plötzlich vorwurfsvoll geworden. »Du bist so raffiniert. Eine wahre Meisterin der Täuschung. Du führst alle hinters Licht, nur mich nicht. Die Leute halten dich für ein braves, liebes Mädchen, aber das bist du nicht. Sie finden dich schön, aber das bist du auch nicht. Du warst es einmal, aber inzwischen bist du genauso mittelmäßig und gewöhnlich wie alle anderen.«

»Aber du bleibst trotzdem noch mein Freund, oder? Du wirst es doch niemandem erzählen?«

Sein Blick blieb vorwurfsvoll. »Nein, ich werde es niemandem erzählen.«

Nachdem er gegangen war, wusste sie instinktiv, dass ihr seltsames und beängstigendes Ritual zum letzten Mal stattgefunden hatte.

Danach hätte es ihr eigentlich besser gehen müssen. Ihr Schlaf, der so viele Jahre immer wieder gestört worden war, hätte ruhiger werden müssen.

Aber dem war nicht so. Das ständige Lauschen war ihr derart in Fleisch und Blut übergegangen, dass sie nicht damit aufhören konnte. Stundenlang lag sie wach und hielt sich an ihrem Bett fest, weil sie das Gefühl hatte, der Raum würde sich immer schneller drehen, sodass sie befürchtete, ins All geschleudert zu werden. Und wenn der Schlaf dann endlich doch kam, brachte er meist Träume mit sich, in denen alle rannten, während sie stillstand, und laut schrien, wenn sie sich nach Ruhe und Frieden sehnte, oder lachten, wenn ihr nach Weinen zumute war. In dieser Welt ergab nichts einen Sinn, und ihr eigener Platz darin war bestenfalls ungewiss.

Warum hatte er aufgehört, sie zu besuchen? Als sie ihn danach fragte, wurde er sehr böse und verbot ihr, das Thema je wieder anzuschneiden. Ihr blieb also nichts anderes übrig, als sich allein mit den Fragen herumzuschlagen, die wie wütende Wespen in ihrem Kopf herumschwirrten.

Sah er die Verdorbenheit in ihr nicht mehr? War sie vielleicht nicht mehr verdorben? Oder war sie es so sehr, dass es für sie keine Rettung gab?

Vielleicht warst du von Anfang an nicht verdorben.

Die Stimme kam von irgendwo außerhalb ihrer selbst, als hätte ein Geist ihr diese Worte zugeflüstert, die wie zarte Schneeflocken in der Luft tanzten und sich bei der leisesten Berührung in Nichts aufzulösen drohten.

Das Licht auf dem Gang erlosch. Sie hörte seine Schritte auf der Treppe. Er ging in sein eigenes Schlafzimmer hinunter und ließ sie mit dem drehenden Raum und ihren Gedanken und Träumen allein.

Auf ihrem Nachttisch stand immer noch das Bild ihres Vaters. Sie stellte sich vor, dass er neben ihrem Bett wachte, aber als sie die Hand ausstreckte, um ihn zu berühren, löste er sich ebenfalls wie eine Schneeflocke auf.

Ein regnerischer Samstag im Juli, eine Woche nach dem Beginn der Sommerferien. Sie saß im alten Lesesaal der Kendleton Library am Fenster.

Die Bibliothek lag am Market Court. Der Lesesaal, ein Stockwerk über der eigentlichen Bibliothek, wurde kaum genutzt. Er enthielt lediglich ein paar Regale mit Zeitschriften, einen Tisch und drei Stühle. Das Fenster, von dem man auf die Treppe des Rathauses hinuntersah, wurde größtenteils durch den Dachvorsprung verdeckt, sodass Susan hinausschauen konnte, ohne gesehen zu werden. Unten überreichte gerade ein Kendletoner Geschäftsmann dem Bürgermeister einen Scheck, mit dem er zur Reparatur des Kirchendachs beitragen wollte. Trotz des Regens war eine recht beachtliche Menschenmenge zusammengekommen. Die meisten Leute hatten ihre Schirme aufgespannt, während Journalisten des Lokalblatts Fotos machten und der Bürgermeister, ein aufgeblasener Freund von Susans Stiefvater, übers ganze Gesicht grinste.

»Hallo.«

Ein Junge stand mit ein paar Büchern unter dem Arm in der Tür. Er war etwa siebzehn und hatte hellbraunes Haar. Susan kannte ihn, wenn auch nur vom Sehen, aus der Schule.

»Ich wollte hier ein bisschen arbeiten«, erklärte er nervös. »Unten ist es so laut.«

Susan wandte sich wieder dem Fenster zu, um zu sehen, ob der Regen schon nachließ. Wenn es aufhörte, wollte sie mit Jennifer zu den Schaukeln auf dem Spielplatz.

Der Bürgermeister hatte inzwischen mit seiner Rede begonnen, die genauso langatmig und ermüdend war wie das, was er von sich gab, wenn er zu ihnen zum Abendessen kam.

Der Junge breitete seine Bücher auf dem Schreibtisch aus, las in jedem eine Weile und notierte sich hin und wieder etwas.

»Was machst du da?«, fragte Susan ihn schließlich.

»Ich sammle Material für einen Aufsatzwettbewerb. Fünftausend Worte über die Gründe des englischen Bürgerkriegs.«

»Was waren das für Gründe?«

»Keine Ahnung. Deswegen muss ich ja Material sammeln«, antwortete er mit einem Lächeln. »Du bist Susan Ramsey, nicht wahr?«

»Woher kennst du meinen Namen?«

»Den kennt doch jeder. Du bist ein beliebtes Gesprächsthema.«

»Wie meinst du das?«, fragte sie bestürzt.

»Das schönste Mädchen an der Schule.«

»Oh.« Sie atmete erleichtert auf. »Danke.«

»Du gehst mit Alice Wetherby in die Klasse, oder? Ihr Bruder ist in meiner.«

»Magst du ihn?«

»Er ist ganz in Ordnung. Und Alice?«

Sie schnitt eine Grimasse.

»Wirklich?«

»Ich kann sie nicht ausstehen.«

»Also, wenn ich ganz ehrlich sein soll, kann ich Edward auch nicht ausstehen.«

Sie lächelten sich verschwörerisch an. Ein gutes Gefühl.

»Weißt du, wem du ähnlich siehst?«, fragte er.

»Elizabeth Taylor. Zumindest behaupten das die Leute.«

»Sie haben Recht. Ich sehe angeblich auch jemandem ähnlich. Zumindest behaupten das die Leute.«

»Wem?«

»Meiner Großmutter.«

Susan musste lachen. Solche Witze hatte ihr Vater auch immer gemacht. Irgendwie erinnerte er sie sogar ein bisschen an ihn.

»Warum bist du am Sonntag hier in der Bibliothek?«, fragte er.

»Weil es regnet.« Und weil es besser als zu Hause war. Aber das verschwieg sie ihm. »Und du?«

»Weil es hier so schön ruhig ist. Mein Vater ist zu Hause, und der kann ziemlich laut werden.«

»Und deine Mutter?«

»Sie ist letztes Jahr gestorben.«

Erschrocken starrte sie ihn an. »Das tut mir Leid... ähm...«

»Paul. Paul Benson.«

»Das tut mir Leid, Paul. Mein Dad ist gestorben, als ich sieben war. Das ist das Schlimmste, was einem passieren kann. Jemanden zu verlieren, den man liebt.«

»Ich muss die ganze Zeit an sie denken. Blöd, nicht wahr?«

»Warum?«

»Weil es sie auch nicht zurückbringt.«

Susan wusste nicht, was sie darauf sagen sollte. Er wandte sich wieder seinen Büchern zu. Draußen hatte der Regen tatsächlich ein wenig nachgelassen. Der Bürgermeister sprach immer noch zu seinem gelangweilten Publikum. Der Sohn von Mrs. Pembroke, den ihr Stiefvater wegen seines vernarbten Gesichts Scarface getauft hatte, flüsterte mit der angeblich so geldgierigen Gesellschafterin. Sie hatte ein nettes Lächeln, genau wie Paul.

230

Plötzlich fiel Susan ein, wie sie ihn wieder zum Lächeln bringen konnte.

»Komm her«, sagte sie.

Nachdem er ihrer Aufforderung gefolgt war, öffnete sie das Fenster, rief »Langweiler!« und machte das Fenster schnell wieder zu. Der überraschte Bürgermeister verlor den Faden, und sein Publikum, das eine Chance witterte, ihm zu entkommen, begann zu klatschen.

»Ich gehe jetzt besser«, meinte Susan, als sie zu lachen aufgehört hatten. »Damit ich dich nicht länger von der Arbeit abhalte.«

»Dann auf Wiedersehen.«

»Auf Wiedersehen.«

Als sie die Tür erreichte, rief er ihren Namen. Sie drehte sich um.

»Ich bin morgen bestimmt auch wieder hier. Vielleicht hast du ja Lust, mich noch mal ein bisschen von der Arbeit abzuhalten.«

»Vielleicht. Wenn das Wetter schlecht ist.«

Aber das Wetter war schön. Der erste schöne Tag seit Ferienbeginn.

Sie ging trotzdem wieder in die Bibliothek.

Ein schöner Augustabend. Susan betrat das Haus.

Ihre Mutter und ihr Stiefvater saßen im Wohnzimmer. Während ihre Mutter eine zerrissene Bluse flickte, ließ sich Onkel Andrew einen Whisky schmecken. Im Radio lief klassische Musik.

»Wo bist du gewesen?«, wollte er wissen.

»Bloß ein bisschen spazieren.«

»Du hast was von einer halben Stunde gesagt. Es waren aber fast zwei.«

»Tut mir Leid. Das war mir nicht bewusst.« Sie tarnte ihre Lüge mit einem Lächeln.

»Was hast du denn die ganze Zeit gemacht?«

»Nichts Besonderes. Einfach so herumgeschaut. Die Landschaft ist im Moment so schön.«

Das stimmte. Paul hatte es während ihres Spaziergangs auch gesagt.

Onkel Andrews Miene verfinsterte sich. »Du solltest eigentlich in deinem Zimmer sitzen und lernen. Ich gebe nicht ein Vermögen an Schulgebühren für dich aus, damit du in allen Fächern die Schlechteste bist.«

»Das bin ich doch gar nicht.«

»Aber so gut wie.«

Ihre schulischen Leistungen ließen schon seit Jahren zu wünschen übrig. Der ständige Schlafmangel bewirkte, dass sie sich oft nicht konzentrieren konnte. In der Vergangenheit hatte er ihre schlechten Noten nicht so tragisch genommen, aber seit ein paar Monaten sah er das nicht mehr so locker.

»Susan gibt ihr Bestes«, warf ihre Mutter ein.

»Das war ja klar, dass du ihre Partei ergreifst.«

»Ich wollte damit nur sagen…«

»Es ist deine Aufgabe, dafür zu sorgen, dass sie nicht über die Stränge schlägt. Das ist ja wohl nicht zu viel verlangt, oder? Sogar du müsstest dazu in der Lage sein. Du sitzt doch sowieso bloß den ganzen Tag herum.«

Susan fühlte sich plötzlich sehr unbehaglich. Onkel Andrew hatte ihre Mutter schon immer sehr herablassend behandelt, sich dabei aber zumindest den Anschein von Güte gegeben. Neuerdings klang sein Ton richtig verächtlich. Das gefiel Susan überhaupt nicht, aber sie konnte nichts dagegen tun.

»Mum kann nichts dafür«, sagte sie schnell. »Du solltest nicht auf sie wütend sein, sondern auf mich.«

»Das bin ich auch.« Er trank seinen Whisky aus und schenkte sich einen neuen ein. Sein Alkoholkonsum nahm deutlich zu. Eine weitere Veränderung. Pauls Vater trank in letzter Zeit auch mehr als früher. Allerdings hatte er Paul zufolge schon immer gern einen über den Durst getrunken.

Paul hatte ihr viel von sich erzählt. Dass er manchmal um seine Mutter weinte und sein Vater ihn deswegen verachtete. Dass sein Vater ihn ständig aufzog, weil er eine Vorliebe für Musik und Literatur hatte, dafür aber in Sport nicht besonders gut war. Sein Vater fand das unmännlich. Seine Klassenkameraden zogen ihn ebenfalls auf. Idioten wie Edward Wetherby und Martin Phillips, die ihm hohnlachend Küsschen zuwarfen, während er so tat, als

232

würde er es nicht bemerken. Sooft Susan die beiden sah, wäre sie am liebsten auf sie losgegangen und hätte ihnen ihr Grinsen aus dem Gesicht geschlagen.

Sie hatte Paul ihrerseits auch so einiges erzählt. Wie gerne sie sich an ihren Vater erinnerte. Was für ein Albtraum der Zusammenbruch ihrer Mutter gewesen war. Doch andere Albträume verschwieg sie ihm.

»Geh zu Bett!«, befahl Onkel Andrew.

Sie gab ihm einen Gutenachtkuss. Seine Wange war heiß und feucht. Sie hasste es, wie seine Haut sich anfühlte.

Während sie die Treppe hinaufging, fuhr er fort, ihrer Mutter Vorhaltungen zu machen. Dabei klang sein Ton wieder genauso verächtlich wie zuvor.

Anfang Semptember, drei Tage vor Beginn des neuen Schuljahrs. Susan ging mit Paul am Flussufer entlang.

Es war ein schöner Spätsommernachmittag. Ein paar Enten glitten neben ihnen her und bettelten um Futter. Sie gingen an Kendleton Lock vorbei auf die Brücke zu, die zum Dorf Bexley führte. Der Sohn von Mrs. Pembroke kam ihnen mit der geldgierigen Gesellschafterin entgegen. Während er den Worten seiner Begleiterin lauschte, die voller Begeisterung Wolkenformen beschrieb, lächelte er Susan und Paul einen Moment zu.

Nach der Brücke war der Weg zunehmend von Gras und Unkraut überwuchert. Nur wenige Leute kamen an diesen Abschnitt des Flusses, aber Susan mochte ihn. Ihr Vater hatte sie oft auf seinen Schultern hierher getragen und ihr die verschiedenen Vögel und Pflanzen gezeigt. Von ihm hatte sie gelernt, die sie umgebende Natur zu lieben.

Schließlich bog sie mit Paul in den Wald ein, wo die Bäume so dicht standen, dass man eine Weile den Himmel nicht mehr sehen konnte. Dann tat sich vor ihnen eine Lichtung auf. In der Mitte lag ein großer Teich, über dessen Oberfläche Libellen tanzten, während auf Seerosenblättern Frösche auf Beute lauerten.

»Hier bin ich mit Dad oft zum Picknicken hergekommen«, erklärte sie. »Und während wir aßen, hat er mir Geschichten erzählt.

Er nannte diesen Ort die Nymphengrotte. Wir hatten für alle unsere Lieblingsplätze geheime Namen, die wir niemandem sonst verrieten, nicht einmal Mom.«

»Aber jetzt hast du ihn mir verraten.«

»Stimmt.«

Neben dem Teich stand ein einzelner Baum, dessen Äste ein wenig Schatten über das Wasser warfen. Sie ließen sich darunter nieder. Aus dem flachen Wasser am Ufer des Teichs ragten ein paar Wurzeln empor. Susan deutete darauf. »Dad hat sie als Trollfinger bezeichnet.«

»Und dich hat er seine kleine Susie Star genannt.«

Sie spürte plötzlich eine große Leere in sich. »Das ist lange her.«

»Meine Mutter hat mich immer ihr kleines Wunder genannt. Sie dachte, sie könnte keine Kinder bekommen, aber dann kam ich. Und nun ist sie tot, und ich habe nur noch Dad. Weißt du, wie er mich nennt?«

»Wie?«

»Meinen kleinen Waschlappen. Er hält nicht besonders viel von mir.«

»Das meint er bestimmt nicht so.«

»Doch, und alle anderen denken auch so über mich. Edward Wetherby und seine Freunde. Ich hasse es, wenn sie Tunte oder Schwuchtel zu mir sagen.«

»Das sind doch bloß Idioten.«

Er senkte den Kopf und starrte auf den Boden. Über ihnen war die Luft voller Vögel.

»Aber wenn ich eine Schwuchtel bin, warum möchte ich dich dann unbedingt küssen?«

Als er zu ihr hochblickte, sahen seine Augen genau aus wie die ihres Vaters, nur trauriger. Sie weckten in ihr den Wunsch, diese Traurigkeit für immer zu vertreiben.

»Ich möchte dich auch küssen«, sagte sie.

Also küssten sie sich. Susan drückte mit ihrer Zunge sanft seine Lippen auseinander und liebkoste das Innere seines Mundes. Paul schlang die Arme um sie und zog sie an sich.

Die Mädchen in Susans Klasse sprachen ständig über Sex. Ki-

234

chernd standen sie in irgendwelchen Ecken und tuschelten über jenen verdorbenen, wundervollen Akt, den keine von ihnen zu vollziehen wagte, der sie aber alle faszinierte. Und während sie sich darüber unterhielten, dachten sie an Emma Hill, ein älteres Mädchen, das die Schule hatte verlassen müssen, weil sie schwanger geworden war. Ein warnendes Beispiel dafür, wie gefährlich es war, vom Pfad der Tugend abzuweichen.

Susan hielt sich von diesen Gesprächen fern, weil sie befürchtete, die Mädchen könnten dahinterkommen, woher ihre eigene Erfahrung stammte, während sie sich gleichzeitig fragte, ob dieser Akt, der angeblich auf ihren eigenen Wunsch hin stattfand, nach dem sie sich aber immer beschmutzt und gedemütigt gefühlt hatte, wirklich so wundervoll sein konnte, wie die anderen zu glauben schienen.

Paul streichelte ihre Wange. Er wirkte in dem Moment sehr verletzlich. Genau wie bei Jennifer hatte sie plötzlich das Gefühl, ihn beschützen zu müssen, spürte zugleich aber seine starken Arme, die ihr ein Gefühl von Sicherheit gaben. Diese widersprüchlichen Emotionen hätten sie eigentlich verwirren müssen, erfüllten sie stattdessen jedoch mit einer Wärme, wie sie sie noch nie erlebt hatte. Einer Wärme, die stärker war als körperliche Lust. Besser und reiner.

Einfach vollkommen.

»Ich liebe dich«, sagte sie.

Sie küssten sich noch einmal. Susan ließ sich ins Gras sinken und zog ihn auf sich. Obwohl sie wusste, was kommen würde, empfand sie keinerlei Scham. Sie hatte nur den Wunsch, ihm nahe zu sein und ihn glücklich zu machen.

Er stellte sich ziemlich ungeschickt an. Als sie merkte, wie nervös und unsicher er war, übernahm sie die Führung. Liebkoste und beruhigte ihn. Half ihm, in sie einzudringen. Nach ein paar Stößen rollte er sich von ihr herunter, presste das Gesicht ins Gras und kam bebend zum Höhepunkt.

Sie flüsterte seinen Namen, aber er gab ihr keine Antwort. Sie versuchte es noch einmal.

Er drehte sich zu ihr um. »Es tut mir Leid.«

»Warum?«

»Ich war nicht besonders gut.«

Sie streichelte sein Haar. »Doch, das warst du.«

»Das liegt daran, dass es das erste Mal war.«

»Es war sehr schön, Paul. Wirklich.«

»Beim ersten Mal ist es immer schwierig.«

»Das stimmt.« Sie lächelte ihn beruhigend an. »Mir hat es noch nie Spaß gemacht, aber ...«

Er riss überrascht die Augen auf. Plötzlich wurde ihr klar, was sie gerade gesagt hatte.

»Noch nie?«

Ihr Herz begann zu rasen.

»Noch nie?«

»Letzten Sommer habe ich auf einer Party einen Jungen kennen gelernt. Er hat mich betrunken gemacht. Ich konnte nichts dafür. Es war nur ein einziges Mal.«

»Du hast gesagt, es hat dir noch nie Spaß gemacht. Das heißt, du hast es schon öfter getan.«

»Nein, das stimmt nicht.«

»Doch, gib es zu.« Sein eben noch so liebevoller Blick wirkte plötzlich verletzt und wütend. »Wie viele Jungen hast du schon hierher gebracht?«

»Keinen Einzigen!«

»Warum dann mich?«

»Weil du etwas Besonderes bist.«

»Hast du das zu den anderen auch gesagt?«

»Es hat keine anderen gegeben!«

»Und woher soll ich wissen, ob das stimmt?«

»Weil es die Wahrheit ist.« Sie war inzwischen den Tränen nahe und wünschte sich, er würde sie in den Arm nehmen und ihr sagen, dass er ihr glaube. Stattdessen hackte er mit einem Stock in der trockenen Erde herum.

»Es hat keine anderen gegeben. Das ist die Wahrheit.«

Er stand auf. »Wir sollten jetzt besser gehen. Dein Stiefvater wird bestimmt böse, wenn du zu lange wegbleibst.«

Schweigend gingen sie am Flussufer entlang. Wie auf dem Her-

236

weg wurden sie von Enten begleitet. Susan, deren Herz immer noch wie wild pochte, hätte am liebsten die Uhr zurückgedreht. Sie wünschte, das Ganze wäre nie passiert.

Vor ihrem Haus blieben sie einen Moment stehen und sahen sich an. »Es hat keine anderen gegeben, Paul. Nur den Jungen auf der Party.«

Er nickte.

»Du bist immer noch mein Freund, oder?«

Sein Lächeln kam sehr zögernd, aber immerhin war es ein Lächeln.

»Du wirst es doch niemandem erzählen, oder?«

»Nein.«

Sie sah ihm nach. An der Ecke blieb er normalerweise stehen und winkte ihr noch einmal zu. Diesmal ging er einfach weiter.

Martin Phillips langweilte sich. Er stand mit Brian Harper vor dem Normannenkreuz am Market Court und wartete auf Edward Wetherby, der versprochen hatte, ein paar Zigarren aus dem Schreibtisch seines Vaters zu klauen.

Paul Benson ging an ihnen vorbei. Eine gute Gelegenheit, sich ein wenig die Zeit zu vertreiben. »Na, warst du bei deinem Freund?«, rief Martin ihm zu.

Paul ignorierte ihn.

»Benson, ich rede mit dir!«

Langsam ging Paul auf die beiden zu. »Warum ziehst du denn so ein langes Gesicht?«, fragte Brian.

»Wahrscheinlich ist er immer noch am Boden zerstört, weil Eddie Fisher Debbie Reynolds wegen Liz Taylor verlassen hat und nicht seinetwegen«, witzelte Martin. »Mach dir nichts daraus, Benson. Montgomery Clift ist noch zu haben.«

Paul schüttelte den Kopf. »Was weißt du denn schon.«

»Wir wissen immerhin, dass du schwul bist«, gab Brian ihm zur Antwort.

»Warum hackt ihr eigentlich dauernd auf mir herum?«

»Weil es Spaß macht.«

Paul wandte sich zum Gehen. »Weißt du was?«, rief Martin ihm nach. »Wir starten hier in Kendleton demnächst eine Anti-Schwulen-Kampagne. Besser, du packst schon mal deine Sachen.«

Paul blieb stehen, drehte sich um und kam wieder auf sie zu.

»Ihr scheint über Schwule ja sehr gut Bescheid zu wissen. Seid ihr sicher, dass ihr nicht selber welche seid?«

»Hau bloß ab!«

»Mit wie vielen Mädchen hast du denn schon Sex gehabt?«

Martin fühlte sich plötzlich ziemlich unbehaglich. Das war ein heikles Thema. Keiner von seinen Freunden gab zu, noch Jungfrau zu sein, obwohl sie es mit ziemlicher Sicherheit alle noch waren. Auch er selbst hatte nicht vor, es zuzugeben.

»Da kannst du Schwuchtel doch überhaupt nicht mitreden.«

»Immerhin habe ich heute Nachmittag schon Sex gehabt.«

»Wer war denn der Glückliche?«, höhnte Brian.

»Susan Ramsey.«

»Das glaube ich dir nicht«, sagte Martin.

»Dann glaubst du es eben nicht. Das ist mir doch egal. Ich weiß ja, dass es stimmt.«

Martin musste daran denken, wie Edward damit geprahlt hatte, während eines Frankreichurlaubs mit einer Französin geschlafen zu haben. »Sie war hin und weg. Wir haben es viermal gemacht.« Dabei hatte sein Ton ziemlich angriffslustig geklungen, als würde er befürchten, seine Freunde könnten ihm die Lüge vielleicht nicht abnehmen. Eine unbegründete Angst, denn sie dachten nicht im Traum daran, seine Geschichte in Frage zu stellen. Ihnen war viel zu sehr daran gelegen, dass auch ihren eigenen Phantasieprodukten Glauben geschenkt wurde.

Aus Pauls Blick aber sprach keine Angriffslust. Nur eine ruhige Sicherheit.

»Ist das dein Ernst?«

Paul nickte.

»Du hast die Eiskönigin gebumst? Mein Gott, Benson, ich bin beeindruckt.«

Paul lächelte.

»Wie war es? Komm schon, du kannst es uns ruhig erzählen. Wir sind doch deine Freunde.«

Das Lächeln seines Gegenübers bekam etwas Verschwörerisches. »Ich hoffe nur, ich habe mir nichts eingefangen.«

»Wie meinst du das?«

»Sie ist nicht so eine Eiskönigin, wie ihr glaubt...«

Alice Wetherby lag auf dem Bett und hörte Platten. Ihr Bruder Edward kam herein. Sie warf mit einem Kissen nach ihm. »Vielleicht versuchst du es mal mit Anklopfen!«

»Kann ich ein bisschen Schokolade von dir haben?«

»Du hast geraucht. Das rieche ich. Wenn Mum das irgendwann merkt, wird sie ausflippen.«

Er warf das Kissen zurück, ohne auf das Thema einzugehen. »Was ist denn das für ein Schrott? Cliff Richard? Wie kannst du dir so was nur anhören!«

»Weil es mir gefällt. Und dir auch. Du tust doch bloß so, als würdest du auf Jazz stehen, weil du dir einbildest, dadurch reifer zu wirken. Dabei hören in Wirklichkeit bloß Schwule Jazz.«

»Das stimmt nicht!«

»Doch. Bald wirst du mit Paul Benson Kleidchen nähen.«

»Paul ist auch nicht schwul. Er hat es mit Susan Ramsey getrieben, und er ist nicht der Einzige.«

Alice schüttelte sich vor Ekel. Die Vorstellung, es überhaupt mit jemandem zu treiben, war schlimm genug. Und dann auch noch mit mehreren.

Es dauerte einen Moment, bis sie begriff, was ihr Bruder da gerade gesagt hatte.

Fünf Minuten später hatte sie Kate Christie an der Strippe. »Du wirst es nicht glauben...«

Der erste Tag des neuen Schuljahrs. Susan steuerte auf das Schulgebäude zu.

Wie immer, wenn sie nervös war, ging sie sehr schnell. Ein Junge brauste mit seinem Fahrrad klingelnd an ihr vorüber. Alan Forrester aus der Klasse über ihnen. Charlotte mochte Alan.

Aber nicht so sehr, wie Susan Paul mochte.

Sie hatten sich seit dem Nachmittag am Fluss nicht mehr gesehen. Susan hatte versucht, ihn anzurufen, aber es war niemand rangegangen. Vielleicht hatte er einfach zu viel zu tun gehabt. Vielleicht.

Plötzlich bemerkte sie, dass eine Gruppe von Mädchen zu ihr herüberstarrte. Eine begann zu kichern. Ein paar Jungs starrten sie ebenfalls an. Dann tuschelten sie grinsend miteinander.

Was war da los?

Am Tor hatten sich die üblichen Leute versammelt. Alice Wetherby und ihre Clique. Idioten wie Martin Phillips, die so gern auf ihren Rädern posierten.

Und alle starrten sie an.

Charlotte eilte mit ängstlicher Miene auf sie zu. »Es stimmt doch nicht, oder? Was sie über dich und Paul Benson erzählen?« Nach einer verlegenen Pause fügte sie hinzu: »Und über die ganzen anderen.«

Susan spürte, wie sich ihr Magen zusammenzog.

»Alle reden darüber. Ein Festtag für Alice. Ich habe ihr gesagt, dass das Blödsinn ist. Ich hatte doch Recht, oder?«

Susan schluckte. Ihr Hals fühlte sich völlig ausgetrocknet an.

Dann hörte sie hinter sich eine vertraute Stimme.

Paul kam mit Brian Harper die Straße entlang. Die beiden unterhielten sich wie alte Freunde.

Susan sah ihm erwartungsvoll entgegen, aber Paul blieb nicht einmal stehen. Er ging einfach an ihr vorbei, als wäre sie unsichtbar.

Charlotte nahm sie am Arm. »Komm. Lass uns in die Aula gehen.«

Susan schob sie weg und folgte Paul. Als er das Tor seines Schulgebäudes erreichte, rief sie seinen Namen, aber er reagierte nicht. Sie versuchte es noch einmal.

Diesmal drehte er sich um. Sein Blick wirkte kalt und verächtlich. »Lass mich in Ruhe, du Schlampe«, sagte er, bevor er seinen Weg fortsetzte.

Alice und ihre Clique lachten. Susan, der plötzlich bewusst wurde, wie sehr sie zitterte, verschränkte die Arme vor dem Körper. Sie fühlte sich nackt, als hätte ihr jemand die Maske der Wohlanständigkeit weggerissen, um die darunter liegende Verdorbenheit für alle sichtbar zu machen.

Martin Phillips packte sie an der Taille. »Vergiss ihn. Ich habe heute Abend noch nichts vor. Wir beide könnten bestimmt eine Menge Spaß miteinander haben.«

Einen Moment lang hatte sie das Gefühl, als würden ihre Beine nachgeben. Während Martin sie überall betatschte, wurde das Lachen um sie herum immer lauter.

Dann drang aus den Tiefen ihrer Erinnerung plötzlich eine Stimme. Sie hatte diese Stimme jahrelang nicht mehr gehört. Sie klang dunkel, warm und melodiös. Tröstlich wie eine Umarmung. Ihr Vater.

Du bist stark, Susie. Vergiss das nie. Du bist stark, und du kannst das überleben.

Sie straffte ihre Schultern, als hätte eine unsichtbare Hand sie aufgerichtet. Martin schrie vor Schmerz laut auf, als sie ihm den Ellbogen in die Brust rammte. »Fahr zur Hölle!«, sagte sie, ehe sie erhobenen Hauptes zum Tor ihrer eigenen Schule zurückging, ohne auf die geflüsterten Kommentare zu achten, die hinter ihr herschwirrten.

Spätnachmittag. Sie ging allein nach Hause. Charlottes Angebot, sie zu begleiten, hatte sie dankend abgelehnt, weil sie ihr Mitgefühl und ihre fragenden Blicke nicht ertragen konnte.

Aber Charlotte hatte sich als treue Freundin erwiesen. Sie hatte sich geweigert, die Geschichten zu glauben, die sich wie ein Lauffeuer in der Schule verbreiteten, eine haarsträubender als die andere. Das würde sie ihr nicht vergessen.

Am Market Court waren viele Leute unterwegs, Frauen mit Einkaufskörben und Männer in Arbeitskleidung. Susan ging immer noch hoch erhobenen Hauptes, weil sie ständig das Gefühl hatte, von Blicken durchbohrt zu werden. Sie steuerte auf die Bäckerei zu, wo sie eine von den Katzen aus Schokoladen-Shortbread kaufen wollte, die Jennifer so gern aß. Onkel George ging an diesem Abend aus, und sie würde auf Jennifer aufpassen.

Sie kam an Cobhams Milchbar vorbei, einem beliebten Teenagertreff der Stadt. Martin Phillips saß mit Edward und Alice Wetherby an einem Tisch in der Nähe des Fensters. Kate Christie und Brian Harper waren ebenfalls mit von der Partie. Und Paul.

Sie lachten über irgendetwas. Wahrscheinlich über sie. Paul wirkte glücklich und entspannt. Seine Tage als Außenseiter waren vorbei, die Meute hatte ihn aufgenommen. Der Preis war ihre totale Demütigung, mehr hatte er dafür nicht tun müssen.

Der erste Junge, für den sie je etwas empfunden hatte. Sie blieb stehen und beobachtete ihn. Einen Moment lang schmerzte sein Verrat sie sehr.

Sie betrat das Café.

Als er sie sah, verschwand das Lächeln aus seinem Gesicht. Und das war auch gut so.

»Du hast Recht«, sagte sie so laut, dass alle es hören konnten. »Es hat vor dir schon Dutzende gegeben, so viele, dass ich den Überblick verloren habe, aber keiner war so erbärmlich wie du. Du warst so schlecht, dass ich mich beherrschen musste, nicht zu lachen.«

Auf dem Tisch stand ein Schokomilchshake. Sie kippte das Glas über ihm aus. Ein paar Jungs aus einer anderen Schule begannen, sie mit Beifallsrufen anzufeuern.

»Du kannst prahlen, so viel du willst, wenn dir das hilft, dich wie ein Mann zu fühlen, aber vergiss dabei nie, dass ich nur Mitleid und Langeweile empfunden habe, als ich mit dir zusammen war.«

Der Besitzer des Cafés kam wutschnaubend auf sie zu. »Ich gehe schon«, sagte sie mit einem verächtlichen Blick auf Paul, der damit beschäftigt war, sich das Gesicht abzuwischen. »Hier gibt es sowieso nichts, wofür es sich lohnen würde zu bleiben.«

Die Jungen johlten immer noch. Sie warf ihnen ein Küsschen zu. Dann drehte sie sich um und ging.

Früher Abend. Onkel George erklärte ihr, wo alles Nötige zu finden war. »Im Kühlschrank ist Milch und im Küchenschrank Kakaopulver. Nach einer heißen Schokolade kann sie oft besser einschlafen.« Während sie nickte, sprang Jennifer, die schon ihren Schlafanzug anhatte, neben ihr auf dem Sofa herum.

»Du hast eine Telefonnummer, unter der du mich erreichen kannst. Ruf mich an, falls es irgendwelche Probleme gibt.« Jennifer folgte ihm in die Diele hinaus, um ihm beim Anziehen seiner Jacke zu helfen. Lächelnd kauerte er sich neben sie, damit sie seine Arme in die Ärmel schieben konnte. Als sie es geschafft hatte, hob er sie hoch und drückte sie an sich. »Na, wer ist mein liebstes Mädchen?«

»Ich!«

Sie begann zu kichern, weil er sie kitzelte. Susan musste bei diesem Anblick an den Geruch ihres Vaters denken, eine Mischung aus Rasierwasser, Pfeifenrauch und etwas muffiger alter Kleidung. Plötzlich hatte sie ihn wieder in der Nase und fühlte sich in eine Zeit zurückversetzt, als sie sich genauso wohlbehütet und sicher gefühlt hatte wie Jennifer jetzt.

Die Tränen, mit denen sie schon den ganzen Tag kämpfte, ließen sich nicht mehr aufhalten. Sie weinte leise vor sich hin, während sie gleichzeitig versuchte, eine Erinnerung festzuhalten, die ihr schon wieder zu entgleiten drohte und wahrscheinlich für immer verloren sein würde.

Sie hörte die Haustür ins Schloss fallen. Dann Schritte. Jennifer blieb stehen und starrte sie erschrocken an. Susan versuchte zu lächeln, aber genau wie das Wasser nach einem Dammbruch ließen sich auch ihren Tränen nicht durch schiere Willenskraft Einhalt gebieten. Jennifer kletterte auf ihren Schoß und schlang die Arme um sie. Während sie in das rötlich blonde Haar des kleinen Mädchens hineinweinte, verachtete sie sich selbst wegen ihrer Schwäche, konnte aber trotzdem nicht aufhören.

»Es tut mir Leid, Jenjen«, flüsterte sie, als sie ihre Gefühle wieder einigermaßen unter Kontrolle hatte. »Ich wollte dich nicht erschrecken.«

»Warum bist du traurig?«

»Ach, nicht der Rede wert, du darfst mein albernes Geheule nicht ernst nehmen.« Sie wischte sich über die Augen. »Bestimmt sehe ich jetzt ganz schrecklich aus.«

243

»Nein, du siehst schön aus. Ich wünschte, ich wäre auch so schön wie du.«

»Das bist du doch. Du siehst aus wie deine Mum, und sie war auch sehr schön.«

Jennifers Gesicht nahm einen bekümmerten Ausdruck an. Sie schob sich den Daumen in den Mund.

»Was ist denn, mein Schatz?«

Sie bekam keine Antwort.

»Jenjen?«

»Meine Mum ist im Himmel.«

»Ja, das stimmt.«

»Ich möchte nicht, dass Dad da auch hingeht.«

Susan starrte sie bestürzt an. Ihr war nie in den Sinn gekommen, dass ein so kleines Kind bereits den Verlust eines geliebten Menschen befürchten könnte. Sanft streichelte sie Jennifer übers Haar.

»Macht dir der Gedanke Angst?«

Jennifer nickte. Ihre Oberlippe begann zu zittern.

»Dein Dad wird noch ganz lange nicht in den Himmel gehen, Jenjen.«

»Sam Hastings sagt, ganz bald.«

»Sam Hastings ist ein dummer kleiner Junge, der noch ins Bett macht. Was weiß der denn schon? Dein Dad wird erst in den Himmel gehen, wenn du ein großes, erwachsenes Mädchen mit eigenen Babys bist, die nicht ins Bett machen werden, weil sie viel klüger sein werden als Sam.«

Jennifers Lippe zitterte immer noch. Das machte Susan ganz traurig. »Glaubst du mir nicht?«

»Versprichst du es mir?«

Susan machte den Mund auf, schloss ihn aber gleich wieder. *Dad ist gestorben, als ich sieben war. Nur zwei Jahre älter als sie. Was, wenn Onkel George auch so etwas passiert wie Dad? Ich kann es ihr nicht versprechen.*

Sie nahm Jennifers Hand und presste sie an ihre Wange. »Hast du mich lieb, Jenjen?«

»Ja.«

»Dann werde ich dir jetzt ein ganz besonderes Versprechen

machen. Eines, das ich nie, nie brechen werde. Ich verspreche dir, dass ich mich immer um dich kümmern werde. Ich werde dich beschützen und niemals zulassen, dass dir etwas Schlimmes passiert, weil du nämlich meine kleine Schwester bist und ich dich auch sehr lieb habe. Ich liebe dich mehr als jeden anderen Menschen auf der Welt.«

Den letzten Satz hatte sie nur so hinzugefügt, um das kleine Mädchen zu trösten und zu beruhigen, aber sobald sie ihn ausgesprochen hatte, wurde ihr schlagartig bewusst, dass es stimmte.

Langsam breitete sich auf Jennifers Gesicht ein Lächeln aus. Der Anblick machte Susan glücklicher, als sie es mit Paul je gewesen war. Viel glücklicher.

»Es tut mir Leid, wenn ich dich erschreckt habe, Jenjen. Ich werde es nie wieder tun. Das ist ebenfalls ein Versprechen.«

Jennifer rollte sich auf ihrem Schoß zusammen. Susan wiegte sie wie ein Baby und sang dabei leise, bis sie eingeschlafen war.

Am nächsten Morgen starrte sie in ihrem Klassenzimmer auf ein leeres Blatt hinunter. Schlachten konnten gewonnen oder verloren werden, Weltreiche aufsteigen oder fallen, aber das Ritual der Ferienleseliste blieb immer gleich, genau wie die Sterne am Himmel.

Rund um sie herum wurde geflüstert, und wieder fühlte sie sich von Blicken durchbohrt. So war es gestern in der Aula auch schon gewesen. Anscheinend wusste die ganze Schule über sie Bescheid. Alice, die nichts lieber tat als Tratschgeschichten zu verbreiten, hatte ganze Arbeit geleistet.

Susan sah zu Charlotte hinüber. Ihre alte Freundin hatte sich geweigert, den Gerüchten über sie Glauben zu schenken. Früher hatten sie keine Geheimnisse voreinander gehabt.

Aber das war lange her.

Charlotte nickte ihr aufmunternd zu, als wollte sie sagen: »Lass dich bloß nicht von denen ins Bockshorn jagen.« Sie antwortete mit einem Nicken, das so viel hieß wie: »Keine Angst, das werde ich nicht.«

Miss Troughton begann die Listen einzusammeln. Die ihre

wurde mit einem Stirnrunzeln entgegengenommen. »Das ist aber nicht sehr beeindruckend.«

»Seien Sie nicht zu streng mit ihr«, flüsterte Alice. »Sie hatte in letzter Zeit alle Hände voll zu tun.« Im ganzen Klassenzimmer war gedämpftes Lachen zu hören.

»Bei deinem Bruder waren meine Hände leider nicht so voll. Aber zum Glück gibt's ja Mikroskope und Pinzetten.«

Diesmal klang das Kichern der Klasse eher geschockt. Sollten sie ruhig geschockt sein. Ihr war es mittlerweile egal, wie schlecht sie von ihr dachten.

Was, wenn es jemand Mum erzählt?

Eine eisige Hand legte sich um ihr Herz. Sie versuchte ruhig durchzuatmen und sich von ihrer Angst nicht überwältigen zu lassen. Falls ihre Mutter tatsächlich etwas davon erfuhr, würde sie es einfach abstreiten, als böswilligen Tratsch abtun. Charlotte würde ihr beistehen, und beweisen konnte ihr sowieso niemand etwas. Falls Paul ihr Schwierigkeiten machen sollte, würde sie ihn als Lügner hinstellen. Bestimmt würden ihr auch noch schlimmere Bezeichnungen für ihn einfallen. Sie würde sich auf jeden Fall wehren, und sie würde gewinnen. Wenn es sein musste, sogar gegen die ganze Meute.

Weil sie stark war. Das war ihre Waffe. Sie würde für ihre Mutter stark sein, genau wie für Jennifer. Und sie würde das alles überleben.

Mit kerzengeradem Rücken, den Blick nach vorn gerichtet, ignorierte sie das Geflüster und die Blicke der anderen.

Und ihren eigenen schmerzlichen Wunsch, ein einziges Mal jemanden zu haben, der bereit war, für sie stark zu sein.

An diesem Abend sagte sie es Onkel Andrew. Obwohl ihr davor graute, hielt sie es für das Beste, wenn er Bescheid wusste.

Sie erzählte es ihm in seinem Arbeitszimmer, während ihre Mutter unten das Abendessen zubereitete. »Bist du ganz sicher, dass du mich nicht erwähnt hast?«, fragte er, als sie fertig war.

»Ja.«

Er nickte. In seinem Gesicht spiegelten sich unterschiedliche

Emotionen wider: Sorge, Erleichterung und noch etwas anderes, das sie nicht einordnen konnte.

»Es tut mir Leid«, fügte sie hinzu. »Das hätte eigentlich nicht...«

»Hat es dir Spaß gemacht?«

Sie brachte vor Verlegenheit kein Wort heraus.

Er lehnte sich vor. »Ich muss es wissen.«

»Ja.«

»Von wem ist die Initiative ausgegangen? Von dir oder von ihm? Sag es mir, Susie. Wir haben doch keine Geheimnisse voreinander.«

»Von mir.«

»Obwohl du erst vierzehn bist, hast du die Führung übernommen.«

Sie schluckte. »Sag so was nicht.«

»Aber das muss ich. Es ist wichtig.«

»Warum?«

»Weil es bedeutet, dass ich Recht hatte. Du bist genauso verdorben, wie ich immer gesagt habe.«

Nun wusste sie, welches Gefühl sich in seinem Gesicht noch widergespiegelt hatte.

Freude.

Plötzlich fühlte sie sich richtig schmutzig. Rasch wandte sie sich ab und verließ den Raum.

Ein windiger Samstag im November. Sie saß in Randall's Tea Room und sah zu, wie Jennifer ihren Erdbeermilchshake austrank.

»Kann ich noch einen kriegen?«

»Nein. Ich habe zu deinem Dad gesagt, dass ich dir nichts zu essen geben würde, also verrate mich ja nicht.«

Eine Kellnerin räumte ihren Tisch ab, während zwei andere sich am Tresen unterhielten. Außer ihnen waren nur noch drei weitere Gäste da. Die meisten Leute in der Stadt bevorzugten Hobsons's Tea Shop, aber Susan hatte ihn nie wieder betreten, seit ihr Vater dort siebeneinhalb Jahre zuvor vor ihren Augen gestorben war.

Durchs Fenster sah man auf den Market Court hinaus. Gerade betraten Mrs. Wetherby und Alice das Bekleidungsgeschäft, das einmal Ramsey's Studio gewesen war. Jemand hatte ihr erzählt, dass der Laden nicht gut lief, und sie hatte sich eine gewisse Schadenfreude nicht verkneifen können.

Während sie auf die Rechnung warteten, las Jennifer ihr aus einem Märchenbuch vor. Mit ihren knapp sechs Jahren konnte sie schon ausgezeichnet lesen, nur ganz selten brauchte sie mal Hilfe bei einem besonders schwierigen Wort.

»Gut gemacht, Jenjen«, lobte Susan sie, als die Geschichte zu Ende war.

Jennifer strahlte vor Stolz. »Miss Hicks sagt, dass ich von meiner ganzen Klasse am besten lesen kann.«

»Ich wette, sie hat Recht. Was wollen wir denn jetzt machen?«

»Schaukeln!«

Vor ihrem geistigen Auge sah Susan sich mit fahlem Gesicht durch die Luft sausen. »Lass uns lieber zum Fluss gehen und die Enten füttern. Ich habe Brot dabei.«

Jennifer war von dem Vorschlag begeistert.

»Musst du vorher noch aufs Klo?«

»Ja. Kommst du mit?«

Die Toilette befand sich im hinteren Teil des Cafés. Während Jennifer aufs Klo ging, betrachtete Susan sich im Spiegel. Sie hatte dunkle Augenringe, weil sie nach wie vor nicht besonders gut schlief. Außerdem waren ihre Haare vom Wind zerzaust. »Alles in Ordnung, Jenjen?«, fragte sie, während sie es glatt strich.

Jennifer gab ihr keine Antwort.

»Jenjen?«

Drinnen wurde die Spülung betätigt. Jennifer kam heraus. »Was ist eine Schlampe?«

»Wie bitte?«

»Da drin steht, dass du eine Schlampe bist.« Jennifer deutete auf die Toilette. Wieder strahlte sie vor Stolz. »Das habe ich ganz allein gelesen.«

Es stimmte. *Susan Ramsey ist die größte Schlampe der Stadt*, prangte dort in dunklen, drei Zentimeter großen Buchstaben.

Susan hatte in der Schule schon schlimmere Graffiti zu Gesicht bekommen. Sie schockte nur die Tatsache, dass Jenjen es gesehen hatte.

Und dass auch ihre Mutter es sehen könnte.

Jennifer trat neben sie. »Was ist eine Schlampe?«

»Nichts.«

»Aber da steht…«

»Es hat nichts zu bedeuten.«

»Aber…«

Lass dir etwas einfallen. Sei stark.

»Da will mich nur jemand aufziehen, weil meine Frisur manchmal ein bisschen zerzaust und schlampig aussieht. Ist das nicht albern? Was meinst du, sollen wir doch zu den Schaukeln gehen?«

»Ja!« Jennifer packte sie an der Hand und wollte sie zur Tür ziehen, aber Susan ging vor ihr in die Knie und legte ihr die Hände auf die Schultern.

»Jenjen, versprichst du mir, dass du das mit der Schlampe niemandem erzählst?«

»Warum?«

»Weil…« Sie überlegte krampfhaft. »Weil Mum so stolz darauf ist, dass die Leute mich schön finden. Sie würde sehr böse werden, wenn sie wüsste, dass jemand meine Haare schlampig findet. Genau wie dein Dad sehr böse werden würde, wenn er wüsste, dass du einen Milchshake getrunken hast.«

Jennifer nickte.

Susan legte einen Finger an die Lippen. »Deswegen: Schhh.«

Jennifer machte die Geste nach und versuchte dann erneut, sie zur Tür zu ziehen. Wieder ohne Erfolg. Erst nachdem Susan ihr Taschentuch nass gemacht und die Buchstaben so weit verschmiert hatte, dass ihr Name nicht mehr zu erkennen war, ließ sie sich von dem kleinen Mädchen hinausführen.

Weihnachten. Sie aß mit ihrer Mutter und Onkel Andrew zu Mittag.

Die Stimmung war angespannt. Onkel Andrew, der schon seit ihrer Rückkehr aus der Kirche trank, stocherte mit der Gabel in seinem Truthahn herum und erklärte ihn für noch nicht gar.

»Bist du sicher, Liebling?«, fragte ihre Mutter ängstlich.

»Natürlich. Die Kartoffeln sind auch noch halb roh. Alles ist noch halb roh.«

Draußen schneite es. Der Platz war weiß bestäubt wie ein riesiger Kuchen. Eben gingen die Hastings am Haus vorbei, alle warm eingepackt. Am Vorabend hatte Onkel Andrew für sie und andere Nachbarn eine Party gegeben. Er war der perfekte Gastgeber gewesen, zuvorkommend und charmant, ohne sich auch nur im Entferntesten anmerken zu lassen, wie er wirklich war.

Es lag nicht nur am Alkohol. Seine Laune war mittlerweile so schlecht, dass jede Kleinigkeit, die ihre Mutter oder sie selbst falsch machte, einen Wutausbruch auslöste. Und wenn er gerade in der entsprechenden Stimmung war und keinen Anlass zum Schimpfen fand, dann dachte er sich eben einen aus. So wie jetzt.

Er begann mit den Fingern auf dem Tisch herumzutrommeln. Susan spürte, wie sich ihr ganzer Körper versteifte. Draußen warfen die Hastings-Jungen mit Schneebällen.

»Wie kannst du mir so einen Fraß vorsetzen? Sieh dich doch mal um. Sieh dir an, wie wir leben und was wir haben. Weißt du eigentlich, wie hart ich dafür arbeiten muss? Ich gebe dir alles, und du schaffst es nicht mal, mir eine anständige Mahlzeit vorzusetzen.«

Er schenkte sich Wein nach. Susan hätte ihm am liebsten gesagt, dass an dem Essen überhaupt nichts auszusetzen war, aber das hätte alles nur noch schlimmer gemacht.

Ein Schneeball knallte gegen das Fenster. Sofort rief Mr. Hastings eine Entschuldigung und beorderte seine Söhne ins Haus. Onkel Andrew winkte ihm lächelnd zu. Herzlich und charmant wie immer. Anderen gegenüber war er stets darauf bedacht, sich seine schlechte Laune nicht anmerken zu lassen.

»Hast du vergessen, in welcher Situation du nach Johns Tod warst? In welchem Schlamassel er dich zurückgelassen hatte? Wo wärst du jetzt, wenn ich nicht gekommen wäre? Bestimmt nicht in einem so schönen Haus wie diesem. Es gibt nicht viele Männer, die eine Frau mit deiner Vergangenheit heiraten würden. Die Leute haben mich damals einen Narren genannt, aber ich wollte nicht auf sie hören, auch wenn ich mir seitdem weiß Gott oft genug gewünscht habe, ich hätte es getan.«

Ihre Mutter war inzwischen den Tränen nahe. Susan hatte unter dem Tisch die Fäuste geballt und die Fingernägel tief in die Handflächen gegraben. Es fehlte nicht mehr fiel, und ihre Hände würden zu bluten anfangen. *Sag nichts. Er wird bald aufhören. Er hört immer wieder auf. Mach es nicht noch schlimmer mach es nicht noch schlimmer mach es nicht noch schlimmer.*

»Aber du bist mir nicht dankbar, stimmt's? O nein. Wahrscheinlich wünschst du dir gerade, John würde an meiner Stelle hier sitzen. Ein Versager, der nicht mal für seine Familie sorgen konnte. Ein erbärmlicher Niemand, der nicht in der Lage war...«

»Sprich nicht so von meinem Vater!«

Ihre Mutter starrte sie erschrocken an. »Susan...«

»Warum denn nicht?«, fragte Onkel Andrew. »Es ist doch die Wahrheit.«

»Nein, ist es nicht. Aber selbst wenn es so wäre, hättest du ihm trotzdem nie das Wasser reichen können.«

Seine Augen weiteten sich. Er sah aus, als hätte ihm jemand ins Gesicht geschlagen.

Dann griff er nach seinem Teller und schleuderte ihn an die Wand. Ihre Mutter schrie erschrocken auf.

»Mach mich nicht wütend, Susan! Sonst könnte ich mich vergessen und Dinge sagen, die besser ungesagt bleiben sollten. Du möchtest doch nicht, dass das passiert, oder?«

Sie starrten sich an.

»Oder?«

Ihr Herz raste. Am liebsten hätte sie laut geschrien. Stattdessen schüttelte sie den Kopf.

Ihre Mutter weinte. Er legte den Arm um sie und gab beruhigende Laute von sich, als müsste er ein verängstigtes Kind trösten. »Ist schon gut«, flüsterte er, plötzlich in zärtlichem Ton. »Ich sage das alles doch nur zu deinem eigenen Besten. Du weißt, dass ich dich liebe. Wer liebt dich mehr als ich?« Während er mit ihr sprach, lächelte er Susan an. Der Mann, der behauptete, ihr Freund zu sein. Der ihr Geheimnis nie jemandem verraten hatte.

Genau wie sie seines nie jemandem verraten hatte.

251

Sie zwang sich, sein Lächeln zu erwidern. Dabei wurde ihr zum ersten Mal richtig bewusst, wie sehr sie ihn hasste.

März 1961
Halb elf Uhr abends. Sie saß mit ihrer Mutter im Wohnzimmer und wartete auf Onkel Andrew. Er hatte den Nachmittag in Mrs. Pembrokes schönem Herrenhaus Riverdale verbracht, um dort ihr Testament zu eröffnen. Die geldgierige Gesellschafterin hatte keinen Penny bekommen, eine Tatsache, über die er sich freute wie über einen persönlichen Triumph. Er schien sich zunehmend am Unglück anderer zu ergötzen. Eigentlich hätte er zum Essen zurück sein sollen, aber er verbrachte seine Abende immer häufiger im Pub. Das Crown in Bexley, dem Dorf auf der anderen Seite des Flusses, war das älteste Pub in der Gegend. Es stammte aus dem sechzehnten Jahrhundert. An schönen Sommernachmittagen hatte ihr Vater sie manchmal dorthin ausgeführt. Sie konnte sich noch daran erinnern, wie sie neben ihm draußen im Garten saß und mit einem Strohhalm Limonade aus der Flasche trank. Onkel Andrew aber ging immer alleine hin.

Susans Blick wanderte wieder zu der Uhr auf dem Kaminsims. Sie fragte sich, wann er endlich zurückkommen und in welcher Stimmung er sein würde.

»Du solltest ins Bett gehen«, sagte ihre Mutter. »Es reicht, wenn ich auf ihn warte.«

»Ich möchte mit dir zusammen warten.«

»Susie…«

»Du weißt doch, wie er ist, wenn er getrunken hat. Besser, wir sind zu zweit.«

»Er wird wütend werden, wenn du noch auf bist. Bestimmt sagt er dann, dass das mal wieder beweist, was für eine schlechte Mutter ich bin.«

»Du bist keine schlechte Mutter. Du bist wundervoll.«

Ihre Mutter schüttelte den Kopf.

»Doch, das bist du. Wenn er etwas anderes behauptet, hat er Unrecht.« Sie schwieg einen Moment. »Auch wenn du das vielleicht besser für dich behältst.«

»Du kannst bis elf aufbleiben. Nicht länger.«

Es wurde elf, und er war noch immer nicht aufgetaucht. Widerwillig ging sie nach oben und ließ ihre Mutter allein zurück.

Am nächsten Morgen frühstückten sie beide zusammen in der Küche. Onkel Andrew lag noch im Bett. »Er muss erst mittags zur Arbeit«, erklärte ihre Mutter.

»Wann ist er denn gekommen?«

»Spät.«

»Und wie war seine Stimmung?«

»Nicht gut, aber ich bin sicher, dass er heute wieder besserer Laune ist.«

Susan versuchte sich ihre Zweifel nicht anmerken zu lassen. Obwohl sie keinen Appetit hatte, griff sie nach einer zweiten Scheibe Toast. Ihre Mutter machte sich Sorgen, wenn sie nicht richtig aß.

Das Fenster stand offen. Ein Falter verirrte sich nach drinnen und flatterte über dem Tisch herum. Als ihre Mutter ihn wegscheuchen wollte, rutschte der Ärmel ihres Morgenmantels hoch, und Susan sah, dass sie am Oberarm einen Bluterguss hatte.

»Was ist denn das?«

»Nichts.« Hastig zog ihre Mutter den Ärmel herunter, aber Susan war bereits bei ihr und schob ihn wieder hinauf. Am oberen Rand des Blutergusses waren mehrere rundliche Abdrücke zu erkennen. Wie von den Knöcheln einer Faust.

»Er hat dich geschlagen, stimmt's?«

»Ich bin beim Zubettgehen an die Tür gestoßen.«

»Das glaube ich dir nicht.«

»Du musst jetzt los, sonst kommst du zu spät zur Schule.«

»Aber, Mum…«

»Das reicht, Susie.«

Sie starrten sich an. Susan war mittlerweile größer als ihre Mutter. Nicht dass das zwischen ihnen etwas geändert hätte. Seit dem Zusammenbruch hatte sie immer das Gefühl gehabt, größer zu sein.

»Du brauchst mich nicht zu beschützen, Mum. Es ist meine Aufgabe, dich zu beschützen.«

»Nein, das ist es nicht.«

»Doch. Ich habe es Dad versprochen.«

»Damals warst du doch noch ein kleines Mädchen.«

»Das macht nichts. Ich habe es schon damals ernst gemeint, und daran hat sich nichts geändert.«

»Er fehlt dir immer noch, oder?«

»Jeden Tag.«

»Mir auch. Er war ein guter Mann. Der Beste, der mir jemals begegnet ist.« Die Unterlippe ihrer Mutter begann zu zittern. »Und wenn ich einen Wunsch frei hätte, dann würde ich mir wünschen…«

Oben waren Schritte zu hören. Sie klangen so schwer und bedrohlich, dass sie beide erschrocken zusammenzuckten. Hastig wischte sich ihre Mutter über die Augen. »Aber dein Stiefvater ist auch ein guter Mann, Susie. Wir können uns glücklich schätzen, ihn zu haben. Und jetzt sieh zu, dass du in die Schule kommst.«

»Aber, Mum…«

»Bitte, Susie. Geh jetzt.«

Während sie auf die Tür zusteuerte, empfand sie ein Gefühl von Wut und Hilflosigkeit.

Die morgendliche Schülerversammlung war vorüber. Susan ging einen Flur entlang, der nach Politur roch und erfüllt war vom Klacken flacher Absätze und vom Klang Dutzender aufgeregter Stimmen. Nur noch wenige Tage, dann würden die Osterferien beginnen.

Hinter sich hörte sie leises, verschwörerisches Lachen. Sie versuchte es zu ignorieren, aber es steckte noch zu viel Wut und Frustration in ihr, ein Molotowcocktail aus Emotionen, den ein einziger kleiner Funke zum Explodieren bringen konnte.

Sie drehte sich abrupt um und sah sich mit zwei Mädchen aus der Klasse unter ihr konfrontiert. »Was ist da so lustig?«

Beide starrten sie bestürzt an. »Nichts«, antwortete die eine rasch.

»Findet ihr es lustig, hinter meinem Rücken über mich zu lachen? Und gemeine Sprüche an die Toilettenwände zu schreiben?«

»Wir haben doch gar nicht …«

»Wenn ihr mir etwas zu sagen habt, dann seid wenigstens so mutig, es mir ins Gesicht zu sagen!« Sie trat mit geballten Fäusten einen Schritt vor. Die beiden Mädchen wichen zurück, sichtlich verängstigt.

»Was ist denn da los?« Eine Aufsichtsschülerin eilte herbei. »Susan? Alison?«

»Sie glaubt, dass wir über sie gelacht haben«, stammelte das Mädchen, das Alison hieß. »Aber das haben wir nicht, ehrlich. Wir haben über den Film geredet, den wir uns gestern Abend im Kino angesehen haben, *Spartacus*, und Claire hat nur zu mir gesagt, dass sie Kirk Douglas in seinen Gladiatorshorts sexy fand.«

Das Mädchen, das Claire hieß, nickte zustimmend. Beide machten einen ängstlichen Eindruck. Susan begriff, dass sie die Wahrheit sagten.

Plötzlich schämte sie sich, weil sie das Gefühl hatte, schon fast so schlimm wie Onkel Andrew zu sein.

»Tut mir Leid«, entschuldigte sie sich bei den Mädchen. »Ich wollte euch nicht erschrecken.«

»Dann sieh zu, dass du in deinen Unterricht kommst, statt hier Unruhe zu stiften«, schimpfte die Aufsichtsschülerin.

Inzwischen hatten sich ein paar neugierige Zuschauerinnen versammelt. Kate Christie wechselte einen Blick mit Alice Wetherby und tippte sich viel sagend an die Stirn. Beide grinsten höhnisch, weil sie ihnen schon wieder etwas geliefert hatte, das sie gegen sie verwenden konnten.

Susan tat, wie ihr geheißen. Die Verachtung, die sie dabei empfand, galt nicht nur ihren Widersacherinnen, sondern auch sich selbst.

Heathcote School
27. Mai 1961

Liebe Mrs. Bishop,

wie Sie wissen, bin ich dieses Jahr Susans Klassenlehrerin. Ich hatte eigentlich vor, anlässlich des Elternabends, der letzte Woche stattfand, mit Ihnen und Ihrem Mann zu sprechen, wurde aber da-

rüber informiert, dass Mr. Bishop berufliche Verpflichtungen hatte und Sie selbst sich nicht wohl fühlten. Ich hoffe, es geht Ihnen inzwischen wieder besser.

Während ihrer Zeit bei uns ist es Susan nie auch nur annähernd gelungen, den schulischen Erfolg zu erzielen, den wir von einem so offensichtlich intelligenten Mädchen eigentlich erwartet hatten. In den letzten Monaten wurde das Problem durch ein zunehmend aufsässiges Verhalten verstärkt. Mir liegen etliche Berichte über freches Benehmen vor. Viele von Susans Lehrern sind mittlerweile der Meinung, dass Susan einen störenden Einfluss auf ihre Mitschülerinnen ausübt.

Susan ist nun fünfzehn. Ende des nächsten Schuljahrs wird sie ihre Abschlussprüfung machen, und ich brauche Ihnen wohl kaum zu sagen, wie wichtig es ist, dass sie dann gute Leistungen erzielt. Sie hat nach wie vor das Potenzial dazu, vorausgesetzt, sie schafft es bis dahin, ihr Verhalten zu mäßigen und sich mit Fleiß ihrer schulischen Arbeit zu widmen. Vielleicht kann ich sie auf irgendeine Weise dabei unterstützen.

Verzeihen Sie mir, falls ich Ihnen mit diesem Brief zu nahe trete, aber da ich Susan immer sehr gerne gemocht habe, liegt mir ihr Wohl am Herzen. Sie gehört meiner Meinung nach zu den wenigen Menschen, die das Potenzial besitzen, aus ihrem Leben zu machen, was immer sie möchten, und es täte mir sehr Leid, wenn sie dieses Potenzial nicht nützen würde.

Bitte lassen Sie mich wissen, ob ich irgendwie helfen kann.

Mit freundlichen Grüßen
Audrey Morris

Ein milder Morgen Ende Juni. Susan war auf dem Weg zur Schule.

Hinter ihr gingen ein paar jüngere Schüler. Plötzlich trat einer von ihnen neben sie und sprach sie an. »Hallo, schöne Frau, heute Abend schon was vor?« Er wollte offenbar seine Freunde beeindrucken. Normalerweise hätte sie ihm eine Ohrfeige verpasst, aber an diesem Tag waren ihre Gedanken bei wichtigeren Dingen.

Am Vorabend hatte Onkel George ihr erzählt, dass man ihm erneut einen Vertrag für Australien angeboten hatte. Das Bauprojekt sollte im nächsten Januar beginnen und eineinhalb Jahre dauern. Obwohl er nicht vorhatte, den Auftrag anzunehmen, war sie sicher, dass er sie bald verlassen würde. Genau wie damals, als sie sieben war.

Und dieses Mal würde er Jennifer mitnehmen, die einzige Person auf der Welt, die sie sogar dann zum Lächeln brachte, wenn es ihr schlecht ging. Die ihr das Gefühl gab, dass trotz aller Verdorbenheit noch etwas Gutes in ihr steckte. Jennifer war der Mensch, den sie am meisten liebte. Ihre kleine Schwester. Das einzig Vollkommene in ihrem Leben.

Weiter vorn schob Alan Forrester sein Rad neben Charlotte her, die schon seit Jahren in ihn verliebt war. Seit wann gingen die beiden miteinander? Das hatte sie gar nicht mitbekommen. Charlotte lachte gerade über etwas, das Alan zu ihr gesagt hatte. Sie wirkte glücklich und aufgekratzt.

Der Junge gab immer noch nicht auf. »Na, wie wär's mit uns beiden?«, fragte er, bemüht, wie ein amerikanischer Gangster zu klingen.

»Vergiss es«, antwortete sie. »Frag mich in drei Jahren wieder, wenn deine Schamhaare zu sprießen beginnen.«

Er lief knallrot an, während seine Freunde hinter ihnen losprusteten. Alan und Charlotte verabschiedeten sich vor dem Schultor. Er küsste sie auf die Wange, woraufhin sie ebenfalls rot anlief. Trotz ihrer eigenen Sorgen freute Susan sich für sie. Charlotte hielt sich selbst für hässlich und langweilig. Sie brauchte jemanden, der ihr das Gefühl gab, etwas Besonderes zu sein.

Genau, wie sie Jennifer brauchte.

Lieber Gott, lass nicht zu, dass er sie mir wegnimmt. Bitte, lass es nicht zu.

Montagabend. Sie lief schon seit Stunden durch die Gegend, erst am Fluss entlang und dann in der Stadt. Ihr einziges Ziel war, der Atmosphäre der Angst zu entkommen, die wie ein lastender Nebel im Haus hing.

Onkel Andrew war nicht zum Abendessen erschienen. Bestimmt saß er mal wieder im Crown, wo er vor guter Laune nur so sprühte, großzügig eine Runde nach der anderen ausgab und seine Mittrinker mit seinen Geschichten unterhielt, während er nebenbei den Alkohol in sich hineinschüttete – Brennstoff für die Wut, die er bei seiner Rückkehr nach Hause an ihrer Mutter auslassen würde.

Drei Tage zuvor hatte sie sich den Finger gebrochen, angeblich an einem Türstock. So lautete zumindest die Geschichte, die sie auf Onkel Andrews Geheiß hin erzählte, weil sie Angst hatte, dass er sie sonst verlassen würde. Damit drohte er ihr nämlich ständig. »Und was wird dann aus dir werden? Du bist doch ohne mich gar nicht lebensfähig. Du brauchst mich, und daran wird sich nie etwas ändern.«

Es konnte nicht so weitergehen. Susan wusste, dass sie etwas unternehmen musste. Aber was?

Sie stand gerade in der Osborne Row vor dem Haus Nummer 37. Dem Haus, in dem sie einmal mit ihrem Vater gewohnt hatte. Wie gerne hätte sie ihn jetzt gefragt, was sie tun solle, aber als sie versuchte, seine Stimme aus den Tiefen ihrer Erinnerung wachzurufen, hörte sie nichts als das Surren ihrer eigenen Gedanken.

Jemand rief ihren Namen. Lizzie Flynn kam mit Charlotte auf sie zu, die eine neue Bluse und einen neuen Rock trug. Außerdem hatte sie viel Mühe auf ihr Haar verwandt und sogar Lipgloss aufgelegt.

Aber sie weinte.

»Ich habe sie am Market Court aufgelesen«, verkündete Lizzie. »Sie stand schon seit zwei Stunden am Normannenkreuz. Dieser Mistkerl Alan Forrester hat sie versetzt.«

»Warum denn das?«

»Weil Alice Wetherby ihn dazu überredet hat. Sie saß mit ihrer Clique im Cobhams am Fenster und lachte sich kaputt. Ich war mit meiner Schwester dort. Deswegen habe ich mitbekommen, was da vor sich ging.«

»Warum sollte Alice das tun?«

»Weil ich in der Englischprüfung besser war als sie«, flüsterte Charlotte. »Du weißt doch, wie sie auf so was reagiert.«

258

»Und deswegen hat sie Alan dazu überredet, so zu tun, als wäre er an Charlotte interessiert«, fuhr Lizzie fort. »Er ist mit ihrem idiotischen Bruder befreundet. Alan hat zu Charlotte gesagt, dass er mit ihr ausgehen möchte, und sie gebeten, sich besonders hübsch zu machen. Und dann hat er sie einfach da stehen lassen, damit diese blöde Kuh sich über sie lustig machen kann.«

»Das tut mir Leid«, sagte Susan zu Charlotte.

Charlotte wischte sich über die Augen. Lizzie runzelte die Stirn. »Ist das alles, was du dazu zu sagen hast? Das war total gemein von Alice. Man muss ihr eine Lektion erteilen.«

Susan nickte müde.

»Was wirst du tun?«

»Keine Ahnung.«

»Du musst unbedingt etwas unternehmen.« Lizzies Augen blitzten. »Sie darf nicht ungestraft davonkommen.«

»Warum unternimmst du nicht was?«

»Weil ich nicht in Heathcote zur Schule gehe…«

»Oder Charlotte? Warum bleibt immer alles an mir hängen?« Eine Welle der Frustration schlug über ihr zusammen. »Ich habe selbst genug Probleme. Wenn Charlotte Alice eine Lektion erteilen möchte, warum hört sie dann nicht endlich auf, so eine erbärmliche Memme zu sein, und versucht es zur Abwechslung mal selbst?«

Charlotte lief rot an. Lizzie schüttelte den Kopf. »Du hast dich wirklich verändert. Früher habe ich dich richtig gern gemocht. Du warst so eine gute Freundin. Jetzt interessierst du dich bloß noch für dich selbst. Du bist genauso eine egoistische Kuh wie Alice.«

Susan wollte sich das nicht länger anhören. Wortlos schob sie sich an den beiden vorbei und ging nach Hause.

Am nächsten Morgen saß sie allein am Küchentisch.

Onkel Andrew erschien, noch unrasiert und damit beschäftigt, sich die Krawatte zu binden. Er machte einen müden Eindruck. Sie hatte keine Ahnung, wann er am Vorabend nach Hause gekommen war.

»Wo ist Mum?«, fragte sie.

»In ihrem Zimmer.« Er griff nach einer Scheibe Toast. »Ich verschwinde in mein Arbeitszimmer, weil ich ein paar Telefonate zu erledigen habe.«

Susan ging mit einer Tasse Tee nach oben. Ihre Mutter saß im Bett. Sie war noch im Nachthemd und hatte einen Verband um den linken Mittelfinger. Die Vorhänge waren zurückgezogen, das Fenster stand offen, sodass man aus dem kleinen Park in der Mitte des Platzes Vogelgesang hören konnte.

Nachdem Susan die Tasse auf dem Nachttisch abgestellt hatte, ließ sie sich auf der Bettkante nieder. Ihre Mutter starrte mit gequälter Miene vor sich hin.

»Was ist passiert, Mum? Was hat er mit dir gemacht?«

Sie bekam keine Antwort.

»Mum?«

Ihre Mutter hob den Kopf. Einen Moment lang wirkte ihr Blick genauso leer wie am Tag ihres Zusammenbruchs. Susans Herz begann zu rasen.

»Mum, ich bin's.«

Endlich ein Zeichen des Erkennens. Ein kühles Lächeln. »Was willst du?«

»Was hat er mit dir gemacht?«

Ihre Mutter hob ihr Nachthemd hoch. Über ihren Bauch zog sich eine Reihe von Blutergüssen.

Susan schnappte erschrocken nach Luft.

»Du brauchst gar nicht so zu tun, als würde es dir etwas ausmachen.«

»Natürlich macht es mir etwas aus! Er darf dich nicht so behandeln! Er darf nicht…«

»Es ist deine Schuld, dass er es tut.«

»Was?«

»Du bist schuld.«

»Wie kannst du so etwas sagen?«

»Weil es stimmt. Du bist schuld. Als du ihm noch Freude bereitet hast, war er auch zu mir nett, aber inzwischen machst du ihn nur noch wütend, und ich muss es ausbaden.«

»Aber, Mum…«

»Verschwinde einfach! Geh zur Schule. Ich will dich hier nicht sehen.«

Geschockt, verletzt und wütend tat Susan, wie ihr geheißen, blieb aber im Türrahmen stehen. Oben hörte sie Onkel Andrew am Telefon lachen. Wie immer, wenn er mit anderen sprach, war er herzlich und charmant. Ihr Stiefvater. Ein Mann, wie man ihn sich netter nicht vorstellen konnte.

Geh einfach, Susie. Mach es nicht noch schlimmer.

Geh einfach. Denk nicht nach. Geh einfach.

Aber sie konnte nicht. Diesmal nicht.

Also ging sie nach oben.

Er saß mit dem Gesicht zur Wand an seinem Schreibtisch und war so sehr mit Lachen beschäftigt, dass er sie nicht hereinkommen hörte. Nachdem sie die Tür hinter sich zugezogen hatte, griff sie über ihn hinweg nach dem Telefon und unterbrach sein Gespräch.

»Was zum Teufel...«

Sie ließ seinen Stuhl herumschwingen und starrte ihm ins Gesicht. »Wenn du meine Mutter noch ein einziges Mal anrührst, werde ich dafür sorgen, dass es dir Leid tut, das schwöre ich bei Gott!«

Seine Augen weiteten sich. Einen Moment lang sah es aus, als hätte er Angst vor ihr.

Aber nur einen Moment.

»Soll das eine Drohung sein, Susie?«

»Lass sie in Ruhe!«

»Und wenn nicht?«

»Das wirst du dann schon sehen.«

»Du solltest mit solchen Drohungen vorsichtig sein. Sie könnten mich nämlich wütend machen, und wer weiß, wozu ich dann fähig wäre.«

»Du darfst es ihr nicht sagen.«

»Ach, nein?«

»Du hast es mir versprochen!«

»Vielleicht hatte ich dabei meine Finger überkreuzt.«

»Das darfst du nicht! Denk daran, was du ihr damit antun würdest.«

261

Lächelnd sah er sie an. Er genoss ihre Verzweiflung und seine Macht. »Also keine Drohungen mehr, oder ich lasse eine kleine Bemerkung fallen. Mehr wäre gar nicht nötig. Dann wäre die Katze aus dem Sack, und du kannst dir sicher vorstellen, was deine Mutter dann von dir denken würde.«

»Und du kannst dir sicher vorstellen, was der Rest der Stadt dann von uns beiden denken würde.«

Das Lächeln verschwand aus seinem Gesicht.

»Es ist ja nicht nur mein schmutziges Geheimnis, stimmt's? Glaubst du wirklich, dass du noch mit dem Bürgermeister befreundet wärst und Leute wie Mrs. Pembroke dir ihr Testament anvertrauen würden, wenn es herauskäme? Das glaube ich nicht. Du wärst bei allen unten durch. Sie würden dich sofort fallen lassen wie eine heiße Kartoffel.«

Er erhob sich mit finsterer Miene. »Du hörst jetzt besser auf, Susie.«

Sie ließ sich nicht einschüchtern. »Was meinst du, wie sie dann über dich denken würden, Onkel Andrew?«

Er trat einen Schritt auf sie zu. »Ich habe gesagt, du sollst aufhören.«

»Ich würde vielleicht Mum verlieren, aber du würdest auch etwas verlieren. Alles, was dir etwas bedeutet. Dafür würde ich sorgen!«

»Hör auf!«

»Und was machst du, wenn ich nicht aufhöre? Schlägst du mich dann? Nur zu. Ich habe keine Angst vor dir. Ich bin nicht Mum. Aber genau darum geht es, nicht wahr? Bei mir würde es dir gar keinen Spaß machen. Es macht nur Spaß, wenn der andere Angst hat.«

Er schleuderte sie gegen die Wand und packte sie mit einer Hand an der Kehle. Sein Atem kam stoßweise, seine Augen waren nur noch schmale Schlitze. Er sah aus wie ein wildes Tier. Als wollte er sie in Stücke reißen.

Nun hatte sie doch Angst.

»Und wer wird auf das hören, was du sagst? Ausgerechnet du. Susan Ramsey, die größte Schlampe der Stadt. Das Mädchen, auf dem jeder Junge schon mal rumgerutscht ist. Ich habe die Geschichten gehört, die sie über dich erzählen. Wenn du versuchst, Geschichten über mich zu erzählen, werden sie lediglich den Kopf schütteln und mich bemitleiden. Den Mann, der dich in sein Haus aufgenommen und alles für dich getan hat. Der dir ein weitaus besserer Vater war als dein leiblicher, aber trotzdem nicht verhindern konnte, dass du vom Weg abgekommen bist und dich jetzt aufführst wie eine miese kleine Schlampe. Was du ja auch bist.«

Er drückte ihr die Luft ab. In ihrem Kopf begann sich alles zu drehen.

»Und deine Mutter wird es auch nicht glauben. Nicht wenn es aus deinem Mund kommt. Sie kann es sich gar nicht leisten, dir zu glauben, weil sie mich nämlich braucht. Sie kann ohne mich nicht überleben. Sie schafft es ja so schon kaum. Deine Mutter steht auf der Kippe, Susie. Ein einziger kräftiger Schubs von mir, und es ist aus mit ihr, und diesmal wird sie nicht zurückkommen. Du wirst sie für immer verlieren, genau wie du deinen Vater verloren hast.«

Er legte einen Finger auf ihre Lippen.

»Also, wenn du willst, dass das nicht passiert, dann halte schön den Mund, denn solltest du je versuchen, dich mir zu widersetzen, wirst du das bereuen. Mehr, als du dir das überhaupt vorstellen kannst!«

Mit diesen Worten ließ er sie los, trat einen Schritt zurück und verschränkte die Arme vor der Brust.

»Hast du mich verstanden?«

Sie rieb ihren Hals.

»Ich habe dich gefragt, ob du mich verstanden hast.«

»Ja.«

»Und jetzt raus mit dir.«

Eine halbe Stunde später steuerte sie auf das Schultor zu. Sie war von anderen Schülerinnen und Schülern umgeben, aber in ihrem Kopf herrschte ein solcher Aufruhr, dass sie nicht in der Lage war, die Stimmen um sie herum aufzunehmen. Es war, als würde der Rest der Welt plötzlich eine andere Sprache sprechen.

Ein Stück vor ihr trottete Charlotte mit hängenden Schultern

263

dahin. Alice und Kate warteten bereits am Tor darauf, über sie herziehen zu können. Alan Forrester näherte sich fröhlich pfeifend auf seinem Rad. Dass er dazu beigetragen hatte, Charlotte Schmerz zuzufügen, hatte er längst schon wieder vergessen.

Während Susan ihn beobachtete, brannte in ihrem Kopf eine Sicherung durch.

Sie rief seinen Namen. Er brachte sein Rad neben ihr zum Stehen und grinste sie dämlich an. »Was gibt's?«

Sie schlug ihm mit der Faust so fest auf den Mund, dass er samt seinem Rad umfiel.

Alice, die bereits ahnte, was als Nächstes kommen würde, versuchte zu fliehen, aber es standen zu viele andere im Weg. Susan stürmte auf sie zu und stieß dabei die protestierende Kate zur Seite. »Wir müssen reden, Alice«, verkündete sie, während sie ihre Widersacherin an den Haaren packte und gegen das Tor drückte.

Alice versuchte sie wegzuschieben. »Lass meine Haare los, du reißt sie mir ja aus ...«

Susan schlug ihr ins Gesicht, so fest sie konnte. »Hör zu!«

Dann beugte sie sich vor, sodass sich ihre Gesichter fast berührten.

»Wenn du noch einmal einem Menschen etwas antust, der mir etwas bedeutet, dann schnappe ich mir ein Messer und schneide dir die Kehle durch. Hast du mich verstanden?«

»Du bist doch verrückt ...«

»Ja, ich bin eine Irre, genau wie meine Mutter, und das bedeutet, dass ich es tatsächlich tun werde. Also sag jetzt, dass du mich verstanden hast.«

Wimmernd rieb sich Alice über die Wange.

»Sag's mir!«

»Ich hab dich verstanden.« Alice wirkte völlig verängstigt. Susan empfand bei ihrem Anblick ein erregendes Gefühl von Stärke. So gut hatte sie sich lange nicht mehr gefühlt.

Sie holte mit dem Arm aus, als wollte sie noch einmal zuschlagen, und beobachtete dabei, wie Alice zusammenzuckte. Sie genoss ihre Macht und die Angst, die sie der anderen einflößte.

Plötzlich aber hörte sie in ihrem Kopf die Stimme ihres Vaters.

So nicht, Susie. Das ist der falsche Weg. Was du da tust, hat mit Stärke nichts zu tun. Das ist deiner nicht würdig. Ihre Euphorie ließ schlagartig nach, und an ihre Stelle trat ein so starkes Gefühl von Frustration, dass sie am liebsten laut aufgeschrien hätte. *Was ist dann der richtige Weg? Wer bist du, mir Vorträge zu halten? Mit welchem Recht machst du mir ein schlechtes Gewissen? Du hast mich allein gelassen, als ich dich brauchte, und nun kann ich mich nur noch auf mich selbst verlassen. Und ich weiß nicht, was ich tun soll.* Sie tippte Alice mit dem Zeigefinger an die Brust. »Vergiss nicht, was ich dir gesagt habe.«

Dann zwang sie sich zu gehen.

Zehn Minuten später betrat Charlotte die Toiletten im ersten Stock. Susan stand bei den Waschbecken und starrte auf ihr Spiegelbild.

Zwei Schülerinnen aus dem ersten Jahr, die sich gerade die Hände wuschen, musterten sie ängstlich, als wäre sie ein gefährliches Tier. Charlotte gab ihnen mit einer Handbewegung zu verstehen, dass sie gehen sollten, und schloss die Tür hinter ihnen ab.

»Susie?«

Susans Blick war noch immer auf den Spiegel gerichtet. Sie zitterte, ihr ganzer Körper schien unter Strom zu stehen und elektrische Wellen auszusenden.

»Susie?«

»Lass mich allein.« Ihre Stimme klang angespannt.

»Danke, dass du das für mich getan hast.«

Sie bekam keine Antwort.

»Du hattest völlig Recht, ich hätte es selbst machen sollen. Du hättest mir das nicht abzunehmen brauchen.« Sie schwieg einen Moment. »Aber ich bin froh, dass du es getan hast.«

Jemand versuchte, die Tür zu öffnen. Charlotte wartete vergeblich auf eine Reaktion von Susan.

»Möchtest du, dass ich gehe?«, fragte sie.

»Ja.«

Obwohl diese Antwort sie verletzte, wusste sie, dass sie kein Recht hatte, es zu zeigen. Sie wandte sich der Tür zu.

»Du bist immer noch meine beste Freundin, Charlotte. Ich habe das, was ich gestern Abend zu dir gesagt habe, nicht so gemeint. Du bist keine Memme.«

Als Charlotte sich zu ihr umdrehte, hatte sie einen Kloß im Hals. »Du bist auch meine beste Freundin. Das warst du immer, und ich wünschte, du würdest mir wieder so vertrauen wie früher.«

Susan schüttelte den Kopf. »Hör auf…«

»Tut mir Leid, aber ich kann nicht anders. Ich weiß, dass du Probleme hast, und würde dir so gerne helfen, aber das kann ich nur, wenn du mir sagst, worum es dabei geht. Wir hatten doch früher keine Geheimnisse voreinander, und wir brauchen auch jetzt keine zu haben. Du kannst mir alles erzählen. Das weißt du doch.«

Susan brach in Tränen aus. Charlotte trat einen Schritt auf sie zu, aber Susan machte eine abwehrende Handbewegung.

»Susie…«

Susan begann sich die Schläfen zu reiben und stammelte dabei immer wieder das Wort »schwach«.

»Du bist nicht schwach, Susie. Du bist der stärkste Mensch, den ich kenne, und daran wird sich auch nichts ändern, wenn du mit mir über deine Probleme redest.«

Jemand hämmerte an die Tür. Eine Aufsichtsschülerin rief, dass es Ärger geben würde, wenn sie nicht sofort die Tür öffneten. Susan atmete tief durch, um ihre Gefühle wieder unter Kontrolle zu bekommen. Sie drehte den Wasserhahn auf und wusch sich die Augen. »Besser, du schiebst es auf mich. Sag, dass ich zugesperrt habe. Ich hab schon so viel Ärger, dass ein bisschen mehr auch keinen Unterschied mehr macht.«

»Willst du es mir denn nicht sagen?«

»Ich kann nicht.«

»Bitte, Susie.«

Susan nahm ihre Hand und drückte sie. »Danke.«

Dann ging sie zur Tür und schloss auf.

August. Susan saß mit Jennifer am Flussufer und blickte zum Himmel hinauf. Obwohl keine einzige Wolke zu sehen war, hing eine drückende Schwüle in der Luft, als stünde ein Gewitter bevor. Beide hatten die Füße im Wasser und ließen sie von der Strömung umspielen. Jennifer warf den Enten Brotstücke zu. »Susie, gibt es in Australien auch Enten?«

Susan nickte. Sie versuchte, ihre Traurigkeit hinter einem Lächeln zu verbergen. Onkel George hatte, wie befürchtet, den Auftrag angenommen.

Ein paar nach Futter suchende Schwäne glitten zu ihnen herüber und ließen die Enten in alle Richtungen davonstieben. Laut seufzend warf Jennifer ihnen ein paar Brotstücke zu.

»Was ist denn, Jenjen?«

»Ich wünschte, du könntest mitkommen.«

Es gab nichts, was Susan lieber getan hätte, als Kendleton zu verlassen und mit Jennifer an einen Ort zu ziehen, wo niemand sie kannte.

Aber was würde dann mit denen geschehen, die sie zurückließ? Onkel Andrew hatte ihre Mutter seit ihrer Konfrontation nicht mehr geschlagen. Er war sogar wieder ein bisschen freundlicher zu ihr. So herablassend wie eh und je, aber freundlicher. Seinen Alkoholkonsum hatte er auch ein wenig eingeschränkt, und als Mr. und Mrs. Wetherby gekommen waren, um sich über ihre »bösartige Attacke auf die arme Alice« zu beschweren, war er für sie eingetreten, indem er sich in ihrem Namen bei den beiden entschuldigte und ihnen mit seinem Charme den Wind aus den Segeln nahm. Es hatte keinen vergleichbaren Besuch von Mr. und Mrs. Forrester gegeben, aber es war auch kaum damit zu rechnen, dass Alan großes Aufhebens davon machen würde, dass er von einem Mädchen niedergestreckt worden war.

Susan hätte so gern geglaubt, dass sie der Auslöser für diese positive Entwicklung war. Dass Onkel Andrew sich am Riemen riss, weil sie ihm Angst eingejagt hatte. Aber tief in ihrem Inneren wusste sie, dass dem nicht so war. Er hatte keine Angst vor ihr. Sie war diejenige, die Angst haben musste.

Trotzdem *war* jetzt alles ein wenig besser, und schon deswegen hätte sie eigentlich froh sein müssen, aber solange sie den wahren Grund nicht kannte, würde sie dieses Gefühl von Unbehagen nicht loswerden.

»Warum kannst du denn nicht mit?«, fragte Jennifer.

»Weil ich bei meiner Mum bleiben muss. Sie braucht mich.« Jennifer sah sie vorwurfsvoll an. »Du hast versprochen, dich immer um mich zu kümmern.«

»Das werde ich auch.«

»Nein, wirst du nicht.« Jennifer begann zu weinen. Susan, die sich fühlte, als hätte sie eine Ohrfeige bekommen, versuchte das kleine Mädchen in den Arm zu nehmen, wurde aber weggeschoben, sodass sie sich darauf beschränken musste, ihr übers Haar zu streicheln. In der Sonne sah es schon richtig golden aus; es wurde dem von Tante Emma jeden Tag ähnlicher. Sie musste daran denken, wie verletzt sie gewesen war, als Tante Emma sie verlassen hatte. Eine Frau, die für sie eine Art Ersatzmutter gewesen war, genau wie sie selbst nun für Jennifer. Mutter und Schwester.

Sie wagte einen zweiten Versuch. Diesmal ließ Jennifer sich in den Arm nehmen.

»Ich werde mich immer um dich kümmern, Jenjen. Sogar wenn du ganz weit weg bist, werde ich da drinnen bei dir sein.« Sie tippte auf Jennifers Brust. »Außerdem ist es ja nicht für ewig. Wenn du mal traurig bist, denkst du einfach an mich, und du kannst sicher sein, dass ich dann auch ganz fest an dich denken werde. Auf diese Weise kann ich bei dir sein und mich um dich kümmern.«

Das stimmte natürlich nicht so ganz, aber etwas Besseres fiel ihr gerade nicht ein.

Es reichte, um Jennifer wieder zum Lächeln zu bringen, und das war die Hauptsache.

»Aber du wirst bestimmt nicht traurig sein. Ganz im Gegenteil, du wirst eine Menge Spaß haben. Es gibt dort so vieles zu sehen und zu tun…« Sie begann, Australien als den aufregendsten Ort der Welt zu beschreiben. Vielleicht war es das ja auch. Wie auch immer, es konnte dort nur besser sein als in Kendleton.

Ein Kahn kam den Fluss entlang, brachte Unruhe ins Wasser und störte damit die Enten und Schwäne. Am Ruder stand ein

Mann mit grauem Haar und einem freundlichen Gesicht. Er hatte zwei Bullterrier dabei, die gereizt von der Hitze und dem bevorstehenden Gewitter nacheinander schnappten.

Der Mann winkte ihr zu, und Susan erwiderte den Gruß. Am liebsten wäre sie auf der Stelle mit ihrer Mutter und Jennifer an Bord geklettert, um mit dem Kahn davonzusegeln und nie wieder zurückzukehren.

Samstagmorgen, eine Woche später. Sie stand in der Küche und half ihrer Mutter beim Spülen des Frühstücksgeschirrs. Onkel Andrew war bereits aufgebrochen, um mit Onkel George Golf zu spielen. Seit das mit Australien beschlossene Sache war, sahen die beiden sich häufiger. Sie waren schon zwanzig Jahre miteinander befreundet und würden einander fehlen.

Allerdings nicht so sehr, wie Jennifer ihr fehlen würde.

Sie sah in den Garten hinaus. Das Gras war verdorrt, der Boden ausgetrocknet. Das Unwetter der vorigen Woche hatte der Hitze, die wie eine Decke über der Stadt lag, keinen Abbruch getan.

»Wann holst du Jennifer ab?«, fragte ihre Mutter.

»In einer halben Stunde.«

»Es wird ihr auf dem Jahrmarkt bestimmt gefallen.«

»Und mir auch.«

Ihre Mutter lächelte. So entspannt hatte Susan sie schon monatelang nicht mehr gesehen.

»Warum kommst du nicht mit, Mum?«

»Ich habe einiges zu erledigen.«

»Du musst doch auch mal ein bisschen Spaß haben.«

»Jetzt klingst du wie dein Vater.«

»Und der hatte immer Recht. Bitte, komm mit.« Sie lächelte ebenfalls. »Es gibt dort sogar Schiffsschaukeln.«

Ihre Mutter schauderte.

»Weißt du noch, wie wir auf dem Jahrmarkt in Lexham mit Dad und Charlotte in der Schiffsschaukel saßen?«

»Erinnere mich lieber nicht daran. Du hast auf meinem Knie gesessen und Charlotte auf dem deines Vaters, und du hast uns so weit hinaufschwingen lassen, dass ich Angst bekam, euch beiden könnte schlecht werden, weil ihr vorher so viel Zuckerwatte gegessen hattet!«

»Lügnerin. In Wirklichkeit hattest du Höhenangst. Ich weiß noch genau, wie du gerufen hast: ›Nein, Susie, nicht so hoch! Um Gottes willen, nicht so hoch!‹«

»Und dein Vater hat die ganze Zeit ›Swing Low Sweet Chariot‹ gesungen!«

»Und dann hat sich die hochnäsige Kuh in der Schaukel neben uns darüber beschwert, dass er ›Niggermusik‹ singe, woraufhin er dann angefangen hat, Al Jolson nachzumachen und sie ›Mammy‹ zu nennen.«

Inzwischen mussten sie beide herzlich lachen. Während Susan sich über die Augen wischte, hatte sie das Gefühl, als würde ihr Vater ihnen von irgendwoher zusehen und ebenfalls lachen.

»Bitte, komm mit, Mum. Ich weiß, dass es dir Spaß machen wird.«

»Na gut, aber vorher müssen wir hier fertig spülen. Im Arbeitszimmer deines Stiefvaters steht auch noch ein Teller.«

»Ich hole ihn.«

Auf dem Weg nach oben wurde ihr bewusst, dass sie ein richtiges Glücksgefühl empfand. Plötzlich waren die Gründe für Onkel Andrews verändertes Verhalten gar nicht mehr so wichtig. Es genügte, dass er sich verändert hatte.

Die Tür zu seinem Arbeitszimmer war offen. Der Teller stand auf einem Stapel Papieren. Susan griff danach.

Und sah die Broschüre darunter.

Collins Academy – Ein guter Ort zum Lernen

Sie blätterte auf die erste Seite.

»Seit ihrer Gründung im Jahr 1870 kann die Collins Academy auf eine lange Geschichte erfolgreicher Lehrtätigkeit zurückblicken. Ein Internat für Mädchen im Alter von 11 bis 18 Jahren, in der schönen Landschaft Schottlands gelegen...«

Schottland?

Mit klopfendem Herzen las sie weiter.

Fünf Minuten später stand sie wieder unten in der Küche. »Was zum Teufel soll das?«

Ihre Mutter drehte sich um. Als sie die Broschüre sah, wurde sie blass.

»Ich gehe nicht ins Internat!«

»Das ist doch nur so eine Idee.«

»Wessen Idee? Deine?«

»Nein.«

»Also seine. Das dachte ich mir. Er versucht uns zu trennen, aber das wird nicht klappen. Wenn er mich wegschickt, führe ich mich so auf, dass sie mich ganz schnell von der Schule schmeißen und wieder heimschicken. Glaub bloß nicht, dass ich das nicht schaffe!«

»Aber, Susie…«

»Im Moment ist er nett, aber wie lange, glaubst du, wird das dauern? Was, wenn er wieder ausrastet, während ich nicht da bin? Wer soll dich dann beschützen?«

»Und was, wenn er wieder ausrastet, während du da bist? Glaubst du wirklich, dass du mich vor ihm beschützen kannst? Ich glaube das nämlich nicht. Im Grunde ist es sowieso immer deine Schuld, wenn er durchdreht.«

»Das stimmt nicht!«

»Doch, das stimmt! Er ist ein guter Mann. Er benimmt sich nur manchmal so furchtbar, weil du ihn in Rage bringst.«

»Wem versuchst du etwas vorzumachen, Mum? Mir oder dir?«

»Er *ist* ein guter Mann! Wirklich!«

»Und du brauchst ihn, nicht wahr? Zumindest bildest du dir das ein. Du hast dir von ihm einreden lassen, dass du ihn viel mehr brauchst als mich.«

Sie erhielt keine Antwort.

»Ich habe Recht, stimmt's?«

Ihre Mutter senkte den Blick.

»Das dachte ich mir.«

»Susie…«

»Du brauchst nicht mit auf den Jahrmarkt zu kommen. Schließlich hast du ja noch einiges zu erledigen.«

Mit diesen Worten legte sie die Broschüre auf den Tisch und ging.

Ein Montagmorgen Anfang September, der erste Tag des neuen Schuljahrs. Nachdem Susan mit dem Frühstück fertig war, ging sie nach oben, um sich die Zähne zu putzen.

Sie trug ihre Heathcote-Uniform. Seit sie auf die Broschüre gestoßen war, hatte ihre Mutter das Internat mit keinem Wort mehr erwähnt. Onkel Andrew ebenso wenig.

Aber das bedeutete nicht unbedingt, dass er von seinem Plan Abstand genommen hatte.

Was wird er Mum antun, wenn ich mich weigere?

Als sie den zweiten Stock erreichte, hörte sie aus seinem Arbeitszimmer Stimmen. Onkel George war zu Besuch. Sie wusste, dass sie ihn eigentlich begrüßen sollte, aber da ihr überhaupt nicht nach einer Unterhaltung zumute war, schlich sie auf Zehenspitzen den Gang entlang, um die beiden nicht auf sich aufmerksam zu machen.

Eine Minute später stand sie in dem Badezimmer, das zwischen seinem Arbeitszimmer und ihrem Schlafzimmer lag. Als sie einen Blick in den Spiegel warf, fiel ihr auf, dass an ihrem Ärmel ein Faden weghing. Sie griff nach einer Nagelschere, um ihn abzuschneiden.

Im Bad waren die Stimmen aus dem Arbeitszimmer gut zu hören. Susan ging davon aus, dass sich die beiden Männer über ihr Golfspiel vom Vortag unterhielten, und begann dem Gespräch zu lauschen, ohne sich etwas dabei zu denken.

Und begriff, dass sie über etwas ganz anderes sprachen.

»Es ist ja nicht so, dass ich sie nicht mitnehmen möchte«, sagte Onkel George gerade. »Natürlich hätte ich sie gern dabei. Sie ist schließlich meine Tochter. Aber ich werde viel auf Reisen sein, möglicherweise sogar mehrere Wochen am Stück.«

»Was bedeutet, dass du sie fremden Menschen anvertrauen müsstest, noch dazu in einem ihr fremden Land. Das wäre einem so kleinen Kind gegenüber nicht fair.«

272

»Ich überlege immer noch, ob ich ihnen nicht sagen soll, dass ich es mir anders überlegt habe.«

»Das kannst du nicht.« Onkel Andrews Ton klang energisch. »Du hast doch von Anfang an gesagt, dass es sich bei diesem Projekt um eine Chance handelt, wie du sie dein ganzes Leben nicht mehr bekommen wirst. Und ich habe dir von Anfang an gesagt, dass es die perfekte Lösung ist, Jennifer bei uns zu lassen.«

»Aber das ist doch eine große Belastung für euch.«

»Überhaupt nicht. Wir lieben Jennifer. Und sie kann dich ja in den Ferien besuchen, falls du dann Zeit für sie hast. Auf diese Weise wird sie nicht aus ihrem gewohnten Umfeld herausgerissen und muss weder ihre Schule verlassen noch auf ihre Freundinnen verzichten.«

»Ich wünschte, Susie würde auch hier bleiben. Du weißt, wie sehr Jennifer sie vergöttert.«

»Ja, aber das geht leider nicht. Sie kommt in Heathcote einfach nicht zurecht, und nachdem es hier in der Gegend keine anderen geeigneten Schulen gibt, muss sie eben zum nächstmöglichen Zeitpunkt ins Internat.« Nach einer kurzen Pause fügte er hinzu: »Das Ganze hat auch etwas Gutes: Jennifer kann Susies Zimmer haben. Ich schätze, das wird ihr gefallen.«

»Ja, das glaube ich auch.« Onkel George seufzte. »Dann machen wir es so. Aber nur, wenn du wirklich ganz sicher bist.«

»Das bin ich, also hör auf, dir deswegen Sorgen zu machen. Jennifer ist bei mir in guten Händen. Ich werde sie hüten wie meinen Augapfel…«

Susan wurde ganz kalt.

Die beiden Männer setzten ihre Unterhaltung fort, aber plötzlich war es wie an dem Tag, als ihr Vater starb und die Welt von einer Sekunde auf die andere lautlos wurde, sodass Susan das Gefühl hatte, in einem Stummfilm gefangen zu sein, allein gelassen mit ihren eigenen quälenden Gedanken. Diesmal aber waren diese Gedanken nicht wirr und bruchstückhaft, sondern besaßen eine klare Form und Struktur.

Nun war alles klar.

Ihre rechte Hand schmerzte. Ohne es zu merken, hatte sie sich

273

mit der Nagelschere in den Finger geschnitten. Aus der Wunde tropfte Blut ins Waschbecken. Dieselbe dunkle Flüssigkeit, die ihr Frausein verkündet und sie von Onkel Andrews Aufmerksamkeit befreit hatte.

Jennifer aber war noch ein Kind. Ein süßes, hübsches, verletzliches Kind, das einfach davon ausging, dass es von guten Menschen umgeben war. Ein Kind, das einem Erwachsenen, dem es vertraute, alles glauben würde, was er sagte. Niemand konnte ein solches Kind für böse und verdorben halten. Es sei denn, der Betreffende war selbst böse und verdorben.

Sie stellte sich vor, wie Jennifer in dem Bett, in dem sie selbst jahrelang gelegen hatte, bei jedem Geräusch aus dem Arbeitszimmer und jedem Schatten auf dem Gang zusammenzucken würde, der festen Überzeugung, verdorben zu sein und dieses beängstigende Ritual selbst verschuldet zu haben, auch wenn sie nicht wusste, weshalb. Sie würde beten, Onkel George möge kommen und sie retten, gleichzeitig aber davon ausgehen, dass er sie hassen würde, falls er herausfand, wie verdorben sie war.

Sie würde beten, Susan möge kommen und sie retten …

Du darfst es niemandem erzählen, Jenjen, weil es sonst dein Vater erfährt, und dann bleibt er in Australien, und du siehst ihn nie wieder. Dann verlierst du ihn für immer, Jenjen, genau wie du deine Mutter verloren hast.

Susan blickte in den Spiegel. Vor ihrem geistigen Auge sah sie ihren eigenen Vater vor sich, wie er an dem Tag ausgeschaut hatte, als er starb. Ein freundlicher Mann mit zerzaustem Haar, funkelnden Augen und einem Lächeln, das einen ganzen Raum erhellen konnte. Nun aber lächelte er nicht. Sein Gesichtsausdruck war angsterfüllt, als spürte er die Gewalt, die sich in ihr regte.

So nicht, Susie. Das ist der falsche Weg. Hör auf mich. Bitte, hör …

Aber sie würde nicht auf ihn hören. Er war nur noch ein Geist aus einem früheren Leben, das ihr inzwischen völlig irreal erschien, fast wie ein Märchen. Er konnte ihr nicht helfen. Der einzige Mensch, auf den sie sich verlassen konnte, war sie selbst.

Sie streckte die Hand aus und strich über das Glas. »Auf Wiedersehen, Dad«, flüsterte sie. »Ich liebe dich, und du wirst mir immer fehlen.«

Sein Bild löste sich auf. Ein paar Blutstropfen glitten den Spiegel hinunter. Sie zog mit dem Finger eine waagrechte Linie durch die roten Rinnsale, sodass daraus eine Reihe von Kreuzen wurde, die vor ihren Augen zu wachsen schienen, bis sie den ganzen Raum ausfüllten und ihn in einen blutroten Friedhof verwandelten, wo auf jedem Grabstein derselbe Name stand.

Plötzlich durchbrach eine Stimme die Stille. »Susie, wo bist du?«, rief ihre Mutter in schrillem, ängstlichem Ton. »Du kommst zu spät in die Schule!« Aus dem Arbeitszimmer war nichts mehr zu hören. Wer weiß, wie lange sie dort gestanden hatte, verloren in den dunklen Abgründen ihrer Gedanken.

Aber nun war sie zurück.

Und sie wusste, was sie zu tun hatte.

Am selben Nachmittag um halb drei. Audrey Morris, eine ältliche Lehrerin, stand im Eingangsbereich der Mädchenschule und wartete auf eine der Fünftklässlerinnen.

Neben ihr standen zwei Jungen, beide in der blau-schwarzen Uniform. Sie gingen ebenfalls in die Fünfte und waren neu an der Schule. Der Rest ihrer Klasse hatte sich zusammen mit der Mädchenklasse im Kunsterziehungsraum versammelt, wo ein erfolgreicher ortsansässiger Maler einen Vortrag hielt. Kunsterziehung war der einzige Bereich, in dem die Räumlichkeiten der Mädchenschule den Rivalen von der anderen Straßenseite in den Schatten stellten.

Einer der beiden Jungen erklärte Audrey den Grund für ihr Zuspätkommen. Irgendetwas Verwaltungstechnisches. Der andere fügte entschuldigend hinzu, er hoffe, sie hätten ihr dadurch keine Unannehmlichkeiten bereitet. Er sprach mit einem leichten Londoner Akzent. Obwohl Audrey solche regionalen Akzente eigentlich nicht mochte, fand sie es bei diesem Jungen, der noch dazu so höflich lächelte, irgendwie charmant.

Sie hörte Schritte und drehte sich um. Susan Ramsey kam auf sie zu. Die schöne, eigenwillige Susan Ramsey, die schon mit der halben Stadt geschlafen hatte, falls die Gerüchte über sie stimmten. Aber Audrey glaubte das alles nicht. Sie hatte Susan von Anfang an gemocht.

Rasch stellte sie ihr die beiden Neuzugänge vor. Der Junge mit dem Londoner Akzent reichte Susan die Hand. Während die beiden sich begrüßten, fiel Audrey plötzlich auf, was für ein attraktives Paar sie abgaben. Wie zwei Filmstars, die sich gerade vor einer glamourösen Filmkulisse in Hollywood zum ersten Mal begegneten.

Darf ich vorstellen? Greta Garbo, John Gilbert. Vivien Leigh, Laurence Olivier. Lauren Bacall, Humphrey Bogart.

Susie Star, Ronnie Sunshine.

FÜNFTER TEIL

Kendleton, September 1961
Sie standen sich auf dem Gang gegenüber. Zwei Menschen, die sich
zum ersten Mal begegneten und die Rituale vollzogen, die ein solcher Anlass erforderte: das Händeschütteln, den Austausch von
Namen, das Überspielen aller negativen Gefühle, die ihre Begegnung unter Umständen hervorrief.

Susan registrierte keine Person, sondern nur einen Körper. Nichts
an ihm hinterließ bei ihr einen Eindruck. Sie hatte andere Dinge im
Kopf.

Er sah ein Mädchen in seinem Alter, das genauso groß war wie er
und hübsch genug, um arrogant zu sein. Seiner Erfahrung nach
waren alle hübschen Mädchen arrogant, weil sie sich einbildeten,
jeden Jungen, der ihnen gefiel, mit einem Lächeln gewinnen zu
können.
   Aber nicht ihn. Er würde niemals ein Mädchen begehren können, in dessen Gesicht ihn nichts an seine Mutter erinnerte.
   Sie nannte ihm ihren Namen. Ihre Augen hatten die Farbe von
Veilchen, sie wirkten unergründlich und gefährlich. Ein Junge, der
nicht aufpasste, lief bestimmt Gefahr, sich in solchen Augen für
immer zu verlieren. Aber nicht er. Gelassen erwiderte er ihren
Blick, weil er sicher war, immun zu sein gegen ihre Macht.
   Und plötzlich wusste er es.
   Es war wie ein elektrischer Schlag in seinem Gehirn. Die abso-
lute Gewissheit, die ihn von einer Sekunde auf die andere über-
kam, hatte nichts mit Logik oder Vernunft zu tun. Es handelte sich
dabei um etwas weitaus Primitiveres – um rein animalischen Instinkt.
   Du bist wie ich.
   »Diese Richtung«, sagte sie.

Der Kunsterziehungsraum war überfüllt. Jungen und Mädchen saßen um einen Tisch, auf dem Bücher, Früchte und eine Glaskugel kunstvoll arrangiert waren. Ihre Bleistifte kratzten übers Papier, während der ortsansässige Maler die Techniken des Stilllebens erklärte und Mrs. Abbott, die Kunstlehrerin, sie immer wieder daran erinnerte, wie glücklich sie sich schätzen könnten, einen so berühmten Gast in ihrer Mitte zu haben. Susan saß ziemlich weit hinten und starrte gedankenverloren ins Leere. Vor ihrem geistigen Auge lief der Film ab, in dem das Mädchen Nacht für Nacht wach lag und mit ängstlich klopfendem Herzen und trockener Kehle darauf wartete, die Schritte zu hören und die Schatten auf dem Gang zu sehen. Dieser Film sollte bald eine neue Hauptdarstellerin bekommen. Eine, die den Anforderungen der Rolle nicht gewachsen war und gegen deren Besetzung sie, Susan, mit aller Kraft kämpfen würde.

Sie wartete auf die Wut, die Angst und die Verzweiflung. All die Emotionen, die sie so gut zu verstehen gelernt hatte, dass sie ihr manchmal sogar schon willkommen waren. Seit diesem Morgen aber spürte sie nur noch eine seltsame Ruhe, die fast zu einer anderen Person zu gehören schien – einer Person, die keine Zeit für Besorgnis oder Furcht hatte. Nicht wenn so klar auf der Hand lag, was zu tun war.

Die Zeit verging. Sie starrte weiter auf die Leinwand in ihrem Inneren, ohne zu merken, dass ihre Hand den Bleistift übers Papier bewegte, als wäre sie ein Medium.

Er saß am Fenster und betrachtete seine neue Umgebung. Die Schulgebäude waren viel schöner als die in Hepton. Ganz zu schweigen von denen auf der anderen Straßenseite, die noch um einiges beeindruckender waren und über Einrichtungen verfügten, bei deren Anblick seine früheren Klassenkameraden ehrfürchtig nach Luft geschnappt hätten: eine riesige Bibliothek, ein brandneues naturwissenschaftliches Labor, ein Schwimmbad und ein halbes Dutzend Sportplätze, die alle frisch gemäht und markiert auf ihre Benutzer warteten.

Für seine neuen Mitschüler, die um ihn herum an ihren Zeichnungen arbeiteten, war diese Umgebung auf eine Art und Weise selbstverständlich, wie sie es für ihn nie sein würde. Der Gedanke, dass er nun in einem vornehmeren Haus lebte als sie alle, erschien ihm immer noch seltsam. Zwei von den Jungen begannen Witze zu reißen, auf die ihre Lehrerin mit Stirnrunzeln und ein paar von den Mädchen mit Kichern reagierten. Der zusammen mit ihm eingetroffene Junge, der ebenfalls neu an der Schule war, folgte ihrem Beispiel in dem Bestreben dazuzugehören und von den anderen akzeptiert zu werden. Er selbst hätte das auch gekonnt, wahrscheinlich sogar mit mehr Erfolg, aber dazu hätte ihm erst einmal an ihrer guten Meinung gelegen sein müssen, und bisher hatte keiner von ihnen diesen Wunsch in ihm geweckt.

Abgesehen von dem Mädchen, dessen veilchenblaue Augen auf etwas starrten, das meilenweit von dem Raum entfernt war, in dem sie sich befanden.

Nachdem ihre Lehrerin sie aufgefordert hatte, zu einem Ende zu kommen, ging der Maler von Tisch zu Tisch und gab zu jeder Zeichnung einen Kommentar ab. Als er den Versuch des Mädchens sah, runzelte er die Stirn. »Was soll denn das sein?«

»Ich weiß es nicht.«

»Es sieht aus wie ein Kreuz.«

»Dann wird es wohl eines sein.« Ihre Stimme klang so ausdruckslos und abwesend, als befände sie sich auf dem Mond.

»Warum hast du dich denn nicht an das gestellte Thema gehalten?«

»Ich habe keinen Sinn darin gesehen.«

»Warum nicht?«

»Weil ich nach meinem Schulabschluss als Prostituierte arbeiten werde und sich in dieser Branche niemand dafür interessiert, ob man eine anständige Obstschale zeichnen kann oder nicht.« Alle im Raum holten tief Luft. Sogar die Scherzbolde, die gerade noch Witze gerissen hatten, wirkten geschockt. »Zur Direktorin mit dir, aber auf der Stelle!«, rief die Lehrerin, als sie des Sprechens endlich wieder mächtig war.

Während das Mädchen den Raum durchquerte, beobachtete er sie genau, weil er herausfinden wollte, ob ihr das Ganze peinlich war oder sie sich mit ihrem Verhalten wichtig machen wollte, aber weder für das eine noch für das andere konnte er irgendwelche Anzeichen feststellen. Sie schien ihre Umgebung kaum wahrzunehmen. Er fragte sich, wohin ihre Gedanken sie wohl geführt hatten und ob dort auch Platz für ihn war.

Der sichtlich irritierte Maler setzte seine Inspektion fort. Die Arbeit eines hübschen blonden Mädchens veranlasste ihn zu großem Lob. Alice Wetherby, eine seiner neuen Nachbarinnen, schien sehr zufrieden mit sich zu sein. Beim Anblick seiner eigenen Arbeit runzelte der Maler erneut die Stirn. »Das hat mit dem Thema aber auch nichts zu tun.«

»Nein? Das tut mir Leid. Ich bin zu spät gekommen und muss Sie wohl missverstanden haben.«

»Trotzdem ist das sehr gut. Du hast echtes Talent.«

»Danke. Ich möchte nach der Schule Künstler werden.«

»Was hast du denn für Vorbilder?«

»Hogarth, weil er so realistisch malt, Turner wegen seiner Farben, Blake wegen seiner Phantasie. Und Millais. Seine Ophelia ist mein Lieblingsgemälde.«

»Es gehört auch zu meinen liebsten.« Der Maler lächelte. »Na dann, viel Glück... ähm...«

»Ronnie. Ronnie Sidney.«

»Das ist ein guter Name für einen Künstler. Ich werde ihn mir für die Zukunft merken.«

Alice musterte ihn neugierig. Einer von den Witzbolden raunte ganz leise das Wort »Schwuchtel«. Ohne darauf zu achten, blickte Ronnie auf seine Zeichnung. Was er sah, gefiel ihm, und er lächelte ebenfalls.

Zwanzig Minuten später trat Susan in den Nachmittag hinaus. Die Jungen und Mädchen aus dem Kunsterziehungsraum standen in Grüppchen auf der Eingangstreppe. Bei ihrem Anblick verstummten alle Gespräche. Charlotte lief zu ihr. »Was haben sie mit dir gemacht?«

»Ich bin für eine Woche vom Unterricht ausgeschlossen. Noch so ein Ausrutscher, und ich fliege von der Schule. Von jetzt an wird von mir erwartet, dass ich mich wie eine perfekte junge Dame verhalte.«

Während die anderen sie anstarrten und flüsternd Kommentare über sie abgaben, begann sie zu lachen. Früher hätte ihr Urteil sie verletzt. Inzwischen war es ihr so egal, wie sonst was.

»Das ist nicht lustig, Susie!«

»Nein?«

»Warum benimmst du dich so?«

»Vielleicht bin ich besessen.«

»Wovon redest du?«

»Das bin gar nicht ich, die da redet. Das ist die Stimme einer anderen.«

Charlotte wirkte ziemlich irritiert. »Was werden deine Eltern dazu sagen?«

»Meine Mutter wird das sagen, was mein Stiefvater ihr einredet. Aber wahrscheinlich interessiert ihn das Ganze gar nicht. Er hat zurzeit anderes im Kopf.«

»Was denn…?«

»Entschuldige.«

Einer von den neuen Jungen stand neben ihr. Er reichte ihr eine Zeichnung. »Das ist für dich.«

»Warum hast du mich gezeichnet?«

»Weil ich dich interessant finde.«

»Nein, in Wirklichkeit findest du mich billig, aber das bin ich nicht. Wie alle Prostituierten mache ich es bloß für Geld. Nicht für lausige kleine Skizzen wie die hier.«

Sie riss die Zeichnung entzwei und ließ die beiden Teile auf den Boden segeln. Dann wandte sie sich ab und steuerte auf das Tor zu. Charlotte folgte ihr. Da Susan nicht hören wollte, was ihre alte Freundin sagte, blendete sie ihre Worte einfach aus, als gäbe es in ihrem Kopf einen Lautstärkenregler.

Noch immer empfand sie diese seltsame Ruhe.

Er sah ihr nach. Ein paar von den Jungen riefen ihr anzügliche Bemerkungen hinterher, aber sie ignorierte sie und eilte mit würdevoll erhobenem Haupt davon.

283

Seine zerrissene Zeichnung lag auf dem Boden. Das Geschenk, das sie nicht haben wollte, genauso wenig wie sie ihn kennen lernen wollte.

Aber sie würde ihre Meinung schon noch ändern.

Alice beobachtete, wie Ronnie die beiden Teile seiner Zeichnung aufhob. Da ihre Neugier immer größer wurde, ging sie zu ihm. »Darf ich mal sehen?«

Er schüttelte den Kopf und senkte dabei den Blick, als wäre er schüchtern. Das gefiel ihr.

»Nun, komm schon. Ich sag auch bestimmt nichts Garstiges.«

Er reichte ihr die Teile. »Du bist wirklich gut«, meinte sie, nachdem sie einen Blick darauf geworfen hatte.

»Danke.«

»Und sie ist wirklich schön.«

»Findest du?«

»Deswegen hast du sie doch gezeichnet, oder nicht?«

»Nein.«

»Warum dann?«

»Weil du die Hand vor dem Gesicht hattest.«

Ihre Überraschung wurde schnell von Freude abgelöst. Auf seinem Gesicht breitete sich ebenfalls ein Lächeln aus. Zunächst wirkte es zögernd, dann immer strahlender. Erst jetzt fiel ihr so richtig auf, wie gut er aussah.

»Du bist Alice Wetherby, nicht wahr?«, sagte er. »Du wohnst in meiner Straße.«

»Warum bist du dann noch nicht vorbeigekommen, um hallo zu sagen?«

»Das hätte ich gern getan, aber…« Wieder schüttelte er den Kopf. Seine Schüchternheit war zurückgekehrt, konnte das Lächeln aber nicht vertreiben. Es war ein ganz wundervolles Lächeln.

Sie spürte ein Flattern in der Magengegend.

Kate Christie tauchte neben ihnen auf.

»Ronnie, das ist meine Freundin Kate.«

Ronnie gab ihr die Hand. Kate kicherte. »Du siehst aus wie John Leyton. Der gefällt mir richtig gut.«

»Was willst du?«, fragte Alice, die sich bemühte, nicht gereizt zu klingen.

»Wenn du zum Tee mitkommen möchtest, sollten wir jetzt besser aufbrechen.«

»Heute nicht.«

»Aber du hast doch gesagt…«

»Dass ich am Freitag mitkomme.«

»Nein…«

»Doch. Also dann, bis morgen.« Ihr Ton klang energisch.

Kate zog kichernd ab. »Tut mir Leid«, sagte Alice. »Sie ist manchmal ziemlich kindisch.«

»Trotzdem scheint sie sehr nett zu sein. Muss sie ja auch, wenn sie eine deiner Freundinnen ist.«

Das Flattern in der Magengegend kehrte zurück. »Gehst du jetzt nach Hause, Ronnie?«

»Ja.«

»Soll ich mitkommen?«

»Das wäre nett.«

Zwei von den anderen Jungen starrten ihnen nach. Sie hatte in der Vergangenheit mit beiden geflirtet und das Gefühl von Macht genossen, das sie dabei empfand. Alle Jungen waren gleich. Grobe, tölpelhafte Kreaturen, die nur an einem interessiert waren und jede Demütigung erduldeten, um es zu erreichen.

Aber Ronnie schien anders zu sein. Höflich und charmant. Ein Gentleman in einer Umgebung voller Rüpel.

Sie bogen auf die Straße ab. Die Sonne stand hoch über den Bäumen. »Es ist sehr schön hier«, sagte er. »Wie auf einem Gemälde. In Hepton, wo ich herkomme, ist alles grau und hässlich.«

»Wirst du irgendwann ein Bild für mich malen?«

»Aber nur, wenn du mir versprichst, es in Ehren zu halten. Du darfst es auf keinen Fall gleich zerreißen.«

»Natürlich nicht.« Sie berührte ihn am Arm. »Ich bin nicht so wie diese Verrückte.«

»Ist sie wirklich verrückt?«

»Absolut. Im letzten Schuljahr hat sie mich ohne jeden Grund angegriffen und geschlagen. Es war richtig beängstigend.«

»Das glaube ich.« Er machte einen betroffenen Eindruck. »Erzähl mir, wie es dazu gekommen ist ...«

Sie marschierte über den Market Court. Charlotte klebte wie ein ängstliches Hündchen an ihren Fersen. Der Platz war voller Leute, die sich alle im Zeitlupentempo bewegten und ohne Ton sprachen. Susan fühlte sich, als hätte sie Beruhigungsmittel eingenommen, die ihre Sinne abstumpften und die Welt in einen Traum verwandelten. Bis zu dem Moment, als sie Jennifer entdeckte und plötzlich alles wieder real wurde.

Sie stand mit einem anderen kleinen Mädchen vor einer Eisdiele. Beide trugen die gleiche rot-braune Grundschuluniform wie früher Susan und aßen ein Eis. Jennifer rannte auf Susan zu, die sie so fest in den Arm nahm, dass sie damit Protestschreie auslöste. »Du tust mir ja weh!«

»Entschuldige.« Susan ließ sie los. »Ich freue mich bloß so, dich zu sehen.«

»Meine neue Lehrerin heißt Mrs. Boyd. Sie hat uns laut vorlesen lassen und hinterher gesagt, dass ich die Beste war. Und dann hat sie uns ein neues Lied beigebracht. Es heißt ›Land of the Buffalo‹. Hör zu.«

Sie begann zu singen. Ihr Mund war voller Schokoladeneis. Sanft wischte Susan es weg. »Soll ich dir ein Geheimnis verraten, Jenjen?«

»Was für eins?«

»Wir werden nie voneinander getrennt werden, sondern immer zusammenbleiben.«

Jennifer begann zu strahlen. »Immer?«

»Ja, immer.« Susan leckte ein wenig Schokoladeneis von ihrem Finger und hob dann die Hand. »Großes Indianerehrenwort.«

Jennifers Lächeln wurde noch eine Spur strahlender. Es war das unschuldige, vertrauensvolle Lächeln eines Kindes, dem Verdorbenheit, Scham oder Furcht noch völlig fremd waren.

Und immer fremd bleiben würden.

»Jetzt lauf wieder zu deiner Freundin und iss dein Eis. Wir sehen uns später.«

Jennifer tat, wie ihr geheißen. Während Susan sich aufrichtete, beobachtete sie die Leute um sich herum, die ihren Geschäften nachgingen, als wäre alles ganz normal. Von jetzt an würde sie das auch tun. Es würde keine Schulprobleme mehr geben, kein auffallendes Verhalten, das die anderen auf sie aufmerksam machen und zu irgendwelchen Fragen veranlassen würde. Sie würde zurückhaltend und beherrscht sein und ihrer Umwelt eine so perfekte Fassade präsentieren, dass kein Mensch jemals auf die Idee käme, wie viel Hässliches dahinter verborgen lag.

Charlotte kam zögernd näher. »Susie …«

Susan deutete auf die beiden kleinen Mädchen, die völlig sorglos ihr Eis schleckten. »Erinnerst du dich an die Zeit, als wir beide noch so klein waren?«

»Was hast du, Susan? Was ist mit dir los?«

»Nichts. Ich fühle mich heute nur ein bisschen daneben, aber morgen bin ich bestimmt wieder ganz die Alte.«

»Soll ich mit dir nach Hause kommen? Du könntest bestimmt moralische Unterstützung gebrauchen, wenn du ihnen die Neuigkeit eröffnest.«

»Nein. Ich bin ja jetzt schon ein großes Mädchen. Aber danke für das Angebot. Ich habe Glück, eine Freundin wie dich zu besitzen.«

Sie küsste Charlotte auf die Wange. Dann wandte sie sich zum Gehen und summte dabei lächelnd vor sich hin, als wäre alles ganz normal und sie selbst frei von allen Sorgen.

Zwei Tage später. Charles Pembroke saß mit seiner Frau und seinem Stiefsohn beim Frühstück.

Der Raum war von Licht durchflutet. Ein wolkenloser Himmel verhieß einen weiteren prächtigen Tag. Dieses Jahr schien der Sommer nicht enden zu wollen. Charles, der an diesem Vormittag eine Vorlesung zu halten hatte, warf einen Blick auf die Uhr. »In fünf Minuten muss ich los. Soll ich dich ein Stück mitnehmen, Ronnie?«

Anna runzelte die Stirn. »Gerade habe ich Brot zum Überbacken in den Ofen geschoben. Er muss unbedingt noch etwas davon essen, bevor er aufbricht.«

Ronnie musste erst ein Stück Würstchen hinunterschlucken, ehe er etwas sagen konnte. »Ich bin satt, Mum.«

»Aber ich habe es extra für dich gemacht.« Anna wandte sich an Charles. »Kannst du nicht noch ein bisschen warten?«

Eigentlich konnte er das nicht, wollte sie aber nicht enttäuschen. »Natürlich.«

Anna verließ den Raum. Charles trank seinen Kaffee und las nebenbei das Lokalblatt. Der Bürgermeister war wiedergewählt worden. Die Zeitung zitierte Andrew Bishop, der sich darüber sehr positiv äußerte.

Ronnie musterte ihn mit seinem unergründlichen Blick. »Alles in Ordnung, Ronnie?«

»Nun kommst du meinetwegen zu spät, oder?«

»Nein.«

»Ich könnte genauso gut zu Fuß gehen.«

»Wäre dir das lieber?«

»Ich möchte nur nicht, dass du zu spät kommst.«

»Keine Sorge, ich schaffe es schon noch rechtzeitig.« Lächelnd fügte er hinzu: »Ganz bestimmt.«

»Darauf würde ich mich an deiner Stelle nicht verlassen. Sie wird mich erst gehen lassen, wenn ich eine Portion verdrückt habe, die einen Elefanten umbringen würde.« Ronnie lächelte nun ebenfalls. »Du weißt ja, wie Mum ist.«

»Ja, ich weiß.«

»Was nicht heißen soll, dass ich mich beschweren möchte. Tante Veras Essen war entweder verbrannt oder halb gar. Onkel Stan hat immer gesagt, dass wir nur deswegen nicht verhungert sind, weil Gott uns Pommesbuden geschenkt hat.«

Charles lachte.

»Mum ist eine wunderbare Köchin, stimmt's?«

»Allerdings. Sie verwöhnt uns beide ganz schön.«

»Mich auf jeden Fall. In Hepton hat sie nicht so leckere Sachen für mich gekocht.«

»Nein?«

»Sie konnte es sich nicht leisten.«

»Da hast du wahrscheinlich Recht.«

»Die arme Mum. Für sie war es schrecklich, dass wir kein Geld besaßen. Als ich klein war, hat sie mir immer versprochen, dass wir eines Tages jede Menge Geld haben würden. Sie hat gesagt, sie würde das schon schaffen, egal, was sie dafür tun müsste.«

Charles ignorierte den Seitenhieb. »Und nun ist es tatsächlich so«, antwortete er in freundlichem Tonfall.

»Und deswegen wird mein Magen bald platzen.« Ronnies Lächeln kehrte zurück. Vielleicht war es doch kein Seitenhieb gegen ihn gewesen. Vielleicht.

Anna erschien mit dem überbackenen Brot. »Mit Ei, so wie du es gerne magst«, sagte sie zu Ronnie.

»Aber ich bin schon total voll, Mum.«

»Unsinn.« Sie schnitt ein Stück ab und schob es ihm in den Mund. Mit einem melodramatischen Seufzer begann er zu kauen.

Es klopfte an der Tür. Edna, die Putzfrau, kam mit einem Stoß Wäsche herein. »Entschuldigen Sie, Mrs. Pembroke, ich wollte Sie bloß fragen…«

Annas Miene verfinsterte sich. »Was machen Sie denn mit diesen Sachen?«

»Ich wollte sie waschen.«

»Das sind Ronnies Sachen.«

»Ich weiß, aber…«

»Sie wissen genau, dass ich Ronnies Dinge selbst wasche. Wie oft muss ich Ihnen das noch sagen?«

»Es tut mir Leid…«

»Nächstes Mal machen Sie einfach, was ich sage. Das kann doch nicht so schwierig sein, oder?«

Rasch schritt Charles ein. »Vielleicht könnten Sie die Sachen zurück in Ronnies Wäschekorb legen, Edna. Trotzdem danke, dass Sie gefragt haben. Sehr lieb von Ihnen.«

»Das war ein bisschen hart«, sagte er zu Anna, nachdem Edna gegangen war. »Sie hat es doch nur gut gemeint.«

Anna wirkte immer noch sehr wütend. Charles musste daran denken, wie sie in den ersten Wochen ihrer Ehe gewesen war. Wie nervös es sie gemacht hatte, in einem so großen Haus die Hausherrin zu spielen. Welche Höllenqualen sie durchlitten hatte, weil sie vor lauter Schüchternheit nicht wusste, wie sie mit den Angestellten umgehen sollte. Bei jeder Kleinigkeit hatte sie ihn um Rat gefragt und sich von ihm leiten lassen.

Bis zu dem Tag, als Ronnie kam.

Anna tat alles für den Jungen: Sie wusch und flickte seine Kleidung, bereitete jede Mahlzeit für ihn zu, putzte sein Zimmer. Die Art, wie sie ihm jeden Wunsch von den Augen ablas, hatte etwas Devotes, zugleich aber auch etwas sehr Besitzergreifendes. Dabei hielt sie alle anderen auf Distanz, wie eine nervöse Vogelmutter, die ein besonders zartes Küken zu beschützen hatte.

Charles verstand sie ja. Sechs lange Jahre war ihre gemeinsame Zeit mit Ronnie auf kurze Besuche beschränkt gewesen, noch dazu ständig gestört durch Veras Forderungen. Da war es nur natürlich, dass sie jetzt versuchte, all das nachzuholen, was sie so lange vermisst hatte.

Trotzdem machte ihm die Intensität dieser Liebe Sorgen.

Ein Zeitungsartikel erregte seine Aufmerksamkeit. »Ronnie, kennst du einen Jungen namens Paul Benson?«

»Nein. Warum?«

»Er geht auch in Heathcote zur Schule und hat gerade einen nationalen Essay-Wettbewerb gewonnen.«

»Darf ich mal sehen?«

Charles reichte ihm die Zeitung. »Ich wette, du hättest einen besseren Aufsatz geschrieben«, warf Anna ein.

»Das weiß ich nicht, Mum. Vielleicht ist er ja ein richtiges Genie.«

»Du bist ein Genie. Der gescheiteste Junge in Kendleton.«

»Wenn es so weitergeht, werde ich auf jeden Fall bald der fetteste sein.«

»Aber immer noch der hübscheste. Und jetzt iss!« Sie versuchte ihm mit ihrer Gabel noch mehr von dem Brot in den Mund zu stopfen, aber er schob sie lachend beiseite, woraufhin sie die Arme um ihn schlang und ihn auf die Wange küsste. Ronnie begann seinerseits, ihren Arm zu streicheln. Das alles geschah mit einer Selbstverständlichkeit, die zeigte, wie vertraut die beiden miteinander waren. Während Charles ihnen zusah, fing er Ronnies Blick auf. Einen Moment lang erschienen ihm die Augen des Jungen überhaupt nicht mehr unergründlich. Stattdessen blitzten sie triumphierend auf, als wollte er sagen: »Siehst du? Ich komme an erster Stelle, und daran wird sich nie etwas ändern.« Aber hatte er diesen Blick wirklich richtig gedeutet? Oder verzerrte die Eifersucht seine Wahrnehmung?

Er konnte nicht länger warten. »Tut mir Leid, Ronnie, aber wir müssen los.«

»Nur noch ein paar Minuten«, bettelte Anna. »Bitte.«

»Es macht mir nichts aus, zu Fuß zu gehen, Mum. Es ist so ein schöner Tag.«

»Dann begleite ich dich bis zum Market Court.«

»Weißt du noch, wie du mich in Hepton immer zur Grundschule gebracht hast? An der Ecke zur Knox Road stand fast jedes Mal diese Frau mit den Lockenwicklern.«

»Und ob ich mich erinnere. Eine schreckliche Tratschtante.«

»Und ihr Mann saß den ganzen Tag im Pub, aber das hätte wahrscheinlich jeder getan, bloß um von ihr wegzukommen …«

Charles hörte noch einen Moment zu, wie sie über Leute redeten, die er nicht kannte, und fühlte sich irgendwie ausgeschlossen. Dabei war es nur normal, dass die beiden manchmal den Wunsch hatten, über ihre Vergangenheit zu sprechen.

Er beschloss, Ronnie seiner Mutter zu überlassen, und wandte sich zum Gehen.

»Hattest du wirklich einen schönen Tag?«

»O ja. Eine Doppelstunde Chemie und eine Latein. Was könnte schöner sein?«

Anna lachte. Sie saß auf Ronnies Bett. Es war ein warmer Abend, und durch das offene Fenster drang der Geruch des Flusses herein.

»Glaubst du, du wirst dich an der Schule wohl fühlen?«

»Na ja, die ganzen Einrichtungen sind ziemlich zweitklassig, aber ich werde trotzdem versuchen, das Beste daraus zu machen.«

Wieder musste sie lachen. Er stimmte mit ein. In dem Seidenschlafanzug, den sie ihm gekauft hatte, sah er richtig elegant aus. Früher wäre etwas so Teures für sie unerschwinglich gewesen, aber das war nun vorbei.

Draußen auf dem Gang knarrte eine Bodendiele. Obwohl nur das alte Haus ein wenig ächzte, rechnete sie fast damit, dass gleich Vera hereinstürmen und ihr irgendeine Arbeit auftragen würde. Wenn man an etwas gewöhnt war, wurde man es nur schwer wieder los.

»Hast du dich schon mit jemandem angefreundet?«

»Nein.«

»Was ist mit Alice Wetherby? Ihr seid heute Nachmittag zusammen nach Hause gegangen.«

»Das heißt noch lange nicht, dass ich mit ihr befreundet bin.«

»Sie ist sehr hübsch.«

»Und sehr verzogen. Ich hätte viel lieber meine Ruhe, aber sie scheint auf meine Gesellschaft Wert zu legen, und ich kann sie ja nicht einfach ignorieren. Schließlich ist sie eine Nachbarin.«

»Natürlich legt sie auf deine Gesellschaft Wert. Welches Mädchen wäre nicht stolz, von einem so gut aussehenden Jungen nach Hause begleitet zu werden?«

»Mum!«

»Aber es stimmt doch.« Sie strich ihm das Haar aus der Stirn. Im Schlafanzug sah er jünger aus, als er war, fast wieder wie der kleine Junge von früher. Das gefiel ihr. Für ihren Geschmack wuchs er viel zu schnell zu einem jungen Mann heran.

»Charles sagt, dass du Freunde einladen kannst, wann immer du möchtest.«

»In der Moreton Street durfte ich das nicht.«

»Wir sind nicht mehr in der Moreton Street. Das hier ist dein Zuhause, und du brauchst nicht um Erlaubnis zu bitten. Charles möchte, dass du das weißt.«

Er nickte.

»Du magst ihn doch, oder?«

»Natürlich. Er ist schließlich dein Mann.«

»Ist das der einzige Grund?«

»Nein.«

»Warum noch?«

Er wirkte plötzlich ein wenig betrübt.

»Ronnie?«

»Weil er nicht mein Vater ist. Mein Vater hat dir wehgetan. Das würde Charles niemals tun.«

»Dein Vater hat dir genauso wehgetan.«

»Nicht wirklich. Ich kenne ihn ja gar nicht.«

»Aber du hättest ihn gern gekannt. Du hast früher die ganze Zeit von ihm gesprochen.«

»Damals war ich auch noch jünger. Ein richtiges Baby.«

Für einen Moment kehrte der betrübte Blick zurück, aber dann trat ganz schnell ein Ronnie-Sunshine-Lächeln an seine Stelle. Beruhigend und tröstlich wie eine Umarmung.

»So, nun wird's aber Zeit zum Schlafen«, sagte sie.

Er legte sich hin. Das Zimmer war groß und hatte einen wunderbaren Blick auf den Fluss. An einem Erkerfenster stand ein schöner alter Schreibtisch. Eine seiner Schubladen war abschließbar. Anna deutete darauf. »Was bewahrst du denn in der Schublade auf?«

»Nichts.«

»Warum ist sie dann abgeschlossen?«

»Ist sie das?«

»Das müsstest du doch wissen. Du hast schließlich den Schlüssel.«

»Ich kann sie gerne offen lassen, wenn du das möchtest.«

»Das liegt ganz bei dir.«

»Mir ist es egal.«

»Mir auch. Jeder Mensch hat seine Geheimnisse.«

»Ich nicht. Jedenfalls nicht vor dir.«

Während sie auf ihn hinunterblickte, musste sie an das winzige Schlafzimmer denken, das sie sich damals in Hepton geteilt hatten. Die Wände waren mit den Bildern geschmückt gewesen, die er für sie gezeichnet hatte, alle bunt und fröhlich. Aber es hatte noch andere Zeichnungen gegeben, die sie nicht kannte. Bilder, die er unter der losen Bodendiele aufbewahrte.

Sie hatte ihm nie gesagt, dass sie von dem losen Brett unter seinem Bett wusste. Als er noch sehr jung war, hatte sie sein Versteck hin und wieder geöffnet und sich die düsteren Visionen angesehen, die er dort aufbewahrte. Irgendwann aber ließ sie es blei-

293

ben. Es waren schließlich nur Zeichnungen. Bilder, die nichts zu bedeuten hatten. Etwa ab seinem siebten Geburtstag war sie nicht mehr rangegangen. Ungefähr um diese Zeit hatte Vera ihren Unfall in der Küche gehabt.

Ronnie strahlte sie an. Dieses Ronnie-Sunshine-Lächeln ließ all ihre Sorgen wie von Zauberhand verschwinden. Wahrscheinlich wusste er das, denn niemand kannte sie besser als er.

Aber auch sie kannte ihn so gut wie niemand sonst. Egal, welche Geheimnisse er vor ihr haben mochte, es handelte sich bestimmt nur um kleine Sommergewitter. Kurze Störungen, die die Schönheit der Jahreszeit nicht wirklich trüben konnten.

Mehr ist es bestimmt nicht. Da bin ich ganz sicher.

»Gute Nacht, Mum. Ich hab dich lieb.«

Sie nahm ihn fest in den Arm. Draußen am Fluss hörte man die Schwäne kämpfen.

Als sie am nächsten Morgen sein Zimmer aufräumte, betrachtete sie die Bücher auf seinem Schreibtisch.

Ihr wurde allein von den Titeln ganz schwummrig. *Eine Geschichte der industriellen Revolution, William Pitt: sein Leben und seine Zeit, Lord Byron und die romantische Bewegung in der englischen Kultur, Die Morgendämmerung der Demokratie: Revolte und Reform im Europa des neunzehnten Jahrhunderts.* Sie konnte kaum fassen, dass ihr kleiner Ronnie alle diese Bücher gelesen und verstanden hatte.

Aber er war nicht mehr ihr kleiner Ronnie. In einem Monat wurde er sechzehn und damit in den Augen vieler bereits ein Mann. Auf jeden Fall war er längst nicht mehr der neunjährige Junge, den sie in Hepton hatte zurücklassen müssen. Damals hatte er sie gebraucht, wie sie nie zuvor von jemandem gebraucht worden war.

Er brauchte sie auch jetzt noch, daran hatte die Jahre nichts geändert. Vielleicht war die Art und Weise, wie er sie brauchte, eine andere geworden, aber die Tatsache an sich blieb bestehen.

Er ist immer noch mein Ronnie Sunshine. Wie alt er auch sein mag, das wird sich nie ändern.

Ihr Bein streifte die Schublade mit dem Schloss. Vorsichtig zog sie am Griff, weil sie hoffte, dass sie aufgehen würde, aber sie war immer noch verschlossen.

Samstagnachmittag. Susan bog auf den Market Court ein. Rund um die Treppe des Rathauses hatte sich eine Menschenmenge versammelt, um zuzusehen, wie Paul Benson vom Bürgermeister den Preis für seinen Essay überreicht bekam und dabei für das Lokalblatt fotografiert wurde. Susan hatte nicht vorgehabt hinzugehen, doch als der Zeitpunkt gekommen war, konnte sie doch nicht wegbleiben.

Es war ein schöner Tag. Im strahlenden Sonnenschein sah Paul mit seiner Schuluniform sehr schick aus. Der Bürgermeister, selbstgefällig wie immer, hielt eine wortreiche Rede über die Preise, die er in Pauls Alter gewonnen habe und die dazu beigetragen hätten, ihn zu der angesehenen Person des öffentlichen Lebens zu machen, die er heute sei. Susan blieb ganz weit hinten stehen, weil sie nicht wollte, dass Paul sie entdeckte und aus ihrem Erscheinen schloss, dass sie noch etwas für ihn empfand. Denn das tat sie nicht. Von ihren Gefühlen für ihn war nichts übrig geblieben. Außer vielleicht Hass.

Schließlich überreichte der Bürgermeister Paul den Preis. Die Menge begann zu klatschen. »Bitte lächeln!«, rief der Fotograf. Paul grinste von einem Ohr zum anderen. Dabei wurde Susan klar, dass sie ihn tatsächlich immer noch hasste, nicht nur wegen seiner Grausamkeit ihr gegenüber, sondern auch ihrer eigenen Schwäche wegen, die sie dazu gebracht hatte, überhaupt etwas für ihn zu empfinden.

Da passierte es.

Irgendetwas fiel vom Himmel. Genau in dem Moment, als der Fotograf abdrückte. Etwas Dunkles und Schweres, das Paul und den Bürgermeister am Kopf traf und dabei in Stücke zerbrach.

Der Applaus erstarb, an seine Stelle trat erschrockenes Schweigen. In Pauls Haar steckte ein brauner Klumpen, andere klebten an seinem Blazer. Der Bürgermeister wischte an seiner ähnlich verschmutzten Kleidung herum. Seine Augen waren vor Schreck geweitet.

»Es ist ein Kuhfladen!«, rief ein Mann in der Menge.

Jemand begann zu lachen. Andere stimmten mit ein. Susan blickte zum Fenster des alten Lesesaals hinauf, aber es war durch den Dachvorsprung verdeckt, sodass der Schuldige nicht zu sehen war.

Der Bürgermeister begann mit hochrotem Kopf über den unerhörten Anschlag zu wettern. Paul, dessen Gesicht ebenso rot leuchtete, schien den Tränen nahe zu sein. Die Augen des Fotografen dagegen glänzten. Die Schlagzeilen, die ein derartiges Ereignis hergab, waren der Traum jeder Zeitung. »Bürgermeister von fliegendem Kuhfladen getroffen«, »Unsichtbare Kuh stiehlt Schüler die Schau«, »Todesstrafe zu milde für randalierendes Rind«.

Das Gelächter wurde immer lauter. Susan ließ sich von der allgemeinen Heiterkeit anstecken und lachte, bis sie Seitenstechen bekam.

Zehn Minuten später saß sie an der Ecke des Platzes auf einer Bank und aß ein Eis. Die Leute hatten sich inzwischen zerstreut. Martin Phillips und Brian Harper, Pauls so genannte Freunde, umkreisten auf ihren Rädern das Normannenkreuz. Susan fragte sich, ob der Vorfall vielleicht auf ihr Konto ging.

»Hallo.«

Neben ihr stand der Junge, der eine Zeichnung von ihr angefertigt hatte. Ronald Soundso.

Er ließ sich neben ihr auf der Bank nieder. »Nimm doch Platz«, sagte sie sarkastisch.

»Hat es dir gefallen?«

»Was?«

»Du warst da. Ich hab dich vom Fenster aus gesehen.«

»Von welchem Fenster?«

»Dem in der Bibliothek.«

Sie biss ein Stück von ihrem Eis ab. Martin, der gerade freihändig fuhr, musste einem Hund ausweichen und fiel prompt vom Rad. Brian johlte schadenfroh. Sie war im Begriff einzustimmen, als ihr plötzlich bewusst wurde, was Ronald da gerade gesagt hatte.

»Du warst das?«

»Ja.«

»Warum?«

»Weil er so gemein zu dir war.«

»Wer hat dir davon erzählt?«

»Alice Wetherby.«

»Du bist mit ihr befreundet und tust mir einen Gefallen?« Sie schnaubte verächtlich. »Das glaube ich nicht.«

»Ich bin nicht mit ihr befreundet. Wir wohnen bloß in derselben Straße.«

»Du wohnst in der Avenue?«

»Ja.«

»Dann ist deine Mutter die neue Mrs. Pembroke?«

Er nickte.

»Und was sagt sie dazu, dass du die hiesige Prominenz mit Kuhfladen bewirfst?«

»Sie ist sehr stolz auf mich. Welche Mutter wäre das nicht?«

Gegen ihren Willen musste sie lachen. Er ließ sie nicht aus den Augen, und sie betrachtete ihn nun ebenfalls ein wenig genauer. Sein blondes Haar umrahmte ein schönes Gesicht mit klugen Augen. Die Sachen, die er trug, saßen wie angegossen. Er sah aus wie eine männliche Version von Alice.

Ihr Schutzpanzer ging hoch wie eine Zugbrücke. Sie wusste, worauf er es abgesehen hatte. Worauf alle Jungen es abgesehen hatten. Und sie wusste auch, wie sie ihm das austreiben konnte.

»Es gibt eine einfachere Art, mich zu beeindrucken. Du brauchst nur die magischen Worte zu sagen.«

»Welche magischen Worte?«

»Dass ich aussehe wie Elizabeth Taylor.«

»Du siehst aus wie der Mensch, der du bist.«

»Und was für ein Mensch bin ich deiner Meinung nach?«

»Ein ganz besonderer.«

»Stimmt. Besonders bin ich auf jeden Fall. Das einzige Mädchen in der Stadt, das es mit jedem macht. Du brauchst mir bloß was Nettes zu sagen, und schon spreize ich die Beine. So hast du dir das doch vorgestellt, oder?«

»Woher willst du wissen, was ich mir vorstelle?«

»Weil ich Röntgenaugen habe und durch dich hindurchsehen kann. Du glaubst die Klatschgeschichten, weil das einfacher ist, als dir selbst eine Meinung zu bilden. Es sei denn, es handelt sich um Geschichten über deine Mutter.«

Er runzelte die Stirn. »Was ist mit meiner Mutter?«

»Hast du es denn noch nicht gehört? Das wundert mich aber. Alle reden darüber.«

»Worüber?«

»Dass sie es nur aufs Geld abgesehen hat und ohne mit der Wimper zu zucken auch einen Leprakranken geheiratet hätte. Ein dickes Bankkonto natürlich vorausgesetzt.«

»Das stimmt nicht.«

»Dann hat sie deinen Stiefvater also wegen seines guten Aussehens geheiratet?«

»Du weißt gar nichts über sie.«

»Nein? Wenn du die Klatschgeschichten über mich glaubst, warum soll ich dann nicht auch die über sie glauben? Das hier ist schließlich ein freies Land, sogar für Schlampen und geldgierige Gesellschafterinnen.«

Er stand mit so wütender Miene auf, dass sie schon mit einer Ohrfeige rechnete.

Stattdessen antwortete er ihr in ruhigem Tonfall.

»Vielleicht hast du Recht. Wenn einen der Wunsch, Geld und ein schönes Zuhause zu haben, zu einem geldgierigen Menschen macht, dann ist sie das wohl. Aber bevor du sie verurteilst, solltest du wissen, dass sie mit dreizehn Jahren ihre ganze Familie bei einem Luftangriff verloren hat. Ihre Mutter, ihren Vater und ihren Bruder. Als sie mich bekam, war sie erst siebzehn. Mein Vater war tot, sie hatte kein Geld und lebte bei Verwandten, die sie nicht haben wollten und alles taten, um sie dazu zu bewegen, mich herzugeben. Aber sie hat sich geweigert, und solange ich denken kann, hat sie versucht, mir all das zu geben, was sie selbst nie hatte. Deswegen hat sie die Arbeit hier angenommen, und deswegen hat sie meinen Stiefvater geheiratet, und wenn sie das in deinen Augen zu einem schlechten Menschen macht, dann kann ich es auch nicht ändern. Aber sie würde niemals über jemanden urteilen, ohne die

Fakten zu kennen, und wenn du das tust, dann bist du vielleicht wirklich so eine dumme Schlampe, wie die Klatschmäuler behaupten.«

Mit diesen Worten wandte er sich zum Gehen. Susan sagte sich, dass es ihr nichts ausmachte. Sie versuchte, sich auf ihre Wut zu konzentrieren, musste aber zu ihrer eigenen Überraschung feststellen, dass ein anderes Gefühl stärker war. Eines, mit dem sie nicht gerechnet hatte. Scham.

»Ronald, warte.«

Er blieb stehen und starrte auf seine Füße hinunter.

»Komm zurück.«

Er tat, wie ihm geheißen. Einen Moment lang saßen sie schweigend nebeneinander in der Nachmittagssonne, während ein paar Frauen mit Einkaufskörben an ihnen vorbeigingen und über die hohen Lebensmittelpreise schimpften.

»Tut mir Leid«, sagte Susan schließlich.

Er gab ihr keine Antwort. Sie kneiffte ihn in die Rippen, aber auch darauf reagierte er nicht. »Beleidigte Leberwurst«, sagte sie und tupfte ihm ein wenig von ihrem schmelzenden Eis auf die Nase.

Noch immer keine Reaktion. Wieder stupste sie ihn. »Nun, komm schon, Ronald. Versuch's mal mit einem Lächeln.«

»Ich heiße Ronnie. Kein Mensch nennt mich Ronald.«

»Das wundert mich gar nicht. Es ist ein schrecklicher Name.«

»Schuld ist Ronald Colman. Mum hat mich nach ihm benannt.«

»Warum? Fand Sie ihn so toll?«

»Nein, sie konnte nur Humphrey Bogart nicht buchstabieren.«

Wieder musste sie lachen, und endlich begann auch er zu lächeln, herzlich und offen. Vielleicht hatte er ja doch keine so große Ähnlichkeit mit Alice.

»Was ich vorhin über deine Mutter gesagt habe, tut mir Leid. Ich glaube nicht, dass sie es nur aufs Geld abgesehen hat.«

»Aber andere glauben das?«

Susan dachte an ihren Stiefvater. »Manche. Aber das sind Idioten.«

»Entschuldige, dass ich so wütend geworden bin.«

»Ich würde auch wütend werden, wenn jemand etwas Beleidigendes über meine Mutter sagen würde.«

»Dabei sollte ich mich inzwischen daran gewöhnt haben.«

»Was meinst du damit?«

»Nichts. Gar nichts.«

Mittlerweile hatte sich ihr Eis gänzlich verflüssigt. Sie warf es in den Abfalleimer. »Das Geld hätte ich mir sparen können.«

»Wenn du magst, spendiere ich dir ein neues.«

»Nein, lass nur. Ich hätte zehnmal so viel ausgegeben, um diesen belämmerten Gesichtsausdruck von Paul zu sehen.«

»Das kannst du immer noch nachholen. Ich nehme auch Schecks.«

»Warum hast du es getan?«

»Für dich.«

»Aber warum?«

»Weil ich dich kennen lernen möchte.«

»Ich bin die Mühe nicht wert. Da kannst du fragen, wen du willst.«

»Ich glaube schon, dass du es wert bist, egal, was die Klatschmäuler sagen.«

»Du möchtest also mein edler Ritter sein.« Sie schüttelte den Kopf. »Verschwende nicht deine Zeit, Ronnie. Ich brauche niemanden, der mich versteht.«

»Ich schon«, entgegnete er ruhig.

»Bist du so kompliziert?«

»Vielleicht.«

»Auf jeden Fall lebst du gern gefährlich. Hat dich in der Bibliothek jemand gesehen?«

»Hältst du mich für blöd?«

»Ja, und wie.«

Wieder lächelte er und sah dabei sehr anziehend aus. Aber Paul hatte auch ein sehr anziehendes Lächeln, und das naive Mädchen von vor zwölf Monaten gab es nicht mehr.

Sie stand auf. »Such dir eine andere, die dich versteht. Bei deinem Aussehen dürfte das nicht besonders schwierig sein. Die Mädchen werden bestimmt Schlange stehen. Aber lass die Finger von Alice. Unter der zuckrigen Hülle lauert nämlich ein gemeines Biest, und das ist jetzt nicht nur Klatsch.«

»Wir sehen uns.«

»Natürlich. Wir leben schließlich in derselben Stadt.«

»So habe ich es nicht gemeint.«

»Aber so ist es. Mach's gut, Ronnie.« Nach einer kurzen Pause fügte sie hinzu. »Ach ja, eins noch …«

»Was?«

»Guter Schuss.«

Mit diesen Worten drehte sie sich um und ging.

Montagmorgen. Sie saß am Frühstückstisch und hörte zu, wie Onkel Andrew sich über die Ungezogenheit der modernen Jugend ereiferte. Die Zeitung vom Vortag lag auf dem Tisch. »Primitiver Streich stört Preisverleihung«, stand auf dem Titelblatt. Sie hatte auf eine spektakulärere Schlagzeile gehofft, aber das beigefügte Foto des besudelten Paul machte diesen Mangel mehr als wett.

»Bist du sicher, dass es ein Jugendlicher war?«, fragte Susans Mutter. »In der Zeitung steht doch, dass sie den Schuldigen noch nicht gefunden haben.«

Onkel Andrew bedachte sie mit einem vernichtenden Blick. »Wer soll es denn deiner Meinung nach gewesen sein? Rentner, die gegen die Erhöhung der Bibliotheksgebühren protestieren wollten? Bestimmt war es einer von diesen Rüpeln aus der Holt Street.« Er bestrich seinen Toast mit Marmelade. »Ich gebe dem Fernsehen die Schuld. Es setzt ihnen alle möglichen Flausen in den Kopf.«

»Dann ist es ja gut, dass wir nie so ein Gerät hatten.«

»Auch wenn das eine gewisse Person nicht davon abgehalten hat, sich so aufzuführen, dass sie für eine Woche vom Unterricht ausgeschlossen wurde.« Er deutete mit dem Finger auf Susan. »Ich rate dir dringend, dich von jetzt an anständig zu benehmen.«

»Das wird sie ganz bestimmt«, warf ihre Mutter rasch ein.

»Hoffen wir's. Es wäre nett, wenn sie ihre letzten Monate in Heathcote hinter sich bringen könnte, ohne endgültig von der Schule zu fliegen.«

Mit mürrischer, resignierter Miene griff Susan nach einer Scheibe

Toast. Sie hatten sie am Montag zuvor über ihren bevorstehenden Wechsel ans Internat informiert, gleich nachdem sie ihnen den einwöchigen Ausschluss vom Unterricht gebeichtet hatte. »Wir hatten gehofft, dass es nicht so weit kommen würde«, hatte Onkel Andrew erklärt, »aber nach diesem Vorfall bleibt uns wirklich nichts anderes übrig.« Er hatte das in bedauerndem Ton gesagt, aber Susan vermutete, dass er in Wirklichkeit hocherfreut war, weil sie ihm mit ihrem Verhalten einen Trumpf in die Hand gespielt hatte.

Natürlich hatte sie die Neuigkeit nicht einfach akzeptiert. Eine Schauspielerin musste die Rolle spielen, die ihr Publikum von ihr erwartete. Auf heftigen Protest waren Tränen gefolgt. Sie hatte ihren Kummer, der am Ende in trotzige Akzeptanz umschlug, meisterhaft dargeboten. Onkel Andrew war nicht der Einzige, der es verstand, sich zu verstellen. Was das betraf, konnte sie auf jahrelange, leidvolle Erfahrung zurückblicken.

Und sie war darin inzwischen besser als er.

Er fuhr fort, über ihre Altersgenossen zu wettern, denen er die Schuld an allen Übeln der Welt gab. Sie saß schweigend daneben und trug weiter ihre Maske zur Schau.

Eine halbe Stunde später war sie auf dem Weg zur Schule.

Wie immer ging sie schnellen Schrittes, ohne auf das Tuscheln und die Blicke der anderen zu achten. Ein ganzes Jahr lang hatte sie so getan, als würde ihr das alles nichts ausmachen. Diesmal aber war ihre Gleichgültigkeit nicht gespielt. Das Mädchen, dem die Meinung anderer etwas bedeutete, war eine Woche zuvor vor dem Badezimmerspiegel verschwunden, und an seine Stelle war eine Susan getreten, die es kaum noch nachvollziehen konnte, wieso etwas derart Nebensächliches für sie jemals wichtig gewesen war.

Vor dem Schultor hatte sich die übliche Clique versammelt. Alice plapperte wie eine Aufziehpuppe auf Ronnie ein und bedachte Kate, die sich immer wieder ins Gespräch einzumischen versuchte, mit vernichtenden Blicken. Wobei es sich allerdings gar nicht um ein richtiges Gespräch handelte. Ronnie nickte lediglich hin und wieder. Auf seinem Gesicht lag ein leichter, aber unmissverständlicher Ausdruck von Langeweile. Vielleicht war Alice für ihn wirklich nur eine Nachbarin.

Aber das spielte sowieso keine Rolle.

Kate hörte nicht auf, ihre Freundin zu unterbrechen, was ihr weitere böse Blicke eintrug. Aber Alice war nicht die Einzige, die böse schaute. Ein paar Jungen, mit denen sie in der Vergangenheit geflirtet hatte, sahen mit finsterer Miene zu Ronnie hinüber. Einen Moment lang machte Susan sich Sorgen um ihn. Hoffentlich würde er es nicht büßen müssen, dass Alice nun nur noch Augen für ihn hatte.

Aber das war ja nicht ihr Problem.

Ronnie, der ihren Blick auffing, sah sie fragend an. Sie zuckte nur leicht mit den Achseln und wandte dann den Kopf ab.

Am folgenden Sonntag ging sie mit Jennifer zum Spielplatz.

Hand in Hand überquerten sie den Queen Anne Square. Die zwei vorangegangenen Tage hatte es heftig geregnet, und Susan hatte schon befürchtet, der Sommer könnte zu Ende sein, aber an diesem Morgen strahlte die Sonne wieder warm vom wolkenlosen Himmel.

Als sie sich der Straße näherten, die zum Market Court führte, entdeckte sie Ronnie.

Er stand an der Ecke, die Hände in den Hosentaschen vergraben, und starrte sie an.

»Was willst du?«, rief sie.

»Dich sehen.«

»Ich hab keine Zeit«, antwortete sie und ging einfach weiter.

Jennifer zog an ihrer Hand. »Wer ist das?«

»Bloß ein dummer Junge. Was sollen wir als Erstes machen? Schaukeln oder rutschen?«

»Schaukeln!«

»Ich schaffe es bestimmt höher als du.«

»Nein! Ich schaukle bis in den Himmel hinauf!«

Während sie den Market Court überquerten, grüßten sie höflich alle Leute, die sie kannten. Jennifer wandte sich immer wieder um.

»Was ist los, Jenjen?«

303

»Der Junge geht uns nach.«

»Daran kannst du sehen, wie dumm er ist. Komm, wir singen ihm unser Lied vor.«

Sie stimmten den Reim an, den sie sich mal aus Jux ausgedacht hatte.

»Jungs sind dämlich, Jungs sind öd.
Und Mädel, die Jungs mögen, sind schrecklich blöd!«

Sie verließen den Court und bogen in die Seitenstraße ein, die zum Spielplatz führte.

»Er kommt uns immer noch nach«, stellte Jennifer fest.

Susan nickte. Obwohl sie versuchte, sich über ihn zu ärgern, wurde ihr bewusst, dass sie sich in Wirklichkeit freute.

Der Spielplatz war nicht weit von ihrem alten Zuhause entfernt und verfügte über Schaukeln, eine Rutsche und ein mit Pferdebildern geschmücktes Karussell. Er wurde inzwischen kaum noch genutzt, weil im Vorjahr ein größerer eröffnet worden war, aber Susan kam mit Jennifer immer noch her, genau wie ihr Vater früher mit ihr.

Sie führte Jennifer zu den Schaukeln. Mit einer Grimasse in Richtung Ronnie, der sich gerade auf einer Bank neben dem Eingang niederließ, griff sie nach den Seilen und stieß sich ab. Während sie mit geschlossenen Augen immer höher schwang, stellte sie sich vor zu fliegen. Einen kurzen Moment lang fühlte sie sich wie das Kind von einst, dessen Leben ein schönes Abenteuer gewesen war, ungetrübt von Sorgen oder Angst.

Neben ihr quietschte Jennifer vor Vergnügen. »Ich kann höher schaukeln als du, Susie. Schau her!« Sofort gewann ihre erwachsene Seite wieder die Oberhand. Sie bremste ab und öffnete die Augen, um sich davon zu überzeugen, dass Jennifer nicht höher hinaufschaukelte, als gut für sie war. Bei der Gelegenheit stellte sie fest, dass sich inzwischen noch andere im Park befanden.

Martin Phillips und Brian Harper saßen auf dem Karussell, beide eine Zigarette zwischen den Lippen, und starrten genau wie Ronnie zu ihr herüber. Ihre Räder lagen ein paar Meter entfernt auf dem Boden. Martin flüsterte Brian etwas zu, woraufhin dieser spöttisch zu grinsen begann. Susan beschloss, sie einfach zu ignorieren. Was spielte es schon für eine Rolle, wenn die beiden mal wieder über sie herzogen? Mit ein paar Schimpfworten konnten sie sie nicht verletzen.

Aber vielleicht Jennifer.

Brian grinste immer noch. Jennifer hatte zu schaukeln aufgehört und musterte ihn argwöhnisch. »Ich mag diese Jungen nicht, Susie.«

»Du brauchst dir ihretwegen keine Sorgen zu machen, Schatz. Sie gehen bestimmt gleich wieder.«

»Das ist aber nicht sehr nett«, sagte Martin leicht lallend zu ihr. Susan wusste, dass er oft Alkohol aus der Hausbar seines Vaters klaute.

Obwohl ihr nun selbst ein wenig mulmig zumute war, lächelte sie Jennifer beruhigend an. »Komm, lass uns zur Rutsche hinübergehen.«

»Ich habe etwas, worauf du rutschen kannst«, rief Brian.

»Ich auch«, fügte Martin hinzu, der seine Zigarette wie ein Straßenjunge zwischen Daumen und Zeigefinger hielt. Bestimmt hatte er diese lässige Pose mühsam einstudiert. Er nahm einen langen Zug und bekam prompt einen Hustenanfall. Obwohl Susan wusste, dass es gefährlich war, prustete sie los.

Martin schluckte. Seine Augen tränten. »Was ist so lustig?«, fragte er.

Susans Verachtung war größer als ihre Vorsicht. »Der Anblick eines erbärmlichen kleinen Jungen, der versucht, sich wie ein Mann zu benehmen, dabei aber kläglich scheitert.«

»Immer noch besser als eine dumme Schlampe, die versucht, sich wie eine Dame zu benehmen.«

Sie wollte nicht, dass Jennifer das hörte. »Komm, Jenjen. Lass uns nach Hause gehen.«

»Ja, zieh Leine, du Schlampe«, höhnte Martin. Brian begann wieder zu grinsen.

Da sagte Ronnie plötzlich: »Nenn Sie nicht so.«

»Was geht dich das an, neuer Junge?«, fragte Brian.

305

Ronnie ging zum Karussell.»Sie ist keine Schlampe«, sagte er in ruhigem Ton zu Martin.»Also nenn sie nicht mehr so.«

Martins Miene verfinsterte sich. Susan wurde immer mulmiger zumute.»Lass es gut sein, Ronnie.«

»Ja, lass es gut sein, Ronnie«, äffte Brian sie nach.»Es wird dich bei ihr nicht weiterbringen. Dafür brauchst du Geld.«

Ronnie schlug ihm ins Gesicht. Er hatte schlecht gezielt und streifte nur das Kinn seines Gegners, aber Brian brüllte trotzdem los. Er und Martin sprangen auf, und während Martin Ronnie in den Schwitzkasten nahm, holte Brian zum Gegenschlag aus. Beide Jungen waren älter und stärker und wirkten in ihrem betrunkenen Zustand fest entschlossen, es Ronnie so richtig zu zeigen.

Susan hatte nicht vor, tatenlos zuzusehen.

Ehe Brian ein weiteres Mal zuschlagen konnte, stellte sie sich zwischen die beiden.»Bitte nicht«, sagte sie in flehendem Ton zu Brian.»Er hat dich doch gar nicht richtig erwischt.«

»Geh aus dem Weg.«

»Das hast du doch bestimmt kaum gespürt.« Sie hob bittend die Hände.»Bitte.«

Er zögerte. Susan nutzte den Moment, packte Brian bei den Schultern und rammte ihm ihren Kopf ins Gesicht.

»Das dagegen hat bestimmt wehgetan!«

Während er sich schreiend an die Nase fasste, stieß sie ihm das Knie in die Eier und wandte sich dann Martin zu. In ihren Schläfen pochte das Blut.»Und jetzt bist du dran«, sagte sie zu ihm. Er ließ Ronnie los und machte dabei ein Gesicht, als würde er sich tatsächlich fürchten. Susan ging mit erhobenen Fäusten in Kampfposition.»Wovor hast du Angst? Ich bin doch bloß eine dumme Schlampe. Was kann ich dir schon tun?«

Brian machte Anstalten aufzustehen. Sie trat ihm in den Rücken, woraufhin er wieder zu Boden ging. Martin wich zurück.»Verdammte Psychopathin!«

»Das liegt bei uns in der Familie. Hast du das nicht gewusst?«

Wieder versuchte Brian aufzustehen, wieder versetzte sie ihm einen Tritt. Als Martin sich nach seinem Rad bückte, begann Susan

höhnische Schnalzlaute auszustoßen und dazu die Arme zu bewegen wie ein flatterndes Hühnchen.

Zum dritten Mal versuchte Brian aufzustehen. Diesmal ließ sie
ihn gewähren. Er humpelte zu seinem Rad und rieb sich dabei die
lädierten Hoden. Offensichtlich hatte er nur noch den Wunsch,
Martins Beispiel zu folgen und die Flucht zu ergreifen. Susan, in
deren Schläfen noch immer das Blut pochte, sah ihnen nach. Als
Martin den Eingang erreichte, drehte er sich noch mal um. »Du
gehörst eingesperrt!«

»So ein Schwächling wie du wird das aber nicht schaffen!«
Lachend begann sie wieder mit der Zunge zu schnalzen.

Und hörte Jennifer schluchzen.

Das kleine Mädchen kauerte mit zuckenden Schultern und ver-
ängstigtem Gesichtsausdruck drüben bei den Schaukeln. Sofort
verpuffte Susans Euphorie, und an ihre Stelle trat Scham. »Ach,
Schatz, komm her!«

»Ich dachte, sie würden dir wehtun. Ich dachte …«

Sie wischte Jennifer die Tränen aus dem Gesicht und gab dabei
beruhigende Laute von sich. »Wie kommst du nur auf die Idee,
dass sie mir wehtun könnten? Sie sind doch bloß Jungs, und wir
wissen, was wir von Jungs zu halten haben, nicht wahr?« Sie begann ihren Reim zu summen und gleichzeitig alberne Grimassen
zu schneiden, um Jennifer zum Lächeln zu bringen, was ihr
schließlich auch gelang. »So ist es besser. Du bist ein tapferes Mädchen. Das tapferste Mädchen auf der ganzen Welt.«

Ronnie stand mit blutender Lippe da und beobachtete sie. Susan
konnte sich eine gewisse Schadenfreude nicht verkneifen. Schließlich war das Ganze seine Schuld. Er wischte das Blut mit der Hand
weg. »Nimm lieber ein Taschentuch«, sagte sie zu ihm.

»Ich hab keins.«

»Ach, du lieber Himmel!« Sie gab Jennifer einen Kuss und ging
dann zu ihm. »Dann nimm das hier.« Sie hielt ihm ihr eigenes hin.

Er nahm es und tupfte damit an seinem Mund herum. »Tut es
weh?«, fragte sie.

»Nein.«

»Schade. Oje, so wird das nichts. Lass mich mal.« Als sie das Ta-

schentuch auf die Wunde drückte, spürte sie, wie er zusammen-
zuckte. »Halt still, Lancelot. Und such dir beim nächsten Mal ei-
nen Gegner in deiner Größe aus. Dann hast du bessere Chancen,
nicht umgebracht zu werden.«
»Sie hätten mich nicht umgebracht.«
»Nein, ganz bestimmt nicht.«
»Wirklich. Mein Cousin hat mich immer als Punchingball be-
nutzt, und im Vergleich zu ihm sehen die beiden wie zwei kleine
Waschlappen aus.«
»Das sind sie auch. Es freut mich, dass dein Cousin dich ver-
prügelt hat. Genau das hast du nämlich verdient.«
»Es freut mich, wenn es dich freut.«
»Warum hat er es gemacht?«
»Um mich Respekt vor Schlampen zu lehren.«
Susan zwang sich, die Stirn zu runzeln. Sie war immer noch wü-
tend auf ihn. Richtig wütend.
»Ich bringe jetzt Jennifer nach Hause. Falls du vorhast, uns wei-
ter zu folgen, dann sieh zu, dass du nicht mehr in irgendwelche
Raufereien verwickelt wirst. Ich komme dir nämlich nicht mehr zu
Hilfe.«
Mit diesen Worten drückte sie das Taschentuch noch einmal fest
auf die Wunde, sodass er erneut zusammenzuckte. Dann ging sie
zu Jennifer zurück.

Zwanzig Minuten später stand Ronnie am Queen Anne Square
und sah zu, wie Susan Jennifer zu Hause ablieferte.
Er hielt das Taschentuch noch immer an seine aufgeplatzte
Lippe gepresst, aber vor lauter Verlegenheit wegen seines unüber-
legten Handelns spürte er den Schmerz gar nicht mehr. Bestimmt
hatte sie nun einen sehr schlechten Eindruck von ihm.
Susan, die Jennifer an der Hand hielt, klopfte an die Tür eines
Hauses an der Ecke. Der Mann, der ihr öffnete, war mittleren Al-
ters und hatte ein freundliches Gesicht. Ronnie nahm an, dass es
sich um Jennifers Vater handelte. Der Mann strich über Jennifers
Wange, offenbar war ihm gleich aufgefallen, dass sie geweint hatte.
Ronnie rechnete damit, dass Susan nun mit dem Finger auf ihn

deuten würde, aber das tat sie nicht. Sie streichelte Jennifer lediglich übers Haar und lächelte. Er fand, dass sie wundervoll lächelte. Wirklich wundervoll.

Der Mann nahm Jennifer an der Hand und führte sie ins Haus. Er forderte Susan auf, ebenfalls einzutreten, aber sie schüttelte den Kopf und erklärte ihm, dass sie noch rasch etwas erledigen müsse, aber gleich zurückkommen würde. Zumindest deutete Ronnie ihre Gesten so.

Die Tür wurde geschlossen, und Susan kam auf ihn zu. Sie bewegte sich wie eine Tänzerin. Aus jedem ihrer Schritte sprach Stärke und Kraft. Auch Ronnie hatte schon ein paarmal zu hören bekommen, dass er Stärke ausstrahle. Das mochte stimmen, aber er wusste, dass er nicht ihre Anmut besaß.

Sie streckte die Hand aus. »Mein Taschentuch«, sagte sie in schroffem Ton und musterte ihn dabei kühl. Wieder ging Ronnie durch den Kopf, dass ein Junge, der nicht aufpasste, bestimmt Gefahr lief, sich für immer in diesen außergewöhnlichen Augen zu verlieren. Die Sorte Junge, die er nie sein würde.

Wobei er sich da inzwischen nicht mehr ganz so sicher war.

»Es tut mir Leid. Ich wollte Jennifer nicht erschrecken. Das musst du mir glauben.«

»Mein Taschentuch.«

Er gab es ihr. »Es tut mir Leid«, wiederholte er.

Sie beugte sich vor und küsste ihn sanft auf die Wange.

»Idiot«, flüsterte sie. Dann drehte sie sich um und ging.

Der nächste Morgen verhieß einen weiteren schönen Tag. Susan, die ihre Schultasche umgehängt hatte, überquerte den Queen Anne Square.

Ronnie stand an der Ecke, genau wie am Vortag. Diesmal war sie nicht überrascht. Sie hatte schon mit ihm gerechnet, auch wenn sie nicht genau wusste, warum.

Und sie freute sich, obwohl sie das eigentlich nicht wollte.

»Hast du denn nichts Besseres zu tun, als an Straßenecken herumzuhängen?«

»Nein.«

»Na, dann komm lieber mit.«

Sie bogen auf den Market Court ein, wo vor den noch ge-schlossenen Läden bereits die Leute anstanden. Ronnies Lippe war geschwollen. Susan selbst hatte den Bluterguss an der Stirn unter ihrem Haar versteckt. »Geht es Jennifer wieder gut?«, fragte er.

»Nein, und das ist deine Schuld.«

»Oder deine. Sogar ich hatte Angst.«

»Und das aus dem Mund eines professionellen Punchingballs.«

»Der sich inzwischen aus dem Geschäft zurückgezogen hat und nach einer ehrenwerteren Beschäftigung sucht. Vielleicht als Klo-bürste.«

Sie musste lachen. Es war ihr fast ein wenig unheimlich, wie leicht er sie zum Lachen bringen konnte.

Mittlerweile hatten sie die Straße erreicht, die zur Schule führte. Neben ihnen gingen andere Schülerinnen und Schüler, die erstaunt über dieses seltsame neue Gespann zu tuscheln begannen. Alice stand neben dem Tor. Als sie erkannte, mit wem Ronnie da ankam, verwandelte sich ihr gedankenverlorener Gesichtsausdruck in blankes Entsetzen.

»Deine Freundin hat uns entdeckt.«

»Sie ist nicht meine Freundin.«

»Dann ist es ja gut. Sie hat etwas Besseres verdient als einen be-rufsmäßigen Kloschrubber.«

Nun musste er seinerseits lachen. Susan empfand gegen ihren Willen so etwas wie Freude.

Vor den beiden Schultoren blieben sie einen Moment stehen und sahen sich an. Martin Phillips beobachtete Susan argwöhnisch. Er schien inzwischen richtig Angst vor ihr zu haben, und das war auch gut so. Aber hatte er auch Angst vor Ronnie?

»Sei vorsichtig«, sagte sie zu ihm.

»Ich kann schon selbst auf mich aufpassen.«

»Lass dich bloß nicht provozieren.«

»Ich werde bestimmt nicht ruhig dasitzen und mir anhören, wie irgend so ein Idiot über dich herzieht.«

»Das sind doch nur Worte. Sie spielen keine Rolle.«

»Für mich schon.«

»Dann bist du selbst ein Idiot.«

»Natürlich. Was kann man von einem berufsmäßigen Kloschrubber auch anderes erwarten?«

Die Schüler rundherum starrten sie an. Ronnie schien ihre Blicke gar nicht zu bemerken, zumindest kümmerte er sich nicht darum. Er hatte etwas sehr Beherrschtes an sich, eine Stärke, die wie ein Schutzschild alle Blicke an ihm abprallen ließ. Vielleicht konnte er tatsächlich auf sich selbst aufpassen.

Aber sie wollte das Risiko nicht eingehen.

»Wenn jemand etwas Schlimmes über mich sagt, dann reagiere einfach nicht. Bitte, Ronnie. Mir zuliebe.«

Er lächelte. »Na gut. Dir zuliebe.«

Die Schulglocke ertönte. »Ich warte nach der Schule auf dich«, sagte er. »Dann lade ich dich auf ein Eis ein. Als Wiedergutmachung für das, das sich meinetwegen verflüssigt hat.«

»Ich esse kein Eis mehr.«

»Doch, das tust du. Schlampen können ohne Eis gar nicht leben. Das ist medizinisch erwiesen.«

»Und woher weißt du das? Aus dem Comic von *Boy's Own*?«

»Nein. Aus *Emergency Ward Ten*.« Er seufzte. »Und da sagen die Leute immer, das sei nur eine billige Serie.«

»Na, dann mach's gut, Herr Doktor.«

»Du auch, Susan.«

»Susie. Kein Mensch nennt mich Susan.«

»Das überrascht mich nicht. Blöder Name.«

»Schuld ist meine Großmutter. Mein Vater hat mich nach ihr benannt.«

»Dann hieß sie also auch Susan.«

»Nein. Dad konnte bloß Gwendolyn nicht buchstabieren.«

Wieder musste er lachen. Sie drehte sich um und ging durch das Tor. Die Blicke, die ihr folgten, schüttelte sie wie lästige Fliegen ab – alle bis auf seine, die wie zwei warme Lichter auf ihrem Rücken ruhten.

Gegen ihren Willen fand sie dieses Gefühl sehr schön.

Zehn vor vier. Ronnie stand draußen vor dem Tor und wartete auf sie.

Sonst war niemand zu sehen. Der Unterricht hatte bereits zwanzig Minuten eher geendet. Susan hatte die Zwischenzeit in der Bibliothek verbracht, weil sie hoffte, dass er weg sein würde, bis sie erschien. Aber als sie ihn entdeckte, war sie doch froh, dass er geblieben war.

Eine halbe Stunde später saßen sie in der Nähe von Kendleton Lock am Fluss und ließen die Füße ins Wasser baumeln. Die Sonne schien ihnen ins Gesicht. Enten und Schwäne bettelten um Brot. Der Schleusenwärter Ben Logan, der gerade einer Frau beim Festbinden ihres Boots half, unterbrach seine Arbeit für einen Moment, um ihnen zuzuwinken.

»Meine Mutter ist sehr gerne hier«, erklärte Ronnie. »Kurz vor dem Krieg hat sie mit ihren Eltern und ihrem Bruder eine Kahnfahrt in diese Gegend gemacht. Sie sagt, das sei ihre liebste Erinnerung an die Zeit, als sie noch mit ihnen zusammen war.«

Eine Fliege umschwirrte Susans Kopf. Sie scheuchte sie mit der Hand weg. »Es muss schrecklich für sie gewesen sein, ihre ganze Familie zu verlieren. Sie war damals ja sogar noch jünger als wir jetzt.«

»Du warst erst sieben, als du deinen Vater verloren hast.«

»Aber ich hatte wenigstens noch meine Mutter.«

»Ich weiß nicht, was ich täte, wenn ich meine verlieren würde.«

»Du liebst sie wirklich sehr, nicht?«

Er nickte. Gleichzeitig bewegte er seine Zehen hin und her, sodass das Wasser kleine Wellen schlug. Susan folgte seinem Beispiel. Sie genoss die Kälte auf ihrer Haut.

»Waren deine Verwandten wirklich so schlimm?«

»Zu ihr schon.«

»Wie es sich anhört, auch zu dir. Immerhin hat dich dein Cousin als Punchingball benutzt.«

»Was mit mir ist, spielt keine Rolle. Ich kann auf mich aufpassen.«

»Ja, ich glaube, das kannst du. Passt du auch auf deine Mutter auf?«

»Natürlich.«

312

»Genau wie ich auf meine.«

Susan wartete auf eine Antwort von Ronnie, aber er starrte nur gedankenverloren über den Fluss.

»Alice hat dir doch bestimmt von meiner Mutter erzählt. Ich kann mir nicht vorstellen, dass sie so etwas Interessantes ausgelassen hat.«

»Das muss beängstigend gewesen sein. In dem Alter hast du sicher noch nicht verstanden, was mit ihr geschah.«

»Stimmt. Und es war wirklich beängstigend. Sehr sogar.«

Er sah sie mit einem mitfühlenden Blick an. »Hast du jemals Angst gehabt…«

»Ja. Die ganze Zeit. Aber es wird nicht noch einmal passieren. Das werde ich nicht zulassen.«

»Sie hat Glück, dass ein so starker Mensch wie du sie beschützt.«

Susan warf sich in Boxerpose.

»So habe ich es nicht gemeint.«

»Ich weiß.« Nach einer kurzen Pause fügte sie hinzu: »Danke.«

Die Schleusentore öffneten sich. Mehrere Boote glitten auf den Fluss hinaus. »Der Kahn, auf dem Mum damals ihren Ausflug gemacht hat, hieß *Ariel*«, sagte er. »Sie hält immer noch nach ihm Ausschau, wenn sie an den Fluss kommt.«

»Sie ist oft hier. Ich habe sie schon viele Male gesehen. Sie scheint sehr nett zu sein.«

»Das ist sie auch. Du würdest sie bestimmt mögen.«

»Dein Stiefvater wirkt auch sympathisch.«

Er nickte halbherzig.

»Magst du ihn nicht?«

»Doch, natürlich. Er ist schließlich ihr Mann.«

»Das ist kein Grund, jemanden zu mögen.«

»Es wird reichen müssen.«

»Wie war dein Vater?«

Ronnie griff nach einem Stein und ließ ihn über den Fluss hüpfen.

»Deine Mutter hat dir doch bestimmt von ihm erzählt.«

Er nickte.

»Wie schrecklich, dass er so jung sterben musste. Wie lange waren die beiden denn verheiratet?«

»Gar nicht.«

Verblüfft starrte sie ihn an. »Ist das dein Ernst?«

»Mein Vater war ein Soldat. Mum hat ihn mit sechzehn beim Tanzen kennen gelernt. Er hat ihr versprochen, dass er nach dem Krieg zurückkommen und sie heiraten würde, aber er hat sein Versprechen nicht gehalten.«

»War das der Grund, warum deine Verwandten sie dazu überreden wollten, dich herzugeben?«

»Ja.«

»Aber sie hat es nicht getan. Das war mutig.«

»Mal angenommen, du würdest schwanger werden und wärst nicht verheiratet. Würdest du dein Baby dann weggeben?«

Vor ihrem geistigen Auge sah sie Jennifer allein im Dunkeln liegen und nach Schatten Ausschau halten. Voller Angst und ohne einen Menschen, der ihr helfen konnte. »Nein, ich glaube nicht, dass ich das fertig bringen würde.«

»Bist du jetzt geschockt?«

»Sollte ich das sein?«

»Die Leute in Hepton waren es. Sie haben sich ständig das Maul darüber zerrissen und es zum Anlass genommen, meine Mutter schlecht zu machen und ihr das Gefühl zu geben, minderwertig zu sein.«

»Weiß in Kendleton jemand davon?«

»Nur mein Stiefvater.«

»Und jetzt ich.«

Sie starrten sich an. »Ja«, sagte er, »und jetzt du.«

»Danke, dass du so viel Vertrauen zu mir hast. Ich verspreche dir, dass ich es niemandem erzählen werde. Ich weiß, wie man ein Geheimnis bewahrt.«

Er griff wieder nach einem Stein und ließ ihn übers Wasser hüpfen. Weitere Boote fuhren in die Schleuse. »Ich könnte dir noch ganz andere Sachen erzählen«, meinte er schließlich.

»Nämlich?«

Er wirkte plötzlich verlegen.

»Du kannst mir alles erzählen, Ronnie. Natürlich nur, wenn du möchtest.«

Er holte tief Luft. Susan wartete gespannt.

»Die Hauptstadt von Albanien heißt Tirana.«

Einen Moment lang starrte sie ihn verwirrt an, dann brach sie in Lachen aus. »Idiot!«

»Wohl kaum. Ich kann dir von Pi zweihundert Stellen nach dem Komma aufzählen.«

»Ich nehme es zurück. Du bist unglaublich gescheit.«

»Im Gegensatz zu dir.«

»Schlampen brauchen nicht gescheit zu sein.«

»Weißt du, welchem Filmstar du in Wirklichkeit ähnlich siehst?«

»Welchen?«

»Norma Shearer. Von ihr haben die Leute gesagt, dass ihre Schönheit niemals von einem Gedanken getrübt worden sei.«

Sie bespritzte ihn mit Wasser, und er tat es ihr gleich. Ein paar Enten suchten vorwurfsvoll schnatternd das Weite. »Die da kenne ich.« Ronnie deutete auf eine mit einem krummen Flügel. »Sie schwimmt dauernd vor unserem Garten herum. Meine Mutter gibt ihr so viel zum Fressen, dass es eigentlich ein Wunder ist, dass sie nicht sinkt.«

»Es muss schön sein, einen Garten am Fluss zu haben.«

»Komm und sieh ihn dir an.«

»Das kann ich nicht. Alice würde Straßensperren errichten lassen.«

»Deswegen würde ich mir an deiner Stelle keine Sorgen machen. Halte lieber nach den Minen Ausschau, die sind viel gefährlicher. Wie wär's, wenn du nächstes Wochenende zu uns zum Tee kommst? Dann kannst du Mum kennen lernen.«

Wieder lächelte er. Während sie ihn ansah, wurde ihr klar, dass sie glücklich war. So glücklich hatte sie sich schon lange nicht mehr gefühlt, nicht einmal mit…

Paul.

Sofort setzten ihre Schutzmechanismen wieder ein. Sie würde sich von keinem Jungen mehr ablenken lassen. Gerade jetzt war es wichtiger als je zuvor, alle Ablenkungen aus ihrem Leben zu verbannen.

»Das geht nicht. Ich muss das ganze Wochenende auf Jennifer aufpassen.«

Als sie seinen enttäuschten Blick sah, bekam sie ein schlechtes
Gewissen. Aber sie konnte es nicht ändern.
»Du liebst Jennifer sehr, stimmt's?«, fragte er.
»Ja.«
»Und du kannst ein Geheimnis bewahren.«
»Worauf willst du hinaus?«
»Auf gar nichts. Ich wollte es nur wissen.«
Er starrte sie immer noch an. Dieser gut aussehende Junge, der
so selbstgenügsam und ruhig wirkte. Plötzlich sehnte sie sich da-
nach, ihm all ihre Geheimnisse anzuvertrauen. Ihre Last mit je-
mandem zu teilen, der aussah, als wäre er dazu in der Lage. Aber
sie konnte es niemandem erzählen. Niemals.
»Ich muss gehen, Ronnie.«
»Nein, bleib noch ein bisschen. Ich schulde dir immer noch ein
Eis.«
»Vielleicht ein anderes Mal.«
»Wenn du jetzt gehst, stürze ich mich in den Fluss. Dann wer-
den mich die Schwäne töten.«
»Nein, werden sie nicht.«
»Doch. Sie glauben, dass ihre Federn schön weiß bleiben, wenn
sie regelmäßig in Menschenblut baden. Das weiß ich auch aus
Emergency Ward Ten.«
Ihre Lippen begannen zu zucken. »Versuch nicht dauernd, mich
zum Lachen zu bringen.«
»Warum nicht? Das ist viel leichter, als dich zum Denken zu
bringen.«
Sie fing erneut an, ihn mit Wasser zu bespritzen, und setzte da-
mit eine Schlacht in Gang, die erst endete, als sie beide klatschnass
waren.

Fünfzehn Minuten später betraten sie Cobhams Milchbar.
Alle Tische waren mit Jungen und Mädchen aus Heathcote und
anderen Schulen besetzt. Martin Phillips saß mit Edward Wetherby gleich neben der Ladentheke, aber seine Anwesenheit
störte Susan genauso wenig, wie sie Ronnie zu stören schien.
Sie standen an der Theke und sahen zu, wie die Verkäuferin Eis-

316

kugeln auf ihre Waffeln türmte. Während Ronnie bezahlte, trat ein Mädchen neben sie, das Geld für die Jukebox wechseln wollte.

Dann rief Edward Wetherby plötzlich: »Wir haben deine Freundin beide schon gehabt, Ronnie!«

In der Milchbar wurde es still. Die Aussicht, gleich eine spektakuläre Szene mitzuerleben, ließ die Leute aufgeregt auf ihren Sitzen hin und her rutschen. Susan sah Ronnie an. Er machte einen völlig entspannten Eindruck, und sie wusste instinktiv, dass er genau das Richtige tun würde.

So war es auch. Ohne sich umzudrehen, antwortete er so laut, dass alle es hören konnten: »Ich weiß. Und ich möchte euch hiermit dafür danken, dass ihr beide ihr zusammengenommen die besten fünf Sekunden ihres Lebens beschert habt.«

Das ganze Lokal prustete los. Edward bekam einen hochroten Kopf. Susan berührte Ronnie am Arm. »Es waren nicht fünf, Ronnie«, erklärte sie ebenfalls so laut, dass alle es hören konnten. »Ich habe dir doch gesagt, dass es eher sieben waren.«

Dann beugte sie sich vor, sodass ihr Gesicht das von Edward fast berührte, und flüsterte: »Nur damit wir uns verstehen: Wenn du dich mit ihm anlegst, bekommst du es mit mir zu tun.« Mit einem raschen Nicken in Martins Richtung fügte sie hinzu: »Und gegen mich gewinnst du nicht.«

Rundherum wurde immer noch gelacht. Sie richtete sich auf und ließ sich von Ronnie ihr Eis reichen.

»Bring doch Jennifer am Wochenende einfach mit. Mum hat bestimmt nichts dagegen. Sie liebt Kinder.«

»Ja, das mache ich.«

»Gut.«

Sie wandten sich zum Gehen und ließen Edward mit puterrotem Gesicht zurück.

Dienstagabend. Charles klopfte an Ronnies Zimmertür.

Ronnie saß an seinem Schreibtisch, den Kopf über ein Schulbuch gebeugt. »Störe ich?«

Ronnie schüttelte den Kopf und deutete auf einen Stuhl neben dem Schreibtisch. Die Buchseiten, die er aufgeschlagen hatte,

317

waren mit Reihen mathematischer Formeln bedeckt. Charles schauderte. »Für mich sehen die wie Hieroglyphen aus.«

»Mochtest du Mathe in der Schule nicht?«

»Ich habe das Fach gehasst. Unser Mathelehrer hatte einen Sprachfehler, sodass wir kein Wort von dem verstanden, was er sagte. Dass überhaupt jemand von uns die Prüfung bestanden hat, grenzt an ein Wunder.«

»Mein alter Französischlehrer kam aus Wien, was dazu führte, dass wir Französisch mit einem so starken österreichischen Akzent lernten, dass kein Mensch etwas verstand, als meine Klasse in Paris war.«

Sie lachten.

»Ich wusste gar nicht, dass du schon mal in Paris warst.«

»War ich auch nicht. Mum wollte unbedingt, dass ich mitfahre, konnte sich die Reisekosten aber nicht leisten.«

Treffer.

»Wie ich höre, bekommen wir dieses Wochenende Besuch.«

»Ist das in Ordnung? Mum hat mir gesagt, dass es dir recht ist, wenn ich Freunde einlade.«

»Mehr als recht.« Nach einer kurzen Pause fügte er hinzu: »Susan ist ein sehr schönes Mädchen.«

Ronnie nickte.

»Magst du sie?«

»Ja.«

»Du solltest mal mit ihr ins Kino gehen. Oder zu einem Rock'-n'Roll-Konzert.«

Ronnie sah ihn amüsiert an. »Welche Gruppe würdest du denn empfehlen?«

»Oh, keine Ahnung. Cliff Richard and the Comets. Die Everly Quintuplets.«

Zufrieden stellte Charles fest, dass Ronnie lachte. »Nein, jetzt mal ernst, Ronnie, wenn du sie ausführen möchtest und knapp bei Kasse bist, lass es mich wissen. Ich helfe dir gerne aus.«

»Das ist nett.«

»Nicht der Rede wert. Um der wahren Liebe den Weg zu ebnen, ist mir kein Preis zu hoch.«

318

»Sie ist aber kein Mädchen, das einen nur mag, wenn man Geld hat.«

Treffer.

»Wie auch immer, das Angebot gilt.«

»Ich weiß.« Ronnie lächelte. »Danke.«

»Tut deine Lippe weh?«

»Nein. Ist Mum deswegen immer noch beunruhigt?«

»Ein bisschen. Aber so sind Mütter nun mal. Ich finde übrigens, dass die Wände in ihrem Zimmer ziemlich kahl wirken. Was würdest du davon halten, wenn wir ein paar von deinen Zeichnungen rahmen lassen, damit wir sie dort aufhängen können?«

»Eine großartige Idee.«

Charles war anzusehen, dass er sich über diese Antwort freute. »Lass uns zusammen ein paar aussuchen. Vielleicht so ein halbes Dutzend?«

»Das kann ich auch gern allein machen. Ich weiß, welche ihr gefallen.«

Treffer.

Oder tat er Ronnie Unrecht? Waren seine Antworten vielleicht gar nicht als Seitenhiebe gegen ihn gemeint?

»Natürlich. Lass es mich wissen, wenn du welche ausgewählt hast.«

»Mach ich.«

Einen Moment lang herrschte Schweigen. Charles überlegte krampfhaft, wie er das Gespräch fortsetzen könnte. Er wollte gern Ronnies Freund sein. Ihm nahe stehen. Schon immer hatte er sich gewünscht, eines Tages Vater zu werden, und er wusste von Anna, dass Ronnie darunter gelitten hatte, ohne Vater aufwachsen zu müssen. Nichts hinderte sie beide daran, nun füreinander Sohn und Vater zu sein.

Aber das ging nur, wenn Ronnie es auch wollte.

Er musterte ihn nachdenklich. Diesen gut aussehenden, gescheiten Jungen, dessen Benehmen ihm gegenüber stets tadellos war. Und der seinen Blick mit diesen unergründlichen Augen erwiderte.

Was hast du zu verbergen, Ronnie? Was geht in dir vor?

Wer ist der wahre Ronnie Sunshine?

Er erhob sich. »Ich überlasse dich wohl besser wieder deinen Hieroglyphen.«

»Noch mal danke für das Angebot.«

»Keine Ursache.«

Zwei Minuten später betrat er das Wohnzimmer. Anna nähte gerade kleine Stoffstreifen mit Ronnies Namen in seine Schulhemden. »Wo warst du?«, fragte sie.

»Meine Pfeife holen und ein bisschen mit Ronnie plaudern.« Er ließ sich neben ihr nieder. Der Fernseher lief. Ein Komiker erzählte Schwiegermutterwitze, das Publikum im Studio kreischte vor Vergnügen. Gleich würde eine Serie beginnen, die sie beide gerne sahen.

»Wie geht es ihm?«

Charles stopfte seine Pfeife. »Wie es einem Jungen mit Mathehausaufgaben halt so geht.«

»Glaubst du, er wird in der Schule schikaniert?«

»Nein. Es war bestimmt bloß eine kleine Rauferei. Meine Freunde und ich haben uns in der Schule ständig mit anderen Jungs geprügelt. Ich weiß, dass mein Gesicht ziemlich schlimm aussieht, aber du hättest es erst mal sehen sollen, als ich in Ronnies Alter war.«

Sie gab ihm keine Antwort. Er hatte auf ein Lachen gehofft oder vielleicht auf eine Geste der Zuneigung. Stattdessen seufzte sie bloß.

»Du brauchst dir seinetwegen wirklich keine Sorgen zu machen, Liebes. Er ist zäher, als du denkst.«

»Er war noch nie in irgendwelche Raufereien verwickelt.«

»Alle Jungs raufen hin und wieder. Das gehört zum Erwachsenwerden.«

»Wenn das bei ihm so wäre, wüsste ich es. Ronnie hat keine Geheimnisse vor mir.«

»Was bedeutet, dass er es dir erzählen würde, falls es in der Schule irgendwelche Schikanen gegen ihn gäbe. Wenn er nichts davon erwähnt hat, dann ist es auch nicht so.« Er drückte liebevoll ihren Arm. »Also hör auf, dir seinetwegen Gedanken zu machen.«

Sie wandte sich wieder ihrer Näharbeit zu, während er seine Pfeife anzündete und dabei Rauchwolken in die Luft blies. Draußen warf die untergehende Sonne rote und goldene Streifen über den Fluss. »Wenn das gute Wetter anhält«, sagte er, »könnten wir am Samstag im Garten Tee trinken, und Jennifer könnte die Schwäne füttern.«

Zum ersten Mal lächelte sie. »Koche ich so schlecht, dass sie das Essen gleich wieder loswerden muss?«

»Ja, es ist einfach ungenießbar. Warum glaubst du, dass ich so zunehme?«

»Ich glaube, ich werde euch Sandwiches und Kuchen servieren. Das essen kleine Kinder immer gern.«

»Und Männer mittleren Alters ebenfalls. Auch wenn es eine Schande ist, das zuzugeben.«

Sie lachte. Während er erneut ihren Arm drückte, beendete der Fernsehkomiker sein Programm unter lautem Beifall.

»Ich bin froh, dass er sich mit jemandem angefreundet hat«, sagte sie schließlich.

»Ich glaube, Ronnie hätte gern, dass mehr daraus wird.«

»Meinst du?«

»Sie ist sehr hübsch.«

»Ja, das stimmt.«

»Genau wie du.«

Sie ignorierte das Kompliment. »Aber Ronnie ist noch zu jung, um sich für Mädchen zu interessieren.«

Er wird nächsten Monat sechzehn. Genauso alt, wie du selbst warst, als du seinen Vater kennen lerntest.

»Außerdem hätte er es mir gesagt, wenn er etwas für sie empfinden würde. Er erzählt mir alles.«

»Natürlich.«

»Wir haben keine Geheimnisse voreinander. Wenn er mir tatsächlich mal was vorenthält, dann auf keinen Fall etwas Wichtiges oder Bedeutsames.«

Er nickte. Ein seltsamer Gedanke schlich sich in seinen Kopf, verstohlen wie ein Dieb.

Wen versuchst du zu überzeugen, Anna? Mich oder dich selbst? Glaubst du auch, dass er etwas zu verbergen hat?

Sie rutschte ab und stach sich mit der Nadel in den Finger. Erschrocken zuckte sie zusammen. Sie sah aus wie ein Kind, das sich wehgetan hatte. Charles wurde bei diesem Anblick von einer Welle der Liebe durchflutet. Wie gern hätte er sie jetzt in den Arm genommen und an sich gezogen. Sie vor Schaden und Schmerz beschützt.

Aber das durfte er nicht. Ihre Ehe basierte auf Freundschaft, nicht auf romantischer Liebe. Sie schliefen in getrennten Schlafzimmern, und es gab zwischen ihnen keine körperlichen Intimitäten, abgesehen von ganz kleinen Gesten, die ihr reichten, um ihm zu zeigen, dass sie ihn gern hatte, mit denen er aber nicht einmal ansatzweise zum Ausdruck bringen konnte, welch tiefe Gefühle er für sie empfand.

Er nahm ihren verletzten Finger und drückte ihn an seine Lippen. »Tut es weh?«, fragte er sanft.

Ihr Lächeln kehrte zurück. »Nein, nun hast du ihn ja wieder heil geküsst.«

»Gut.«

»In ein paar Minuten geht die Sendung los. Soll ich uns noch rasch einen Kaffee machen?«

»Das wäre wunderbar, Liebling.«

An der Tür zögerte sie einen Moment und wandte sich dann um.

»Ich schaue noch kurz nach Ronnie, aber es wird nicht lange dauern, also halte mir meinen Platz warm.«

Er tat, wie ihm geheißen, aber als die Sendung eine Stunde später zu Ende ging, war ihr Platz noch immer leer.

Donnerstag, früher Abend. Ronnie ging mit Susan über den Market Court. Ihm taten die Beine weh. Sie hatten den Spätnachmittag damit verbracht, die Wälder westlich der Stadt zu durchstreifen. Susan kannte sich dort bemerkenswert gut aus. Zum Schluss hatte sie ihm einen Pfad gezeigt, der bis zum Flussufer führte, aber fast in seiner ganzen Länge hinter Dickicht verborgen lag. »Er wird von niemandem sonst benutzt«, hatte sie ihm erklärt. »Ich glaube, die Leute wissen gar nicht, dass es ihn gibt.« Ronnie hatte schöne Feldblumen entdeckt, und Susan hatte ihm geholfen, einen Strauß für seine Mutter zu pflücken.

322

Sie erreichten die Ecke des Queen Anne Square. »Ich warte morgen wieder auf dich«, sagte er.

»Hast du es noch nicht satt, ständig an irgendwelchen Straßenecken herumzulungern?«

»Nein. Das liegt mir im Blut. Ich muss von Einbrechern abstammen.« Sie lachte. Jemand rief ihren Namen. Ein großer, rundlicher Mann kam auf sie zu. Er trug einen teuren Anzug und machte ein freundliches Gesicht. »Hallo, Susie. Warst du spazieren?«

»Ja, Onkel Andrew.«

»Wer könnte es dir verdenken? Es ist ja wirklich ein schöner Nachmittag.«

Ronnie streckte ihm die Hand hin. »Ich bin Ronnie Sidney.«

Der Mann lächelte. »Und ich bin Andrew Bishop, Susies Stiefvater.« Sein Händedruck war fest und herzlich. »Sidney, sagst du? Dann bist du wohl Mrs. Pembrokes Sohn?«

»Ja.«

»Willkommen in Kendleton. Wie gefällt es dir hier?«

»Sehr gut. Es ist noch viel schöner, als meine Mum es mir in ihren Briefen beschrieben hat.«

»Hat Susie dir schon alle Sehenswürdigkeiten gezeigt?«

»Ja.«

»Dann weiß ich ja, an wen ich mich wenden muss, wenn ihre Hausaufgaben leiden«, meinte Mr. Bishop mit einem verschmitzten Lächeln.

Ronnie wandte sich zu Susan um. Aus seinem Blick sprach Erleichterung darüber, dass seine erste Begegnung mit einem Mitglied ihrer Familie so unkompliziert verlief. Sie lächelte ihn an und sah dabei aus wie immer.

Trotzdem war etwas an ihr anders.

Er wusste es instinktiv, spürte die Veränderung mehr als er sie sah: Ihre körperliche Präsenz war reduziert, die Aura der Unverwundbarkeit viel schwächer als sonst. Und das bei einem Mädchen, das mehr Mut besaß als jeder andere Mensch, den er kannte. Das vor niemandem Angst hatte.

Aber vor ihm hat sie Angst.

323

»Sind die Blumen für deine Mutter?«, fragte Mr. Bishop.

»Ja, wenn sie nicht schon welk sind, bis ich nach Hause komme«, antwortete Ronnie, ebenfalls lachend. Nichts an seiner Miene verriet, dass ihm etwas aufgefallen war. »Übrigens hat Mum Susie und Jennifer für Samstag zum Tee eingeladen.«

»Wie nett von ihr.« Mit einem strahlenden Lächeln wandte Mr. Bishop sich an Susan. »Da wird sich Jenjen aber freuen.«

Susan nickte. »Ja, es wird ihr sicher gefallen«, stimmte sie ihm lächelnd zu. Dabei klang ihre Stimme ganz ruhig, aber ihr Körper verriet eine so starke Anspannung, dass Ronnie fast das Gefühl hatte, ein elektrisches Feld zu spüren. Vor allem, als ihr Stiefvater die Abkürzung von Jennifers Namen benutzte.

»Wir sollten jetzt wohl besser gehen«, meinte Mr. Bishop. »Susies Mutter wird böse, wenn wir zu spät zum Tee kommen.« Er grinste Susan an. »Stimmt's, Susie?«

»Ja, Onkel Andrew. Bis bald, Ronnie.«

»Ja, bis bald. Auf Wiedersehen, Mr. Bishop. Es hat mich sehr gefreut, Sie kennen zu lernen.«

»Ganz meinerseits, Ronnie. Ich hoffe, wir sehen uns bald mal wieder.«

Die beiden eilten davon. Im Gehen wandte Mr. Bishop sich noch einmal um und winkte.

Warum hat sie Angst? Was hast du getan, das ihr solche Angst einjagt?

Immer noch lächelnd, winkte er zurück.

Samstagnachmittag. Charles saß mit Anna, Ronnie und ihrem Besuch im Garten.

Sie hatten an diesem Nachmittag noch einen zusätzlichen Gast: Mary Norris, die Witwe seines Freundes Dr. Henry Norris, der im vorangegangenen Winter an einem Schlaganfall gestorben war. Er und Henry hatten sich seit ihrer Studienzeit gekannt, und Mary war ihnen immer willkommen.

Ihre Runde entpuppte sich als recht lebhaft. Jennifer beglückte sie mit einem Potpourri von Liedern, die sie in der Schule gelernt hatte. Eine muntere Darbietung von »Land of the Buffalo« war soeben von einer noch leidenschaftlicheren Version von »Little Donkey« übertroffen worden.

»Jetzt singe ich euch ›My Old Man Said Follow the Van‹ vor«, verkündete sie.

»Ich glaube, für heute hast du genug gesungen, Jenjen«, sagte Susan rasch.

»Mrs. Boys hat gesagt, niemand in meiner Klasse singt das Lied so gut wie ich.«

»Und ich würde es wirklich gern hören«, fügte Mary hinzu.

»Siehst du.« Jennifer bedachte Susan mit einem strafenden Blick und legte dann wieder los. Charles, der sich ein Lachen verkneifen musste, bemerkte, dass Marys Lippen ebenfalls zuckten. Als ihre Blicke sich trafen, grinste er sie an.

Auf dem Tisch stand jede Menge zu essen: Sandwiches, Chips und eine Auswahl an Gebäck und Kuchen, die Anna selbst gebacken hatte. Jennifer hielt mitten im Satz inne, trank einen Schluck, seufzte zufrieden und sang dann weiter. Der Impuls zu lachen wurde bei Charles so stark, dass er sich auf die Unterlippe beißen und den Blick abwenden musste. Auf dem Fluss landeten gerade ein paar Schwäne und schwammen Richtung Ufer. Obwohl die Sonne schien, war die Luft schon merklich kühler, was befürchten ließ, dass nun doch der Herbst nahte.

Endlich war Jennifer fertig. »Nun reicht es aber wirklich, Jenjen«, erklärte Susan in energischem Ton.

»Aber es war sehr schön«, lobte Mary die Kleine. »Du singst wirklich gut.«

»Danke.« Jennifer bedankte sich mit einem strahlenden Lächeln. Dann wandte sie sich zu Charles um und lächelte ihn ebenfalls an. Das machte sie schon seit ihrem Eintreffen in regelmäßigen Abständen. Er erwiderte ihr Lächeln, wobei er sich bemühte, den Kopf so zu halten, dass sie die lädierte Seite seines Gesichts nicht sah.

»Möchtest du ein Stück Schokoladenkuchen, Jennifer?«, fragte Anna.

»Ja, bitte.«

»Willst du vielleicht Sängerin werden, wenn du mal groß bist?«, erkundigte sich Mary.

Jennifer nickte. »Oder ein Cowboy. Ich kerne ein Lied über Cowboys.«

»Das du uns jetzt aber *nicht* vorsingen wirst«, mischte Susan sich ein.

Jennifer sah sie entrüstet an. »Wie wär's, wenn du es uns nach dem Tee vorsingst?«, schlug Mary vor und wurde dafür mit einem weiteren strahlenden Lächeln belohnt. Genau wie Charles, auch wenn er nicht genau wusste, warum.

Weitere Schwäne näherten sich dem Ufer. »Wir können sie nachher füttern«, sagte Anna zu Jennifer.

»Magst du Schwäne, Jennifer?«, fragte Mary.

»Ja. Susie und ich gehen oft zur Schleuse und füttern sie mit Brot.«

»Dann solltest du doch kein Cowboy werden«, meinte Ronnie. »Wo die Cowboys leben, gibt es keine Schwäne. Nur Büffel und Kojoten und Indianer mit Tomahawks.« Als er seinen Worten mit indianischem Kriegsgeheul Nachdruck verlieh, musste Jennifer kichern. Susan lächelte, aber nur ganz kurz. Sie wirkte sehr ruhig, als würde sie sich nicht wirklich wohl fühlen.

»Möchtest du noch etwas zu essen?«, wandte sich Charles an sie.

»Nein, vielen Dank, Mr. Pembroke.« Sie nahm einen Schluck von ihrer Limonade und starrte verlegen auf den Tisch hinunter. Dabei hatte sie bei ihrem Eintreffen zunächst recht selbstsicher gewirkt, diese Sicherheit dann aber schnell verloren. Erneut fragte er sich nach dem Grund.

»Wolltest du als Junge auch mal Cowboy werden, Ronnie?«, erkundigte sich Mary.

»Ronnie hatte schon immer vor, Künstler zu werden«, antwortete Anna mit einem stolzen Blick auf ihren Sohn. »Von dem Augenblick an, als er zum ersten Mal einen Stift in der Hand hielt.«

Mary wandte sich an Susan. »Und du, Liebes? Was möchtest du mal werden?«

»Keine Ahnung.«

»Noch gar keine Vorstellung?«

Susan schüttelte den Kopf. Mary gegenüber wirkte sie besonders verlegen, obwohl dazu gar kein Grund bestand. Mary mochte junge Leute, und in der Regel beruhte das auf Gegenseitigkeit. Bei Jennifer war es definitiv so.

Und bei Susan hatte es anfangs auch so ausgesehen. Die beiden hatten sich recht nett unterhalten.

Bis zu dem Moment, als Mary erwähnte, wer ihr Mann war.

In Charles' Hinterkopf begann es zu rumoren. Irgendwo regte sich eine Erinnerung, die erst noch Gestalt annehmen musste.

»Mit deinem Aussehen«, fuhr Mary fort, »könntest du natürlich Model werden.«

»Das sagt mein Dad auch«, erklärte Jennifer zwischen zwei Bissen Kuchen.

Mary nickte. »Die Tochter meiner Cousine ist Model, und sie ist nicht annähernd so hübsch wie du. Sie lebt jetzt in London und geht dauernd mit Schauspielern aus.«

»Genau das sollte Susie werden«, mischte Ronnie sich ein.

»Was? Schauspieler … ich meine, Schauspielerin?«

»Nicht bloß Schauspielerin, sondern ein Filmstar. So sieht sie nämlich aus. Wie ein Filmstar.«

»Du hast Recht«, pflichtete Mary ihm bei. »Genau so sieht sie aus.«

Das Rumoren in Charles' Kopf wurde lauter.

Und plötzlich war die Erinnerung wieder da.

Er saß mit Henry in einem Pub und hörte zu, wie sein Freund von einer sehr jungen Patientin erzählte, die er wegen einer Geschlechtskrankheit behandelt hatte. Einer Krankheit, mit der ihr Vater sie angesteckt hatte.

So ein schönes Mädchen. Sie sieht aus wie ein Filmstar.

Und wie viele Mädchen in Kendleton sahen aus wie Susan?

Ihr Vater war damals längst tot, er konnte es also nicht gewesen sein.

Aber ihr Stiefvater.

Natürlich konnte er sich täuschen, aber irgendwie war er trotzdem sicher.

Ein Schaudern lief durch seinen Körper.

Jennifer lächelte ihn schon wieder an. Dann wandte sie sich an

Susan: »War Mrs. Hopkins aus der Bibliothek im Krieg sehr tapfer?«

»Warum willst du das wissen, Liebes?«, fragte Mary.

»Weil sie so ein scheußliches Gesicht hat.«

»Sei still, Jenjen!«, zischte Susan.

»Aber du hast doch gesagt, dass Mr. Pembroke so ein scheußliches Gesicht hat, weil er im Krieg sehr tapfer war.«

Susan bekam einen hochroten Kopf. Alle anderen wirkten peinlich berührt. Die einzige Ausnahme bildete Jennifer, die einfach nur verwirrt war.

»Ich finde nicht, dass ich ein so scheußliches Gesicht habe«, sagte Charles zu ihr. »Zumindest nicht im Vergleich zu dem hier.« Er streckte die Zunge heraus und begann mit den Ohren zu wackeln.

Jennifer quietschte vor Vergnügen.

»Oder dem hier.« Er schnitt eine weitere Grimasse.

Die anderen entspannten sich. Mary und Ronnie begannen ebenfalls zu lachen.

»Und schau dir das hier an.« Er führte einen optischen Trick vor, bei dem er scheinbar seinen Daumen entfernte und dann wieder anfügte. Jennifer fielen fast die Augen aus dem Kopf.

»Es sieht aus wie Zauberei, Jennifer, aber in Wirklichkeit ist es ganz leicht. Soll ich dir zeigen, wie es geht?«

Jennifer sprang von ihrem Platz auf und stürmte auf ihn zu. »Ja, zeig es mir!«

Während er ihr mit Unterstützung der ganzen Runde den Trick beibrachte, sah er immer wieder zu Susan, aber sie schien sich ganz auf Jennifer zu konzentrieren und seine Blicke nicht zu bemerken.

Eine halbe Stunde später schmauchte er gemütlich seine Pfeife und beobachtete, wie die anderen die Schwäne fütterten.

»Mr. Pembroke.«

Susan stand mit verlegener Miene neben seinem Stuhl. »Ich wollte nur sagen, dass es mir Leid tut…«

»Ich fühle mich äußerst geschmeichelt, dass du mich für tapfer

328

hältst. Das ist ein großes Kompliment.« Er lächelte. »Wie unverdient es in meinem Fall auch sein mag.«

Ihre Verlegenheit verschwand, und an ihre Stelle trat ein Lächeln. Ihm wurde bewusst, dass sie ihn an Eleanor erinnerte, das Mädchen, mit dem er vor seinem Unfall verlobt gewesen war. Susan war schöner, aber es bestand trotzdem eine gewisse Ähnlichkeit.

»Das Ganze braucht dir also überhaupt nicht peinlich zu sein. Immerhin hat es mir Gelegenheit gegeben, meine Fähigkeiten als Zauberer unter Beweis zu stellen.«

»Sie sind sehr gut.« Nach einer kurzen Pause fügte sie hinzu: »Was man von Jennifers Gesang nicht behaupten kann.«

»Da bin ich aber anderer Meinung. Ihre Darbietung von ›Little Donkey‹ zeugte von echtem Gefühl.«

»Sie singt die ganze Zeit! Es ist, als wäre man mit einer wandelnden Jukebox zusammen, bloß dass man sie nicht ausschalten kann.«

Er lachte. Jennifer kletterte gerade mit Ronnies Hilfe auf einen Baum, dessen Äste über das Wasser hingen. »Das ist das Wunderbare an diesem Alter«, bemerkte er. »Man kennt noch keine Angst. Das Leben ist ein einziges großes Abenteuer. Erst wenn man älter wird, lernt man, was es heißt, Angst zu haben.«

Ihr Blick wurde nachdenklich. Er wartete auf eine Antwort, aber vergeblich.

»Bist du nicht auch dieser Meinung?«

»Nicht, was Jennifer betrifft.«

»Wir haben alle mal Angst. Sogar die Tapfersten unter uns.«

»Sie wird niemals Angst haben müssen. Nicht wenn ich es verhindern kann. Ich möchte, dass sie genauso bleibt, wie sie jetzt ist.«

»Sie kann sich glücklich schätzen, dich zur Freundin zu haben.«

»Warum?«

»Weil du mir ein Mensch zu sein scheinst, der sich nicht so leicht ins Bockshorn jagen lässt.«

Wieder lächelte sie. »Da täuschen Sie sich aber. Mir jagt alles mögliche Angst ein.«

»Zum Beispiel?«

»Das Mittagessen in der Schule. Meine Französischhausaufgaben. Die Aussicht, nicht in die Lacrosse-Mannschaft aufgenommen zu werden.«

Und was dein Stiefvater dir im Dunkeln angetan hat, als niemand da war, um dir zu helfen.

Jennifer rief nach Susan. »Du wirst gewünscht«, sagte er.

Sie nickte und wandte sich zum Gehen. Dann drehte sie sich noch einmal um.

»Danke, Mr. Pembroke.«

»Es war mir ein Vergnügen.«

Er blieb an seinem Platz sitzen und blies gemächlich Rauchwolken in die Luft. Jennifer thronte im Baum und warf Brotstücke zu den Schwänen hinunter. Susan kletterte zu ihr hinauf, schlang den Arm um ihre Taille und flüsterte ihr etwas ins Ohr, woraufhin Jennifer einen kurzen Blick in seine Richtung warf. Er winkte ihr zu und wurde mit einem strahlenden Lächeln belohnt.

Anna stand neben Mary und beobachtete wie er die Szene. Er hoffte, dass sie den Nachmittag genossen und Susan als das erkannt hatte, was sie war: ein aufrichtiges, warmherziges Mädchen, das keinerlei Bedrohung für sie darstellte.

Die Zeit verging wie im Flug. Irgendwann sagte Susan, dass sie nun gehen müssten. Jennifer rannte zu Charles. »Danke, dass Sie mir den Trick beigebracht haben«, sagte sie und drückte ihm einen Kuss auf die Wange. Es rührte ihn, dass ein Kind den Wunsch haben konnte, ein solches Gesicht zu küssen. Wie wahrscheinlich von Susan beabsichtigt.

Er sah ihnen nach. Ronnie wollte die beiden ein Stück begleiten. Susan hielt Jennifer an der Hand, ein hübsches kleines Mädchen mit rotblondem Haar, das gern sang und nicht wusste, was es hieß, Angst zu haben.

Aber Susan wusste es, da war er ganz sicher.

»Was für bezaubernde Mädchen«, bemerkte Mary. »Es ist schön, dass sie sich so gern haben.«

Er nickte. Seine beunruhigenden Gedanken behielt er für sich.

330

Ronnie blieb an der Ecke des Queen Anne Square stehen, während Susan Jennifer nach Hause brachte.

Seine Schultern schmerzten. Jennifer hatte sich fast den ganzen Weg von ihm tragen lassen und dabei aus voller Kehle weitere Lieder gesungen. Was ihn nicht gestört hatte, denn er mochte Jennifer.

Während sie den Platz überquerten, ging Susans Haustür auf, und Mr. Bishop kam heraus. Auf sein Zurufen hin blieben sie stehen und warteten auf ihn, Jennifer freudig auf und ab springend. Susan lächelte, verlor aber sofort ihre Fröhlichkeit. Genau wie beim letzten Mal.

Mr. Bishop ging in die Knie und sagte etwas zu Jennifer, woraufhin sie zu lachen begann. Er kitzelte sie und nahm sie anschließend auf den Arm, um sie in die Luft zu werfen und wieder aufzufangen. Dann streichelte er ihr übers Haar und drückte ihr einen Kuss auf die Wange. Immer noch lachend, erwiderte sie die Geste.

Susan stand daneben und schauderte. Trotz ihrer lächelnden Miene.

Plötzlich fühlte Ronnie sich nach Hepton zurückversetzt. Er musste daran denken, wie Vera seine Mutter gedemütigt hatte. Wie er Abend für Abend schweigend am Küchentisch gesessen hatte und die Wut unterdrücken musste, die wie Säure in ihm fraß, weil einem Menschen Schmerz zugefügt wurde, den er von ganzem Herzen liebte.

So, wie er Susan liebte.

Das wusste er jetzt so sicher wie seinen eigenen Namen. Er liebte dieses Mädchen, das so ganz anders war als alle, die er kannte. Deren Schönheit, Stärke und Mut alle anderen Menschen in den Schatten stellten, die aber trotzdem noch verletzlich war.

Kein Mensch durfte jemanden verletzen, den er liebte. Das konnte er nicht dulden. Jeder, der es trotzdem tat, würde es früher oder später bereuen. Vera hatte diese Erfahrung bereits gemacht.

Nun würde Andrew Bishop sie ebenfalls machen.

Sonntagmorgen. Susan war auf dem Weg nach unten, um zu frühstücken. Auf Zehenspitzen schlich sie an Onkel Andrews Schlafzimmer vorbei. Als sie am Vorabend zu Bett gegangen war, hatte er sich im Pub befunden. Genau wie an den vier Abenden zuvor. Nachdem er seinen Alkoholkonsum für eine Weile etwas eingeschränkt hatte, war es nun wieder so schlimm wie vorher. Dasselbe galt für seine Laune. Im Gegensatz zu ihrer Mutter, die darüber sehr bestürzt war, wusste Susan genau, warum beides sich so schlagartig wieder verschlechtert hatte. Sie wusste, was der Grund war. Was in seinem Kopf vorging.

Er wird ungeduldig. Er kann nicht bis Januar warten. Er will Jenjen sofort.

Als sie am unteren Treppenabsatz ankam, hörte sie seine Stimme. Dann war er also schon auf. Ihr Mut sank.

Aber er klang recht munter. Fast schon freudig erregt. Das hatte es noch nie gegeben, wenn er einen Kater hatte.

Was war da los?

Sie blieb vor der Tür stehen, hielt die Luft an und lauschte.

»Dann wird er es also machen?«, fragte ihre Mutter.

»Ich denke schon. Warum sollte er bis Januar warten, wenn sie unbedingt wollen, dass er schon im November anfängt? Hier ist ja praktisch alles geregelt. Er braucht nur noch einen Mieter für das Haus, und darum wird sich ein Makler kümmern.«

»Aber hältst du es wirklich für eine gute Idee, wenn Susie mitten im Halbjahr die Schule wechselt?«

Er schnaubte ungeduldig. »Warum denn nicht, um Himmels willen? Es ist eine hervorragende Schule, und sie scheinen nichts dagegen zu haben, dass sie eher kommt.« Er lachte. »Na ja, schließlich kassieren sie auf diese Weise ja auch die Gebühren für ein zusätzliches Halbjahr, sodass sie sich kaum beschweren werden.«

»Es erscheint mir alles so überstürzt.«

»Unsinn.« Wieder war seine Ungeduld zu hören. »Sie erwarten sie erst Mitte Oktober, du hast also noch gut drei Wochen, um alles vorzubereiten. Das müsste genug Zeit sein, sogar für dich.«

Drei Wochen? Ich soll schon in drei Wochen nach Schottland?

Ihr Herz begann zu rasen. Das ging nicht. Sie brauchte mehr Zeit zum Überlegen und Planen. Viel mehr Zeit.

Eine Bodendiele knarrte unter ihren Füßen. »Susie?«, rief ihre Mutter.

Als sie den Raum betrat, runzelte Onkel Andrew die Stirn. »Du bist spät dran. Wir frühstücken am Sonntag um neun.«

»Es ist doch erst fünf nach.« Es fiel ihr schwer, in ruhigem Ton zu sprechen.

»Das ist trotzdem zu spät.«

»Tut mir Leid.« Sie küsste ihn auf die Wange. Sein Atem roch nach abgestandenem Alkohol. Obwohl er immer noch die Stirn runzelte, ging sein Blick durch sie hindurch, als wäre sie ein Geist: der Geist vergangener nächtlicher Stunden, der nun von der Bühne gescheucht wurde, um Platz zu machen für den Geist zukünftiger Nächte.

Nachdem sie auch ihre Mutter mit einem Kuss bedacht hatte, nahm sie Platz, schenkte sich Tee ein und begann, eine Scheibe Toast mit Butter zu bestreichen. Tief durchatmend zwang sie sich zur Ruhe. Wenn sie ihr von den geänderten Plänen erzählten, würde sie Bestürzung heucheln, sich dann aber in ihr Schicksal ergeben. Sie würde die Fassade aufrechterhalten und nichts von ihren wahren Gefühlen verraten.

Du musst nur ein bisschen schauspielern, Susan. Du kannst das. Du weißt, dass du es kannst.

»Hast du gut geschlafen?«, fragte ihre Mutter.

»Ja, danke.«

Onkel Andrew deutete auf das Fenster. »Es sieht nach einem schönen Tag aus. Wir sollten heute Nachmittag alle gemeinsam einen Spaziergang machen. Vielleicht unten am Fluss.«

»Das klingt gut«, sagte ihre Mutter.

»Dann machen wir das.« Onkel Andrew lehnte sich zurück und streckte sich. »Du musst unbedingt Jenjen mitnehmen, Susie. Sie ist doch so gern am Wasser.«

Sie hatte gerade den Mund voll. Einen Moment lang musste sie gegen einen starken Würgereiz ankämpfen. Sie konnte es nicht ertragen, wenn er in Jennifers Nähe war. Sie auf den Arm nahm und berührte. Sie zum Lachen brachte. Sie lehrte, ihm zu vertrauen. Genau wie er es Jahre zuvor mit einem anderen kleinen Mädchen gemacht hatte.

Drei Wochen. Mehr Zeit bleibt mir nicht. Drei Wochen.
Aber ich kann es schaffen. Ich kann das. Für Jenjen kann ich das.
O Gott, hoffentlich kann ich es wirklich.

Sie schluckte.

»Das wäre schön«, sagte sie dann lächelnd.

»Was ist los, Susie? Was hast du?«

»Nichts.«

Montag nach der Schule. Sie ging mit Ronnie tief in den Wald hinein.

Eigentlich hatte sie ihn nicht sehen wollen und sogar versucht, eine Begegnung mit ihm zu vermeiden, indem sie sich viel früher auf den Weg zur Schule gemacht hatte als sonst und sich nach Unterrichtsschluss noch lange in der Bibliothek aufgehalten hatte. Als sie dann schließlich doch gegangen war, hatte er vor dem Tor auf sie gewartet – und sie hatte sich gegen ihren Willen darüber gefreut.

Nun saßen sie nebeneinander auf einem umgefallenen Baumstamm. »In diesem Wald spukt es angeblich«, erklärte Susan. »Eine Geschichte besagt, dass hier vor Hunderten von Jahren eine Frau mit ihrer Tochter ein Picknick machte. Nach dem Essen schlief die Mutter ein, und die Tochter spazierte in den Wald hinein und wurde nie wieder gesehen. Daraufhin wurde die Mutter vor Schmerz verrückt. Sie verbrachte den Rest ihres Lebens damit, diesen Wald zu durchstreifen, und wenn man weit genug hineingeht und aufmerksam lauscht, kann man sie angeblich heute noch nach ihrer Tochter rufen hören.«

»Hast du sie schon mal gehört?«

»Einmal habe ich es mir eingebildet, aber da hat mir vermutlich bloß meine Phantasie einen Streich gespielt. Wie gesagt, es ist nur eine Geschichte.«

»Ich könnte dir auch eine Geschichte erzählen. Eine, die niemand außer mir kennt.«

Susan kratzte mit einem Stock in der Erde herum. »Dann erzähl sie mir.«

»Während meiner Zeit in Hepton hasste ich meine Tante. Von all meinen Verwandten war sie diejenige, die ich am meisten hasste. Nicht so sehr, weil sie mich selbst schlecht behandelte, sondern wegen der Art, wie sie mit meiner Mutter umsprang. Sie kommandierte sie herum wie ein Dienstmädchen. Demütigte sie vor anderen. Erinnerte sie ständig daran, dass sie uns jederzeit das Dach über dem Kopf wegnehmen konnte.

Eines Tages, nachdem sie meine Mutter mal wieder zum Weinen gebracht hatte, konnte ich es einfach nicht mehr ertragen und beschloss, es ihr heimzuzahlen. Während sie das Abendessen zubereitete, deponierte ich in der Nähe des Herds einen Rollschuh. Sie stolperte darüber und schüttete sich siedendes Pommesfett über den Arm. Die Narbe hat sie heute noch. Sogar bei ganz heißem Wetter trägt sie nur langärmlige Sachen, damit man sie nicht sieht.

Kein Mensch verdächtigte mich. Sie dachten alle, es wäre ein Unfall gewesen. Einmal habe ich versucht, es meiner Mutter zu erzählen, aber sie wollte es nicht hören. In ihren Augen bin ich ein Prachtexemplar von einem Sohn, musst du wissen, und solche Prachtexemplare fügen anderen Menschen nicht böswillig Schaden zu. Trotzdem schäme ich mich nicht für das, was ich getan habe. Ich sehe das nämlich so: Wenn jemand einem Menschen wehtut, den man liebt, dann zahlt man es dem Betreffenden heim. Ich habe meiner Tante heimgezahlt, dass sie meiner Mutter wehgetan hat, und wenn noch jemand auf eine solche Idee käme, würde ich es dem oder der Betreffenden ebenfalls heimzahlen.«

Sie sah ihn an. »Warum erzählst du mir das?«

»Weil dein Stiefvater dir wehtut.«

Einen Moment lang herrschte zwischen ihnen Totenstille. Nur das Rascheln der Blätter im Wind war noch zu hören.

»Ich habe Augen im Kopf, Susie. Ich sehe doch, wie du in seiner Gegenwart bist.«

»Und wie bin ich da?«

»Voller Angst.«

Sie begann zu zittern. Das Bedürfnis, ihre Last loszuwerden, fühlte sich an wie ein körperlicher Schmerz. Aber es war zu gefährlich.

»Erzähl es mir.«

»Ich kann nicht.«

»Doch, du kannst.«

Wieder herrschte zwischen ihnen Schweigen. Susan betrachtete die Bäume um sie herum. Ihre Blätter färbten sich langsam braun. Bald würden sie abfallen und sich wie eine Decke über den Boden legen.

»Er tut dir weh, stimmt's?«

»Jetzt nicht mehr.«

»Was hat er dir angetan? Du kannst mir vertrauen. Das weißt du doch, oder?«

»Das hat er damals auch zu mir gesagt.«

»Aber ich bin nicht er.«

Sie starrte ihn an. Diesen Jungen, der eine solche Beherrschung und Kraft ausstrahlte und sie verteidigte, wenn andere sie fertig machen wollten. In dessen Gegenwart sie sich glücklich fühlte. Glücklich und…

…*sicher*.

»Du musst mir schwören, dass du es niemals jemandem erzählen wirst.«

»Das schwöre ich bei meinem Leben. Oder bei dem meiner Mutter, denn das ist das Wertvollste, was ich habe.«

»Dann schwöre. Bei ihrem Leben.«

»Ich schwöre.«

Also erzählte sie es ihm. Das Geheimnis, das sie seit fast acht Jahren mit sich herumtrug. Ronnie hörte ihr zu, ohne sie zu unterbrechen, aber der liebevolle Blick, mit dem er sie dabei ansah, verriet ihr, dass er sie nicht verurteilte.

»Er hat mich mit Tripper angesteckt, als ich dreizehn war. Der Arzt, der mich damals behandelte, war Marys Ehemann. Wir erzählten ihm eine Geschichte über einen Jungen auf einer Party, aber er wusste sofort, was los war. Als mir am Samstag klar wurde, wer sie ist, kam alles wieder hoch. Dabei hat sie bestimmt keine Ahnung. Ärzte dürfen nicht über ihre Patienten sprechen, nicht mal mit ihren Ehefrauen.« Sie stieß ein hohles Lachen aus. »Ich sollte Ärztin werden. Den Teil mit dem Arztgeheimnis würde ich richtig gut hinbekommen.«

Er schüttelte den Kopf. »Oh, Susie…«

»Was macht dir Angst? Ich meine, mehr als alles andere auf der Welt?«

»Mein ganzes Leben lang niemanden zu finden, der mich wirklich versteht. Mich immer allein fühlen zu müssen.«

»Bei mir ist es ein Traum, den ich immer wieder habe, seit das Ganze damals losging. In diesem Traum bin ich gestorben und komme zu meinem Vater in den Himmel. Ich bin so aufgeregt, ihn wiederzusehen, dass ich zu weinen anfange. Aber als wir uns dann treffen, sagt er mir, dass er mich hasst. Dass ich böse und verdorben bin und dass alles, was passiert ist, meine eigene Schuld ist. Weil ich wollte, dass es passiert. Er sagt, dass er sich schämt, mich auch nur anzusehen, geschweige denn, mich seine Tochter zu nennen.«

»Aber Träume sind nicht real, Susie. Du weißt, dass das, was passiert ist, nicht deine Schuld war. Wie hättest du es verhindern sollen? Du warst doch noch ein kleines Kind. Wenn dein Vater jetzt hier wäre, würde er dir genau dasselbe sagen. Und er würde dir sagen, dass er stolz auf dich ist und sich kein bisschen schämt, dich seine Tochter zu nennen.«

Susan hatte plötzlich einen Kloß im Hals. Sie versuchte, ihn hinunterzuschlucken. Fest entschlossen, stark zu bleiben. »Seine Meinung ist mir sowieso nicht mehr so wichtig. Er war gar nichts Besonderes, nur ein ganz normaler Mensch, der ein Fotostudio betrieb, schlechte Witze riss und nicht mit Geld umgehen konnte. Als er starb, hat er uns lauter Schulden hinterlassen. Wunderbar, oder? Eigentlich hätten wir froh sein sollen, ihn los zu sein.«

Dann brach sie in Tränen aus.

Er versuchte, sie in den Arm zu nehmen, aber sie schob ihn weg und trommelte mit den Fäusten gegen ihre Schläfen. Ihr Zorn auf sich selbst war so groß, dass sie ihm auf diese Weise Luft machen musste. »Ich bin so schwach. So schwach!«

»Du bist nicht schwach, Susie. Das ist wirklich das Letzte, was du bist.«

»Aber Jennifer ist es.«

»Wie meinst du das?«

»Er will mit ihr anfangen. Das plant er schon seit Monaten. Ich werde ins Internat geschickt, und sie zieht in mein Schlafzimmer. Sie ist doch erst sechs! Noch ein richtiges Baby! Er glaubt, ich kann ihn nicht daran hindern. Er weiß, dass mir niemand glauben wird, wenn ich damit herausrücke. Nicht wenn sein Wort gegen meines steht.«

Sie holte tief Luft. Inzwischen war es sehr schwül geworden. Wahrscheinlich würde es gleich zu regnen anfangen.

»Aber ich kann ihn daran hindern. Es gibt eine letzte Sache, die ich tun kann.«

»Ihn töten.«

»Ja.«

Sie starrten sich an. Susan, die sich plötzlich fast schwerelos fühlte, wischte sich über die Augen. Die Last, die sie so lange allein mit sich herumgetragen hatte, war endlich von ihr genommen.

»Ich werde es für dich machen«, erklärte er.

Einen Augenblick dachte sie, sie hätte sich verhört. »Was?«

»Ich werde es für dich machen.«

»Warum?«

»Weil ich dich liebe.«

Ein Regentropfen landete auf seiner Wange. Und auf der ihren.

»Ich liebe dich, Susie, und deswegen werde ich es für dich tun. Du brauchst es nur zu sagen.«

»Wir müssen gehen.«

Sie traten den Heimweg an und überließen jene Mutter, die als Geist durch den Wald streifte, wieder dem Schicksal, ungehört nach ihrer Tochter zu rufen.

Als sie die Stadt erreichten, regnete es bereits heftig. Sie flüchteten sich in Cobhams Milchbar.

Das Lokal war fast leer. Die meisten ihrer Altersgenossen saßen bereits zu Hause beim Tee. Sie ließen sich mit ihrem Kaffee an einem Tisch in der hintersten Ecke nieder und sahen sich über den Dampf hinweg an, der aus ihren Tassen aufstieg.

338

»Was ich vorhin gesagt habe, war ernst gemeint.«

»Nein, war es nicht.«

»Glaubst du, ich habe Angst?«

»Hast du denn keine?«

»Ich habe dir doch gesagt, wovor ich Angst habe.«

»Und Mord steht nicht auf der Liste?« Sie schüttelte den Kopf.

»Du bist verrückt.«

»Genau deswegen sollte ich es tun. Du hast Angst. Ich nicht.«

»Natürlich habe ich Angst. Stell dir vor, es läuft schief und sie erwischen uns.«

»Das wird nicht passieren.«

»Aber wenn doch?«

»Dann übernehme ich die Verantwortung. Ich werde sagen, dass es meine Idee war. Dass du nichts davon gewusst hast. Und sie werden mir glauben. Ich bin nämlich ein sehr guter Schauspieler. Ich spiele den Leuten schon mein ganzes Leben lang etwas vor, sogar meiner Mutter.«

»Und du würdest das wirklich für mich tun?«

»Ja, das würde ich.«

Sie sah ihm in die Augen. Diese schönen graugrünen Augen, die in der Mitte wie aus Stahl zu sein schienen, gehörten einem Menschen, der sich nicht von seiner Angst lähmen lassen würde. Aus diesem Blick sprach wahre Stärke.

Auch sie besaß Stärke.

»Ich möchte nicht, dass du es machst, Ronnie.«

»Aber...«

»Zumindest nicht allein. Wir machen es zusammen. Ich habe keine Angst mehr. Du brauchst mir auch nicht zu helfen, wenn du nicht willst. Falls du es dir anders überlegst, verstehe ich das. Aber wenn wir es wirklich gemeinsam tun, dann schwimmen wir gemeinsam oder gehen gemeinsam unter, und das bedeutet, dass wir auch gemeinsam die Verantwortung übernehmen.«

»Sie werden uns nicht erwischen. Wir schaffen das schon. Wir sind beide nicht dumm und gute Schauspieler. Nichts kann uns stoppen. Nicht, wenn wir zusammen sind.«

»Und das sind wir.«

»Ich liebe dich, Susie.«

Wieder spürte sie einen Kloß im Hals.

»Ich liebe dich auch.«

Es war die Wahrheit.

Am selben Abend, acht Uhr. Anna betrachtete Ronnie, wie er sein Abendessen verspeiste. Sie hatte Roastbeef für ihn zubereitet. Charles war beruflich in Oxford.

»Du hättest mir sagen sollen, dass du später kommst.«

»Tut mir Leid, Mum.«

»Ich hatte schon Angst, dir könnte was passiert sein.«

»Du machst dir zu viele Sorgen.« Er lächelte. »Ich bin doch jetzt schon ein großer Junge.«

»Natürlich mache ich mir Sorgen. Ich bin deine Mutter. Es ist meine Aufgabe, mir Sorgen um dich zu machen.«

»Aber das brauchst du nicht. Ich kann auf mich selbst aufpassen.« Er schnitt in das Fleisch, glitt ab und spritzte mit dem Messer Bratensoße aufs Tischtuch.

Nun war es an ihr zu lächeln. »Das sehe ich.«

Er sah sie schuldbewusst an. »Entschuldige.«

»Nicht so schlimm. Das geht beim Waschen wieder raus. Schmeckt es dir?«

»Es ist köstlich. Danke, Mum.« Mit zufriedener Miene schob er sich eine weitere Gabel voll in den Mund. Anna musste an ein altes Sprichwort denken: Der Weg zum Herzen eines Mannes führt durch seinen Magen.

Aber Ronnie ist kein Mann. Noch nicht.

Und sein Herz gehört mir schon.

»Es ist schön, dass wir beide mal allein sind, findest du nicht auch?«

Er nickte.

»Ich rechne immer noch jeden Moment damit, dass Vera hereinstürmt und mir irgendwelche Befehle erteilt. Es überrascht mich, dass sie sich noch nicht gemeldet hat.«

»Sie wird sich auch nicht melden.«

»Wie kannst du da so sicher sein?«

340

»Das ist nur so ein Gefühl«, sagte er, aber aus seinem Ton sprach Gewissheit. Sie musste an die abgeschlossene Schublade denken, in der er seine Geheimnisse aufbewahrte. Wieder sagte sie sich, dass er gar keine Geheimnisse hatte. Nicht vor ihr. Zumindest keine, die irgendwie von Bedeutung waren.

»Wie geht es Susan?«

»Prima. Es hat ihr am Samstag wirklich sehr gut gefallen. Sie hat immer wieder gesagt, wie nett sie dich findet.«

»Und Jennifer, fand die mich auch nett?«

»Ja. Aber deine Kuchen mochte sie noch lieber.«

»Und wie sehr magst du sie?«

»Wenn sie nicht ständig singen würde, wäre sie ein richtiges Prachtkind.«

»Ich habe Susan gemeint.«

Er nickte nur.

»Und?«

»Ich mag sie sehr gern.«

»Wie gern ist sehr gern?«

»Sie ist eine gute Freundin.«

»Und eine sehr hübsche.«

Wieder nickte er.

»Ich fand sie auch sehr nett.«

Er aß weiter. Anna ließ ihn nicht aus den Augen. Sie hätte so gern mehr von ihm gehört, wollte aber nicht neugierig erscheinen. Er brauchte nicht zu wissen, dass sie eifersüchtig war.

»Hast du ihre Eltern schon kennen gelernt?«

»Nur ihren Stiefvater. Er macht einen recht passablen Eindruck.«

»Ben Logan sagt, er trinkt. Er sieht ihn oft sturzbetrunken an der Schleuse vorbeiwanken.«

»Vielleicht trinkt er, um zu vergessen.«

»Um was zu vergessen?«

»Jennifers Gesang.« Er begann, »The Good Ship Lollipop« zu summen, spießte Bratkartoffeln auf Messer und Gabel und ließ sie tanzen wie Charlie Chaplin bei seinem Tanz der Brötchen in *Goldrausch*. Sie fand den Anblick so lustig, dass sie sich vor Lachen

341

nicht mehr halten konnte. Er beobachtete sie grinsend. Sie wusste, wie stolz er darauf war, dass er sie zum Lachen bringen konnte wie niemand sonst.

Kannst du Susan auch so zum Lachen bringen? Und bist du dann auch so glücklich?

Oder noch glücklicher?

Während er mit seiner Vorstellung fortfuhr, versuchte sie sich auf ihre Freude zu konzentrieren und die Fragen aus ihrem Kopf zu verbannen.

Dienstagnachmittag. Alice Wetherby war auf dem Heimweg. Neben ihr ging Kate Christie, die die ganze Zeit von einem Jungen schwärmte, den sie am Wochenende zuvor auf einem Familienfest kennen gelernt hatte. »Kannst du eigentlich auch mal über was anderes reden?«, fauchte Alice sie nach einer Weile an. »Der Typ klingt schrecklich langweilig.«

Kate runzelte die Stirn. »Du brauchst es gar nicht an mir auslassen, dass Ronnie dich nicht mag.«

»Das ist mir völlig egal. Ich wollte ihn sowieso nicht.«

»Von wegen. Aber es geschieht dir recht. Immer tust du so, als könntest du jeden Jungen haben, den du willst. Sieht aus, als hättest du dich da getäuscht.«

»Du hast mir nicht zugehört. Ich *wollte* ihn nicht. Wer möchte schon so ein erbärmliches Muttersöhnchen? Wahrscheinlich ist er sowieso schwul. Jungs, die Kunst mögen, sind meistens schwul.«

»Vielleicht solltest du Susan fragen. Die müsste es wissen.«

»Eigentlich interessiert es mich gar nicht«, antwortete Alice in energischem Ton. »Der Typ ist mir völlig egal.«

Aber natürlich war er ihr ganz und gar nicht egal. Ronnie war der erste Junge, für den sie je etwas empfunden hatte, und die Erkenntnis, dass er eine andere ihr vorzog, hatte sie mehr als verletzt. Vor allem, weil diese andere Susan Ramsey war.

Sie hatte das Bedürfnis, ihren Schmerz an jemandem auszulassen, aber Kate erwies sich als ungeeignetes Opfer.

In dem Moment bogen sie in den Market Court ein, und sie entdeckte ein geeigneteres.

342

Ronnies Mutter betrat gerade Fisher's Bookshop. Die hübsche, schüchterne, gewöhnliche Anna Sidney, die ihren Sohn vergötterte und in dem erbärmlichen Bestreben, sich und ihm so etwas wie Ehrbarkeit zu erkaufen, ein entstelltes Monster geheiratet hatte.

»Sollen wir uns einen Spaß erlauben?«, fragte sie Kate.

Anna stand in der Kunstabteilung der Buchhandlung und sah sich nach Geburtstagsgeschenken für Ronnie um. Dabei genoss sie die Tatsache, dass der Preis für sie keine Rolle mehr spielte.

Sie entdeckte ein Buch über Millais und blätterte es durch, um zu sehen, ob es sein Lieblingsbild von Ophelia enthielt.

Und hörte jemanden seinen Namen sagen.

Zwei Personen, beide weiblichen Geschlechts, unterhielten sich auf der anderen Seite des Regals über ihn.

»Ich mag ihn. Er ist wirklich nett.«

»Deswegen ist Susie ja auch hinter ihm her. Es macht mehr Spaß, jemandem wehzutun, der nett ist.«

Die erste Stimme kam ihr nicht bekannt vor. Die zweite gehörte Alice Wetherby.

»Paul Benson war auch so einer.«

»Und schau, was sie mit ihm gemacht hat. Er hatte gerade erst seine Mutter verloren, und da kommt sie daher und tut recht nett und besorgt. Von wegen, du bedeutest mir wirklich viel, und ist es nicht schade, dass du deinem Vater gar nichts bedeutest. Sie hat dieser Beziehung bleibenden Schaden zugefügt. Edward sagt, dass Paul und sein Vater sich sehr nahe standen, bevor sie dazwischenfunkte, aber mittlerweile verstehen sie sich überhaupt nicht mehr.«

»Ronnie steht seiner Mutter auch sehr nahe, oder?«

»Nicht mehr lange. Sie wird schon eine Wunde finden, in die sie Salz streuen kann. Du bedeutest deiner Mutter nicht mehr so viel, Ronnie. Jetzt hat sie ja ihren reichen Ehemann. Ronnies Mutter ist nett, aber ein bisschen naiv. Ein Kinderspiel für Susie.« Lautes Seufzen. »Aber was soll's, ist ja nicht mein Problem. Komm, lass uns gehen. Ich kann das Buch nicht finden. Wahrscheinlich haben sie es zurzeit nicht auf Lager.«

Schritte entfernten sich, und gleich darauf ertönte die Ladenglocke. Die Tür ging auf und wieder zu.

Anna blieb stehen, wo sie war, das Buch über Millais noch in der Hand.

Sie sagte sich, dass das Unsinn war. Alice hatte sich zu Ronnie hingezogen gefühlt, aber er hatte eine andere bevorzugt. Ihre Worte basierten auf Eifersucht und Bosheit.

Sie bezahlte das Buch. Der Verkäufer beglückwünschte sie zu ihrer Wahl. »Es ist ein Geburtstagsgeschenk für meinen Sohn«, erklärte sie. »Millais ist sein Lieblingsmaler.«

Der Verkäufer lächelte. »Er hat Glück, eine Mutter zu haben, die weiß, was ihm gefällt.«

Das stimmte. Sie wusste tatsächlich, was Ronnie gefiel. Sie kannte ihn besser als jeder andere Mensch. Das Band zwischen ihnen war wie aus Stahl, und kein Außenstehender konnte es je zerreißen.

Außerdem gab es sowieso niemanden, der das wollte. Das war alles nur boshaftes Gerede. Mehr nicht. Ganz bestimmt nicht.

Sie trat aus dem Laden. Auf dem Gehsteig standen zwei ältere Frauen und unterhielten sich über das Wetter. Plötzlich stupste die eine die andere am Arm und deutete auf den Market Court hinaus. »Was für ein schönes Paar.«

Ronnie und Susan spazierten gerade über den Platz. Sie gingen langsam, Arm in Arm, und unterhielten sich so angeregt, dass ihre Gesichter sich fast berührten. Andere beobachteten sie ebenfalls, was die beiden aber gar nicht zu bemerken schienen, weil sie nur Augen füreinander hatten.

Und sie waren tatsächlich schön. Strahlend schön.

»Das Mädchen ist Susan Ramsey«, erklärte die eine Frau, »aber wer der Junge ist, weiß ich nicht.« Anna hätte ihnen am liebsten gesagt, dass er ihr Sohn war, hielt sich aber zurück, weil sie plötzlich befürchtete, sie könnten ihr nicht glauben.

Ronnies Mutter ist nett, aber ein bisschen naiv.

Zu naiv, um Ronnie festhalten zu können, wenn eine andere beschloss, ihn ihr zu stehlen?

Aber Susan wollte ihn ihr nicht stehlen. Sie war ein nettes Mädchen. Das war sie wirklich.

Er hatte gerade erst seine Mutter verloren, und da kommt sie daher und tut recht nett und besorgt…
Sie wird schon eine Wunde finden, in die sie Salz streuen kann.
Aber das würde nie passieren. Ronnie brauchte sie genauso wie sie ihn. Sie kannte ihn besser als jeder andere Mensch. So nahe, wie sie ihm stand, konnte Susan ihm nie kommen. Zwischen ihnen beiden gab es keine Geheimnisse. Nichts, was sie nicht wusste.
Aber was war mit der Schublade?
Währenddessen zogen Ronnie und Susan weiter die Blicke auf sich, und als sie schließlich den Weg zum Fluss einschlugen, nahmen sie ein wenig von dem Licht mit.

Eine halbe Stunde später. Anna saß auf Ronnies Bett und starrte die Schreibtischschublade an.
Sie ließ sich wie immer nicht öffnen. Er hielt sie in dem Glauben verschlossen, den einzigen Schlüssel zu besitzen.
Dass sie auch einen hatte, wusste er nicht.
Den hielt sie jetzt in der Hand. Ein schneller Blick, mehr nicht. Nur eine Sekunde, und alles war vorbei.
Sie stand auf und trat an den Schreibtisch.
Dann hielt sie inne.
Sie konnte es nicht. Er war ihr Sohn, ihr Ronnie Sunshine. Und der Inhalt der Schublade würde ebenfalls Sonnenschein sein. Keine Dunkelheit, keine Schatten. Nichts, was ihr Angst machen würde.
Es ist alles in Ordnung. Susan stellt keine Bedrohung dar. Ronnie ist dein, und falls er tatsächlich irgendwelche Geheimnisse hat, sind es bestimmt nur Nebensächlichkeiten.
So ist es. Du weißt, dass es so ist.
Sie ließ die Schublade ungeöffnet und verließ den Raum.

Donnerstagabend. Andrew Bishop saß zu Hause im Wohnzimmer. Er war gereizter Stimmung. Susan hatte Ronnie Sidney zum Abendessen eingeladen, ohne ihn vorher um Erlaubnis zu fragen. Natürlich hätte er nicht eingewilligt. Das Letzte, was er an seinem Esstisch wollte, war ödes pubertäres Geplapper. Er hatte sogar in Betracht gezogen, die Einladung zurückzunehmen, hatte sich

dann aber dagegen entschieden. Ronnies Stiefvater war ein nütz-
licher Kontakt, mit dem man es sich besser nicht verdarb.

Es würde ohnehin nicht wieder vorkommen. Zwei oder drei
Wochen noch, dann war Susan in Schottland.

Außerdem hatte das Ganze auch seine positiven Seiten. Jennifer
würde ebenfalls mit ihnen zu Abend essen. »Sie mag Ronnie so
gern«, hatte Susan erklärt. »Du hast doch nichts dagegen, oder?«
Er hatte kopfschüttelnd geantwortet: »Natürlich nicht. Sie gehört
doch fast zur Familie, oder?«

Jennifer saß in einem blauen Kleid zu seinen Füßen und spielte
mit dem Puppenhaus, das er Susan nach dem Tod ihres Vaters geschenkt hatte. Während sie die Puppen von einem Raum in den
nächsten verfrachtete, sang sie fröhlich vor sich hin.

»Na, hast du Spaß, Jenjen?«, fragte er.

Sie nickte.

»Denkst du dir gerade eine Geschichte aus?«

»Ja.«

Er klopfte auf sein Knie. »Komm her, und erzähl sie mir.«

Als sie auf seinen Schoß kletterte, rutschte ihr Kleid hoch, sodass ihre Oberschenkel zu sehen waren. Er spürte ein schmerzhaftes Ziehen in der Lendengegend. Das Verlangen, sie zu berühren, überwältigte ihn fast.

Aber er konnte warten. Nun dauerte es ja nicht mehr lang.

Jennifer plapperte vor sich hin und strahlte dabei von einem
Ohr zum anderen. Er legte die Arme um sie, kitzelte sie und küsste
sie auf die Wange. Kichernd gab sie ihm ebenfalls ein Küsschen.
Sie wusste noch nicht, dass dies bald ihr Zuhause sein würde.
Wenn sie es erfuhr, würde sie eine Weile irritiert sein, aber nur
kurz. Sie liebte ihren Onkel Andrew, genau wie Susan ihn geliebt
hatte.

Sie strahlte ihn weiter an. Ihre großen hellblauen Augen wirkten
vertrauensvoll. Aber auch wissend.

Genau wie damals die von Susan.

Sie will, dass es passiert. Tief in ihrem Inneren will sie es.

Auf dem Tisch in der Mitte des Raums stand neben einer
Schachtel Pralinen eine Flasche Whisky. Geschenke von Ronnie.

Es war guter Whisky. Er würde ihn genüsslich trinken, wenn die Zeit reif war.

Aus der Küche drang das Geklapper von Pfannen. Seine Frau machte Hühncheneintopf. Auf dem Gang waren Stimmen zu hören. Susan sprach mit Ronnie. Er konnte sie durch die offen stehende Tür sehen. Susan machte ein betrübtes Gesicht.

Neugierig geworden, begann er die beiden zu beobachten.

Susan berührte Ronnie am Arm. Obwohl er sie anlächelte, schien er sich plötzlich unbehaglich zu fühlen. Sie beugte sich zu ihm und küsste sein Gesicht. Immer noch lächelnd, trat er einen ganz kleinen Schritt zur Seite und wischte sich dann über die Wange. Susan wirkte verletzt. Zurückgewiesen.

Andrew empfand ein seltsames Déjà-vu-Gefühl, auch wenn er nicht sagen konnte, warum.

Jennifer erzählte weiter ihre Geschichte. Susan betrat den Raum. »Ich werde Mum ein bisschen helfen.« Ronnie, der sich immer noch unbehaglich zu fühlen schien, blieb in der Tür stehen.

»Na, gefällt es dir an deiner neuen Schule, Ronnie?«

»Ja. Die Einrichtungen sind toll. Vor allem die Sportplätze. An meiner alten Schule hatten wir bloß ein Stück Wiese, das mit Unkrautvernichtungsmittel behandelt worden war.«

»Ich bin sicher, ganz so schlimm war es nicht.«

»Nun ja, das Ganze hatte auch eine gute Seite. Wenn man beim Sport nicht mitmachen wollte, brauchte man sich bloß auf das verbrannte Gras fallen lassen und lautstark über Verätzungen klagen.«

Er lachte. Jennifer runzelte die Stirn. »Was sind Ätzungen?«

Susan tauchte wieder auf. »Onkel Andrew, Mum bittet dich, kurz in die Küche zu kommen und den Eintopf zu kosten. Sie ist nicht sicher, ob sie genug Salz hineingetan hat.«

»Natürlich. Ich komme sofort.«

In der Küche war es heiß und stickig. Während er kostete, wartete seine Frau mit ängstlicher Miene auf sein Urteil. »Gut«, befand er. Sie nickte erleichtert. Susan stand schniefend daneben.

»Hast du dich erkältet?«, fragte er.

»Ich glaube schon.«

»Steck mich bloß nicht an.« Kaum hatte er sich umgedreht, um wieder ins Wohnzimmer zu gehen, hörte er Susan laut und heftig niesen. Er versuchte, seine Gereiztheit zu unterdrücken. Als er an der Tür war, blieb er wie vom Donner gerührt stehen. Jennifer und Ronnie kauerten zusammen vor dem Puppenhaus. Jennifer stöberte in den Räumen herum, völlig von ihrer Phantasiegeschichte gefangen genommen. Wieder war ihr Rock hochgerutscht, sodass man ihre Oberschenkel sehen konnte. Und Ronnie streichelte sie.

So zart, dass seine Finger kaum ihre Haut berührten. Jennifer bemerkte es nicht einmal. Man hätte es auch als eine Geste unschuldiger Zuneigung interpretieren können, wäre da nicht der Ausdruck unbefriedigten Verlangens auf Ronnies Gesicht gewesen.

Ein seltsames Zittern lief durch Andrews Körper, eine Mischung aus Schock und Wiedererkennen.

Und Erregung.

Er räusperte sich. Beide drehten sich um. Jennifer winkte ihm zu, Ronnie starrte ihn mit erschrocken aufgerissenen Augen an.

Andrew tat, als hätte er nichts bemerkt. »Na, habt ihr beide Spaß?«, fragte er lächelnd.

Sofort entspannte sich Ronnie. »Jennifer erzählt mir gerade eine wundervolle Geschichte.«

»Das kann ich mir vorstellen.«

Susan erschien, immer noch schniefend. »Jenjen, komm, und hilf mir den Tisch decken.«

»Ich kann dir doch auch helfen«, meinte Ronnie.

»Nicht nötig. Jenjen und ich schaffen das schon.« Ihr Ton klang höflich, aber kühl.

Susan und Jennifer verließen den Raum. Während Ronnie sich erhob, warf Andrew einen verstohlenen Blick auf seinen Unterleib, wo er eine leichte Ausbuchtung bemerkte. Vielleicht handelte es sich aber auch nur um eine Falte seiner Hose.

Vielleicht.

»Jenjen hat eine ziemlich blühende Phantasie«, bemerkte er in kameradschaftlichem Ton.

Ronnie nickte. »Genau wie Carol.«

»Carol?«

»Die Tochter unserer Nachbarn in Hepton. Ich habe oft auf sie aufgepasst. Das war eine angenehmere Art, Geld zu verdienen, als Zeitungen auszutragen.«

Das kann ich mir vorstellen.

»Nochmals danke für den Whisky. Ich werde ihn mir schmecken lassen.«

Ronnie warf einen sehnsuchtsvollen Blick zu der Flasche hinüber.

»Magst du Whisky?«

Ronnie wirkte plötzlich schuldbewusst. »Ich habe ihn noch nie probiert.«

»Wirklich?«

Der Blick des Jungen wurde verlegen. »Na ja, ein paar Mal.«

»Und? Magst du ihn?«

»Ja, aber er mag mich nicht. Nachdem ich auf der Weihnachtsparty meiner Tante ein wenig davon getrunken hatte, erzählte ich meiner Mutter, dass ich in einer meiner Prüfungen abgeschrieben hatte.« Er zog eine Grimasse. »Sie war entsetzt.«

»Ich bin ziemlich sicher, dass ich auch hin und wieder mal in einer Prüfung abgeschrieben habe, als ich in deinem Alter war«, antwortete Andrew mit einem Augenzwinkern. »Und an der Whiskyflasche meines Vaters habe ich mich auch gelegentlich vergriffen.«

»Und sie dann mit Wasser aufgefüllt?«

»Ja.«

Ronnie grinste. »So habe ich es auch gemacht. Carols Vater hatte eine Flasche in seinem Schrank stehen. Ich war sicher, dass er mir auf die Schliche kommen würde, aber zum Glück hat er nie etwas bemerkt.«

Gab es noch andere Dinge, die er nicht bemerkt hat? Was hast du noch alles gemacht, wenn du mit Carol allein warst?

Und wirst du es mir erzählen, wenn ein paar Schluck Whisky deine Zunge gelöst haben?

Wieder spürte er dieses schmerzliche Ziehen in der Lendengegend. Er schluckte. Seine Kehle war trocken.

349

»Susie sagt, dass du dich für Geschichte interessierst.«

»Ja.«

»Ich habe in meinem Arbeitszimmer ein paar schöne alte Drucke von Kendleton. Aus dem achtzehnten Jahrhundert. Vielleicht hättest du Lust, nach dem Essen mit hinaufzukommen und sie dir anzusehen?«

»O ja, sehr gern. Vielen Dank für das Angebot, Mr. Bishop.«

»Nichts zu danken, Ronnie. Ist mir ein Vergnügen.«

Samstagnachmittag. Susan stand in Oxford auf dem Gehsteig und warf einen Blick auf ihre Uhr.

Jemand rief ihren Namen. Charles Pembroke kam auf sie zu.

»Hallo, Susan. Was machst du denn hier?«

»Ein bisschen einkaufen.«

»Bist du mit dem Bus gekommen?«

»Ja.«

»Ich bin mit dem Wagen hier. Wenn du magst, kann ich dich mit nach Hause nehmen. Allerdings würde ich vorher gern noch einen Kaffee trinken. Hättest du Lust, mir Gesellschaft zu leisten?«

»Ja, gern.«

Fünf Minuten später saßen sie zusammen in einem schicken Café.

»Demnach bist du heute ohne Ronnie unterwegs?«, fragte er.

»Ja. Ich habe versucht, ein Geburtstagsgeschenk für ihn zu finden. Wahrscheinlich sitzt er gerade über seinen Hausaufgaben. Obwohl er gesagt hat, dass er vielleicht einen Spaziergang machen wird.«

Genau wie Onkel Andrew. Womöglich würden die beiden sich sogar über den Weg laufen.

»Was hast du ihm gekauft?«

»Bis jetzt noch nichts. Bei gescheiten Leuten ist es immer so schwierig, was Geeignetes zu finden.«

»Und gescheit ist er.«

»Glauben Sie, er wird mal in Oxford studieren?«

»Ja, bestimmt. Vorausgesetzt, er möchte das. Ihm stehen alle Möglichkeiten offen. Genau wie dir.«

»Ich würde das nie schaffen. Keine Chance.«

»Jemand mit deinem Verstand kann alles schaffen.«

Sie lächelte. »Welchem Verstand? Sie sollten mal meine Zeugnisse sehen.«

»Und du hättest meine sehen sollen. Ich habe meine Lehrer zur Verzweiflung getrieben.«

Sie starrte ihn überrascht an. »Aber Sie sind doch wirklich klug.«

»Trotzdem habe ich die Schule gehasst. Nicht weil es dort so schrecklich war, sondern weil ich zu Hause so ein furchtbares Familienleben hatte.«

»Warum denn das?«, fragte sie, schämte sich aber sofort für ihre Neugier. »Entschuldigung. Das geht mich gar nichts an.«

»Du brauchst dich nicht zu entschuldigen. Ich habe schließlich davon angefangen. Es lag an meinem Vater. Er konnte sehr charmant sein, wenn er wollte, aber er war auch sehr launisch, und wenn er trank, was sehr häufig vorkam, dann ließ er es an meiner Stiefmutter und meinem jüngeren Bruder aus. Ich hatte immer das Gefühl, dass es meine Aufgabe war, sie vor ihm zu beschützen, wusste aber nicht, wie. Ich habe mir die ganze Zeit über sie und ihn Gedanken gemacht, und das beeinträchtigte meine Konzentrationsfähigkeit.«

»Wie haben Sie es am Ende doch geschafft, sich zu konzentrieren?«

»Mein Geschichtslehrer hat sich meiner angenommen. Ich glaube, er hatte erkannt, dass ich nicht so ganz der Einfaltspinsel war, für den mich alle hielten. Er ermutigte mich, mich ihm anzuvertrauen, und gab mir Ratschläge, wie ich mich verhalten sollte. Allein schon das Wissen, dass ich meine Sorgen mit jemandem teilen konnte, hat mir damals enorm geholfen.«

Er lächelte. Sein Blick wirkte gütig. Bestimmt hatte sein Lehrer damals auch so einen gütigen Blick gehabt.

Genau wie ihr Vater.

Plötzlich hatte sie das Bedürfnis, ihm alles zu erzählen. Sich ihm anzuvertrauen und seinen Rat einzuholen.

Aber Onkel Andrew hatte sie früher auch an ihren Vater erinnert. Außerdem wusste sie ja bereits, was sie zu tun hatte.

351

»Ich habe keine so gute Entschuldigung. Mein Familienleben ist in Ordnung. Ich bin einfach nur faul.« Rasch wechselte sie das Thema. »Jennifer hat ein paar neue Lieder gelernt.«

Einen Moment lang hatte sie das Gefühl, dass er enttäuscht wirkte. Aber vielleicht bildete sie sich das nur ein.

»Und freust du dich darüber?«, fragte er, nun wieder lächelnd.

»Nicht so sehr wie die Bauern. Wenn wir an ihren Feldern vorbeigehen, singt sie immer besonders laut, und nun haben ihre Kühe aufgehört, Milch zu geben.«

Er prustete los. Eine Frau an einem der Nebentische starrte sein vernarbtes Gesicht an. Ihr Anblick mache Susan wütend. »Können wir Ihnen irgendwie helfen?«, rief sie, woraufhin die Frau errötend den Kopf abwandte.

»Das war ein bisschen heftig«, sagte er.

»Sie hat Sie angestarrt. Das ist unhöflich.«

»Aber verständlich. Jedenfalls macht es mir nichts aus.«

Irgendetwas sagte ihr, dass das nicht ganz der Wahrheit entsprach. Aber vielleicht täuschte sie sich, und es stimmte doch.

»Außerdem hat Ronnies Mutter sogar aufgeschrien, als sie mich das erste Mal sah, und nun sind wir verheiratet. Glaub mir, noch bevor die Frau mit ihrer Cremeschnitte fertig ist, wird sie erkennen, dass ich die Liebe ihres Lebens bin.«

Nun musste sie lachen, was er mit einem zufriedenen Grinsen zur Kenntnis nahm. Seine Augen waren tatsächlich wie die ihres Vaters. Sie dachte daran, wie er ihr am Samstag beigestanden hatte, als sie seinetwegen so verlegen war, und ihr wurde warm ums Herz.

Ich mag dich. Du bist ein guter Mann. Ein wirklich guter.

Wieder musste sie gegen den Impuls ankämpfen, sich ihm anzuvertrauen. Er war nicht ihr Vater, und der einzige Mensch, auf den sie sich verlassen konnte, war sie selbst.

Und Ronnie.

Acht Uhr abends. Unter dem Vorwand, noch rasch einen Brief einwerfen zu müssen, traf sie sich mit Ronnie.

»Es hat alles bestens geklappt«, erklärte er.

»Hat dich jemand gesehen?«

»Nein. Aber ihn haben bestimmt ein paar Leute zu Gesicht bekommen. Zum Beispiel der Schleusenwärter.«

»Er hat schon zum Mittagessen getrunken. Fast eine ganze Flasche Wein.«

»Das habe ich gemerkt, er war ein bisschen wackelig auf den Beinen. Der Schleusenwärter hat es bestimmt auch mitbekommen.«

»Wie lange wart ihr zusammen?«

»Eine Stunde. Nach ungefähr fünfzehn Minuten hat er von Carol angefangen. Ganz beiläufig, als wäre es überhaupt nicht wichtig. Ich habe nur ein paar vage Andeutungen gemacht. Gerade genug, um sicherzustellen, dass er sich wieder mit mir treffen möchte.«

»Wann?«

»Nächsten Sonntag. Wie verabredet. Diesmal mit Whisky, um meine Zunge zu lösen.«

Sie nickte.

»Ich kann es auch alleine mache, Susie. Du musst nicht dabei sein.«

»Doch, das muss ich. Wir müssen uns gegenseitig ein Alibi geben.«

»Wir brauchen keine Alibis. Er wird in betrunkenem Zustand einen Unfall haben. Zumindest werden alle glauben, dass es so war.«

»Wir machen es zusammen, Ronnie. Genau wie besprochen.«

»Ganz wie du möchtest.«

»Trotzdem habe ich Angst. Blöd, oder?«

»Nein, nur völlig unnötig. Ich liebe dich, Susie, und ich werde dich nicht im Stich lassen.«

»Das weiß ich.«

Sie küssten sich, langsam und zärtlich.

Dann trennten sie sich und eilten nach Hause.

Elf Uhr. Anna saß im Bett und versuchte vergeblich, sich auf einen Roman zu konzentrieren. Zu viele andere Dinge gingen ihr durch den Kopf.

Es klopfte an der Tür, und Charles trat ein. »Darf ich dich so spät noch stören?«

»Natürlich.«

Als er sich auf der Bettkante niederließ, schlug ihr der Geruch von Pfeifenrauch entgegen. »Was hast du?«, fragte er in sanftem Ton.

»Nichts.«

»Und hat dieses Nichts mit Ronnie zu tun?«

»Warum sagst du das?«

»Weil ich dich kenne.« Er streichelte mit einem Finger über ihre Hand. »Und ich kenne auch das Sprichwort: Geteiltes Leid ist halbes Leid.«

Sie lächelte. »Dass diese Rechnung nicht aufgeht, weiß sogar ich, obwohl ich in Mathe so schrecklich schlecht bin.«

»Dafür ist mein Gehör noch ganz gut. Stell mich auf die Probe.«

»Es ist völlig albern.«

»Lass das mal meine Sorge sein.«

»Er hat heute Nachmittag einen Spaziergang gemacht. Ich wollte ihn begleiten, aber er wollte mich nicht dabeihaben.«

Charles streichelte immer noch ihre Hand. Sie senkte den Blick und kam sich furchtbar dumm vor. »Ich habe dir ja gesagt, dass es albern ist.«

»Er wollte allein sein. Das wollen wir doch alle mal. Es hat nichts zu bedeuten.«

»Ich weiß.«

»Was ist dann das Problem?« Sein Ton klang aufmunternd.

»Ich habe es mir einfach nicht so vorgestellt. Seit ich damals hergekommen bin, um für deine Mutter zu arbeiten, habe ich davon geträumt, ihn hier bei mir zu haben, und nun ist es so, aber er ist ...« Sie suchte nach den richtigen Worten.

»Keine neun Jahre mehr?«

»Ja.«

»Dass er erwachsen wird, heißt nicht, dass er dir entwachsen wird. Auch dazu gibt es ein Sprichwort: Wenn du willst, dass der Vogel bei dir bleibt, lass die Hand offen. Wenn er die Freiheit hat zu gehen, wird er immer wieder zurückkommen.«

»Du meinst, ich lasse ihm nicht genug Freiraum?«

Als sie keine Antwort erhielt, blickte sie hoch. Er sah sie mitfühlend an.

»Wolltest du das damit sagen?«

»Vielleicht. Ein bisschen.«

Sie fühlte sich verletzt. »Dann bin ich also eine besitzergreifende
Klette?«

»So habe ich es nicht gemeint, und das weißt du auch.«

Das wusste sie in der Tat, aber sie wusste auch, dass er Recht
hatte.

Sie wollte es nur nicht zugeben, nicht einmal sich selbst gegenüber. Weil sie sich sonst schwach und ohnmächtig gefühlt hätte.

Sie musste an die Worte von Alice Wetherby denken.

Trotzig schüttelte sie den Kopf. »Es ist nicht nur das. Das eigentliche Problem ist sie.«

»Wer? Susan?«

»Seit er sie kennt, ist er irgendwie anders geworden. Verschlos-
sener.«

»Das finde ich nicht.«

»Du kennst ihn ja auch nicht so gut wie ich.«

Für einen kurzen Moment trat ein seltsamer Ausdruck in seine
Augen. Sie hatte fast das Gefühl, dass es Mitleid war, aber in ihrem
aufgewühlten Zustand war sie nicht in der Stimmung, seinen Blick
genauer zu analysieren.

»Ich weiß genau, dass dieses Mädchen schlecht für ihn ist. Sie
wird ihm wehtun, da bin ich ganz sicher.«

»Du gehst zu hart mit ihr ins Gericht.«

»Tatsächlich? Sie möchte einen Keil zwischen uns treiben, davon bin ich fest überzeugt.«

»Das stimmt nicht. Weißt du, wo sie heute Nachmittag war? In
Oxford, auf der Suche nach einem Geburtstagsgeschenk für ihn.
Wir haben zusammen einen Kaffee getrunken, und sie hat mich gefragt, was du ihm schenkst, weil sie nicht wollte, dass er zweimal
das Gleiche bekommt.«

Sie fühlte sich verraten. »Wie schön für dich«, sagte sie in iro-
nischem Tonfall.

355

»Es war wirklich nett. Sie ist ein ausgesprochen liebenswertes Mädchen. Meiner Meinung nach hat sie keinerlei böse Absichten.«

»Ich kenne diese Sorte. Sie ist verzogen und boshaft.«

»Das stimmt nicht«, widersprach er energisch. »Susan ist ein guter Mensch. Sie musste schon mehr durchmachen, als du denkst, hat sich davon aber nicht den Charakter verderben lassen.«

»Und dein Instinkt ist unfehlbar, oder?«

»Natürlich.« In sanfterem Ton fügte er hinzu: »Bei dir hat er mich ja auch nicht getrogen. Da hatte ich nämlich genau dasselbe Gefühl.«

Einen Moment lang schwiegen sie. Er drückte ihre Hand. Wieder wusste sie, dass er Recht hatte. Nicht Susan war verdorben und boshaft, sondern Alice. Susan war ein guter Mensch.

Und außerdem schön, klug und stark. Jemand, der alle anderen Menschen in Ronnies Leben in den Schatten stellen konnte. Sogar seine eigene Mutter.

»Warum glaubst du, dass sie schon viel durchmachen musste?«

»Ich weiß nicht. Es ist nur so ein Gefühl. Alle Familien haben eine Leiche im Keller, oder nicht?«

»Ich und Ronnie nicht.«

Bis auf die, die er in seiner Schublade aufbewahrte.

»Du kannst ihn nicht davon abhalten, sie zu mögen, aber du kannst aufhören, dich darüber aufzuregen. Kinder werden erwachsen und verlieben sich, das ist nun mal so. Deswegen hören sie aber nicht auf, ihre Eltern zu lieben. Schon gar nicht, wenn die Beziehung so eng ist wie zwischen Ronnie und dir.«

»Sie ist wirklich sehr eng. Ich kenne ihn besser als jeder andere Mensch.« Nach einer kurzen Pause fügte sie hinzu: »Und das wird immer so sein.«

Er betrachtete sie mit einem Blick voller Güte und Zärtlichkeit, als wäre sie selbst noch ein Kind, das es zu beschützen galt.

Als wäre sie schwach. *Naiv.*

»Ich bin müde«, erklärte sie, »und möchte schlafen.«

Er beugte sich vor, um sie auf die Wange zu küssen. Sie drehte den Kopf ein wenig zur Seite. Obwohl es nur ein paar Zentimeter waren, reichte es aus, um ihren Widerwillen zu zeigen. Einen Moment lang wirkte er verletzt. Das gab ihr ein Gefühl von Stärke, auch wenn sie sich selbst dafür verachtete.

»Schlaf gut, Liebling«, sagte er.

»Du auch.«

Nachdem er den Raum verlassen hatte, versuchte sie weiterzulesen, aber in ihrem Kopf schwirrten die Gedanken herum wie ein Bienenschwarm, sodass die aufgeschlagene Buchseite zu vibrieren schien und die Worte vor ihren Augen verschwammen.

Dienstagabend. Anna stand in Ronnies Zimmer.

Ronnie war mit seiner Schulklasse nach Oxford ins Theater gefahren.

Der Schlüssel, den sie in der Hand hielt, fühlte sich langsam ein wenig klebrig an, weil ihre Handfläche zu schwitzen begann. Was sie vorhatte, widerstrebte ihr, aber sie konnte nicht anders. Sie musste es wissen. Wissen bedeutete Macht, und wer Macht hatte, brauchte sich nicht mehr schwach zu fühlen.

Als sie an den Schreibtisch trat und den Schlüssel ins Schloss schob, versuchte sie ihre innere Stimme zu ignorieren.

Tu es nicht. Wirf den Schlüssel weg. Vergrab ihn tief in der Erde. Versenke ihn im Fluss.

Denn hast du es gesehen, dann gibt es kein Zurück.

Aber es würde gar nichts zu sehen geben. Jedenfalls nichts Wichtiges. Nichts, was sie verletzen konnte. Das wusste sie, weil sie Ronnie kannte. Besser als jeder andere Mensch. Tausendmal besser.

Also drehte sie den Schlüssel um, zog die Schublade heraus und sah sich ihren Inhalt an.

Eine Stunde später. Als Charles, der in seinem Arbeitszimmer eingeschlafen war, auf den Gang trat, stellte er zu seiner Überraschung fest, dass im Haus kein Licht brannte.

Verwirrt blieb er stehen. War Anna schon zu Bett gegangen? Aber hätte sie ihm dann nicht vorher eine gute Nacht gewünscht? Oder hatte sie das vielleicht versucht, dann aber beschlossen, ihn nicht zu wecken?

In der Annahme, dass es so gewesen sein musste, ging er ins Wohnzimmer, um sich die Nachrichten anzusehen.

Der Raum lag ebenfalls im Dunkeln. Als Charles das Licht anmachte, fuhr er erschrocken zusammen.

Anna saß auf dem Sofa und starrte vor sich hin. Die plötzliche Helligkeit ließ sie blinzeln.

Er rief ihren Namen, aber sie schien ihn gar nicht zu hören. Ihr Gesicht war bleich wie Marmor.

»Liebling, was ist los?«

Sie reagierte noch immer nicht. Seine Besorgnis wuchs. »Ist irgendetwas mit Ronnie passiert?«

Sie schüttelte den Kopf.

»Was dann?« Er durchquerte den Raum, ließ sich neben ihr nieder und legte eine Hand auf ihre Schulter.

»Fass mich nicht an!«

Wieder zuckte er überrascht zusammen. Sie rückte ein Stück von ihm ab. »Du hast andauernd deine Finger bei mir. Ständig versuchst du, an mir herumzufummeln.«

»Aber doch nur, weil ich dich so sehr mag. Es ist nicht… was du denkst.«

»Ich liebe dich nicht. Jedenfalls nicht auf diese Art. Ich habe dich geheiratet, um nicht allein zu sein. Und damit Ronnie das alles hier haben kann.« Sie deutete auf ihre Umgebung. »Dieses Haus. Dieses Leben. All die Dinge, die für dich selbstverständlich sind, die er aber nie besaß. Obwohl er sie verdient gehabt hätte. Und wie! Er hat sie wirklich verdient!«

Sie begann zu weinen. Es klang wie das klagende, herzerweichende Schluchzen eines kleinen Mädchens, das beim Nachhausekommen feststellt, dass es sein Heim und seine Familie nicht mehr gibt, sodass es mutterseelenallein einer kalten, lieblosen Welt gegenübersteht. Anna war einmal dieses kleine Mädchen gewesen, und ganz tief in ihrem Inneren war sie es immer noch.

Er schob seinen eigenen Schmerz beiseite. »Was ist los, Liebling? Bitte, sag es mir. Ich kann dir bestimmt helfen.«

»Nein, das kannst du nicht.«

»Woher willst du das wissen, wenn du es mir nicht sagst? Ich akzeptiere, dass du mich nicht liebst, aber du musst auch akzeptieren, dass ich dich mehr liebe als jeden anderen Menschen auf dieser Welt, und wenn dich etwas verletzt hat, dann möchte ich den Schmerz mit dir teilen. Das ist das Einzige, was ich je wollte. Dich vor Schmerz bewahren.«

Sie wandte sich mit weit aufgerissenen, ängstlichen Augen zu ihm. Wieder legte er ihr die Hand auf die Schulter. Diesmal ließ sie ihn gewähren.

»Sag es mir«, flüsterte er. »Ich werde alles tun, um den Schmerz zu lindern.«

Sie starrten sich an. Charles wartete.

Wenige Augenblicke später hörte das Schluchzen abrupt auf. Anna nahm eine aufrechte Haltung an und wischte sich die Tränen aus dem Gesicht. Sie wirkte plötzlich energisch, und als sie zu sprechen begann, klang ihre Stimme sehr sachlich.

»Ich war eingeschlafen und hatte gerade einen schrecklichen Traum, als du hereingekommen bist. Ich fühlte mich verwirrt, das ist alles. Was ich vorhin gesagt habe, war nicht so gemeint. In so einem Zustand sagen wir alle mal Sachen, die uns nachher Leid tun.«

Charles schluckte seine Enttäuschung hinunter. »Anna…«

»Es war nur ein Traum, Charles. Jetzt ist es schon wieder vorbei.«

Mit diesen Worten stand sie auf und verließ den Raum.

Am nächsten Morgen, acht Uhr. Sie saßen zu dritt am Frühstückstisch und vollzogen dasselbe Ritual wie jeden Morgen. Charles las Zeitung und trank Kaffee, während Anna den widerstrebenden Ronnie zu überreden versuchte, mehr zu essen.

Während Ronnie sich durch einen Teller voll Speck, Wurst und Ei kämpfte, verkündete er, dass sein Magen gleich platzen werde. Anna stand hinter seinem Stuhl und ermunterte ihn trotz seines Protestes zum Weiteressen. Ihre Stimme klang so herzlich wie immer, aber um den Mund hatte sie einen neuen, harten Zug, der ihr Gesicht älter aussehen ließ.

Charles konnte es deutlich erkennen. Sah Ronnie es auch?

Draußen auf dem Gang klingelte das Telefon. Ein Anruf aus dem College, den er bereits erwartet hatte. Es ging dabei um einen neuen Termin für ein Seminar. Die Sache war rasch geklärt, das Ganze dauerte nicht mal eine Minute.

Er ging zurück ins Esszimmer, blieb dann aber an der Tür stehen, weil er die beiden beobachten wollte.

Ronnie hatte seinen Teller inzwischen fast leer gegessen. Anna stand immer noch hinter seinem Stuhl.

»Jetzt bin ich wirklich voll, Mum.«

»Bist du sicher?«

»Ja. Aber es war sehr gut. Du verwöhnst mich zu sehr.«

»Natürlich.« Sie gab ihm einen Kuss auf die Wange. »Du bist schließlich mein Sonnenschein.«

»Ich weiß.«

Sie streichelte ihm so behutsam übers Haar, als handelte es sich um das Fell eines verletzten Kätzchens. »Niemand könnte je deinen Platz einnehmen. Du wirst immer mein Sonnenschein bleiben, und daran wird sich nie etwas ändern. Nicht einmal, wenn du etwas ganz Schlimmes anstellen würdest. Egal, was du getan hast, ich werde dich immer lieben, und du wirst immer mein Ronnie Sunshine bleiben. Das weißt du doch, oder?«

Ronnie schwieg.

»Ronnie?«

»Ja, Mum, das weiß ich. Aber ich werde nie etwas Schlimmes tun. Das weißt du doch auch, oder?«

Sie fuhr ihm immer noch mit den Fingern durchs Haar. »Ja, Ronnie, das weiß ich.«

Was hat er getan? Du hast etwas herausgefunden, nicht wahr? Etwas Schlimmes.

Etwas wirklich Schlimmes.

Charles ging zu ihnen. Anna griff nach Ronnies Teller, um ihn in die Küche zu tragen. Ronnie blieb sitzen und leerte langsam seinen Milchbecher. Er sah aus wie immer, sein Gesicht wies keine Veränderung auf. Wie Dorian Gray würde er derselbe bleiben, während seine Mutter immer mehr verhärmte und verwelkte, genau wie das Gemälde im Speicher.

360

Welche Wolken hast du aufziehen lassen, Ronnie Sunshine? Welche Stürme hast du heraufbeschworen?
Und was kann ich tun, um sie wieder zu verscheuchen?

»Freust du dich auf die Schule, Ronnie?«

»Ja. Heute fangen wir mit einer Doppelstunde Hieroglyphen an. Was gibt es Schöneres?«

Das Lachen, zu dem Charles sich zwang, klang einigermaßen natürlich. Ronnie stimmte mit ein, aber seine unergründlichen Augen gaben nichts von seinen wahren Gefühlen preis.

Sonntag. Als Susan aufwachte, war es noch dunkel. Sie hatte mal wieder ihren alten, verhassten Traum von ihrem Vater geträumt, aber nun war der Tag angebrochen, an dem sie diesen Traum für immer hinter sich zu lassen hoffte.

Vom Bett aus betrachtete sie die Dinge in ihrem Zimmer. Den Schreibtisch mit den ordentlich gestapelten Büchern. Den Schrank und die Kommode. Das Puppenhaus. Und einen Stapel Kleidung für ihre neue Schule in Schottland, am Vortag in Oxford erstanden.

Draußen begannen die Vögel den Morgen zu begrüßen. Durch den Spalt unter den Vorhängen kroch Tageslicht und vertrieb die Schatten. Von diesem Tag an würde es keine Schatten mehr geben, weder für ihre Mutter noch für Jennifer oder sie selbst.

Während sie aufstand und zum Fenster ging, um die Vorhänge zurückzuziehen, machte sie sich auf den Anblick der Regenwolken gefasst, die alles, was sie geplant hatten, vereiteln konnten.

Aber der Himmel war klar. Eine dunstige orangefarbene Sonne verhieß mildes, trockenes Wetter. Es war ein typischer Oktobertag. Abgesehen davon, dass es der Tag war, an dem Onkel Andrew sterben sollte.

Susan blieb eine ganze Weile am Fenster stehen. Auf dem Fensterbrett lag die Muschel, die ihr Vater ihr in Cornwall gekauft hatte. Jene Muschel, die sie mit ihrem Lied beruhigt hatte, als sie Nacht für Nacht allein und verängstigt in der Dunkelheit wach lag. Die Angst hatte sie nicht verlassen, aber die Dunkelheit war verschwunden, und allein war sie auch nicht mehr.

Es würde schon alles gut gehen.

Die Muschel ans Ohr gedrückt, starrte sie in den Tag hinaus.

Viertel vor acht. Anna brachte Ronnie eine Tasse Tee.

Er saß im Schneidersitz auf seinem Schreibtisch und starrte auf den Fluss hinaus.

»Ronnie?«

Ohne seine Sitzposition zu verändern, wandte er sich um und grinste. Mit seinem roten Schlafanzug und dem vom Schlaf zerzausten Haar sah er aus wie ein kleiner Junge. Sie ging zu ihm, ohne die abgeschlossene Schublade eines Blickes zu würdigen. In einem Traum hatte sie einst einen Blick hineingeworfen und war über das, was sie gefunden hatte, sehr erschrocken. Aber Träume waren nicht real. Wenn es hell wurde, begrub man sie in den hintersten Winkeln seines Gedächtnisses, wo sie vertrockneten und man sie vergaß.

»So ein schöner Tag«, stellte sie fest. »Wir sollten später einen Spaziergang machen.«

»Ich kann nicht. Ich habe mich mit Susie verabredet.« Sein Blick wirkte entschuldigend. »Das macht dir doch nichts aus, oder? Sie muss in einer Woche nach Schottland.«

Es machte ihr nichts aus. Wenn Susan weg war, würde er wieder ihr gehören. So, wie es sein sollte. Schließlich kannte sie ihn besser als jeder andere Mensch, trotz aller Träume, die ihr weiszumachen versuchten, dass sie ihn überhaupt nicht kannte.

»Sie wird dir fehlen, stimmt's?«, fragte sie.

»Ein bisschen. Aber ich werde bestimmt andere Freunde finden.«

»Natürlich. Ich kann mir nicht vorstellen, dass es jemanden gibt, der nicht mit dir befreundet sein möchte.«

»Mum!«

»Nein, wirklich.« Sie ließ sich auf einem Stuhl nieder, während er auf dem Schreibtisch sitzen blieb und ihr eine lustige Geschichte über einen seiner Lehrer erzählte. Anna lachte. Durchs Fenster strömte Tageslicht herein und vertrieb die Schatten.

Halb zwei. Susan saß am Esstisch, stocherte in einem Stück Brathähnchen herum und sah zu, wie Onkel Andrew Wein trank.

Ihre Mutter fragte ihn nach einem seiner Kollegen. Susan achtete genau auf den Klang seiner Stimme, registrierte mit geschulten Ohren jede Nuance. Sie forschte nach jenem leicht gepressten Ton, der aufgeregte Vorfreude verriet, und wurde wie erwartet nicht enttäuscht.

Als sie mit der Hauptspeise fertig waren und ihre Mutter den Nachtisch holte, griff er nach der Weinflasche, um sich den Rest einzuschenken. Es war nur noch ganz wenig darin. Ein Ausdruck von Verärgerung huschte über sein Gesicht. Sie deutete auf einen Wasserkrug, der in der Mitte des Tisches stand. »Möchtest du ein Glas?«

»Ja. Ich hole es mir selbst. Du solltest gehen und deiner Mutter helfen.« Er sprach inzwischen sehr langsam und überdeutlich. So war das immer, wenn der Alkohol zu wirken begann.

Sie blieb draußen vor der Tür stehen und lauschte, ob das Klirren von Flaschen zu hören war. Er verabscheute es, Wasser zu trinken, es sei denn, es war mit Whisky versetzt. Schon nach wenigen Sekunden vernahm sie das verräterische Geräusch.

Zehn Minuten später streckte er sich auf seinem Stuhl. »Hier drinnen ist es so stickig. Ich werde einen kleinen Spaziergang machen.«

»Möchtest du vorher noch eine Tasse Kaffee?«, fragte ihre Mutter.

Er schnaubte gereizt. »Wenn ich einen wollte, hätte ich es schon gesagt. Ich hol meinen Mantel.«

Er verließ den Raum. Susan blieb am Tisch sitzen. Ihre Mutter sah sie ängstlich an. »Das Essen war doch in Ordnung, oder?«

»Es war wunderbar, Mum. Als du vorhin in der Küche warst, hat er gesagt, wie gut es ihm geschmeckt hat.« Sie hörte die Haustür auf- und wieder zugehen. Er war weg.

Ihr Herz begann zu rasen. Nun war es so weit.

Während ihre Mutter davon sprach, was sie abends kochen wollte, zählte sie schweigend die Sekunden. Sie wollte nicht zu ungeduldig erscheinen. Eine Minute. Zwei. Drei.

»Mum?«

»Ja.«

»Ich habe Ronnie versprochen, den Nachmittag mit ihm zu verbringen. Du hast doch nichts dagegen, oder? Bald werde ich ihn gar nicht mehr sehen können.«

Ihre Mutter nickte. »Natürlich, geh nur.«

»Lass das Geschirr stehen. Ich spül es ab, wenn ich zurückkomme.«

»Keine Sorge, das schaffe ich auch allein. Macht euch einen schönen Nachmittag.«

»Danke.«

Sie stand auf und eilte zur Tür.

Fünf Minuten später bog sie auf den Market Court ein. Es waren nicht viele Leute unterwegs, höchstens ein Dutzend, aber sie kannte einige von ihnen, und alle würden als ihr Alibi herhalten müssen. Obwohl sie am liebsten gerannt wäre, bemühte sie sich, in ihrem normalen Tempo zu gehen.

Ronnie lehnte am Normannenkreuz, den Kopf über ein Buch gebeugt. Als sie seinen Namen rief, blickte er auf und winkte, las dann aber weiter, bis sie ihn erreicht hatte.

»*Söhne und Liebhaber*«, sagte er. »Wir müssen es für Englisch lesen.«

»Das mussten wir auch. Es ist schrecklich, nicht?«

»Das kann man wohl sagen. Und ich dachte schon, *Silas Marner* wäre schlimm. ›Komm zurück, kleine Eppie, es ist alles verziehen.‹«

Sie lachte. Eine Frau, die gerade an ihnen vorüberging und den Wortwechsel mitbekam, lächelte amüsiert.

»Wie wär's mit einem Milchshake?«, schlug sie vor.

»Später. Ich hatte ein ziemlich üppiges Mittagessen. Lass uns erst einen Spaziergang machen.«

»Einverstanden.«

Während sie Arm in Arm aufbrachen, klagten sie weiter über die Schule, genau wie jedes andere Teenagerpärchen.

Zehn Minuten später hatten sie die Stadt hinter sich gelassen und bogen in den Wald ein. Susans Drang zu rennen wurde immer größer. Der Druck von Ronnies Hand auf ihrem Arm verstärkte sich. »Lass dir Zeit.«

»Was, wenn du ihn verpasst?«

»Das wird nicht passieren. Ich hab ihm keine genaue Zeit genannt. Zwischen halb drei und drei, vorausgesetzt, ich gehe überhaupt spazieren.«

Ein älteres Paar kam ihnen gemächlich entgegen. Die beiden gingen Arm in Arm und hatten einen kleinen Hund dabei. Sofort begann Ronnie den unwissenden Städter zu spielen und Susan Fragen über die Tier- und Pflanzenwelt zu stellen, die sie mit der fundierten Fachkenntnis einer Landbewohnerin beantwortete. Das Paar nickte ihnen freundlich zu. Während Ronnie und Susan ihr Lächeln erwiderten, jagte der Hund hinter einem Eichhörnchen her.

Sie gingen weiter durch den Wald, bis sie in den Teil kamen, wo das Dickicht begann und sich nur noch selten Leute hinwagten, vielleicht aus Angst vor dem Geist jener Mutter, die nach ihrem verlorenen Kind suchte.

Schließlich erreichten sie den Pfad, der zum Flussufer führte.

Ronnie sah auf seine Uhr. »Genau zwanzig vor drei.« Susie warf einen Blick auf die ihre, die exakt mit seiner übereinstimmte.

»Komm um halb vier«, fuhr Ronnie fort. »Nicht eher. Ich brauche Zeit, um sicherzustellen, dass er bereit ist.«

»Das wird kein Problem sein. Er war beim Mittagessen alles andere als abstinent.«

»Gut.« Er zog ein Paar Handschuhe aus der Tasche und streifte sie über.

Dann starrten sie sich an.

»Nun ist es so weit«, sagte er.

Sie nickte.

»Du brauchst nicht zu kommen. Ich kann es auch allein machen.«

»Wir machen es gemeinsam, Ronnie. Anders geht es nicht.«

Sie küsste ihn auf die Wange. »Viel Glück.«

»Wir brauchen kein Glück.« Er küsste sie ebenfalls. »Wir haben ja uns.«

365

Mit diesen Worten machte er sich auf den Weg. Susan blieb stehen, wo sie war, und schlang die Arme um ihren Körper. Sie spürte, wie sie zitterte, während um sie herum die ersten Blätter zu Boden fielen und die Vögel in den Baumkronen arglos vor sich hinzwitscherten.

Nicht weit von dem Pfad entfernt gab es eine alte Hütte.

Sie wurde früher von einem Waldarbeiter benutzt, den es längst nicht mehr gab. Inzwischen war sie verlassen und fast schon baufällig. Als Kind hatte Susan dort mit ihrem Vater gespielt. Nun saß Susan in dieser Hütte und starrte auf ihre Uhr, deren Minutenzeiger nur ganz langsam weiterrückte.

Bis sie es nicht mehr aushielt.

Vorsichtig schlich sie hinaus und lauschte, ob Stimmen, Schritte oder sonstige Geräusche zu hören waren, die auf die Gegenwart anderer Menschen hinwiesen, vernahm aber nichts als das Rauschen der Bäume und das Klopfen ihres eigenen Herzens.

Während sie den von Bäumen und Büschen gesäumten Weg entlangeilte, der manchmal so zugewachsen war, dass man den Himmel nicht mehr sehen konnte, hatte sie das Gefühl, als würden ihre Beine gleich unter ihr nachgeben. Keuchend sog sie die nach Erde riechende Luft in sich ein.

Bis sie ein Stück weiter vorn leise Stimmen hörte.

Sie waren da. Zusammen.

Plötzlich wurde sie zu ihrer eigenen Überraschung ganz ruhig.

Ein paar Meter noch, dann stand sie am Rand der Lichtung mit dem Teich und dem einzelnen Baum, unter dem ihr Vater ihr einst seine Geschichten erzählt und unter dem sie an jenem schicksalhaften Tag vor mehr als einem Jahr mit Paul geschlafen hatte.

Und unter dem nun Ronnie mit Onkel Andrew saß.

Sie lehnten so nah beieinander, dass ihre Köpfe sich fast berührten. Ronnie wollte mit dieser Strategie erreichen, dass sie nicht zu laut sprachen. Onkel Andrew nahm einen Schluck aus der fast leeren Whiskyflasche und reichte sie dann Ronnie, der unter niedrigem Blutdruck litt und Handschuhe trug, um seine Hände vor der Kälte zu schützen. Ronnie legte den Kopf nach hinten und tat,

366

als würde er schlucken. Sein Gefährte war inzwischen viel zu betrunken, um das Täuschungsmanöver zu durchschauen.

Susan spähte zu den Bäumen hinüber, die die Lichtung vom Fluss abschirmten. Wieder lauschte sie, aber wie erwartet waren keine menschlichen Geräusche zu hören. Nur ganz wenige Menschen kamen bis zu diesem Abschnitt des Flusses, und wenn, dann höchstens in den Sommermonaten.

Ronnie gab Onkel Andrew die Flasche zurück, blickte auf seine Uhr und schaute auf.

Ihre Blicke trafen sich.

Einen Moment lang reagierte er nicht, dann nickte er.

Sie trat auf die Lichtung. Ronnie stand auf. Onkel Andrew folgte seinem Beispiel und starrte sie benommen an. Er schien ziemlich betrunken zu sein. »Was machst du denn hier?«

»Ich bin wegen Jennifer gekommen.«

»Jennifer?« Er tat einen unsicheren Schritt auf sie zu. Ronnie legte stützend den Arm um ihn. Auf diese Weise konnte er ihn unauffällig zu der vereinbarten Stelle am Teichufer lotsen. Dorthin, wo die Baumwurzeln aus dem Wasser ragten. Jene Wurzeln, die ihr Vater die Trollfinger genannt hatte.

»Was meinst du damit?«, fragte Onkel Andrew.

»Dass ich gekommen bin, um dich sterben zu sehen.«

»Sterben?« Er wandte sich zu Ronnie um und begann zu kichern. »Sie ist verrückt.«

Ronnie nickte lächelnd, aber dann trat plötzlich ein überraschter Ausdruck in seine Augen. »Was ist das?«, fragte er und deutete auf einen Punkt über Onkel Andrews Schulter.

Onkel Andrew drehte sich um, die Whiskyflasche immer noch in der Hand.

Rasch kauerte Ronnie sich auf den Boden, legte die Hände um Onkel Andrews Fußknöchel und zog daran. Mehr war dank Onkel Andrews Trunkenheit nicht erforderlich. Zu benebelt, um aufzuschreien oder die Hände auszustrecken, fiel er nach vorn und krachte mit dem Kopf auf die Trollfinger.

Einen Augenblick später lag er mit dem Kopf im Wasser. Die Whiskyflasche, die er fallen gelassen hatte, war neben ihm gelandet. Susan starrte mit trockener Kehle zu ihm hinunter. War er bewusstlos? Oder würden sie ihn unter Wasser drücken müssen und dabei riskieren, verräterische blaue Flecken zu hinterlassen? Ronnie hatte ihr versichert, dass das nicht nötig sein würde. Dass er nach dem Sturz und dem vielen Alkohol nicht mehr in der Lage sein würde zu kämpfen. Aber sie wollte es lieber nicht darauf ankommen lassen.

Es vergingen zwanzig Sekunden. Dreißig. Vierzig. Er blieb reglos liegen. Ronnie konnte die Luft anderthalb Minuten lang anhalten, sie selbst sogar fast zwei.

Aber sie waren jünger und sportlicher als er.

Ronnie kam zu ihr. Dabei achtete er darauf, nicht über die einzige Stelle auf der Lichtung zu gehen, wo der Boden so feucht war, dass seine Schuhe Spuren hinterlassen hätten. Er griff nach ihrer Hand und drückte sie. Sie erwiderte die Geste.

Eine Minute. Zwei. Susan wartete darauf, dass er sich bewegen würde, aber er lag einfach nur da.

Drei Minuten. Vier. Fünf.

Es hatte funktioniert.

»Es ist vorbei, Susie.«

»Aber...«

»Er ist tot. Wir müssen gehen. Bevor jemand kommt.«

Immer noch Hand in Hand, traten sie den Rückweg durch den Wald an. Bald hatten sie den Fluss hinter sich gelassen. Susan begann zu laufen. Ihre Beine fühlten sich plötzlich ganz leicht an. Am liebsten hätte sie gleichzeitig geschrien, geweint und gelacht. Sie schwankte zwischen Entsetzen und Euphorie. Ihr Körper schüttete so viel Adrenalin aus, dass ihr davon ganz schwindlig wurde.

Sie gingen wieder zu der Hütte im Wald. »Wir müssen noch ein paar Minuten warten«, erklärte er. »Du darfst nicht so aufgeregt wirken, wenn wir zurückkommen. Du musst dich erst ein bisschen beruhigen.«

»Wie denn? Wir haben es geschafft!« Sie brach in Lachen aus. »Wir haben es tatsächlich geschafft!«

Er begann ebenfalls zu lachen, während er gleichzeitig versuchte, ihr mit der Hand den Mund zuzuhalten. Sie schob sie bei-

368

seite und lachte weiter. Wieder versuchte er sie zum Schweigen zu bringen, diesmal mit seinem Mund.

Wild und gierig erwiderte sie seinen Kuss. Am liebsten hätte sie ihn ganz und gar verschlungen. Seine Augen glänzten, und Susan wusste, dass er dasselbe empfand wie sie. Dieses Gefühl von Zusammengehörigkeit. Ich bin dein, und du bist mein, und nicht einmal der Tod kann dieses Band zwischen uns zerreißen.

So wurde ihre Verbindung dort in der Hütte auch körperlich besiegelt, während draußen der Geist der Mutter nach ihrem Kind rief und neugierige Augen fern hielt.

Halb sieben. Sie stand zu Hause im Flur und atmete den Essensgeruch ein.

Während der letzten zwei Stunden hatte sie mit Ronnie in Cobhams Milchbar gesessen, sich gezwungen, einen Erdbeershake zu trinken und über alles Mögliche zu plaudern. Über die Schule, Schottland, neue Filme, Musik. Nur nicht über das, was am Fluss geschehen war.

»Bist du das, Andrew?«

»Nein, Mum. Ich bin's.«

Ihre Mutter tauchte mit ängstlicher Miene aus der Küche auf. »Dein Stiefvater ist noch nicht zurück. Glaubst du, er ist ins Pub gegangen?«

»Öffnet das nicht erst später? Wahrscheinlich hat er bloß die Zeit übersehen. Letztes Wochenende wollte er auch nur einen Spaziergang machen und war dann stundenlang weg.«

»Wahrscheinlich hast du Recht.« Ihre Mutter seufzte. »Ich koche uns gerade einen Eintopf. Den mag er doch gern, oder?«

»Sehr gern sogar.« Sie zwang sich zu einem Lächeln. »Mach dir keine Sorgen, Mum, er kommt bestimmt bald zurück.«

Zwanzig vor sieben. Durchs Küchenfenster sah Anna Ronnie die Auffahrt heraufkommen.

Sie trat vor die Tür. »Na, hattest du einen schönen Nachmittag?«

Er nickte mit trauriger Miene. Über ihnen leuchtete der Abendstern am nächtlichen Himmel.

369

»Sie ist doch noch nicht weg, Ronnie.«

Sein Blick blieb traurig. »Ich hasse es einfach, wenn jemand, den ich gern mag, weggeht. Das erinnert mich an die Zeit in Hepton, als du nach deinen Besuchen dort wieder abgereist bist.«

»Wird es diesmal für dich genauso schlimm sein?«

»Nein, nichts kann so schlimm sein wie damals die Trennungen von dir.«

Ihr wurde ganz warm ums Herz. »Es ist ja nur bis Weihnachten. Das ist gar nicht so lang.«

Aber bis dahin wird es dir nichts mehr ausmachen. Dafür werde ich schon sorgen.

Wieder nickte er.

»Was habt ihr unternommen?«

»Erst sind wir im Wald spazieren gegangen, anschließend waren wir im Cobhams.« Seine Miene wurde schuldbewusst. »Wo ich mir mit einem Schokoladenshake den Appetit aufs Abendessen verdorben habe.«

»Das ist aber schade. Es gibt nämlich eine deiner Leibspeisen. Lammkoteletts mit Minzsauce.«

»Wirklich?« Auf seinem Gesicht breitete sich jenes wundervolle Ronnie-Sunshine-Lächeln aus. »Danke, Mum. Du verstehst es wirklich, mich aufzuheitern.«

»Natürlich. Das ist mein Job. Wer kennt dich besser als ich?«

»Niemand.«

Zusammen gingen sie hinein ins Haus.

Am nächsten Morgen, Viertel vor neun. Susan stand mit ihrer Mutter im Flur. Beide starrten auf das Telefon.

»Du musst anrufen, Mum.«

Ihre Mutter streckte die Hand nach dem Hörer aus, zog sie aber gleich wieder zurück. Unter ihren Augen zeichneten sich dunkle Ringe ab. Sie und Susan hatten eine schlaflose Nacht hinter sich.

»Wahrscheinlich ist er nur bei einem Freund über Nacht geblieben. Wenn ich die Polizei anrufe und sie jemanden herschicken, wird er bestimmt sehr wütend werden. Du kennst ihn ja.«

»Du weißt, dass er noch nie über Nacht weggeblieben ist. Wie stellst du dir das vor? Glaubst du, er hat mitten in der Nacht den Bürgermeister herausgeklingelt und gesagt, tut mir Leid, aber ich bin so betrunken, dass ich nicht mehr nach Hause finde?«

»Wir wissen doch gar nicht, ob er betrunken war.«

»Er war den ganzen Abend unterwegs. Was hätte er denn sonst tun sollen? Außerdem spielt es gar keine Rolle, was er gestern Abend getan hat. Die Frage ist, wo er sich jetzt befindet.«

Erneut streckte ihre Mutter die Hand nach dem Hörer aus und zog sie wieder zurück.

»Mum, er hat heute Vormittag eine wichtige geschäftliche Verabredung. Erinnerst du dich denn nicht, wie er davon erzählt hat? Er hätte schon vor einer Stunde in die Kanzlei aufbrechen müssen, ist aber immer noch nicht aufgetaucht. Das sollte dir zu denken geben.«

Ihre Mutter sah aus, als wäre sie mit den Nerven völlig am Ende. Susan hätte ihren Qualen so gern ein Ende gesetzt und ihr gesagt, dass er nie zurückkommen würde. Aber das konnte sie natürlich nicht.

»Er betrinkt sich immer im Crown. Warum rufst du nicht erst mal dort an und fragst, ob er da war.«

»Ich weiß nicht so recht…«

»Oder frag Ben Logan. Wenn Onkel Andrew ins Crown gegangen ist, musste er am Fluss entlang, sodass Ben ihn bestimmt gesehen hat. Ben sieht jeden.«

»Du musst in die Schule. Es ist schon spät.«

»Ich lasse dich nicht allein.«

»Wenn er zurückkommt und du bist noch zu Hause, wird er böse auf mich sein. Bitte, Susie.«

Sie wollte nicht gehen, aber auch nicht bleiben. Sogar die beste Schauspielerin brauchte mal eine Pause.

»Na gut. Aber ich komme Mittag nach Hause, und wenn du bis dahin noch nichts von ihm gehört hast, dann rufen wir bei der Polizei an…«

Einen Tag später. Susan ging mit Ronnie von der Schule nach Hause.

Beide schwiegen. Sie wusste, dass er den gleichen Gedanken

nachhing wie sie. Wann würden sie ihn finden? Wann würde die eigentliche Vorstellung beginnen?

Am Tag zuvor hatte ihre Mutter mittags bei der Polizei angerufen. Zwei Beamte waren vorbeigekommen, um ihre Aussage aufzunehmen. Susan hatte den ganzen Nachmittag zu Hause verbracht und mit ängstlicher Miene neben ihrer Mutter gesessen.

Alle, die Onkel Andrew kannten, waren angerufen worden. Onkel George war sofort gekommen und hatte den ganzen Abend bei ihnen verbracht. Der Bürgermeister, andere Freunde, der Wirt des Crown – niemand wusste etwas.

Obwohl Ben Logan ihn am Nachmittag des Vortags am Fluss hatte entlanggehen sehen. Ihm zufolge war er ein wenig wackelig auf den Beinen gewesen. Und das nicht zum ersten Mal.

Sie erreichten die Ecke des Market Court. Vor Susans Haus stand ein Polizeiwagen. Waren sie gekommen, um ihnen weitere Fragen zu stellen? Oder um ihnen die Nachricht zu überbringen?

»Vielleicht ist es jetzt so weit«, sagte sie.

»Es war ein Unfall. Zumindest sieht es so aus, und deswegen werden sie auch keinen anderen Verdacht haben.«

»Das hoffe ich.«

»Lass mich mitkommen.«

»Nein. Das könnte einen merkwürdigen Eindruck machen. Ich muss da allein durch.«

»Bist du bereit?«

Sie holte tief Luft. »Ja.«

Er küsste sie auf die Wange. »Dann heißt es jetzt: Scheinwerfer an!«

Sie küsste ihn ebenfalls. »Ja. Kamera!«

»Und Action!«

Während sie auf das Haus zuging, schien es um sie herum dunkel zu werden wie in einem Kinosaal, wenn der Film anfing. In ihrem Kopf war sie plötzlich wieder sieben Jahre alt, hielt die Hand ihres Vaters und betrachtete fasziniert das Mädchen auf der Leinwand, das aussah wie eine ältere Version ihrer selbst. Das Mädchen war in Gefahr und brauchte all ihre Sinne, um zu überleben. Sie war krank vor Angst, genau wie Susan jetzt.

Aber ihr Vater hatte keine Angst. Er hielt ihre Hand warm und sicher in der seinen. »Du brauchst keine Angst zu haben, Susie«, flüsterte er lächelnd. »Sie schafft das. Sie ist zu allem fähig, weil sie meine Tochter ist und ich stolz auf sie bin. Ich wünschte, sie wäre jetzt hier, sodass ich es ihr selbst sagen könnte, aber da dies nicht so ist, musst du es ihr von mir ausrichten. Bewahre meine Worte in deinem Herzen, damit sie eines Tages, wenn sie es wirklich braucht, wissen wird, dass ich an sie glaube.«

Ich weiß es. Ich liebe dich, Dad.

Und ich schaffe das.

Sie öffnete die Tür. Im Wohnzimmer waren Stimmen zu hören. Ihre Mutter erschien mit roten, verweinten Augen. »Oh, Susie …«

»Mum, was ist?«

Ihre Mutter brach in Tränen aus. Im Türrahmen stand ein Polizist, der verlegen von einem Fuß auf den anderen trat. Man merkte deutlich, wie unangenehm ihm die Situation war.

»Mum?«

»Oh, Susie, er ist tot.«

In ihrem Kopf hörte sie die Kamera surren und die Musik lauter werden. Sie dachte an ihren Vater. Und an ihr Publikum. Sie begann zu weinen, wie die Rolle es von ihr verlangte.

Mittwochabend. Charles hatte Mary Norris am Apparat.

»Neben ihm trieb eine leere Flasche. Zumindest habe ich das gehört. Alle sagen, dass er gern mal einen über den Durst getrunken hat. Im Crown muss er oft ganz schön voll gewesen sein.« Sie seufzte. »Die arme Susie. Wie muss sie sich jetzt fühlen?«

Charles wusste es nicht mit Sicherheit. Aber eigentlich konnte er es sich denken.

Glücklich? Frei? Sicher?

Schuldbewusst?

Der Gedanke ließ ihn nicht mehr los. Er wollte das nicht glauben. Susan war jemand, den er mochte, ein wirklich warmherziger und liebenswerter Mensch. Die Erfahrung hatte ihn gelehrt, dass er sich bei der Beurteilung anderer auf seinen Instinkt verlassen konnte, und was Susan betraf, hatte er immer ein gutes Gefühl gehabt.

Aber auch gute Menschen konnten schlimme Dinge tun, wenn sie sich in die Enge getrieben fühlten. Wenn sie Angst hatten.

Wo ein Wille ist, ist auch ein Weg.

Susan besaß den Willen. Hatte Ronnie ihr den Weg gezeigt?

Während Mary weitersprach, versuchte er den Gedanken zu verdrängen, aber er blieb in seinem Gehirn haften wie ein gefräßiger Parasit, der sich dort eingenistet hatte.

Am nächsten Morgen saß er Pfeife rauchend an seinem Schreibtisch und versuchte zu arbeiten.

Anna kam mit betrübter Miene herein. »Soll ich uns eine Kleinigkeit zu Mittag machen?«

»Nein, danke. Ich habe keinen Hunger.«

»Ich auch nicht.«

Er legte seinen Stift weg. »Eine schreckliche Geschichte.«

»Die Beerdigung ist am Samstag. Wir müssen hingehen. Unsere Anteilnahme zeigen.«

»Am Samstag hat Ronnie Geburtstag.«

»Und?«

»Nichts. Ich wollte es nur erwähnen. Du freust dich doch schon die ganze Zeit auf diesen Tag.«

»Wir können die Feier ja nächste Woche nachholen. Die Beerdigung ist wichtiger.« Während sie sprach, begann sie an ihrem linken Ohr herumzuzupfen, wie sie es immer tat, wenn sie nervös war.

»Natürlich«, sagte er in beschwichtigendem Ton. »Und natürlich hast du Recht, wir müssen auf die Beerdigung.«

»Wir werden alle drei gehen, du, ich und Ronnie. Er möchte mit. Das hat er mir gestern Abend gesagt.« Sie zupfte immer noch an ihrem Ohr herum. »Und das ist auch richtig so. Er und Susie sind gut befreundet. Die Leute würden es bestimmt seltsam finden, wenn er nicht dabei wäre.«

Nickend blies er eine Rauchwolke in die Luft und ließ Anna dabei nicht aus den Augen.

Du hast ihn auch in Verdacht. Du glaubst genauso wenig wie ich, dass es ein Unfall war.

Er fragte sie, um welche Uhrzeit die Beerdigung stattfinden würde. Sie sagte es ihm mit gepresster Stimme. Wieder fiel ihm der harte Zug um ihren Mund auf, aber diesmal kam er ihm noch ausgeprägter vor. Das Bild, das Dorian Gray auf seinem Dachboden aufbewahrte, hatte eine weitere Falte bekommen.

Sie sprach weiter. Plötzlich traten ihr Tränen in die Augen. Besorgt stand er auf. »Liebling, was ist?«

»Immer wenn jemand so unerwartet stirbt, kommt das mit meiner Familie wieder hoch. In der einen Minute waren sie noch da, und in der nächsten sind alle tot.« Sie schüttelte den Kopf. »Das ist so albern. Man möchte meinen, ich wäre inzwischen darüber hinweg.«

»Ich finde das gar nicht albern. Über so etwas kommt man nie hinweg.«

»Ich wünschte, es wäre anders.« Sie schluckte. »Ich wünschte, ich wäre tapferer.«

»Du bist tapfer.« Er ging auf sie zu. »Das habe ich dir schon damals gesagt, als wir uns das erste Mal ernsthaft unterhalten haben. Hier in diesem Arbeitszimmer. Erinnerst du dich?«

»Ja. Du hast gemeint, es sei mutig von mir gewesen, Ronnie zu behalten, und ich habe dir geantwortet, dass ich es nicht aus Mut getan habe. Als ich ihn zum ersten Mal im Arm hielt, wusste ich einfach, dass ich ihn nicht hergeben konnte. Dass er mir gehörte.«

Sie lehnte den Kopf an seine Brust. Als er die Arme um sie legte und ihr übers Haar strich, spürte er, dass sie zitterte.

Sie hat Angst. Angst vor dem, was er getan hat. Und dass man ihm auf die Schliche kommen könnte.

Aber es war ein Unfall gewesen. Zumindest schienen das alle zu glauben. Er hoffte, dass das auch weiterhin so bleiben würde. Um ihretwillen und wegen Susan.

»Es wird bestimmt alles gut«, flüsterte er. »Du bist nicht mehr allein. Du hast jetzt mich, und ich werde dir helfen, das alles zu überstehen.«

Verstand sie, was er mit diesen Worten ausdrücken wollte? Vielleicht. Auch wenn sie es nie zugeben würde.

Trotzdem ließ sie den Kopf an seiner Brust, sodass er sich für einen Augenblick einreden konnte, gebraucht zu werden.

Samstag. Ein kalter, klarer Tag. Susan stand neben ihrer Mutter auf dem Friedhof von Kendleton und sah zu, wie Onkel Andrews Sarg ins Grab hinuntergelassen wurde.

Der Pfarrer begann ein Gebet zu sprechen. Susan starrte mit gesenktem Kopf auf ihre schwarzen Schuhe, die eigens für den Anlass angeschafft worden waren. In den letzten Wochen war so vieles für sie gekauft worden. Die neuen Sachen fürs Internat lagen noch verpackt in ihrem Zimmer und warteten darauf, ins Geschäft zurückgebracht zu werden. Eigentlich hätte sie an diesem Tag abreisen sollen, aber nun würde sie doch nicht nach Schottland gehen. Nicht wenn ihre Mutter sie so sehr brauchte.

Das Gebet war zu Ende. Ihre Mutter warf eine Hand voll Erde auf den Sarg. Während Susan ihrem Beispiel folgte, spürte sie die Blicke der anderen Trauergäste. Es war wichtig, dass sie ihre Rolle gut spielte, doch vor Nervosität wurde ihr ein wenig flau im Magen. Die Autopsie hatte ergeben, dass er viel Alkohol im Blut gehabt hatte. Auch wenn die gerichtliche Untersuchung der Todesursache offiziell noch nicht abgeschlossen war, deutete die Freigabe der Leiche darauf hin, dass es sich nur noch um Formalitäten handeln konnte. Zumindest hatte das einer der Polizeibeamten zu ihrer Mutter gesagt, und es bestand kein Grund, an seinen Worten zu zweifeln.

Wer sollte sie auch verdächtigen? In den Augen der Welt war Onkel Andrew ein anständiger und ehrenwerter Mann gewesen. Dass er hin und wieder einen über den Durst getrunken hatte, war schließlich kein Verbrechen. Sie konnte von Glück sagen, einen Stiefvater wie ihn bekommen zu haben. Jedenfalls würden die Leute so denken und sie wegen seines Todes nicht verdächtigen, sondern bemitleiden.

Onkel George warf Erde auf den Sarg. Jennifer, die neben Susan stand und ihre Hand hielt, blickte zu ihr auf. »Geht es einigermaßen, Jenjen?«, flüsterte sie.

Das kleine Mädchen nickte. »Bei dir auch?«

»Ich bin froh, dass du bei mir bist. Das hilft mir sehr.«

Auf Jennifers Gesicht breitete sich ein Lächeln aus. Strahlend und vertrauensvoll. Eine Welle der Liebe durchflutete Susan, und gleichzeitig wurde sie ganz ruhig. Jennifer war in Sicherheit. Sie hatte getan, was getan werden musste, und empfand deswegen keine Reue. Ronnie stand auf der anderen Seite des Grabs, flankiert von seiner Mutter und seinem Stiefvater. Er wirkte traurig, wenn auch nicht ganz so traurig wie sie. Auch er spielte seine Rolle gut, erfüllte genau wie sie die Erwartungen des Publikums.

Einen Moment lang trafen sich ihre Blicke, dann wandten sie beide den Kopf ab.

Mittwochnachmittag. Mary Norris, die am Market Court Lebensmittel besorgte, sah Anna aus dem Postamt kommen. Rasch eilte sie zu ihr. »Wie geht es Ihnen, meine Liebe? Ich habe Sie seit der netten Teeparty in Ihrem Garten nicht mehr gesehen.«

»Es geht mir gut, danke«, antwortete Anna.

Aber sie sah nicht so aus. Ganz im Gegenteil, sie machte einen mitgenommenen Eindruck und hatte dunkle Ringe unter den Augen. »Sind Sie sicher?«, fragte Mary besorgt. »Sie wirken ein wenig erschöpft.«

»Ich fühle mich aber recht gut.« Obwohl Anna lächelte, hatte ihre Stimme einen leicht schrillen Unterton, was für sie ganz untypisch war. Vielleicht schlief sie schlecht. Mary, die manchmal selbst Schlafprobleme hatte, wusste, dass einen die Müdigkeit manchmal schroffer klingen ließ als man beabsichtigte.

»Haben Sie gestern die Zeitung gelesen?«, fuhr sie fort. »Ich finde, sie hätten nicht so viele Einzelheiten über seine Trinkerei zu schreiben brauchen. Das ist nicht sehr angenehm für Susie und ihre Mutter, finden Sie nicht?«

Anna nickte.

»Wussten Sie, dass er trank? Ich nicht, aber Bill, der Mann meiner Freundin Moira Brent, hat gesagt, dass er ständig im Crown war, dort fast schon zur Einrichtung gehörte. Das waren Bills Worte, obwohl…«

»Haben Sie eigentlich nichts Besseres zu tun, als Klatschgeschichten zu verbreiten?«

Mary war verwundert über Annas eisigen Tonfall. »Ich wollte damit doch nur sagen...«

»Er ist tot. Wie der Gerichtsmediziner sehr richtig festgestellt hat, war es ein tragischer Unfall, und Sie helfen Susie und ihrer Mutter bestimmt nicht, indem sie sich des Langen und Breiten darüber auslassen.«

»Aber das tu ich doch gar nicht. Ich wollte nur...«

»Ich habe zu tun. Auf Wiedersehen.«

Anna drehte sich um und ging. Verletzt und bestürzt sah Mary ihr nach.

Donnerstagvormittag. Während der Rest der Klasse darüber diskutierte, was dafür und dagegen sprach, dass Dr. Faustus seine Seele verkaufte, beobachtete Susan, die neben dem Fenster saß, wie die Regentropfen gegen die Scheibe prasselten. Im Klassenzimmer herrschte ebenso viel Lärm wie die Tage zuvor bei ihr zu Hause. Ununterbrochen waren Leute gekommen, um ihnen ihre Hilfe anzubieten. Ein Kollege von Onkel Andrew hatte sie über die Einzelheiten seines Testaments informiert. Alles fiel an ihre Mutter. »Eine sehr beträchtliche Summe«, hatte man ihnen gesagt. »Ich weiß, das macht Ihren Verlust nicht leichter, aber wenigstens werden Sie keine Geldsorgen haben.« Soweit es sie betraf, hätte er ihnen gar nichts zu hinterlassen brauchen, aber um des Seelenfriedens ihrer Mutter willen war sie froh.

Onkel George besuchte sie jeden Abend, weil er hoffte, ihnen in ihrem Kummer beistehen zu können. Vielleicht wollte er auf diese Weise auch ein wenig seinen eigenen Schmerz lindern. Seinen Umzug nach Australien hatte er abgesagt. »So etwas macht einem erst wieder bewusst, wie wichtig es ist, den Menschen nahe zu sein, die einem etwas bedeuten«, meinte er zu Susan. »Und die Jennifer etwas bedeuten.«

Die Regentropfen prasselten weiter an die Scheibe. Während Susan ihren Weg mit einem Finger nachzeichnete, bemerkte sie, dass Miss Troughton sie beobachtete. Statt mit einer Standpauke wegen

Unaufmerksamkeit während des Unterrichts bedachte sie sie lediglich mit einem verständnisvollen Blick. Alle waren nett zu ihr.

Die Schulglocke läutete zur Pause. Während sich das Klassenzimmer leerte, kam Charlotte zu ihr und setzte sich neben sie. »Ich hätte nicht gedacht, dass du diese Woche kommst.«

»Mum hat darauf bestanden. Sie will nicht, dass ich noch mehr Unterricht versäume.«

»Wie geht es ihr?«

»So lala. Sie hat ja immer noch mich. Ich kümmere mich um sie.«

»Und wie fühlst du dich?«

»Genervt darüber, von allen Leuten ständig diese Frage gestellt zu bekommen.«

»Entschuldige«, sagte Charlotte zerknirscht.

»Ist schon in Ordnung«, beruhigte Susan sie rasch. »Es ist ja nur normal, dass du fragst. Aber seit es passiert ist, muss ich das ständig hören. Es wäre halt nett, endlich mal wieder über etwas anderes zu reden.«

»Worüber denn?«

»Zum Beispiel über dich. Was hat sich denn bei dir in letzter Zeit so ereignet?«

»Nichts«, antwortete Charlotte, wurde dabei aber ein wenig rot.

»Nun, komm schon, heraus damit!«

»Ich habe… ähm… jemand Neuen kennen gelernt.«

»Wen?«

»Colin Peters«, antwortete sie, mittlerweile mit hochrotem Kopf. »Er geht an Lizzie Flynns Schule, hört aber nach diesem Jahr auf, um eine Lehre als Mechaniker zu machen.«

Susan musste an das Desaster mit Alan Forrester denken und begann sofort wieder, sich um ihre Freundin zu sorgen. »Magst du ihn genauso sehr wie Alan?«

»Viel mehr! Er ist ganz anders als Alan und«, Charlottes Ton wurde verschwörerisch, »er kann phantastisch küssen.«

Susan platzte heraus. »Charlotte Harris!«

»Er macht mir einen Knutschfleck nach dem anderen! Ständig muss ich den Kragen aufstellen, damit Mum und Dad es nicht sehen!«

379

Inzwischen lachten sie beide, genau wie früher. Susan musste daran denken, wie die Krankheit ihrer Mutter und der Tod ihres Vaters ihre Welt von Grund auf verändert hatten.

Aber sie konnte diese Welt wieder zurückverwandeln, und sich selbst auch. Sie konnte wieder die alte Susie Star werden. Nun, da es Onkel Andrew nicht mehr gab, hatte sie alles, was sie brauchte, um glücklich zu sein. Ihre Mutter. Jennifer. Charlotte.

Und Ronnie. Vor allem Ronnie.

»Soll ich dir wirklich alles erzählen?«, fragte Charlotte. »Ich meine...«

»Natürlich! Ich bin schließlich deine beste Freundin, oder etwa nicht? Ich möchte alles erfahren...«

Zwanzig vor vier. Alice Wetherby stieg in den Wagen ihrer Mutter. Auf der Straße, die zur Schule führte, stand eine ganze Schlange von Autos.

Ihre Mutter zündete sich eine Zigarette an und blickte zum Himmel hinauf. »Ich hoffe, Edward geht es gut.«

»Warum sollte es ihm nicht gut gehen? Du weißt doch, wie sehr er dieses blöde Rugbytraining liebt.«

»Es ist nicht blöd. Er ist ihr bester Torschütze.«

»Aber auch nur, weil der Rest der Mannschaft so schlecht ist, dass sie genauso gut in Rollstühlen sitzen könnten.« Alice wedelte mit der Hand den Zigarettenqualm ihrer Mutter vor ihrem Gesicht weg. »Kannst du das bitte in eine andere Richtung blasen?«

»Sei nicht so zimperlich. Ich hätte nicht kommen müssen, um dich abzuholen.«

»Ich hab dich auch nicht darum gebeten.«

Ihre Mutter runzelte die Stirn. »Was ist denn heute mit dir los?«

»Gar nichts. Bei mir ist alles in Ordnung.«

Oder wäre in Ordnung gewesen, wenn sie hätte aufhören können, an Ronnie du denken.

Dabei wollte sie gar nicht an ihn denken. Er war lediglich ein Junge und als solcher eigentlich nur dazu da, von ihr ausgelacht zu werden. Sie verstand selbst nicht so recht, warum sie sich so nach ihm sehnte.

Ihre Mutter kroch die Straße entlang und murmelte dabei genervt vor sich hin, weil manche Menschen so lange brauchten, ehe sie aus dem Weg gingen. Während Alice erneut versuchte, den Zigarettenqualm wegzuwedeln, entdeckte sie ein Stück weiter vorne Ronnie, der mit Susan Ramsey unter einem riesigen Schirm dahinmarschierte.

Als sie an den beiden vorbeifuhren, drehte sie sich nach ihnen um. Ronnie, der den Schirm hielt, hörte aufmerksam zu, während Susan ihm etwas erzählte. Sein Blick war voller Anteilnahme, aber darüber hinaus sprach aus seinem Gesicht noch etwas anderes, das es zum Leuchten brachte und ihn attraktiver aussehen ließ als jeden anderen Menschen, der ihr jemals begegnet war.

Liebe.

Die arme Susan hatte ihren Stiefvater verloren. Ihre Lehrerin hatte sie am Vortag aufgefordert, nun besonders nett zu der armen Susan zu sein. Schließlich sei es nicht das erste Mal, dass die Arme einen solchen Verlust erlitten habe. Die arme Susan sei wirklich zu bedauern. Und die meisten Leute bedauerten sie tatsächlich. Sogar Kate Christie, die sie nie hatte ausstehen können, hatte gesagt, dass sie ihr Leid tue.

Alice aber hatte kein Mitleid mit ihr. Nicht mit einem Mädchen, das sie weder ausstechen noch austricksen konnte. Das sich von ihr weder beherrschen noch einschüchtern ließ und nie ein Geheimnis daraus gemacht hatte, dass es sie zutiefst verachtete.

Verachtete Ronnie sie auch? Hatte Susan ihn schon so weit gebracht?

Oder hatte er sie womöglich von Anfang an verachtet?

Der Schmerz wurde unerträglich. Sie wollte zurückschlagen. Wunden reißen und Narben hinterlassen.

Ihre Mutter schimpfte weiter vor sich hin. Während Alice schweigend neben ihr saß, beschäftigten sie finstere Gedanken. Das würde den beiden noch Leid tun. Sie würde es ihnen heimzahlen. Auch wenn sie noch nicht wusste, wie.

Aber ihr würde schon was einfallen.

Samstagvormittag, zwei Wochen später. Susan stand mit ihrer Mutter in ihrem Zimmer und betrachtete das Puppenhaus, das Onkel Andrew ihr nach dem Tod ihres Vaters geschenkt hatte.

»Ich werde bestimmt nicht mehr damit spielen«, sagte sie.

»Aber vielleicht Jennifer.«

»Sie hat ihre eigenen Spielsachen, Mum, unter anderem ein Puppenhaus, das sogar noch größer ist als dieses.«

»Du solltest es trotzdem behalten. Es ist wertvoll. Außerdem könnte es ja sein, dass deine Kinder eines Tages vielleicht damit spielen wollen.«

»Nicht wenn sie nach mir geraten. Dann werden sie viel zu sehr damit beschäftigt sein, Lager zu bauen und auf Bäume zu klettern. Nein, ich bringe es gleich heute Vormittag in den Secondhandladen. Charlottes Mutter hilft dort ab und zu aus. Sie hat gesagt, dass es in der Holt Street ein Mädchen gibt, das sich riesig darüber freuen würde.«

»Das ist sehr großzügig von dir.«

Susan nickte, obwohl sie wusste, dass ihre Beweggründe mit Großzügigkeit nichts zu tun hatten. Sie hatte das Puppenhaus immer gehasst. Es erinnerte sie an ihn, und nun, da es ihn nicht mehr gab, wollte sie es ebenfalls loswerden.

»Es ist ziemlich schwer«, stellte ihre Mutter fest. »Kannst du es allein überhaupt tragen?«

»Ronnie wird mir helfen.«

Ihre Mutter lächelte. »Was du nicht sagst!«

»Du magst ihn, stimmt's, Mum?«

»Ja. Er ist lustig, genau wie es dein Vater war. Allerdings sieht er viel besser aus. Wenn du mich fragst, ist er der attraktivste Junge weit und breit, und deswegen finde ich es auch richtig, dass ihm das am besten aussehende Mädchen gefällt.«

»Mum!« Die Worte ihrer Mutter machten sie verlegen.

»Stimmt doch. Du bist ein sehr schönes Mädchen, Susie. Und du bist stark. Im Gegensatz zu mir wirst du nie Angst davor haben, allein zu sein.«

»Du bist doch nicht allein. Du hast immer noch mich, und daran wird sich auch nichts ändern. Ich werde mich um dich kümmern, Mum. Solange ich lebe, brauchst du niemals Angst zu haben.«

Ihre Mutter streichelte ihr übers Haar. »Du machst mich sehr stolz, Susie. Weil du zu einem so wundervollen Menschen herangewachsen bist.« Wieder lächelte ihre Mutter. »Und ich weiß, dass auch dein Vater stolz auf dich wäre.«

Sie umarmten sich. Neben ihnen auf dem Fensterbrett lag die große Muschel, die ihr Vater ihr geschenkt hatte. Im Gegensatz zu dem Puppenhaus war sie keinen Penny wert, aber mit ihr verband Susan schöne Erinnerungen, und sie hätte sie für kein Geld der Welt hergegeben.

An diesem Nachmittag saß sie mit Ronnie und Charlotte in Cobhams Milchbar.

Es waren noch andere mit von der Partie. Lizzie Flynn. Arthur Hammond, ihr alter Freund aus der Grundschule, der für ein langes Wochenende aus seinem Internat in Yorkshire nach Hause gekommen war. Und Colin Peters, der zukünftige Mechaniker, der Charlotte ihren ersten Knutschfleck verpasst hatte.

Es war eine fröhliche Runde. Während sie ihren Kaffee oder Milchshake tranken, unterhielt Ronnie sie mit Geschichten über seine Nachbarn in Hepton. Ein Paar, das er die Browns nannte, hörte sich besonders schlimm an. »Sie war der größte Snob, der mir je untergekommen ist, und er der größte Lustmolch. Er hielt sich für absolut unwiderstehlich. Wäre Marilyn Monroe bei uns in der Straße eingezogen, hätte er ihr garantiert unterstellt, es nur getan zu haben, um in seiner Nähe zu sein.«

Alle lachten. »Die Wahrscheinlichkeit, dass das passieren wird, ist ja nicht besonders groß«, meinte Lizzie.

»Trotzdem gibt er die Hoffnung nicht auf. Den Briefen, die er ihr immer wieder nach Hollywood schickt, legt er Karten von East London bei oder Fotos, die ihn in Unterwäsche zeigen und auf die er schreibt: ›Komm und vernasch mich, Baby‹.«

Die anderen prusteten erneut los. Susan beobachtete, wie Colin sich Kaffee von der Lippe wischte. Er war ein wenig untersetzt und hatte ein Allerweltsgesicht. Wenn er den Mund aufmachte, ging es meist um Motorräder. Andererseits hatte er ein nettes Lächeln und eine freundliche Art. Außerdem bestand kein Zweifel daran, dass er in Charlotte verliebt war, und das allein machte ihn für Susan schon sympathisch.

Ronnie fuhr fort, sein Publikum mit witzigen Anekdoten zu unterhalten. Als er Susans Blick auffing, zwinkerte er ihr zu, was sie erwiderte.

»Wie läuft's in der Schule?«, wandte sie sich an Arthur.

»Genauso wunderbar wie immer.« Arthur verdrehte die Augen. Er war klein, blond und zart. Eigentlich sah er wie eine schmächtigere Version von Ronnie aus.

»Henry ist jetzt unser Haussprecher, sagt aber, dass er sein Amt niederlegen wird, wenn wir die schulinterne Rugby-Meisterschaft nicht gewinnen.«

»Man sollte das Schicksal nicht herausfordern«, bemerkte Lizzie.

»Ich weiß. Die ganze Mannschaft plant, im entscheidenden Augenblick fußkrank zu werden, um auf Nummer Sicher zu gehen.«

Wieder prusteten alle los. »Hast du Arthurs Bruder schon kennen gelernt?«, wollte Charlotte von Ronnie wissen.

»Ronnie hatte noch nicht das Vergnügen«, antwortete Susan.

»Und es ist wirklich ein Vergnügen«, fügte Arthur hinzu. »Das kannst du mir glauben.«

»Er ist ein Vollidiot«, erklärte Lizzie. »Das merkt man an der Tatsache, dass er mit Edward Wetherby befreundet ist. Nur ein absoluter Trottel ist dazu imstande.« Sie wandte sich an Charlotte. »Weißt du noch, wie wir damals als Sechsjährige bei ihnen auf dieser Party waren und Edward deine Brille in den Fluss geworfen hat?«

Charlotte kicherte. »Und dann hat Susie ihm so fest ins Gesicht geboxt, dass er heulte.«

Colin legte den Arm um sie. »Wenn er so was je wieder versucht, bekommt er es mit mir zu tun.« Er grinste Susan an. »Aber danke, dass du für mich eingesprungen bist.«

Arthur, der unbedingt eine Eddie-Cochrane-Nummer hören wollte, ging zur Jukebox. Susan bemerkte bei der Gelegenheit, dass Onkel George mit einer übers ganze Gesicht strahlenden Jennifer an der Hand am Eingang stand. Er wirkte ein wenig verlegen.

»Sie hat dich durchs Fenster gesehen«, erklärte er, »und wollte unbedingt hereinkommen, um dich zu begrüßen.«

»Kann ich bei Susie bleiben?«, fragte Jennifer ihren Vater.

»Wenn sie nichts dagegen hat.«

Susan klopfte zwischen Ronnie und sich auf die Bank. Onkel George gab Jennifer zum Abschied einen Kuss. »Sei ein braves Mädchen, und geh Susie nicht auf die Nerven.«

Jennifer nickte. Sie sah in ihrem blauen Kleid, dessen Farbton zu dem Luftballon passte, den sie in der Hand hielt, sehr hübsch aus.

»Warst du auf einer Party?«, fragte Charlotte.

Jennifer nickte. »Wir haben Spiele gemacht und ganz viele Lieder gesungen.«

»Die du uns jetzt aber nicht vorsingen wirst«, bemerkte Susan schnell.

Ronnie streckte Daumen und Zeigefinger aus und zielte damit wie mit einer Pistole auf den Ballon. »Oder du kannst deinen blauen Freund hier vergessen.« Jennifer kicherte. Lizzie bot ihr etwas von ihrem Milchshake an. »Gib ihr aber nicht zu viel«, warnte Susan sie.

»Und wenn doch? Schubst du mich dann in einen Kuhfladen wie damals Alice Wetherby?« Lizzie grinste Ronnie an. »Hast du gewusst, dass deine Freundin eine richtige Schlägertype ist?«

»Ja. Aber sie ist nicht meine Freundin, sondern meine Seelenverwandte.«

Susan, die bei seinen Worten Verlegenheit, aber auch große Freude empfand, nippte an ihrem Kaffee und versuchte, sich ihre Gefühle nicht anmerken zu lassen.

»Du wirst ja rot«, meinte Jennifer.

»Trink einfach deinen Shake, und sei still.«

»Was ist eine Seelenverwandte?«

»Eine Seelenverwandte«, antwortete Ronnie, »ist die Person in deinem Leben, mit der du dich am allerbesten verstehst. Eine ganz besondere Freundin, mit der du stundenlang zusammensitzen kannst, ohne dass sie dir etwas vorsingen möchte.«

385

Alle lachten. Lizzie und Charlotte fragten Jennifer, welche Lieder sie gerade lerne, und stellten fest, dass sie sie auch kannten. Sofort stimmten sie eines an, wobei sie absichtlich den Text durcheinander brachten, sodass Jennifer Gelegenheit hatte, ihn richtig zu stellen. Ronnie streichelte währenddessen Susans Nacken, und ihr wurde plötzlich bewusst, dass sie das erste Mal seit Jahren vorbehaltlos glücklich war.

Lächelnd sahen sie sich an, während die anderen fortfuhren, Liedtexte falsch zu singen und sich von Jennifer korrigieren zu lassen.

Eine halbe Stunde später überquerten sie zu dritt den Market Court. Jennifer kreischte vor Vergnügen, weil Susan und Ronnie sie immer wieder zwischen sich durch die Luft schwangen. Inzwischen wurde es bereits dunkel. Eine Gruppe von Jungen sammelte Geld für eine Guy-Fawkes-Feier, die am nächsten Abend stattfinden sollte.

Jemand rief Susans Namen. Als sie sich umdrehte, sah sie Paul Benson auf sich zukommen. Überrascht blieb sie stehen.

»Wie geht es dir, Susie?«, fragte er.

»Bei deinem Anblick nicht mehr so gut, vermute ich«, antwortete Ronnie.

»Dich habe ich nicht gefragt«, gab Paul zurück.

»Ich sage es dir trotzdem. Und jetzt verschwinde. Sie hat dir nichts zu sagen.«

»Aber ich habe ihr etwas zu sagen.«

»Was denn? Willst du mich wieder beschimpfen? Vielleicht solltest du besser warten, bis du ein größeres Publikum hast.«

Paul trat verlegen von einem Fuß auf den anderen. »Also, was wolltest du mir sagen?«, erkundigte sich Susan.

»Das mit deinem Stiefvater tut mir Leid. Ehrlich.«

Sie nickte. Jennifer zog ungeduldig an ihrer Hand. »Susie, mir wird kalt.«

»Gibt es nicht noch etwas anderes, das dir Leid tun sollte?«, meinte Ronnie, an Paul gewandt.

Paul wurde noch eine Spur verlegener.

»Na?«

»Lass es gut sein, Ronnie«, sagte Susan.

»Es tut mir Leid, wie ich dich behandelt habe«, stieß Paul plötzlich hervor. »Das war falsch und gemein.« Er schluckte. »Inzwischen schäme ich mich sehr dafür, das musst du mir glauben.«

Sie starrte ihn an und wartete darauf, dass sich ein Gefühl von Triumph einstellen würde. Es war noch gar nicht so lange her, dass sie alles dafür gegeben hätte, diese Worte von ihm zu hören und sie ihm anschließend ins Gesicht zu schleudern. Aber da hatte sie Ronnie noch nicht gekannt.

Nun, da er sie ausgesprochen hatte, empfand sie zu ihrer eigenen Überraschung nichts als Mitleid.

»Vergiss es. Schnee von gestern.« Nach einer kurzen Pause fügte sie hinzu: »Wie läuft's mit deinem Vater?«

Ein Ausdruck von Erleichterung breitete sich auf seinem Gesicht aus. »Besser.« Er lächelte. »Danke.«

»Das freut mich«, sagte sie.

Jennifer zerrte immer noch an ihrer Hand. Diesmal gab sie ihrem Drängen nach.

Nachdem sie Jennifer nach Hause gebracht hatten, ging Susan mit Ronnie zurück über den Queen Anne Square.

»Hast du nicht noch ein bisschen Zeit?«, fragte er.

»Heute nicht. Ich muss nach Hause zu Mum. Das verstehst du doch, oder?«

»Natürlich.«

»Meinst du das ernst, was du vorhin im Cobhams über mich gesagt hast?«

Er nickte. »Jedes Wort.«

»Dann bist du ja noch dümmer, als ich dachte.«

Er lächelte. Im Dämmerlicht funkelten seine Augen. »Es ist schon traurig, nicht?«

»Was?«

»Eine Schlampe als Seelenverwandte zu haben.«

»Das ist ja noch gar nichts. Meiner ist ein Bastard.« Sie streichelte seine Wange. »Noch dazu ein völlig gewöhnlicher.«

Sie küssten sich. »Ich wusste es gleich, als ich dich sah«, flüsterte er. »Dass wir zusammengehören. Dass wir füreinander bestimmt sind.«

»Ich nicht. Jedenfalls nicht sofort. Ich wünschte, es wäre auch bei mir so gewesen.«

»Das spielt keine Rolle mehr. Jetzt weißt du es ja.«

Sie liebkoste seine Lippen mit ihrer Zunge. Ein älteres Paar, das gerade an ihnen vorüberging, murmelte etwas über die heutige Jugend. »Stell dir vor, sie wüssten es«, flüsterte Susan.

»Es wird nie jemand erfahren.«

»Ich schäme mich gar nicht dafür. Eigentlich habe ich damit gerechnet, dass das noch kommen würde, aber bis jetzt ist es nicht passiert.«

»Es wird auch nicht passieren. Wir haben getan, was getan werden musste. Du solltest dir deswegen keine Gedanken mehr machen.«

Wieder küssten sie sich, langsam und zärtlich. »Ich muss gehen«, flüsterte sie. »Mum wartet.«

Er drückte sie noch fester an sich. »Aber wir sehen uns morgen.«

»Natürlich. Wir könnten zu der Feuerwerksparty gehen. Die anderen gehen auch hin.«

Er schüttelte den Kopf.

»Magst du sie nicht?«

»Doch. Aber ich möchte, dass der morgige Abend etwas ganz Besonderes wird. Ich möchte mit dir allein sein.«

Sie lächelte. »Dann feiern wir eben allein. Aber jetzt muss ich wirklich gehen.«

Er ließ sie noch immer nicht los. »In einer Minute.«

Sie fuhren fort, sich im Dämmerlicht zu küssen, während das ältere Paar kopfschüttelnd den baldigen Untergang der westlichen Zivilisation prophezeite.

Am folgenden Abend aß Charles mit Anna, Ronnie und Susan zu Abend.

Auf der anderen Seite des Flusses war eine Guy-Fawkes-Feier

im Gange. Feuerwerkskörper erfüllten den Himmel mit Lärm und Licht, während die versammelte Menge begeistert jubelte.

Charles hatte am einen Ende des Tisches, Anna am anderen Platz genommen. Ronnie und Susan saßen sich auf halber Höhe gegenüber. Es gab Roastbeef und Rotwein dazu.

»Wie geht es deiner Mutter?«, wandte Charles sich an Susan.

»So einigermaßen, danke, Mr. Pembroke.«

»Und dir?«

»Mir geht es gut.« Sie nahm einen Schluck von ihrem Wein und lächelte ihn an. Aus ihrem Blick sprach sowohl Herzlichkeit als auch Trauer. Sie spielte ihre Rolle perfekt. Am liebsten hätte er ihr gesagt, dass sie ihm nichts vorzumachen brauchte, weil er auf ihrer Seite stand. Egal, ob ihr Tun richtig oder falsch gewesen war, er würde sie nicht verraten. Und auch Ronnie nicht.

»Es freut mich, das zu hören«, antwortete er mit einem Lächeln, aus dem Güte und Besorgnis sprachen. Er spielte den wohlwollenden, gutgläubigen Patriarchen, eine Rolle, die genau zu der ihren passte.

Anna schenkte sich noch ein Glas Wein ein. Ihr drittes an diesem Abend. »Mich freut es auch«, sagte sie zu Susan. Ihr Ton klang freundlich, aber ihr Gesicht wirkte abgespannt. Sie machte einen müden, nervösen Eindruck. Charles fragte sich, ob Susan das erkannte. Und Ronnie.

Oder waren die beiden so verliebt, dass sie nur Augen füreinander hatten?

Ronnie spielte gerade den liebenden, pflichtbewussten Sohn und machte seiner Mutter ein Kompliment wegen des Roastbeefs. Obwohl er in diesem Fall gar nicht zu spielen brauchte. Ronnies Liebe zu seiner Mutter war echt, aber was an ihm war sonst noch echt? Charles fragte sich, ob bei Ronnie überhaupt irgendjemand sagen konnte, wo die Illusion endete und die Realität begann.

Draußen erhellten die Feuerwerkskörper den Himmel mit einer Farbexplosion aus Rot und Gold. Während Susan durchs Fenster zu ihnen hinaufsah, musterte Anna sie mit unverhohlener Feindseligkeit. Für einen Moment hatte sie ihre Maske fallen gelassen und zeigte ihre wahren Gefühle.

Inzwischen waren sie alle mit dem Essen fertig. Ronnie räusperte sich. »Macht es euch was aus, wenn Susie und ich in mein Zimmer gehen? Ich möchte ihr ein paar Zeichnungen zeigen.«

Anna hatte wieder ihr Lächeln aufgesetzt. »Natürlich nicht.«

»Danke für das Essen, Mrs. Pembroke«, sagte Susan.

»Es war mir ein Vergnügen.«

Nachdem sie den Raum verlassen hatten, schenkte Anna sich erneut Wein nach. Zu Beginn ihrer Ehe hatte sie nie mehr als ein Glas getrunken, aber seitdem war vieles anders geworden.

Sie bemerkte Charles' Blick.

»Was ist?«

»Du hast den gleichen Verdacht, stimmt's?«

»Was für einen Verdacht?«

»Dass der Unfall ihres Stiefvaters kein Unfall war.«

Ihre Augen weiteten sich vor Schreck. »Du brauchst keine Angst zu haben«, sagte er rasch. »Ich bin auf ihrer Seite. Ich würde niemals etwas tun, das ihnen schadet. Das schwöre ich dir bei meinem Leben.«

Von ihrer Angst war nichts mehr zu spüren. »Du hast zu viel getrunken«, antwortete sie kalt. »Natürlich war es ein Unfall. Nur ein Narr würde das anders sehen, und ich habe doch keinen Narren geheiratet.«

Er öffnete den Mund, um zu widersprechen, aber sie schüttelte nur den Kopf. Als sie aufstand und den Tisch abzuräumen begann, saß die Maske wieder fest auf ihrem Gesicht.

Susan stand in Ronnies Zimmer und beobachtete, wie er die Tür abschloss. »Warum tust du das?«, fragte sie.

»Weil ich möchte, dass wir ungestört bleiben.« Er nahm sie an der Hand und führte sie zum Fenster.

Noch immer erhellten die Feuerwerkskörper den Himmel. »Das sieht schön aus«, sagte sie.

»Nicht so schön wie du.«

Sie küssten sich. »Dein Atem riecht nach Wein«, stellte Susan fest.

»Deiner auch. Hat dir das Essen geschmeckt?«

»Ja, sehr gut. Allerdings kam mir deine Mutter heute sehr still vor.«

»Es geht ihr aber gut.«

»Glaubst du, sie hat einen Verdacht?«

»Wie sollte sie? Ich bin doch ihr Prachtsohn, und Prachtsöhne tun niemals etwas Böses.«

»War es wirklich böse?«

Er schüttelte den Kopf. »Nein, nur notwendig. Er wollte Jennifer genauso wehtun, wie er dir wehgetan hat. Wir mussten ihn stoppen. Mehr ist dazu nicht zu sagen. Ich würde nie zulassen, dass jemand dir wehtut, Susie. Das weißt du doch, oder?«

»Und ich würde nie zulassen, dass dir jemand wehtut.«

Wieder küssten sie sich. »Seelenverwandter«, flüsterte sie.

»Deswegen hast du dich mir anvertraut, richtig?«

»Ja.«

»Und deswegen kann ich auch dir etwas anvertrauen. Eine Geschichte, die nur du allein verstehen wirst.«

Sie knabberte an seiner Unterlippe. »Was für eine Geschichte?«

»Eine Geschichte über jemanden, der mir einmal sehr wehgetan hat. Vor langer Zeit.«

Sie fuhr ihm mit den Fingern durchs Haar. »Wer war das? Deine Tante? Dein Cousin?«

Er schüttelte den Kopf. »Jemand anderer. Jemand, der es besser hätte wissen müssen.«

»Wer?«

Er ließ sie los, trat an seinen Schreibtisch, der unter dem Fenster stand, und zog einen winzigen Schlüssel aus der Tasche, mit dem er eine Schublade aufsperrte. »Es ist alles da drin«, sagte er.

Sie warf einen Blick hinein. Die Schublade war voller Papier. Obenauf lag eine alte, schon leicht vergilbte Zeitung.

»Hast du jemals von einem Ort namens Waltringham gehört?«, fragte er. »Es liegt an der Küste von Suffolk. Ich war mal dort in Urlaub. Mit einem Schulfreund namens Archie, der gleich zu Beginn krank wurde, sodass ich die meiste Zeit allein unterwegs war.«

Susan sah ihn an. Seine Augen leuchteten.

Ohne zu wissen, warum, hatte sie plötzlich ein ungutes Gefühl.

»Eines Tages regnete es. Während ich darauf wartete, dass es wieder aufhören würde, ging ich in ein Herrenausstattergeschäft und tat, als wollte ich eine Krawatte kaufen. In einer Nische war ein Spiegel angebracht. Der Verkäufer sagte zu mir, ich könne die Krawatte dort anprobieren...«

...er stand vor dem Spiegel und starrte auf seine Schuhe, die vom Regen noch ganz feucht waren, genau wie sein Haar. Ein Tropfen Wasser glitt von seiner Stirn auf den Boden. Er sah ihn fallen.

Hinter ihm waren Schritte zu hören. Schnelle, zielstrebige Schritte. Eine Hand legte sich auf seine Schulter.

Er hob den Kopf und blickte in den Spiegel.

Ein etwa vierzigjähriger Mann stand neben ihm. Er war groß, gut gebaut, trug teure Kleidung und hielt eine Sportjacke in der Hand. »Du hast doch sicher nichts dagegen, wenn ich auch rasch einen Blick in den Spiegel werfe, oder? Der Verkäufer meint, sie müsste passen, aber ich glaube, dass sie zu klein ist.«

Ronnie gab ihm keine Antwort, starrte nur wie gebannt auf das Gesicht des Mannes. Obwohl es älter geworden war, hatte es sich kaum verändert. Seit Ronnie denken konnte, hatte er es sich jeden Tag angeschaut. Es war das Gesicht auf dem kleinen Schnappschuss, den er hinter dem gerahmten Foto seiner Mutter versteckt hatte.

Sein Vater.

Ronnie öffnete den Mund, brachte aber kein Wort heraus. Sein Vater starrte ihn an. Seine Augen waren graugrün, genau wie seine eigenen. »Alles in Ordnung?« Er lispelte ganz leicht, und am Hals hatte er ein winziges Muttermal, das aussah wie eine Landkarte von England, genau, wie seine Mutter es beschrieben hatte.

Ronnie brachte ein Nicken zustande. Sein Vater zog die Jacke an, betrachtete sein Spiegelbild und stieß enttäuscht die Luft aus. »Ich hatte Recht. Zu klein. Entschuldige, dass ich dich gestört habe.«

Mit diesen Worten drehte er sich um und ging.

In Ronnies Kopf schrie eine Stimme, dass er ihm folgen sollte, aber als er sich in Bewegung setzen wollte, war er wie gelähmt.

Der Verkäufer tauchte wieder auf. »Nehmen Sie die Krawatte?«
Damit war der Bann gebrochen, und er konnte sich wieder bewegen.

Er ließ die Krawatte fallen und stürmte in den Hauptraum des
Geschäfts, ohne auf die entrüsteten Worte des Verkäufers zu
achten. Da er seinen Vater nirgendwo entdecken konnte, lief er auf
den Platz hinaus. Die Jungen vom Strand, die ihn vorhin beobachtet hatten, waren weitergezogen, um sich anderswo ein neues
Opfer zu suchen. Sein Vater eilte durch die Pfützen davon, während sich am Himmel die ersten blauen Stellen zeigten.

»Entschuldigung!«

Sein Vater drehte sich um. »Oh, hallo. Habe ich etwas verloren?«

Wieder rang Ronnie um Worte. Sein ganzes Leben lang hatte er
diese Begegnung herbeigesehnt, aber nicht einmal im Traum daran
gedacht, dass sie auf diese Weise Realität werden könnte.

Sein Vater runzelte die Stirn. »Nun?«

»Ich bin Ronnie.«

»Und ich bin in Eile. Kann ich dir irgendwie helfen?«

»Meine Mutter ist Anna Sidney.«

»Wer?«

»Anna Sidney.« Nach einer Pause fügte er hinzu: »Aus Hepton.«

Er suchte in den Augen, die aussahen wie seine eigenen, nach den
Regungen, die er sich immer erträumt hatte: Erkennen, Freude,
Stolz.

Liebe.

Und fand nichts als Unverständnis.

*Sie hat dir nichts bedeutet. Damals genauso wenig wie heute. Sie
hat dir nie etwas bedeutet.*

Und ich auch nicht.

Wellen des Schmerzes durchfluteten seinen Körper, als würde
eine unsichtbare Hand nach seinem Herzen greifen und es immer
wieder zusammenpressen. Rasch schluckte er den Kloß hinunter,
den er plötzlich im Hals spürte. Er versuchte stark zu bleiben,
seine Würde zu wahren.

»Und?«, fragte sein Vater.

»Tut mir Leid. Ich dachte, wir kennen uns, aber ich habe mich wohl getäuscht.«

Sein Vater nickte. Dann wandte er sich wieder ab und ging. Ronnie blieb stehen, wo er war. Der Kloß kehrte zurück. Ein Mann, der ihm entgegenkam, hielt einen Moment inne und starrte ihn an. Als Ronnie sich an die Wange fasste, merkte er, dass er weinte.

Sein Vater erreichte die Ecke des Platzes. Aus einer der Seitenstraßen tauchte eine Frau auf und rief: »Ted!« Eine Abkürzung von Edward. Er kannte diesen Namen aus den Geschichten, die seine Mutter ihm erzählt hatte, als er noch ein Kind war.

Die Frau trug mehrere Einkaufstüten. Sein Vater eilte ihr zu Hilfe. War das seine Frau? Sie schien etwa in seinem Alter zu sein. Ronnies Neugier ließ ihn näher treten.

Ein paar Schritte hinter der Frau folgte ein großes, hübsches Mädchen, das die Gesichtszüge seines Vaters und die Haarfarbe der Frau besaß. Sein Vater sagte etwas zu ihr, woraufhin sie ihm spielerisch auf den Arm schlug und »Dad!« rief.

Aber das konnte nicht sein. Sie war mindestens sechzehn, vielleicht sogar älter. Auf jeden Fall älter als er. Wie konnte sein Vater auch ihr Vater sein, wenn er vor seiner Abreise aus Hepton versprochen hatte zurückzukommen und seine Mutter zu heiraten?

Es sei denn, er hatte zu dem Zeitpunkt bereits Frau und Kind gehabt.

Die Sonne schob sich zwischen den dünnen Wolken hervor. Ronnie spürte ihre Wärme auf seinem Gesicht, während in seinem Inneren etwas Warmes starb.

Du hast meine Mutter betrogen. Du hast uns beide betrogen. Du hast unser Leben ruiniert, und es macht dir noch nicht mal was aus.

Plötzlich verschwand der Schmerz, und an seine Stelle trat eine seltsame Ruhe, die gar nicht zu ihm zu gehören schien. Als er schluckte, stellte er fest, dass auch der Kloß verschwunden war. An seinem Mundwinkel spürte er eine letzte Träne. Rasch leckte er sie weg. Es war Salz und Wasser, weiter nichts.

In seinem Mund aber schmeckte er Blut.

Am nächsten Morgen saß er bei strahlendem Sonnenschein auf der Grünfläche von The Terrace, wo all die schönen Häuser mit Meerblick standen. Seinen Zeichenblock auf dem Schoß, starrte er auf das, das seinem Vater gehörte.

Irgendwann öffnete sich die Tür, und sein Vater trat heraus. Er hatte einen kleinen Jungen an der Hand, den Ronnie auf höchstens fünf oder sechs Jahre schätzte. Es war ein hübsches Kind mit blondem Haar und einem strahlenden Lächeln. So ähnlich hatte Ronnie in diesem Alter auch ausgesehen.

Als die beiden weit genug entfernt waren, nahm er die Verfolgung auf. Sie verbrachten den Vormittag am Strand, wo sie eine riesige Sandburg bauten, genau wie der Vater und der Sohn, die er zwei Tage zuvor gezeichnet hatte. Sein eigener Vater übernahm die Führung und baute Befestigungswälle und eine Zugbrücke, während der fröhliche kleine Junge, sein Halbbruder, Muscheln sammelte, um damit die Mauern zu verzieren. Als sie fertig waren, schleckten sie beide ein Eis. Sein Bruder lachte über die Möwen, die im Sturzflug vom Himmel stießen, und winkte den Booten draußen auf dem Meer. Sein Vater wiegte ihn in seinen Armen und küsste wieder und wieder seine blonden Locken.

Ronnie holte sich ebenfalls ein Eis. Während er es langsam aß, musste er an den Tag denken, als seine Mutter mit ihm nach Southend gefahren war. Er war damals etwa so alt gewesen wie sein Bruder jetzt, und hatte den Ausflug unglaublich schön gefunden. Seine Mutter hatte wochenlang sparen müssen, um sich diesen Tag leisten zu können. Sie waren mit dem Bus gefahren, und sie hatte ihm einen Eimer und einen Spaten gekauft. Am Strand hatte sie einen Fotografen dafür bezahlt, dass er eine Aufnahme von ihm machte, weil sie selbst keine Kamera besaß. Ronnie wusste noch genau, wie er lächelnd für das Foto posiert hatte, um seine Mutter glücklich zu machen, während er gleichzeitig beobachtete, wie andere Jungen mit ihren Vätern spielten, und sich fragte, wann endlich sein eigener kommen und ihn und seine Mutter wegbringen würde. Weg von Tante Vera und den tristen grauen Straßen von Hepton. Irgendwohin, wo es schön war.

An einen Ort wie diesen.

Später aßen sein Vater und sein Bruder in einem Restaurant im Ortszentrum zu Mittag. Ronnie konnte durchs Fenster sehen, wie sein kleiner Bruder sich Würstchen und Pommes schmecken ließ, während andere Gäste ihn anstrahlten, die Kellnerinnen um ihn herumscharwenzelten und der Blick seines Vaters voller Wärme, Stolz und Liebe auf ihm ruhte. All das, was Ronnie sich so sehr ersehnt hatte.

Nachdem die beiden das Restaurant verlassen hatten, ließ sich sein Bruder auf den Schultern seines Vaters zu dem schönen Haus zurücktragen. Vor Vergnügen kreischend winkte er allen Leuten zu, die ihnen begegneten, sich des schönen Lebens nicht bewusst, das er und seine Schwester führten und für selbstverständlich hielten.

Von dem andere nur träumen konnten.

Zwei Tage später stand Ronnie in einer Buchhandlung und sah sich die ausgestellten Bücher an, während die Frau seines Vaters draußen auf der Straße mit seiner Halbschwester sprach.

»Es tut mir Leid, aber du wirst in den sauren Apfel beißen müssen, ob es dir passt oder nicht.«

Margaret schmollte. Neben dem Namen seiner Schwester hatte er inzwischen auch herausbekommen, dass es einen Jungen namens Jack gab, von dem sie sehr angetan war, ihre Eltern hingegen weniger.

»Alan ist dein Bruder, Margaret. Es ist nur normal, dass du hin und wieder auf ihn aufpassen musst.«

Margarets Miene wurde noch finsterer. »Ich sehe überhaupt nicht ein, warum.«

»Weil ich es sage. Und dein Vater auch«, fügte sie in etwas sanfterem Ton hinzu. Phyllis. So hieß die Frau, die sein Vater geheiratet und dann mit seiner Mutter betrogen hatte. Und vielleicht auch noch mit anderen Frauen. Phyllis. Sie war untersetzt und hatte nichts von der Attraktivität seiner Mutter, besaß dafür aber das Selbstbewusstsein einer Frau, die nicht wusste, was es hieß, jeden Penny umdrehen zu müssen, um ihrem Sohn einen Tag am Meer ermöglichen zu können. »Ich werde euch ein schönes Picknick herrichten. Ihr könntet an den Strand gehen.«

396

»Am Strand ist es langweilig.«

»Dann eben Rushbrook Down. Das hat er gern, und du auch. Bitte Margaret. Das ist doch nicht zu viel verlangt.«

Seine Schwester seufzte. »Na gut.«

Die beiden entfernten sich. Ronnie blieb, wo er war, und dachte nach. Er analysierte, was er gerade gehört hatte, und schmiedete Pläne.

Der Besitzer des Ladens fragte ihn. »Brauchen Sie Hilfe, junger Mann?«

In seinem Gehirn surrte es. Ideen fügten sich ineinander wie ein Puzzlespiel. Ein Teilchen kam zu anderen, bis schließlich das ganze Bild zu sehen war– und ihn zum Lächeln brachte.

»Nein, vielen Dank«, antwortete er höflich. »Ich komme schon allein klar.«

Der nächste Tag war der bis dahin heißeste seines ganzen Urlaubs. Er saß auf der Wiese von Rushbrook Down und spürte, wie die Sonne in seinem Nacken brannte und ihm Schweißtropfen über die Haut liefen. Er tat, als würde er in einem Buch lesen, beobachtete in Wirklichkeit aber Margaret und Alan und alle anderen, die an diesem Nachmittag dort picknickten.

Margaret hockte im mittleren Teil der Wiese auf einer Decke und sah zu, wie Alan hinter einem roten Wasserball herjagte. Jack saß neben ihr, einen Arm um ihre Schulter gelegt. Er war ein großer, kräftig gebauter Junge, der sein Haar mit viel Pomade nach hinten kämmte und ein unverschämtes Grinsen zur Schau trug, das Ronnie an seinen Cousin Peter erinnerte. Die beiden unterhielten sich und steckten die Köpfe dabei so nah zusammen, dass es fast aussah, als würden sie sich küssen.

Was sie auch bald tun würden, da war sich Ronnie sicher.

Zumindest baute er darauf.

Alan, der einen immer gelangweilteren Eindruck machte, warf seinen Ball in die Luft und rannte dann hinter ihm her. Irgendwann kam er auf die Idee, damit nach Margaret zu zielen. Wütend trat sie ihn weg. »Spiel doch da drüben«, rief sie. Die Stelle, auf die sie deutete, lag näher an dem Wald, der sie wie eine hohe grüne Mauer umschloss. Während Alan tat, wie ihm geheißen, begannen sie und Jack sich zu küssen, was zur Folge hatte, dass sie zumindest kurzfristig alles um sich herum vergaßen.

Und deswegen war der richtige Zeitpunkt gekommen.

Ronnie stand auf und steuerte auf Alan zu, vorbei an anderen, die französisches Kricket spielten, ihr Picknick verspeisten oder einfach nur in der Sonne brieten. Er ging mit gesenktem Kopf und hängenden Schultern, um sich auf diese Weise so unauffällig wie möglich zu machen. Ein Trick, den er vor Jahren im Umgang mit Vera gelernt hatte, als ihm daran gelegen gewesen war, möglichst wenig aufzufallen, um nicht so oft das Ziel ihrer Wut zu sein.

Alan warf den Ball in seine Richtung und folgte ihm dann mit der Konzentration eines Hundes, der hinter einem Kaninchen herjagte. Ronnie ging im gleichen Tempo weiter und ließ den Ball auf sich zurollen, um ihn plötzlich mit Schwung zwischen die Bäume zu schießen. Anschließend setzte er seinen Weg fort, als wäre nichts gewesen.

Alan blieb einen Moment lang irritiert stehen, ehe er dem Ball hinterherrannte.

Ronnie behielt sein Tempo und seine gebeugte Haltung bei, während er sich gleichzeitig umsah, um sicherzugehen, dass ihn niemand beobachtete.

Dann machte er kehrt und steuerte auf die Bäume zu.

Alan Frobisher, knapp sechs und seinen Eltern zufolge ein großer, verständiger Junge, lief seinem Wasserball hinterher.

Schließlich entdeckte er ihn an einer Stelle, wo dichtes Gestrüpp wucherte. Er versuchte, ihn zu fassen zu bekommen, sah sich aber mit Dornen konfrontiert. Rasch zog er die Hand zurück, um sich nicht zu verletzen. Er wünschte, Margaret wäre da, um ihm zu helfen.

»Hallo, Alan.«

Er drehte sich um. Neben ihm stand ein Junge. Er war nicht so groß wie Jack, aber trotzdem groß. Größer als die Jungen an seiner Schule, und manche von denen waren schon elf.

»Hallo«, antwortete er, bekam aber sofort ein schlechtes Gewissen. Seine Mutter hatte ihn ermahnt, niemals mit Fremden zu reden, und nun tat er genau das.

Aber der große Junge kannte seinen Namen, sodass er vielleicht gar kein Fremder war.

»Ich bin Ronnie«, stellte sich der große Junge mit einem Lächeln vor. Es war ein nettes Lächeln. Seine Augen sahen aus wie die von Alans Vater, und das gefiel ihm. Alan erwiderte sein Lächeln.

»Soll ich dir helfen, deinen Ball da rauszuholen?«

»Ja, bitte.« Er beobachtete, wie Ronnie in das Gestrüpp griff und ihn herauszog. »Danke.«

Ronnie behielt den Ball in der Hand. »Soll ich dir ein Geheimnis verraten?«

»Was denn für eins?«

»In diesem Wald gibt es Feen.«

Alan schnappte nach Luft.

»Möchtest du sie sehen?«

»Ja!«

Ronnie legte den Finger an die Lippen. »Wir müssen ganz leise sein. Feen fürchten sich vor Menschen. Wenn sie uns kommen hören, werden sie weglaufen, und dann können wir sie nicht sehen.«

Alan nickte. »Ich werde leise sein«, flüsterte er.

»Versprochen?«

»Versprochen.«

Wieder lächelte Ronnie. Den Wasserball unter den einen Arm geklemmt, streckte er seine freie Hand aus. »Komm mit.«

Alan, der sich zusammennehmen musste, um nicht vor Aufregung zu kichern, griff danach und folgte Ronnie tiefer in den Wald hinein.

Ronnie führte Alan zwischen den Bäumen hindurch. Die Pfade in diesem Wald hatte er schon an seinem zweiten Tag allein in Waltringham erkundet. Dem Tag, bevor er seinem Vater begegnet war.

Sie kamen an die Stelle, wo der Weg mit Stacheldraht abgesperrt war und ein Schild warnte: »Vorsicht – nicht betreten.« Der Stacheldraht war nur knapp einen Meter hoch. Ronnie hob Alan hinüber und sprang dann selbst über den Zaun. »Keine Sorge«, sagte er zu Alan. »Jetzt sind wir gleich da.«

Sie gingen weiter den Weg entlang, auf dem nichts zu hören war als der Gesang der Vögel, bis sie schließlich den alten Steinbruchschacht erreichten.

Der Steinbruch war längst stillgelegt. Sie standen am oberen Rand und blickten die steilen Wände hinunter, an denen Moos und einzelne Grasbüschel wuchsen. Unten hatte sich modrig riechendes Wasser angesammelt.

Alan zerrte an seiner Hand. »Ronnie, wo sind die Feen?«

Er deutete auf das Wasser. »Da unten.«

Der kleine Junge runzelte die Stirn. »Ich kann sie nicht sehen.«

Ronnie legte die Hand auf Alans Schulter. »Du musst genauer hinsehen«, sagte er.

Mit diesen Worten schubste er ihn hinunter.

Alan fiel gut sechs Meter, ehe er ins Wasser klatschte. Ein paar Augenblicke tauchte er tief unter die Oberfläche, kam dann vor Schreck japsend wieder nach oben und streckte die Hände aus, um sich irgendwo festzuhalten, fand aber nur glatten Stein. Verzweifelt versuchte er zu schreien, doch seine Lungen füllten sich rasch mit Wasser, sodass er erneut unterging.

Ronnie rührte sich nicht von der Stelle, aber vor seinem geistigen Auge lief noch einmal jener Abend in Hepton ab, an dem Thomas nicht nach Hause gekommen war und eine völlig aufgelöste Vera ihm gesagt hatte, dass nichts mehr wehtat als der Verlust eines geliebten Menschen.

Das ist der schlimmste Schmerz überhaupt. Wenn einem Menschen, den man liebt, etwas Schreckliches zustößt. Das tut viel weher als das mit dem Arm.

Das stimmte. Er wusste, dass es stimmte.

Und nun würde sein Vater diese Erfahrung ebenfalls machen.

Plötzlich hörte er hinter sich ein Geräusch und fuhr herum, weil er befürchtete, dass jemand ihn entdecken und seine Pläne vereiteln könnte. Aber es war nur ein Fuchs. Als er ein fauchendes Geräusch ausstieß, trottete das Tier davon.

Er sah wieder in den Schacht hinunter, wo der Kampf ums Überleben inzwischen vorüber war. Der kleine Körper trieb leblos auf der Wasseroberfläche.

»Sieht ganz so aus, als hättest du die Feen verscheucht«, flüsterte Ronnie.

Der Wasserball lag zu seinen Füßen. Er versetzte ihm einen Tritt, sodass er ebenfalls im Wasser landete, wo er ein paar Mal auf und ab wippte, ehe er wie sein Besitzer ruhig auf der Oberfläche zu treiben begann.

Der vorletzte Morgen seines Urlaubs. Er saß neben dem wieder genesenen Archie auf einer Bank und blickte aufs Meer hinaus. Hinter ihnen lag The Terrace. Während Archie über etwas völlig Uninteressantes sprach, drehte Ronnie sich um und sah einen Polizeiwagen vor dem Haus seines Vaters halten. In den zwei Tagen seit Alans Verschwinden hatten Dutzende von Leuten den Wald rund um Rushbrook Down durchkämmt. Nun war die Suche offenbar zu Ende.

»Ich hole mir ein Eis«, erklärte Archie. »Kommst du mit?«

»Nein. Ich bleibe hier.«

Archie zog ab. Ronnie beobachtete, wie ein Polizeibeamter an die Haustür klopfte. Sein Vater öffnete, neben ihm seine Frau, beide mit einem Ausdruck verzweifelter Hoffnung.

Als der Polizist zu sprechen begann, verschwand dieser Ausdruck. Die Frau seines Vaters stieß einen klagenden Laut aus. Sein Vater schwankte und wäre fast gestürzt, von der schrecklichen Last des Kummers aus dem Gleichgewicht gebracht.

Das hast du jetzt davon. Jetzt weißt du, wie sich das anfühlt.

Ronnie stand auf und ging hoch erhobenen Hauptes und absolut ruhig davon.

Und sah sich kein einziges Mal um.

Ronnies Geschichte war zu Ende. Seine Augen leuchteten noch immer, während draußen weiter die Feuerwerkskörper unter dem kalten Nachthimmel explodierten.

Susan sagte sich, dass es nicht stimmte. Dass es nur eine Geschichte war, die er erfunden hatte, um sie zu erschrecken. Obwohl sie keinen Grund wusste, warum ihm daran gelegen sein sollte.

Dann nahm er die vergilbte Zeitung aus der Schublade. »Schau dir das an«, sagte er. Und da stand es in fetten Lettern auf der ersten Seite. »Junge aus Waltringham unter tragischen Umständen ertrunken.«

Sie betrachtete das abgedruckte Foto. Ein kleiner, lächelnder Junge mit vertrauensvollem Blick posierte in einem Garten mit einem Kricketschläger. Ein Mann mit Ronnies Augen brachte ihm gerade bei, wie man den Schläger richtig hielt.

Unter dem Foto stand: »Alan Frobisher mit seinem Vater Edward.«

Ronnie begann wieder zu sprechen. Susan bemühte sich, ihm zuzuhören, aber die Schublade zog sie an wie ein Magnet. Sie war immer noch voller Papier. Sie griff hinein und zog eine Zeichnung heraus. Ein Steinbruch mit steilen Wänden und modrigem Wasser, auf dessen Oberfläche wie ein dürrer Zweig ein kleines Kind trieb.

Sie ging in die Knie, öffnete die Schublade ein Stück weiter und zog ihren ganzen Inhalt heraus – und konnte kaum fassen, was sie enthielt.

Es waren nicht ein oder zwei Zeichnungen, sondern Dutzende: ein Teil mit Bleistift angefertigte, andere mit Tusche, ein paar davon aus unterschiedlichen Blickwinkeln. Aber alle zeigten dieselbe Szene.

Bis auf eines. Ein Bild, das ganz unten in der Schublade lag und aus einem Buch herausgerissen worden war, eine Reproduktion eines Gemäldes, von dem Susan wusste, dass es Ronnies absolutes Lieblingsbild war.

Millais Ophelia, wie sie sich, jung und schön, im See ertränkte.

Langsam stand Susan auf. Ein seltsames Gefühl von Taubheit breitete sich in ihr aus, genau wie an dem Tag, als ihr Vater gestorben war.

Ronnie schlang die Arme um sie und streichelte zärtlich ihren Hals. »Ich habe diese Lektion schon vor langer Zeit gelernt«, erklärte er. »Wenn man jemandem wirklich wehtun will, muss man der Person wehtun, die der oder die Betreffende am meisten liebt. Bei ihm war es sein Sohn. Das wusste ich sofort, als ich die beiden miteinander sah. Man spürt es, wenn Menschen Liebe füreinander empfinden. Sie strahlen sie ab wie Wärme, und bei ihm war es am stärksten zu spüren, wenn er mit seinem Sohn zusammen war. Jedes Mal, wenn ich die beiden sah, wäre ich am liebsten gestorben. Ich war vierzehn, und jeden einzelnen Tag dieser vierzehn Jahre hatte ich davon geträumt, eines Tages dieser Junge zu sein. Zu besitzen, was er besitzt. Ich hatte davon geträumt, dass mein Vater kommen und mir das alles geben würde. Aber ich bedeutete ihm nichts. Er hatte meine Mutter nur benutzt und dann weggeworfen. Ich konnte ihn nicht ungestraft davonkommen lassen. Das verstehst du doch, oder?«

»Ja«, flüsterte sie. »Das tu ich.«

»Ich wünschte, ich könnte es Mum sagen. Aber sie ist nicht wie wir. Sie sieht die Dinge nicht so, wie wir sie sehen. Sie versteht nicht, dass Menschen, die einen verletzt haben, bestraft werden müssen. Deinen Stiefvater konnten wir nicht auf diese Weise bestrafen. Er selbst war derjenige, der sterben musste. Aber andere können wir bestrafen. Falls jemals wieder ein Mensch auf die Idee kommen sollte, dir wehzutun…« Nach einer kurzen Pause, die er nutzte, um ihr einen Kuss auf die Wange zu drücken, fuhr er fort »…wird er oder sie dafür bezahlen müssen. Ich habe mein ganzes Leben lang auf dich gewartet, und nun, da ich dich gefunden habe, werde ich nicht zulassen, dass man dir jemals wieder Leid zufügt. Mein Liebling. Meine Geliebte. Meine Seelenverwandte.«

Wieder küsste er sie. Susan verharrte ganz still und beobachtete weiter, wie die Feuerwerkskörper explodierten, hörte ihr Zischen und Krachen aber nicht mehr. Zum dritten Mal in ihrem Leben hatte sie das Gefühl, in einem Stummfilm gefangen zu sein. Einem Film mit Textkarten, die ihr die Stichworte dafür liefern würden, wie sie sich verhalten sollte.

Während sie wartete, spürte sie seine Arme um ihren Körper und seine Lippen an ihrer Haut.

Aber es kamen keine Stichworte.

Eine Stunde später kehrte Ronnie in sein Zimmer zurück. Er hatte Susan noch nach Hause begleitet. Diesmal ließ er die Tür unverschlossen. Zeitung und Zeichnungen lagen wieder in der Schublade, verborgen vor den Blicken derer, die die Dinge nicht so sahen wie er und Susan.

Obwohl sie nicht mehr da war, befand sie sich noch immer bei ihm. Er konnte einen Hauch ihrer Gegenwart riechen, legte sich auf das Bett und atmete langsam und tief ein und aus, um sie zu einem Teil seiner selbst zu machen.

Was sie ja auch war.

Nun konnte sie nichts mehr trennen. Sie gehörten für immer zusammen. Zusammengeschmiedet durch ihre Liebe und das Wissen darum, wie die Welt wirklich funktionierte. Das Leben war kalt und grausam, und Vergebung nur eine Ausrede für die Schwachen. Hass bedeutete Stärke und Macht. Und die Rache überließen sie nicht dem Herrn.

Er starrte mit halb geschlossenen Augen zur Zimmerdecke hinauf und stellte sich die Menschen vor, die ihm und denen, die er liebte, Unrecht angetan hatten. Vera. Peter. Susans Stiefvater. Sein eigener Vater. Während er ihre Gesichter heraufbeschwor, die alle von Schmerz und Angst gezeichnet waren, erkannte er plötzlich, dass er nun selbst zu den Schwachen gehörte, weil er sie nicht mehr hasste. Endlich konnte er ihnen verzeihen. Vergessen. Loslassen und in die Zukunft blicken.

Weil er Susan besaß. Seine Seelenverwandte. Seine andere Hälfte. Den Menschen, der ihn zu einem Ganzen machte und der schäbigen, tristen Existenz namens Leben auf eine Weise Sinn verlieh, wie es nicht einmal seine geliebte Mutter vermocht hatte.

Susan hatte ihn gelehrt, was es hieß, ganz und gar glücklich zu sein.

Sein Blick war immer noch auf die Zimmerdecke gerichtet.

Mitternacht. Während Ronnie die Geister vergangener Vergeltungstaten austrieb, saß Susan in der Badewanne und seifte sich ein.

Obwohl die Wanne tief und das Wasser heiß war, schauderte sie.

404

Der Schock ließ nach, sodass sie sich mit der ganzen Schwärze dessen konfrontiert sah, was der Abend enthüllt hatte.

Sie wusch ihren Hals, schrubbte mit aller Kraft an der Haut, die er geküsst hatte. Trotzdem fühlte sie seine Lippen noch überall. Es war ihr, als hätte er sie durch seine Küsse mit etwas infiziert, das sie nie wieder loswerden würde. Genau wie bei Lady Macbeth würden sämtliche Wohlgerüche Arabiens nicht ausreichen, um sie wieder rein zu machen.

Ihre Finger zitterten so sehr, dass sie die Seife fallen ließ. Als sie danach tasten wollte, starrte ihr aus dem Wasser ein Gesicht entgegen. Das Gesicht eines kleinen Jungen, der niemandem etwas zuleide getan hatte und trotzdem in einer kalten, dunklen Grube sterben musste, verängstigt und allein. Vergeblich versuchte sie das Bild zu verdrängen, indem sie die Augen schloss. Aber es wollte nicht weichen, und sie sah es weiter vor ihrem geistigen Auge.

Irgendwo im Haus ächzte eine Bodendiele. Einen Moment lang glaubte sie, Onkel Andrew wäre zurück, um ihr einen seiner geheimen Besuche abzustatten, aber dieser Albtraum war vorbei. Ronnie hatte ihr geholfen, ihm zu entkommen, um sie anschließend in einen noch viel schlimmeren zu führen.

Ist das meine Strafe? Für das, was ich getan habe? Für das, was ich bin?

Unten schlief ihre Mutter. Die Frau, die von ihr, der Starken, abhing. Im Moment aber fühlte sie sich gar nicht stark, sondern schmutzig, verängstigt und allein.

Sie begann zu weinen, während das Wasser langsam kalt wurde. Schluchzend wünschte sie sich, ihr Vater möge kommen und sie retten, genau wie der ertrinkende kleine Junge sich damals vergeblich gewünscht hatte, der seine möge kommen.

Am nächsten Morgen, halb neun. Susan saß in ihrer Schuluniform am Wohnzimmerfenster und hielt nach Ronnie Ausschau.

Er würde jeden Moment eintreffen. Seit Onkel Andrews Tod begleitete er sie jeden Tag zur Schule. Er spielte die Rolle ihres Beschützers, genau wie seinerzeit Onkel Andrew.

Aber sie hatte keinen Beschützer. Etwas anderes zu glauben,

405

wäre Wunschdenken gewesen. In ihrem Leben gab es nur einen einzigen Menschen, auf den sie sich verlassen konnte, und das war sie selbst. Jetzt mehr denn je.

Ihre Mutter stand mit besorgter Miene in der Tür. »Du siehst müde aus. Warum bleibst du nicht zu Hause? Niemand hätte etwas dagegen. Nach allem, was du durchgemacht hast.«

O Mum, wenn du wüsstest, was ich alles durchgemacht habe.

Hysterisches Lachen blubberte in ihr hoch. Sie schluckte es hinunter.

»Mach dir meinetwegen keine Sorgen. Ich habe bloß schlecht geschlafen, das ist alles. Außerdem habe ich schon genug Unterricht versäumt. Ich muss unbedingt gehen.«

Das stimmte. Sie musste wirklich gehen. Um eine Fassade der Normalität aufrechtzuerhalten.

Denn wer wusste schon, wozu Ronnie fähig wäre, falls er jemals dahinterkäme, dass sich ihre Gefühle für ihn geändert hatten?

In ihrem Magen begann es zu rumoren. Als sie sich mit der Hand über den Bauch rieb, wurde der Blick ihrer Mutter verlegen. »Hast du deinen monatlichen Besuch?«

Obwohl ihre Periode schon zwei Wochen überfällig war, nickte sie. Normalerweise funktionierte ihr Körper regelmäßig wie ein Uhrwerk, aber Stress konnte Verzögerungen hervorrufen. Das wusste sie aus einem kleinen Büchlein, das ihre Mutter ihr gegeben hatte. Und sie hatte in den letzten Wochen definitiv eine Menge Stress gehabt.

Bestimmt war das der Grund. Es konnte keinen anderen geben.

Bis auf einen.

Aber darüber wollte sie gar nicht erst nachdenken.

Ronnie erschien an der Ecke des Platzes und steuerte auf ihr Haus zu. »Ronnie kommt«, sagte sie in betont fröhlichem Ton, obwohl sie das Gefühl hatte, sich gleich übergeben zu müssen.

Du bist stark, Susie. Du schaffst das. Du musst nur ein bisschen schauspielern.

Und du musst überleben.

Es klingelte. Bevor sie ihm aufmachte, blieb sie einen Moment vor dem Spiegel in der Diele stehen, um ein wenig Röte auf ihre

Wangen zu zaubern, indem sie ein paarmal fest hineinkniff. Sie bereitete sich auf ihre Szene vor wie die berühmte Schauspielerin, der sie angeblich so ähnlich sah.

Scheinwerfer. Kamera. Action.

Als die Schauspielerin die Tür öffnete, stand der Hauptdarsteller bereits lächelnd auf der Schwelle. Sein Gesicht war eine schöne Maske, die nicht verriet, wie viel Hässliches dahinter verborgen lag. Sie erwiderte sein Lächeln, bemüht, ebenso entspannt zu wirken wie er.

»Hallo, Ronnie. Wie geht es dir?«

»Wunderbar«, antwortete er. »Wie könnte es auch anders sein, wenn wir zusammen sind?«

Sie verdrehte die Augen. »Meine Mutter hat mich immer vor Jungen wie dir gewarnt.«

»Und was für eine Art Junge bin ich?«

»Einer von den Charmeuren, die einem Mädchen alles sagen, was es hören will, nur, um sie ins Bett zu kriegen. Aber bei mir klappt das nicht. Ich habe einen Ruf zu verlieren.«

Er lachte. Susan drückte seinen Arm. Ronnie erwiderte die Geste. Und hörte dabei in seinem Kopf eine Stimme flüstern.

Sie ist anders. Irgendetwas stimmt nicht.

Aber ihr Ton klang munter, und sie wirkte glücklich. Sie sah aus wie immer.

Bis auf …

»Ich bin wirklich froh, dass du mir das mit Waltringham erzählt hast. Ich weiß, dass es nicht leicht für dich war, genau, wie es für mich nicht leicht war, dir anzuvertrauen, was ich Onkel Andrew antun wollte. Ich hatte Angst, dass du mich nicht verstehen, dass du schockiert sein würdest.« Wieder drückte sie seinen Arm. »Ich war zu dem Zeitpunkt ja noch nicht sicher, ob du die Welt genauso siehst wie ich.«

Er spürte, wie seine Anspannung nachließ. »Aber das tu ich.«

Sie überquerten den Platz und bogen auf den Market Court ein. Frauen mit Einkaufskörben warteten darauf, dass die Läden öffneten. »Es sind immer dieselben Gesichter«, bemerkte Susan.

»Man möchte meinen, sie hätten inzwischen gelernt, die Uhr zu lesen.«

Ronnie hielt den Arm hoch, deutete auf seine Uhr und sagte mit lauter Stimme: »Der kleine Zeiger wies auf die Acht und der große auf die Neun.«

Susan lachte. Ronnie küsste sie auf die Wange, wartete aber vergeblich darauf, dass sie die Geste erwiderte.

»Kriege ich heute keinen Kuss?«, fragte er.

»Hier sind so viele Leute. Da ist es mir ein bisschen peinlich.«

»Nun, komm schon, trau dich. Ich fordere dich zu einer Mutprobe heraus.«

Also gab sie ihm ein Küsschen, wie sie es in der Vergangenheit schon Dutzende Male getan hatte. Trotzdem erschien es Ronnie ein wenig flüchtiger als sonst. Vielleicht eine Folge ihrer Verlegenheit.

Obwohl sie sonst nie verlegen gewesen war.

Immer noch Arm in Arm, bogen sie in die Straße ein, die zur Schule führte. Susan sprach über den vor ihr liegenden Tag und klagte über Lehrerinnen, die sie nicht mochte. »Ich wünschte, es wäre schon wieder Samstag. Wenn ich daran denke, dass wir noch eine ganze Schulwoche vor uns haben, wird mir ganz schlecht.«

»Lass uns nächsten Samstag zusammen verbringen. Wir können machen, was immer du möchtest.«

Sie nickte. Obwohl sie immer noch lächelte, hatte er das Gefühl, als würde sie schaudern.

Aber es war ja auch kalt. Jeder schauderte, wenn es kalt war.

Vor den Schultoren blieben sie einen Moment stehen und sahen sich an. »Ich warte am Nachmittag auf dich«, sagte er. »Vielleicht können wir was unternehmen.«

»Heute Nachmittag geht's nicht. Mum fühlt sich nicht so gut. Sie braucht mich.«

Eifersucht stieg in ihm hoch. »Sie nimmt zu viel von deiner Zeit in Anspruch. Ich will auch etwas davon.«

»Du bekommst doch sowieso fast alles. Vergiss nicht, dass wir Seelenverwandte sind. Seelenverwandte sind immer zusammen,

408

auch wenn sie getrennte Wege gehen. Du brauchst nicht eifersüchtig auf sie zu sein. Mit dir verbringe ich meine Zeit am liebsten. Das weißt du doch, oder?«

Dann küsste sie ihn. Diesmal richtig, ohne auf die anderen zu achten, die stehen blieben und sie anstarrten. Während er ihren Kuss erwiderte, spürte er, dass es stimmte.

»Ja«, antwortete er. »Das weiß ich.«

Beruhigt und glücklich sah er ihr nach, wie sie durch das Tor eilte.

Und plötzlich sah er es. Was sein Gehirn ihm schon vor ihrer Haustür zu sagen versucht hatte. Sie ging wie immer, mit geraden Schultern und hoch erhobenem Kopf.

Trotzdem war ihre körperliche Präsenz vermindert, die Aura der Unverwundbarkeit schwächer als sonst. Genauso wie damals in Gegenwart ihres Stiefvaters.

Des Mannes, vor dem sie Angst gehabt hatte.

Zwei Minuten später sah Charlotte Susan im ersten Stock zur Toilette rennen. Besorgt folgte sie ihr.

Susan stand an einem der Waschbecken und schrubbte mit den Händen ihr Gesicht.

»Was machst du denn da?«

»Wonach sieht es aus? Ich wasche mich.«

»Seife soll deine Haut sauber machen, nicht komplett abrubbeln. Du siehst doch sowieso schon blitzblank aus.«

Susan lachte schrill und nervös. Charlottes Sorge wuchs. »Ist etwas?«

Das Lachen brach abrupt ab. Susan begann ihr Gesicht abzutrocknen. Die Haut rund um ihren Mund wirkte wund. »Susie, was ist los?«

»Nichts. Ich fühle mich nur so schmutzig. Um diese Jahreszeit ist immer so viel Dreck in der Luft, findest du nicht auch?«

Charlotte fand das nicht, nickte aber trotzdem. Ein hübsches Mädchen aus der dritten Klasse kam herein, warf einen Blick in den Spiegel über den Waschbecken und kämmte dann ihr Haar.

Susan war immer noch damit beschäftigt, ihr Gesicht abzutrocknen. »Ich habe es am Samstag sehr nett gefunden«, sagte Charlotte zu ihr, »und Colin auch. Er findet Ronnie äußerst sympathisch und hat vorgeschlagen, dass wir doch mal zu viert ins Kino gehen könnten. Ich würde mir gern *Frühstück bei Tiffany's* ansehen, aber Colin bevorzugt *Die glorreichen Sieben.*« Sie kicherte. »Ich habe ihm gesagt, dass mir das auch recht ist, weil ich dann Steve McQueen anschmachten kann. Da ist er richtig eifersüchtig geworden.«

Susan schüttelte den Kopf. »Geht Ronnie nicht gern ins Kino? Wir können auch etwas anderes unternehmen, wenn du möchtest. Colin hat einen Freund namens Neville, der in einer Band spielt. Sie machen mehr Jazz als Rock'n'Roll, aber wie Colin sagt, sind sie recht gut. Mag Ronnie Jazz?«

»Woher zum Teufel soll ich das wissen? Ronnie und ich sind schließlich keine siamesischen Zwillinge. Erwarte nicht immer von mir, dass ich alles über ihn weiß.« Mit diesen Worten stürmte Susan aus dem Raum.

»Habt ihr gerade von Ronnie Sidney gesprochen?«, fragte das Mädchen aus der Dritten. »Er ist wirklich umwerfend, oder?«

»Kümmere dich um deine eigenen Angelegenheiten«, gab die bestürzte Charlotte zurück, ehe sie Susan folgte.

Halb vier. Als Susan durch das Schultor trat, wartete Ronnie auf sie.

Sie hatte damit gerechnet und bereits ein Lächeln aufgesetzt. Bis zu ihr nach Hause brauchten sie nur zehn Minuten, höchstens fünfzehn. So lange konnte sie die Fassade aufrechterhalten.

Aber wie viel länger würde sie es noch ertragen können? Wochen? Monate? Jahre?

Während er auf sie zukam, sah er aus wie der höfliche und charmante Junge, für den ihn alle hielten. Sie fühlte sich wie ein Kaninchen, das gebannt in die Scheinwerfer eines näher kommenden Lastwagens starrte. In die Enge getrieben und hilflos. Ohne Plan, wie es nun weitergehen sollte.

Aber sie würde sich etwas einfallen lassen müssen. Ihr blieb gar nichts anderes übrig.

Denn es gab niemanden, der ihr helfen konnte.

Sie küsste ihn auf die Wange, ohne anschließend ihrem Drang nachzugeben, sich den Mund abzuwischen. Diese Geste stand nicht im Drehbuch, und wenn sie überleben wollte, musste sie sich genau an dieses halten.

»Hallo, Ronnie. Wie war dein Tag?«

Mittwochabend. Charles hörte Ronnie in der Diele telefonieren.

»Wie wär's mit morgen Abend? Da kann sie dich doch bestimmt mal entbehren.«

Da Charles annahm, dass er mit Susan sprach, lauschte er weiter.

»Ich weiß, dass es schwer für sie ist und sie dich braucht, aber was ist mit mir?«

Susans Antwort war für Charles nur als eine Art leises Surren zu hören.

»Ich bin nicht schrecklich. Ich möchte dich nur sehen, das ist alles. Es kommt mir vor, als würden wir überhaupt keine Zeit mehr miteinander verbringen. Nicht wirklich. Seit…«

Wieder hörte Charles das Surren.

»Dann bis Freitag. Ich freue mich schon.« Nach einer Pause fügte er hinzu: »Ich liebe dich.«

Susan antwortete etwas. Das Surren klang noch leiser als zuvor.

»Gut. Denn das wirst du für mich immer sein. Niemand könnte je deinen Platz einnehmen.«

Nachdem der Hörer aufgelegt worden war, trat Charles in die Diele. »Alles in Ordnung, Ronnie?«

Ronnie, der mit dem Rücken zu ihm stand, gab ihm keine Antwort, sondern starrte geistesabwesend auf das Telefon.

»Ronnie?«

»Was?«

»Alles in Ordnung?«

»Susie hat zurzeit so viel zu tun. Sie muss sich um ihre Mutter kümmern. Aber sonst ist nichts.« Ronnies Stimme klang ruhig, aber sein Körper strahlte Anspannung aus, die Charles wie ein elektrisches Feld spüren konnte. Er machte sich Sorgen. Das

411

Letzte, was Ronnies Beziehung zu Susan jetzt brauchte, waren Turbulenzen. Wer konnte sagen, welche Konsequenzen es haben würde, falls es zwischen den beiden zu einem Zerwürfnis kam?

»Das ist nur verständlich«, antwortete er in beschwichtigendem Ton. »Ihre Mutter hat viel durchgemacht. Und Susan auch.«

»Sonst ist nichts«, sagte Ronnie noch einmal. »Einen anderen Grund gibt es nicht.«

»Natürlich nicht. Was für einen anderen Grund sollte es auch geben? Jeder kann sehen, wie sehr sie dich liebt, Ronnie. Niemand könnte deinen Platz in ihrem Leben einnehmen.«

»So, wie du versucht hast, meinen Platz im Leben meiner Mutter einzunehmen, meinst du?«

Bestürzt starrte Charles ihn an. »Ich habe nie versucht...«, begann er.

Erst jetzt drehte Ronnie sich um. Diesmal wirkten seine Augen nicht unergründlich, sondern gestatteten Charles, einen Blick in das Gesicht des wahren Ronnie Sunshine zu werfen.

Es wirkte hasserfüllt und mörderisch.

»Du hast versucht, sie zu kaufen, aber das hat nicht funktioniert. Sie gehört immer noch mir, und das wird auch immer so bleiben. Genau wie bei Susie. Niemand wird daran jemals etwas ändern können, am allerwenigsten du.«

Sie starrten sich an. Einen Moment lang hatte Ronnie fast etwas von einem wilden Tier. Als würde er jeden Moment auf Charles losgehen.

Dann kehrte plötzlich jener unergründliche Ausdruck in seine Augen zurück, und Ronnie begann zu lachen. »Schau nicht so entsetzt. Ich habe doch bloß Spaß gemacht.« Nach einer kurzen Pause holte er zu einem kleinen Seitenhieb aus: »Du solltest mal dein Gesicht sehen.«

Charles nickte. Seine Kehle war so trocken, dass er kaum schlucken konnte.

»Ich gehe nach oben, meine Hausaufgaben machen. Wir sehen uns beim Abendessen. Mum macht Lammkoteletts.« Ein weiterer Seitenhieb. »Eins von meinen Lieblingsessen.«

412

Während Ronnie die Treppe hinaufstieg, blieb Charles noch einen Augenblick stehen. Sein Herz raste. Er hatte Angst um Susan. Und zum ersten Mal auch um sich selbst.

Freitag, am Spätnachmittag. Susan ging mit Ronnie über den Market Court.

Sie waren unterwegs zu ihm. Susan würde wie versprochen den Abend dort verbringen. Es war das Letzte, was sie wollte, aber sie konnte nicht ständig ihre Mutter als Entschuldigung vorschieben. Die Fassade der Normalität musste aufrechterhalten werden. Er durfte auf keinen Fall merken, dass sich etwas verändert hatte.

Obwohl sie allmählich den Verdacht hatte, dass er es bereits wusste.

Er sprach gerade über Veras Unfall, schilderte ihn genüsslich und in allen Einzelheiten und betrachtete sie dabei die ganze Zeit mit einem Blick, der ihr irgendwie prüfend erschien. »Eines Nachts«, erzählte er ihr, »nicht lange, nachdem es passiert war, schlich ich mich in das Zimmer, in dem sie mit Onkel Stan schlief, und zog ihre Bettdecke zurück. Ich musste es sehen. Mir ansehen, wie schlimm es war. Das verstehst du doch, oder?«

»Natürlich.«

Willst du mich auf die Probe stellen? Geht es dir darum?

»Am liebsten hätte ich die vernarbte Haut angefasst, verkniff es mir aber, um sie nicht aufzuwecken. Ich habe sie nur ein einziges Mal berührt. An dem Tag, als ich aus Hepton wegging. Als ich ihr sagte, wie sehr ich sie hasste.«

Sie zwang sich zu einem Lächeln. »Das muss ein gutes Gefühl gewesen sein.«

»Ja. Ich wünschte, du wärst dabei gewesen. Dann hätten wir uns gemeinsam darüber freuen können.«

»Wir waren zusammen, als Onkel Andrew starb. Das war ein derart gutes Gefühl, dass wohl kaum ein anderes sich damit messen könnte.« Sie sprach in ruhigem Ton und lächelte dazu. Falls das wirklich ein Test war, musste sie ihn unbedingt bestehen, egal, welche Anstrengung es sie kostete.

»Wer weiß, was wir noch alles miteinander teilen werden?«

»Alles. Das ist bei Seelenverwandten so.« Sie drückte seinen Arm. »Und das sind wir.«

Er ließ den Blick über den Court schweifen. Plötzlich begann er zu lächeln. Sie schaute in dieselbe Richtung wie er und entdeckte einen kleinen Jungen mit gelocktem blondem Haar, der an der Hand einer Frau ging, wahrscheinlich seiner Mutter.

»Erinnert er dich an jemanden?«, fragte Ronnie.

Sie nickte wortlos, weil sie befürchtete, dass ihre Stimme ihr nicht gehorchen würde.

»Das ist unglaublich. Sie könnten Zwillinge sein. Ihm fehlt nur noch eine Short und ein Wasserball.«

In ihrem Magen rumorte es. So sehr sie sich auch bemühte, das Bild von der kleinen Leiche im Steinbruch zu verdrängen, es fraß sich wie ein Bohrer in ihren Kopf. Erneut sah Ronnie sie prüfend an. Sein Blick machte ihr Angst.

Aber Angst war etwas für Schwache, und ihr Überleben hing davon ab, dass sie stark blieb.

»Ich liebe dich, Ronnie. Du erkennst, was zu tun ist, und tust es. Die Leute sagen von mir, ich sei stark, aber ich habe noch nie jemand so Starken wie dich getroffen. Neben dir wirkt jeder andere schwach. Du gibst mir ein Gefühl von Sicherheit, und dafür liebe ich dich.«

Sie beugte sich vor und küsste ihn auf die Lippen. Einen Moment lang fühlten sie sich hart an, dann gaben sie nach. Er begann zu reagieren und ihren Mund mit seiner Zunge zu erforschen. Das Rumoren in ihrem Magen verstärkte sich.

Sie ließ ihn los und starrte ihm ins Gesicht. Endlich wirkte es wieder warm und zärtlich. Das Gesicht des Jungen, in den sie sich verliebt hatte, nur, um dann festzustellen, dass es sich um eine Maske handelte, die mehr verbarg als jede, die sie selbst jemals zu tragen gezwungen gewesen war.

Sie standen vor dem Cobhams. »Ich muss mal schnell aufs Klo«, erklärte sie. »Eigentlich hätte ich gleich nach der Schule gehen sollen, aber ich hatte es zu eilig, dich zu sehen.«

Er lächelte. »Dann mach schnell. Ich warte auf dich.«

Von ihrem Tisch am Fenster beobachtete Alice, wie Susan das Cobhams betrat.

Ronnie blieb auf dem Gehsteig stehen. Er schien glücklich zu sein. Sein Anblick erfüllte sie mit schmerzendem Verlangen und blindem Hass gleichermaßen.

Susan hingegen sah nicht glücklich aus. Ihr Gesicht wirkte blass und müde, und irgendwie bewegte sie sich seltsam. Als müsste sie sich beherrschen, nicht zu rennen.

Susan betrat die Damentoilette. Neugierig geworden, stand Alice auf und folgte ihr.

Ronnie wartete vor dem Cobhams.

Alice kam heraus und ging auf ihn zu. »Wer hätte das gedacht«, sagte sie in süßlichem Ton. »Ich jedenfalls nicht. Ganz im Gegenteil, ich hätte gedacht, du wärst ziemlich gut.«

»Worin?«

»Im Küssen. Ich habe vorhin beobachtet, wie du und Susie euch geküsst habt.«

»Und?«

»Na ja, wie es aussieht, ist mir da was erspart geblieben.«

»Was denn?«

»Ein Junge, der so schlecht küsst, dass die Mädchen sich hinterher übergeben müssen. Das macht Susie nämlich gerade. Ich habe sie in einer der Kabinen gehört.«

»Du lügst.«

»Frag sie doch selbst, wenn du mir nicht glaubst. Und wenn sie etwas anderes sagt, um deine Gefühle nicht zu verletzen, dann rieche ihren Atem.« Alice lächelte. »Armer Ronnie. Du musst ganz schrecklich sein, wenn sogar die größte Schlampe der Stadt sich jedes Mal übergeben muss, wenn du sie anfasst.« Sie kicherte leise. »Warte nur, bis das die Runde macht. Ich würde dir raten, mit dem nächsten Bus zurück in den Slum zu fahren, aus dem du gekommen bist, denn wenn ich mit dir fertig bin, wird die ganze Stadt über dich lachen.«

»Und wenn ich mit dir fertig bin, wirst du kein Gesicht mehr haben.«

Ihr Lächeln verschwand. »Wie meinst du das?«

»Dass die Haut in deinem Gesicht sehr empfindlich ist. Eine einzige Tasse Säure könnte sie völlig wegfressen.«

Sie wurde blass.

»Also steck bitte nicht deine hübsche Nase in meine Angelegenheiten. Es sei denn, du möchtest sie loswerden.«

Sie ergriff die Flucht. Ronnie wartete weiter auf Susan. Eine Minute verging, dann noch eine. Was war los? Warum brauchte sie so lang?

Als sie schließlich auftauchte, wirkte sie ganz gelöst. »Tut mir Leid, dass es so lange gedauert hat, aber ich musste Schlange stehen. Was das betrifft, habt ihr Männer es wirklich gut. Ihr müsst euch nicht hinsetzen, wenn die Natur ruft.«

Er nickte. Das klang plausibel. Er hatte schon genug Zeit damit verbracht, in ähnlichen Situationen auf seine Mutter zu warten. Alice hatte gelogen. Bösartige Biester wie sie erzählten gern solche Lügengeschichten.

Susan schniefte. »Ich glaube, ich bekomme einen Schnupfen. Da küsse ich dich heute besser nicht mehr, sonst steck ich dich noch an.«

Auch das klang plausibel. Er glaubte ihr. Wollte ihr glauben.

Aber er musste es sicher wissen.

Als sie den Mund öffnete, um noch etwas zu sagen, nahm er ihr Gesicht in beide Hände und zog es zu sich heran.

Und atmete den fauligen, sauren Geruch ihres Atems ein.

Sie befreite sich aus seinem Griff. »Was soll denn das?«

Er starrte sie an. Das Mädchen, für das er gemordet hatte. Das Mädchen, das er liebte und für seine Seelenverwandte hielt. Er rief in ihr Angst und Abscheu hervor. Noch mehr, als ihr Stiefvater es getan hatte.

Er sah sein Spiegelbild in ihren Augen. Wie zwei Zauberspiegel verzerrten sie es, verwandelten es in etwas Hässliches, Monströses. Sie zeigten ihm, wie Susan ihn wahrnahm.

Und plötzlich sah er sich selbst so, wie er wirklich war.

Das tat weh. Noch nie zuvor hatte ihm etwas so wehgetan.

»Ich habe Kopfschmerzen«, sagte er zu Susan. »Ich gehe besser heim und leg mich hin.«

»Aber…«

»Du solltest auch nach Hause gehen. Verbringe Zeit mit deiner Mutter, solange du noch kannst.«

Mit diesen Worten drehte er sich um und verschwand. Sie rief ihm nach, aber er blickte sich nicht um.

Samstag, halb sieben Uhr morgens. Susan hockte am Küchentisch, in den Händen eine Teetasse.

Sie saß dort schon seit Stunden. Hatte die ganze Nacht nicht schlafen können. Er wusste Bescheid, da war sie sich ganz sicher. Ihr jahrelanges Schauspieltraining unter Onkel Andrew hatte nichts gebracht. Eine knappe Woche als Ronnies Gegenpart, und schon hatte sie sich als die erbärmliche Anfängerin erwiesen, die sie immer noch war.

Verbringe Zeit mit deiner Mutter, solange du noch kannst.

Was meinte er damit? War es eine Drohung? War ihre Mutter in Gefahr? Oder sie selbst?

Im Garten begannen die ersten Vögel zu zwitschern. Bald würde das Tageslicht durchs Fenster hereinkriechen und die Schatten aus dem Raum vertreiben, nicht aber aus ihrem Kopf.

In der Diele waren Schritte zu hören. Ihre Mutter erschien in einem Bademantel. »Susie? Wieso bist du denn schon auf?«

Sie schwieg, starrte bloß auf den eiskalten Tee in ihrer Tasse hinab.

»Macht dir irgendetwas Kummer? Du kannst mir alles sagen.«

»Kann ich das?«

»Natürlich, ich bin doch deine Mutter.«

Sie sah zu der hübschen, zerbrechlichen Frau auf, die sie einen Großteil ihres Lebens zu beschützen versucht hatte. Nun aber brauchte sie selbst ein wenig Beistand. Es gab nichts, was sie sich sehnlicher wünschte.

Und zumindest eine ihrer Sorgen konnte sie ihrer Mutter anvertrauen.

»Ich glaube, ich bin schwanger.«

Ein Ausdruck von Entsetzen trat in das Gesicht ihrer Mutter. »Das ist doch nicht möglich.«

»Ich bin drei Wochen überfällig, Mum. Was kann das sonst bedeuten?«

»Du kannst nicht schwanger sein!« Die Stimme ihrer Mutter klang schrill. »Er war doch seit Monaten nicht mehr in deiner Nähe.«

Verblüfft starrte Susan sie an. »Seit Monaten? Wie meinst du das? Ich kenne Ronnie doch erst seit zwei Monaten, und wir sind auch nicht gleich …«

Sie brach abrupt ab. Die Erkenntnis traf sie wie ein Hieb.

Sie starrten sich an.

»Du hast es gewusst.«

Eine Mischung aus verschiedenen Emotionen huschte über das Gesicht ihrer Mutter. Bestürzung. Schock. Scham.

Susan massierte ihre Schläfen, weil sie das Gefühl hatte, ihr Kopf würde gleich explodieren. »Wie lange?«

»Susie, bitte …«

»Wie lange? Nicht von Anfang an. Sag jetzt nicht, dass du es von Anfang an gewusst hast. Das glaube ich einfach nicht!«

Sie wartete vergeblich auf eine gegenteilige Antwort. Ihre Mutter sah sie nur beschämt an.

»Ich war erst acht Jahre alt! Wie konntest du nur zulassen, dass er mir das antat?«

Ihre Mutter schluckte. »Weil ich keine andere Wahl hatte.«

»Keine andere Wahl? Wie meinst du das? Hat er dich bedroht?«

»Wir haben ihn gebraucht. Er hat uns ein Zuhause gegeben. Und Sicherheit. Wenn wir …«

»Wir hatten doch ein Zuhause! Wir hatten vielleicht nicht viel Geld, aber irgendwie hätten wir es schon geschafft. Wie kannst du da sagen, dass du keine andere Wahl hattest?«

»Ich war allein. Ich hatte Angst. Ich …«

»Du hattest Angst?« Inzwischen schrie sie fast. »Und was glaubst du, wie ich mich gefühlt habe? Ich war erst acht! Was glaubst du, wie viel Angst ich hatte?«

»Er hat dir nicht wehgetan. Das hätte ich nicht zugelassen. Ich habe immer wach gelegen, wenn er zu dir hinaufging, und genau aufgepasst, ob etwas zu hören war. Wenn ich dich schreien gehört hätte, wäre ich hinaufgegangen und hätte es beendet. Das musst du mir glauben, Susie. Ich hätte es nicht geduldet, wenn er dir Leid zugefügt hätte.«

»Er hat mich mit Tripper angesteckt, Mum! Er hat mir eine Geschlechtskrankheit angehängt. Und da behauptest du, dass er mir nicht wehgetan hat?«

Ihre Mutter schauderte.

»Mum?«

»Susie, bitte…«

»Weißt du, was er beim ersten Mal zu mir gesagt hat? Dass es meine eigene Schuld sei, weil ich böse und verdorben sei und gewollt hätte, dass es passiert. Dann hat er gesagt, dass er trotzdem mein Freund sei und es niemandem verraten werde und dass ich es auch niemandem verraten dürfe, weil du es sonst erfahren würdest. Dann würdest du wieder einen Zusammenbruch erleiden und weggehen, und ich würde dich nie wieder sehen.« Plötzlich begann sie zu weinen. »Und das konnte ich doch nicht zulassen, weil ich Dad versprochen hatte, immer auf dich aufzupassen. Jeden Tag hatte ich Angst, dich zu verlieren, weil jemand herausfinden könnte, wie verdorben ich war, und es dir erzählen würde. Und dabei hast du die ganze Zeit Bescheid gewusst!«

Ihre Mutter war mittlerweile auch in Tränen aufgelöst. »Es tut mir Leid. Das musst du mir glauben.«

»Hättest du das zu Jennifer auch irgendwann gesagt? Er hatte nämlich vor, ihr dasselbe anzutun. Sie ist erst sechs, und du hättest einfach zugesehen und es geschehen lassen!«

»Nein, das hätte ich nicht. Ich schwöre dir…«

»Du bist eine Lügnerin!« Susan sprang auf und schleuderte ihre Tasse gegen die Wand. »Eine verdammte Lügnerin! Du hättest zugelassen, dass dieser Mistkerl mit ihr das Gleiche macht wie mit mir. Aber wahrscheinlich bedeutet sie dir sowieso nicht so viel, oder? Sie ist ja schließlich nicht deine Tochter.«

»Aber jetzt ist es vorbei. Er ist tot.«

»Weil ich ihn umgebracht habe! Ronnie und ich haben es gemeinsam getan. Ich hätte es auch allein gemacht, aber er wollte mir helfen. Wir haben es wochenlang geplant. Damit es aussah wie ein Unfall.«

»Das glaube ich nicht.«

»Was ist los, Mum? Kannst du die Wahrheit nicht ertragen? Dann tu doch einfach so, als wäre es nicht passiert. Das scheint ja eine Spezialität von dir zu sein.«

Ihre Mutter begann zu wimmern. Für einen Moment fiel Susan in ein altes Verhaltensmuster zurück. Ganz automatisch verspürte sie den Drang, ihre Mutter zu trösten. Sie zu beschützen. Aber diese Gefühle basierten auf Lügen, und solange sie lebte, würde sie ihnen nie wieder nachgeben.

»Du bist wirklich so schwach, stimmt's? Du bist der schwächste Mensch, der mir je untergekommen ist, und ich verachte dich dafür. Du bist nicht mehr meine Mutter. Du bist gar nichts, und ich möchte dich nie wieder sehen!«

Mit diesen Worten stürmte sie aus dem Raum.

Viertel vor acht. Wie jeden Morgen, seit Ronnie bei ihr lebte, brachte Anna ihm eine Tasse Tee ans Bett.

Die Vorhänge waren noch zugezogen, der Raum war fast dunkel. »Bist du wach?«, flüsterte sie.

»Ich bin hier, Mum.«

Erschrocken fuhr sie herum. Er saß an seinem Schreibtisch. Rasch schaltete sie das Licht an. »Was machst du denn hier?«

»Ich denke über dich nach.«

»Über mich? Was denn?«

»Dass du etwas Besseres verdient hättest. Du hättest immer schon etwas Besseres verdient gehabt.«

Neben seinem Schreibtisch stand ein zweiter Stuhl. Sie ließ sich darauf nieder. »Etwas Besseres als was?«

»Erinnerst du dich, als ich noch klein war? Als Vera immer zu dir gesagt hat, du hättest mich zur Adoption freigeben sollen?«

»Ja.«

»Vielleicht hättest du auf sie hören sollen.«

Bestürzt starrte sie ihn an. »Wie kannst du so etwas sagen? Du bist das Wunderbarste, was mir je passiert ist. Nichts und niemand auf dieser Welt hätte mich dazu bringen können, dich wegzugeben.«

»Ich weiß.« Er nahm ihre Hand, presste sie an seine Wange und küsste sie sanft. »Ich bin froh, dass du Charles geheiratet hast. Am Anfang war ich das nicht. Ich habe ihn gehasst, weil ich dich nicht mit ihm teilen wollte. Aber inzwischen hasse ich ihn nicht mehr. Er ist ein guter Mann. Da hattest du Recht. Ich bin froh, dass er für dich da sein wird, wenn…«

Er sprach den Satz nicht zu Ende. »Ronnie, was willst du damit sagen?«, fragte sie ihn beunruhigt.

»Nur, dass ich dich liebe. Egal, was geschieht, daran darfst du niemals zweifeln.«

Ein Schaudern lief durch ihren Körper. »Du machst mir Angst. Ich weiß nicht, worauf du hinauswillst.«

»Ich auch nicht.«

»Ronnie…«

Ein schwaches Ronnie-Sunshine-Lächeln. »Tut mir Leid, Mum. Ich wollte dir keine Angst einjagen. Ich bin bloß müde, und wenn man müde ist, redet man oft Unsinn.«

Er nahm sie so fest in die Arme, dass sie das Gefühl hatte, er würde sie nie wieder loslassen.

Viertel vor neun. Charles war mit seinem Wagen stadtauswärts unterwegs, um nach Oxford zu fahren, als er plötzlich Susan am Straßenrand entlanggehen sah.

Obwohl es ein kalter Morgen war, trug sie keine Jacke. Sie hatte die Arme um den Körper geschlungen und schien irgendwas vor sich hinzumurmeln, jedenfalls bewegte sie die Lippen. Beunruhigt hielt er an und rief ihren Namen.

Da sie nicht reagierte, sondern einfach weitermarschierte, stieg Charles aus und rannte ihr nach. »Susie? Was ist los? Was ist passiert?«

»Sie hat es gewusst.«

»Wer? Wer hat was gewusst?«

»Meine Mutter! Sie hat es gewusst. Sie hat es die ganze Zeit gewusst!«

Er sah, dass sie zitterte. »Komm«, sagte er, »bei mir im Auto ist es warm…«

Zehn Minuten später saß Susan in Charles' Jacke gehüllt in seinem Wagen, während der Motor leise vor sich hinbrummte.

»Und nun erzähl mal«, forderte Charles sie auf. »Was weiß deine Mutter denn?«

»Das kann ich Ihnen nicht sagen.«

»Geht es dabei um deinen Stiefvater? Um das, was er dir angetan hat?«

Sie starrte ihn an. »Woher wissen Sie das?«

»Weil Henry Norris mir zwei Jahre zuvor von einer jungen Patientin erzählt hat, deren Vater sich an ihr verging. Er hat mir nicht gesagt, wie das Mädchen hieß, nur, dass sie aussah wie ein Filmstar. Als ich bemerkte, wie nervös du in Gegenwart von Henrys Witwe warst, habe ich zwei und zwei zusammengezählt.«

Sie fühlte sich bloßgestellt. Verletzlich. Rasch zog sie die Jacke noch enger um ihren Körper.

»Weiß Ronnie es auch?«, fragte er.

»Ja.«

»Stammte die Idee von ihm, ihn zu töten?«

Für einen Moment war es im Wagen ganz still. Nur das Brummen des Motors konnte man noch hören.

»Mir geht es nicht darum, dich in eine Falle zu locken, Susie. Ich verurteile dich auch nicht. Ich möchte nur helfen.«

»Es war meine Idee. Ich hätte es auch gemacht, wenn ich Ronnie nicht kennen gelernt hätte. Er wollte mit Jennifer anfangen, müssen Sie wissen, und das konnte ich nicht zulassen. Sie dürfte nicht durchmachen, was ich durchgemacht habe. Ich musste ihn aufhalten und sah keine andere Möglichkeit. Niemand hätte mir geglaubt, wenn ich es erzählt hätte. Außerdem hätte er es dann wahrscheinlich meine Mutter büßen lassen, und ich wollte nicht, dass sie es erfährt und…«

Sie konnte nicht weitersprechen. Ein Kloß schnürte ihr die Kehle zu. Er lehnte sich ein wenig zu ihr hinüber und legte den Arm um sie.

»Keine Angst«, sagte er in beruhigendem Tonfall. »Nun bist du vor ihm sicher.«

»Aber nicht vor Ronnie. Als er mir verraten hat, was er getan hatte, ist er davon ausgegangen, dass ich es gut finden würde, aber das war nicht so. Ich fand es schrecklich, und nun hasst er mich dafür.«

»Was hat er denn getan?« Charles schaltete den Motor aus.

Sie erzählte ihm von Waltringham und Ronnies Vater. Von der Leiche im Steinbruch und den Zeichnungen in der Schublade.

»Wie viele Zeichnungen waren es?«, fragte er schließlich.

»Ich weiß es nicht genau. Mindestens ein Dutzend.«

Er pfiff leise durch die Zähne. »Lieber Himmel!«

»Ich habe versucht, mir meine wahren Gefühle nicht anmerken zu lassen, aber ich konnte ihm nichts vormachen. Er ist zu klug.« Sie schluckte. »Und außerdem, wie kann ich über ihn urteilen, wenn ich selbst einen Menschen getötet habe?«

»Das kannst du nicht vergleichen.«

»Doch, natürlich.«

»Nein.« Er wölbte eine Hand um ihr Kinn und sah ihr in die Augen. »Susie, hör mir zu. Du hast jemanden getötet, weil du Angst hattest. Du wolltest Jennifer beschützen und wusstest keine andere Möglichkeit. Vielleicht war das, was du getan hast, falsch. Es gibt sicher Menschen, die sagen würden, dass du etwas Böses getan hast. Aber das macht dich nicht automatisch zu einem bösen Menschen, und es macht dich ganz bestimmt nicht zu jemandem wie Ronnie. Du bist nicht wie er. Ganz und gar nicht.«

»Trotzdem bin ich eine Mörderin.«

»Auch Henry Norris war ein Mörder, aber dennoch ein guter Mensch, und ich war stolz darauf, mit ihm befreundet zu sein.«

»Henry Norris?«

Er nickte. »Obwohl wir uns während des Studiums kennen gelernt haben, war er gut zehn Jahre älter als ich. Er hat im Ersten Weltkrieg in den Schützengräben gekämpft, aber nur ungern darüber gesprochen. Doch eines Abends, als wir zusammen etwas getrunken hatten, vertraute er mir eine Geschichte an, die er noch nie zuvor jemandem erzählt hatte. Es ging dabei um einen jungen

Gefreiten namens Collins, der zu seinem Regiment gehörte. Laut Henry schien er auf den ersten Blick ein durchaus anständiger Mensch zu sein, aber irgendetwas fehlte ihm. So etwas wie ein fundamentales menschliches Einfühlungsvermögen. Henry sprach von einem ›toten Ausdruck in den Augen‹.

Eines Tages wurden sie von den Deutschen angegriffen. Sie konnten den Gegner abwehren, aber einer der deutschen Soldaten blieb im Schützengraben zurück. Henry kam dazu, wie Collins den Deutschen quälte, indem er ihn immer wieder mit einem Bajonett in Beine und Arme stach. Der Deutsche war fast noch ein Junge. Verwundet und hilflos bettelte er um Gnade, aber Collins lachte nur und genoss jede Sekunde. Henry bat ihn aufzuhören, aber das tat er nicht. Er machte einfach lachend weiter. Also hat Henry ihn getötet. Mit einem Schuss ins Herz. Und als er mir die Geschichte erzählte, hat er gesagt, er wisse, dass es nicht richtig gewesen sei, aber er habe es trotzdem nie bereut.«

Susan lehnte sich an ihn und wickelte sich noch fester in seine Jacke, die nach Tabak roch und sie an die Jacketts ihres Vaters erinnerte.

»Denken Sie das auch von Ronnie?«, wollte sie wissen. »Dass er einen toten Ausdruck in den Augen hat?«

»Ich glaube, dass ihm irgendetwas fehlt, ja. Das habe ich schon gespürt, als ich ihn das erste Mal sah. Außerdem hatte ich von Anfang an das Gefühl, dass er etwas zu verbergen hat. Seine Mutter spürt das auch, und meiner Meinung nach schon sehr lange. Ich glaube sogar, dass sie über Waltringham Bescheid weiß. Trotzdem will sie das alles nicht wahrhaben, weil Ronnie der Sinn und die Freude ihres Lebens ist, seit sie ihn mit siebzehn bekommen hat. Und wenn man jemanden derart liebt, schafft man es nicht, eine Tatsache zu akzeptieren, die einem dies alles nehmen würde. Liebe macht blind. Auch wenn man vor manchen Dingen vielleicht ganz bewusst die Augen verschließt.«

»Meine Mutter hat meinen Stiefvater nicht geliebt. Sie war einfach nur schwach.«

»Aber dich liebt sie.«

»Ich sie aber nicht. Nicht mehr.«

»Doch, das tust du. Man kann nicht einfach beschließen, einen Menschen nicht mehr zu lieben. So funktioniert das nicht.«

»Bei Ronnie schon.«

Er hielt sie immer noch im Arm. Sie hob den Blick und sah in sein vernarbtes Gesicht. Wieder wurde ihr bewusst, wie sehr seine Augen sie an die ihres Vaters erinnerten. Sie sehnte sich nach ihrem Vater und danach, wieder ein kleines Kind zu sein, als Angst für sie noch ein Fremdwort war.

»Ich glaube, Ronnie wird versuchen, meiner Mutter etwas anzutun. Das hat er bei unserem letzten Treffen mehr oder weniger angekündigt, und wir wissen beide, dass er dazu fähig ist. Waltringham ist der Beweis dafür.«

»Aber was er dort getan hat, war gegen einen Vater gerichtet, der für ihn niemals mehr war als ein Traum. Ein Phantasieprodukt. So jemandem kann man leichter Schmerz zufügen, weil es einem nicht real erscheint. Wenn man einen Menschen wirklich liebt, ist das etwas ganz anderes, und er liebt dich noch, da bin ich ganz sicher. Er kann nicht einfach damit aufhören, selbst wenn er das vielleicht möchte, und solange er dich noch liebt, besteht die Chance, dass er mit sich reden lässt.«

»Es gibt noch eine andere Möglichkeit.«

»Welche?«

»Ich könnte zur Polizei gehen. Ihr sagen, was wir getan haben. Dann würden sie uns beide verhaften, und Ronnie könnte niemandem mehr schaden.«

»Aber das kannst du nicht machen. Sie würden euch einsperren. Du würdest dadurch dein eigenes Leben ruinieren.«

»Mir liegt nichts mehr an meinem Leben.«

»Aber dir liegt etwas an Jennifer. Du sagst immer, dass du ihre große Schwester bist, aber das stimmt nicht. Ich habe euch beide beobachtet. Du bist für dieses kleine Mädchen fast so etwas wie eine Mutter. Ihre richtige Mutter hat sie schon verloren. Willst du ihr auch noch die Ersatzmutter nehmen?«

Sie schüttelte den Kopf. »Das ist nicht fair.«

»Aber es stimmt. Möchtest du ihr das wirklich antun?«

»Natürlich nicht! Ich würde niemals zulassen, dass ihr jemand wehtut. Ich liebe sie mehr als jeden anderen Menschen auf der Welt, und ich würde lieber ...«

Sie hielt abrupt inne.

»Susie?«

»O mein Gott.«

»Was?«

»Jennifer. Falls Ronnie vorhat, jemandem Schaden zuzufügen, um es mir heimzuzahlen, dann wird er sich dafür Jennifer aussuchen.«

Er wurde blaß. Sie spürte, dass ihr ebenfalls das Blut aus dem Gesicht wich.

»Wo ist sie jetzt?«, fragte er.

»Zu Hause.«

»Dann ist sie ja in Sicherheit.«

»Wie der kleine Junge in Waltringham?«

Er ließ den Motor wieder an. »Ihr wird nichts passieren, da bin ich ganz sicher.«

»Fahren Sie los! Schnell, bitte!«

Fünf Minuten später hielten sie vor Jennifers Haus.

Susan war kaum ausgestiegen, als schon die Tür aufging. Onkel George kam heraus und winkte ihr zu. Er wirkte überrascht. »Ich wollte gerade zu dir«, erklärte er. »Ich dachte, du wärst zu Hause.« Er griff in seine Jackentasche und zog einen versiegelten Umschlag heraus. »Hier, für dich.«

»Was ist das?«

Er lächelte. »Der erste Hinweis.«

»Was für ein Hinweis?«

»Ronnie hat eine Schatzsuche organisiert. Jennifer ist ganz aus dem Häuschen.«

Ihr Herz begann heftig zu klopfen. »Jenjen? Wo ist sie?«

»Mit Ronnie unterwegs. Er hat gestern Abend angerufen und gesagt, dass es dir immer noch ziemlich schlecht gehe und er deswegen auf die Idee gekommen sei, dich mit einer Schatzsuche aufzuheitern. Er hat gefragt, ob Jenjen vielleicht Lust hätte, ihm beim Verteilen der Hinweise zu helfen. Er hat sie gleich heute Morgen abgeholt, mich aber gebeten, eine Stunde zu warten, ehe ich dich informiere. Wie gesagt, Jennifer ist ganz aus dem Häuschen. Sie hat mir letzte Woche verraten, dass Ronnie einer der Menschen ist, die sie am liebsten mag.«

Die Haustür stand immer noch offen. Drinnen begann das Telefon zu klingeln. Onkel George warf einen Blick auf die Uhr und runzelte die Stirn. »Ich sollte besser rangehen. Ich erwarte einen geschäftlichen Anruf.« Mit diesen Worten eilte er zurück ins Haus.

Susan riss den Umschlag auf. Er enthielt einen Zettel mit einer Nachricht.

Komm zu der Hütte im Wald. Wenn dir etwas an ihr liegt, dann komm allein. Und sag es niemandem.

Sie hätte am liebsten laut aufgeschrien, aber das durfte sie nicht. Sie musste ruhig bleiben. Nachdenken.

Charles nahm ihr den Zettel aus der Hand und las ihn. »Du darfst nicht gehen«, sagte er.

»Ich muss. Was bleibt mir anderes übrig?«

»Lass uns die Polizei benachrichtigen. Ich glaube, wir haben jetzt keine andere Wahl.«

»Er schreibt, dass ich es niemandem sagen soll.«

»Vor einer halben Stunde warst du noch dafür, die Polizei zu verständigen.«

»Weil ich verhindern wollte, dass er so etwas tut. Aber nun ist es schon passiert. Er hat Jennifer. Was bedeutet, dass er in diesem Fall im Vorteil ist. Er schreibt, dass ich allein kommen soll, wenn mir etwas an ihr liegt. Wer weiß, was er anstellt, wenn er merkt, dass ich die Polizei verständigt habe.«

»Und was wird er tun, wenn du allein gehst?«

»Zumindest wird sie noch am Leben sein, wenn ich hinkomme.«

»Dann lass mich dich begleiten. Du darfst nicht allein gehen.«

»Ich bin nicht allein.« Sie berührte ihren Bauch. »Ich bin schwanger oder glaube zumindest, es zu sein. Das weiß er noch nicht. Vielleicht wird er sich anders verhalten, wenn er es erfährt.«

»Aber vielleicht auch nicht.« Er fasste sie am Arm. »Susie…«

»Ich kann nicht länger warten!«

Er hielt sie fest. »Eine Stunde. Ich warte eine Stunde, dann rufe ich die Polizei an.«

Sie befreite sich aus seinem Griff. »Tun Sie, was Sie wollen. Ich muss gehen!«

Fünfzehn Minuten später hatte sie den Wald erreicht und rannte in Richtung Hütte. Panische Angst und Adrenalin ließen ihr Herz so heftig klopfen, dass sie befürchtete, es könnte zerplatzen.

Sie war inzwischen in dem Teil des Waldes, wo nur noch selten Leute hinkamen und der Wind das Herbstlaub zu Haufen zusammengeweht hatte, die aussahen wie Gräber ohne Grabstein. Vor ewigen Zeiten hatte eine Frau in diesem Wald vergeblich nach ihrer Tochter gesucht. Zumindest behauptete das die Legende. Vielleicht würde es bald eine andere Geschichte von einem kleinen Mädchen geben, das dort für immer verschwunden war. Und von einem zweiten Mädchen, das vergeblich nach der Kleinen gesucht hatte.

Aber diese Geschichte musste erst noch geschrieben werden. Ihr Ausgang stand noch nicht fest; sie konnte noch etwas daran ändern, und sie musste nur fest daran glauben, dass sie es schaffen würde.

Obwohl ihre Beine sich anfühlten wie aus Blei, rannte sie immer weiter.

Charles ging in sein Arbeitszimmer und setzte sich an den Schreibtisch.

In seinem Kopf drehte sich alles. Er wusste nicht, was er tun sollte. Sein Instinkt sagte ihm, dass er die Polizei anrufen musste, aber was, wenn Susan Recht behielt? Was, wenn Ronnie sich dadurch provoziert oder bedroht fühlte? Was würde er dann tun? Wer würde es büßen müssen?

Und wenn er sich tatsächlich dazu durchrang, die Polizei zu verständigen, was sollte er ihr sagen? Dass Jennifer entführt worden war? Was für Beweise besaß er? Jennifer mochte Ronnie. Sie vertraute ihm und war freiwillig mitgegangen. Wieso sollte irgendjemand annehmen, dass sie in Gefahr schwebte? Nach außen hin war

428

Ronnie immer ein Prachtsohn gewesen, der perfekte kleine Gentleman. Wenn er diese Fassade niederriss, würde er auch damit herausrücken müssen, was Ronnie sonst noch alles auf dem Kerbholz hatte und wer seine Komplizin war.

Andererseits besaß er den Zettel. Daraus ging eindeutig hervor, dass Jennifer in Gefahr war. Oder doch nicht so eindeutig?

Während ihm diese Gedanken durch den Kopf schwirrten, trommelte er nervös mit den Fingern auf dem Schreibtisch herum.

Dabei fiel ihm etwas auf.

Die linke untere Schublade seines Schreibtisches war nicht richtig zu. Die Schublade, in der er seine Collegeunterlagen aufbewahrte und, darunter verborgen, eine alte Pistole.

Er hatte Ronnie nie von der Waffe erzählt, aber Anna wusste davon, und vielleicht hatte sie es Ronnie gegenüber erwähnt. Ohne sich etwas dabei zu denken. Weil es sich im Gespräch zufällig so ergab. Und Ronnie hatte sich mit seinem engelsgleichen Lächeln bedankt und die Information gespeichert. Nur für alle Fälle.

Charles zog die Schublade heraus und tastete nach der Waffe. Sie war verschwunden.

Das gab den Ausschlag. Er ging zum Telefon in der Diele, nahm den Hörer ab und wählte. »Hallo, ist da die Polizei? Ich muss etwas melden …«

»Nein!«

Anna stand hinter ihm auf der Treppe. »Bitte nicht.«

Er legte wieder auf. »Ich muss. Er hat Jennifer mitgenommen.«

Ihre Augen weiteten sich. Charles sah, wie sie schluckte.

»Du weißt, wozu er fähig ist, Anna.«

»Er würde es nicht übers Herz bringen, ihr etwas anzutun. Nicht einem kleinen Kind.«

»Er hat meine Waffe.«

Wieder schluckte sie. »Bestimmt geht es dabei nur um ein Spiel. Sonst nichts.«

»Und was ist mit Waltringham? War das auch ein Spiel?«

»In Waltringham ist nichts passiert!« Ihre Stimme klang plötzlich schrill. »Jedenfalls nichts, womit er etwas zu tun hatte. Es war nur ein Zufall, sonst nichts.«

»Glaubst du das, Anna? Glaubst du das wirklich?«

»Er hat gewusst, wie sein Vater aussieht. Ich hatte ihm ein Foto gegeben. Bestimmt hat er ihn in der Zeitung gesehen und beschlossen, sie zu behalten.«

»Und was ist mit den Zeichnungen?«

»Es sind nur Zeichnungen. Sie bedeuten nicht, dass er schuldig ist. Er würde es nie übers Herz bringen, einem Kind wehzutun. Dazu ist er nicht fähig.«

»Er hat Susan erzählt, dass er es war. Und dass er stolz darauf ist. Er wollte, dass sie deswegen auch stolz auf ihn ist.«

»Sie lügt. Du weißt, wie sie ist. Sie ist eine…«

»Mörderin? Ist es das, was du sagen wolltest? Du hast Recht. Das ist sie. Und er ist auch ein Mörder, weil sie ihren Stiefvater gemeinsam getötet haben.«

Sie sank auf die Knie. »Sie hat ihn dazu gebracht. Sie hat ihn benutzt.«

»Niemand bringt Ronnie dazu, gegen seinen Willen etwas zu tun. Er ist keine Marionette, Anna. Er tut, was er tun will, genau wie in Waltringham.«

»Er ist kein Monster!« Es klang wie ein Aufheulen. »Nein, nein! Er ist doch noch ein Baby, mein Baby, und er würde es nie fertig bringen, jemandem etwas zuleide zu tun. Ronnie ist ein guter Mensch. Ich weiß, dass er das ist. Ich kenne ihn besser als jeder andere!«

Sie vergrub den Kopf in den Händen und begann laut zu schluchzen, wie sie es wohl auch an dem Tag getan hatte, als sie mit dreizehn nach Hause zurückkehrte und feststellen musste, dass sie ihr Zuhause und ihre Familie für immer verloren hatte. Der Anblick versetzte ihm einen Stich ins Herz. Er hasste sich für das, was er tun musste. Er wollte ihr keinen Schmerz zufügen. Nie hatte er etwas anderes gewollt, als sie vor Leid zu bewahren.

Aber vor der Wahrheit konnte er sie nicht bewahren.

Und es galt auch noch andere zu beschützen.

Er kauerte sich neben sie, zog sie an sich und streichelte ihr übers Haar. Sie vergrub den Kopf an seiner Brust. »Ich wäre froh, wenn ich das jetzt nicht tun müsste«, sagte er. »Aber ich muss. Für

Jennifer. Sie ist wirklich noch ein Baby. Das siehst du doch auch so, oder?«

Sie gab ihm keine Antwort. Ihr Schluchzen wurde leiser, auch wenn sie immer noch am ganzen Körper bebte.

»Oder?«

Sie schwieg.

»Anna?«

Er hörte sie seufzen. Dann ein Flüstern. »Ja. Ruf an. Lass nicht zu, dass Jennifer etwas zustößt.«

Er ging zurück zum Telefon. Sie folgte ihm. Während er anrief, klammerte sie sich an ihn wie eine Ertrinkende.

Susan erreichte die Hütte. Vor der Tür blieb sie einen Moment stehen. Sie wollte so schnell wie möglich hinein, hatte zugleich aber Angst vor dem, was sie dort vielleicht erwartete. Ihre Lungen schmerzten. Keuchend beugte sie sich vor und versuchte, ihren Atem zu beruhigen.

Und hörte Jennifer lachen. Susan richtete sich auf und klopfte an die Tür. »Ich bin's. Susie.«

Wieder hörte sie Jennifer lachen. Sie drehte den Knauf und ging hinein.

Sie saßen in der hintersten Ecke der Hütte auf dem Boden. Zwischen ihnen stand eine alte Kiste, die mit Spielkarten bedeckt war. Alles sah völlig harmlos aus oder hätte so ausgesehen, wäre da nicht die Waffe in Ronnies Schoß gewesen.

Jennifer strahlte sie an. Susan erwiderte ihr Lächeln, bemüht, sich so normal wie möglich zu verhalten. Sie wollte Jennifer auf keinen Fall Angst machen. Vorsichtshalber blieb sie erst einmal an der Tür stehen. Jede hektische Bewegung würde Ronnie womöglich erschrecken. Der Blick, mit dem er sie betrachtete, wirkte völlig leer, wie tot, genau wie bei dem Soldaten im Schützengraben, der seinen Gefangenen so grausam gefoltert hatte. Ob Ronnie vorhatte, Jennifer ebenso grausam zu quälen? Und sie selbst auch?

»Was macht ihr beide denn da?«, fragte sie so ruhig wie möglich.

431

»Ronnie zeigt mir neue Kartentricks. Einen kann ich schon.«
Jennifer hielt ihr die Karten hin. »Du musst dir eine aussuchen.«

Susan wusste nicht, was sie jetzt tun sollte. Durchs Fenster sah sie, wie der Wind die am Boden liegenden Blätter aufwirbelte.

»Such dir eine aus!«, drängte Jennifer.

Zögernd trat Susan einen Schritt näher. »Keine Bewegung!« Ronnie zielte mit der Waffe auf sie.

Sie blieb stehen. Reglos wie eine Statue. Wieder lachte Jennifer.

»Wir sind Cowboys, und du bist eine Indianerin«, erklärte sie Susan.

»So ist es.« Ronnie streichelte Jennifer übers Haar. »Sie ist eine böse Squaw, die dich mit einem Tomahawk skalpieren möchte. Aber das wird sie nicht schaffen, weil ich sie vorher erschießen werde. Findest du auch, dass ich sie erschießen sollte, Jenjen?«

»Ja!«

Er zielte noch immer auf sie. Während Susan in den Lauf starrte, fragte sie sich, ob nun der Moment gekommen war, in dem sie sterben würde. Doch sie hatte keine Angst. Falls sie mit ihrem Leben das von Jennifer retten konnte, würde sie das gerne tun.

Aber sie wollte nicht, dass Jennifer zusehen musste. Bestimmt würde sie den Anblick ihr Leben lang nicht vergessen.

Sie holte tief Luft, fest entschlossen, Ruhe zu bewahren. Die Luft in der Hütte roch abgestanden und modrig. »Du kannst mich nur erschießen, wenn ein Sheriff anwesend ist. Einer von euch muss zurückkreiten und einen holen. Der andere kann hier bleiben und mich bewachen.«

Jennifer runzelte die Stirn. »Brauchen wir wirklich einen Sheriff?«, fragte sie Ronnie.

Er schüttelte den Kopf.

»Doch, ihr braucht einen. Ein richtiger Cowboy würde niemals eine Squaw erschießen. Nur wenn ein Sheriff anwesend ist.«

Ronnie streichelte weiter Jennifers Haar. »Ein böser Cowboy schon.«

»Ich bin aber kein böser Cowboy«, sagte Jennifer.

»Aber ich«, gab er zurück. »In jedem Film muss es einen bösen Cowboy geben. Den Typ Cowboy, der zu viel trinkt, dauernd in

Schlägereien verwickelt ist und Leute erschießt, die er in Verdacht hat, beim Kartenspielen zu schummeln. Hast du geschummelt, Jenjen?«

Susan spürte, wie ihr am ganzen Körper kalt wurde. Wieder musste Jennifer lachen. »Nein!«

»Ich glaube schon.«

»Nein, sie hat nicht geschummelt.« Sie versuchte, den schrillen Ton in ihrer Stimme zu unterdrücken. »Sie ist viel zu jung, um zu schummeln oder sonst etwas Böses zu tun. Im Gegensatz zu mir. Ich habe schon viele böse Dinge getan. Deswegen verdiene ich es, erschossen zu werden, sogar ohne Sheriff. Aber nicht Jennifer. Nicht einmal der böseste Cowboy der Welt brächte es übers Herz, sie zu erschießen.«

»Ach, glaubst du?« Ronnie wandte sich an Jennifer. »Du hast geschummelt, Partner. Dafür musst du bezahlen.«

Er zielte mit der Waffe auf ihr Gesicht. Jennifer, die immer noch glaubte, dass es sich um ein Spiel handelte, saß da und lachte.

Susan konnte es nicht länger ertragen.

»Nein, Ronnie, bitte, tu ihr nichts. Erschieß mich. Ich bin diejenige, die du hasst. Ich habe es verdient. Denk an deine Mutter. Denk daran, wie sehr du sie liebst und wie viel sie dir bedeutet. Wenn du Jennifer tötest, wird sie es erfahren. Das hier ist nicht wie Waltringham. Du kannst es nicht geheim halten. Vielleicht kann sie dir verzeihen, wenn du mich tötest, aber sie wird es dir nie verzeihen, wenn du Jennifer etwas tust! Du weißt, dass ich Recht habe!«

Jennifer starrte sie an. Langsam begriff sie, dass das alles doch kein Spiel war. Das Lächeln verschwand aus ihrem Gesicht, und sie begann vor Schreck zu weinen. Susan kamen ebenfalls die Tränen.

Ronnie zielte weiter auf Jennifer. Mit seiner freien Hand hielt er sie am Arm fest.

Dann legte er die Waffe wieder in seinen Schoß.

»Lauf, und hol den Sheriff«, sagte er zu ihr.

Jennifer rannte zu Susan und schlang die Arme um sie. Susan hätte sie so gern getröstet, aber dafür war keine Zeit. Nun war der Moment gekommen, in dem sie handeln musste. Sie schob Jennifer zur Tür hinaus. »Lauf, Jenjen. Du kennst ja den Weg nach

Hause. Lauf so schnell du kannst, und vergiss nie, wie lieb ich dich habe.«

»Aber, Susie...«

»Los, lauf!« Sie gab Jennifer noch einen kleinen Schubs und zog dann rasch die Tür hinter ihr zu. Durchs Fenster sah sie eine kleine Gestalt das Weite suchen.

Ich habe es geschafft. Sie ist in Sicherheit.

Sie drehte sich zu Ronnie um. Er saß noch immer auf dem Boden, die Waffe im Schoß.

»Danke«, sagte sie.

Er gab ihr keine Antwort, starrte sie nur an. Nun wirkten seine Augen nicht mehr tot.

»Wirst du mich töten?«, fragte sie ihn. »Ich habe keine Angst zu sterben, aber du sollst vorher noch etwas wissen. Ich bin schwanger, Ronnie. Ich bekomme ein Baby. Unser Baby.«

»Jennifer war unser Baby. Dieses Gefühl hatte ich, als wir ihn umbrachten. Dass wir es taten, um unser Kind zu schützen.«

Susan schluckte. »Wirklich?« Sie wischte sich ein paar Tränen aus dem Gesicht.

»Ja. Ich habe es nicht übers Herz gebracht, ihr etwas anzutun. Ich wollte es, brachte es aber nicht fertig. Ich erwarte nicht von dir, dass du mir das glaubst, aber es ist die Wahrheit.«

»Ich glaub's dir. Du hast es doch gerade bewiesen, oder nicht?«

Sie starrten sich an. »Wärst du wirklich für sie gestorben?«, fragte er.

»Ja.«

»Ich wäre auch für dich gestorben. Auch jetzt noch. Ich schaffe es einfach nicht, dich zu hassen, obwohl ich es gerne täte. Du bist nicht wie mein Vater. Er war nur ein Gesicht auf einem Foto, ein schöner Traum, der mein Leben erträglicher machte. Ich konnte ihm Leid zufügen und dann gehen, ohne mich umzudrehen, weil ich sowieso nie ein Teil seines Lebens gewesen war. Aber ich war ein Teil deines Lebens, und ich möchte...« Er hielt einen Moment inne, rieb sich am Kopf. »Ich möchte...«

»Was?«

»Dass alles wieder so wird, wie es war, bevor ich dir von

Waltringham erzählt habe. So wie an dem Tag davor, als wir mit Jennifer und deinen Freunden im Cobhams saßen. Als wir uns in der Öffentlichkeit geküsst und deine Nachbarn geschockt haben. Ich war noch nie so glücklich wie an diesem Tag, und ich möchte, dass es wieder so wird.«

Sie schüttelte den Kopf.

»Wir können doch so tun, als hätte es Waltringham nie gegeben. Ich werde das Zeug verbrennen. Wir werden nicht mehr darüber sprechen. Lass uns nie wieder ein Wort darüber verlieren, ja nicht mal mehr daran denken.«

Als er aufstand, kam er ihr plötzlich vor wie ein verängstigtes Kind. Sofort hatte sie das Gefühl, ihn beschützen zu müssen. Sie wollte nicht so empfinden, konnte aber nicht anders.

»Wir schaffen es«, sagte er mit einer Stimme, die gleichzeitig Hoffnung und Verzweiflung ausdrückte. »Wir müssen es schaffen, wir bekommen schließlich ein Kind. Wir müssen zusammenbleiben, und wenn es nur deswegen ist.«

Er streckte die Hand aus, um ihr Gesicht zu berühren. Sein Blick wirkte flehend. Einen Moment lang glaubte sie, dass es möglich war. Sie hatte ihn einmal geliebt. Vielleicht würde sie es irgendwann wieder können. Er lächelte sie an. Seine Augen waren wieder die des Jungen, in den sie sich verliebt hatte. Sie starrte in diese Augen.

Und sah ein totes Kind im Wasser treiben.

Sie wich einen Schritt zurück. »Ich kann nicht. Es wird nie wieder so sein wie früher. Wir können gemeinsam in die Stadt zurückgehen und ihnen sagen, dass es nur ein Spiel war. Mehr brauchen sie nicht zu wissen. Aber zwischen uns kann es nie wieder so sein, wie es war, Ronnie. Nie wieder.«

Er seufzte. Der flehende Ausdruck verschwand aus seinem Gesicht, und an seine Stelle trat Gefasstheit. »Ich weiß.«

Sie schwiegen eine Weile. Nur der Wind, der am Fenster rüttelte, war zu hören.

»Und wie geht es nun weiter?«

»So«, antwortete er und griff nach der Pistole.

Ihr Herz begann zu rasen. »Was hast du vor?«

435

»Das Einzige, was mir noch zu tun bleibt.«

Er lächelte. »Hab keine Angst. Aber sag meiner Mutter, dass ich es nie übers Herz gebracht hätte, Jenjen etwas anzutun. Sag ihr, dass ich sie liebe. Und dass es mir Leid tut.«

Plötzlich verstand sie. Entsetzen ergriff sie. »Tu es nicht, Ronnie. Bitte nicht!«

Immer noch lächelnd schüttelte er den Kopf, hielt die Pistole an die Schläfe und drückte ab.

Januar. Zwei Monate später. Ein kalter, grauer Samstagmorgen. Susan lag in ihrem Bett und starrte zur Zimmerdecke empor.

Es war ihr sechzehnter Geburtstag. Eigentlich hätte sie ihn in einer Gefängniszelle verbringen müssen. Als sie benommen und zitternd aus der Hütte gewankt war, hatte sie zwei Polizeibeamte auf sich zueilen sehen.

»Sind Sie gekommen, um mich zu verhaften?«, fragte sie einen von ihnen.

»Sie verhaften? Wieso sollten wir? Sie haben doch niemanden entführt. Wo ist er? Ist er noch bewaffnet …?«

Sogar in ihrem benebelten Zustand hatte sie begriffen, dass Charles ihnen nichts von ihren Verbrechen erzählt hatte. Sie hielten Ronnies Tun für die Kurzschlusshandlung eines verschmähten Liebhabers und betrachteten sie ebenso als sein Opfer wie Jennifer.

Sie war ungestraft davongekommen. Das Ganze würde für sie kein Nachspiel haben. Zumindest kein offizielles.

Trotzdem gab es auch für sie Strafe genug.

Ihre Mutter bereitete unten das Frühstück zu, das Susan schweigend essen würde, genau wie jede andere Mahlzeit, die sie gemeinsam einnahmen. Sie lebten nebeneinander her, doch das war auch schon alles. Hin und wieder versuchte ihre Mutter, mit ihr zu reden, ihr etwas zu erklären. Aber obwohl Susan sich alles anhörte, was sie zu sagen hatte, war nie etwas dabei, was ihr das Verhalten ihrer Mutter begreiflich machen konnte. Und deswegen konnte sie ihr auch nicht verzeihen.

Genauso wenig, wie Onkel George ihr selbst verzeihen konnte.

Sie hatte Jennifer seit jenem Tag im Wald nicht mehr gesehen. Onkel George hatte ihr jeden Umgang mit ihr verboten. »Sie hätte deinetwegen sterben können!«, hatte er sie angeschrien. »Du hättest sofort die Polizei rufen sollen und dich mit diesem Irren gar nicht erst einlassen dürfen! Ich hätte sie für immer verlieren können, und es wäre deine Schuld gewesen, und das kann ich dir niemals verzeihen!« Sie hatte gespürt, dass in seinen Worten auch Wut auf sich selbst mitschwang und er es leichter fand, ihr die Schuld zu geben, als sich mit seiner eigenen auseinander zu setzen. Aber dieses Wissen änderte nichts. Er war mit Jennifer zu Freunden auf der anderen Seite des Landes gefahren, und wie sie durch andere erfuhr, plante er, nicht zurückzukommen.

Ihre Mutter und Jennifer. Die beiden Menschen, die sie am meisten geliebt und für die sie getötet hatte. Im Nachhinein war das Resultat ihrer Tat nur gewesen, dass sie beide, wenn auch aus unterschiedlichen Gründen, für immer verloren hatte.

Für die Zeitungen war es ein großer Tag gewesen. Es gab Momente, in denen sie sogar über die Ironie des Ganzen lächeln konnte. Dem Tod ihres Stiefvaters hatten sie kaum einen Absatz gewidmet, ihr hingegen ein ganzes Dutzend. »Eine jugendliche Femme fatale«, so hatte sie eine der Zeitungen beschrieben und dann voller Sensationslust die Geschichte einer jungen Liebe erzählt, die auf so schreckliche Weise enden musste. Mehr als einmal hatten Journalisten sie auf der Straße verfolgt und ihr Fragen gestellt, um mehr über das Ganze zu erfahren. Doch sie hatte geschwiegen und all ihre Geschichten für sich behalten.

Sie besaß immer noch ein paar Freunde. Charlotte. Lizzie. Arthur, wenn er aus dem Internat nach Hause kam. Die wenigen, die nicht in den Klatsch mit einstimmten, den Leute wie Alice verbreiteten. Und der wichtigste von allen war Charles Pembroke. Sie sah ihn regelmäßig und genoss die Zeit, die sie miteinander verbrachten. Er war der einzige Mensch, vor dem sie nichts geheim halten musste. Stundenlang hörte er ihr zu, ohne über sie zu urteilen, und oft wünschte sie sich, er wäre der Mann gewesen, den ihre Mutter vor all den Jahren geheiratet hatte.

»Du musst weiterkämpfen, Susie«, hatte er während eines Ge-

437

sprächs zu ihr gesagt. »Du darfst dich von dieser Sache nicht unterkriegen lassen.«

»Das tu ich doch gar nicht.«

»Doch. Das Feuer in dir ist am Erlöschen. Du siehst aus, als hättest du aufgegeben.«

»Vielleicht habe ich das wirklich. Jenjen ist fort, meine Mutter existiert praktisch nicht mehr für mich, und Ronnie hat mich auch verlassen. Er fehlt mir, müssen Sie wissen. Das Zusammensein mit ihm. Die Art, wie er mich immer zum Lachen brachte. Wie er für mich eintrat. Und wie er mir Mut machte, wenn ich Angst hatte.« Sie hielt einen Moment inne. Schluckte. »Mir fehlt alles vor Waltringham.«

Er legte seine Hand auf die ihre. »Mit der Zeit wird der Schmerz nachlassen.«

»Vielleicht bei mir. Aber was ist mit seiner Mutter?«

»Bei ihr wird es auch so sein.« Er seufzte. »Zumindest hoffe ich das. Ich versuche ihr zu helfen, so gut ich kann. In gewisser Hinsicht sind meine Bemühungen sinnlos. Niemand wird jemals Ronnies Platz einnehmen. Aber wenigstens ist sie nicht allein. Nicht so wie damals, als sie ihre Familie verlor. Immerhin hat sie jetzt mich.« Er sah Susan mit einem wehmütigen Lächeln an. »Auch wenn das vielleicht nicht viel wert ist.«

»Das ist sogar sehr viel wert. Sie hat Glück, mit einem Mann wie Ihnen verheiratet zu sein, genau wie ich Glück habe, Sie zum Freund zu haben.«

»Ich werde immer dein Freund sein, dir immer helfen. Ich möchte, dass du ein gutes Leben hast, Susie. Ein glückliches. Du hast es verdient, aber du musst auch dafür kämpfen. Für dich und dein Kind. Wenn alles, was passiert ist, einen Sinn haben soll, dann musst du weiterkämpfen.«

»Und Sie glauben, ich werde am Ende siegen?«

»Ich glaube es nicht, ich weiß es. Du bist stark, Susie. Genauso stark, wie dein Vater immer gesagt hat, wahrscheinlich sogar stärker.«

Vielleicht hatte er Recht. Sie wünschte sich, dass er Recht hatte, aber sie glaubte es nicht. Tief in ihrem Innern glaubte sie es nicht.

438

Sie war müde, und immer wieder galt es neue Kämpfe auszufechten. Irgendwie hatte eine der Zeitungen herausgefunden, dass sie schwanger war. Am Vortag war ein Artikel darüber erschienen. Damit alle es Schwarz auf Weiß lesen und über sie urteilen konnten. Die Bewohner von Kendleton waren Meister darin, über andere zu richten.

Und deswegen hatte sie nach einer schlaflosen Nacht endlich einen Entschluss gefasst. Sie wusste jetzt, was sie zu tun hatte.

Sie stand auf, zog sich an und ging hinunter. In der Küche erwartete ihre Mutter sie an einem Tisch, der sich vor Essen und Geschenken bog. »Herzlichen Glückwunsch zum Geburtstag, Liebling«, sagte sie mit ängstlicher Stimme.

»Ich gehe weg, Mum. Sobald das Baby da ist. Ich werde es zur Adoption freigeben und dann von hier verschwinden.«

»Du willst weggehen?« Ihre Mutter starrte sie entsetzt an. »Aber das kannst du nicht. Was wird denn dann aus …«

»Dir? Du wirst einfach auf dich selbst aufpassen müssen. Du bist schließlich erwachsen, und ich finde, ich habe lange genug auf dich aufgepasst.«

»Du kannst das nicht einfach so entscheiden, Susie. Lass uns darüber reden. Setz dich, und iss erst mal was. Und pack deine Geschenke aus.«

»Du hättest dir das Geld sparen können. Ich will keine Geschenke. Nicht von dir. Wir sehen uns später. Ich mache jetzt einen Spaziergang.«

Mit diesen Worten drehte sie sich um und steuerte auf die Tür zu.

Mittag. Charles, der in seinem Arbeitszimmer beschäftigt gewesen war, machte sich auf die Suche nach seiner Frau.

Er fand sie weder im Wohnzimmer noch in der Küche. Sein Herz wurde schwer, weil er ahnte, wo sie war.

Sie saß in dem Zimmer, das einmal Ronnie gehört hatte, in einem Sessel vor dem Fenster, wo einmal sein Schreibtisch gewesen war, und starrte auf den Fluss hinaus.

»Du solltest nicht hier sitzen«, sagte er sanft. »Du weißt, dass es dich aufregt.«

»Ich wollte aufs Wasser hinaussehen.«

»Das kannst du doch auch im Wohnzimmer. Hier ist nicht geheizt. Komm mit nach unten, wo du es schön warm hast.«

Ihr Blick blieb auf das Fenster gerichtet. »Mir ist nicht kalt.«

»Kann ich dir etwas bringen?«

»Nein.« Nach einer Pause fügte sie hinzu: »Danke.«

Als er sich zum Gehen wandte, rief sie ihm. Er drehte sich um. »Ja?«

»Darf ich dich etwas fragen? Ich möchte eine ehrliche Antwort, auch wenn du weißt, dass sie mir wehtun wird.«

»Natürlich.«

Sie schwieg einen Moment und seufzte dann.

»Frag mich. Ich werde dir die Wahrheit sagen.«

»War es meine Schuld? Dass er das alles getan hat? Dass er… dass er war, wie er war?«

»Nein.« Sein Ton klang bestimmt. Mit großen Schritten durchquerte er den Raum und kauerte sich neben sie. »Nichts davon war deine Schuld. Du hast als Mutter alles getan, was in deiner Macht stand, und er liebte dich dafür. Das hat er dir am Ende doch auch gesagt.«

Anna starrte ihn aus roten, verquollenen Augen an. Sie weinte sehr viel, und ihr Gesicht wirkte müde und verhärmt. Trotzdem war es noch immer das hübscheste Gesicht, das er kannte.

»Es ist nicht deine Schuld, Anna. Du darfst dir niemals die Schuld dafür geben. Manche Menschen sehen die Welt einfach nicht so wie andere. So sind sie nun mal. Es hat nichts damit zu tun, wie sie erzogen oder wie sehr sie geliebt wurden.«

»Ronnie hat mir am Ende noch etwas anderes gesagt. Etwas, wovon ich dir bis jetzt noch nichts erzählt habe.«

»Was denn?«

»Er hat gesagt, er sei froh, dass ich dich, einen guten Mann, geheiratet habe. Dass er froh sei, dass du für mich da sein würdest, wenn…«, sie schluckte, »… wenn er es nicht mehr könnte. Und er hatte Recht. Ich habe im Leben nicht gerade das große Los gezogen, aber eines weiß ich sicher: dass ich unglaubliches Glück hatte, als ich dich kennen lernte.«

»Ist das dein Ernst?«

»Ja. Ich liebe dich, Charles. Es ist vielleicht nicht die romantische Liebe, die ich für Ronnies Vater empfand, aber dafür ist sie real. Ich bin stolz, dich zum Mann zu haben.«

Er nahm ihre Hände und küsste sie. »Ich bin derjenige, der stolz sein kann«, flüsterte er.

Sie schwiegen einen Moment. Draußen auf dem Fluss gingen Enten und Schwäne aufeinander los.

»Hast du Susie gestern gesehen?«, fragte sie schließlich.

»Ja.«

»Wie geht es ihr?«

»Sie ist eine Kämpfernatur und wird es schon schaffen. Sie ist zu stark, um aufzugeben.«

»Glaubst du, das Baby wird auch eine starke Natur haben?«

»Ich hoffe es. Und ich hoffe, es wird die Wärme seiner Großmutter besitzen.«

»Und das Herz seines Großvaters«, fügte sie hinzu.

Mittagszeit. Susan ging über den Market Court. Sie war den ganzen Vormittag marschiert. Durch den Wald und am Fluss entlang. Beide Orte hatte sie immer geliebt, weil sie sie mit ihrem Vater verband, doch nun waren neue Erinnerungen hinzugekommen, die ihr die Freude daran für immer vergällten.

Aber das spielte jetzt keine Rolle mehr. Bald würde sie neue Orte finden und lieben lernen. Wenn sie Kendleton endlich hinter sich gelassen hatte.

Sie ging am Cobhams vorbei. Charlotte, die mit Colin an einem Fenstertisch saß, klopfte gegen die Scheibe und winkte ihr hineinzukommen.

Wie jeden Samstag war das Café voll. Die Luft war von Stimmengewirr und dem hämmernden Rock'n'Roll-Rhythmus aus der Jukebox erfüllt, aber als sie eintrat, schien der Lärmpegel merklich zu sinken.

Sie setzte sich neben Charlotte, die sie fröhlich anlächelte. »Herzlichen Glückwunsch zum Geburtstag! Ich hab zu Hause ein Geschenk für dich. Ich wollte es dir später vorbeibringen.«

441

»Danke.« Während sie das Lächeln ihrer Freundin erwiderte, spürte sie, wie die Leute an den anderen Tischen sie anstarrten.

»Colin und ich dachten, wir könnten heute Abend mal ins Kino gehen. Hättest du vielleicht Lust mitzukommen?«

»Ich möchte euch nicht stören.«

»Das tust du nicht. Wir würden uns freuen.«

Colin nickte. »Außerdem gibt die Band meines Freundes heute ein Konzert. Da könnten wir nach dem Kino noch hingehen.«

Susan schüttelte den Kopf. Er grinste. »So schlecht sind sie auch wieder nicht.«

»Das habe ich auch nicht gemeint. Aber im Moment ist meine Lust auf öffentliche Veranstaltungen nicht besonders groß.«

»Es spielt keine Rolle, was sie in der Zeitung schreiben«, meinte Charlotte. »Schwanger zu werden ist keine Sünde. Nur dumme, kleinkarierte Leute denken so.«

»Wenn es wirklich so schlimm wäre«, fügte Colin hinzu, »dann wäre die menschliche Rasse längst ausgestorben.«

Wieder lächelte sie. Sie fühlte sich müde und schlapp. Noch immer spürte sie die Blicke in ihrem Rücken. Früher hatte sie sie lachend abgeschüttelt, aber diese Zeiten waren vorbei.

Sie wollte nur noch raus. Irgenwohin, wo sie sich verstecken konnte.

In dem Moment rief eine weibliche Stimme: »Mörderin!«

Erschrocken blickte sie sich um. Ein paar Tische weiter saß Alice Wetherby, umringt von ihren Freundinnen. Ihre Miene wirkte zugleich verächtlich und triumphierend. Susan überlegte krampfhaft, was sie antworten sollte. Noch zwei Monate zuvor hätte sie ihrer Erzfeindin die passende Antwort hingeschmettert. Doch inzwischen war sie nicht mehr derselbe Mensch wie damals.

Außerdem hatte Alice Recht.

Charlotte stand auf. »Halt den Mund! Du hast keine Ahnung, wovon du redest.«

»Ach nein? Wir wissen doch alle, warum Ronnie sich in Wirklichkeit erschossen hat. Weil diese Schlampe ihm ein Kind angehängt hat und ihn zwingen wollte, sie zu heiraten. Wenn ihr mich fragt, hat er genau das Richtige getan. Nur ein Vollidiot würde sich eine Nutte wie sie als Ehefrau aufzwingen lassen.«

Charlotte funkelte Alice wütend an. Colin wirkte ebenfalls sehr aufgebracht. Einen Moment lang war Susan über ihre Sorge gerührt, aber es war ihr Kampf, nicht der ihrer Freunde, und sie hatte nicht mehr die Kraft, in den Ring zu steigen.

»Ich gehe«, verkündete sie. »Viel Spaß heute Abend.« Während sie zur Tür eilte, rief Alice: »Gott sei Dank, dass wir die los sind!«

Ohne zu wissen, wo sie eigentlich hinwollte, lief sie zwischen den Leuten hindurch, die am Market Court Besorgungen oder einen Schaufensterbummel machten. Sie wollte einfach nur weg. Gleichzeitig verachtete sie sich wegen ihrer Schwäche, war aber nicht in der Lage, ihre alte Stärke wiederzufinden. Irgendwie schien sie sich in Luft aufgelöst zu haben.

Und dann sah sie Jennifer.

Sie stand neben Onkel George auf der anderen Seite des Platzes und trat gelangweilt von einem Fuß auf den anderen, während er sich mit einem ihrer Nachbarn unterhielt.

Als sie Susan entdeckte, strahlte sie, als hätte jemand eine Glühbirne angeschaltet.

»Susie!«

Onkel George wandte sich um und runzelte die Stirn. Er versuchte Jennifer festzuhalten, aber sie schaffte es trotzdem, sich loszureißen, und stürmte über den Platz. Susan ging in die Knie, und Jennifer warf sich in ihre ausgebreiteten Arme. Susan war vor Glück so überwältigt, dass sie in Tränen ausbrach, genau wie Jennifer.

»O Jenjen, du hast mir so gefehlt!«

»Du mir auch. Bei Dads Freunden war es ganz schrecklich. Ich habe sie gehasst!«

Immer noch am Boden kauernd, wischte Susan Jennifers Tränen weg. »Jennifer, komm sofort zurück!«, brüllte Onkel George. Mehrere Köpfe wandten sich nach ihnen um, aber Jennifer rührte sich nicht von der Stelle.

»Warum bist du hier?«, fragte Susan. »Ich dachte, ihr würdet nie zurückkommen.«

443

»Das wollte Dad auch, aber wir haben bei Onkel Roger und Tante Kate gewohnt, und da hat es mir überhaupt nicht gefallen. Ich habe Dad gesagt, dass es mir nicht gefällt, aber er meinte, wir müssten bleiben, und deswegen habe ich mich ganz schlimm benommen. Ich habe alle Lieder gesungen, über die du dich immer so aufgeregt hast, bis Onkel Roger sich auch darüber aufgeregt hat, und dann habe ich die schönen Porzellanpuppen von Tante Kate aus dem Fenster geworfen, und dann ist Tante Kate auch ganz böse geworden!«

Trotz ihrer Tränen musste Susan lachen. »Das hätte ich gern gesehen.«

»Ich habe Dad immer wieder gesagt, dass ich nach Hause möchte, und nachdem ich die Puppen kaputtgemacht hatte, ist Dad damit einverstanden gewesen. Wir sind heute Morgen angekommen und haben gleich deine Mum besucht.« Plötzlich wurde Jennifers Miene traurig. »Sie hat gesagt, dass du weggehst. Stimmt das?«

Sie schluckte. »Ich dachte, es wäre das Beste.«

»Nein! Bitte nicht!« Jennifer begann von neuem zu weinen. »Du darfst nicht weggehen!«

Wieder wischte Susan dem kleinen Mädchen die Tränen aus dem Gesicht. »Bedeutet dir das wirklich so viel, Jenjen?«

»Ja.«

»Dann werde ich bleiben. Ich verspreche dir, immer bei dir zu bleiben.«

Jennifer lächelte. Onkel George rief wieder nach ihr. Er wirkte immer noch wütend. Susan rechnete damit, dass er herüberkommen und Jennifer von ihr wegzerren würde. Aber das geschah nicht. Obwohl er sie nicht aus den Augen ließ, blieb er stehen, wo er war.

Er möchte mir verzeihen. Er hat es noch nicht getan, aber er möchte es.

Aber es gab noch jemand anderen, den sie um Verzeihung bitten musste. Bei keiner anderen Person war es ihr so wichtig, dass sie ihr verzieh.

»Jenjen, ich möchte dir etwas sagen, und du musst mir das wirk-

444

lich glauben. Es geht um den Tag, als du mit Ronnie im Wald warst. Ich wollte nie, dass so etwas passiert, aber trotzdem war es meine Schuld, dass es passiert ist, und das tut mir mehr Leid, als du dir vorstellen kannst. Ich möchte nicht, dass je wieder etwas so Schlimmes geschieht.«

Jennifers Miene wurde ernst. »Ich weiß.«

»Verzeihst du mir?«

Wieder schlang Jennifer die Arme um sie. Sie erwiderte die Umarmung und brach erneut in Tränen aus, aber diesmal waren es Tränen des Glücks. Sie nahm Jennifers Hand und legte sie auf ihren Bauch. »Ich bekomme ein Baby, Jenjen. Hat meine Mum dir das auch schon erzählt?«

Jennifer riss die Augen auf. »Wirklich?«

»Ja. Und wenn es erst mal auf der Welt ist, möchte ich, dass du seine große Schwester wirst, so wie ich die deine bin.«

Das Lächeln kehrte zurück. »Wie wird es heißen?«

»Das weiß ich noch nicht. Wir werden gemeinsam einen Namen aussuchen. Und wenn es größer ist, nehmen wir es mit an den Fluss und in den Park und machen mit ihm all die Sachen, die ich mit dir gemacht habe. Würde dir das gefallen?«

»Ja!«

»Ich hab dich lieb, Jenjen.«

»Ich dich auch.«

Wieder umarmten sie sich. Susan streichelte Jennifer übers Haar. »Und jetzt geh zurück zu deinem Dad«, flüsterte sie. »Wir sehen uns bestimmt bald wieder.«

Jennifer tat, wie ihr geheißen. Susan sah ihr noch einen Moment nach. Als sie aufstand, kam es ihr vor, als würden zwei unsichtbare Hände sie hochziehen und ihre Schultern straffen.

Und mit einem Mal war die schwache, ängstliche Susan verschwunden, und an ihre Stelle trat wieder die Susan Ramsey, die genau wusste, wer sie war, und die sich von Leuten mit kleinkarierten Moralvorstellungen nicht ins Bockshorn jagen ließ.

Onkel George nahm Jennifer an der Hand. Im Gehen drehte er sich noch einmal zu Susan um. Sie hob grüßend die Hand. Obwohl er nicht zurückwinkte, glaubte sie für einen Moment, einen herz-

445

lichen Ausdruck in seinem Gesicht wahrzunehmen. Da wusste sie, dass er ihr verziehen hatte, so wie sie selbst irgendwann ihrer Mutter verzeihen würde. Es konnte noch eine Weile dauern, aber es würde passieren. Dafür würde sie schon sorgen.

Erfüllt von neuer Energie, blieb sie mitten auf dem Market Court stehen und betrachtete die vorübergehenden Leute, von denen viele sie verstohlen musterten. Das Mädchen aus der Zeitung. Das Mädchen, das für seinen lockeren Lebenswandel bekannt war. Doch was sie dachten, interessierte sie nicht mehr.

Charlotte tauchte neben ihr auf. »Tut mir Leid, Susie, dass ich dich hineingerufen habe. Ich hätte wissen müssen, dass Alice irgendwelche Gemeinheiten von sich geben würde.«

»Macht nichts. Ich lasse mir von dieser Kuh doch nicht den Tag verderben.« Sie zeigte mit dem Finger auf Alice, die gerade mit ihrer Einkaufstüten schleppenden Mutter über den Platz ging. Beide bedachten sie mit verächtlichen Blicken. »Pass auf«, sagte sie, während sie auf Charlotte deutete und mit lauter Stimme rief: »Warum starren Sie sie so an, Mrs. Wetherby? Ich weiß, dass sie die Patin eines Bastards sein wird, und das ist wirklich schrecklich, aber noch viel schrecklicher ist es, so selbstgefällig und engstirnig zu sein wie Sie oder so boshaft und rachsüchtig wie Ihre Tochter, finden Sie nicht auch?«

Mrs. Wetherby und auch Alice liefen knallrot an und wandten sich rasch ab. »Bis dann!«, rief sie ihnen nach. »Ich hoffe, wir sehen uns bald wieder! Ihr fehlt mir jetzt schon!«

Charlotte stieß einen entsetzten Schrei aus. »Susie!«

»Was ist?« Susan verdrehte die Augen. »Sie haben es richtig herausgefordert.«

»Und du hast es ihnen wirklich gegeben.« Charlotte begann zu lachen. »Schade, dass gerade keine Kuhfladen rumlagen, sonst hättest du Alice mal wieder in einen hineinschubsen können.«

»Ja, jammerschade. Ich glaube, ich werde mir als Haustier eine Kuh zulegen, damit ich in Zukunft immer welche parat habe.« Sie bemerkte, dass Alice sich nach ihnen umgedreht hatte, und gab ein lautes Muhen von sich, woraufhin Alice rasch den Kopf abwandte.

Charlotte fasste Susan am Arm. »Ich möchte dir was sagen?«

446

»Was denn?«

»Du glaubst gar nicht, wie sehr mir diese Susan Ramsey gefehlt hat. Ich hoffe, sie geht nicht wieder weg.«

»Vergiss es. Sie ist wieder da, und nun wirst du sie nicht mehr los.«

»Gut.«

Colin kam mit großen Schritten auf sie zu. »Entschuldigung«, sagte er zu Susan. »Ich musste erst noch unsere Getränke bezahlen.«

»Du brauchst dich nicht zu entschuldigen. Wenn das Angebot noch steht, würde ich doch gern mit euch ins Kino gehen und anschließend zu der Band deines Freundes.«

Er schien sich sehr zu freuen. Genau wie Charlotte. »Kommst du noch mit zu mir?«, fragte sie. »Dann kann ich dir gleich dein Geschenk geben.«

»Das geht leider nicht«, antwortete Susan. »Ich muss erst mal heim zu meiner Mutter. Wir haben ein paar Dinge zu besprechen. Aber wir sehen uns später.«

»Auf jeden Fall.«

Während sie nach Hause marschierte, musste sie an das denken, was Charles zu ihr gesagt hatte, als er ihr Mut gemacht hatte weiterzukämpfen.

Du bist stark, Susie. Genauso stark, wie dein Vater immer gesagt hat, wahrscheinlich sogar stärker.

Sie hatte es ihm zu dem Zeitpunkt nicht geglaubt, aber nun wusste sie, dass er Recht gehabt hatte. Sie war gescheit und sah gut aus. Sie hatte Freunde wie Charles und Charlotte, und sie hatte Jenjen. Sie besaß alles, was sie brauchte, um mit ihrem Kind ein gutes und glückliches Leben zu führen. Wenn sie weiterkämpfen musste, dann würde sie das eben tun. Sie hatte keine Angst mehr vor dem, was die Zukunft bringen würde.

DANK

Wie immer gilt mein Dank meiner Mutter Mary Redmond, die mich als Erste zum Schreiben ermutigt hat.

Außerdem danke ich meinem Cousin Anthony Webb und meinen Freunden, die mir alle mit Rat und Tat zur Seite standen und es gutmütig ertrugen, wenn sie hohe Dosen meiner so genannten kreativen Angst abbekamen. Ein dickes Dankeschön an David Bullen, Emile Farhi, Paula Hardgrave, Simon Howitt, Iandra Mac-Callum, Rebecca Owen, Lesley Sims, Gillian Sproul, Russell Vallance und nicht zuletzt Gerard Hopkins für sein überaus köstliches Curry.

Des Weiteren danke ich meinem Agenten Patrick Walsh für all die Mühe, die er sich meinetwegen gemacht hat, und meiner Lektorin Kate Lyall Grant für ihr fortwährendes Vertrauen in meine Arbeit.

Vielen Dank auch an Ian Chapman, Suzanne Baboneau und das ganze Team bei Simon & Schuster.